漫娱图书
SINCE BOOKS

名　家　经　典　书　系

百妖谱

BAI YAO PU

◎裟椤双树 著

四

长江出版社
CHANGJIANGPRESS
漫娱图书

桃都镇妖邪，司府解是非。
都言精怪惑人心，
哪知人心本精怪。

百妖谱
深海有妖，名斗木，头似虎而身似龙，独角于额，
蓝眸利齿爪如刀锋，皮肉粗厚如木，上有年轮。
性戾好斗，甚凶猛，以蛟为食，百里之外嗅其味，
蛟不敢近。上陆可化万物，落水则现原形。
死后成方寸之木，佩于船只可避海怪暗礁，保平安。
斗木

岸鱼，鲛人之远亲，人身鱼尾，不居水而居岸，
常以水边高树为巢，雌雄皆美，音色优，
性温驯，善催眠造梦，能惑人心。然身强者少，
寿不长，量渐稀。
岸鱼
百妖谱

百妖谱
人面
霍山以西有谷，常有人面栖于花叶间，开五瓣，皆女面，不解语，有问则笑，十年一开。小妖，无害。

百妖谱
猫馗
世间兽类，无论猫犬牛羊，遇大凶极阴之时，又生于绝死之境中者，成馗，其性凶煞，善恶不定，生九首，天赐怪力，无不能克者，得九十九年寿，千年未必一遇，奇妖也。

目录

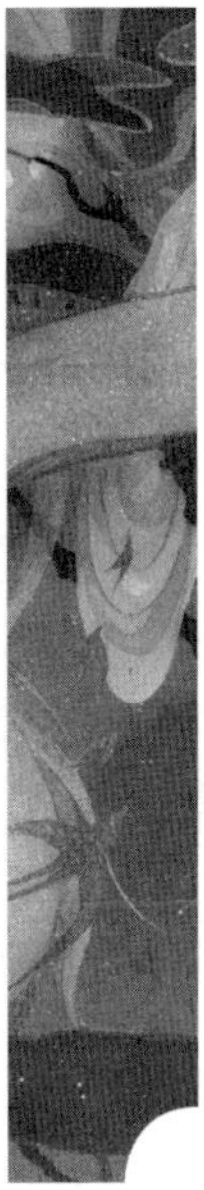

楔子

在海中无法扭转的命运，也许在地上可以。

◦ 1 ◦

零星的雪花在刺骨的风里若隐若现，灰白乏味的天空里找不出半点可能转晴的迹象。反正从洛阳回来后，桃夭期待的蓝天白云大太阳就一次都没出现过，每天一早推开窗户都是失望，大概率还要打个喷嚏，然后她必然吸溜着鼻子骂上一通。有时候骂太阳是个懒东西也不怕睡死过去再也出不来；有时候是批评帝都的地理位置不对为啥非要在北方呢这大冬天的太烦人；还有的时候是骂帝都的鸡不合格，打鸣的声音不够大不够整齐才没法把阳光召唤出来。总之她每天早晨发脾气的对象都不一样。

在她起床气未散的危险时刻，磨牙是不敢劝她心平气和身体好的，只会嘀咕帝都的鸡真是冤枉，然后小声跟滚滚说：“我们明天争取起得更早一些，不要在她面前晃悠，否则她可能会怪你是一只灰狐所以天才那么灰，白白挨一通骂。”

一旁的柳公子则是一脸坏笑道：“小和尚你是真不懂女人心，她哪儿是因为推开窗户不见阳光生气，明明是因为推开窗户没看见那谁谁谁回来才生气的呀！”

不等磨牙开口，另一头已经投来两道杀人的目光：“你说谁谁谁？”

“我说谁谁谁了？”柳公子打了个无辜的呵欠。

“你刚刚明明说了谁！”

“你以为我说谁？”

“我当然知道你说谁！”

“那你说说看是谁！”

磨牙抱着滚滚，视线在他俩之间来来回回，大惑不解：“到底谁呀？！”

“是谁谁知道。”柳公子嘻嘻一笑，抓住磨牙的衣领使了个眼色，“苗管家还等咱们帮忙呢，还不走！不是说要去见识一下顶级的山珍长啥样吗？”

“啊？！哦……”

眨眼间，磨牙便被柳公子火速拽出房门，两人一溜烟儿消失在桃夭的视线里。

“无聊的蛇！”桃夭哼了一声，砰一下用力关上了窗户。

谁呀谁呀？还能是谁呀！

她坐回桌前，对着桌上的铜镜懒懒地梳了梳辫梢，又抓起辫子胡乱在头顶上盘成个潦草的发髻，左右看了两眼就把自己丑到了，赶紧恢复原状，悻悻地将梳子扔回去，许是看不惯自己那张没有笑容的脸，干脆凑近镜子，手指把嘴角往上一推，“笑着”跟自己说：“洛阳有那么好吗，什么明月台的还能比自己家里舒服？眼看着就要过年了，你们不回来谁给我发枕头那么大的红包？！”

说罢，她手指一松，脸又拉下来，把镜子一推：“不回就不回，哪儿还不能搞个红包！有本事就在洛阳留一辈子好了。”

辫子一甩，她撇着嘴出了房门。

自洛阳回来也不过六七日光景，总像是过了七八个月似的，她心情不佳倒不完全因为天气不好以及发红包的人没有回来，磨牙也烦人得很，三天两头便要在她面前嘀咕百妖谱的事儿：“你可怎么办，天天蹲在司府里能有线索吗？能不能在这件大事上表现得积极一些？我们是桃都讨饭三人组，不是桃都送命三人组！那个人是不会放过我们的，你救救孩子行不行？而且本来就是你的错……”柳公子还要在旁边给他端茶递水润嗓子以示支持。

天天被这样念经，心情能好才怪。

刚开始她还要回一句：“这事儿急也急不来，我自有分寸。”被彻底念烦之后，她一个字也不回了，要么直接抓住滚滚的尾巴堵住磨牙的嘴，要么选择让自己消失，不到吃饭的时候绝不出现。

不是她不积极，是长了腿儿的百妖谱委实不好抓，没将那万无一失的法子筹备好之前，任何没头苍蝇般的行为都是胡乱又没有意义的消耗。将军府中与那死丫头的交手情景犹在眼前，羽翼未丰就已经能让她身陷险境，不但有实力，还有脑子，披着小丫头的皮，做事却颇有步步为营的味道。回想这一次狭路相逢，她虽起初就察觉“糖儿”不对劲，但在对方召出令量攻击自己之前，她只道这丫头是个来路蹊跷深藏不露的狠人，是妖是鬼尚不能确定。那百妖谱本身不同于寻常妖怪，许多追踪或看破妖物本相的法子对它并不好使，故而她才将沾了八冥洞铁盒里铁粉的红绳系在发间随身携带，唯有这法子能验其真面目，但此物虽有用，大多数时候却又是无用的，毕竟百妖谱千变万化，即便有这发绳在手，也不能天地万物个个都去试，只能当个聊胜于无的准备。实话是桃夭就从未想过要靠这发绳找到百妖谱……那天糖儿若不召出本不可能于繁华现世露面的令量，她未必会心生疑窦，动了拿发绳试对方一试的心思。再一细想，这番相遇最可怕的地方，确实如糖儿当时所说——其实你不拿这玩意儿试我，我也没打算瞒你。全程并非桃夭识破她的身份，而是她一开始便以令量为提示，挑衅般地主动诱导桃夭确认她是谁。说到底，她不怕桃夭，一点都不怕。

当惯了大多数妖怪眼中凶神恶煞惹不起的人物，那百妖谱不过用一点小心机便煞了她的威风，不论嘴上如何不承认，将军府那一仗，她确是结结实实地输了。

但，倒也不必太生气，时间还长，还有第二仗第三仗可以打，这次你赢，下次未必，她的“自有分寸”，从不是无计可施的敷衍。

桃夭伸了个懒腰，此刻在门外迎接她的，除了北风再无其他，廊院之间连个路过的小厮丫头都不见。

缺了两位少爷，本就地广人稀的司府就更清冷得厉害，毕竟一个司静渊的聒噪胡闹便足以抵千军万马的动静，好在除夕将近，纵是司府这般不在意繁文缛节的地方，也多少要顺应传统风俗，在苗管家的操持下置办起各种年味浓郁的物事来。连他们几个这些日子也热衷于跟着苗管家四处奔忙，不但不觉劳累，还乐此不疲，皆因苗管家素来大方敦厚，即便知晓他们几人底细奇特，却仍跟世上任何一个疼爱孩子的长辈没两样，出外置办器物食材时，少不了要额外买些好吃好玩的东西给他们，尤其是每回一起出门，说是让他们帮忙，倒更像是带他们忙里偷闲游览城中美景，买了货物也顶多挑些轻巧的东西让他们拿着，可这一路上的各种美食佳肴，那是不停地往他们嘴里送，连滚滚都吃得脑满肠肥饱嗝连天。有这等好事，谁不积极，桃夭只恨不得把自己粘在苗管家身上，生怕漏了任何一个好处。

每当他们借帮忙之名大吃大喝时，苗管家总是笑眯眯地看着他们，一边把好吃的往他们跟前递，一边提醒他们别吃太快小心噎着，着实是个让人无法不喜欢的人物。而桃夭偶尔瞅着他慢条斯理喝水吃饭的模样时，心下总会暗暗嘀咕，这样一个温和体贴仿佛没有半分脾气的人，是怎么把那两个小阎王成功抚养长大的……她好几次都忍不住想问苗管家两位少爷的成长史，特别想知道以那两个活物的脾气跟风格，司府的房顶塌过几次，水火之灾遭过几回，他们坑过多少人，又被多少人坑过，以及苗管家有没有在耐心耗尽时动过心念把他俩绑一块儿扔河里去……

但她终究是没有问。既然不是会长久留下的地方，更不是会长久留在身边的人，又何必知道那么多。

无须任何人提醒，从始至终，桃夭只是桃夭，来自桃都，归处桃都，其他一切皆是路过而已。

桃夭揉揉鼻子，慢吞吞往前走，一时又不知往哪儿去，心想今天既无事可做，要不也去厨房凑个热闹得了。听说昨天又到了一批食材，还是从老远的什么什么山里来的好东西，又罕见又好吃的那种，拆包清理都要特别仔细小心，也难怪这会儿一个人都不见，多半都去厨房里长见识了，包括磨牙跟柳公子，万一真有什么不得了的好东西，可不能便宜了别人，尤其是这些好东西可万不能落在柳公子手里，一个把包子做成四方形的家伙，只要他还继续下厨，就是行走中的暴殄天物四个字。

于是她停下步子，正要换个方向往厨房去，又一阵冷风袭来，丝丝清甜随风散开，她下意识吸了吸鼻子，仔细辨认了片刻，反应过来是梅花的香气——“他得空时喜用梅花瓣酿一种名为‘如解意’的糖汁。”——桃夭略略一愣，这“如解意”到底是个什么味道呢，比起知道那些遥远的过去，这瓶目前只存在于传说中的糖汁更让她好奇。

算了，厨房人已经够多了。她又转身回到自己房里，取了收集花瓣的布袋子，坚决地往梅林那头去了。

离梅林越近，梅花的香气越是沁人心脾。自打被迫揽下了这份差事，她对梅花仿佛都没有从前那般歧视了，以前只想到与人争输赢，无暇亦无心旁顾，生生错过了这一缕暗藏于寒冬霜雪中的小美好。于梅林中挑拣花瓣时，她不但越发地爱上这种清冷傲然不屑与世人为伍，但又能在这万物苍白的季节里生出一份欢喜来的倔强的气味，甚至还会在心头情不自禁地默念那首从苗管家那儿听来的诗——人间佳色众，只歌萼间雪。虽然她对诗词歌赋并无天分，加上长期被柳公子的“文采”毒害，对诗词更加提不起兴趣，但念叨的次数多了，也渐渐能从这寥寥数字上看到人间美景，以及多年前那一对神仙眷侣的恩爱时光。对于司家兄弟的爹娘，她也曾在无聊之时想象过他们的模样与言行——应该都是非常好看的人儿吧。能于江湖之中杀伐决断赫赫有名，对妻儿又温柔体贴百般呵护，对下人也都有情有义，那司老爷肯定不会像司静渊那么大大咧咧乱七八糟，更不会如司狂澜那样脾气古怪讨人嫌，他定是个武艺卓绝、有勇有谋，为人外冷内热的好汉子。至于司夫人，姿容风采不必多讲，十之八九还是个玲珑剔透的好性情，看似纤纤女流，平日里画眉添妆吟诗作赋，然骨子里偏比男儿家还要沉着坚忍，时时温柔似水，处处不让须眉。反正桃夭是这么推测的，在她的想象中，总得是这样一对人中龙凤才当得起天作之合，当得起苗管家的一世忠诚，可是……若真有这般神仙的父母，两个儿子又是怎么长歪的呢？每一想到气急败坏抄姑娘八字的哥哥，以及目中无人嘴欠讨打的弟弟，桃夭就忍不住替他们的爹娘叹口气，还要把梅林里他们亲手种下的梅树当作老爷夫人的化身，边捡花瓣边把两兄弟的奇葩言行絮絮叨叨告一遍状。

今天也不例外，她一边在梅林之中仔细挑选完整好看的花瓣，一边把两兄弟流连洛阳见色忘家连过年都不回来的事又反反复复嘀咕了两百次，真是把梅林里的树都要烦死了。

直到捡了半袋子花瓣，她才暂停工作，坐到林中的石凳上，捧着布袋子盘算还要捡多少就够把那个胖胖的白瓷罐子装满了。按苗管家的吩咐，她把每次收集的花瓣都装到这个指定的罐子里，说是装满一罐就够二少爷酿糖汁了。可每天落在地上的花瓣本就有限，还要挑完整好看的，又说绝对不能对枝头上的梅花动手，只能捡落地的用，这不折腾人吗？难为她捡了这么些时日，那罐子还没积满一罐，这个二少爷，连做个食物都讲究到让人欲哭无泪……

可又有什么办法呢，还不是得一片一片地捡，谁叫她嘴馋。

她拈起一片鲜嫩的花瓣，放在鼻子下嗅了嗅，想象着它变成一滴晶莹剔透的“如解意”的样子，然后流下了不争气的口水。

正陶醉着，身后却突然传来一阵咔咔的异响，像极了铁链摩擦时冰冷又悚人的声音。

桃夭心下一紧，余光之中已见危险，然动作却慢了一步，数条胳膊般粗细的铁链如活蛇似的缠绕而来，以超越寻常的速度将她缚住，腰间心口瞬时收紧，巨大又不留情面的力量，勒得她差点吐出血来。

“何方妖孽……竟敢暗算……”她连自己的名字都没气儿喊出来，浑身的血脉都在这突如其来的袭击里被封闭压缩成一团，根本找不到出口。这可是在司府之中，怎会突然冒出这般强大且不怀好意的攻击，连她都疏于防备着了算计。

不待她寻出挣脱的机会，铁链又灌入了更大的力量，竟将她整个人狠狠抛向半空，她只觉四周景色瞬时化作缭乱的线条，身体里刹那的轻巧转眼就被心慌意乱的下坠所替代，砰一声巨响，那张她坐惯了的石凳竟被自己生生撞碎，她眼前一黑，一股血腥味涌到喉头，哽在那里吞吐不得，要说将她的身子骨曾遭过的所有难受不适加在一块儿，也不及此刻，已不是简单的疼痛或窒息，而是一股自深处而来的恐惧，不受控制地往四肢百骸而来……

身为桃都鬼医，多年来与大小妖魔的切磋缠斗已算家常事，结识柳公子之前，她素来单打独斗，不与任何人结盟，虽胜算居多，嘴里也常傲气地说着想与她动手的家伙通常等不到动手就死了,但狠话归狠话,却也难免要吃一些不通拳脚的亏。若非她精通医理，这么多年下来，莫说身上的新伤旧痕数不过来，只怕手脚都未必齐全。然而，她从未怕过。再大的疼痛，再深的伤口，再狂妄的对手，她都视若无物，只管照自己的性子将要做的事做到底。她一度以为自己是不具备“恐惧”这种功能的，或者说，她从不允许自己有这种情绪，可以疼，可以伤，甚至可以死，但不能怕，她从心底里厌恶那种慌乱绝望在血脉里攀爬，连五脏六腑都在退缩收紧的感觉，喜悦与愤怒尚会带给你意外的力量，恐惧能带来什么？只有一退再退的卑微，不敢反抗的懦弱，丢人现眼的遗憾，除此之外何用之有？！

但此刻，她竟然变成了一个自己厌恶的人……

你到底在怕什么？！

飞溅开来的石块往四周胡乱砸去，一砸便是个大窟窿，眼前的一切突然成了个纸糊的画卷，不堪一击，无数个窟窿的背后，汹涌着灰黑晦暗的气流，把窟窿越搅越大，梅林里的树一棵接一棵被吞噬，连天与地也如烧着的纸一样迅速消失，她动弹不得，眼见着世界离她而去。

你怎能做这样的事情?

若不是你，怎会有此横祸?

是你的错!

是你的错!

是你的错!

气流之中有人影晃动，冷冷重复着相同的句子，远远近近的，哭声，笑声，每一个动静都像一块砸到身上的石头，又重又疼又冷。

铁链越箍越紧，蛮横地将她朝前一甩，竟又顺势松开了她，由得她像一片冬天的残叶似的，轻飘飘落进黑暗的最深处。

她觉得自己落了地，但身下又是一片虚无之感，骨头仿佛一寸寸地断了，站不起来，动动胳膊都难，而且……还很饿，非常非常饿，肚腹之中如雷鸣一般。身子都糟糕成这样了，还惦记着吃东西？她自己都想笑了。然而，紧跟而来的，不只是饥饿，还有口舌之间极度的干裂与烧灼，一辈子都没有喝上水可能就是这种感受，怎会这样呢，一日三餐她可从没亏待过自己。

什么才算折磨？失去所爱以泪洗面？求之而不得日夜辗转？前途无望身心疲惫？不不不，这些都不算，吃不饱饭，喝不到水，这种与生存本能相连的，最简单但也最必需的满足，才是能把一个人堕落成另一个模样的折磨。

越来越饿，干涸的嘴里却连唾液都分泌不出来，从嘴巴到喉咙到五脏，一点水分都找不出来，她觉得自己真的要变成一条红色的死鱼了，还是晒得特别干，别人拿两根手指就能捏成一片干粉的那种。

突然，天上有个瓶子掉下来，一片小小的白色，从她面前弹开了去。

她眼睛一亮，瓶子里有水！！

她不知自己为何如此确定，但就是确定。

骨头断了又怎样，她照样不要命地朝前爬去，像条刚刚出生的蛇，笨拙地扭动身子，把最后的力气全部灌注到用力伸出去的双手上，终于在瓶子跑远前一把抓住了它。

所谓狂喜，就是这一刻了。

然而还不等她拔开瓶塞，虚空之中却突然伸出无数双肮脏的爪子，狠狠抓住她拿来救命的瓶子。

“那是我的！你们谁敢来抢！”她又急又怒，越是吼得厉害，来抢的家伙就越多，而她手上的力气也越来越小。

不能松手，要活下去就绝对不能松手。

她咬紧牙关，仿佛将一条命都烧了起来，怒吼道：“给我！！！”

◦ 2 ◦

“给你给你！都给你！”

桃夭猛睁开眼，正上方是苗管家充满无奈的脸，再看自己怀里，居然紧紧抱着一把算盘……檀木框，墨玉算珠，一个角上还刻了个端正的“苗”字，这……好像有点眼熟？！

她眨眨眼，扭头看看四周，梅林依然在，石凳也没有碎，她好端端地躺在上头，只是装花瓣的布袋子落到了地上。

她一骨碌爬起来，顺手抹了抹额头上细密的冷汗。

“我睡过去了？”她盯着手里的算盘，“我拿它做甚？”

苗管家叹了口气：“你这丫头，这么冷的天气居然在梅林里睡着了，若非我恰好路过，远远地瞧见你躺在这儿，你纵是个铁打的身子，再多睡上一时片刻的，不冻出毛病来我便将我这苗字反过来写！”

“还真是睡过去了……”桃夭嘀咕一句，赶忙把算盘塞回给他，“你的算盘？”

“不然呢？”苗管家嗔怪道，“正要叫醒你，你却不要命似的伸手过来，抓住我的算盘就不撒手，我才知道，你一个小丫头，睡着了力气居然能这般大！我一个有身手的人都抢不过你，只得放手由着你，再争下去，我这老伙计定然四分五裂。话说你是做了什么奇怪的梦吗？”

“啊……这个……好像梦见跟人抢吃喝。”桃夭嘿嘿一笑，也不多作解释，指了指他的算盘，“你老伙计没事就好。”

苗管家敲了一下她的脑袋：“离午饭时间还早呢，真要是肚子饿了，去厨房找些现成的垫个底儿，吃饱了再来做事。”他侧目看看地上的布袋子，笑道，“这些天你们随我东奔西走的，本就疲累了，眼前也不是什么着急的工夫，花期还长，你得空再做。”

桃夭撇撇嘴：“我这不是想快些把那个胖罐子填满吗。”

“很想尝尝如解意的味道是吧？”苗管家哈哈一笑，“本性难移啊。不过你也莫太着急，二少爷他们不会那么快回来的，你的胖罐子可以慢慢填。”

“他们真不回来过年了？”桃夭脱口而出。

苗管家点点头：“今年应该是不回了。年笙小姐是除夕的生辰，每逢她双岁之年，两位少爷都会在明月台中陪她过生辰顺便也过年的，若是单岁之年，也要提前为她庆祝一番，只是会赶在除夕前回府。多年来这规矩从未变过。”

“哦……她今年不是单岁啊。”一点失望从桃夭心里跑过去。

“没错。”苗管家笑看着她，“怎的，不是常跟少爷们闹别扭吗，他们不回来，你过年也过得舒心不是？”

瞧着苗管家神色微妙，桃夭迅速扫清心头那一丝不悦，嬉皮笑脸地朝他伸出一只手去：“您老要是给我发枕头那么大的红包，他们回不回也不打紧了。”

苗管家大笑，打了一下她的手掌：“捡个花瓣都能睡着的杂役，哪来的脸面！”

“我穷啊！”桃夭哭丧着脸，拽住他的袖子使劲摇，“我如今天天被关在司府里干活，连出去赌个运气的机会都没有了，光靠工钱，养家很难啊！”

“赶紧收了你的赌心，赌桌之上无好事，沾染不得。咱们司府也是有规矩的，敢入赌坊者，三次以上便逐出府去，永不复用。”苗管家正色警告，却又不解道，“不过你说养家，你何来家室？你老家的亲人？”

“不就是柳公子跟磨牙吗。”她一本正经道，“一个脾气不好，做菜做得又自信又难吃，一个整天唠唠叨叨，鸡不敢杀鱼不敢碰的，还天天拿一只没用的狐狸当宝贝，您老看看，以他们的表现，被扫地出门不是早晚的事儿吗，到时候没工钱可领了，不还得我养着他们！”

“我竟不知他们在你这儿的评价会低成这样。”苗管家哭笑不得，“他二人虽算不得优秀，但尚算勤劳踏实，来府中这么些时日也不曾犯过错，滚滚虽是狐狸，难得调皮可爱，给咱们府里添了不少生趣。瑕不掩瑜，不至于被扫地出门。”他又看了桃夭一眼，“倒是桃丫头你，偷懒睡觉都不讲了，上回唆使那小妖把司府淹得乱七八糟，这可是赖不掉的吧。将来谁养活谁，不好说呀。”

“谁见我唆使了！那是枫生自己胡闹，关我啥事！”桃夭跺脚死不承认，又把脸一垮，“苗管家，你在我心目中可是司府里最好的人，可不能坏了自己的名声！就算我间接淹了司府，那我也是好心帮忙呀，再说我还救过你家大少爷的命呢！不止，你家二少爷也得托我的福才能……”

“好了好了，知道你的好处，逗你玩儿呢。”苗管家受不了她飞快的语速，忙打断她，又笑了好一阵才停下来，然后盯着桃夭的脸，伸手摸了摸她的脑袋，感慨道，“你这丫头呀，来司府并无多长时间，我却总觉着你已经在这里许久了，大概这也是一见如故吧。咱们既有这样的缘分，你且放宽了心，我巴不得你长长久久地留在司府。”

这番话倒是很真心的，桃夭听得出，可是，能有多长久呢？她也不知道。

她从刹那的失神里回转过来，喜滋滋地朝苗管家眨眨眼：“既然您老这么说了，那枕头大的红包我就不客气了，可不能辜负了咱们的缘分！”

苗管家又一戳她的脑袋：“除了吃就是红包，你呀！”

“那便这么说定了！”桃夭满意地拍拍手，转念一想，终是忍不住问道，“那个年笙小姐，当真是打小就跟咱家少爷相识？”

闻言，苗管家却是一笑：“我听柳公子他们讲，你们在洛阳集市上偶遇年笙小姐与少爷，场面甚是热闹。”

“热闹？啊，可不热闹得很吗，那集市上那么多人呢！”桃夭心虚地搪塞过去，心说那条大嘴蛇不知又在苗管家面前添油加醋说了什么，该不会把那桃花对签的事儿也说了吧，不然苗管家怎会笑得如此意味深长……

“年轻人，就该多去些热闹的场所，很好。”苗管家自是看透了她的局促，也不说透，又道，“年笙小姐素来喜好清静，平日里甚少外出，你能与她相遇，也是极凑巧的事了。看来你不但与我司府中人有缘，同我司府中人的朋友亦有缘分呢。”

桃夭眼皮一耷拉：“我要那么多缘分干啥……能吃还是能穿？”

“你少胡闹一些，说不准明年少爷们会带你一道去明月台呢。”苗管家把布袋子拿过来，系上绳子放到桃夭怀里，“你们既已知晓年笙小姐的身份，便该知道她的居所本质上与皇家重地无异，能出入其中的，自然都得是稳妥人。”

桃夭翻了个白眼：“我为何要去那什么台！那年笙小姐又非我的青梅竹马，大过年的我去哪里玩不好，非要去那规矩比蚂蚁还多的地方。”

苗管家料着她有这般反应，只抬头看了看灰蒙蒙的天，说："多个人始终多一分热闹。这身份越重，越容易孤单哪。"

桃夭一愣。

他说的，是宋年笙，还是别人？！

她正要再打听宋年笙的事儿，那头却急急跑来个小厮，停在苗管家面前拱手道："苗管家，斗爷到了，在后院候着。"

苗管家点头道："知道了，我这就过去。你通知其他人，还是按往年的份例办。"

"是！"

小厮正要离开，苗管家又叫住他："等一下，今年甚是寒冷，比去年多加三成吧。"

"是！"小厮领命而去。

苗管家回头对桃夭道："我这里有正事要办，你今天也莫再跟花瓣过不去了，实在闲得慌就去厨房帮手，柳公子磨牙他们都在，今天有上好的食材送到，你也去长长见识。"

"再有见识的食材最后还不是拿来吃掉，我不去。"桃夭一想到今早柳公子那副市井闲人的碎嘴模样，她就不想进厨房一步，干脆跳到苗管家面前，"斗爷是谁呀？咱们府中好像很少有访客呢。"

苗管家摇摇头："也罢，你随我一道过去吧。"

"好！"

3

斗爷，名字倒是很神气的样子，可名字下的这个人，一点都不神气。

站在院子里与苗管家寒暄的，是一个年过四旬的中年男人，比苗管家矮半个头，身形倒是比寻常人健硕些，一看便是个有力气的家伙。穿着却是奇怪的，头上戴着下雨时才有用的斗笠，身上也披着蓑衣，零碎露在外头的衣袖裤腿啥的，也不知是多少年没洗过了，处处都是乌黑到发亮的脏渍。身上脏不说，脸跟两只手更厉害，几乎看不出本来的颜色，黑得跟刚刨过炭堆似的。

桃夭伸手试了半天，没下雨啊，连半点零星的雪花都没有，未雨绸缪也不至于绸缪成这样吧？而且细看他的斗笠跟蓑衣，跟寻常人穿着的似也不同，厚密了许多，估摸着再大的雨也难以穿透分毫。再一想他里头的衣裳如此脏旧，莫非是个连冬衣都买不起的贫苦人，不得不在寒天里披蓑衣御寒？

她这头正胡乱猜测时，那边五六个小厮每人搬了一大筐木炭往院门外而去。

见状，只听那位斗爷连声向苗管家道谢。

“何必客气，反倒是要多谢你，十年如一日替我们积下福德。”苗管家笑道，“今年比往年寒冷，我多装了三成给你，虽微不足道，但能多一分是一分吧。”

“大恩不言谢，我只好不再说多谢了。”斗爷感激不尽，“这些年多得有苗管家相助，否则光靠我一人也甚是艰难。”

“众生不易，你我能做多少是多少。”苗管家拍拍他的肩，又取出一个鼓囊囊的袋子交给他，“天寒地冻的，该增添的便增添一些。”

“哪能又拿炭又拿钱，不可不可，我今年也赚了些钱，口袋里还有富余，够了。”斗爷不肯要。

苗管家偏要往他手里塞：“你的归你的，我的心意归我的，你只管帮我的忙就是。再推托，便是不拿我当朋友了。”

斗爷犹豫片刻，终是接下来：“谢了。”

“才说大恩不言谢的。”苗管家笑道，又问，“还是不进来坐坐，还是连水都不肯喝一口？”

斗爷连连摆手：“不了不了，你府上素来干净整齐，我这一身往哪里坐都是糟蹋，一年往你家院子来一趟，足够了。”

苗管家也不再勉强：“也罢，知道你这脾气是改不了啦，总是拿了炭便要走人的，行了，我送你出去。”

“哈哈，走着。”

一旁的桃夭始终没插上话，苗管家也没顾上把她介绍给来人，只是在这位斗爷从她身旁经过时，他一直专注于苗管家跟那一筐筐木炭的视线，非常迅速地从桃夭身上扫过，脏兮兮的脸上晃过片刻的疑惑。

以桃夭的眼力，自然是不会错过对方这“不经意”的一眼，她目送他们走出后院大门，吸了吸鼻子，空气依然又干又冷，但是，好像多了那么一丁点海水的气味。

看来今天不会无聊了……她眼珠一转，跟出门去。

停在门外的板车已被木炭堆满，斗爷正扯开一张黑黢黢的油布，苗管家在一旁帮他的手，麻利地将车上的木炭仔细盖好。

木炭不宜见水是正常，可这个人却将自己遮得比木炭还严实，看来他真的很怕下雨。

桃夭不作声，只闲闲倚着门框，看那两个大男人做好一切功夫，苗管家又叮嘱几句后，两人道别，但见斗爷将板车上已经磨得发亮的绳子熟练套在肩膀上，躬身用力，稳稳拖着满满一车木炭往前而去。

苗管家一直目送，眼中有敬意。

“见过要钱的，见过要饭的，没见过要炭的。”桃夭抱着手臂站到苗管家身旁，“他确实是来白拿的对吧？”

“每年这个时候，斗爷都会上咱们这儿来取木炭，应该有十年以上了。”苗管家道，“倒也不算他要的，是我主动给的。”

桃夭问：“看这位的行头，莫非以卖炭为生？”

“算是吧。”苗管家点头。

“那我便不懂了。”桃夭不解，“既是个卖炭翁，来咱府中却不是卖炭而是拿炭？难不成是拿了不要钱的炭去转卖？咱们司府的炭已经多到要白送他人了？”

“自然不是。”苗管家道，“木炭虽比不得金银值钱，但一到冬季仍是十分短缺的，即便天子脚下，也非人人都用得起，咱们司府之中也没有太多富余。”

“那你还十年免费供应？”桃夭更不解。

“他是拿去送人的。”苗管家笑笑，“咱们有家宅庇护，寒暑无忧，不愁温饱，然家门之外便难说了。路有冻死骨是年年都有的事，我们管不完，但能做多少是多少，心里过得去便好。有斗爷帮忙，咱们也算积德了。”

桃夭一拍手：“拿咱们府里不要钱的炭去做救济，然后把他自己烧的炭拿去卖钱？这倒是又积德又赚钱的好生意，妙啊！”

“你这丫头，怕不是个算盘投胎的？”苗管家哭笑不得，“怎的哪里都要计算一番。”

“我说错了？每笔账务必算得一清二楚，这不是您老一贯的态度吗。”桃夭看着斗爷消失的方向，“不但有白给的炭，还有白给的钱，帮咱们积德行善不假，做了一笔只赚不赔的生意也不假呢。”

“桃丫头，不是什么都要计算得一清二楚，也不是什么都要算作生意。”苗管家又笑道，“你与斗爷不熟识，待我得了空闲，倒是可以与你聊聊他。”

他话音刚落，便见一个小厮火烧火燎地跑出来，大声道：“苗管家！出事儿了！”

苗管家只微微皱眉：“何事？”

“柳公子跟厨房里那条大鱼打起来了！厨房被他们弄得乱七八糟！”

苗管家哑然，扭头对桃夭道：“你们呀，个顶个的淘气，没一个安生的！”说罢快步往厨房而去，边走还边问小厮除了大鱼之外别的食材有没有被波及，小厮赶忙一一回报，总之看情况苗管家今天是得不了空闲了。

桃夭看看苗管家焦急的背影，又看看斗爷离开的方向。

是去围观柳公子跟一条鱼的纠纷，还是去做别的更有意义的事呢？

桃夭挠挠鼻子，狡黠一笑。

4

蛇跟鱼打架有什么好看的，这边才有意思呢。

野地的池塘里，水花扑腾，几尾受惊的小鱼仓皇失措地跳来跳去，一顶斗笠与一件蓑衣无辜地漂在水面上。

水下，一团黑影逐渐浮上，哗啦啦一下剖开水面，露出个黝黑的大脑袋，面目似猛虎与麒麟的混合体，树木年轮似的纹路遍布其肌肤，双眸幽蓝如鬼火，额间还生出一只锋利的独角，身躯虽在水下，但亦隐隐可见其形如龙蛇盘旋，甚是凶险。

幸好四下无人，不然这位光是露个脑袋，无须其他任何动作，便足够取人性命。

岸上，装满木炭的板车斜停在一旁，几筐木炭翻倒在地，桃夭站在车前，没事人一般笑嘻嘻地拍手，对着水中的大脑袋道："果然是你，我还怕我踢错了呢。"

任谁见到眼前的一幕，都不会觉得水里的怪物会放过桃夭……

肉眼可见的两道白气从怪物的鼻孔里喷出来，犀利的蓝眸里倒映着桃夭不知死活的身影，它冷眼看着岸上那个手无寸铁的丫头，微微张开嘴，寒气随着它的呼吸缭绕而出，那口中的两排尖齿，只怕连世间打磨得最好的刀锋都比不过。

此时，一个在岸上不以为然，一个在水中虎视眈眈，只有灰蒙蒙的天空与席卷而来的北风胆敢围观这一场对峙，只怕再过一秒，天地之间便要变颜色了。

怪物的呼吸越发急促，朝岸边又移近了几步，眼中的愤怒也更明晰了，就在以为它要暴跳而起一口把桃夭的脑袋咬下来时，它大张的嘴巴里却蹦出两句委委屈屈的话来："你为啥踢我下来！就不能让我安安静静地离开吗！"

闻言，桃夭蹲下来，也故做委屈状："人界待久了，视觉嗅觉味觉啥的都不及在桃都时灵巧，不拿地上的水试试，委实不敢确定你的身份。"

怪物吐出一口大气，甚是无奈："确定了又如何？你能待在人界，我待不得？"

桃夭微笑："你待在哪里我不管，但以你的来历……卖炭翁？！"她眼神骤然变冷，"你骗得了苗管家，骗不得我。你身子既没毛病，按说我是不该理睬你的，但苗管家待我不错，你接近他的目的但凡有一丁点不好，我便容你不得！"

怪物眨巴了几下眼睛，呵呵笑出来："桃都鬼医不是历来只管妖怪不管人的吗，怎的今天改了规矩？方才在司府见了你，即便你煞气如故，金铃在手，若非我从前与你照过面，也是不敢确定的，毕竟堂堂的桃夭大人怎会委身于人类居所，且你随苗管家过来时我听见他一口一个桃丫头地喊你，你倒也欣然接受的样子，就更不像你的作风了。如今你还要为了他来为难我……莫非是桃夭大人你自己出了什么毛病？"

"哈哈，我以为你这家伙只有打打杀杀最厉害，没想到当了几年人，口舌之能倒也练出来了。”桃夭居然没有生气，反而笑着指了指身后那一车木炭，“比起我的‘毛病’，你以你那染血无数的爪子，可怜巴巴地求人施舍，再拉上一板车的木炭满街走的模样，只怕不止有毛病，应是病入膏肓了吧？”说着，她作势要从自己的布囊里取药，“若是如此，我便不能不管了，今日算你捡了大便宜，不用排队也能得我的诊治。”

见她摸药，怪物顿时有几分慌乱，既是老相识，它当然知道桃夭拿出的药不是治病便是要命，且这妮子的古怪狠辣在妖物之中是早就出了名的，自己方才情急之下没管住嘴冒犯了她，她焉能轻易放过自己，万一真丢了性命，该办的事就办不成了……

“桃夭大人，方才是我嘴坏，您要是生气了，打我几个大嘴巴子我绝不还手。”它赶紧道，“只是那药就免了吧，我怕无福消受……”

听它语气里有服软的意思，桃夭那一口气立时就顺了下来，手也不往布囊里探了，只挑眉道：“就你那一身比木头还硬的皮，打你我还手疼呢。你还能知道自己嘴坏，说明病得不厉害。只是接下来，莫再与我讲废话。”

“我来司府，真真只为取木炭，绝无其他目的。与苗管家也是君子之交，只因当年我危难之时，恰好得他相助，这才结下了缘分，对他我从无半分加害之心。”说着，它顿了顿，似是笑了一下，“不对，应该说打我彻底来到陆上生活之后，我未曾害过任何一条无辜性命。”

桃夭听了，将它打量一番，点点头：“倒像是真话。你如今身上的血腥之味确实比从前淡了许多。”她说的也是真话，若不是确定了它与从前不同，她哪敢沿途跟踪还毫不犹豫一脚踢它下水。这个刺儿头，便是她也不敢随意欺负。说着她又皱眉捏了捏鼻子：“我是最不想接近你那些同族的，一个个都臭得要命。我就没见过活着的时候能比死了还臭的家伙。”

“真有这么臭？”它尴尬地嘀咕，“还好我们自己嗅不到……”

桃夭白它一眼，起身走到板车前，敲了敲上头的一筐木炭：“你当真做了人界的卖炭翁？”

“当真。”它点头。

桃夭思忖良久，甩甩脑袋：“我还是不相信你，这不可能嘛！”

“桃夭大人尚且愿意被区区凡人当作桃丫头，我又为何不能离海上陆，当个寻常卖炭翁？”它咧嘴一笑，笑容虽丑但还真诚，“要过怎样的日子，咱们可以选的。”

桃夭微微一怔，旋即道：“不成，若非亲眼所见，我还是不能信你。”

“亲眼所见？”它很是无奈，“桃夭大人要见什么呢？要随我去送炭还是要去我家中见一番？”

“都要。”桃夭果断道，“你赶紧起来！”

"唉，那就要麻烦桃夭大人替我燃几块木炭了。"

"嗯？你在指使我？"

"您明明知道我不可见陆上之水，若不尽快把水烘干，我如何收起原形。"

"你站在最当道的地方对着北风吹一下不就干了吗！"

"大人，快过年了，很冷啊……"

"你怕冷？！那请问你在最冷的海水中横行霸道时是不是也要抱个防水的炭桶啊？"

"我当了百来年的人了，还不兴我怕个冷？"

"……"

○ 5 ○

他本来是不怕冷的，毕竟人形之下，是名为斗木的妖怪。

斗木，名字平平无奇，却与他们的天性天差地别。

"深海有妖，名斗木，头似虎而身似龙，独角于额，蓝眸利齿爪如刀锋，皮肉粗厚如木，上有年轮。性戾好斗，甚凶猛，以蛟为食，百里之外嗅其味，蛟不敢近。上陆可化万物，落水则现原形。死后成方寸之木，佩于船只可避海怪暗礁，保平安。"

他在好几本记载妖怪的古籍上看到过别人对他们一族的描述，说的倒是八九不离十，只是每次兄长看到对他们有记载的书籍，心情好时便将那一页撕掉，心情不好时直接整本书都烧掉，心情特别不好时，还要将书的主人打一顿。

彼时他不懂，问兄长为何如此，不过流传人间的闲书罢了，大家伙儿都是当个乐子看的，无人当真。

兄长也不多解释，只道：有记载便不自由。

多年后他方知世上有一物，曰百妖谱，上有百种妖物之记载，名目、来历、性情，皆在其中，说是百妖，却几乎收录天地之间所有妖物。传闻此物与天地三界同生，渊源神秘，知其全貌者甚少，多年流传下来的唯有它那"天生异能"——所有被记载其中的妖物，无论大小善恶，一旦从谱上抹除，现世之中便再无其一族之踪迹，烟消云散，永不复归！故而，如今并无多少妖怪在意百妖谱的来历，它们只怕稍有闪失，便托了这杀妖不见血的玩意儿的福，死得干干净净，连个活过的痕迹都留不下来。然说来也是好笑，众妖心中虽有怕惧憎恨，却又不得不盼着这百妖谱老当益壮完好无损，只道它平安，自己才能平安，这份矛盾之情也委实折磨。再抛开此物是诸多妖怪的噩梦不说，若能掌控它为己所用，便等同于拿捏住了天下妖物的命脉，有此等筹码在手，委实不敢想象能造出一番怎样的大事……或者大祸。传说上古之时，也曾闹过争抢百妖谱的乱子，但终是被平息下来，之后这烫手的玩意儿便被封藏于桃都境内，从此天地之间再不见为它兴风作浪的事情。

一想到自己的性命受制于此，便难怪兄长会把气撒在那些无辜的古籍上了，毕竟他又不能拿百妖谱撒气，心里还得拿它当祖宗供着。他虽然也觉得这种在无形中被人掐着脖子的感觉不太舒适，但事已至此，倒不如不去想这件事更好，何况百妖谱被镇守于桃都之中多年，没有出过纰漏，只要不落入心怀叵测之人手中，大家的日子还是安全的。

何况，以他们斗木一族的真实经历来说，百妖谱看似凶险，却从未真正为难过他们，反而是天界诸神灭掉了他们大半同族。

他没有经历过那场大战，但兄长已经在无数个难眠的长夜里同他讲过许多次。斗木祖祖辈辈于海中生活，凶猛矫健，以蛟为食，但偶尔也吃其他的肉解馋，比如鱼肉鲸肉别的海怪的肉，以及不小心落海的倒霉人类。可谁知尝过人肉滋味后，他们竟觉得比蛟肉更加美味，于是不再满足于等待大意落水的人类，而是主动出击，不但袭击过往船只，馋虫犯了还要上岸抢人，一时间闹得腥风血雨不可收拾。人间遭此大劫，天界震怒，派雷神前来剿灭斗木，一场大战下来，斗木一族损失大半，浩瀚海面赤血千里，本以为无须借百妖谱之力，斗木一族也将从世间彻底消失，但出乎意料的是，雷神并未将他们赶尽杀绝，而是留下了不曾吃过人肉的，以及年幼与怀有身孕的，然后颁下神令，要他们今后再不可祸乱人间，从此收敛心性，安分守己，否则，一员违令，株连全族，再无宽贷!

彼时他还在母亲的肚子里，兄长也还年幼。

在他的记忆里，被告诫最多的就是远离人界，更不能与人类有任何纠缠，不然吃亏的必会是他们。

所以他做过的最叛逆的事，无非是在夜里悄悄靠近海岸，在水下遥望人界的灯火繁华，他没有讨厌过这个地方，甚至在那些上了年纪的同族们咬牙切齿地控诉当年天界对他们下手太重时，他也觉得他们说的不全对，明明是他们先冲到人家那里吃人的……

有时候，兄长也会随他一道去远观人界，但兄长的眼神却很不一样，像是在海中遇到猎物那般冷静又渴望。而且他还知道，兄长是偷偷去过人界的。

时光飞逝,他从年幼的斗木长成了把身形大出他数倍的海兽鱼鲸都不放在眼中的“海中霸主”，可是，日子却越发难过起来。安稳的生活渐渐远去，他们迁移得越来越频繁，不少上了年岁的斗木也逐一死去，其实是连一半的岁数都没活到。

原因无他，唯觅食艰难而已。

说来也是唏嘘，这么些年来，倒不是他们自己的本事弱了，而是在一次次的交手中，蛟类也越发狡猾起来，如今已能在很远的距离外便嗅到他们的气味，根本不给他们靠近的机会便逃之夭夭。所以他们不得不费尽力气，在巨大的海域中寻找蛟类的踪迹，运气好的话能寻到一个巢穴，得一时饱饭，但多数时候都是饿肚子的。虽然海中的鱼或别的海兽可无限供应，但没有蛟肉给予的能量，斗木的寿命便会大受影响，都说世间万物皆有生克限制，斗木生而强悍，霸道于海中，无须担心成为他人的口下食，却不承想会受制于看似毫无还手之力，只能任其食用的蛟类，天道造物，果然难测。要说那人肉虽不及蛟肉有用，但好歹能比鱼肉强，可谁敢吃？雷神从不与人玩笑。

旁人听来也许觉得太好笑，但事实就是如此，海中的霸主因为吃不饱饭，走到了最危险最艰难的时段，他们身边的同族越来越少，直到有一天，母亲也闭上了眼睛。

剩下的还年轻的斗木们，也纷纷四散而去，说生活在一起也没用，倒不如趁年轻还有力气，去其他地方讨生活，各求平安吧。

那天，他们两兄弟在空荡荡的海水里，望着偶尔经过的鱼虾发了一天的呆。

翌日清晨，兄长浮向海面，说了一句："去人界。"

他自然跟从，心下还有点雀跃。

要生存便要懂变通。兄长的初衷自然不是去偷人肉吃，他说人界虽不及海域广阔，但却有海域中没有的宝物，以及一些身怀奇技的人，他的目的，是想寻一味能掩藏斗木气息的法宝或者药方。

可惜兄弟俩在人界游走数年，并未如愿。

但，天无绝人之路，化了人形的妖怪也沾了这句话的光，就在他们灰心的时候，一次偶然，改了他们的未来。

那一阵，他们正流连于烟州这座临海小城，此地名气虽不及扬州泉州那般大，却是"赶海客"们出海做生意的必经之路，按说出海行商也不是多特别的事，但不是所有出海做生意的人都被称作"赶海客"，唯有自烟州出发，一路往北，穿过一片名为骷髅头的海域，往那海中秘国做生意的，才有此称号。赶海客们平素里行事低调，不与业外之人往来，只依自己的规矩安排一切，颇有几分神秘。赶海客们去的"秘国"究竟是个什么地方，旁人无从知晓，只知那里有别处没有的好生意，能从秘国安全返回的赶海客们，带回的货物也是市面不常见的奇珍异宝。

能与赶海客扯上关系，皆因他们兄弟俩偷上了一艘正要从烟州港出发的商船，起初他们是听说那商船的主人常有各种罕见的奇药出售，本想着能不能从中得到自己想要的东西，谁知还没来得及将船主人的底细摸清楚，这船便出了大事——

行至骷髅头时，几只恶蛟趁夜袭击商船，眼见着就要翻船，船上众人皆以为这回难逃蛟口，孰料关键时刻两个面生的年轻人一跃入水，片刻之后，但见翻腾不止的海水里骤然泛起一片殷红，那几只骇人的恶蛟踪迹全无。众人正惊魂未定时，却见两只虎头龙身的怪兽自海中冲出，双双落到甲板上，其中一只的嘴边还露着一截来不及吞下去的蛟尾……众人大骇，慌乱中皆下跪叩头，口里大喊着海神爷爷饶命。

怪兽之一把蛟尾吞下去，打了个饱嗝，说：“船上可有炭炉？”

怪兽会说话？！众人更是又惊又怕，为首的商船主人，一个姓楚的赶海客忙不迭点头：“有有有！”

“都拿来与我兄弟俩烘一烘。”怪兽又道。

众人哪敢怠慢，赶紧搬出大小炭炉供其取暖。

片刻之后，怪兽渐渐化成虚影，坐在炭炉前的，却是之前那两个跳入水中的青年。

在场之人无不震惊，见多识广的楚老板亦不例外，好在是见过世面挨过风浪的赶海客，深知大千世界无奇不有，这才没有过于失态，且不论眼前二人究竟是个什么东西，若非他们出手，只怕全船人马早已葬身大海，再看二人只管坐在炭炉前烤火，面目正常，并无恶意，楚老板这才壮起胆子上前一步：“二位……神仙，可否告知来历？救命大恩，小老儿定当回报！”

他与兄长对视一眼，想不到自己的一生里还有被人当成神仙来膜拜的一天，他想笑，但又莫名觉得这种从未有过的被仰视的感觉……还不错。

然后，没费什么力气，大难不死心怀感激的楚老板就将他们的底细交代了个一清二楚，包括那“赶海客”的身份。而他们自然不打算将自己的真实身份告知这些人类，既然他们认为遇上了海神爷爷，那便大大方方当了这海神爷爷吧。

一番询问下来，除了知道世上有赶海客这一门行当，骷髅头之外有一处海中秘国之外，还知道这骷髅头下历来有恶蛟作乱，数量还不少。只因骷髅头是往秘国的必经之路，商船为保平安，多年来都会往这里投下鲜活的牛羊鸡鸭。之前倒是奏效的，得了这些活物，恶蛟们便不再兴风作浪，可最近几年却是不行了，它们不再满足于这点“供奉”，总是想方设法来袭击，许多商船不得不加固船身，有的还要聘请一些善于对付妖魔恶物的高人随船同行，可即便做足功夫，十艘船也只得六七艘能安全往返，所以这些年为了生意葬身蛟腹的赶海客也不是少数了。

“明知可能丢命也要出海，赚得很多吗？”兄长看着他们。

楚老板无奈道：“家中世代都是赶海客，一来不可丢祖业，二来世道艰难，除此之外也无别的营生之法，家中老小要吃饭，委实不敢懈怠。”

兄长笑笑：“命都没了，还拿什么去继承祖业？”

楚老板苦笑，没有答话。

这时，船员之中一个吓白了脸的年轻后生忍不住开口道：“不瞒海神爷爷，原本是有万无一失的法子的……”

“哦？”兄长好奇，“说来听听。”

后生又看了楚老板一眼，犹豫片刻，道："鸡鸭不奏效，人奏效。"

兄弟俩一愣，自然是明白这话的意思。

既喜人肉，看来此地的蛟还是蛟中最恶最贪的那一类，对斗木而言，越是凶恶的蛟，肉质越是鲜美，难怪方才吃下去的那几只如此美味，即便此刻腹中饱足，回想起那个滋味，他跟兄长几乎又要流下口水来。他赶紧咽了一口，不能在这帮人面前丢脸，毕竟他们现在可是不得了的海神爷爷呢。

"往水里扔活人……"楚老板从牙缝里挤出话来，眉头几乎绞在一起，"活人哪！！怎么能往海里扔！这是人干的事？"

众人不言语，半晌才有声音小声道："我们也是活人……"

楚老板深吸了一口气，看向众人："上船前，咱们自愿签了生死状，下船后，我承诺给大家的酬劳从无分毫短缺，我早说过咱们这一行是拿命赚钱，能接受的再来。"他顿了顿，直视着这群人，"旁人做什么我不管，我是不肯做的。拿命赚钱，是拿咱们自己的命，不是别人的。"

他语气不重，却字字铿锵，众人哑口无言。

兄长不作声，只如局外人一般看着他们。

而他只觉得，如果楚老板这样的人被吃掉了，好像不太对……嗯，幸好他们在这里。

船上的气氛变得很沉重，呼呼的海风吹过来，带着腥咸的味道。

这时，兄长突然笑出来，站起身看着所有人："既不想扔活人，那便扔我们吧。"

"啊？！"

楚老板吃了一惊，其他人也都面面相觑。

"我们不打听你们生意上的事，你们也不要执着于我们的身份，若能做到这般，咱们倒可以做一笔生意。"兄长看着楚老板。

"生意？"楚老板从错愕到受宠若惊，"您二位这般的人物，又是我们的救命恩人，有什么只管吩咐，但凡小老儿能帮上忙的，必赴汤蹈火，我们哪敢与二位做生意！"

"你是生意人，咱们当然要做生意。"兄长笑着拍拍他的肩，"今后你们出海，雇用我们为船员即可，我们保证安全护送你们穿过骷髅头。至于酬劳，一艘与眼前差不离的船即可，不过不着急，我们需要的时候再给我们吧。"

"只要一艘船，二位便愿意保我们平安？"楚老板不敢相信能有这般好事。

"对。"兄长点头。

他看着兄长，不知对方打算，平白无故地拿一只船来干什么？他们大多数时间不还是在海里待着吗？

“好好好！一言为定！！”楚老板高兴得要跳起来，这几年来困扰他的最大难题居然以这样容易的方式解决了，简直做梦似的，一条商船虽然造价不菲，但能换一船人命，以及更多更大的生意，怎么都划算！

“一言为定！”兄长眼中也有拼命压制住的欢喜，然后看着他，低声道，“我们不用再寻什么灵药了。”

他一愣，突然明白了兄长的意思。

确实不用再苦苦追寻掩盖气息的宝物灵药了，这便是天意莫测吧，当年斗木一族因人类而遭重惩，如今他们危在旦夕时，却又靠人类得了转机……若没有上楚老板的船，他们怕是永远不会知道，只要跟人类同在一船，蛟类便发觉不了他们的存在，而人类的味道不但能帮他们掩盖身份，还是吸引蛟类的最佳“饵食”，一举两得。

此后，他们在楚老板的船上帮了近三年的忙，楚老板人船平安，生意顺风顺水，也依足了约定，对外绝不提起他兄弟二人半分，即便常有同行质疑为何单他的船能平安往返，他也只说恐是烧香拜佛得了庇佑，底下的船员们也念着兄弟俩的救命之恩，任旁人如何打听皆不泄露半分。至于他们两兄弟，每次也只护送他们通过骷髅头，绝不往前多走一步，这三年来双方合作愉快，各得其所，楚老板赚得盆满钵满，他们吃得心满意足，这骷髅头是行海之人的噩梦，却是他们兄弟俩的福地，此处不光有恶蛟盘踞，根本就是个难得的蛟巢。

不过，骷髅头也终不是一劳永逸的地方，恶蛟虽恶，嗅觉也好，但始终灵智未开，性子贪婪又蠢钝，吃了三年的亏都没有意识到是它们的天敌在拿人类当诱饵，如此一来，被吃干抹净也在所难免，到往来的商船渐渐发现即便不用往骷髅头的海水里扔活物也能平安经过时，他们两兄弟也正式辞别楚老板，取走了他们说好的报酬，一艘能容纳十几二十人的船。

有了船，再有了人，海域之广，何愁寻不到下一个风水宝地。

临别之际，兄长送了楚老板一块三寸见方的黑木，上有纹路似年轮，异香阵阵，他让楚老板将这块木头嵌到船身上，说只要船上有这块木头，无论他们经过多凶险的海域，都可平安渡过。

原本楚老板还在担心他们走后再无人护航，却得了这样一块宝贝，不禁感激涕零，跪地叩谢，说无论他们是何来历，在他老楚眼中，他们兄弟俩就是比神仙还神仙的人物，还让他们得空一定要回烟州来，他们永远是他老楚家的座上宾。

一段缘分，算是圆满收场。

有了这样一段际遇，他突然觉得，原来不是所有的禁忌都糟糕，人界于他再不是一个只能遥望不可踏足的地方，在海中无法扭转的命运，也许在地上可以。

兄长应该比他更早明白这一点？

从那之后，他们又回到了海域，只是把大部分时间从海下搬到了船上，而且每隔一段时间，便要为自己的船雇用一批人类船员，以行商之名，往各沿海城池而去，什么生意都做，做得最顺手的，还是保镖。有他们在，雇主们装满贵重货物的船只无论去到多么凶险的地方，遇上海匪强盗还是恶蛟妖物，都不必担心有任何折损。姓斗的兄弟渐渐在行海商客之中闯出了名气，常有人慕名而来，只是他们的船总是行踪不定，而这兄弟俩又与普通生意人不同，接生意只看自己心情，从不在意酬劳，性情颇有些古怪。

本来，今时不同往日，食物再不短缺，他们照着自己的法子一路“钓”来的蛟肉已经足够，多余的还能带回深海老家给那些生存艰难的老幼食用，只是他们从未对别的同族透露过他们在人界的所作所为，原本他问过兄长为何不把他们觅食的法子告诉他们，省得他们再过饥肠辘辘的日子，兄长却说不可，不是所有同族都能有他们的巧遇，而人界也并非人人都是楚老板，一旦弄巧成拙，斗木一族遭的罪，怕不只是饿肚子那么简单了。

他不是很明白，但既然兄长这么说了，就自有他的道理吧，毕竟他比自己懂得多。

日子也就这样平稳地过下来了，这些年他们不但解决了食物的问题，做生意即便是装装样子，也积累了不少钱财，他们向来大方，赚来的钱除了必要开支，全都给了船员当工钱，到遣散的时候，还会额外给他们一大笔遣散费，也难怪跑船为生的人个个都想上他们的船，只是他们做生意虽然随便，挑船员可一点都不随便。

毕竟，他们不仅仅是船员，还是至关重要的“饵”。

尾

今年夏季的一场暴雨后，他们的船又停在了烟州港，倒不是刻意回来怀旧，只是刚好接了一单运送瓷器的生意，目的地正是烟州。

兄长说这批船员已经在船上一年了，该换新人了，烟州城中跑船者甚多，应该很容易选到满意的。

他点头。这是他们的规矩，船员一年一换。

他们按惯例往码头上的茶铺里放了招募船员的消息，又给了茶铺老板一些酬金，然后便回去等消息了。毫无意外，以他们开出的条件，短短几日已有过百人来船上毛遂自荐，而他们也照自己的条件，从中选了十人，又每人发了一块刻着“斗”字的铜牌给他们，作为正式录用的凭证，然后让他们各自回去安顿家务，三日之后上船出发。

趁着这几日空当，他们顺道去了一趟楚老板家，本想探望一下这个老朋友，谁知他的家丁却说老爷与少爷一道出了远门做生意，已半年不曾归家，他们只得放下礼物，留了一张要楚老板保重身体，他们现在过得很好，如果有什么需要帮忙依然可以找他们之类的客套话字条。

回来的路上，他笑着跟兄长说："这老头怕不是掉进钱眼儿里了，按说赚的钱已经几辈子花不完了，还不肯解甲归田。"

"有人天生是闲不住的，跟赚钱与否无关。"

"要是我们不用捕蛟也能好好活着，我便再也不下海了，找个舒服的小城住下，喝酒吃肉，种花种草，每天睡到日上三竿才起来！"

"你生于海长于海，一方霸主，竟想上陆生活，如此没有志气。"

"一方霸主……自我出生起，便从未觉得咱们'霸'过……连肚子都是好不容易才填饱的。哪个霸主有咱们这么艰难的？"

"那是你没见过当年咱们兴盛时。"

"你也说是当年了……"

兄弟俩正聊着，一阵烟熏火燎的味道飘来，略是呛人。此刻才刚天黑，不远处的街边已然烧起了好几堆香蜡纸钱，跪在火堆前烧纸的人，无不念念有词，希望先祖九泉有灵保佑后辈之类的，这时他们方才想起，按人间时节，此时已近中元，正是人类祭奠先祖的时候。再一想到他们自己的先祖，以及斗木一族的现况，兄弟俩一时无话。

明天就要出发，回到船上，兄长收拾一番，早早便睡下了，他素来自律得很，生活起居从不放肆。

他却怎么都睡不着，鼻子里总有那股烟熏火燎的味道。

躺在床上挨到深夜，他干脆起来，站在船头换换气，遥见码头上还有人在贩卖纸钱水灯，他心下一动，下了船去，随便买了几个纸灯。

正要回去时，一转身却与一个妇人撞到，那妇人正揪着身旁幼童的耳朵骂骂咧咧，被他一撞就更是火大，白眼翻上了天，骂他这么大个人不长眼睛真是讨厌，骂完他又继续骂孩子，无非是这么晚还在水边玩，就不怕被水里的水鬼抓了去之类。

他哭笑不得地看那妇人气冲冲的背影，比起鬼，她面前这个可以一口咬掉她脑袋的妖怪不是更可怕吗。

他摇摇头，抱着纸灯选了个临水的僻静处，点亮这些纸船纸莲花，学着人类的样子放到了水中。

给谁呢？给母亲吧……

她在深海中老老实实地过了一生，见过鱼虾海怪、水藻礁石，还有偶尔穿过海面透下来的旖旎光线，除此之外就是不停流动的海水，或浓或淡的幽暗。她没有见过太阳从远山上升起的样子，没有见过人声鼎沸的茶铺，没有闻过刚出炉的鸡腿的香味，她甚至不知道一艘船的完整样子，因为雷神的警告，她连海面都不敢接近，到死都谨小慎微。

他蹲在岸上，沉默地目送远去的纸船。

良久，一阵冷风吹来，将他自沉思中唤醒过来，水灯已经漂远，他估摸了一下时间，心说也该回去睡觉了。

正要起身，脚下那片深不见底的海水中，突然探出一只惨白的手，端端抓住了他的脚踝！

纵是妖怪，也很难不被吓到。

他倒抽一口冷气，身子一退，一屁股坐到石阶上，那抓住他的手却没有松开半分，被他这么一带，一个黑发凌乱垂下，连正面背面都看不清的脑袋也从水下冒了出来。

刚刚那妇人的话顿时在他耳畔炸开——你就不怕被水鬼抓了去！

而且你说巧不巧，正好还是中元节……

一层冷汗从他额头冒出来，来不及做任何思考，倒是“一方霸主”的本性总算在这个时候体现出来了，他狠狠一脚踢在那个脑袋上。

“哎哟！”

一声尖细的惨叫，抓住他的手也顺势松开了去。

怎么，人界的鬼也会喊“哎哟”？！

他觉得哪里不对……

楔子

“我能杀掉比我大一倍的狮子，却从未想过要走出笼子一步。”

“我可以洗衣煮饭，但我的一生不能只有洗衣煮饭。”

◦ 1 ◦

坏了，这是踢死人了？！

他煞白着一张脸，踢出去的脚还悬在半空，眼前的水面上，一个很像人的东西没有知觉地僵伸着四肢，缓缓漂浮出来，随着水流晃荡的，还有一缕缕散开的长发。

他赶紧收回脚，下意识地朝四周看去，码头附近早已空无一人，连那卖纸钱烛灯的贩子都收了摊档，裹着潮热湿气的深夜里，只有他这边的动静最大。

幸好没人了。

他稍微平静了一些，兄长常提醒他，在岸上时定要低调警惕，尽量避免一切惹人注目的行为，更不可惹上官非人命，尤其是人命！这些只能活上几十年，又容易生病受伤的家伙们太脆弱，若一不小心害了他们性命，纵不是为了吃他们的肉，若被雷神知道了，也必是大麻烦一桩，在雷神这个出手狠绝心眼儿还小的老东西手里挂了名的，守规矩是保平安的唯一法宝。一想到雷神的霹雳手段，他稍微平静的心转眼又揪紧起来。

什么中元节什么水鬼都顾不得了，他赶紧下水，在那个家伙漂远之前将其揽住，三两下拖回岸上。

夜色深重，借着码头上零星的灯火，他勉强确定了躺在眼前的是一个人，有重量有实体，手脚不但被海水泡得发白，还有大大小小的伤口。他犹豫片刻，伸手撩开缠在对方脸上的头发，一张并不吓人的女子脸孔出现在微黄的光线里，双目紧闭，气息全无，额头上还有一个新鲜的大包。

现在他完全确定对方不是水鬼了，但他现在的心情却比见鬼了还糟糕，完了，没气了，自己那一脚真的那么重？！

他手足无措，又往四周看，此刻他倒希望有人了，起码能来帮忙抢救一下，他杀蛟杀海怪厉害得很，可是救人……他几时救过人了？曾经倒也见过有人救出溺水的人，可他也是瞟一眼就走了，反正他跟兄长这辈子都不可能溺水，那些被选中跟随他们赶海行船的船员们，水性也是一个比一个好，所以他压根儿就没想过发展这一项技能……

“喂！”他心慌意乱地喊了一声，又接连几巴掌打在对方冰凉的脸上，“你死没死？没死你应我一声啊！”

对方当然是没有应他的，除了脸上多了几个巴掌印，没有任何变化。

他更慌了，努力回忆当初看别人救人的全部场面，但又回忆不出什么有效的细节，只依稀记得旁人说过溺水的人容易丢魂，得喊魂才能缓过来。可喊魂又是什么鬼玩意儿，他连这个人叫什么都不知道，要喊什么呢？

脑子里一片混乱的他唯一确定的，是他再不抓紧时间施救的话，这个人就真要变成鬼了，一个写满死字的巨雷仿佛已经在他头顶炸开……

他一把将她扶起来，拼命摇晃：“醒醒啊！你万万死不得啊！你要死也要先去跟雷神说清楚这只是个意外，是你突然冒出来吓到我我才踢了你一脚，那是本能不是恶意！！”

女子被他摇出了重影，却仍没有醒转的迹象。

他有点绝望了，早知今晚就不下船了，跟兄长一样早睡早起不就没事了！如今要怎么收拾？！

“你别摇了行不行！她只是被你踢晕过去呛了几口水，你把她放平，稍微用力压一下她的肚子，让她把水吐出来！”

他因极度紧张而模糊的视线里突然有了一道亮光，最后终于聚焦在女子的头顶上——

一张……熊脸？！

应该是熊吧，长得有点像，就是耳朵比较大，像两把长了毛的蒲扇，毛色也与常见的熊不同，是一种罕见的铁灰色，如果它不张嘴说话，真是像极了一尊用铁铸成的雕像……但是，这“雕像”并不完整，因为它只有一个脑袋，脑袋以下只是一团云雾状的虚无之形，仔细看看，其实连这个脑袋也是半透明的。

这一团东西，不知何时飘在女子的头顶上，表情嫌弃地瞪着他。

他自然是顾不得研究这团东西的，救人要紧，赶忙照对方所说，把女子放平在地，用逐渐递增的力气按压她的腹部，心里默念着千万别死。

“你下手别太重了，仔细把她骨头给压断了！我可告诉你，要是她死了，我跟你没完！不就是被人抓了一下脚吗，哪有胆子小成你这样的妖怪！没出息！”

熊头飘到他旁边，一边监督他施救一边愤愤骂道。

他额头上渗出细汗，对方说什么他都没太听进去，只管一次又一次按压下去。

不知道按了几十还是上百次，手下那个孱弱的家伙终于吐出了一口水，然后猛烈咳嗽起来。

他大喜，赶紧把她扶起来，拍着她的背说：“没事了没事了，你接着吐！”

女子咳了半天，终于有了缓和的迹象，她半睁着眼睛，脸上全是梦游般的神情，半晌才缓缓道：“我……头疼……”

话音未落，她脑袋一歪，整个人又晕在他怀里。

“喂！你怎的又不行了？”他又急了，赶忙探她的鼻息，发现有气，这才松了一口大气，头疼不头疼的无所谓，人活着就行啊。

“谁挨上你那一脚不头疼？那么大个包挂那儿呢！”熊头哼了一声。

“我的错我的错……”他点头，但旋即又有点不服气，“可她也不能大半夜随便从水里冒出来抓我脚吧！”

“我不管，反正是你踢的！”熊头翻了个白眼。

这时，他终于能把注意力放到这一团怪东西身上，抹了抹额头上的汗，也想起了方才听到的话：“你说我是妖怪？”

“明妖不说暗话，就别在我面前装了。妖气都赶上发霉的鱼干儿了，海里的玩意儿吧？”熊头耸了耸鼻子，扮了个要吐的鬼脸，“你要不是妖怪，我还不出来见你呢！而且还这么蠢，连救个人都不会。”

他皱眉：“你够了啊，我长这么大头回被人骂成这样，要不是你帮了我大忙，信不信我一口吞了你！”

"你吞得了我吗？"熊头干脆把脑袋支到他面前，"来来，吞吞看！我要是往回缩半寸都算我输！"

他把脑袋朝后仰了仰："不必，你连实体都没有，自然是不怕我的牙。"他盯着这个坏脾气的熊头，心下还是有几分好奇的："这是你的本相？"

"一部分。"熊头飘回到另一侧，没好气道，"人蠢眼睛还不好使，没看见我只剩一个头吗！我真正的模样，你看到了会吓死！"

"那你到底是什么？说出来吓吓我。"

"吾乃天铁！"

"没听过……"

熊头大怒："没见识的玩意儿！若是从前的我，你这样的，我一口吞十个！"

"你脾气真差……"他叹气。

"你别管我的脾气，蔡鲤鲤的命现在就交给你了，要是她在你手上有个什么三长两短，耽搁了我的大事，必不饶你！"熊头眼中几乎要冒出火来。

"都只剩一个头了还能有啥大事……"他想笑又不太敢，看看怀中昏迷不醒的女子，嘀咕道，"蔡鲤鲤？呃，她爹一定很喜欢养鱼吧……"

想了想，他将她抱起来，没办法，总归是因为他那一脚才害她如此，只能先带回去了，只希望兄长不要再教训他一顿才好。

他正要走，又停下，转过脑袋看着熊头："你到底是从哪里冒出来的？一直跟这位姑娘在一起？"

熊头看着女子，眼神缓和了一刹那，旋即又凶声恶气道："你少管我们的事！反正你得给我把她完好无损地带回来，还有……"它加重语气，"若之后她醒了，你半个字都不可提到我。"

"为何？"他不解，"你们不是很熟吗？"

"熟？"熊头转了转眼珠，"也是，她十七岁时我便跟着她了，确实熟。"它顿了顿，又说，"但她从不知我的存在。"说罢，又扭过头对他咧嘴一笑："毕竟，她是我的食物，时间一到我便要吃掉她的。"

食物？还以为他们的关系不错呢……

"还愣个啥？赶紧带她去个安全的地方休养，好吃好喝的一样不能少！蠢妖怪！"熊头骂骂咧咧地转了个圈儿，转眼化作一道光，落到了女子的心口上。

他定睛一看，一小块灰白的类似某种动物骨头的东西，用一条红绳系着，牢牢挂在她的脖颈上。

这妖怪一直藏身在这块骨头里？

他越发好奇，天铁是真没听过，兴许兄长知道？

这一夜的遭遇委实惊心动魄，竟给他遇到这么离谱的妖怪，还有怀里这个叫蔡鲤鲤的女子，看起来甚是寻常，可寻常女子又怎会大半夜从水里冒出来……

他长长吐出一口气，却不知这中元之夜，是这蔡鲤鲤运气不佳，还是他倒了大霉。

唯一庆幸的是，没出人命。

他摇摇头，抱着怀中人快步离去。

○ 2 ○

他们的船，已经延迟出发三天，这是从来没有过的事。

蔡鲤鲤的头倒是不痛了，但他很头痛，兄长更头痛。

因为蔡鲤鲤不想走了……人类是不是通常把这种行为称为“无赖”？！

今天午后，兄长站在船头，即便是当年饿了十天半个月都吃不上一口肉的时候，都没见他的眉头锁得这么紧，他将手指从栏杆上缓缓抹过去，然后伸到眼前，自言自语：“真的是……一尘不染。”

他蹲下来，学着兄长的样子伸出手指往甲板上蹭了一下，随后竖起手指对兄长苦笑道：“我今早看见她连甲板都用抹布擦了五遍……”

“我知道啊。”兄长叹气，“可那又怎样呢？我们的船上并不需要一个擦地工。”

“她还把我们的脏衣服洗了……”

“我知道……”

“她还给大家煮好了午饭……”

“我知道！！”

蔡鲤鲤真的勤快得要命，从她清醒过来到确定了身在何处再到确定了他们的身份之后，她就再也躺不住了，哪怕额头上敷着药膏也并不妨碍她积极向他们推销自己，说自己身体好力气大，洗衣煮饭打扫清理缝缝补补无一不擅长，水性也不差，总之就是想尽理由要他们留她在船上。

可这怎么可能呢？他们的船上怎会留一个女子呢！

“不行。”兄长当即拒绝，“容你在我们船上暂时休养，已是不得已为之，总不能让你带着伤昏死街头。你既已苏醒，看样子也无大碍，我再赠你一些盘缠，你快些下船去吧，莫再耽搁我们的时间。”

蔡鲤鲤却使劲摇头，赖在床上不肯下来：“我是诚心想留在船上帮忙的！我一分工钱都不要，只求两餐温饱，而且我吃得很少！”

“我们的船只雇用男船员，你一个姑娘家，跟十几二十个大老爷们儿共处一室，你觉得方便吗？”兄长皱起眉头，又不好动粗把她拽下来扔出去。

“方便啊！”她瞪大眼睛，“其实我也不算姑娘家了。”她有点不好意思地笑笑，“我以前是嫁了人的。”

“我们不方便啊！”兄长的声音高了一个度，“你是大姑娘还是他人妇我们不在意，反正我们船上就不能有女的！”

“男人是人，女人不是人？”她还是瞪大眼睛，瘦小的身子挺直起来，拍着心口保证，“我手脚特别勤快！我擦的桌子能照出人影来！”

“我们有镜子！！”

“我洗的衣服干净得像新的！”

“我们是可以三个月不换衣服的臭男人！”

“我做饭好吃呢！”

“我们不挑食！！”

“船主恩公，我这就去做事，你们且看我行不行。”

“不是……喂喂你去哪儿！！”

他想笑，这么狂躁又无计可施的样子，居然会出现在素来冷静的兄长身上。

“你怎么会招惹到这样的疯婆子？”兄长的火气终于烧到他身上了，“简直跟听不懂人话一样！”

“怪我下脚重了。”他无奈，“好歹是个弱女子，总不能不管她。”

“我们已经管了，她现在生龙活虎的样子哪里弱了？”兄长揉着发胀的额头，“人是你带回来的，给你一天时间，明天日落前，我不要在我的船上再看见她！”

“可她……”他犹豫了片刻，又小声对兄长道，“她身上有个妖怪，你不是也见到了吗？”

“就那个只会骂人的熊头？”兄长放下手，冷笑一声，“它若是一只完整的天铁，我倒还能考虑将它留为己用，可如今它那个鬼样子，除了骂人，什么都做不到，这样的废物拿来何用？”

“你知道天铁？”他好奇极了，“它完整的样子又是什么样的？”

兄长不以为意道：“传闻早年间有加毗叶国向高宗皇帝进贡过一只天铁，说是能擒狮子白象，凶悍无匹。我虽未亲见，料想也不过是空有力气的妖兽罢了，不然也不至于被当作贡品送了。”

“原来你也没有见过它完整的样子啊。”他遗憾道，“可怎么会只剩一个头了呢？又是怎么到了她脖子上的呢？”

“那谁知道。”兄长白他一眼，“我也不想知道。总之你最好收起你的好奇心，赶紧把这个女的给我弄走！”

“好……”他赶紧在兄长的怒火烧死自己前退出了船舱。

看来是真不能留了，其实他是不介意的，人们不是常说缘分缘分吗，能在中元节的深夜被他当成鬼一脚踢中，也是不得了的缘分吧？不然怎么偏偏就是他呢，那天他明明应该在船上的，却鬼使神差去了水边放灯。若她真如她所说的那般能干，留在船上也不是个坏事，还有与她寸步不离的熊头，他分明听到它说蔡鲤鲤是它的食物……它那个样子还能吃得了人？骗人的吧……那万一它真能吃，他们把蔡鲤鲤赶走，岂不是见死不救？

他心头乱七八糟的想法太多，却一个都不敢再讲给兄长听，在人界跑船的这些年，兄长对他的诸多嘱咐中，必有一条“少管闲事”，兄长说他们在人界奔波的唯一目的就是吃饱肚子，除此之外都是闲事。

蔡鲤鲤就是彻底的闲事吧……

他刚走到甲板上，却冷不丁瞧见桅杆上爬了一个人，正要伸手去解杆上的那面印着一只兽头的旗子，那是他们随便挑来的。听旁人说，像他们这样跟大海讨生活的家伙，船上得挂个颜色鲜艳图案凶悍的旗才吉利。

可她爬上去想做啥？

他差点吓死，两步走到桅杆下，仰头大喊：“你在干啥！”

“你们的旗子又脏又破了，我取下来洗洗，再补一补。”她像个吃错药的猴子一样紧紧抱着桅杆，大声回他，“旗子干干净净的才精神呢！”

这女人……桅杆虽然不算太高，可她头上的包还没消呢，万一头晕眼花掉下来，这人命不还得算他头上！

“你给我下来！”他加重语气，“立刻！马上！”

她还在犹豫。

“下来！！！”

蔡鲤鲤这才哆哆嗦嗦地滑下来。

她平安着陆，他悬着的心才放下来，诧异地打量她：“你还会爬杆？”

“第一次爬。”她倒是老实，“但我会爬树，再高的树都难不住我。”

他现在也体会到兄长头昏脑涨的感觉了，语重心长道：“蔡姑娘……蔡姐姐？怎么都行吧，我们真的不需要你帮我们洗旗子，也不需要你帮我们洗衣服做饭。我踢伤你是我不对，但我该做的都做了，如今你既无大碍，还是赶紧下船吧，我们已经因为你耽搁了不少时间，做我们这行的，最怕船期受影响，你若觉得我还不是那么坏的话，就当帮我的忙，不要影响我们的生意，行不行？”

从她醒来后一直都很精神的一张脸，终于有了一丝泄气的样子。

“真的不能留在你们的船上吗……”她垂下头，失望地绞着手指。

“抱歉，真的不能。”他放缓语气，“不过你放心，我兄长说过会给你盘缠，他脾气不算好，但钱这方面从不亏待人，不会少给你的，就当是对你头上的伤的补偿吧。拿了钱，你往后的日子也不会太难。”

蔡鲤鲤不说话，仍是低头绞手指。

“对了，你既说你嫁了人，又怎会孤身一人掉进海里？”他脱口而出，“你是失足掉进海里的吧？”

“嗯……啊……”她支吾了半天，抬起头，指了指那个包，笑道，“我没事了，多谢你把我带回来救治。我……这就下船了。”

总算说通了……他松了口大气，旋即却又觉得这就把人赶走始终有点不妥，又道：“你醒了到现在都没吃东西，要不我带你到码头附近的食肆吃点东西，再给你买一身新衣裳吧。”

他打量着她，那晚事出突然，她浑身湿透，实在没有女子衣裳给她换，只能将他们兄弟俩的旧衣服勉强套在她身上，虽然她的身形比别的女子高一些，但仍是远远撑不起他们的衣裳，风一吹，整个人都晃晃悠悠的，像个无主孤魂。

看起来是有点可怜，但没办法。

所谓缘分，来得快去得也快。只能尽量多给她一些钱吧，并且希望那个熊头说的狠话只是狠话而已，不然他费了那么大劲才救回来的人最终还是成了妖怪的口粮，那还不如不救！

唉，反正他决定了，以后每个中元节，他都会老老实实待在船上，哪儿都不去。

○ 3 ○

兄长没有食言，的确给了她一笔不菲的“补偿金”，她却只拿了一小半，说够了，她吃不了多少，再说她还会做工赚钱，饿不死的。

他也没有食言，向兄长讨了半个下午，带着她去码头附近买了两套新衣裳，然后两人进了一间小饭馆，他要了店里最贵的饭菜，让她吃饱吃好。

她由始至终都是感激他的，一点都不记恨他踢自己的那一脚，说他们是不踢不相识。

然后他发现她并不像她说的那样吃得很少……光是鱼羹就喝了六碗。

她吃得非常尽兴，挂在脖子上的那块残骨在她的大快朵颐中晃荡不止，好几次他都盯着那块骨头入神。自她从昏迷中醒来后，天铁便再没有现过身，如果它是一只那么凶猛的妖怪，又怎的落到如今这落魄模样？他有些遗憾，吃完这顿饭，他应该永远没机会问到答案了。

一个肉末煎饼转眼就被她咬掉一半，还来不及咽下去，她的目光无意间落在窗外，她骤然一惊，旋即便整个人嗖一下缩到饭桌下头，腮帮子被煎饼塞得鼓鼓囊囊，却连嚼都不敢嚼一下。

这是大白天见了鬼了？

他埋头看桌子底下："你这是……"

"嘘！"她赶紧竖起手指，费力地把饼子吞下去，小声道，"外头那个大胡子走远没有？"

"大胡子？"他抬头往窗外一瞧，看了半天才在往来的人流中发现一个身形矮壮，留着络腮胡的黄衣男子，此刻正在一处卖干货的摊档前挑挑拣拣。

"你说的可是那身着黄衣的男子？"他问。

"是！"她几乎用气声在回答，生怕被外头的人发现。

"他在斜对面买鱼干儿呢，没走远。"

"买鱼干儿？"

她赶紧从桌下钻出来，小心翼翼地趴到窗户下头，露出半个脑袋看过去，发现对方确实在买鱼干儿，直到那人买完并且离开之后，她终于大大地松了口气，抹着头上的冷汗回了原位，嘀咕道："吓死我了。"

他十分不解："是你认识的人？"

"不认识。"她尴尬地笑笑，脱口而出，"看岔了，还以为是他又追来了呢。"

"他？"他又朝窗外看看，大胡子已然消失在远处，他转回头，盯着大口喝茶压惊的她，"光是相似的人都让你怕成这样？"

她喝光整碗茶，打了个饱嗝，又朝外头瞟一眼，答非所问："没事的，认错人了。"

"那晚给你换衣服时，我看到你身上有许多旧伤痕。"他本也不想追问了，奈何嘴巴不听话。

那也是无奈，即便是夏天，也不能让一个伤者穿着湿衣裳躺着，船上又没有一个女人，他只好抛开男女授受不亲这样的话替她换衣服，就这样还被那突然跳出来的熊头骂了一顿，说他动作太慢眼睛还乱看，非逼着他把灯熄了才准许他继续，实在无语。但即便如此，他依然看到了她脖子跟肩膀上的烫伤，以及身体别处已经看不出来历的旧痕迹，最可怕的是她手臂上还有一道颇深的刀疤，手掌上也有。

这些伤痕，他着实想不到为何会出现在她这么个寻常女子身上，他见过的各路江湖人士都没有谁是如此伤痕累累。

她抱着茶碗，目光落在空空的碗底，许久才抬头一笑："我留了一封休书给我丈夫。"

"啊？"他诧异，这就是她被伤害的原因？可他听说人类只有休妻一说，休夫……起码他是第一次听到。

"不过我也不知道那算不算休书啊，随便写的。"她故作轻松，笑嘻嘻地说，"总得给他一个交代，我不是逃跑，是离开。"

他看着她嘴角还沾着肉末的脸，估算着她说的话有多少可信度。

"真的。"她看着他的眼睛，"你救了我，我不骗你。我就是个大逆不道的女人。"

他沉默片刻，直言："嘴上说不是逃跑，可我看你逃得很狼狈啊。"

"这……"她有些不好意思，"我离开那个人已经三年了，起初他确实四下找我，但都没有得逞。"她下意识地攥了攥拳头，"我只要走远再走远，以他的性子，早晚会放弃的。"

"你走了多远？"他喝了一口茶。

"我老家在环州。"

他被茶水呛到。环州……北方的北方啊，离烟州足有数千里之遥！

"你就一个人这么……这么走到烟州的？"他难以置信地看着她。

"也坐车的，牛车马车驴车，只要能捎带上我的，都成。"她老实回答。

"就为了躲开你丈夫？"

"是离开。"她纠正。

"好吧。"他往她碗里添上茶，"那你那天怎会从水里冒出来？"

"遇到两个贼人，他们抢了我的行囊，我所有家当都在里头。"她苦笑，"所以我怎可能不追呢，我跑得可快了！"

"追到了？"

"追到了！"

"然后你们一定是纠缠起来，你必定打不过两个贼人，最后被人扔下海了？"

"不是……两个贼人逃到船上了，我就跳下海去追，游着游着我就没力气了……我一路浮浮沉沉，都不记得自己是如何回到岸边的，头昏脑涨之下，依稀看到前头有一双脚，便想也不想就去抓了。"说到这儿，她自己都笑出来，"谁知把你吓个半死，实在抱歉。"

他哭笑不得，摆摆手："算了，你也说了，不踢不相识。"说罢他又心生担忧，问她："接下来有何打算？"

她拍拍自己鼓鼓的行囊："有钱，有新衣裳，继续走就是了。不过你放心，这回我再不能让人抢了。"说罢，她又拿起心口上那块骨头，故作神秘道："而且我还有这个！"

"这是何物？好像只是个骨头。"他装傻。

"是骨头，但不是普通的骨头。"她小声说，"它会发光！"

“发光？”他继续装，“夜明珠萤火虫才会发光吧，一个骨头怎会发光？”

“所以它不是普通骨头啊！”她把骨头放回心口，爱惜地摸了摸，“在黑暗处，只要我摸摸它，它就会发出银灰色的光，比油灯还亮。它是我这辈子见过的最不得了的宝贝！有它在，再黑的地方我都不怕。所以，我的日子不会太坏的。”

原来，你只当它是个照明的玩意儿……

既然她都这样讲了，那么他应该顺着她的意思表示放心然后祝她一路平安，在这张饭桌上结束跟她的一切缘分，这样才是整件事情的正确结局吧，起码在兄长眼里是正确的。

那就祝你前程似锦了，这句话已经到他嘴边了，出来却变成：“你刚才躲在桌子底下的样子，可没有你此刻表现得这般潇洒。”他顿了顿，“离开他三年了，还是这么害怕？”

她又喝下半碗茶，笑道：“也许再过三年就好了。”

“若是被他找到，你会如何？”他再问。

她想了想，一吐舌头：“那此生就没有机会跟你坐在这里吃饭了。”

他勉强地扬起嘴角，附和她并不好笑的玩笑。这个女人，一直在用流于表面的轻松来化解心头无法释怀的恐惧，走远再走远……那得要多远才能走到她想要的安稳？而仅仅是走到烟州，她已经吃过多少苦头了？

“为何那么想留在我们的船上？”他突然问。

她扭头看着窗外，入神地听着隐隐的海浪声，好一会儿才说：“我听人讲，咱们脚下的地其实很小的，真正辽阔宽广的，是海。你们的船那么大，一定可以到最远的海吧。”

原来，她只是执着于她还没有到达的“远方”而已。

他思忖片刻，对店小二道：“结账！”

○ 4 ○

“总之，船上是不是擦得一尘不染我不管，衣服洗得干净不干净我不管，饭烧得好不好吃我也不管。”兄长扶着栏杆，面无表情地看着遥远的海面，“人是你留下的，今后若出了什么纰漏，你一个人兜着，莫指望我来善后。”

他站在后头，不敢有半个不字，只小声说：“我知道留她下来是件头痛的事情，可再一细想，万一今后你也同我有一样的遭遇，比如不小心伤到了一个姑娘，有她在身边，起码换衣服换药服侍起居要方便得多。”

这是什么见了鬼的理由！

兄长猛然回头，眼神能杀人，从牙缝里蹦出字来：“我若能做出同你一般的蠢事，自己一早便跳海了结，哪还有脸站在身旁碍人眼！”说罢便拂袖而去，留他一人在甲板上吹风。

“行行，下回再有这事我就去跳海。”他撇撇嘴，突然又挠头，“可咱们俩就算跳了海也不会怎样啊。”

兄长重重地哼了一声，都懒得回头看他。

“她煮的饭真的不错啊！”他又大声补了一句。

那么，头痛归头痛，蔡鲤鲤还是被留下了，成了他们船上有史以来第一位女船员，只是兄长不肯把每个船员都有的铜牌发给她。

大概这就是兄长最后的倔强，好像不发那铜牌，蔡鲤鲤就永远不在自己的允许之中。但他无所谓，蔡鲤鲤更无所谓，能留在他们的船上，她已经高兴得要哭出来了。

第二天一早，延误了好几天的船终于离开了烟州码头。

而他们已然习惯了的踏浪行船的日子，多少变得不太习惯起来，开头那段时间，兄长一点好脸色都没有给他，对蔡鲤鲤也没有半分温和的神情。当初他带着蔡鲤鲤回到船上，把她的情况悄悄说给兄长听，恳求他同意把她留下来，兄长考虑了足足一个时辰，然后跟蔡鲤鲤说了他说得最长的一段话：一是她可铁了心要留在船上工作，二是她可知上了船出了海，哪怕丢了性命也只能怪自己倒霉，三是他们绝对不会因为她的性别而给她任何额外的照顾，以一个月为限，如果这一个月内她胜任不了自己的工作，哪怕只犯一个错误，立刻下船，永不复见。

面对如此严苛的条件，蔡鲤鲤没有半分退缩，她对兄长只有一句话：“我都知道了，我接受，谢谢船主。”神情严肃不过两秒，她转眼便欢喜地跑到他面前，兴奋地拉着他的手说：“我以后能看见真正的海了！”

她是真的开心，豁出性命也值得的开心。

在风浪之中穿行颠簸的日子其实十分辛苦，还枯燥。十天半月乃至大半年都被困顿于小小一艘船上，睁眼闭眼见到的都是同一片海水，同一片阴晴不定的天空，耳畔只有风浪高低变化的声音，偶尔也有喝多了两口烧酒的船员，站在船头大声唱着跑调的歌，也有心里念着故乡某位姑娘的家伙，悄悄躲在角落里，把一张绣了花的手帕拿出来摸了又摸。

但不管众人私下有什么小动作，只要领了那块写着“斗”字的铜牌，在正事上就不能有任何懈怠，该出的力气一分都不能少，被他们雇用过的人，没有哪个敢不服兄长的规矩。曾经也有对兄长出言不逊，甚至仗恃着自己高壮过人的身体与蛮力想动手的，兄长也不恼，只说船上地方小，打起来不方便，就掰手腕吧，若自己输了，这条船以及船上所有值钱的东西都归对方，若对方输了，工钱砍一半，还要跪在船头喊五百次船主我错了。结果当然是所有人听了大半天的船主我错了……人类的力气怎么能与他们相比，虽然是很不公平，但兄长开的先例却起了极好的作用，此后船上无论发生什么争端，都以掰手腕定输赢，看似儿戏，却在最大程度上保护了船与人的安全。当然，船员们对兄长的服气，不仅因为他出众的首领魄力，更因为亲眼见过他在对付各路海匪时的强悍凶狠。做这行时间长了，遇到想杀人越货的悍匪的次数也不少，海匪基本都是亡命徒，要钱还要命，每每狭路相逢，冲在最前头的永远是兄长，匪徒们再凶悍，也不可能是一只斗木的对手。每次兄长还得在自己人面前装一装，不能表现得太厉害，偶尔还要故意吃上一刀一拳，免得被旁人看出他身怀异力。即便如此，在船员们眼中，他也是一等一的狠人了，有这样的家伙当船主，哪个还敢不服气。不过他们唯一觉得奇怪的是，这些穷凶极恶的海匪，若送官查办，最终也必落个砍头示众的下场，可船主却从不取他们性命，只往被打个半死的他们嘴里喂一种褐色的药丸，然后便放生了……船主也不瞒他们，说这种药丸是他得来的秘方，受伤之人服用后，光是吃饭走路就要费尽全力，打家劫舍只能是一辈子的妄想了。众人听了，无不咋舌，对他们船主的敬仰与畏惧又多一层。

只有他知道兄长为何如此“用心良苦”……这么多年来，兄长总是于人界中费心周旋，面对恶敌时，既要护自己人周全，又不得伤人命，说到底都是为了保住他们兄弟与整个斗木一族的生计罢了，着实不易。所以他平日间很少拂逆兄长的意思，他说怎样便怎样，自己绝无二话，一来是信任兄长的能力，二来是不愿再惹兄长生气。可这回，蔡鲤鲤让他坏了自己的规矩。

他并非对蔡鲤鲤动了什么萍水相逢一见钟情的心思，只是当他看到这个为离开厄运可以从最北走到最南的普通人时，忽然想到了当年他们兄弟俩为了觅食，从一片海域迁徙到另一片海域最终从海中到了陆上的岁月，而在这个艰难漫长的过程里，他身边还有兄长在，蔡鲤鲤却只有她自己。

既然留下她就能满足她最大的愿望，这么容易的事，做就做了吧，挨骂就挨骂吧。

最重要的是，他一点都不认为留下蔡鲤鲤是一个错误。

她不光是个勤劳的清洁工煮饭工，她还会写字，字还不难看，起码比他们两兄弟都写得好，所以她常帮那些大字不识几个的船员写家书，在船停靠在任何一个码头时帮他们寄出去。每次船上有货物进出，本都是由他来负责清点记录，她来了之后，每次都要主动跟在他身边，看他如何操作，一来二去的，她做的各种记录很快就比他还要清楚详尽，有一回还帮他查出了一个漏洞，兄长嘴上不夸，看她的眼神却比从前缓和了不少。她还会修理各种破损的小物件，断了腿的椅子坏了的暖炉，都难不住她，虽然修得不完美，起码能用了。可怕的是，她不但洗衣服，还会做衣服做鞋子，一块烂布在她手里也能变成还不错的袜子或者头巾，做出来的鞋子虽然不精细，但胜在舒适，大家穿得很开心。

除此之外，她发明的纸牌游戏成功打发了船上大部分无聊的时间，经常看到闲暇时她与一拨船员聚在一起玩牌，输家们脸上画满乌龟与其他怪东西，场面热闹非凡。

危险时刻当然还是有的，海里有多少鱼，海上就有多少海匪吧，两边大打出手时，她肯定还是害怕的，论力气拳脚，她帮不上任何忙，只能按吩咐躲在他们身后最安全的地方，但她也不白躲，有时会瞅准机会往地上洒点铁钉，在敌人捂着脚乱叫时赶紧跑回原处藏起来。蔡鲤鲤用自己做过的一切来告诉众人，她虽是个寻常女子，毫不起眼，但从不是无用废物。

渐渐地，船员们在与她朝夕相对的每一天里，忘记了最初对她的质疑与轻视，没有人再对她冷嘲热讽，某些别有用心的，也早早断了邪念，不仅是因为兄长早就立下规矩，胆敢对蔡鲤鲤有任何不轨举动的，初犯断手再犯沉海，绝不宽贷，更因为在他们心里，对蔡鲤鲤的感情已然与性别无关。在海上漂泊的日子里，蔡鲤鲤就是一个跟他们不一样但又无比契合融洽的存在，她补上了他们这群人最孤单最苍白的一块，她是个好伙伴，伙伴不在乎性别。

最近，蔡鲤鲤又在跟船员中最擅长捕鱼的家伙学习怎么下网怎么收网怎么做钓饵，她好像每天都有用不完的精力，任何一件她不懂的事都能激发出她无穷无尽的力量。比起那些对一切都失去了动力的人，可能这就是所谓的“活力”？！

但，她明明受过那么多的伤……

他又想到了她身上那些触目惊心的伤痕。

○ 5 ○

今天日落前，他们的船停泊在一处无人的荒岛旁。

现在是深夜，身旁的荒岛像市井里最老实的人，沉默又安分，天空星辰闪烁，湿润的空气里有一丝若有若无的淡香，也许是从遥远的海岸上追来的花香，或是藏在记忆中的某个姑娘身上细腻绵长的脂粉味，要不就是住在明月星辰中的仙子在不经意时穿过了他们游离在外的神思。总之，春天的海面总比别的时候多上几分缱绻温柔。

他坐在甲板上，面前的小炭炉上烤着几条油滋滋的小鱼，香气四溢。蔡鲤鲤有个毛病，每次靠岸补给，她不像别人那样给自己买好吃好玩的，也很少买新衣服，最爱买的就是木炭。虽然他们跟她讲过船上并不缺燃料不需额外准备，但她总说多备些木炭更好，既能取暖又能烤东西吃。这不爱红装爱木炭……属实是个不知脑子里装了些什么的女子。

炉子旁边的一瓶烧酒快见底了，他喝了几口，其余的下了蔡鲤鲤的肚子，现在的她，蜷在他对面，酣睡在炭炉散出的暖意里，身上盖着他的外衣。

不止蔡鲤鲤，船上所有船员都在差不多的时间里，陷入了比任何一个夜晚都要深的睡眠。船员们大都好酒量，蔡鲤鲤也不遑多让，所有人中数她喝得最多，倒下得最迟。

船上的规矩是不得滥饮，他们兄弟俩几乎是滴酒不沾的，但每段行程中兄长总会“额外体恤”，不定时地主动请船员们畅饮一番，以慰大家一路上的奔波辛苦。酒都是贵价的好酒，兄长从不在这里吝啬，放在酒里的药也是好药，喝下去至少能舒舒服服地睡足两天两夜。

他饮下杯子里最后一口酒，耳畔传来的只有大大小小的呼噜声，船员们里里外外地睡过去，偶尔有人冒出一两句梦话，嘴边还挂着笑。

蔡鲤鲤像只吃饱喝足的猫，睡梦中的呼吸平稳匀长，在她倒下去前，他记得她是在回忆一位在老家认识的故人，一个年轻的教书先生。与她相处的这些时日，她并不太说起自己的过往，只在一顺嘴的时候提到一些旧相识，但都与她的伤无关，尽是些在她说来还颇为有趣，对她也不错的人。

对那些永远都不会消退的伤疤，她是故意掩饰，还是早就不当一回事，他无从得知，也不多问，在人界这么多年，不随便揭人痛处的道理他多少是懂的。

蔡鲤鲤翻了个身，身上盖的外衣滑下来，他正要去拉扯一下，却冷不丁被她心口上突然蹿出来的银灰光芒逼得缩回了手。

“你们又要去吃东西了？”熟悉的熊头不满地飘在他面前，“我怎么记得大半个月前已经吃过了？每次都搞得整条船上酒气熏天，闻得我都要晕船了，烦死了！”

差点忘了它的存在了……跟蔡鲤鲤形影不离的“好伙伴”。

从蔡鲤鲤上了船之后，熊头偶尔会在她睡着时出来飘一飘，反正除了他们兄弟俩别人都看不见它，它便自由得很了。有时候是看船员们在干什么，有时候是蹲在桅杆顶上不知道发什么愣，只是永远没有一张好脸色，要么说他们的船太破比不了当年它坐过的雕花描金的大船，要么嘲笑他们两兄弟太弱了，连妖气都藏不住，还得依赖一船人类才能觅食，难怪斗木一族日渐式微，总之没有一句中听的话。

兄长如今已不与它计较，说一个连虚影都不完整的小妖，除了一张嘴一无所有，也是可怜。而唯有他知道，兄长一开始不知动了多少回打死它的念头，可它一点都不怕死，甚至直言就它现在这个状态，虽然除了骂人跟飘来飘去外啥都做不了，动不了任何人一根汗毛，连蚂蚁都不能踩死一只，但同样的，它动不了别人，别人也动不了它，哪怕它得罪的是天帝王母，他们也取不了它性命。没办法，身为一只天铁，就是有这个死不了的本事。

起初他们还不太相信，试了几回，哪怕兄长一口把它吞下去，它也能毫发无伤地从兄长身体里飘出来，还冲他翻个不屑的白眼。说不惊讶是假的，在他们兄弟俩的阅历中，确实没有见过这种兼具最弱跟最强两种特质的妖怪……说它没用是真没用，但说它强悍又是真强悍……无奈之下只能选择对它“大度”，反正再生气也不能拿它怎样，讨厌它又干不掉它真是最烦人的事了。

“那些恶蛟可不会按我们期待的时间出现。”他指了指船下，“碰到了就不能放过，这两回多吃一些，下次再遇到说不定要等三五个月甚至更久呢，反正再大的蛟到了我们嘴里也不过化作一道血气，多吃两餐囤着也无妨。”他伸手过去把蔡鲤鲤滑下来的外衣拉上去，“饥一顿饱一顿本就是我们兄弟俩的日常，你这种怎么都死不了的妖怪是体会不到其中难处的。”

熊头看着他细心照顾蔡鲤鲤的模样，脸上的不满与嫌弃稍微淡了几分。

“不过你出来得正好，今夜月色甚美，是海上难得的好时候，你也抓紧时间赏一赏吧。”他坐回来，拿筷子拨弄着烤鱼，故意用力嗅了嗅，“好香！可惜你吃不了。”

“我只吃活物，死鱼有什么香的。”它飘到炭炉旁，扭了扭身体，似乎很享受炭炉散出的热度，“难怪她喜欢这个玩意儿，暖暖的确实舒服。”

“这个玩意儿？”他吃了一口鱼，目光落在炉里红亮的炭块上，“你说木炭？”

“嗯。”它也看着炉子里，顺口道，“她冻得快死时，一个老道给她烧了个炭炉，炉子上还煨了一锅热汤，这才捡回她一条命。从此以后她就觉得木炭是世上最好的东西，能救命。”

他笑出来，原来如此。

“我看你现在也很享受的样子，你既怎么都死不了，难不成还怕冷？”他见它已经在炭炉旁换了好几个姿势，一会儿烤头一会儿烤屁股……

“我自然是不怕冷的。只不过觉得舒坦而已。”它这会儿心情应该不错，在炭炉上伸了个懒腰，“你们斗木住的深海冷得要死，可我老家很热的，一年四季比这炭炉可热多了。”

“想家了？”难得这位有愿意好好说话的时候，他便顺势一问。

它撇撇嘴：“有什么可想的，离开时我还年幼，对老家也无多少记挂。充其量记得那里热得很。”它打个呵欠，又道，“热跟暖是两种感觉。我一点都不喜欢热，尤其热气里还经常飘着血的味道。”

“血？”他更好奇它的过去了，直言道，“世间对天铁一族记载甚少，连我兄长也只是在某些典籍中见过只言片语，说曾有人向高宗皇帝献上一只天铁，能擒狮子……”

“那不就是我吗。”它一瞪眼，“还给我记下来了？”

他诧异：“说的就是你？”

“不是我还能是你？”它从半空中落下来，坐在炉子前，木炭的光亮把它的脸映得发红。

“我的意思是……”他上下打量着它，“你这个样子擒狮子白象？”

“蠢材！我以前又不是这个样子。”它哼了一声，从脑袋下的虚影里伸出一只勉强能说是爪子的部分来，在半空中画出一个潦草的四不像动物，扬扬得意道，“我那会儿可是威武得很哪，比我大出一倍的狮子、好几倍的白象，在我面前都不堪一击，不过三两下就成了我的口中食。”

他盯着空中那个银灰色的难以描述的形状，坦白道：“这是一头猪？”

“这是我当年英姿！”

“原来天铁的本相与猪差不多……”

“你才猪！”它气得一挥爪，打散了那个形状，“竟然领会不了我高深的画技，不给你看了。”

“画得很好，以后不要画了。”

身后突然传来兄长的声音，他不知几时从船舱里出来，站在一片阴影里把他们两个的举动尽收眼底。

回头一看，他忙站起来，问兄长：“都安顿好了？”

兄长点头，走上前看了看炭炉上的烤鱼：“好吃？”

他忙道：“好吃！蔡鲤鲤烤上的，还加了些香料。”

兄长夹了一条鱼放到嘴里，眉毛微微扬了扬，这通常是他表达赞赏的表情。

“你啥意思？我偏要画！”熊头这才明白过来兄长的话，气得在空中乱画出各种形状，猪马牛羊大概都齐了，就是没有一个像它们天铁的……

“这个傻样子，难怪会被抓住。”兄长叹了口气，坐下来吃第二条鱼，“被抓住便罢了，还把自己搞到这般落魄，身为妖怪却连蝼蚁都不如了。”

“你知道个啥！”它却是生气了，指着自己道，“这叫落魄？你们哪个在只剩下一块骨头时还能留下性命翻盘重来的？哪个蝼蚁能做到？”

他一愣，玩笑归玩笑，他当然不怀疑“能擒狮子白象”的天铁的威武，他甚至相信它原本的实力未必输给他们斗木，绝非凡物可比，但既如此不得了，又怎会落到只剩一根骨头的窘境?

“可你就是只剩下一根骨头了。”兄长一点面子都不给它，从嘴里吐出一根光秃秃的鱼骨，故意在它眼前晃了晃。

“我……”它一时语塞，想大发雷霆，可眼中的怒气又像被针戳中了似的，终是慢慢泄了，“我是自己愿意变成这个样子的。”

“那可真是个糟糕的决定。”兄长同情地看它一眼，被它说了那么多回的难听话，难得有扳回一局的机会，不能浪费。

他倒没有兄长那么大的胜负欲，认真问它："怎会这样呢？真是自愿还是为恶人所害？"

它深吸了口气，望着炭炉道："我年幼时不慎落水，老家边界上也是一片海，表面平静，暗流却急得很，我爬不上来，昏头昏脑地不知被冲到了哪里，再清醒过来时，已经在一个大笼子里了，好几个穿着白袍子的人类围着我念乱七八糟的咒语。我想出去，但一挨到笼子就疼，针扎似的，我就不敢动了。之后，每天都有个小孩儿拿活物来喂我，他是个哑巴，看我的眼神跟那些大人们不一样，我讨厌那些念咒的家伙，但我不讨厌他，可能因为他每次都给我带好吃的吧。所以他能摸我的头，另外的人试着碰我，差点被我咬断手。慢慢地，我也能听明白来往的人说的话了，知道我在王宫里，还是'护国神兽'，连国王来见我时都要恭敬下跪，虽然我完全不知道我哪里护着他们了，但他们除了限制我的自由外，对我真的不错，比起在老家的日子，这里简直是神仙生活。"它顿了顿，看着他们兄弟俩，"你们不知道天铁的老家是什么样子吧？简单说，跟地狱差不多。我知道许多妖怪的老家都是有名字的，这个山那个岛的，但我的老家没有名字，它临海，应该是一个岛，很大，除了我们没有别的活物，连植物都没有，只有石头，奇形怪状的，有的石头还会跟树一样长得很高。一年四季都炎热，地上总是烫的。天铁没有父母，我们都是从岛中间那些浑圆的银灰色石头里长出来的，每隔一段时间，我的同类就会增加一批。"

他听得皱眉："你说你只吃活物，可你老家除了同类……"

它张开嘴，做了个咬人的动作："在我们那儿，力气小的跑得慢的反应不够快的出手不够狠的，就只能帮别人填肚子了。"

兄长没说话，慢条斯理地把鱼刺从嘴里吐出来。

他却听得心惊胆战，凶悍如斗木者，尚没有同类相残的习性，这天铁倒真是从石头里生的玩意儿，天生的无情无义吗？

"所以你们当我贪玩落水？"它白他们一眼，"我是被追到那儿的。"它的目光又放回炉子里，"所以我觉得笼子里的日子不难熬，在那方寸之地，我永远是吃饭而不是被吃的那个。"

"但阁下如今这个模样，仿佛还是被人吃了呢……"兄长淡淡道。

他真怕兄长又把它惹火了……幸好它仿佛沉浸在往事里，顾不上生气。

"为了巩固自己的地位，国王把我献给了另一位皇帝，希望讨他欢心，保自己平安。"它又忍不住伸出爪子，画了个大房子，"我又住进了一座更大的宫殿，那宫殿里还有一片灵兽苑，关着各种珍禽异兽，大多是凡物，也有没啥本事的妖怪。皇帝一开始是非常喜欢我的，毕竟在这座宫殿里，能把狮子白象这样的家伙当作盘中餐的，独我一个。最欣赏我的还是皇后，我听到她高兴地说我‘凶悍若此，可扬国威’。我凶吗？我只是肚子饿要吃东西罢了。负责照顾我日常的，还是小哑巴，他被国王留了下来。国王还警告他一定要看好我，有任何闪失，不但要杀了他，还要取他父母家人的性命。其实他不说，小哑巴也会照看好我，在这个异国他乡的宏大宫殿里，他熟悉的只有我。日子一天天过去，我吃得好住得好，身子越长越胖，扑咬食物时好像也没以前那么灵活了，而最初的新鲜感过去后，皇帝对我的关注也越来越少，宫殿里越来越萧条，灵兽苑里的家伙们也在年岁到了的时候逐一死去。听说宫殿外也乱得很，人类都忙着追逐争斗，我听小哑巴说谁谁又死了谁谁又当了皇帝。反正大家都很忙，没人顾得上我们。可有一天，我跟小哑巴一起被送出了宫殿，上了一辆大车，往北颠簸了多日之后，我在一个大雪天里被送进了一座宅子。小哑巴的脸色一直很不好，从出发到抵达几乎没怎么说过话。到我们进了宅子的第三个晚上，他突然到我这儿来，还破天荒地打开了笼子，让我赶紧跑，从他焦急的比画里，我知道了自己被送来这里的原因。曾经最被皇帝器重的老臣告老还乡后没多久便得了怪病，怕是命不久矣，皇帝知道了很是难受，于是有人向皇帝献计，说天铁肉熬汤可强健血肉起死回生，皇帝信了，在他眼中我不过是灵兽苑中一只畜生，试试又何妨。”

他听得心头一紧，盯着它道："你没走？"

它缓缓抬起头，居然笑出来："你信不信，我能杀掉比我大一倍的狮子，却从未想过要走出笼子一步。"

兄长不作声，拨弄着炉子里快燃尽的炭火。

他也不知该说什么才好了。

"离开了笼子，谁把食物送到我面前？为了活下去，我又要跟人打个你死我活吗？"它轻松得像在说跟自己无关的故事，"所以我不走。反正他们谁也不知道，以他们的本事是不可能杀掉我的。"

"就因为懒得觅食……你甚至都不反抗一下？"他瞪大了眼睛。

"我们天铁虽然无父无母，也无人教我们本事，但天铁的秘密生来便刻在我们的身体里。吃光我的血肉也无妨，哪怕只剩下一根骨头，我们都有办法重生肌骨，完好如初。"它又得意起来，"所以，我的骨头才是最不得了的。虽然那群蠢人取我血肉时我还是有点疼，但也还好，一咬牙就过去了。可惜他们熬了那么大一锅汤，给老头灌了十来天，也没能把他救回来。"

他越听越不可思议，甚至怀疑它在吹牛……哪有妖怪会懒到宁可被人吃了也不肯逃命谋生的程度？

"当时所有人都很失望，但很快就释然了，反正也只是试一试罢了。只有小哑巴最难过，啊，那会儿他已经不是小哑巴了，是个长满胡子的大男人了，他把我的骨头收捡起来，哭得跟个傻子似的。本来我还有些感动呢，谁知他后来真跟个傻子似的，给我办了个葬礼，还是火葬……”它脸上的表情跟吃坏肚子了一样，“其实就算不烧，我所有骨头都会在我‘死’后的第七天化成一小块，作为我的‘第二身’存在。结果被他一烧，我又白挨了一顿疼，他还奇怪呢，说怎么烧不化……最后还是把骨头装进箱子带到后山上给埋了。”

“第二身？”兄长的眼神落在蔡鲤鲤心口的骨头上，“倒是从没有听说过。”

他就更没听说过这般奇特的存在了，只盼它赶紧说下文。

“给你们长长见识。”它唰地一下钻回骨头里，转眼又钻出来，落回炉子旁边，“天铁骨砸不烂烧不化，失了第一身也无妨，大不了七日之后化第二身。这块小骨头就是我，我就是这块小骨头，是为第二身，不饿不病，不死不灭，天铁也。不是我吹嘘，第一身你们尚能伤我，这第二身，天上地下你找不到任何能摧毁它的武器。”

兄长不禁给它鼓了鼓掌，微笑：“确实厉害，可我也想不出谁会那么闲去摧毁一个毫无用处的小骨头。”

话倒也不错……他们也不是第一天认识它了，就算它有这所谓的第二身，不死不灭又如何呢，普通人类连它的存在都不知道，它甚至没有一丁点可以影响到他人的妖力，街边随便抓一只狗来都比它有用……

“我不过暂时保持第二身罢了，只要我想，我就能变回第一身，等到那时候，你们兄弟俩加起来都不够我塞牙缝！”它冷哼了一声，朝蔡鲤鲤那头努努嘴，“反正你们俩把这个女人照顾好就是了，既然点头收留了她，那就要对她负责到底，要是她在你们俩手里遭了什么不测，我就打断你们的腿。”

对这样闹着玩儿似的威胁，兄长都不想回应了，只说：“我自然会对蔡鲤鲤负责，因为她是我的船员，仅此而已。”

它翻了个白眼：“你做得到才好。”

就在这时，船下突然传来一阵轻微却不寻常的异动，酒香未散的春夜里，隐隐围过来危险的气息。

兄长示意所有人噤声，片刻之后方才冷笑一下：“来得有点晚呢。”说罢便起身朝船头走去，他也赶紧跟上，而它自然知道兄弟俩接下来要做什么，一个字也不多说，转眼便回到了骨头里。

对旁人来说是少见的危险，对他们兄弟来说却只是家常便饭的操作。

下水之前，他又忍不住回头看了一眼睡梦中的蔡鲤鲤，她心口的骨头在夜色里散发着淡淡的光晕。

“它跟我说过，它跟蔡鲤鲤一起，只是为了时间一到就吃掉她。”他突然对兄长道，“它拿蔡鲤鲤当食物看待。”

“如果它刚才说的都是真的……它有第二身，小哑巴可没有。”兄长嘴角一扬，“你觉得当年它宁可被人熬汤吃肉也不肯逃出笼子只是因为懒吗？”

他一怔。

“所以你信它个鬼！”兄长抛下这话，纵身入海。

他恍然大悟，摇头一笑。

看似平静的海面下，两只巨兽急速下潜。

这个夜晚的安谧与甜美，只留在船上。

所有人都睡得特别踏实。

○ 6 ○

时间在船上总是又快又慢的，不觉间，又开到了秋天的尾巴。

他们又回到了烟州。

前些日子收到楚老板捎来的信，他说已返家，去年让他们兄弟俩扑个空委实不好意思，正好这个月的最后一天是他生辰，准备在家中摆个酒席庆祝，请他们兄弟俩务必来参加，他很是期待与他们的重逢。

正好有时间，兄长拍板，这个月再不接任何生意，回烟州休整十天再出发，也好让家在烟州的船员们提前回去探个亲，大家无不欢喜。

船到烟州，他们俩要去赴寿宴，其他船员归家探望，只得蔡鲤鲤一个孤家寡人，她倒是不介意，还说正好由她留下来守船，让大家好好玩耍去。

她一直都是这样，从不让自己成为任何人的麻烦。

兄长本也赞同她留下，但下了船后又一回头，见她在萧瑟的秋风里笑嘻嘻站在船边冲他们挥手的样子，却突然改了主意，让他回去把她喊上，一起去楚家吃寿宴。

蔡鲤鲤有点受宠若惊，但比起留在船上擦栏杆，她当然愿意跟着兄弟俩去凑热闹，在海上漂得久了，虽然大家伙儿聚在船上的日子也算有趣，但离开岸上的烟火气久了，难免也会怀念。

到了楚家，楚老板一见到提着寿礼的他们，高兴得连声说好久不见好久不见，老脸激动得通红，说话都不利落了。

进屋落座，他们环顾四周，心想当“赶海客”果然是个赚大钱的行当，看楚家宅子的规模与装潢摆设，莫说烟州，便是放在皇城之中也算得上大户人家了，难怪那些人宁可舍了命都不舍得放弃这一行呢。

不过辛苦也是真辛苦，看看楚老板的模样就知道了，也不过是几年不见罢了，老头瘦了一圈，原本还能见着几根黑发的头顶已然雪白一片，连眼眶都不争气地凹了下去，皮肤又黑又糙，整个人跟被榨了一遍似的，不只干瘦，精气神也大不如前。

“钱是赚不完的，人却是会老会死的。”兄长将楚老板打量一番，“还不肯回陆上安享晚年？”

“我倒是想啊，却难得很。”楚老板苦笑着摇头，举起杯子，“喝茶，都是上等的茶叶。”

他不懂茶，喝了一口，唇齿间确实一片甘香，他咂咂嘴道：“您老已经很有钱了，房子这么好，烟州能胜过您的不多吧。既是家传祖业，也该传下去了。再这么奔波下去，您老都要黑瘦成人干儿了。”

“哈哈，两位还是这么替人着想。”楚老板笑道，又叹了口气，“早就想做个养花种草的闲人，脚踏实地，夜夜好梦。可惜家中只一独子，生得又晚，虽已带着他跑了些时日，终究是年轻不够火候，还得我照应着。咱们这一行无非就是从苦与险里讨生活，我熬惯了，也不怕再多熬几年，待到他能独当一面时，再说吧。”

兄长呷了一口茶，问：“今日既是楚老板大寿，怎不见令郎踪影？”

楚老板尴尬地笑笑：“那孩子贪玩，说是要给我备一份大礼，今儿一早就不见人了。估摸着一会儿也该回来了。”

兄长又四下看了看：“今日府上该十分热闹才是，宾客们还没到场？”

从他们进了宅子，沿途看到的只有几个小厮，并没有想象中高朋满座的场面，要不是堂屋里简单贴了个寿字，真是一点过生辰的气氛都没有。

“今日的贵宾只有你们。”楚老板解释道，“我听旁人说过，这人越上年岁，过生辰越不宜大操大办，说是怕惊动了阎王爷，提前将人带走。”

这回是蔡鲤鲤忍不住笑出来，又觉得没礼数，赶紧憋了回去。

楚老板自然看到她的表情，笑言：“你们年轻人自然是没有听过这种说法，其实我也不太信的，不过人老了，难免也怕死了，忌讳一下也无妨。再说，我本就不喜欢家中嘈杂，又想到上次未能与你们相见，索性以寿宴之名邀你们来叙叙旧。”他顿了顿，看看蔡鲤鲤，问兄长：“还未请教这位姑娘是……”

他们猜楚老板想问的是这位姑娘是人还是别的……毕竟他知道兄弟俩跟自己不是同类，能带在身边一起来赴宴的，大概率也不是寻常人吧。

“她姓蔡，是我雇来的船员，在烟州无亲无故的，便一道带来了，楚老板不介意吧？”兄长回他。

楚老板将蔡鲤鲤打量一番，有些诧异地对兄长道：“倒没想到你会雇个姑娘，虽是少见，但必然有你的道理。”旋即又对蔡鲤鲤笑道：“来者便是客，多一个蔡姑娘也多两分热闹。”

蔡鲤鲤脸一红，忙向楚老板行个礼：“方才是我没规矩了，楚老板莫见怪。”

“不打紧不打紧，一会儿多吃点东西，回船上才有力气做事。”楚老板笑笑，让小厮唤来一个管事模样的老头，问他，“宴席可备好了？”

老头道：“回老爷，都备好了，随时可以入席。”

“呃……少爷可回了？”

“回了，已经在那边候着了。”

一听这话，楚老爷脸色微微一变，皱眉道：“这孩子越发没教养了，都不来先见见贵客！”

兄弟俩没作声，有钱有事业的父亲养个不太靠谱的纨绔儿子也非稀罕事。

楚老板起身：“几位请吧，薄酒小菜不要嫌弃才是。”

肯定不会嫌弃啊！比起在海上那些单调的饮食，楚老板的寿宴肯定会是他们近几年来吃得最丰盛的一餐。

寿宴摆在后院的凉亭里，三面环水，烟州的深秋并无多少凉意，坐在亭中不冷不热正合宜。虽已过了赏荷的季节，好在碧水之上仍有荷叶翠绿，一眼看去也是清淡雅致，赏心悦目。

蔡鲤鲤很兴奋，对着一桌佳肴几乎流下口水来，还连连夸赞这里景色真美，她许久没有见过这么好看的荷叶了。

与她相比，兄弟俩倒是不太喜欢坐在这里用餐。斗木出自深海，天生不喜陆上之水，江河湖池包括雨水在内，皆不喜。他们平日里几乎不喝水，也不喝酒喝汤，刚刚的几口茶不过做做样子，当然也不是不能喝，这陆上水沾染一些倒无妨，唯独忌讳被湿透全身，必现原形，所以他们平日里总会下意识避开陆上有水之地。但楚老板已然将一切都准备停当，总不好让人临时换场地，只好将就坐着，只盼早点吃完离开。

紧挨着楚老板坐下的楚公子，头回见面，对他们也甚是有礼，还是个颇健谈的人，说常听父亲说起他们的英勇过往，十分佩服，可惜那时父亲还不许他同行，无缘亲见甚是可惜。一番寒暄下来，他们发现楚公子并没有想象中那般少不更事，人也长得还算精神，长身瘦脸，眉目清俊，只是左脸上的一道伤疤一直延到下颌，难免让人猜测也是个不太安分的年轻人，身上的缎袍一看便价值不菲，就是尺寸稍大了些，衬得他更为瘦削。

楚老板连连责怪儿子不懂事，没有一早就来拜见贵客，说是责怪，语气里却没有半分恼怒，还有点惹不起但又必须说他一说的假装的强硬。

“好好，是我不对，您老就别生气了。”楚公子脸上堆满歉意，又对他们道，“今天忙着给父亲准备寿礼，是我怠慢了贵客，还请不要介意。”

“自然是不会的。不知楚公子为令尊大人准备了什么好东西？”兄长笑问。

“绝对是十分宝贵且有意义的寿礼。”楚公子弯腰从桌下取出个一尺见方的雕花铜盒，看成色像个老物件儿。

楚老板一见此物，脸上的喜色便淡了一层，问：“你一早不见人，就为了这盒子？”他怎么说也是见识过无数好东西的人，这貌不惊人还陈旧的盒子，怎么看都与宝贵无关，除非里头的东西出人意料。

“可不就为了它！”楚公子是开心得很，还有几分得意，把盒子往父亲面前一放，故作神秘道，“现在这盒子里没东西，一会儿我让您老打开时再打开，保证是您老这辈子最难忘的寿礼！”

楚老板皱眉：“你这孩子……莫非又从那些江湖艺人那儿学来什么无聊的戏法，一会儿我打开这盒子，腾一下飞出一只鸽子还是跳出一只兔子？”

蔡鲤鲤扑哧一笑，接嘴道：“也可能是一个寿桃呢？”

兄长瞪她一眼，她赶紧闭了嘴。

他倒是好奇得很，就算是江湖艺人的把戏他也十分期待，毕竟多数时间在海上，变戏法这种好玩的事没见过几回。

“爹……”楚公子委屈地拉长了语调，“保证不是鸽子兔子鱼！”说着又朝众人得意一笑，“一会儿大家就知道我多有心意了！”

“一天天没个正经的。”楚老板摇摇头，举起杯子，“来，大家干杯，你们能来，我特别高兴。”

“难得楚老板还能记得我们。”兄长举杯一笑，“只是我等酒量浅薄，只此一杯，祝楚老板福寿绵长。”

“一杯足够。”楚老板看着他们，眼神有些飘忽，“我是记得你们甚少饮酒的，能做到多年如一日这般节制，实属难得。”

“我也祝您身体康泰，早日梦想成真！”他也举杯。

蔡鲤鲤赶紧加入，举着杯子小声说：“我可以陪楚老板多喝两杯的……他这个酒一闻就好贵！”

兄长又是狠狠一眼，她赶紧埋头不再提酒的事。

“我也祝您老人家梦想成真！来来，大家喝！”楚公子带头一饮而尽。

一杯落肚，他只觉一股热气从心口缓缓蹿到喉咙，带着一股说不出的香甜之气。蔡鲤鲤说得不错，这个酒应该很贵，还好喝，若不是怕兄长唠叨，他还想再喝一两杯的。

见他们的杯子空了，楚老板愣了片刻。

“爹，发什么愣呢？喝呀。”楚公子碰了碰楚老板，“您这是高兴得连酒都忘喝了吗？”

楚老板这才回过神来，赶忙喝了下去，握杯子的手微微有点发抖。

“两位这些年在海上奔波，可有什么新奇的事讲来听听？”楚公子一边夹菜一边问，“我虽然随父亲出过几次海，但觉无甚新鲜。”

“海上生活素来枯燥，来来去去都是些不新奇的事。”兄长淡淡道，“令尊大人在海上的日子比我兄弟俩多多了，公子不如多问问自己父亲。”

他觉得兄长跟自己应该是差不多的想法，可能是之前听楚老板对儿子不成气候的描述，如今又听到这位公子爷把海上那些拿命来博的日子用新鲜不新鲜来形容，心里多少是不舒坦的。反正他不喜欢这位公子爷。

一旁的蔡鲤鲤只顾埋头大吃，不参与任何话题。

“我说多了，他又是不爱听了。”楚老板看了儿子一眼，又忙着给兄弟俩碗里夹了几筷子好菜，“多吃点。”

“那是您老没说到我想听的。”楚公子慢条斯理地给自己倒了杯酒，“比如为何只有咱家的船能穿风破浪，再糟糕的境地也能平安往返。”

兄长伸向碗里的筷子突然停住了。

他心头也是咯噔一下。

楚老板胡乱塞了几口菜，支吾着道：“都说过是运气好了……吃饭吃饭，哪儿来那么多话！”

楚公子却不罢休，偏要问：“也不能回回运气都好吧？爹，我听说咱家的船比别人家的多出了一块木头。”

“什么木头……你听了些什么乱七八糟的闲话……”楚老板的嘴里都要被菜塞满了，大概只能这样才能解释为何他的口齿越来越不清楚。

“是事实不是闲话。”楚公子越发认真起来，“我还听说咱家船上那块多出来的木头，其实不是木头。”

兄长不作声，吃了一口菜。

“不是木头是什么！”楚老板费劲地咽下食物，“你今天怎么这么多话！就不能安静地吃顿饭？”

当爹的全然没有一丁点为人父的威严，明明一脸不悦了，说出去的话却没一个字能撑起他的威信。

楚公子往他爹身边凑了凑，压低声音道：“说那是妖怪的尸体！只要有了那个东西在船上，莫说凶风恶浪，就是海里的海怪妖魔也不敢靠近。”说罢，他也不等楚老板回应，立刻扭头问兄长，“二位可也听说过这个宝物？”

蔡鲤鲤最老实，插嘴道："有这种东西？我可从没听过呢。"

兄长一笑，放下筷子："楚公子怕是听了些以讹传讹的话，楚老板能多年平安往返，靠的不是运气，是他的勤勉与经验，还有一份常为人着想的心意，有这样的船主，船员们自然也比别家的齐心，这哪是一块木头能办到的。"

楚公子一笑："那您二位能平安无事，莫非也是靠的这些？"

"我们经验尚浅，比不得楚老板，确实是靠运气。"兄长直视对方的眼睛，笑，"吃饱了，我看我们该告辞了。"

"啊？这都没吃多少嘛，是菜不合口味？"楚公子虽然笑容满面，眼神里的犀利却再藏不住，或者是不想再藏了。

他心头突然爬上一丝不好的预感，只想立刻离开这里。

"确实不太合口味，埋没你们一番心意了。下回我们做东，请你们来吃。"兄长一拱手，"告辞。"

"啊？我还没吃完……"蔡鲤鲤依依不舍地放下碗。

"这样啊……"楚公子也只得站起来，抱歉道，"早知如此，我便着人备点海中蛟肉了，那必然合二位口味？"

他脑子里嗡一声响，倒不是怕楚老板把他们兄弟俩的秘密告诉给自己儿子，而是楚公子的神情太让人不安了。

兄长冷笑一声："那就不必了，下次再见不知何年何月，楚公子的好意我们心领了。走吧。"他退开一步，又看了楚老板一眼，什么都没说，只招呼他们两人离开。

真是一顿奇怪的寿宴……

他朝父子二人拱一拱手，正要随兄长离开，脑子里又是嗡的一声，然后嗡嗡声便不绝于耳，同时一股灼热在腹中炸开，扭着五脏六腑乱跑，异常的疼痛随之而来，扯得他瞬间看不清也听不清了。

"既然来了，怎可轻易离开。"

有人的声音从很远处传来，模模糊糊的，像扣在瓮里发出来似的。

他浑身上下时热时冷，整个人渐渐天旋地转，伸手乱摸一通，想抓住什么稳住摇摇欲坠的身子，却什么都没抓住，冷不丁背上还遭了一记重击，可能是一拳，也可能是一脚，一瞬间身体已然完全不听使唤，轻飘飘地飞了出去。

扑通一声，水花四溅。

他与兄长双双落入池水之中，眨眼间，翻腾的水中冒出两只巨大的怪兽，有气无力地漂在凌乱四散的荷叶中。

楚老板一直坐在原位，身子抖成筛糠，却连一眼都不肯往池子那头看。

蔡鲤鲤跌坐在地，目瞪口呆地看着池子中的大家伙，全身的力气都没了，压根儿站不起来。

只有楚公子最是气定神闲，他走到楚老板身旁，一拍他的肩膀，笑道："楚老板，这可是难得一见的场面，不看看？"

"不不……你做你的便是……我不想看……"楚老板连连摇头，有些语无伦次。

楚公子一笑，顺手拿起那个铜盒，走到池边，对着铜盒念了几句听不明的咒语，只见那盒盖啪一声弹开，又在他口中绵延不断的咒语中洒出一片诡异的红光，在空中旋绕成两条绳索似的形状，唰一下探入水中将那两只怪兽缚住，又轻而易举地将它们拽出来，往盒子这边飞来。而令人震惊的是离盒子越近，那怪兽的身形便越小，最后落入盒中时，俨然是刚刚合适，仿佛给它们量身定做的容器一般。

"成了。"楚公子停止他的咒语，垂眼看了看盒子里的战利品，欣喜若狂间，他仍不忘将盒子往楚老板面前一送，笑道，"要不我说楚老板聪明稳重呢，演戏演得真是到位。亏得有你在，不然我哪能抓到这难得的宝物，还是两只。"

楚老板却将脑袋扭到一旁，不知是不敢看还是不忍看，只颤声说："咱们讲好了的，我帮你演戏，成事之后你要将我儿子救回来！"

"我从不食言。你儿子的病，只有我能治。""楚公子"拍拍心口保证，又将盒子中的两兄弟打量一番，连声赞道，"妙哉妙哉，两只斗木！试问我那些师兄们哪个有我厉害！这可是连师父都没做到的事。"

他仰天大笑。

此时，蔡鲤鲤还保持着同样的表情和同样的姿势，石化在地上。

他笑够了，低头一瞧这个被吓得魂魄全无的女子，眼中尽是讥诮之色，走过去蹲下来，抬手在她面前晃了晃："完了，都结束了，该回魂了。"

蔡鲤鲤一口气深吸下去又吐出来，反复几次才回过神，下意识地捂住心口，只觉心跳如雷，喃喃道："怎会如此……怎会如此……他们是……是……"

"是妖怪，货真价实的妖怪。"他同情地看着她，"姑娘，你也是命大，跟这样两只妖孽在一起居然没有被吃掉。"

"妖怪……妖怪？！"她似乎还不肯相信自己看到的一切，"怎么会是妖怪呢……"

"怎么不会是妖怪。"他啧啧几声，"姑娘，你怕是不知这世间处处险恶，妖怪无数。"

她怔怔地望着这个男人充满优越感的脸："可他们没有害我。"

"他们要害你，可不会提前跟你说。人跟妖怪在一起，总会吃亏的。"他眉头一皱，站起身，又冷笑着看了盒子里一眼，啪一声合上了盖子，一道红光从盒子上一闪而过，除了他，谁都休想打开。

那一声响，让蔡鲤鲤整个人都颤了一下。

楚老板一言不发，垂着脑袋，许久才闷闷道："蔡姑娘，你走吧。此事本与你无关，只是离开后，勿要与任何人提起。"

蔡鲤鲤发了好一阵子呆，等力气回来了，她才缓缓爬起来，苍白着脸问"楚公子"："那……请问大师你要拿他们如何处置？"

他嘴角一扬："这妖怪活着时算个祸害，死了倒有大用处，能救不少人的命。我也算是做了一桩善事。"

"哦……"她迟钝地点点头，"幸好有大师你出手，不然我早晚会有危险的，对吧。"

"那是自然。"

"多谢大师。"她躬身向他道谢，"那我先走了。你们放心，这事我不会跟任何人讲。"

"去吧。"他挥挥手，笑笑，"吓破胆的小女子。"

她挪动着僵硬的双脚，跌跌撞撞跑出了凉亭。

楚老板还是一动不动坐在那儿，仿佛焊在椅子上了一样。

他见老头那副样子，摇摇头，把铜盒放在桌上，坐下来看着还剩大半的佳肴美酒，又给自己倒了一杯酒："楚老板，我那降妖符化了水之后，是甜的，不难喝啊，而且对人类没有丝毫影响，只会让妖怪没有还手之力。你如今这丧气的模样，活像你也是个妖怪似的。"

"我还不如个妖怪……"楚老板还是不肯抬头，还将身子尽可能地缩起来，又老了十岁一般。

"你这么想便是钻牛角尖了。"他喝掉半杯酒，"你我能够相识，是莫大的缘分。你带你儿子四处奔波求医，可有哪个大夫给了你半分希望？只有我能帮你扭转乾坤，当初你不是口口声声说过，只要我能救你儿子，你什么都舍得做。我也并未太为难你，不过是要你牵线搭桥，让我收了这两只妖怪罢了。你想想你家公子，他还那么年轻，又是你楚家唯一的血脉，如今他有救了，你不高兴反而如此沮丧，这不对嘛。"

楚老板沉默良久，突然抬手抽了自己一耳光："若你没有看见那块木头……若我没有说他们兄弟的事……"

"向前看啊楚老板，你很快就会见到一个活蹦乱跳的儿子了。"他喝光杯中酒，有几分看不起这老头的意思，"虽是各取所需，但这笔买卖怎么都是你赚了。毕竟你这把年纪，白头人送黑头人的话，真的是太难过了。"

听他这么讲，楚老板渐渐捏紧了拳头，从牙缝里挤出话来："你说到做到才是。"

"来，喝杯酒定定神，好酒不该浪费。"他又给楚老板倒了一杯，递到老头面前，"喝吧，今日大事已成，明儿我便去制药救令郎，不出七日，大病可愈。"

楚老板犹豫片刻，终是接过酒，颤着手喝了下去。不想做也做了，后悔无用，内疚无用，但愿他们兄弟俩能体谅一个老父亲要救孩子的苦心吧。

凉亭之中，一人志得意满，一人愁眉苦脸。

酒壶快要见底时，他满足地打了个酒嗝，看看天色，说："回吧。"

楚老板沉着脸，正要起身，却冷不丁瞧见一个熟悉的人影从走廊的另一端匆匆而来，不是那蔡鲤鲤又是谁……她手里还拎着一个木桶，面色紧张，却不知又是发生了何事。

见状，他二人不约而同站起来，疑惑地看着这个本该逃命去的女人。但见她越跑越快，手却是很稳，拎的木桶里也不知装的是什么，沿途一点都没有抛洒出来，她也没有说话，直奔他二人而来。

眼见着还有几步之遥，风向一转，他们突然迎风嗅到了一丝不太对劲的气味。

"蔡姑娘，你这是……"

楚老板话没说完，只见蔡鲤鲤双手一甩，兜头一大桶黄白之物冲他俩泼将而来，一系列动作简直行云流水，不给他们任何躲闪的机会。

恐怕他们这辈子都没有遭过这般"浓重"的袭击，怕是只恨刚才吃了太多珍馐佳肴，想不吐出来都不行。

趁此机会，蔡鲤鲤拿出此生最快的速度，冲上去抱起铜盒就跑。别的本事没有，她就是跑得快，不出意外的话，从凉亭跑出楚家，只要两口气就够了。

无论如何，他们得活着。

可是，意外还是出了……

她还没有跑出走廊，整个人便失了重心，飞扑出去，铜盒也摔脱了手，盒盖与身子分了家。她趴在地上，只觉得右腿有点麻，回头一看，一把匕首深深扎在上头，流出来的血却是乌黑色的。

狼狈不堪的"楚公子"咬牙切齿地朝她这边走来，口中说的却是："找死！"

坏了……蔡鲤鲤都不觉得疼，只觉得一股杀气扑面而来。

危急之时，却见那铜盒在地上滚了几番，两道淡蓝光华自盒中飞出，落地便成两头虎头龙身的巨兽，口中喷着白气，目露凶光。

"楚公子"见状，猛地刹住了要去弄死蔡鲤鲤的心，口中念了几句什么，却又发现不对头，暗骂了一声："竟不中用了！"旋即立刻倒退好几步，只勉强做了个迎敌的姿势，心头却如擂鼓一般，脸上都紧张得渗出汗来，混着那些污物流淌而下，惨不忍睹。

楚老板更是早就站不住了，一下子跪在地上，眼里竟然流出泪来，冲着两只巨兽直磕头："我儿子不行了……我想救他……我一定要救他……我只有他这么一个儿子……我快五十才得了这么一个儿子……求你们了……"

巨兽压根儿不把他们两人放在眼中，其中一只上前叼住蔡鲤鲤，小心往自己后背上一甩，另一只则站在原地，冷冷看了楚老板一眼，旋即双双腾空而起，转眼便没入了暮色之中。

烟州的秋天，从没有像今夜这么冷过。

○ 7 ○

数日后，长安。

郊外的旧宅里飘荡着苦涩的药味，他坐在院子里，手里捏着一把扇子，仔细观察着炭炉的火候，生怕药罐里的汤药出任何纰漏。

大夫是长安城里最好的大夫了，早些年因缘际会，在海上承了他们兄弟俩的救命之恩，临别时留下了自家医馆的地址，说今后但凡有任何他能帮忙的，尽可以来寻他。

可斗木哪里需要人类来医治……本以为今生没有再见的可能，却不承想还是来见了。

大夫忙了一个通宵，保住了蔡鲤鲤的命，却没保住她的右腿。

匕首喂过毒，若不是他们兄弟俩飞得够快，用最短时间从烟州赶到长安找到大夫，蔡鲤鲤丢几条腿都保不住性命。

旧宅子也是大夫借给他们休养的，药也是大夫给的，怎么熬制也是大夫教的，他庆幸当年没有对遇险的大夫袖手旁观。

他直起身子从半开的窗口往屋里看了一眼，蔡鲤鲤仍在熟睡中，这几天她就没醒过，只在大夫给她换药时迷迷糊糊地哼几声，大夫说汤药里加了安神的药，头几天伤口最疼，睡过去能好些。

长安比烟州冷许多，他在房间里放了两个暖炉，昼夜不熄，希望蔡鲤鲤能睡得舒服些，自己也彻夜不眠，既要看着炉火不灭，又要随时留心屋内通风是否顺畅，生怕她再有任何差池。

他低下头，往炉子里扇了扇风，药罐里的药汤咕嘟咕嘟地轻响，他听得有些入神，心头却是说不出的纠结，既盼着她快些康复醒来，又怕她醒来……那么有活力的一个人，要如何面对失去一条腿的未来……

院子另一边，兄长坐在石桌前，握着刀，反反复复地削着一根木头拐杖。

"她恐怕没那么快用得着这个。"他看了看兄长，这些天都是自己在照顾蔡鲤鲤，兄长并不太管，经常在外闲逛，今早却拖了一根木头回来，坐在那头削了半晌。

"早晚要用上的。"兄长吹开削下的木屑，把拐杖放在地上试了试高度，又很是随意地说，"本以为收留她是个错误，没想到不是。"他拄着拐杖，往里屋那头瞧了一眼，轻笑道，"'楚公子'可能做梦都想不到，自己居然被一个凡胎肉身的丫头破了法，还是用那种简单粗暴的方式……想起来都好笑得很。”

“你还笑得出来……”他沉下脸，“她明明可以不用回来。”

“我又不是笑她。”兄长摇摇头，“你这家伙就是多愁善感得很。”

他叹了口气：“她以后要怎么办呢……怎么就敢跑回来呢？明明看到我们的样子了。”

“能怎么办，你们养她一辈子呗！”一个不屑的声音从窗户里飘出来。

从出事到现在就没出来过的熊头慢悠悠地飘出来，落在炉子旁，又以各种姿态享受起炭火的暖意。

很奇怪，以它那么爱骂人的臭脾气，蔡鲤鲤出了这么大的事，它居然一点怒气都没有。

“那还用你说？”他见它这副悠闲的样子，又难免有些怨气，不假思索道，“你一直在她身边，危急关头怎的不阻止她回来！”

熊头翻了个白眼：“她伤了脚，你却伤了头？你是不记得普通人类根本看不到也听不到我吗？我要是能阻止这个蠢女人，她现在还能躺在这儿？你们早就说过了，我是个一点用处都没有的小骨头，你们没说错。”

“你……”他噎住，它说的也是事实。

“她一个寻常人，怎会懂得用这种法子救我们？”兄长坐下来，对拐杖似乎还不满意，继续修整，“你一直在她身旁，理应知道缘由吧？”

“这不都怪当年救过她的那个老道士吗。”它探头看了看药罐里的药熬得如何，“她在那破道观里休养时，除了帮老道士做点杂事之外，还天天缠着人家教她降妖伏魔的法术，说万一将来遇到妖魔也好逃命不是……且不说那老道士除了做饭熬汤之外还有没有别的本事，就算有，人家能教她这个笨蛋？！可她太能缠人了，老道士大概被她烦透了，便跟她说，若遇到妖魔或是心怀不轨之人以邪术害人，只需拿那黄白之物往其身上一泼，必破其术，万试万灵！老道士说得煞有介事，她也就信了。”它沮丧地耷拉下眼皮，“你说这老道士，是救了她还是害了她。”

他听得目瞪口呆：“就这样？她还真信了？”

“可事实证明，老道士也没骗人啊。”它瞪他一眼，“不然你们兄弟俩现在可能已经被人镶在船头乘风破浪了。”

兄长冷笑一声：“纵然把整个海中的斗木镶在船上，该死的人，不在海里，也会在别处。”

他脑中浮出楚老板的脸，怪得很，他对这个老头并没有什么恨意，只觉得心头凉得慌——当初宁可豁出自己性命也不愿祸害无辜的人……正因为是这样的人，他们对他全盘信任，毫无防备，甚至在给他挑寿礼时，都是怀着最纯粹的故人重逢的喜悦……也许，他的儿子对他真的很重要，重要到可以推翻自己的坚持。

“这么说来，我们倒要感谢那位敷衍了事的老道士了。”他苦笑，“若没有他教会这个‘徒弟’，我们怕是真要被镶在船上了。”

“不光是她胡来，也是我们命大。”兄长的视线顺着刀片上下游走，“老道说得不算错，这法子确实奏效，但能被这个破了法术的，只能是些初出茅庐修为尚浅的家伙。那‘楚公子’不知是哪门哪派的小子，气派大过本事，看起来有几分唬人，说到底也就是那三板斧的伎俩。若非对楚老板毫无疑心，我们也不至于遭了他的道。”他摸了摸拐杖够不够光滑，“不过，他若再多些修行，心性也少几分自大，蔡鲤鲤就算把整个烟州的茅厕砸他身上，也是无用。这次，算是不幸之中的万幸，豁牙咬虱子碰巧了。”

听了这话，他却越发难过起来：“我们是不幸之中万幸，她却遭了大罪……”

“可能她这辈子就是遭罪的命吧？”熊头不以为然道，“从我遇到她那天起，就没见她有哪一天舒坦过。”

“她拿你当宝。”他看了它一眼。

它愣了愣，说：“我知道。要不是我，她十七岁那年就该摔死了。”

两兄弟的视线齐齐投向它。

“小哑巴把我葬在后山的一个山洞里，我化了第二身后，觉得那山洞挺好，看多了人间的繁华嘈杂，能享受到这般清净，倒也舒适得很。”它不慌不忙道，“说出来你们也别惊讶，我这第二身别的本事是真没有，但是，能吃人。”

闻言，两兄弟脸上是整齐划一的不相信。

“人类虽弱，却天生是万物之灵长，而我只要吃掉任何一个活人，就能回到我第一身的状态。”它扬扬自得，“这死中藏生的本领，天下妖怪，怕是再找不到第二个。”

“难怪你说蔡鲤鲤是你的食物……”可他还是不信，“那你为何这么些年了还是这模样？”

“我为何要回到第一身？”它理直气壮地反问，“再被抓到笼子里？再过上不吃饭饿肚子的日子？不需要吃喝维生的状态没有你想得那么糟糕，相反，很轻松。所以我索性留在洞里好好睡个觉，睡够了再决定去哪里。”它扭头往窗户里看了看，“谁承想我一睡就睡了好几十年，如果不是被这个笨蛋一脚踩到，我起码还要再睡个一百年。”

“她怎会到你藏身的山洞里？”他疑惑道，“那里应该荒无人烟吧？”

“受不了逃出来的呗。”它道，“她从环州西边的家里一路逃到东边的野山上，我出来才知道，那老臣的宅子已成废墟，四周除了荒草树木野兽飞鸟之外，一个人都见不着。她逃进洞时，脸上挂着伤，鞋子都少了一只，不过踩到我的力气倒挺大。我刚醒来正犯蒙呢，一口妖气没控制住，便亮了起来……她却惊讶极了，以为踩到了会发光的宝物。本来我挺生气的，心想要不就是她了吧，老天送我的食物……可还没等我张口，她却捧着我坐在地上哭起来，哭着哭着又笑出来，对着我说若能跟你一样化成白骨躺在此地，倒也是幸事一件。我以为这个人有病……瞬间就不太想吃她了。”它认真回忆着，不想漏掉任何一个细节，“也不知过了多久，山洞外忽然有人在喊她的名字，是个男人的声音。她一听就打了个寒战，想都不想便往更深处跑，这山洞地势复杂，有好几处颇深的断层，幸好她手里拿着我，不然摸黑瞎跑的话，恐怕真就遂了她的愿变成白骨一堆了。”它哼了一声，“都怪外头那男人，要不是他把蔡鲤鲤逼到我这儿来，我还能过我的舒坦日子。”

“是谁？”他忙问。

“她丈夫呀。”它落到窗台上，坐下来享受着从屋子里透出来的热气，“那男人不光喊她名字，还一直在道歉，说自己错了，以后再不喝酒，再不会打她了。我以为她会一直躲在山洞里等男人走开，可那男人一说她爹也在到处找她，老人家还把脚给崴了，她便藏不住了，犹豫了好一阵子，终是走出了山洞，顺便把我揣在了兜里。我寻思反正都醒了，也好久没出来看看了，便随了她的意思，暂且充当她以为的会发光的宝物吧。”

“一直当到现在？！”兄长笑笑，“十七岁到现在……你也挺沉得住气呢。”

“也有沉不住的时候。”它看着床上蔡鲤鲤的睡脸，“她是除了小哑巴之外，与我最亲近的一个人。因为她，我知道了人间市井生活的模样。起初我以为她跟她丈夫只不过是夫妻拌嘴，她性子急才跑出来，毕竟那天一回家，她丈夫又是道歉又是端茶递水，还砸了好几个酒壶，说以后再不碰了。我想这女子也是小心眼，丈夫喝几口酒就气得离家出走。思忖一番，我决定不走了，醒都醒了，不如留下来看看人类还能闹出什么花样来，深宫大院的日子我见得多了，小老百姓的日常反而新鲜得很。”它面上的轻松越来越刻意，“她拿绳子把我拴起来当项链，我也乐得逗她开心，每在暗处时便亮起来，让她更拿我当个宝。每天她天不亮就起床，准备早饭，然后洗衣服晾衣服买菜，回来除了清扫屋子，还要顺手编些简单的篾器，积累起来拿去卖掉换钱，在丈夫回来前，她必然已经准备好热气腾腾的晚饭。她的每一天都过得重复又规律。我很少听到她有什么埋怨，也不见她说半个累字，只是在街头与那些花枝招展的姑娘们擦肩而过时，她偶尔会回头，露出羡慕的表情。她几乎不买胭脂水粉，唯一的一盒胭脂也是小心翼翼地藏在衣柜里，平日里也不用，我只见她在丈夫不在家时，拿出来往脸上抹一点，照照镜子又赶紧擦掉。我又觉得她有病……直到有一天她丈夫回来，边吃饭边骂骂咧咧说那谁家娘子整天打扮得像个妖怪，丈夫又不在家，也不知扮给谁看，横竖不是个守妇道的，女子既嫁了人，一门心思把家里照顾好才是贤惠。她听了，只是低头吃饭。”

他听得有些不舒服，喃喃道：“这不像我认识的她啊……”

“勤快样儿倒是跟现在差不多，家里的地板擦得跟镜子似的。”它笑笑，“反正，那盒胭脂都干巴结块了也没用上。她丈夫姓肖，矮壮敦实，留着大胡子，识得几个字，家里有些薄产，也没个正经营生，就在城里做些散工，却最爱听人喊他一声肖老板，为人自负还风流，赚了几个钱便往风月场所去也是有的。她知道，但也不说。偶尔她爹来看望她，说得最多的也是要她照顾好夫婿，说以他们老蔡家的条件，能寻到这样的婆家是天大的幸事，一定要做好为人妻的本分，早点开枝散叶，做个贤妻良母才是。老头子的话每次都一样，我都听烦了。”它皱起眉头，“可惜他不知道，他女儿倒也想做个贤妻良母，可那也得有命做才是啊！”

“怎么说？”他心头一紧。

“她跑到山洞那次，不是第一次挨揍了。”它叹气，“老肖当着别人的面，仿佛还有点人样，回到家，撑不了多久就换模样了。不喝酒时还好，顶多狗嘴吐不出象牙，喝了酒，蔡鲤鲤就成了他天然的出气筒，稍有半分不顺眼，轻则拳脚相向，重则拿刀砍，且他定义的不顺眼，可能只是蔡鲤鲤给他擦脸时稍微重了些，或者嘴里稍微劝诫了几句下回少喝点……反正只要他想动手，蔡鲤鲤连呼吸都是个错。周遭邻居见了鼻青脸肿的她，也不觉得是啥大事，妻子犯了错被丈夫揍一顿罢了，大家都是这么过来的。每次挨了打，老肖就能对她好上几天，要不了多久又故态复萌，她的日子就是这样胆战心惊地循环往复。实在委屈得受不住时，她也跟相熟的姐妹哭诉一阵，得到的安慰也只能是‘忍忍就过去了，要没有这个男人养活你，你怕连口饭都吃不上’。总之，一万个人都以不同的方式告诉她，那就是你的命。后来，她也就不跟任何人说了，实在难受，就躲去个无人的地方哭一场，哭完又回来做饭洗衣。”

他的拳头不知不觉捏紧了，皱眉：“你就没把那男人收拾一通？”

“吃了他吗？”它撇撇嘴，“我想过的啊。可我又一想，吃了他，蔡鲤鲤就能好？明明是她自己为了一口吃的要留在笼子里，我又何必多此一举。”

“这倒是实话。”兄长插了一句。

“你们两个说的是什么话！”他不满道，“那她不也是没法子吗，一介女流，要在这世道活出个好模样，那是多难的事！”

“是难啊，可太难了。”它的视线从蔡鲤鲤脸上移到她的腿部，被子下明显空了一截，“除了家里跟菜市，她得空时最爱去的地方就是离家不远的私塾，因为那儿的一个教书先生管她买过好几回篾器，便成了半个熟人。先生是外地人，脾气格外好，赞她的篾器编得又好又结实，还便宜。每回给私塾送货去时，是她最快乐的时刻。送完货她也不舍得走，总蹲在窗外听先生教课，很是入迷。她对先生说自己虽认得的字不多，但听他讲课却甚是长见识，是从家里或菜市里听不到的东西。先生被她逗笑了，见她如此好学，便在课余时免费教她识字读书，还常送些笔墨书本给她，她爱如珍宝。每当老肖不在家时，她便千方百计挤出时间来练字念书，她悟性还可以，渐渐能读完一本完整的书了，写出来的字也能比老肖写的好看几百倍了。我记得她在纸上写得最多的四个字是……坐井观天，对就是这个。有一次先生给学童们讲解这个词的意思，她听得特别入神，后来她都走了，又折回来，问先生，如果青蛙能从井里出去，那会如何？先生说，可能会死，也可能会看见海。回去后，她好像就对这四个字着了魔，写了好多遍。”关于她的点点滴滴，它回忆得特别仔细，“直到老肖发现了她偷偷藏在角落里的书本，他勃然大怒，骂她不务正业，难怪这些日子的饭菜越来越难吃，原来是把心思放在这些歪门邪道上了，一个女子，读书识字有甚用？能洗衣做饭操持家务才是正经！然后他把她所有的书本都撕了，还闹到了私塾去，说先生斯文人干畜生事，借教书之名调戏妇人，竟还仗着几分酒劲把先生给打了。那一回，我看见她站在私塾里头，脸色白得像一张纸，手捏成了拳头，浑身发抖。被老肖拖回去后，她挨了一顿我见过的最狠的毒打，老肖边打边骂她是不是有了二心，是不是看上那教书匠了，不要脸就罢了，还没用，孩子也生不出一个，看看隔壁老陈家，今年都第五个了，会下蛋的母鸡都比她强……反正怎么狠怎么打，怎么难听怎么骂。这回，她却一声不吭，连眼泪都没落一滴。”

他的手早就捏成了拳头，只恨自己没有在现场。

“先生可太倒霉了……”兄长把拐杖上的毛刺剔光滑，眼见着就快完工了。

“谁说不是呢，没多久先生就离开环州了。”它的视线又回到蔡鲤鲤脸上，“她也走了，经年累月的忍耐终于爆发在一份大逆不道的休书上，她休了老肖。哈哈哈，可惜我是没机会看到老肖见到休书时的脸，大概都气歪了吧。一开始她不知道要往哪儿去，听人说南方好，便闷头往南走。可她身上带的一点盘缠没多久就用尽了，为了吃饭，她去做一切她能做的活儿，帮厨洗碗带孩子编篾器这些都不算什么，她还摆摊帮人写书信，去画店里当小工去裁缝店里打下手，拿几枚铜钱给人算命也敢做。”它越说越觉得好笑似的，“其实她一开始也不会，但她脸皮厚呀，特别能缠人，宁可不要工钱也要人教她本事，你看，连老道士都被她缠得没办法。她说虱子再小也是肉，哪怕是旁人看不上的小本事，攒得多了就不容易挨饿了。一来二去的，也真被她学到了不少三脚猫功夫，好生活还谈不上，起码能混上一口饭吃了。随她出来流浪的这几年，开头老肖还想方设法地来寻她，但都被她躲过了，后来估计老肖也就放弃了，但她却落下个毛病，但凡看到跟老肖相似的男人，都会下意识地躲起来。也许她说的没错，再过几年会好吧。”它叹气，“这些年她也挨过不少坏日子，但她总是欣然接受的样子，一点都不委屈。也许她心里一直惦记那只离开井底的青蛙，它可能会死，也可能会看见海。她说既然这辈子都没见过海长什么样，人又还活着呢，那就去看吧。她听人说在烟州能看到最漂亮的海，于是便将这里当作了目标，一路南下。”它飘起来，转身盯着他们兄弟俩，“遇到你们，也算得偿所愿了。”

这便是一个寻常市井女子的前半生了？

没有什么大起大落，惊心动魄，但她在那些日子里经历过的霜雪风尘，好像都随着汤药里散出的苦味，落到了他的身上。

可是，遇到了他们……真是得偿所愿吗？

他不敢去想她醒过来的样子。

“你还不吃她吗？”兄长突然问，“她现在可是一丁点反抗能力都没有，吃起来特别方便。”

“哥！”他恼道，“说什么呢！”

“它自己说的呀，蔡鲤鲤是它的食物。”兄长很无辜。

它哈哈笑出来，看着兄长道：“你这样性格的妖怪，我一点都不讨厌，起码任何时候都清醒得很。”它扭头看向房间里，脸上浮现出从没有过的慈祥的微笑，“我想了那么多年也想不出回到第一身有什么好处，就不回去了吧。”

他一愣，觉得它的反应不太对劲。

“从来到人界起，我就活得莫名其妙。在笼子里杀几头狮子就能博人崇拜，为了换他人性命，又不崇拜了，随随便便就把我的血肉拿去熬汤。到了第二身，我能活得比任何妖怪都久，可我连扇你们一个耳光的能力都没有，这毫无用处的万寿无疆，好像都不及一块能取暖熬汤的木炭吧。”它盯着他们俩，又朝屋子里努努嘴，“永远别让她知道，一只妖怪跟了她那么多年。”

“你想做什么？”他站起来，有些紧张。

他话音未落，它骤然飞进了屋子里，落在蔡鲤鲤身上，冲他翻了个习以为常的白眼：“我从前走得太少，以后多走走也好。”

“不是……等一下！”

他转身往房间里跑，可等他冲进房间里，天铁已然毫无踪迹，只有一团银白光芒围绕在蔡鲤鲤的右腿，飞旋闪烁，璀璨如天上银河，整个房间都被这一团光照成了另一个世界，像仙境，更像一场被实现了的美梦。

兄长往这边看了一眼，站起身，把拐杖往地上拄了拄，有些遗憾：“怕是用不上了……”

几滴亮晶晶的小东西从空中飘落下来，不知是雨还是来得太早的雪。

药罐里的药汤仍在咕嘟咕嘟地冒着热气，苦楚的味道在渐起的寒风里慢慢散去……

◦ 8 ◦

一年后，海上。

熟悉的炭炉里，木炭烧得通红，一锅热汤冒着香甜的气味。

初夏的海风凉爽通透，他们的船匀速行驶在不知名的海域，阳光下的海水蓝得像打磨完美的宝石。

甲板上正热闹着，新来的船员里有几个练家子，互相佩服又互相不服气，于是常约在一起切磋武艺，输了的人脸上要画一只乌龟，为依旧单调枯燥的海上生活添了不少乐趣。

蔡鲤鲤与众人围坐一圈，为她最崇拜的那个“师父”使劲摇旗呐喊，战圈里的两个人正拳来腿往，一时胜负难分。

她的毛病怕是改不掉了，人家十万分不愿收她当徒弟，可她总能想尽一切理由去说服对方要人家一定要教她拳脚功夫，说就算打不过别人，拿来逃生总是能用的吧，艺多不压身，再说百年修得同船渡，冲这一百年的缘分，也必须认下这个师父……反正他是头回见到有人把百年修得同船渡用在这上头的……那船员被缠得头大，又怕天天被她念经，终是同意教她些防身的拳脚功夫。

他远远看她一眼，这家伙啊，天天都兴高采烈的。

她连她断过一只脚都不知道，只当自己受了普通的外伤。

只是在她完全清醒过来后，发现长年戴在脖子上的骨头不见了。她以为是在中刀跌倒时弄丢了，心痛得很，最后只能安慰自己是她俩缘分尽了，说不定那块会发光的小骨头是个神物，不可能长期留在她这凡人的身上，既走了，便祝它前程似锦吧。

他们遵照着天铁的要求，从头到尾没有对她提过半个字。

那个“没用的小骨头”像一阵风似的，急急吹过来，又悄无声息地消失。

在离开长安的前一夜，蔡鲤鲤做了一桌好菜，说是对他们照顾自己的感谢。

“你明明看到了我们的样子。”兄长没有动筷子。

“是，我看到了。”蔡鲤鲤坐下来，大大方方地看着他们。

“不怕吗？”兄长又问。

“见识过那样糟糕的人，还会怕什么妖怪。”她笑笑。

他沉默片刻，说：“我们知道你过去的日子，从环州到烟州，你吃过的所有苦头我们都知道。”

“啊？因为你们有妖法吗？”她略惊讶，很快又释然，“一定是的，你们的样子看起来厉害得很。如果不是大意了，一定不会被抓住的。”

她不是奉承，真心诚意，只字不提自己为了他们差点丢掉性命的事。

“你跟从前完全不一样了。”他说。

她想了想，点头：“我也这么觉得。”她给他们倒酒，自言自语般道：“我出生没多久母亲就死了，父亲拉扯我长大，家境艰难得很。我十六岁时嫁入肖家，从定亲到出阁，我连他的模样都没见过，我爹说他家境不错，嫁过去不愁吃喝，我说好。我不能有任何不情愿，从小到大，我最怕父亲的唉声叹气，最怕他说生个女儿不如不生……如果我出嫁能让他安稳高兴，那就嫁。开始时我是愿意长长久久做‘肖蔡氏’的，洗衣煮饭以夫为天，我看多了身边人的生活，大家都那么过的。可是……”她总是明亮的眼神瞬间暗淡下来，又道：“可是我真的不知道自己还要怎么做，才能不惹他生气，不让自己在拳头甚至刀斧下拼命躲闪求生。我每一次躲在角落里哭，不是因身上的伤口疼得哭，而是我突然意识到，我的未来只是一片看不到尽头的绝望，无论我多努力，多忍让，多不计较。曾经我跑得最远的地方，是一座野山上的山洞，我在那里捡到了小骨头，它亮得真好看啊。狼狈的，灰头土脸的我，居然连一根骨头都比不上，我的每一天，无论昼夜，一点光都没有。”

“从井里出来就有光了？”兄长口气戏谑。

她一愣，旋即笑道：“是。从北到南，我一路上遇到的事情在旁人眼中是无法理解的疲累与痛苦，可在我眼中，它们不痛，也不苦。”

“那它们是什么？”兄长笑问。

“我的人生，一直在被肆无忌惮地‘拿走’，我现在做的一切，只是为了拿回来。既然都出了井，没死的话，或许可以试试尽可能走远些，去看看从没见过的海有多大。”她笑着举起酒杯，“我可以洗衣煮饭，但我的一生不能只有洗衣煮饭。就算在你们的船上，我能做的也不止是擦地板，不是吗。”

他与兄长对视一眼，还能说什么呢，她已经说得很清楚了。

以后，恐怕是再没有理由赶她下船了。

“希望你以后把我们的船擦得更干净！干杯！”

“希望你以后煮的饭越来越好吃！干杯！”

……

一个手掌突然在他眼前晃着，他从片刻的失神中清醒过来。

明亮的阳光下，脸上画了三个乌龟的蔡鲤鲤奇怪地盯着他：“汤都要烧干了，你发什么愣呢？”

他低头一看，确实只剩半锅汤了，赶紧加了一瓢水。

“这个鱼熬汤好喝得很，我试了好多种香料才确定了这种熬法，你可千万别糟蹋了。”她坐下来小心翼翼地搅和汤料。

“你师父又输了？”他好笑地问，“乌龟又让你这徒弟代劳了？”

“胜败乃兵家常事。”她不以为然，“我挑的师父，不会背叛师门的。”

“最近都学了什么招数啊？”

“扫堂腿！”

“听起来不是很适合你啊……”

“适合得不得了！你不知道，我师父说我右腿天生神力，一扫出去的力量比他还大呢！”

“哦，是吗？那真是老天爷赏饭吃呢。”

“我也这么想。啊，他们还要比一局，我先过去了。”

他看着她蹦蹦跳跳的背影，目光锁定在她的右腿上，他完全相信她的右腿“天生神力”，毕竟，那里有一根要随她走一辈子的天铁骨。

这时，兄长的声音传来：“前头有情况，都给我打起精神来！”

“是！”

众人立时收起玩耍的心，迅速回到自己的位置，精神抖擞地迎接一切可能出现的危险。

突然加速的船狠狠剖开平静的海面，一路向前，毫无畏惧。

尾

简陋的木屋里，桃夭与斗木对面而坐，放在桌上的茶几乎凉透了。

她一声叹息：“可惜了啊。”

“可惜？”他不解。

“第二身的天铁是我多年来求而不得的良药啊！”她心痛得不得了，“它能续万物肌骨，就算只剩下个脑袋，也能用天铁生出一副完整的躯体，从此还能落个力气过人的好身子，打架都能多挨几拳呢！便宜那丫头了！可惜可惜太可惜！”

这个女人，真是三句不离本行……他耷拉下眼皮：“那是它自己的决定。”

“我知道啊。”桃夭撇撇嘴，“它要不愿意，谁也用不了它。那蔡鲤鲤得了这骨头，应该帮你们做了不少事吧？”

“大家都奇怪她一个小女子，怎的力气比男人还大。她师父教得也不错，虽然不是什么上乘功夫，但足够她成为我们的左膀右臂了，你是没见过她跳进海里宰掉一头食人大鱼的模样，可吓人了。”他不禁笑出来，记忆太深刻，像发生在昨天似的，“她不但能跟海匪们拼个你死我活，还跟八爪鱼打过架……”

“她应该没活到多大岁数吧……”桃夭挠挠鼻子。

他摇头：“她活到八十二岁时，在梦里走了。我们照她的意思，化了她的身子，骨灰撒进了海里。”

“八十二岁……”桃夭笑道，“倒是挺能活的。天铁也不算太亏了。”

一提起这个骨头，他想了想，起身进了里屋，不多时拿了个小木盒子出来，放到桃夭面前，打开，一个灰扑扑的小骨头躺在软缎里。

“蔡鲤鲤的骨灰里发现的。”他说，“砸不烂，烧不化。但也没有任何别的反应，连发光都不行。这状态我不懂，是死了还是？”

“不算死，但也跟死没两样。”桃夭直言，“天铁第二身虽不死不灭，但若替别人成骨，便是永远放弃回到第一身的资格，一旦寄身之人死去，它也就失了所有精魄，虽不至灰飞烟灭，还能留个躯壳下来，但也是无用之物了。”她拍拍斗木的肩膀：“留个纪念吧。”

他很是失望，喃喃：“还以为能有转机……”

“它已经有它的转机了，还要什么转机。”桃夭笑笑，“它不是说了吗，以后想多走走，这不是走了好几十年吗，够了。”她合上盖子，“可能这是它最骄傲最高兴的几十年呢。”

他看着盒子，苦笑：“但愿吧。”

桃夭疑惑的目光落到他脸上：“它跟蔡鲤鲤都有了自己的‘转机’，你呢？好好一只斗木，怎的转到陆地上来，还是个卖炭翁？你知道长年留在陆地上，对你的寿数可不是一件好事吗？”

“蔡鲤鲤离开后，说我心里不难过是假的。她一直在我们的船上，把那儿当作她的家，把我们当作她的亲人。没了她，船上冷清了许多。我一时伤感，独自往陆上去散了几日的心。那时正逢百年难见的雪灾，城中冻死者众，木炭成了救命之物，十分紧缺。”他面色沉重。

“然后？”她问。

他伸出手指，稍一用力，点在那茶杯上，好好一个白瓷杯顿时从底部开始，迅速化成了一只木头杯子。

桃夭恍然大悟：“差点忘了，你们有天生点木之术。”

“是啊，我有时候也奇怪，你说我们明明生于深海，形如龙虎，死了却偏偏会化作一块木头。别人会的都是点金术，落我们身上却是点木之术，平日里根本就用不到啊，点金子还能买东西，点木头能干啥？”他自嘲地笑笑，“但唯有那一回，我觉得有用了。我把城外的石头全变成了木头，虽不能扭转全局，也保住了不少性命。也是那时我终于明白，蔡鲤鲤为何那么执着于囤木炭，因为那是能让人活下去的希望吧。”

“就为这个，你就上岸了？”桃夭啧啧道，她又将这简陋的栖身之所打量一番，“好歹是个海中霸主……这日子能过得下去？也太想得开了吧。”

“过了一百多年了。”他笑，“当初我跟兄长说我想离海上岸时，他的表情跟你现在一样。他觉得我有病。”

“也算疑难杂症了。”桃夭指了指自己的头，“大概率思觉混乱。要不我给你把个脉？

来都来了……"

"不用！我没病！"他吓得赶紧拒绝，"我可不想做你的药！"

桃夭嘁了一声。

"在海上日复一日地觅食，争斗，看着水里的恶蛟被我们撕得血肉模糊，"他认真道，"如果只是活下来，我跟兄长已经做到了。"

桃夭点点头："所以呢？"

"我可以杀海怪恶蛟，但我的一生不能只有杀海怪恶蛟。"他笑道，"我也想给自己的余生多拿些东西回来。"

桃夭一笑，旋即又翻了个白眼："那你倒是靠自己拿呀！跑司府里占什么便宜！"

"我没有！"他赶忙分辩，"我虽有点木之术，可妖力也是有限的，每年冬天木炭缺口都很大，我自己张罗不够，靠别人接济一些，也是情有可原吧？苗管家为人慷慨大度，他愿意帮我，我又何必推辞。怎的到你这里，就成了占便宜？！"

桃夭哼了一声，没再说下去。

"只是我实在想不到，你堂堂的桃夭大人，居然委屈在别人府邸中当个小杂役……你说我思觉混乱，你自己不也半斤八两？"他实在听不得占便宜三个字，冒死也要回敬桃夭一番。

桃夭面露怒色，一拍桌子："我当然有我的缘由！"

"我也有。"他梗着脖子道。

"随你！"桃夭横抱起手臂，信誓旦旦道，"反正你别被我抓到什么小辫子。"

"我没有辫子，只有尾巴。"

"等等，你兄长呢？他也由得你留在陆地上当卖炭翁？"

"他还是在海上当他的船主，还说要跟我断绝兄弟关系。我已经好久没见过他了。"

桃夭听了，眼珠一转，突然以商量的口吻对他道："这样行不行，按你们兄弟俩现在的情况，一个在海上从事危险的营生，一个在陆地上消耗生命，应该都是活不长的家伙，万一你不行了，或者你知道你兄长不行了……"她当即掏出一张珍贵的纸来，拍到他面前，眼睛弯成月牙，"立刻烧纸告诉我，我来替你们收殓尸体！哎哟，你都不知道这张纸有多贵！别的妖怪求都求不到的呢！"

他的脸色顿时比吃坏了肚子还难看，脑子里想的是如果现在揍了她会不会立刻被毒死……

"那就这么愉快地说定了！"她握住他的手，"加油！"

"我加个鬼的油啊！你虽是桃都鬼医，也不能这么欺负妖怪哪！"

"我哪欺负你了？"

“你……”

两人正争执，一阵敲门声传来，女人清脆的声音从外头传来：“斗哥！”

“斗哥？”桃夭狡黠一笑，“叫得好亲热啊！”

他脸一红，赶忙去开门。

一个年约三旬的妇人挽着一个竹篮走进来，不算美人但打扮得干净顺眼，面相甚是温柔，进门便说：“我瞧你的鞋子旧了，新做了一双给你送来。”话音未落，见了桃夭，顿时不好意思道：“有客人啊？”

“我是他侄女，好久没见我叔叔了，过来探望探望。”桃夭嘻嘻一笑，“您是？”

妇人的脸也一红，支吾着道：“啊……我是……是他邻居。”

“邻居？”桃夭故意大声道，“我还以为他背着家里给我娶了婶婶呢！”

妇人脸更红了，搓着手不知说什么才好。

他恼得不行，却又不能发作，只假笑着道：“我这侄女就是喜欢胡说八道，你莫搭理她。她刚说要走了，我送送她！”

然后她就被推出门了。

桃夭大人还是第一次被一只妖怪扫地出门吧？

她站在门外，眯着眼睛对他道：“明明可以只在冬天才上岸的，却一年四季都要留下来了，原来有人了呀！”

他的脸比烧红的炭还红，结巴着道：“不是，我没有，你别乱说，人家还没跟我怎样呢！”

“我看也快怎么样了。”她嘻嘻笑出来，又拍拍他的肩膀，“别的我不管，刚才说的事我可当你答应了，别忘了啊！”

“我答应什么了我！”

“快进去吧，莫让人家等。”她不由分说把他推了回去，还顺手关上了门。

不留在海里就不留吧，人总要找个自己喜欢的地方蹲着。

也许，不用多久她就真有一个“婶婶”了。

不过出来闲逛一圈，就多了个叔叔……还有婶婶……自己是不是又吃亏了？

桃夭抬头，看看依然灰白的天空，又看看斗木囤在院子里的一大堆木炭，笑笑，抓了一块木炭在手里，信步出了门去。

回去就把这块炭加在炉子里，烤个肉吃吃看？

这么一想，天气好像没有那么冷了。

·叁· 犀寻

楔子

既然已经上了回家的路，那继续回吧，我送你。

1

今日，除夕。

整个司府天不亮便热闹起来。

在讨饭三人组连续不断的呵欠声中，司府的门槛几乎被来送贺礼的各路人马踏平了。

趁苗管家招呼来人的当口，桃夭把那一大堆来自天南海北的新年礼物偷看了一遍，礼物上的落款几乎将当世能排上名的江湖门派揽尽了，除了人尽皆知的几个大门派，余下的光是什么“铁剑帮”“铁掌派”“铁锤门”之类的铁字号就有七八个，还有这个山那个山这个镖局那个镖局，眼花缭乱。来送礼的人虽然对各位江湖同行们没多好的脸色，却个个都对苗管家毕恭毕敬，放下礼物鞠躬问好，说上几句恭喜发财家宅兴旺的吉祥话，再请苗管家代为转告各家主人对两位少爷的问候，却是连一口茶都不肯喝，生怕耽搁了苗管家的时间，还得是在苗管家的一再坚持下才肯收下司府预备好的“平安包”，千恩万谢地离开。

听说，他们之中有些门派离京师天高地远，为了赶在除夕当日送上贺礼，须得提前好些天便赶到城中住下，也算煞费苦心了。

桃夭不懂这些家伙为何非要赶在今天扎堆送礼，但她也是今天才意识到司府在江湖中的地位。在这里生活的这段时日，除了她自己招惹来的妖怪给她添了麻烦之外，司府自家的风波似乎并没多少，她也没见到他们有多少正儿八经替别人“解是非”的场面，兄弟俩大多数时候都算游手好闲的吧？连苗管家也与普通大户人家的管事人没两样，在各种鸡毛蒜皮的日常琐事上打算盘，以至于她都快忘记两兄弟的拳脚功夫还是他教的……要不是今天见了这阵仗，她真要以为司府小阎王的名号不过是他们为了面子硬给自己冠上的，无非是一处靠吃爹娘老本活下来的徒有其表的地方而已……

站在逐渐堆成一座小山的贺礼前，两位少爷的脸又在桃夭脑子里晃来晃去，这么一看，两个家伙虽然各有各的讨厌，人缘却仿佛还不太坏的样子？她瞧那些来拜年送礼的人大多是真诚的，确实是在借这一年一度的机会向司府表达自己的尊敬与谢意，也不知两位少爷替他们解了什么棘手的是非才能让这些江湖中人感恩戴德……也有那么一些皮笑肉不笑表情不自然的人，放下礼物后似是松了口大气，好像只是完成了个重要任务。桃夭心想，这些个人对司府有多大感激不好说，但脸上显然写满了“我不喜欢你但我惹不起你所以我不得不来走走过场”之类的情绪。她记得司静渊曾说过，做他们这个行当，谢他们的人多，恨他们的人也多。

但不管如何，司府今天是热闹又喜庆的便好，谢也好恨也好，只要她在这里一天，司府就得好好的。

咦，怎的一大早的突然跟司府荣辱与共了？桃夭撇撇嘴，这么多贺礼之中没一件是送她的，司府好不好关她何事？刚才的想法立刻收回。

送走最后一拨来送礼的，已是日上三竿。

在苗管家的指派下，有人负责年前最后一次洒扫，有人负责往各处门窗上挂上新的桃符。厨房里也忙碌起来，而他交给桃夭他们的任务，是给这一大堆贺礼登记造册，一定要将谁家送的送的什么送了多少仔仔细细记下来，一点都错不得。

一开始桃夭还高兴得很，好奇心终于得到了满足，但还没记录下一半她就叫苦不迭了，贺礼太多，光是拆包装就拆了半天。磨牙动作又慢，拿个剪刀跟拿炸药一样，说生怕拆坏了伤到里头的东西，看得她烦死了，干脆将他打发出去，让他随便上哪儿玩去。柳公子动作虽然麻利，但每拆一件东西他都忍不住要品评一番，什么这幅画肯定是赝品，那个瓷器上色不匀不是好东西，尤其当他看到礼物之中还有一本装帧精美的诗集时，他更啧啧批判送礼之人毫无文采，说这也好意思叫诗？连他万分之一的才情也不到。桃夭也啧啧摇头，不知道一个只会写“鱼在锅中游，原来水没开。缘何水未开，家中没有柴”的家伙是哪来的脸面嘲讽人家正经八百出的诗集，造孽啊！！

最高兴的还是滚滚，兴奋地在各种礼物前嗅来嗅去。要不是桃夭眼明手快，一棵价值不菲的千年老参就成了它的口粮了。死狐狸就是精，哪个贵吃哪个！不过这些人出手也真是大方，她一瞧那些药材补品就是上等货，搞得她越发羡慕那两兄弟了，明明也没干啥惊天动地的大事，也有人送这么多厚礼，还年年送。她治了那么多妖怪，一个比一个穷，就没一个好好回报过她，还经常背地里骂她，哼。

一直忙到快中午，满头大汗的桃夭终于完成任务，一手拎着狐狸，一手拽着还在跟诗集较劲的柳公子，把落满她歪歪扭扭字迹的登记册子甩给苗管家。

“下次不要让我干这事了！”她擦了擦额头上的汗，“除非分我一半。”

苗管家翻了几页，笑道：“还好还好，能认出是人写的。”

柳公子“扑哧”笑出来，转眼就被桃夭狠狠掐了胳膊：“笑个啥，你还不如我呢！”

“我写的本就不是人写的。”柳公子龇牙咧嘴道，“苗管家这是夸你呢！以前你是画符，现在进步了！”

桃夭剜他一眼，瞪着苗管家：“您夸我呢？”

“若不是夸你，莫非我的胳膊也要遭殃？”苗管家笑着摇摇头，端详着册子道，“头回做这差事难免忙乱些，今后便好了。字虽不过关，每一笔却还记得清楚明白，已是难得。”

怎么可能掐苗管家的胳膊呢，从他口中说出来的话总是温和中肯，即便是批评，也瞧不出讥讽的意思，所以从不惹她讨厌，哪像那条阴阳怪气的蛇！

“每年都送？每年都记？”她不解道，“不就是送个礼吗，需要这么麻烦？”

“桃丫头啊，所谓人情，皆在‘往来’二字。”苗管家继续翻动册子，“行走江湖，多记情少记仇，能活得容易些。”

“就是，苗管家你这话太对了！”柳公子戳了一下桃夭的脑袋，“记仇鬼！”

“胳膊不想要啦！”桃夭作势要揍他。

柳公子唰地一下闪到苗管家身后，探出个脑袋不屈不挠地强调：“若非我处处护着你，光凭你跟人结的仇，莫说胳膊了，脑袋在不在都成问题！听人劝吃饱饭，别动不动就拿小本本记人家的仇，尤其是我的。”

“呵呵，你不躲起来不敢说话是吧？有本事站我面前来说！”

“我不！你会掐人。苗管家你刚刚可看得一清二楚是吧！这女子十分狂躁是吧！”

“我让你看看什么是真正的狂躁！”

桃夭一把抱起正在挠痒痒的滚滚，把它的爪子对准柳公子：“滚滚，你今天扇他多少个巴掌，我就奖励你多少个枣泥糖糕！”

一脸蒙的滚滚顿时来了精神——扯柳公子的头发，打柳公子的巴掌都算它的强项。

柳公子见滚滚已是两眼放光跃跃欲试，赶紧把苗管家往前推：“苗管家，这也算是你们家的狐狸了，你管管呀！”

“好啦，你们这些孩子，是不是在哪里都能吵作一团，不像话。”苗管家嗔怪道，把滚滚从桃夭手里抱过来，摸摸狐狸头才放到地上，“去厨房找吃的吧。”

滚滚兴高采烈地跑了。

“咱们府中每年都会在除夕的午时拜祭先人。”苗管家回过头，对他二人认真道，“你们也一道来。”

两人对视一眼，异口同声：“我们也去？我们又不姓司。”

“只要你们胳膊上有‘司’，就是司府的人。”苗管家笑道，“也好向老爷夫人正式禀告咱们府中又来了新人，希望今后能保你们平安顺遂。”

原来是要去“见一见”两位少爷的爹娘……虽然明知道只是两块木头牌位而已，桃夭却也生出几分尴尬，当初她在梅林之中对兄弟俩的各种抱怨乃至坏话若真被二老听去了，可千万莫跟她计较，更别显灵让她摔个大跟头或者出其他洋相才是，她不过实话实说罢了……

柳公子盯着她表情丰富的脸，奇怪道：“你怎的一脸做贼心虚的样子，嘀咕啥呢？”

“我没有！”桃夭立刻恢复不屑的神情，转身就走，“吃饭！”

柳公子赶紧跟上去，在桃夭耳边叽里呱啦道：“厨房今天准备了几十道大菜！我天不亮就去偷看过了，那个鱼肉啊，切得跟纸一样薄，嫩得不行！还有难得一见的琉璃掌，那可是山珍中的山珍，咱们桃都里都长不出这么鲜的美味！”

“琉璃掌就是那个生闻起来都香得不行的玩意儿？”

“可不就是！”

“清蒸还是煎炒？”

“当然清蒸啦！原汁原味最宝贵！”

两个人完全忘记了片刻前他们还是喊打喊杀的敌人，此刻却亲亲热热垂涎欲滴地挨在一起，完全沉浸在对年饭的期待中。

苗管家看着他二人的背影，欣然一笑，自言自语道：“老爷夫人，这怕是咱们府中收过的，最热闹的孩子了。”

○ 2 ○

桃夭猜错了。

供奉司家兄弟爹娘的“长思阁”，全没有大户人家该有的祠堂的样子，不高大不威严，完全是司府之中的一重桃花源。沿着嵌在涓涓细流中的石径前行，尽头处便是一座竹篱环绕的农舍。说是农舍，却又比乡野之中的房舍多出几分清幽雅致。置放在院中的水缸古朴而结实，底部零星爬满鲜绿的青苔，锄头镰刀扫把之类的工具规整地放在该放的地方，还拉了一条长长的晾衣绳，院中梅花正当盛放之时，点点嫣红中淡香缭绕，加上屋外水声温柔，怎么看都是给钟情于田园生活的大活人准备的居所。

更重要的是……这里头压根儿没有灵位。

站在并不太大的房间内，桃夭左顾右盼，确实找不到灵位，只有一屋简单朴素的竹制家私，唯一显眼的，是主墙正中位置垂着的一幅月白厚帘。

很快，司府上下各路人马都集齐在屋内，好在只有几十号人，地方够站。

没有任何烦琐的仪式，甚至连香烛纸钱祭品都没有，苗管家只是看了看时辰，午时一到，便示意两个老仆可以开始了。老仆一左一右掀开垂帘，入目的却是一幅画，已微微泛黄的纸上，细雪纷纷，一树红梅正含苞待放，不远处是一男一女的背影，男子高大挺拔，女子婀娜温柔，两人相依相偎，携手前行。虽只是背影，落笔也是简单至极，然每一笔都是执子之手与子偕老，每一画都是鹣鲽情深同生共死，连不懂画的人比如桃夭也能清楚看出来，便是这幅画最大的魔力。

画中两人，最大限度地符合了桃夭对于两兄弟爹娘的想象。

画前的案桌上，横摆着一个长长窄窄的黑木盒子，也不知里头放的是什么。

众人一见了这画，都不用苗管家再吩咐，便齐刷刷地跪下。

桃夭跟柳公子见状，面面相觑，跪也不是，不跪也不是……按说他俩在桃都之中都甚少跟谁下跪叩头，如今来了人界，当杂役就算了，还要下跪？！

苗管家一眼看到人群中的他们，只说：“入乡随俗，来了司府便要守司府的规矩，尊重司府的先人。”

那……那就跪呗。桃夭扯着柳公子的袖子，两个人都不太情愿地跪下来，连滚滚都被他们摁在地上不准乱跑。

苗管家点点头，转身跪下，拱手对那画像道：“又过一岁，司府平安。”

众人听到，皆拱手道：“又过一岁，司府平安。”

他们俩也不得不跟着大家做一样的事。

重复三遍之后，礼毕。

众人依次退出房间，该干啥干啥去了，留下桃夭跟柳公子一脸问号。不是祭拜先人吗？人类不是都把祭祀先祖当成一件特别大特别上心的事来做？这随便拜一拜，喊一喊，前后不过眨眼间的事，就算完啦？

“就……没啦？”桃夭走到苗管家身后，他一直站在桌前，默默注视着那幅画。

听到桃夭的声音，他回头笑道：“每年皆是如此。老爷夫人历来不喜兴师动众，对他们最好的怀念和拜祭，一句司府平安已足够。”

“连灵位都不设？”柳公子奇怪道，“民间习俗不都是要给亡者立那个木牌牌的吗？”

苗管家又一笑：“司府是那种一定会遵从‘民间习俗’的地方吗？”

柳公子想了想，点头：“也是，你们全家就没几个正常人。”

“老爷夫人在呢，说话还不收敛点？”苗管家瞪他一眼，随后将他们俩拉近身边，又抬头看着画，说，“老爷夫人，桃丫头与柳公子是刚来府中的新丁，今天带来给你们瞧瞧，孩子是好孩子，就是嘴巴快了点，今后若是说了什么你们不爱听的话，还请你们多担待，看在他们曾经救过两位少爷的分上。”说罢，又对他二人道：“上前跟老爷夫人打个招呼吧。”紧接着他又看看在一旁嗅来嗅去的滚滚，无奈地补充一句：“老爷夫人，还有一只新来的狐狸，大家都喜欢它，希望你们也是。它不怎么掉毛的，还吃素……那个……滚滚要不你也来拜一拜？”

滚滚根本不理他，只顾着在屋内每个感兴趣的地方乱转。

桃夭把滚滚抱过来，举着狐爪嬉皮笑脸地对着画拱了拱手：“老爷夫人，我这个人只是心直口快，对两位少爷我历来是心生敬爱的，所以我讲他们的坏话都不作数，好话才是真心话！您二老可千万别生我的气，定要保佑我身体健康四季发财人比花娇心想事成！顺便保佑这只狐狸永远不秃顶，永远听我的话！”

“真是‘心直口快’呢……”柳公子白她一眼，对着画说，“您二位就当没听到她说的话吧，这个女子不能相信的。真要保佑，也要保佑我这种才高八斗任劳任怨上得厅堂下得厨房的人间瑰宝，最重要的是保佑我早日完成一本震惊三界流芳百世的诗集！”

苗管家扶额：“你们两个……唉，童言无忌，若他们真的听到了，以老爷的性子，不罚你们跪搓衣板才怪。”

“不会的。”桃夭嘻嘻一笑，又对着画说，“老爷夫人，不管你们保佑不保佑，只要我在司府一天，只要两位少爷不短缺了我的工钱，我以我桃夭的人格保证，谁也不能让司府不平安！”

柳公子偷偷挤眉弄眼地嘀咕：“有她在，司府才平安不了呢！”

“你又在嘀咕什么？！”

“没有啊，我说你说得对！请二老放心！”

“鬼才信你！”

“没错啊，他们信我啊！”

……

苗管家简直哭笑不得，一时甚至有点后悔带他们俩来这里了。

两人好不容易不闹了，桃夭的目光又落到画前的黑木盒子上，好奇道：“苗管家，盒子里是何物？”

苗管家看着这盒子，爽快回答：“盒中放的，就是那把无弦琴。”

“当初给司静渊喊魂的那把无弦琴？”桃夭脱口而出。

“正是。”苗管家点点头，思索片刻，道，“你们应该早就知晓大少爷身子不好，他十三岁那年差点出了大事，是二少爷日夜兼程费尽心思才寻得这把琴回来，救了大少爷性命。之后的年月，大少爷每回‘犯病’，几乎都要靠这把琴救命。”

“我知道。”桃夭望着那琴盒，司静渊乃“半命之人”的秘密跃然于心，尽管她没少说这两兄弟的坏话，两个小阎王互相挖坑嫌弃的模样她也没少见，可那一夜，司狂澜弹琴弹到渗血的手指头，她至今都印象深刻。这个世界，他们俩是一起来的，不可能再有第二个人能替代彼此，所以这把琴保护的不只是司静渊，更是司狂澜，这同生同长不可断绝的手足血脉，是他生命中最不可失去的部分——司姓之下，他再没有别的亲人了。

想到这里，桃夭一时无话。

“将这无弦琴摆放在如此重要的位置，莫非是要老爷夫人庇佑，保大少爷平安无虞？”柳公子打量四周，“这把琴也不算凡品，世上想得到它的人必然也不少，摆在当眼之处，就不怕别人觊觎？”

“霜刀血剑无弦琴。”苗管家笑笑，“这些年，司府三宝之说早就于江湖中暗传开来，倒也不见有哪个敢上门打主意的。”他转头看着他二人，“司家的东西，只在司家人手里才是宝物，别人拿了，不过是废铁烂木头。不必担心。”

“也对，光那无弦琴便不是寻常人能弹的，旁人拿去的确是个烂木头。”桃夭回过神来，又左右看看，“不是司府三宝吗，刀跟剑没摆出来？”

“刀剑见血太多，终究是煞器，老爷夫人的一生虽免不了刀光剑影，却并非好斗之徒，故而就不摆出来了，免得坏了他们的清净。”苗管家如是道，又看看桃夭，“不过之前你同二少爷共赴沐州时，是见识过血剑的吧。”

那哪能忘啊！想起那把犀利无匹如寒冰埋血的剑，她就不得不想起那条恶心透了的鼋鱼，以及她在沐州丢过的脸……桃夭不自然地撇撇嘴：“自然是见识过了，不然也不能理解为何不是‘霜刀雪剑’而是‘血剑’。”

苗管家一笑：“两位少爷年幼时，除了读书识字，一个习刀谱，一个背剑诀，都是不太情愿的样子，总要老爷黑着脸教训一番才肯收心。”说着，他的目光落回墙上的画里，语气也更缓了些，仿佛是在对画中人说，“可惜你们陪他们兄弟俩的时间太少了。如今他们长大了，已能独当一面，虽也遇到过麻烦吃过苦头，但都过来了，你们大可放心。”

要不怎么说桃夭最喜欢苗管家呢。这个一直代替他们夫妇守着司府，守着兄弟俩成长的男人，明明最多辛劳，却永远主动把自己放在一个不被提及的位置。司老爷对他的救命之恩，他是真的拿一生在报答。

“好了，回吧。”苗管家又对着画拜了三拜，便将帘子放下，房间里又恢复寻常屋舍的模样，他稍稍松了口气，“又平安过了一年，甚好。”

“是啊，最后一天，剩下的就该是轻轻松松大吃大喝了。”柳公子伸了个懒腰，正要往外走，却突然停下来，回头看着桃夭，“是不是哪里不对头？”

“哪里不对头？”桃夭挠着怀里的滚滚，笑嘻嘻道，“今天你有口福了。”

苗管家也停下，盯着她怀中的滚滚，想起了一个被遗忘太久的问题：“磨牙呢？”

桃夭眨巴眨巴眼睛：“对哦，磨牙呢？”

柳公子叹气：“小和尚的存在感从没有提高过啊……”

从把磨牙撵出去之后，他们就再没见过他，连想都没想过他……

“跑出去玩儿了吧。”桃夭戳了戳滚滚的脑袋，“我们不理他，你也不理？看见那根老山参就连你最爱的小和尚都不管了？”

滚滚从她怀里挣出来，不服气地呜呜几声，随后便一溜烟跑了出去。

苗管家回想片刻，一拍脑袋道：“是了！午饭前我在厨房外头碰到过他，正拿着一个馒头往外走，我问他去哪里，他说去市集买点东西。我今日忙得头昏，也没有多问，转眼便将这事忘了。”

“府中要什么有什么，他有啥可买的？”桃夭看看窗外，天色阴沉得紧，似是又要下雪了，北风也越发凛冽起来。

柳公子深以为然：“是啊，他一贯无欲无求……再说这年底的工钱还没发呢。”

苗管家不免有些担心：“我派几个人去寻一下吧。大过年的，赶紧回家才是。”

“不用。”桃夭朝窗外努努嘴，“已经有狐狸去找他了。”

苗管家惊讶道：“滚滚还有这本事？”

“也就这点本事了。”桃夭拍拍他的胳膊，“您就安心在家准备今夜的年饭吧，我跟柳公子费心走一趟就是。”

“那你们快去快回！天色不好，路上小心些。”苗管家嘱咐道，“一定要赶在年饭前回来，缺了你们，不开饭的。”

“知道了。”

“一定等我们回来才开饭啊！！！”

“好！出去多穿一件衣裳，带上伞！我瞧着要落大雪了！”

“冻不着我们的，不用。走了。”

两人快速离开长思阁，追着滚滚的身影一路出了司府。

几朵零星的雪花试探性地飘下来，今年最大的一场雪正在暗自酝酿。

◦ 3 ◦

簌簌的寒风一阵紧过一阵，被卷起的残枝落叶时不时敲打在并不牢靠的窗户上，薄薄的窗户纸随时要被撕破的样子。

黑色的影子像一团稀释过的墨，从每一扇窗户上缓慢移过，伴着怪异的像是被掐住脖子还能笑出来的那种嘶嘶声，像人又不像人。

影子来来回回地移动，却始终不进来，明明门跟窗对其而言都是不堪一击的存在。

山神塑像的年月有些久了，彩漆已见斑驳，老爷爷脸上千百年如一日地挂着微笑，慈眉善目地注视着每个在他面前停留的家伙，也只能给个心灵上的安慰了，毕竟还是一个木雕，杀不了敌，也救不了人。

也难怪这些年的供奉越来越少了。

神像面前，带缺口的瓷碟上潦草放着几个果子与糕点，大概不合本地老鼠的口味，只被咬得乱七八糟，没吃完。两盏莲花底座的油灯竭尽全力地亮着，也不知下回来人续灯油是什么时候。

两个旧到看不出本来颜色的蒲团上，一个坐了磨牙，另一个位置上，坐的是个头戴斗笠的男子，瘦削，容貌算是斯文顺眼，三十左右的年纪，一身与时令不匹配的素色薄衫，加上又身在这四面漏风的地方，落到他身上的目光便跟落进冰窖没区别，实在不想让人再多看他一眼。此人一言不发，双手只紧握着一只旧得脱线的小布袋子。

磨牙确实也没工夫看他，正双手合十，佛珠也摘下来绕在指间，闭目默念着什么，额头上的汗一颗一颗地冒出来，太热……或者太难受的样子。

一个七八岁的女娃，青衣白裙，梳的双丫髻已有些散乱，裙边也是破破烂烂的，面目倒甚是白嫩秀气。此刻她正眉头紧皱地站在磨牙与男子身前，手中竟还握着一把亮闪闪的短刀，明亮的目光一直追着那在窗外不停移动的黑影。仔细打量，女娃的模样倒与那男子颇为相似，从年纪推测，多半是父女。

然而看这架势，竟像是她在保护磨牙与男子。

“这么耗下去可不成。”女娃暗暗咬牙，朝前迈了一步，“还得是我去解决那玩意儿。

小和尚，你且替我看好了他。”

磨牙不敢睁眼，怕散了力气，只从牙齿缝里挤出话来：“不可！你若打得过，方才就打过了！如今出去便是送命！”

女娃回头瞪他：“可你又能抵挡到几时？我看你使出这一招已是到了底吧，顶多再过半炷香，那玩意儿照样杀进来。还不如我现在冲出去杀个痛快。”

“我至少还能顶一炷香！”磨牙不服气道。

女娃笑了：“然后呢？”

然后……然后他总不能对着外头那位念经求对方大发慈悲放过他们吧？

磨牙不作声了。

女娃回头看着窗户上那个来来去去的影子，收起笑脸：“纵是粉身碎骨，我也不能让那玩意儿得逞。一会儿我尽量引开对方，你机灵些，得了空便带他逃，能逃多远是多远，反正不能让他落入对方手里。”说着，她脸上又略有抱歉，“没想过要把你拉扯进来，对不住了。万一逃不过……你就下辈子投个好胎吧。”

磨牙急得汗如雨下，又不敢睁眼，他就是去集市买个东西罢了，前后也不过一两个时辰的事，怎就突然一脚踩到生死存亡的边缘？真是千算万算都算不到今年的最后一天，却是如此的糟糕。

布袋子……就是那个看起来一点都不起眼的旧布袋子！

要不是匆匆而行的他们在街市上撞到自己，那个布袋子就不会掉在他面前，他就不会去追他们。要是他们走慢点，让他在走出街市前就能把东西还回去，他现在早已平安回到司府了，也不至于一路追到这个四下无人只得一座山神庙的树林里，更不会正好瞧见他们跟一只妖怪殊死搏斗的吓人场面。

那是个什么玩意儿啊？远远地瞧见就是一阵恶心，迎面而来的风里都充斥着一股腐烂的味道。一开始还基本是个人类的模样，打着打着，就成了一条差不多两人高的虫子，像黑色的蚯蚓，却生着蜘蛛似的八只脚，肚子上还露出一张没什么血色的人脸，一张嘴就是一团黑雾，天知道被喷着了会如何。

他躲在树后不敢贸然上前，心想一对赶路的父女怎会跟一只妖怪狭路相逢。那妖怪他虽不认识，但一看就不是善类，那对父女可是它的对手？

他观战到一半，才突然发觉从头到尾都是那女娃手执一柄寻常短刀与妖怪缠斗，她父亲却只是木然站在一旁，不说帮忙，连看都不带多看一眼，完全置身事外。女娃的短刀上下翻飞，一次次挡开妖怪的袭击，却始终占不到上风，时间一长，竟还隐隐有了落败的趋势，那妖怪吐的黑雾好几次都沾到了她的裙边，一碰到就是一个洞，若真沾了皮肉还了得！

磨牙看得心如擂鼓，虽然他不会打架斗殴，但跟着桃夭与柳公子这么多年，看他们教训过那么多妖怪，起码也是把眼力锻炼出来了，这女娃眼瞧着就要不行了，不出十招，必死在那妖物手中。

怎么办，他也打不过啊，出去不过是主动送人头。但，装没看见自己逃命，那比让他出去送人头更难……阿弥陀佛，佛祖保佑！

他突然发力，拿出最快速度往山神庙跑去，边跑边喊："小姑娘！进庙去！"

那女娃见战圈中突然冒出个小和尚，许是莫名的信任，许是她自己也清楚自己实在是抵挡不住，在一脚将妖怪踹个趔趄的当口，她抓住男子的手便一路狂奔进了山神庙。

磨牙将庙门一关，来不及解释太多，只说："我试试看能不能挡住！"同时又快速从怀里掏出那个布袋扔给女娃："你们丢的。"

说罢他便往蒲团上一坐，摘下佛珠缠在指间，双手合十，闭目念起了柳公子教他的护身咒。曾经，柳公子无数次要教他各种可以打死妖怪的技能，他当然是拒绝的，妖怪也是众生，他不愿打，更不愿杀。被柳公子逼得急了，他不得不以把柳公子违背桃都规矩的各种大小破事揭发出去为抵抗，才令柳公子彻底放弃把他培养成妖怪杀手的念头……但柳公子的一句话还是打动了他——行，你不打你不杀，可别人要打你杀你的时候，你总得保住自己一条命不是。

所以他勉强同意了让柳公子教他危急时刻可以自保的护身咒，这算是术法之中最简单的，效用也简单，无非就是在身边设下一圈让对方从身体到术法都不能靠近的结界，先保命为要，别的缓缓再说。可惜他在术法上确实没有天分，甚至非常驽钝，经文再长他都能一字不差背下来，护身咒的心法口诀他却怎么都背不齐全，用了许久好不容易背下来，使出来却经常不奏效，连一只小鸟都能轻易突破他的结界，委实气人……时间一长，他索性也放弃了，生死有命，不强求了，再说身边只要还有那两个家伙在，估计也轮不到别的妖怪来吃他……

可他却没想到，总有那么一两刻，他身边是没有他们的。

唯一庆幸的是，他还没有忘记护身咒怎么用。

真就只能试试了！

千钧一发之际，咒语默念而出，他拼上自己对佛祖的全部信仰，拼上全部求生的本能，只求山神庙能成为他们三人最后的机会。

嘭一声响，庙门被撞得发抖，可意外的是一点都没有散架，依然稳稳地隔绝着内外两个世界。

门外传来愤怒的声音，所有能冲进来的地方，门、窗，甚至墙壁，接连发出惊心动魄的撞击声。

还好，都很稳。

磨牙不敢睁眼，不敢做任何多余的动作，身体里似有一团热气，随着咒力的加深，热气变成了火，在他体内胡乱奔跑，他完全感觉不到冬天的寒气，只觉热得难受。那道“火”也很难控制，五脏六腑都被烧着了似的，说不出是疼还是别的感觉。

女娃对他的本事很是意外，那男人从头到尾却还是一脸木然，仿佛暂时逃脱一场灭顶之灾的人不是他，他的目光只盯着女娃手中的布袋，然后伸出手去。

“幸好没丢。”女娃将布袋放到他手里，又让他坐在蒲团上休息，虽然他好像并不是需要休息的那个人。

男人紧紧握住布袋，整个世界好像只有他一个人。

可是，磨牙的结界眼看着也不成了。

打定主意要殊死一搏的女娃，又回头看他一眼，笑：“不管怎样，都谢谢你，那个布袋对他来说很要紧。”说罢，她拔腿便朝庙门而去。

“站住！”磨牙拼尽力气喊出来，“还有个法子！”

女娃站住，疑惑地转过身。

磨牙咬牙道：“我身上带了几张纸，你快将它们拿出来！”

女娃一愣。

◦ 4 ◦

滚滚毫不犹豫地蹿进了一片萧条的树林里。

一直不慌不忙跟着它的桃夭突然放慢了脚步，皱起了眉头。

“呀，你又冒烟了！”身旁的柳公子盯着她的头顶，“谁这么着急找你瞧病，真不会挑时候呢。”

桃夭眼珠往上一翻，伸手往头顶上胡乱扇了几下，骂道：“横竖是不拿我的纸当回事，当是烧柴火呢！浪费活该遭天谴！”

“骂谁呢？”柳公子奇怪道，“上回把你烧冒烟的还是孰湖吧，这回又是谁这么大手笔？如此着急寻你，要不先出诊？小和尚留给我便是。”

桃夭抬眼看着即将消失在树林另一端的滚滚，眉头皱得更紧了：“磨牙烧的，说他快不行了。”

“啊？！”柳公子脸色一变。

“冒头坡里的山神庙。”桃夭纵身一跃，拿出最快的速度朝滚滚追过去。

跟着滚滚来时，他们的确经过了一块刻着“冒头坡”的大石头，地势比别处高，一条荒无人烟的土路有一大半都埋在这片枯败的树林里，滚滚毫不犹豫跑去的方向，隐隐可见一座萧条的小庙。

看来真是小和尚在求救。

二人飞速赶到山神庙时，却见滚滚正对着庙门口的一只丑东西龇牙咧嘴，连身上的毛都奓起来，撅着屁股一副要发起进攻的架势。

可那丑东西只看了滚滚一眼，便扭过身子去不再理睬它，只顾着在庙门口来来回回地走，所有注意力只放在庙里的目标上。而发起进攻的滚滚却在冲到它面前时，又拿一只爪子捂住鼻子跳开了，然后站在不远处冲它骂骂咧咧，再不想靠近的样子。

见状，树后的桃夭顿时松了口气，又暗自咬牙："败家孩子，就这场面也值得他烧那么多纸！"

柳公子从树后探出半个头瞧了瞧，心情也放松了许多，小声道："这是……墨蚵吧？"

"嗯。"桃夭点点头，"个头算大的，人脸也出来了，最少有大几百年修为，放毒雾也能毒死人了。不过还是蠢得要死。"

说罢，她又鬼鬼祟祟地绕到山神庙另一侧，从破了的窗户纸往里一瞧，不禁哧哧笑出来。

跟过来的柳公子问她笑啥，她指指里头："小和尚这是在英雄救美呢，你看他那一脑袋的汗，跟上茅房上不出来一个样子。"

柳公子往里一瞧，又伸手往墙上轻轻触了一触，嘴角顿时上扬："太不容易了，小和尚竟然能成功使出护身咒，不枉我教他那么多回。"说着又瞪了桃夭一眼，"你不替他高兴竟还嘲笑他，真不够朋友！"

"就这么个比纸还薄的结界，有什么可夸赞的，说明你这个临时师父也真不咋样。"桃夭撇撇嘴，又从墙边探出头去瞅了瞅那妖怪的动静，说，"区区一只墨蚵哪值得我出手，还是你上吧，一口的事儿。"

"谁要吃那么恶心的东西！我还得留着肚子吃年饭呢。"柳公子当即拒绝，又往里瞧了瞧，嘀咕道，"怎的跟这两个陌生人在一起，看那小姑娘不太好惹的样子，还拿着刀，该不是被挟持了吧。"

"你去是不去？再废话，小和尚可真要撑不住了，他底子那么差，勉强维持咒力是相当伤身体的哟。"桃夭提醒他。

柳公子狠狠瞪她，伸出一个手指："又一件事，给我仔细记好了！"

说罢，他大摇大摆走出去，随手拾了个小石头，往那墨蚵头上一扔，喊了声："喂！"

石头从妖怪头上弹开，它缓缓转过身，看他一眼，又毫无兴趣地转过身子去，时不时还拿脚去碰碰墙壁，确定那层结界还在不在。

“蠢货一个。”柳公子摇摇头，骤然现出原形。

“喂！”他又喊了一声。

墨蚓又缓缓转过身，顿见一只青鳞赤眼的巨蛇立着身子在咫尺之外俯瞰它，咝咝地吐着芯子。在柳公子压倒性的气势下，墨蚓几乎僵在原地，保持着身子转了一半却转不回去的可笑模样。

“又脏又臭，给我滚！”柳公子冷冷道，顺便露了露锐利的蛇牙。

然后也不知这妖怪是吓傻了还是真的蠢，居然真的一路滚着走了……还滚得特别快，三两下便消失在暮色渐起的树林里。

柳公子哼了一声，满意地恢复人形。

桃夭走过来冲他挤了挤眼：“要吓走一只丑妖怪，果然需要一只更丑的，辛苦了。”

柳公子眼皮一耷拉：“你是真觉得我没有吃掉你的本事？”

桃夭嘻嘻一笑，一掌推开了山神庙的大门。

里头的小姑娘依然握着短刀，神情却很是淡定，脸上看不到半分畏惧，只对磨牙说：“你的法子果真奏效。”

磨牙睁开眼，放下捏着佛珠的双手，整个人仿佛立刻就要垮下去似的，哭丧着脸对桃夭与柳公子道：“你们来了……”

滚滚扑过来，跳到他身前又拱又舔，而磨牙却暂时连抱起它的力气都没有了，喘了半天才勉强把佛珠挂回脖子上。

柳公子过去把他扶起来，摸了摸他的光头：“现在知道我是为你好了吧。”

磨牙擦了擦汗：“可你也没跟我讲用个咒比爬十座山还累啊。”

“那是你基本功不够，而且你还吃素，力气就更小了。要不改吃肉吧？”柳公子笑眯眯地建议。

“罪过罪过，纵是让妖怪将我吃了，我也不能吃肉。这馊主意你赶紧拿走。”磨牙摇头叹气。

“你才是尽出馊主意！”桃夭上来就对着磨牙的脑门弹了一下，恨恨道，“暴殄天物是要遭天谴的！”说着又看了那小姑娘与男子一眼，心痛道，“你烧了几张纸！！”

磨牙捂着脑门，支支吾吾道：“两……”

“胡说！两张我能冒烟吗！！”桃夭眉毛一竖，“出家人不是不打诳语吗！”

“两……三……”磨牙心虚道，声音越来越低，“四……五六张吧……”

桃夭捂住心口：“可真大方啊！你是不知现在我的纸市价是多少一张了吗？”

“那个……”磨牙鼓足勇气抬头看她，“不是情况紧急吗！若你们不来，门口那只妖怪便要杀掉我们了！”

桃夭哼了一声："就你这种又善良又不长脑子的，街头随便一个人都能宰了你。"

磨牙又把脑袋垂下去，嘀咕道："无冤无仇的，人家宰我做甚？"

"还顶嘴！"桃夭作势要拧他的耳朵，却被一只小手抓住手腕，力气还挺大。

"我知道你是谁了。"小姑娘看着她腕子上的金铃铛，"但我没有买过你的纸，所以不知是什么价，要不你跟我算个数，我赔你。你不要再骂小师父了。"

知道她是谁还敢直接抓她的手阻挠她教训人……桃夭盯着小姑娘毫不惧怕的眼睛，笑笑："我还以为这时候你要下跪感谢我呢。"

小姑娘松开手，认真道："我很少下跪，但若跪了你，是不是就可抵了那几张纸？"

桃夭瞪大眼睛："小丫头片子倒是打得一手好算盘，你的膝盖就算是金子打的，也赔不起我的纸。"

小姑娘看看自己的膝盖，说："那便不跪了。"

桃夭哭笑不得，小姑娘说的每句话都不中听，但又不能说是错，直来直去软硬不吃的样子居然并不讨人嫌，且明知面前站的是谁，还能淡定若此，她就更想逗她一逗了。

"不跪也成。那就拿别的东西来抵。我从不白白救谁性命。"桃夭将她上下打量一番，搓着下巴道，"横竖都不像有钱的……"说着又将目光挪到那男子身上，此刻他依然呆坐在蒲团上，紧紧握着布袋子。

桃夭眼睛一亮，指着男子手里的布袋："拿这个给我，咱们就算两清。"说着便伸手要取。

突然一道寒光闪过，短刀的刀锋几乎贴着桃夭的鼻尖擦过去，当的一声扎进后头的墙柱上。

磨牙吓了一大跳，失声喊出："可使不得！！"

"好刀法！"柳公子不禁鼓掌，还悄悄跟磨牙说，"她干了我天天都想干的事，小姑娘前途无量！"磨牙缓缓看了他一眼，双手合十念了声阿弥陀佛。

此刻小姑娘已然挡在男子面前，直视桃夭的眼睛："这个袋子只能是他的。"

桃夭摸了摸鼻子，故作伤心道："你对救命恩人的报答就是削她的鼻子？"

"不独是你，谁夺他的东西我削谁。"小姑娘认真道，"救命恩人也不能硬抢别人的东西。"

"哈哈，说得对。"桃夭笑出来，拍拍小姑娘的头，"不闹了，你既知道我身份，也该知道我的规矩。是你烧的纸对不对？"

小姑娘点头："小师父让我找出他身上揣的纸，让我在每张纸上都写下'冒头坡山神庙，有妖怪要吃我，磨牙'，然后一并烧掉。"

"这便是了。"桃夭一本正经道，"烧纸给我，而我又同意出诊，那么无论如何，烧纸给我的家伙都要做我的药。你没意见吧？”

“有意见。”小姑娘毫不犹豫道，“我并没有要求你给我治病。”

“我不管。”桃夭无赖起来，“反正纸是你烧的，我只认这个。”她顿了顿，嘻嘻一笑：“要不你马上找个病出来给我治。要知道这可是千载难逢的好机会，你可知多少家伙在排队？”

小姑娘摇头：“我现在没有病要治。”说罢，她走过去拔出短刀放回腰间的刀鞘，又走回男子身边，说：“走吧。”

男子仿佛只能听到她的话，慢慢从蒲团上站起来，跟着她的脚步往庙门而去。

她走出几步，又转身对桃夭道：“等我办完我的事，你再告诉我你想要什么赔偿，时间还很长，你慢慢想。我不爱欠人东西，今天的事多谢了。”说罢又对磨牙点点头，便径直出了庙门。

“挺像你的。”柳公子碰了碰桃夭的胳膊，“像以前的你，一根筋。”

桃夭愣了愣，片刻才回过神来，白他一眼：“纵是从前的我，也最少两根筋，她哪里比得上我。”她顿了顿，看着庙门外两个正离开的身影，“可她真有病啊，病气都挂到脸上了，不治的话，这个年怕是过不去了。”

磨牙听了，大吃一惊：“桃夭你说的可是真的？”

“你在质疑我的看家本领？”桃夭搓搓手，“我看这小妖怪脸上都不只是病气了，是死气。”

“啊？！等等……”磨牙突然反应过来，指着门外道，“她是妖怪？”

“这般年纪的人类姑娘，能认识桃夭？能飞刀伺候？”柳公子戳了一下磨牙的脑袋，“你光看到人家小姑娘好看，却不想她这一身的气魄哪里像个六七岁的女娃娃。这点眼力都没有，被吃了是活该。”

磨牙摸着脑袋想了想，自言自语道：“也对……人类的小姑娘哪有能力跟那样一只妖怪对打……原来也是妖怪。”说着又猛抬起头对柳公子道：“你刚说我只晓得人家好看？”

“难道不是？你可是舍命相救呢。”柳公子憋住笑。

“罪过罪过，色相于我如浮云。”磨牙皱眉道，“若见死不救，我这么些年的经便白念了。”

“好好，是我说错话了。”柳公子轻轻打了一下自己的嘴，“今天咱们磨牙小师父又是功德一件。就是苦了我们，大冷天的不能在家好吃好喝，还得往这不毛之地来帮你修功德。”

磨牙面露歉意，抱起滚滚道：“对不起，是我给你们添麻烦了。但情况紧急，我也是迫不得已。”说罢，他凑到桃夭身旁，小心问：“那她是什么妖怪啊？那只要来吃我们的又是什么？”

“你是活物，墨蛪不会吃你的。”桃夭朝庙门走去，原本斑驳的地面已经盖上一片光滑莹白，本该百鸟归巢的时刻，一群乌鸦却还反常地在落雪的暮色中乱飞。

5

男子的斗笠上已然落满雪，行走也渐渐变得不那么顺畅，积雪掩盖了地上的凹凸不平，走起来总是歪歪斜斜的，他将布袋抱在怀里，把身体最重要最安全的位置分给它。

小姑娘跟在他身后，寸步不离。而她走得比男子更显艰难，每走出一段距离，她就会下意识地捂一捂自己的腰，脚步也会慢下来，然后她会深吸一口气，似将某种不适强压下去，再加快脚步跟上去。

一大一小两个身影，在除夕的傍晚里默默前行。

“今日除夕，家家团圆，连骡马都要歇一歇的时候，二位还要赶路？”桃夭不知抄了哪条小路，不声不响地出现在他们前头的一棵树下，靠着树干笑眯眯地看着小姑娘。

只顾赶路的小姑娘被突然出现的她吓了一跳，见说话人是她，方才松了口气，说：“我不会赖账，办完事定会回来寻你。”

桃夭笑出来，走到她面前，打量着她面不改色的小脸：“你还有机会回来吗？”

“你……”小姑娘皱眉。

“这大冷天的赶路，你们父女俩又穿得如此单薄，我真怕你们冻出毛病来。”桃夭又走到男子身旁，突然“好心”地握住了他的手腕，手指迅速按了几按，旋即惊讶地回头，对小姑娘道，“你爹不对劲啊，脉息全无。”

小姑娘快步上前，扒开她的手，淡淡道：“我欠你人情不假，可你又何必戏耍于我。你明知底细。”

桃夭笑而不语。

小姑娘又道：“我以为我并没有给你添太多的麻烦，只是用了几张纸，何况你只是赶走了墨蛪，将来若我们运气不佳，早晚还要遇上的，即便不是这只，也会有别的。你不如放我们快些赶路，早日了结此事，我二人也早得解脱。”说着，她又下意识地将手捂在腰上，但很快又放下去。

“听小和尚说，白天你跟那墨蛪大打出手了？”桃夭突然问。

她点点头：“一路上我们已经很小心了，我专挑人多的地方走，也是借人气掩藏行踪，希望不要引来不必要的东西。但那只墨蛪比一般的家伙厉害，不但嗅觉厉害，还修成人形混迹于集市。也合该我们时运不济，偏就撞上了。它一路紧追不舍，我带着他又跑不快，与墨蚓遭遇于山神庙前，我唯有拼死一战。”

桃夭指了指男子：“放下他，你可以保命的。”

“放不下。”她望着男子，叹了口气，“我知今日乃阖家团圆之时。”一片雪花落在她长长的睫毛上，很久都不化，“旁人不知，他也在回家的路上，只不过回了许多年也没回去。”

柳公子没拉住磨牙，他急匆匆从暗处跑出来，着急地看着小姑娘：“施主，这到底是怎么回事？”

看着磨牙真诚又焦急的脸，或许又想到了他当时的奋不顾身，小姑娘冰一般冷硬的脸上终有了些松动的迹象，她看着他们这几个不期而遇的“陌生人”，平静道：“吾乃犀导。”

“犀……犀导？”磨牙挠着头，没能从自己的见识中找到这个名字。

“山有青犀，食日月之光，聚灵于角，为后世得，制为发导，得人气而成妖，称犀导。性护主，亡之亦不弃，保不腐，宛如生。此妖世间罕见也。”桃夭熟练地解答了磨牙的问题。

“保不腐……宛如生……”磨牙琢磨了半天，又将小姑娘与男子反复打量几遍，再一联想到桃夭方才给男子把脉后说的话，不禁愕然地看着那总是呆呆的男子，“他……他不是你爹？他穿这么少，又不说话……桃夭说，那个妖怪不吃我因为我是活物，所以他……”

“所以他并非我爹，我跟他在一起久了，化成人形的模样自然也与他相似，被人误以为我们是父女也好，路上方便了许多。”小姑娘坦然道，“小师父，墨蚓的目标就是他。离世越久的人，越是墨蚓口中美味，对它的修为亦有助益。我没有对你坦白，一是不知你来历怕吓到你，二是想着你虽非高人，但也小有本事，我万一挡不住墨蚓，你仍可当他如常人，替我带他逃出那妖怪的魔爪，这是我的私心。抱歉。”

磨牙沉默片刻，说：“即便你告诉我真相，我也不会不理他。”他看着她的眼睛：“你明知不是墨蚓的对手，也知它虽不吃你但能杀你，你却还是要拼死去保护一个……一个其实已经不需要保护的人，难道你自己活生生的性命还不如一个……躯壳？我委实不明白。”

小姑娘淡淡道：“小师父，我知你菩萨心肠，但我只是要做完我该做的事，不求旁人明白。”

柳公子走上前，朝男子手上的布袋子努努嘴：“答案在那个袋子里，对吧？”

小姑娘不说话。

桃夭笑笑：“这样吧，你告诉我里头是什么，那几张纸便不要你赔了。”

小姑娘眼睛一亮：“你只想知道里头是什么，不抢？”

“我也算桃都的大人物了，会稀罕个破袋子？”桃夭想弹弹她的脑门，听听里头有没有水声。

“说话算话。”小姑娘撂下这句话，便走到男子面前，轻轻拍拍他的手，男子便任由她取走那布袋子，然后一屁股坐在雪地里，无声无息如雕像。

柳公子见了，笑问：“他只听得懂你的话吧？”

“我不是跟他说话，只是以我的方式暂时让他停下。他谁的话都不懂。”小姑娘捧着袋子回到他们面前，“他活着的时候，这个袋子永远收在他的枕头下，或者牢牢系在腰上。”

她小心打开这个年代久远的袋子，两根手指粗细的金条落在她手心，黄澄澄的光虽然微小，却是这单调的雪天里最显眼的颜色，时间对金子总是无可奈何的。然后取出来的，是一方淡青色的右下角绣着一朵海棠花的绢帕，帕子中间还题了几句诗——

谢家生日好风烟，柳暖花春二月天。

金凤对翘双翡翠，蜀琴初上七丝弦。

海棠花绣得很是生动，题诗之人的字便平庸了些，但胜在一笔一画也是认认真真，透着那么些情真意切，一看便是情侣间解相思的小玩意儿。

桃夭好奇接下来还能掏出什么东西，小姑娘却把布袋子倒拿起来抖了抖，说：“没了。”

没了？！

桃夭、柳公子、磨牙，包括翘首以待的滚滚都没想到，被如此珍视的东西，居然就只有这两件平平无奇的玩意儿。金条虽然值钱，可也算不得奇珍异宝，何况只有区区两小根……至于这手帕，就更无过人之处了，满大街随处可见的小玩意儿。

“就是这些了。”小姑娘将东西收进袋子里，放回男子手里，“从那天算起，我差不多跟他走了一百多年了。”

6

所有人都说今年太冷了。

又到除夕之夜，小城之中处处灯火，家家团圆。

但所有的热闹都跟这间身在荒郊简陋无比的房舍无缘，名为“百安庄”，却是个收容无主亡者的地方，这里若热闹起来，那才是见了鬼吧。

薛平安是下午被送进来的，死因是溺亡。

运气不好，翻了船，整船人都没事，独他一个被暗流拉到水底，救起来时已无力回天。都是外乡人，同船者也无人识他，翻查行李，也无任何能证明他身份的物件，所以他是脚上挂着“无名氏”的牌子被送到百安庄来的，若接下来的时间官府仍查不到他的来历，便只能就地处理。好在天寒地冻，他被留下来的时间能多一些。

现在，只有它知道薛平安的名字，知道他是在一种惴惴不安的心情里踏上回家的路的。

它已经记不得薛平安是它完整跟过的第几个人，二十？三十？随便吧。

大多数时候，它都以一支发导的模样，插在他们的头发里。淡青色的犀角很光滑，却并不起眼，不会有什么人注意到它的存在，然后在他们或长或短的生命里当一个旁观者，偶尔也会是个参与者，遇到胆子大的，它也愿意现形一见，比如几百年前遇到的一个姓燕的书生，为了省钱能在荒坟野地里露宿，不惧鬼狐不怕妖魅，能读书能舞剑，疾恶如仇，刚直不阿，一心想在那乱世中闯出名堂，可惜终不能如愿，最终归家做了个普通农夫，平淡又有点小郁闷地过完了一生。

在燕书生晚年的某天，他拿出堆满灰尘的剑，喝了几口酒，便在院子里挥舞起来，年少英姿，鸿鹄之志，仿佛一切又回到了他的身上。

只可惜无人喝彩。

上个月他在外地做生意的独子刚当了父亲，老婆欢天喜地赶去带孙儿，留下他一人在老家。

它记得那晚的月亮特别大，照了一地的银白，老燕头舞剑的样子居然也好看起来，竟比年少时还要威武几分，它一时没忍住，化成人形在旁边鼓掌叫好。

老燕头见院子里突然多出个七八岁的小女娃，模样还与自己有几分相似，看着便有几分亲切，故而明知有异，却并不惧怕，只问她是谁。

她也不瞒着，说自己是他用了几十年的那枚犀角发导，妖怪一只，今天见他舞剑舞得精彩，特意现身喝彩。

老燕头惊讶之余，说年轻时睡过那么多荒地坟场，却从未见过一只妖怪，原来妖怪的模样也并不都是凶恶丑陋的。他还告诉她，自己当年在集市上见到这枚发导时，一眼便觉得它与众不同，很是喜欢，这么多年来也从未有过更换之意，想不到真是个跟自己有缘的灵物。

老燕头仿佛在说一桩人间美事，她却不客气道：“你在一堆发导里挑中了我，还不是因为小贩不识货，给我的标价最便宜！你又穷又抠，东西不坏你哪舍得换新的。”

老燕头一愣，老脸一红，旋即哈哈大笑，摸着她的头说：“你这妖怪着实可爱。”

“不过这也的确是你我间的缘分。”她给他倒了一杯酒，“我从不主动选择跟从谁，都是你们在各种机缘下把我带回来。许多人跟我只有半截缘分，喜新厌旧放弃我的，粗心大意弄丢我的，是大多数。你应该是我完整跟从过的第二十多个人了吧。”

老燕头好奇道：“完整跟从的意思是……”

“到你死，我都在。”她直言，“确保你平安入土之后，我才会离开。”

老燕头又一笑："都死了，还有什么平安不平安的。"

"那不见得。"她指了指天上与地下，"天上有禽鸟，地上有走兽，万一你死的不是地方，那乌鸦老鼠豺狼可不见得会放过你。"

"这样啊……"老燕头喝了口酒，"虽然我不认为一个躯壳完不完整有什么要紧的，但真要被老鼠啃去了鼻子，我虽不疼，家里人看了却会难受，所以你说得也有几分道理。不过你为何要这么做？跟着我这么多年，也没给你什么好吃好喝的，甚至都不知道你的存在。"

"因为我只要能做个有出息的妖怪，就有当神仙的机会。"她坦白道，脸上露出一丝向往的神情，"听说昆仑是要收妖怪做神仙的，但前提是这个妖怪有本事有出息，还要通过特别严格的考试。我不太清楚怎样才算有出息，曾听别的老妖怪说只要我完整跟从过的人越多，出息便越大，不管真不真，先这么做下去吧。"

老燕头听罢，点点头："不管真不真，先做下去吧。你看我年轻时，何尝不是跟你一样，一腔热血，不甘平凡，可能也怪我没能一直这样下去，不然也不至于在田间地头了却余生。"

她不解："田间地头有什么不好吗？"

老燕头一怔，笑道："舞剑没人看啊。"

"我看啊！"她认真道。

老燕头扑哧一笑："对对对，有你在旁喝彩，也是很好的。"

那一夜，她陪老燕头喝了半宿的酒，老燕头醉过去之前，祝她心想事成，早日成仙。

她接受他的祝愿，也觉得自己迟早有一天会有资格上昆仑的。

翌日，老燕头酒醒后，把自己那支犀角发导拿在手上瞧了很久，他以为昨夜只是一场酒醉里的梦，这玩意儿怎可能变成个俊俏可爱的小姑娘呢，定是一场梦。

一个月后，老燕头心痛病发作，倒在了去山里采草药的路上，走得很快，没遭什么大罪。

因地方偏僻，七八天后老燕头才被人发现，然而让众人啧啧称奇的，是老燕头在野地里躺了这么些天，天气又甚是炎热，连他背篓里的草药都蔫巴了，他却跟睡着了没两样，脸上还带着红晕，甚至身上连一点异味都没有，且这里野狗豺狼甚多，也曾有人暴毙于此，第二天被发现时已然尸骨不全，而老燕头身上却连一个齿印都不见。

只有天知道，这几天她跟多少野物打过架。只要她与老燕头寸步不离，他就能保持这个仿佛睡着般的状态。

她记得老燕头的老婆儿子赶回来时，抱着老燕头哭得死去活来，虽难过，但见着老燕头宛若生时的面容，却又颇觉安慰，觉得他走得一定很安详，且一定有神仙照应，不然怎会挨到他们回来依然安好如初。

老燕头的丧事办得很热闹，盖棺下葬时，他的亲朋好友在外头哭，她在棺材里盘算下一步往哪里去，是不是又要化回原形混在市集之中，等下一个把自己带回去的“有缘人”。

当时间走到薛平安时，她却不是被他买回去的，而是捡回去的。

那天她昏过去了。

为了保住上一个人的遗体，她跟自己的天敌——以食腐为生的墨蚓大打出手，恶战一场，也幸好那只墨蚓个头不大，修为不高，她直接了断了对方，却也被墨蚓的毒雾重伤，腰间落下半圈乌黑的腐蚀印迹，疼痛无比不说，那印迹还在缓慢扩散。这一遭下来，她连人形都化不成了，终日浑浑噩噩躺在集市墙边的角落里。

来往的人偶尔也有拾起她的，但一看只是一支平平无奇的发导，且中间还有一段黑色裂纹，很不经用的样子，便更没有占为己有的念头了，随手便将她扔到垃圾堆里，之后又被一只该死的狗当作玩物叼出来到处跑，晃得她头晕，直到薛平安拿一碗剩饭来喂狗时才发现这支青光莹莹的小东西。

也不知是薛平安跟老燕头一样穷一样抠门，还是这支发导莫名合了他的眼缘，他把它从狗嘴里抢救下来，擦干净带回了家，当发现它腰上有一圈裂痕时，还拿去让人在裂痕处包了一小圈银片加固，然后便高高兴兴地插在自己头上了。

可能他真的只是穷而已……包银片的是他熟人，说小事一桩都没收他的钱。但可能是歪打正着，那小小一圈银片对遏制她的伤势竟有奇效，至少在那之后，她腰间的乌痕不再扩大，疼痛感也逐渐消失。

她跟过那么多人，对谁都没有特别的感情，她觉得自己守护那些人不过是为了“长出息”，即便是薛平安，她也顶多在心里对他说了一句“多谢你的抠门”。

日子一长，她也渐渐知晓了薛平安的底细。

他不是本地人，老家在哪里无人知晓，相熟的朋友也不多，除了那个仗义的小银匠，还有码头卸货的大老李，平日里便再不见他与谁往来。他自己做了好几份工，除了卸货这种力气活他干不了，别的只要能赚钱又不犯法的，他都做，赚来的钱从不舍得花，吃穿用度无比节省，一分一厘都攒起来。

过年过节时，别人都是团团圆圆吃好喝好，他却总是独自窝在家中，一碗饭一碟菜，吃完后就写信，很长很长的信，写完就撕掉。

她觉得她不是偷看，毕竟就在他脑袋上，稍微耷拉一下眼睛就没办法不看，不怪她。

那些信从没有收信人，他更像是在纸上回忆过去的自己。从他的笔下，她大概捋出了薛平安的前半生。

他的老家应该是在一个离这里天高地远的山村里，父母健在，还有个妹妹。

三年前他离开了家，离家出走那种离开。

三年间，他没有给家人任何可以寻找到他的机会，他以一种从未在那个家中出生过的姿态，孤独决绝地在遥远的异乡与自己的命运抵抗。

他总在信上最末尾的地方，写上诸如“衣锦还乡是什么样子？”“希望回去的时候，再没有人敢轻看你们。”“如果做不成我想做的事，就当我死了吧。”这样奇奇怪怪的话。

春暖花开时，他也会在纸上画一枝海棠花，然后在海棠花旁写个小小的“谢”字，然后托着下巴望着窗外，目光顺着纷纷的柳絮飘到想回又回不去的地方。

她猜测，他的心上人大概是个姓谢的，喜欢海棠花的漂亮姑娘，也许在他离开后的许多个日夜里，这个姑娘也常坐在屋檐下，盼着他突然出现在他们一起走过无数次的小路上，像从前一样举着好看的花朝她跑过来。

他最喜欢抄的一首诗，便是那首《为妻作生日寄意》，小谢姑娘虽然还不是他的妻子，然前人的一场思念，也是他今日最大的梦想吧。

他为何要离开家乡，她只能猜，无非一时意气，受了旁人的怠慢或耻笑，觉得连累父母，家门无光，便暗自横下心来，赌上一切出外闯荡，若不能衣锦还乡，便当自己死了。

而她不用猜也知道，薛平安是有多盼望自己从所有蔑视中杀出一条路，最后站在所有人都意想不到的胜利的高处，微笑着对所有看轻过自己的人说一句：“我回来了。”然后在众人错愕又艳羡的目光中把最好的东西带给过了太久苦日子的父母。

可是，一走三年杳无音讯，就为一个还不知能否实现的“衣锦还乡”，真的没问题吗？

她替他想过，但那又关她什么事呢？犀导管死不管活，只要陪他到安然入土那天，她的出息便又长一分，跟他之间的关系也就圆满结束了。

外人面前，包括小银匠与大老李，她从未听他提起自己的过往，在他们面前，他的生命是从来到这座城池开始算的。他们几个的相聚，谈话内容除了家常琐事，更多的还是哪里又有赚钱的好机会，薛平安最在意这个。不过有好几次，她也听到小银匠他们劝薛平安不要那么拼命了，也该安个家了，总一个人怎么是好。每次薛平安都是搪塞过去，说不急再等等。

她想，他等的，是那个也在等他的小谢姑娘吧。可是，要等到什么时候才不等了呢。

今年是她跟着他的第三年，算起来他离家最少也六年了。

这一年，他身边多了一个特别重要的玩意儿——一个布袋子，里头装着两个小金条，那是他这些年的全部积蓄。以前每赚到足够的钱，他就想法将钱兑成一个小金豆子藏起来，今年年头他把所有的金豆子交给小银匠融成了两根金条，说这样带在身上也方便。小银匠还打趣他，问他几时能把金条攒成金砖，他笑着说当然越快越好。可是谁都明白，这世道光是活着就不容易了。取了金条回来的那天，他还在市集上买了一张绣着海棠花的手帕。

然后，这个布袋子便成了他的命。

年中时，小银匠跟大老李都成亲了，场面很热闹。薛平安去喝了喜酒，醉得一塌糊涂，梦里叫着谁也不认识的名字。

年尾，薛平安在抱着布袋子发了一夜呆之后，他突然决定回家。

两根金条虽然离衣锦还乡还有点远，但六年也太快了些……不回去的话，还要等多少个六年呢。不过，这些积蓄应该足够给父母在乡下盖个舒适的新房子了。

她听到他自言自语了半天。

那就回去吧，她也想看看那个小谢姑娘是不是像海棠花一样漂亮。

她跟着薛平安踏上了回家的路，虽然不知他要去的是哪里，但一路上她瞧着他的神色，竟是多年来都不见的喜悦与期待，当然也有那么些不安。

不知他的父母在见到他时，是老泪纵横，还是举着扫帚把他痛打一顿呢。如果她是他的父母，她觉得自己一定是后者。六年不知音信，多着急啊。

可是，居然翻船了。

薛平安就这么毫无波澜地死在了除夕这天。

她的规矩，历来只是跟从，绝不干涉他人生活，乃至生死。但这次，如果可以，她愿意违背自己的规矩。

可河水中的暗流太急太凶猛，居然直接把她也冲走了，根本没给她违背规矩的机会。等到她从河底的一丛水草中晕乎乎地醒过来时，薛平安已经被捞上岸了。

平安庄里，她看着他苍白的脸，把布袋子放到他手里，然后叹了口气，坐在了地上。布袋子是她给他抢回来的，在检查他的身体时，有人顺手拿走了它。她揉了揉自己的手，那一拳打得太重，现在手还疼呢。

布袋子只能是他的，谁也不能动。

唉，说死就死了……

她望着昆仑的方向，遗憾自己的出息长得太慢了。若她已是昆仑的神仙，兴许能让他活过来？起码，回一趟家再死也不迟。面对一场眼见着要实现却又戛然而止的圆满，竟像是自己的事没有做完一样。

破烂的窗户外，飘起了零星的雪。

“你还是想回去的，对吧？”她问他。

冰冷的躯体，当然没有回应。

眼角却有一滴水滑下来，是结成薄冰的河水刚刚化了吧。

她想了大半夜，终于在天亮前做了个决定。

既然已经上了回家的路，那继续回吧，我送你。

7

桃夭看着坐在雪地里的男子，无奈道："你送了他一百多年，都没把他送回家……"

小姑娘叹气："我用了我最大的本事，让他'宛如生'，能走能跳能跑，就是呆傻了些。他虽然已经失去性命，但绝不会忘记最想回的地方。家的方向是刻在他骨子里的。你们看他是一个人的模样，可我知道他这一副躯体，只是一个想回家的念头罢了，而这个念头，无论如何都不会消失，也不会走错的。我只要保住他这个身躯，他就能回去。"

"如果他不会走错，这一百多年的时间足够你们在这世界来回十遍了。"柳公子不解，"他明明就是找不到路了吧。"

磨牙听得直摇头："施主，你就由他自己'带路'，然后跟了他一百多年？"

小姑娘苦笑："我也想过各种法子打听，不怕你们笑话，连路边的算命先生我都找了好多个，但都是徒劳。他把自己藏得太严实了，我甚至不确定薛平安是不是他的真名，而天下间又有多少个村子里有一对失去儿子的老父母和一个可能姓谢还喜欢海棠花的姑娘？本以为最多花个一年半载，他就能回到家里，却不知为何他会失去方向，走到哪里都不对，走到哪里都是不认识他的人。"她看着这个被自己一路保护的男子，伸手拂去落在他头上肩膀上的雪，"我想，也许只是暂时的问题，再让他找一找吧，兴许哪天就找到了。没想到的是，一不小心就找了这么久。"

"真是死心眼……"桃夭挠了挠鼻子，"你就没想过随便找个地方让他入土为安？"

"没有回到家，他又如何安得了。我完整跟从的每个人，都躺在他们最想躺的地方。"小姑娘固执依旧，"我没办法把他随便埋在哪里，因为那会让我觉得这件事永远没有做完。我知道自己不是什么有大本事的妖怪，所以全靠这些小事来成全我的愿望，连这小事都做不好，让我拿什么资格去昆仑做神仙。"

最后一点光线终于消失在天际，风雪越来越大，远远地传来喜气洋洋的炮仗声，提醒他们今天是除夕，是该回家团聚的好日子。

小姑娘把男子扶起来，回头对他们说："那几张纸我已经还了，天这么冷，你们也该回去了。多谢相助，后会无期。"

说罢，她搀着男子，跟从着他的脚步往前走去。

桃夭眉头一皱，突然上前抓住她的肩膀，另一只手不由分说掀起了她的上衣，露出她雪白的腰肢。

磨牙赶紧捂上眼睛，连道数声非礼勿视。

一道乌黑的印子，像毒蛇般缠在她的腰间，眼见着就要合成一圈。

“你做什么！”她一把推开桃夭，慌乱地整理衣裳。

“你有病。”桃夭淡淡道，“墨蚓的毒雾一旦合成一圈，你便会裂成两半，永不可复。”

她抬头，看着桃夭：“我知道这身子快不中用了。”她又转头看着那个她跟随了上百年的人，突然笑出来，却又红了眼圈，整个人像是被抽去了所有力气一般，瘫坐在地上，终是像孩子一样哭了出来：“我没法送他回家了，这件事我办不成了……我只是个没出息的小妖怪，当不了神仙。”

哭声在雪夜里特别响亮，也特别难过。

磨牙慢慢把手挪开，两只眼睛也是红红的。滚滚站在他的头上，也耷拉着耳朵，有气无力地看着眼前的一切。

柳公子走到桃夭旁边，小声问：“要不……我再受累跑一趟？”

“这是你主动要求的，不会给你记账。”桃夭横抱着手臂，面无表情地看着那没有性命的“活人”跟号啕大哭的妖怪，“真是连年都不让我好好过啊……”

“呸，没良心的。”柳公子骂了一声，随后走到小姑娘面前，替她擦了擦眼泪，说，“把这位翻船遇难的准确时间地点告诉我。”

“啊？”她抽噎着，不解地看着柳公子。

“还想再乱走一百年吗？”柳公子眉毛一竖。

又一阵炮仗声传来，遥远的灯火里坐满了喜笑颜开的人，热气腾腾的饭桌上是一整年的欢欣与期待，然而没有谁知道在这个叫冒头坡的地方，还有一群没有回家的家伙。

雪越来越大。

○ 8 ○

苗管家错愕地看着眼前高高矮矮的几个“雪人”，半晌才挤出一句话：“早让你们带伞出去的！”

小姑娘和男子跟在桃夭身后，有些忐忑地打量着这座陌生的大宅子。

“还没吃饭吧？”桃夭像小狗一样甩掉身上的雪，用力嗅了嗅，“好香。”

“说了要等你们回来才开饭的。”苗管家嗔怪道，“一个个都不听话，这么晚才回来，快去洗把脸准备吃饭！”说罢又看了看小姑娘跟男子，问：“这两位是……”

“路上偶遇的朋友，穷，没地方吃饭。”桃夭可怜巴巴地扯了扯苗管家的袖子，“咱们府里的饭菜有多的吧？”

“既是你朋友，哪有不招待的道理。”苗管家打量了他们一番，“怎的都穿得如此单薄，仗着年轻不爱惜身子，老了可是要后悔的。回头你赶紧取几件厚衣裳给客人换上。”

“好！”桃夭嘻嘻一笑，“就知道苗管家是待我最好的人。”

“你既知道，便少惹我生气才是。”苗管家瞪她一眼，又环顾四周，“柳公子呢？”

“放心，他去办点事，一会儿便回来。”

“嗯，磨牙你又是怎么回事？买个东西失踪了？”

“阿弥陀佛，苗管家我没有失踪，只是……发生了点小小的意外。”

“哎呀，有我们在他哪能失踪！苗管家我饿死了！！”

“好好，吃饭吃饭！”

片刻之后，司府的大厅里欢声笑语一片，美味佳肴摆满好几张大饭桌，府中上下齐聚一堂，好不热闹。

主桌上，小姑娘看着这一桌佳肴，小声对桃夭道：“我平日间只吸日月灵气，不吃饭的。”

桃夭塞了一大块香酥肉到嘴里，迫不及待吞了，然后也小声对她道：“吃不吃的无所谓，主要是带你这个傻子来体验一下过年的气氛。顺便等那条蛇回来。”

她点点头，学着桃夭的样子也夹了一块肉放到嘴里，边嚼边说：“你虽然厉害，但我不是傻子。”

“随你怎么想。”桃夭瞥她一眼，笑，“坐在这里，总比蹲在雪地里大哭好吧。”

小姑娘红了脸，噘着嘴说：“我……我没哭，就是一下子没控制住情绪。”

“吃吧。”桃夭夹了一个鸡腿给她，“多吃一点，说不定你还有救。”

她愣了愣，抓住桃夭的袖子：“他真能找得到？”

“桃都可不养废物。”桃夭的目光移到对面狂吃素菜的磨牙跟滚滚身上，“那俩除外。”

一听这话，她却不乐意了，直言：“磨牙小师父不是废物。”

桃夭一挑眉：“何以见得？”

“若没有他，我没命等到你们来。”她认真道，“你没有看到他当时有多拼命，而我们对他来说只是陌生人。”说着又摇了摇头，“他说他不明白我为何要为薛平安拼命，他不也为了两个陌生人拼命吗。”

“所以你甚至想把薛平安托付给他？”桃夭笑笑，“可你知道一旦你离开薛平安，不用多久他就会被打回原形……一百多年啊，横竖都是一具白骨了，如此他也不可能再领着自己回家了。”

“但那一瞬间我只能做这个打算。”她坦白道，“托付给他，总好过被那恶心的墨蚓吃掉，以磨牙小师父那样的性子，起码不会把他的遗骨视为恶物，一定会妥善安置。我能做的也只能如此了。”

“做完这件事就这么重要吗？”桃夭认真看着她的眼睛。

“就是这么重要。”她点头，“他死了，我就得管。”

桃夭笑笑，埋头吃饭，不再说什么。

另一头，薛平安端坐在她身旁，不动筷子，目光凝在饭桌上。

苗管家边吃边看他，想问他为何不动筷子，又觉得还是不问的好，毕竟桃夭带回来的朋友，可能不是那么“正常”……

小姑娘慢吞吞地吃着东西，偶尔看几眼薛平安，看着看着便觉得不对头了，碰了碰桃夭：“我怎的觉得不太对劲呢？”

桃夭看向薛平安，确实有点不对劲——历来没有表情的他，居然露出了一点笑容。

“是……哪里不对吗？如果有必要，我立刻带他离开。”她小声说。

桃夭继续看他，嘀咕：“说不对吧，又没什么不对……也许他看到了一些期盼已久的东西？”

“那怎么可能！”

“你又不是他，怎知不可能。”

“他就是个行走中的……一个念头而已……除了回家，他不可能有别的表现！我跟了他一百多年，从没见他笑过。”

“你也没陪他吃过年夜饭啊。”

“我……”

就在这时，薛平安居然缓缓举起了酒杯，尽管里头是空的。

这又把小姑娘吓了一大跳。

“这位公子是要喝酒？”苗管家赶紧去拿酒壶，却被桃夭阻止了。

她笑着对苗管家道：“他就是做做样子，您老别理他，由得他。”说罢她又指了指自己的脑袋，吐了一下舌头。苗管家顿时会意，自已果然没猜错，这位公子确实不“正常”。

薛平安端起酒杯，又放下，又端起来，又放下，一连端了四次放了四次才罢休。

小姑娘与桃夭面面相觑，磨牙更是摸不着头脑，有点紧张地看着桃夭。好在薛平安之后再没有任何举动，只是脸上挂着的微笑再没有褪去。

众人松了口气。

苗管家见他们一个个神情奇怪，不解道：“方才这公子不是在敬大家酒吗，怎的你们都不回应？”

敬酒？！桃夭眼珠一转，突然明白了什么。

“苗管家，他是在敬酒，可敬的却不是我们。”桃夭笑道，“他在敬他最想念的四个人。”

小姑娘愣了愣，喃喃道：“爹娘……妹妹……还有小谢姑娘？”

磨牙的眼神顿时难过起来："他看到的，可能是另一桌年夜饭。"

几人顿时沉默，只有不明就里的苗管家一脸疑惑，却又不好多问。

小姑娘又红了眼睛。

桃夭摸摸她的脑袋，笑笑："都说草木尚有情，你用自己的本事让他多走了一百年，他怎么也能比草木强点吧。"

小姑娘的眼泪吧嗒吧嗒落到了饭碗里，她不知道为何此刻会如此伤心又喜悦，是因为那场即将到来的分别，还是因为他突破了某种限制创造了一个奇迹，抑或是她终于可以放下一个背了一百年的担子，她分不清楚。

现在，就等那一个结果了。

○ 9 ○

砰砰砰！几朵好看的焰火在空中炸开，斑斓彩光照亮了零星落雪的深夜。

司府后院里，小姑娘跟薛平安对面而立，她握着他的手，看着他的脸，仿佛刚认识他一样。

柳公子啃着酱鸭腿，问桃夭："这回只能你上了，你比较在行。"

半个时辰前，柳公子回到司府，给他们带来的话是："薛康，芜县响水村人士，有父母一妹，家贫，因受同乡辱，愤而离家，六年后殁于折尺河船难，卒年二十九。其父母亲妹，于其离家四年后皆殁于瘟疫，七十年前，响水村毁于山洪之中，无迹可寻。响水村中也确曾有一位与他交好的谢姓姑娘，但在他离家两年后，谢姑娘嫁去了邻县，夫妇和美，育两子一女，七十岁殁。"

小姑娘听了这番话，也像呆了一般，许久才缓过来，笑笑："难怪他找不到回去的路。真正惦记他的人，一个都不在了。"

桃夭预想过这个结果，所以并不惊讶。

磨牙自然又是最难过的那个，喃喃着："这可如何是好。"

小姑娘抬头看着桃夭："我只能送他到这里了，对不对？"

桃夭不说话。

热闹的炮仗与绚丽的焰火，都盖不住此刻飘荡在司府后院里的遗憾与怅然。

此刻，小姑娘握着他的手，看着他微笑的脸，半晌才开口道："你啊，记住了，下辈子若要出远门，定要跟家里说一声。"

他微笑如故。

桃夭吸了口气，走上前，指间已然夹了一颗白色的小丸子，然后利索地捏开薛平安的嘴，把药丸放了进去，说了声："散！"

只听轻微的一声炸响，仿佛一个气泡破开，薛平安的身体，连同他手中的布袋子，皆在瞬间化作一团细细闪闪的粉尘，在空中旋了几圈，不消散，也不落地，最后随着一阵风，像一团自由的云，越过院墙，穿过黑夜，消失在众人的视线里。

"好倔强啊。"桃夭笑笑，"说不定你能飘回你想去的地方。"

磨牙低头念经，佛珠在手中缓缓转动。

小姑娘望着天空，身子一软，坐到了地上。

"你的事做完了。"桃夭蹲下来看着她，"还想活着吗？"

她望着桃夭，想了想："能吗？"

"你腰上毒雾只剩一指之隔，纵然是我，也不敢保你全身而退。"桃夭说着，又掏出一颗红色的药丸，"但我愿一试。"

她盯着桃夭手中的药，咬咬牙，接过来便放进嘴里。

桃夭嘴角一扬，伸出左手："盖个章，我的规矩。"

她将自己的手放在桃夭手中："将来你若需要，我由你取用。"

"但愿能用得上你吧。虽然也不知道你能有什么用处，毕竟我活得挺长，就算翘辫子了，也不用你来守着我。"桃夭挠了挠鼻子，"所以，你先睡吧，回头睡醒了，我再告诉你能拿你来做什么。"

"你不像传闻里那么讨厌。"她认真看着桃夭的脸，"也没有传闻里那么丑。"

桃夭一翻白眼："说我丑的，都是眼疾未愈的玩意儿。我不同他们计较。"

她笑了，目光却有些涣散："如果以后我出息了，我愿意高价买你的纸。"

"嗯，我的纸每年都会涨价，你努力！"

"我……"她话没说完，只觉一阵眩晕，眼前一个桃夭顿时变成了十个……

她歪倒在地，转眼间，地上再无她的身体，只留一支犀角发导，青光莹莹，一如既往，只是一道显眼的黑色裂纹仍缠在它腰间，很是碍眼。

桃夭把它拾起来，叹气道："又是个烫手山芋。"

"你封了它？"柳公子问。

"只能如此。不说别的，她但凡再多走二里地，十个我也救不回她。"桃夭拿出个早准备好的小盒子，把它小心收进去，"这样起码能暂时保个大几十年的性命，再图后计。"

"一道毒气而已，你不至于除不了吧？"柳公子奇怪道。

桃夭却狡黠一笑："万一我就是除不了呢，实在不行，就只能上昆仑找熟人帮忙了，若能让昆仑的家伙来医它，我就省心多了。"

柳公子突然想到了什么，不禁也笑出来："你是想用这法子让它……"

“昆仑的门没那么好进，以她的资质……恐怕连入门试都过不了。但由我亲自送上昆仑的，多少要给些面子吧？至于能不能留下，便看它的造化了。”桃夭看着手里的盒子，“能将一件看不到结果又无聊的‘小事’坚持一百年，很难的。你我都未必能做到。”

柳公子撇撇嘴，指了指磨牙：“小和尚可以啊！你看他坚持念了多少年的经了！可不止一百年了吧。”

桃夭叹气：“所以为何偏偏是他捡到那个破袋子，所谓臭味相投吧。”

念完经的磨牙睁开眼，却一点都不生气，反而还有几分高兴，他走到桃夭面前，看着她手里的盒子：“我就知道你有好法子。”

桃夭脸一沉，顺手拧住了他的耳朵：“你倒是得了个助妖为乐的好名声，却给我跟柳公子找了多大的麻烦！”

“可不是，为了查老薛的底细，我这一趟又动了多少人情！小和尚，你不给我吃你的肉都对不起我！”柳公子故意补充。

“我又不是故意的！”磨牙捂着耳朵龇牙咧嘴。

“你还不是故意的？你要老实待在司府里不就没这事了！”桃夭恨恨地松了手，“你说，你跑去集市干啥？”

磨牙瘪着嘴，委委屈屈地从身上掏出一个小包裹，打开来，里头是一盒胭脂，还有一个木头雕的胖田鼠。

“今日除夕，我想着也该送些礼物给你们。”他把两件东西捧到他们面前，“与你们在一起的这些日子，虽然你们嘴巴坏得很，但我知道你们待我是好的。桃夭虽然不是美女，但涂上胭脂说不定会好看很多。我虽不赞成柳公子吃烤田鼠，但可以送你个木雕田鼠圆你的念想，想吃的时候就舔舔它吧！我还特意跟木雕师傅说要雕得肥美一点……”

桃夭跟柳公子面面相觑，一时间竟不知如何回应。

见他们两个发愣，磨牙撇撇嘴：“不要的话也没有关系。”

桃夭一把抓过胭脂盒，打开来，一片美好的桃花色，她按下心中喜悦，一脸嫌弃地关上盒子：“买都买了，我只能勉强收下，老实说这个颜色有点土气，就随便用用吧。”说罢，她伸了个懒腰，径直往院门走去：“睡觉去，今天好累，吃得还那么饱。”

柳公子拿过木田鼠，看了看，说：“我绝对不会舔它的，太恶心了。不过雕得还行，我收了。”然后他也伸了个懒腰，跟随桃夭走出了院门。

磨牙挠了挠头，对着滚滚憨笑：“我就知道他们会喜欢的。”

院门外，桃夭抹着眼睛道：“想不到小和尚这么贴心，这胭脂可太好看了！大过年的，我还是第一回收到礼物。”

柳公子也抹着眼睛：“我竟然被感动了，我万一舍不得吃他了该怎么办。”

两个人差点抱头痛哭……

二人回到房间，迎面便看见桌子上摆着枕头那么大一个红包，上头写着新春大吉，落款居然是司狂澜。桃夭以为自己眼花，立刻左右环顾，看司狂澜什么时候回来了，却并没有发现他的踪影。

柳公子提醒道："会不会是苗管家送来的？你成天在那儿号着要枕头那么大的红包……"

桃夭一想，也对，苗管家这样心思细腻的人，怎会在大过年的让她失望，说不定他老早就跟司狂澜提起过这事，所以红包其实早就备好了？

虽然不是司狂澜亲手送的，但只要是枕头那么大的红包，是不是亲手送的又如何！啊，好开心！

她赶紧冲过去，迫不及待地拆开那层红纸，心想红包这么大，里头得放多少钱啊！！

可是……一个铜钱都没有。

红包里是个锦盒，打开来却只有一叠字帖、一排大小不一的毛笔、一锭墨、一方砚台，然后还有一张司狂澜的亲笔留言——"字丑，多练。一年之计在于春，勿负时光。"

要不是柳公子拦着，还说这文房四宝应该都是贵价货，她直接就把锦盒扔出去了……

柳公子心想，苗管家果然是个老江湖，早料到她是这个反应，所以才悄悄给送过来的吧，当面送的话，万一砸自己头就不好办了呢。

而此刻的另一头，苗管家已然躺在床上，安然入睡前也免不了叨叨："二少爷啊，你也真不拿我的老命当回事……唉。"

除夕之夜，真真是几家欢喜几家愁。

尾

后半夜，雪小了许多，城中各处的热闹仍在继续，焰火与鞭炮的动静依然此起彼伏。

司府就安静多了，苗管家是个早睡早起的人，雷打不动的习惯，过年也不例外。仆从里上了年岁的也都早早歇下了，年轻的则聚在温暖的屋子里吃喝猜谜玩骰子。今夜的司府，灯火通宵不灭，各色花灯给各个角落投下喜庆的光，虽比别家清静，却也年味十足。

大约是白天累过头了，磨牙跟滚滚此起彼伏的呼噜声也早早在房里响起来。

桃夭却睡不着，坐在门槛上，托着下巴看着挂在屋檐下的红灯笼。

"你一直默许磨牙带着你的纸，只为了成全他的善心？"

柳公子的声音从身后传来。

桃夭头也不回道："他总说我杀孽太重，他拿着纸帮那些穷妖怪也是为我积福，且算我也得了好处吧。"

柳公子跟她并排坐下，微笑："我以为，是你怕他找不到你。"

桃夭微微一怔，哼了一声："你不是说累死了吗，还不滚去睡觉？"

"原来他今天是去集市上给我们买礼物。"柳公子当没听见，自顾自说着，手里拿着那只胖田鼠，"还学会了用护身咒……啧啧，孩子出息了啊！"

"出息……"桃夭瞟了瞟他手里的木头，难得地点点头，"是出息了。"

"我以为你会说出息个鬼。"柳公子笑，看向院墙外，"你说在这世间，到底要做到哪一步才算有出息？"

"别人我就不知道了。"桃夭咧嘴一笑，"不杀人不放火，吃得下睡得着，这便是我的出息了。"

柳公子点点头："你可太有出息了。"

"承蒙夸奖。"

"薛平安会回去吗？"柳公子看着一朵焰火在空中散开，"他那么执着，飘也要飘回那个已经不存在的地方吧。"

"写封信不难的。"桃夭也看着那朵焰火，一直到它消失，才起身拍拍屁股说，"得让人找得着自己，迷路了才回得去不是？"

柳公子叹了口气，不再多说什么，只问："犀导怎么安置？"

桃夭抬手一指："找个它身体好我心情好的时候，往西，上昆仑。"

"你真觉得昆仑会收留这个死心眼的妖怪？"柳公子还是有些担心，"昆仑对晋升妖仙这事历来严格得很。"

"事在人为嘛。"桃夭挠挠鼻子，"它的'死心眼'就是它最大的出息。再说昆仑里头的死心眼也不少，说不定能有几分惺惺相惜的宽容呢？"

"好吧，这事也不急，从长计议。不过有个事我现在就得提醒你。"

"啥？"

"你刚才指的是东方。"

……

砰砰！两朵焰火又蹿上夜空，无数道光洒下来。屋子里，磨牙翻了个身，继续呼呼大睡，趴在枕头边的滚滚流着口水，不知梦见了什么好东西。

桃夭跟柳公子看着这两个家伙的睡相，摇摇头，打了个呵欠。能吃能睡，能跑能跳，你平安，我平安，这便是最好的大年夜。

桃夭又看了一眼那个幸存下来的锦盒，撇撇嘴，不知洛阳明月台的除夕，是不是也这么曲折离奇，多姿多彩。

唉，睡吧，恭喜发财，新春大吉。

除夕夜，当一夜好梦。

只是无人知晓，此刻，那只被柳公子吓跑的墨蚓化成人类的模样，正拖着它饥饿的身躯，在离冒头坡好几里外的荒坟中搜寻能吃的东西。

不远处的树丛里，一双蓝绿两色的眼睛冷冷盯着这个妖怪，却是一只通体黝黑的长毛大猫，体形比寻常的猫大出一倍左右，像只敏捷的小老虎，在等到一个最佳的时机后，一跃而起，精准咬住了墨蚓的咽喉……

当天边露出一丝晨曦时，荒坟里再无墨蚓的踪迹，地上只留下一摊乌黑的黏液。

热闹一夜的帝都又开始了新一轮的庆祝。

今日天晴，年初一，新开始。

楔子

这只妖，怕是治不好了。

○1○

十年前。

冬至，深夜。

雪刚刚开始下，僻静的巷子被寒气埋起来了一般，听不到一丁点动静，连常经过的野猫都不见踪迹。

远远地，有沉重的脚步声打破了寒夜的沉寂。

很快，巷子中一扇紧闭的房门被拍得砰砰响。那是一间医馆，平日里由一个满头白发的老郎中打理。

一个拿一张厚布将自己裹得无比严实的人，不露脸，不知男女，身材矮小，怀中抱着个一两岁的小儿，非常吃力的样子，腾出来拍门的一只手不停在发抖。

许是老人家睡得太沉，好一阵子医馆内才亮起灯火。呵欠连天的老郎中披着衣裳，有气无力地冲外头喊："来了来了，莫再拍了。"

身为郎中，半夜被拍醒的经历也是寻常，只是今天太冷了，从暖烘烘的被窝里爬出来委实不好受，又不好装死，只得唉声叹气地出来。

开了门，寒风迎面拍过来，老郎中打了个喷嚏，眨巴眨巴眼睛，却不见那拍门的人。门槛前只躺着一个拿布裹起来的小娃，已是双眼紧闭，面目青紫，气息十分微弱。

老郎中忙将小娃抱起来，转身往屋子里小跑而去，边跑边喊："老婆子！赶紧起来！"

后半夜，郎中夫妇在诊室内忙得不可开交，用药，针灸，能用的法子都用遍了，小娃却依然不肯醒来，小手小脚冷如冰块，无论室内的炭火烧得多旺，仍是一点回暖的迹象都没有。

老郎中再次掰开小娃的眼皮，又仔细把了脉听了心跳，终是重重叹了口气，冲妻子摇摇头："不中用了。憋久了，又冻着，这小身板哪里扛得住。"

郎中妻子也叹气，扯起袖子轻轻擦着孩子的脸："这么小的娃……怎会搞成这样？没瞧见送来的人？"

老郎中摇头："开门就没影儿了。"

两口子又是一声叹息。

"我给娃洗洗干净，你找件好点的衣裳。"郎中夫人摸了摸那冰凉的小脸，"还没把这世间看清楚呢，就没了。唉，下辈子投个好人家吧。"

"好，我去找。"老郎中说着，又瞅了小娃一眼，"长得真是好看，眉心里还有颗朱砂痣，很福气的长相呢，真真可惜了。"

老两口一时无话。

这时，窗外突然传来一声异响，似是有人踩到了外头的碎瓦片。

"谁？"老郎中一惊，快步走去推开窗户，寒风裹着雪花打进来。他半眯着老眼一看，黑黢黢的院子里空无一人，只见得一团模糊的黑影正从院墙上越过去。

"有贼？"郎中妻子紧张地问，"咱们这儿又没有值钱的东西。"

"不知，都没看清是不是人，许是一只大野猫也不好说。"老郎中揉揉眼睛，关上窗户，回头道，"明天去报官，看看能不能寻到孩子的爹娘吧，可怜见的。"

"嗯。"

一夜过去，郎中夫妇赶早便去了官府。

官府一番查办下来，却也并无结果。最近并无哪家来报孩童失踪，这小娃身上也无任何能证明身份的东西，告示贴了好些日子，也不见人来认领，最终只能按无主孤儿处理，埋在了郊外的坟地里。

郎中夫妇去坟前烧过一次纸，此事完结。

不过一条无人认识的生命，不过一座孤坟，至此再无人提及。

◦ 2 ◦

十年后。

年初三，清晨。

桃夭睡眼惺忪地提着一桶特别调配过的草料往马厩走。有一匹马拉肚子，这两天她一直小心照看着，生怕有个闪失，万一哪匹马在她手里升了天，司狂澜会把她也送上天吧……

好在也没有违背规矩，治妖不治人，马可以治。

还没走到马厩前，远远地便瞅见有人站在一片薄雾里，状似亲昵地摸着马脸。

再走近几步，背影越来越清晰，白衫黑披风，身上没有半点多余的颜色，站姿一如既往地挺拔，头发束得整整齐齐，从头到脚都不见一丝混乱，只是个背影而已，旁边还是马厩这样谈不上美感的地方，却也出众得很，雾气缭绕中，竟还隐隐有几分仙气。

他……回来了？！桃夭心跳快了一拍，但很快便按下这一刹那的紧张，大摇大摆地走到对方身后。

“丁三四在的时候，府中马匹从未出过这样的事故。”不等桃夭开口，司狂澜回过头看她一眼，淡淡道，“麒麟身体强壮，天赋异禀，能行五百里不歇，出生之后从未染疾。你要如何跟我解释？”

她其实想过很多种司狂澜从洛阳回来后他们相见的场面，但怎么都不该是从讨论一匹拉肚子的马开始……

他应该是刚刚才回府吧，凑近了才看见他发丝间都起了霜，鼻尖也冻得通红，一张脸多少有点风尘仆仆的倦意，怕不是连夜赶路回来的？这天气骑马赶路，没冻死只能靠八字硬吧。可他这么着急赶回来做甚？她早就拐弯抹角向苗管家打听过，苗管家说他们再早也得初七才回，万一在洛阳玩得高兴，过了元宵再回也是可能的。

可今天才初三……他总不会是感念到他的麒麟马拉肚子才着急回来的吧？也不可能，马又不会烧纸……

桃夭脑子里迅速胡思乱想一通，却在与他四目相接时，老老实实回答：“前天……呃……它吃了一块年糕。我自己都没舍得吃呢，还是枣泥红豆馅儿的。我哪儿知道天赋异禀的它会因为一块年糕拉肚子。”

司狂澜听罢，没说话，转身拍了拍麒麟的脑袋，严厉道：“你素来吃不得甜食，她给你你就吃？再不守规矩，回头被这女子害死都没处说理去。”

听听啊，这是大过年该说的话吗？！

桃夭把手里的木桶往地上重重一放，指着麒麟的马脸道：“你给你主人说句实话，那年糕是我主动给你的吗？不是你趁我不注意从我手里一口叼走的吗！亏我还给你配药治病，马就能不讲良心了？”

“有哪个杂役是边吃年糕边打扫马厩的？”知道真相的司狂澜也毫不让步，“就只有你如此散漫。”

“我不吃年糕难道吃草？”桃夭一叉腰，仰头瞪他，“我给你喂出来的马，哪一匹不是肥肥壮壮的，你就非要吹毛求疵！”

“错就是错了，还要顶嘴。”

“我在跟你讲道理！”

“一个吃不到烤肉都要满地打滚的人在跟我讲道理？”

“我只是坐在地上，没有打滚，你少污蔑我。”

“有区别？”

两人交织的视线差点就激出火花来。马厩里的马儿们晃着脑袋看着外头两个人，马脸上全是问号。

最终，司狂澜不再理会她，转身离开前抛下一句：“罚半个月工钱，小惩大诫。”

“吵不过我就扣钱？”桃夭气得跳脚，对着他的背影脱口而出，“司狂澜你混蛋！”

司狂澜回头，笑笑：“辱骂雇主，再罚半个月。”

桃夭抄起木桶，都举到半空了，到底还是忍住了……一个月工钱已经飞了，再赔个桶不是更亏！她从来是个理智的人，嗯，理智！理智！

她深呼吸一口，恨恨道：“你说扣钱就扣钱？我找苗管家说理去！”

那头，司狂澜忽然又停下步子，转身问道：“枕头那么大的红包可还合心意？”

还要插一刀？桃夭攥紧拳头，心说莫生气莫生气，挤出个笑脸道：“我退回那个红包能换一个月工钱吗？”

“自然不行。”司狂澜仍是那淡淡的样子，转回头时，却情不自禁露出一个少见的笑容，仿佛心愿达成，恶作剧得了逞。

桃夭当然看不见这个短暂的笑容，只恨不得把木桶里的草料全塞他嘴里。

早知……就不盼他回来了。自作自受！

可是，这又气又不那么气的感觉是怎么回事呢？

看他好端端地站在自己面前，就算他们之间从无好话，可是能面对面吵一架……居然也还怪高兴的？

情绪忽然就不由自主变了样子……桃夭皱眉，用力拍了拍自己脑袋，暗骂了一句有病！哪有跟人吵架还能高兴的！定是起太早了脑子还不清醒。

这时，急促的脚步传来，苗管家一路小跑而来，跟司狂澜小声说了几句什么。司狂澜点点头，旋即加快脚步离开。

桃夭飞快地把草料添到马槽里，赶在苗管家离开前追上去。

“他要扣我一个月工钱！”她哭丧着脸拉住苗管家，指着甩开他们一大截的司狂澜，“就因为我打扫马厩时吃年糕！”

苗管家笑出来，摇头：“你们呀，好些日子不见了，一见面就不能好好道个恭喜吗？”

“让他说恭喜还不如教我养的马说呢。”桃夭撇撇嘴，“一大早的吓我一跳，还以为见鬼了！”

“二少爷天刚亮时到的，一回府便往马厩去了，我让他换件衣裳喝口热茶再去，他都不肯，说离家多日，不放心你……”苗管家突然一阵咳嗽，“不放心你养的马。”

桃夭眼神里的一丝惊喜瞬间烟消云散，耷拉着眼皮说：“您老话说完再咳嗽行不行。”

苗管家赶紧道：“不放心你也是真的，天晓得你又会惹出什么麻烦来。这不，麒麟不就闹肚子了？”

“都说了是它抢我的年糕！我才是自找麻烦，好心给他的笨马治肚子，还扣我工钱！”桃夭愤愤不平，“还硬塞给我个倒霉红包，他压根儿就不打算做哪怕一件让我顺心的事！”

“哈哈，我就知道那个红包于你而言更像个炸药包。不过二少爷是好意，练字不光是练字，亦可长学问，修心性，你这丫头脾气烈得很，练字静心会有益处。”苗管家语重心长道，“而且那些笔墨纸砚都是二少爷精心挑选的，旁人想要还没有呢。”

“哦……那我还得谢谢他呗。”听苗管家这么一说，桃夭心里好像舒服了一点，又朝前头努努嘴，“不是说他最早初七才回吗？”

苗管家眉头微微皱起：“年初一那天有访客，要递名帖。我说少爷要年后才归家，来人十分着急，求我想个法子，还说事关人命实在耽搁不起，我便按二少爷的吩咐，代他查看名帖内容，那事主与司府还有几分渊源，且他惹上的‘是非’的确离奇又严重，着实不宜耽搁，于是当天我便飞鸽传书去洛阳告知二少爷。”

原来是赶着回来解是非的……真难得能遇到他们办正事的时候。

桃夭想了想，突然问：“咱们府中还养了鸽子？”

苗管家哭笑不得：“咱们府中还养了狐狸养了鸡，养鸽子有何稀奇。不过数量不多，鸽舍放在偏院里，由几个有经验的小厮照看着，你没留意罢了。平日里它们出来放风，你也只当是寻常鸽子了。”苗管家顿了顿，又道，“不过也不能全算是咱们府中养的。”

桃夭不解：“这话怎么说？”

“那些鸽子本是年笙小姐养的。”苗管家道，“她说要两位少爷常在洛阳陪伴，很是过意不去，又怕万一少爷不在府中的时候有急事来找，便将她精心饲喂的信鸽送了一些到司府，这些鸽子对明月台的位置烂熟于心，就算放到千里之外也能准确回家，万一咱们这边有需要，也就不愁寻不到人了。”

一听年笙小姐四个字，桃夭的嘴角就快掉到地上了，但马上又捡起来，笑嘻嘻道：“年笙小姐真是细心呢。”

“确实，以年笙小姐的身份，最难得的是她没有半分骄纵之气，倒是少见的温婉聪慧，善解人意。”苗管家很自然地说了一堆夸赞之词。看来在他心里，对宋年笙的评价是非常的高了。不过也是人之常情，宋年笙这般既富贵又貌美还不落俗气的可人儿，所有人都应该喜欢的。

桃夭除外……可是，虽然不喜欢，倒也谈不上讨厌，毕竟没有讨厌人家的理由。不过她总也忍不住去想，除夕夜司狂澜又送了她什么礼物呢？肯定不是枕头那么大的红包！她那样神仙似的姑娘，必然文采斐然诗画双绝，根本不需要笔墨字帖这些多余的东西。而司狂澜看这位凡间仙子的眼神，她到现在还记得——在意，温柔，欣赏，反正跟看自己的那个鬼眼神完全相反就对了。

他们两个，大概永远都不可能有好好相处的机会吧。她心里一阵小失落，但转念又觉得相看生厌也没什么不好，反正她是要走的，如此一来，走也走得开心不是。

她很快收拾好糟糕了一下下的心情，没事人一样问苗管家：“大少爷呢？总不是一回来就去补瞌睡了吧？”

“大少爷还在洛阳，说是要帮年笙小姐多寻些有趣的玩意儿，免得她平日冷清。大少爷素来玩心重，鬼点子又多，有他在明月台，想必年笙小姐也是很高兴的。他还说要跟洛阳的知交好友们聚聚，过完元宵再看回不回来。”苗管家叹了口气，“府中的正事，还得是二少爷担待着。”

桃夭一笑：“我看二少爷巴不得大少爷留在洛阳吃喝玩乐。”

苗管家自然会意，若有所思道：“从知道大少爷生病那天起，好玩的事情都留给他，不好玩的留给自己，二少爷一直是这样过来的。”

桃夭望着司狂澜匆匆前行的背影，这个人……在很长的时间里都是这样的吧，总是一个人走在路上，好像对什么都不会特别在意，甚至都不在意他自己的悲喜，但，身后那些被他留下的人，却一定在最安全的地方。

算了，以后少骂他吧。

这时，一群鸽子从晨光中盘旋而过，她抬头看了看，翻了个白眼。

3

“二少爷，若非实在束手无策，我们是万不敢来府上叨扰的！老爷的性命，此番全在您手中了，求您务必出手相助！若能解了这桩是非，我们就算倾家荡产，也要报答您的大恩。”

大厅里，一个作贵妇打扮的中年女子，带着几个丫鬟小断一同跪在地上，像抓到救命稻草一般苦苦哀求。

司狂澜端着茶，稳坐在他的位置上，淡淡地说：“我既回来了，自不会坐视不理。夫人且先回去，我准备一番，明日一早便上府中拜访。”

女子一听，大喜过望，连呼多谢二少爷，又连磕几个头方才带着下人们千恩万谢地离去，可走了没几步又似不放心，折回来再问：“确定明日一早？”

“夫人请放心。”司狂澜专心吹开几片茶叶，并不多看她一眼。

女子这才稍稍松了口气，告辞离去。

一旁的苗管家送他们出了门，回来时对司狂澜道：“肖夫人亲自来请，可见他们是真走投无路了。”

司狂澜放下茶杯，说：“看看再说。”

“我看那名帖上所说，此事甚是古怪，明日去他府上时，定要多加留意。”苗管家越想越不放心，“把剑带上吧，万一用得上呢。”

司狂澜笑笑：“肖府非龙潭虎穴，那肖元新不过一生意人，无须如此担忧。”

“可是……”苗管家皱眉道，“我零星听说肖老板为了生意兴隆，常请一些来路不明的江湖术士出入肖府，替他做些转运催财的事，而这些事，说出来却是上不得台面的。”

“如何上不得台面？”司狂澜问。

苗管家眉头皱得更紧，压低声音：“恐是邪术。”

“我们两家已多年不往来，难得你还会注意他们的动静。”司狂澜一笑，“所以咱们府中还真是万万缺不得您哪。”

苗管家认真道：“二少爷，小心驶得万年船，虽说他家曾与我们有几分交情，但防人之心不可无，他遭此横祸，也不知是不是被什么东西反噬。咱们大意不得。”

“我有分寸。”司狂澜往门外看了一眼，“听够了？还不出来。”

桃夭把磨牙推出去，柳公子把桃夭推出去，滚滚叼着馒头坐在柳公子肩膀上，三人一狐镇定地摸到司狂澜面前。

“哪来的贵客啊？”桃夭指了指门外，“看那位夫人的打扮可不是寻常人家呢。”

“光她身上那件锦袍就价值连城。”柳公子羡慕道，“还有头上的珠钗手上的镯子，真是珠光宝气闪瞎人眼。”

磨牙却道：“你们见她一身富贵，我却只见她一脸愁容。二少爷，她家可是真出了要命的大事？”

司狂澜也不否认：“比要命还麻烦些。”

“二少爷匆匆回来，连洛阳的佳人都不顾，可见是下定了决心要解这桩是非了？”桃夭故意把“佳人”两个字说得特别重。

司狂澜轻叹了口气：“佳人固然重要，我司家的事业也不可耽搁，不然拿什么养你们这群鬼鬼祟祟的家伙。”

“你养谁了？是谁刚刚才扣了我一个月工钱！”桃夭的脸又黑了。

“好啦，客人才走，也不怕人家折回来看笑话。”苗管家赶紧灭火，又对桃夭道，“那位是肖夫人，城中大户肖老板肖元新的夫人，长丰、颂仙、明泽等七八间正店都是他旗下产业。他除了生意做得好，酿酒的功夫亦是一绝，他酿的酒常年都是皇亲国戚的宠儿，连先帝都曾赞不绝口，还赐了个‘赛琼浆’的金牌给他作奖赏，真真也是个风光无限富甲一方的人物了。”说着他又看了看司狂澜，见他并无阻止自己说下去的意思，便继续道，“当年老爷在时，每到逢年过节，那肖老板也常来拜访，知道老爷不喜俗物，便将自己酿的好酒当贺礼，正对了老爷的心意，加上他为人处世颇为周到，老爷也很是欣赏，一来二去便视他为友。”

“哦……原来这便是你们两家的交情。”桃夭恍然大悟，看着司狂澜道，“那你的确该帮帮人家，毕竟当年你家也吃了人家不少好酒。”

司狂澜却冷冷道：“我没有喝他一口酒。”

桃夭一瞧司狂澜的表情，压低声音问苗管家：“咱们二少爷似乎并不太中意这段交情？”

“自然是不中意的。”苗管家道，“老爷夫人去世后，肖老板似是认为司府没落，便一改常态，与我们渐渐断了往来。那时两位少爷尚年幼，老爷夫人头一年的忌辰，大少爷知道老爷生前颇爱他酿的酒，便想去他府上讨一壶，谁知却被他三言两语赶了出来，记得大少爷回来时还难过得哭了一场。从此，司肖两家再无交往，我也只是从旁人口中听到肖老板的一些消息。”

“倒是个十分现实的人呢。”柳公子笑道，“可他再是精明，也没算到司府后继有人青出于蓝，以生意人来说，眼光属实差了些。这样的家伙能得到你们所说的大富大贵，多半是要靠些眼光之外的东西了。”

磨牙眼珠一转，联想到方才偷听到苗管家说的那些什么“转运催财”之法，脱口而出：“难不成他为了钱财而行邪术，所以才惹祸上身要二少爷来救命？”

“脸真大。”桃夭哼了一声，“换了是我，一口酒都舍不得给的人，怎好意思掉转头来求人救命。"她盯着司狂澜，"虽然我不知这肖老板惹到什么是非，但这么一个家伙值得你天寒地冻赶回来？"

司狂澜笑笑："你治病时可会挑病人？"

桃夭一愣，直言："不挑病人，挑心情。"

"那你算个很走运的大夫了。"司狂澜起身，走过她面前时，撂下两句话来，"我不挑客人，不挑心情，只看这'是非'我能否解得了。司府的今天，不是挑出来的。"

说罢，他径直走出了大厅。

柳公子小声鼓掌："好气魄！确实比我们家的靠谱多了。"

"同意。"磨牙小声附和。

桃夭好半天才从他的话里回过神来，却意外地不想跟任何人发脾气。

从一个连酒都讨不到的孩子，走到如今的江湖地位，他曾面对过的，必然是无数个根本不由他选择的挑战跟苦头，不是不想挑，是他挑不得。

她看向门外，眼中又是那个总孤身一人的背影。她心念一动……

"二少爷！你明天把我带上吧！我想再看看肖夫人脑袋上的大珠钗！好漂亮啊！我也想要啊啊啊！！"桃夭突然大喊着跑出去。

众人被她吓了一跳。

"坏了坏了，她又要去惹麻烦了。"磨牙吐舌头道，"二少爷肯定不会脑子发热带她去吧？"

柳公子看着门外那两个人影，嘴角一扬："一回来就奔马厩，谁不知道桃夭每天都在那个时候去给马儿送早饭呢。"

"啊？什么马厩什么早饭？"磨牙一脸迷惑。

柳公子拍拍他的光头，笑："谁都有脑子发热的时候呢。"

"啊？"磨牙还是听不懂。

苗管家揉了揉额头，似笑非笑："有人陪着，我就不那么担心了。"

柳公子与苗管家对视一眼，彼此心照不宣。

磨牙看着身边两个话里有话的家伙，苦恼地抱起滚滚："你也听不懂对不对？"

滚滚打了个饱嗝，跳到他头上摇起了尾巴。

4

今早，又稀稀落落地飘起了雪，树枝上屋檐下都结起了亮晶晶的冰凌子，街头售卖各色热食的摊档前围满了呵气跺脚的客人，巴巴等着炉子里的好东西暖身子。

冬日的京城，每天都从这样的情景开始。

一驾马车从街头轻快驶过，直奔城南肖府。

以肖夫人为首的一大群人，早早便候在门口焦急张望，直到远远瞧见那马车的影子，肖夫人的脸色才稍微好看了些。

马车还没停稳，肖夫人便率众人迎了上去。

司狂澜刚一出来，脚还没沾地，肖夫人已然带着哭腔道："二少爷，此番多劳您费心了！"眼见着又要给他跪下。

"夫人不必行此大礼。"司狂澜伸出一只手稍许拦了一把，"既接下名帖，自会做我该做的事。"

"大恩大德，没齿难忘。"肖夫人抹了抹发红的眼睛，又往马车上看，"只得二少爷一人？"

两边的阵仗确实差许多，肖府倾巢而出，司府却单枪匹马……他们大约以为处理这样棘手的事情，司府怎么也要来上好几人才能解决。

司狂澜回头看了看车厢，刻意咳了一声。

车厢里没动静。

司狂澜眉头一皱，后退半步，不轻不重地一掌拍在车厢上。掌力之下，整个马车都摇晃了几下，连马儿都回头看了一眼。

很快，车厢里一阵窸窸窣窣，帘子被一把掀开，桃夭的脑袋从里头慌慌张张钻出来，嘴边还挂着一丝没擦干净的口水，张嘴便问："地震了？怎么晃得那么厉害？"

司狂澜都懒得看她一眼，只说："醒了？"

桃夭这才发现事情不对，已经到肖府了？她赶紧跳下马车，站到司狂澜身旁，一脸无辜道："怪咱家的马车跑得太稳，而且这几天为了照顾麒麟，我太操劳了！"

"你吃得比它多睡得比它早，操劳？"司狂澜仍是一眼都不想看她。

桃夭一瞪眼："您怎知道我睡得比它早，它告诉你的？"

"你以为它不会告诉我吗？"司狂澜扔下这句话，便径直往肖府大门而去。

"还懂马语不成……"桃夭嘀咕着赶紧跟上去。

今早她可是天不亮就起床了，早早守在院子里，生怕错过了司狂澜。

她本来做好了死皮赖脸的准备，但意外的是，司狂澜见她真要跟着自己去肖府，却也没有当场拒绝。加上苗管家在一旁说肖府的事多少有些诡异，多个人多分照应，以及柳公子也振振有词说你罚了她一个月工钱，她正恼着呢，不如带着她打个下手，万一做了好事，也可将功抵过把钱还她嘛，不然她总憋着气，司府里不知道哪匹马又要遭殃了。

这两个人，摆明了要把桃夭硬塞给他，司狂澜也不多言，自顾自上了马车，然后说了声："还要我扶你上来吗？"

桃夭一喜，脱口而出："柳公子说得不错，这次算额外的工作，我若帮了忙，酬劳要另算！"

"帮得上再说。"桃夭嘻嘻一笑，赶紧跳上马车。

磨牙想跟去，却被柳公子拉住："你跟去做甚？"

"不是说肖府诡异吗？"磨牙不解道，"出了意外可怎么办？"

"再诡异的事,两个大魔王也够了。"柳公子意味深长地一笑,"你个小光头就别操心了。"

磨牙想了想，歪头看着柳公子："你不对劲！"

"少废话，吃早饭去！"

柳公子笑嘻嘻地拎着磨牙走了，剩下苗管家对着马车喊："千万小心哪！"

桃夭从车窗里探出头来："我会看好二少爷的！"

她说到做到，确实一路上都看着司狂澜。他确实好看，天上神仙地上妖怪，姿容出色的她见得多了，但撇开肤浅的皮相，单是那一身由内而外不落俗套的气韵，司狂澜这个凡人一点都不输他们。一路上他仍习惯性地看书，她则托着腮，目不转睛看着他稳如磐石的模样，配上规律的马蹄声跟翻书声，居然看着看着便睡着了……

很奇怪，好像只要离他足够近，心里就特别平静，所有紧张的情绪都在这个范围里被淡化了。从司府到肖府这段距离，睡着的她甚至还做了个梦，梦里她在一片冰凉的水里漂浮，一只手伸过来，把她拉到了温暖的光里……然后，就被不客气地晃醒了。

肖夫人看了桃夭一眼，疑惑道："二少爷，敢问这位姑娘是？"

"府中杂役。"司狂澜回答，"带来打打下手。"

"回夫人，我姓桃，叫我桃丫头就行。"桃夭赶紧笑眯眯地介绍自己，目光却落在肖夫人华丽的首饰上舍不得挪开。

"原来是桃姑娘。"肖夫人同她略微点点头，礼貌道，"此番辛苦了。"

桃夭看了司狂澜一眼，已经开始想分账的事了……不知他这回到底收了肖府多少酬劳，以他的性格，应该不屑于跟人讨价还价才是，肖府这种连一砖一瓦都写着"我真有钱"的大户，可不是常能遇到的，万万不能吃亏啊！

不过那肖夫人说过，只要能成事，倾家荡产也愿意，想来报酬肯定不低，就算司狂澜小气，只分她一点点，应该也够买不少好东西了吧……越是这么想，她便越好奇肖府里的"是非"了。

司府的面积已经足够宽阔，比起肖府却也要逊色几分，桃夭在这宽阔华丽的宅子里穿行，感慨着今天终于见识到天子脚下真正的有钱人了，这么大的宅子，寻常人进来是要迷路的。昨天她曾问过苗管家这位富贵逼人的肖老板究竟惹上什么麻烦了，苗管家只说挺麻烦的，又道司府有司府的规矩，若司狂澜拒绝她参与其中，那么名帖上所述之事就绝不能透露给她半分。而来时路上，司狂澜除了看书，也没有对她提起关于肖老板的半个字，她也懒得再问，反正人都来了，是人是鬼立见分晓。

领路的肖夫人神情复杂，一时是见到司狂澜守诺而来的欣喜，一时又是怕连他都无法解决麻烦的担忧，眼睛一直红肿着，不知经历了多少个不眠夜，哭了多少次。跟在她身后的小童，捧着暖手炉，中途好几次要递给她，都被她拒绝了，如今除了赶快解决她夫君的麻烦，其余任何事她都顾不上。

桃夭暗自感慨这两口子的感情真不错。

司狂澜一路无话，只略微打量了一番沿途的景色。

众人也早知司府二少爷脾性冷傲古怪，他不说话，大家也不敢多言，只默默加快了脚步。

片刻后，肖夫人带着他们走到一座大门紧闭的偏院前，守在门侧的四个壮硕的家丁见了她，忙上前拜见。

桃夭见这几个一脸倦色的家丁，黑眼圈比眼睛还大，多半是守了通宵，穿着也怪，从头到脚一身红，脖子上还乱七八糟挂着各种佛像八卦平安牌之类的东西，感觉是完全不挑神佛，只要是他们知道的，又能保佑自己的，全部请到身上来，配上他们苦恼的表情，委实有些滑稽。再看那院门，左右两扇上各画着一个鲜艳的红色符文，看不出什么来路，大约也是趋吉避凶之用，让人更加好奇院子里到底是什么情况才会把他们折腾成这般模样。

肖夫人没有急着进去，只问家丁："如何？"

"大师们一直在作法，目前尚算平静。"家丁回报。

"好。"肖夫人皱眉，转身对司狂澜道，"二少爷，里面请。"说罢遣退了身边所有侍从，让他们在院门外等候。

司狂澜与桃夭随她进了偏院，前脚刚进去，后脚院门就急急关上，外头的人生怕有什么不对劲的东西跑出去似的。

桃夭又在心里惊叹了一声，这肖家连偏院都比普通人家的宅子大。

但还没惊叹完，突然刮起一阵风，数张黄黄黑黑的纸被卷起来，其中一张不偏不倚地拍在了桃夭脸上。

"什么鬼东西！"桃夭抓住脸上的玩意儿往地上一摔，却是一张烧了一半的黄底黑字的符纸。她定睛一看，这才发现地上随处都是纸灰与半残的符纸，风一吹就胡乱翻飞。

司狂澜往她这边看了一眼，很快又移开视线，望向摆放在院落中央的案台。那上头香蜡祭品一应俱全，围绕着一个袅袅冒烟的青铜鼎，三个男子围坐四周。三人均是头戴黑冠身披彩袍，一人摇铃，一人捻珠，一人执扇，闭目念着只有他们才明白的咒语，看不出是哪个门派的高人。

"这三位是龙虎门的师父，最擅驱邪除祟，我好不容易请来，已在府中作法七日。"

肖夫人主动介绍。

“龙虎门……”司狂澜笑笑，“可见效果？”

“这……”肖夫人有些尴尬，既不想撒谎又不想被那三位听到什么不好的话，只好说，“此事麻烦，怕不是区区数日能达成，三位也是尽心尽力，姑且再等等看吧。”

司狂澜听没听说过龙虎门桃夭不清楚，反正她从没听过，再看那三人煞有介事的样子与这满院的狼藉，她横竖不能将他们与“高人”扯上关系，有没有真本事还两说，更大的可能是骗子……

“也是，急不得。”司狂澜顺着肖夫人的话点点头，旋即指了指正对着案台的一间房子，“肖老板在里头？”

肖夫人忙点头：“我带您进去。”说罢，又侧目看了看一脸轻松的桃夭，她想了想，又对司狂澜小声道：“这位姑娘随您一道进去？我怕……”

“她不怕。”司狂澜直言，“我在哪里，她在哪里。夫人不必为她担心。”

“这样啊……”肖夫人不好再说什么，往前多走两步，“二位随我来。”

桃夭赶紧跟上去，谁知司狂澜却冷不丁拽住她的胳膊。

“做啥？不是让我跟进去吗？”桃夭不解，“你反悔啦？”

司狂澜面无表情地伸出手指，往她鼻尖上一刮，然后将食指伸给她一瞧，上头沾着一团黑灰，多半是方才贴在她脸上的符纸闹的。

“失礼。”司狂澜摇摇头，撇下她进了房间。

失礼？！这就算失礼了？都怪那三个家伙乱烧纸吧！再说又不是她主动拿鼻子蹭上去的！这家伙真是各种看她不顺眼啊……可又一想，他明明可以让她自己擦干净的，怎么还纡尊降贵帮上忙了呢？

好像又没办法生气了，唉。

桃夭胡乱地揉揉鼻子，赶紧跟了进去。

好了，想知道的事，马上就能知道了。

桃夭刚一迈过门槛，顿觉眼前一暗……

○ 5 ○

这房间真的好暗！

桃夭好一阵子才适应了里头的光线。

所有窗户都用木板钉死了，外头一点光都透不进来，房里的所有家私，但凡带着镜子或能反光的材质的，全部拿厚布遮得严严实实，连地板都没放过，全屋仅靠墙边一盏油灯照明，豆大的火苗眼见着就要燃尽了。

房间很乱，桌子斜放着，凳子倒在地上，一些本该老实待在架子上的书本全被扯得稀烂，零碎满地都是。

一个人身上披着厚厚的被子，缩坐在墙角。

肖夫人难受地看着这满屋子的混乱，小心翼翼地朝墙角走近两步，轻声道："老爷，二少爷到了！"

这是肖老板？！桃夭不解地看了看司狂澜，很难想象一个坐拥豪宅的有钱人居然会以如此狼狈的方式登场。

被子下的人听到肖夫人的声音，动了几下，却还是没有把脑袋露出来。

司狂澜上前一步，说："肖老板，你的名帖我接下了。不妨出来一见。"

听到他的声音，被子下的动静终于稍微大了点，一番犹豫后，被子缓缓掀开，一个脑袋慢慢从被子下探出来。

灯火虽微，但那张脸，还是勉强看得清楚。

也幸好是勉强看得清楚，这要是在正常明亮的光线下，不知要吓死多少个人——世间只怕从未有过如此"稀奇"的一张人脸，一半是个胡子拉碴的中年人的胖脸，双眼皮，另一边却是个白净斯文的单眼皮男子，看起来不过二十来岁年纪，额上还有半颗朱砂痣。眼前这个躲起来的家伙，活像是撕开了两张不同的人像，然后各拿一半拼在了一起。

问题是这压根儿不是画像，是个能喘气能动的大活人。

按年岁来看，那一半胖脸是肖老板无疑，可这另一半算谁的？

"老爷……"肖夫人见他露了脸，眼泪顿时掉下来，跪到他身旁扶住他，"二少爷肯来，你一定有救！"

如苗管家所言，肖老板果真是遇到比要命还麻烦的事了……

桃夭偷偷扯了扯司狂澜的袖子，小声道："一半儿一半儿的'是非'，你可怎么解啊……拿刀剖开？"

司狂澜没理她，上前蹲到肖老板面前，仔细将他打量一番，问："十日前开始的？"

"正是。"肖夫人抹了抹眼泪，"白天还好好的，我们还照往年的惯例，带了各种祭品去拜祭我夫君的师父，结果夜里回来就不对了。他先是说脸痒痒，我以为是白天被什么虫子毒物咬了，起来给他找药膏，可药膏还没找到，他已经在床上打起滚来，说又痒又痛又麻，跟几百条虫子在脸上咬一样。我上前一看，差点吓晕过去！他就在我眼前变成了这个样子！好好的一个人哪，怎么就剩一半脸了！"肖夫人声音都在发抖，又道，"后来他昏了过去，我又惊又怕，却又不敢声张，只敢找来个心腹管家，让他赶紧去请我们相熟的大夫来瞧瞧。大夫来了，也是吓得不轻，壮着胆子把了脉，说脉象没有不正常，让我们赶紧另寻他法。管家说，怕不是中了邪。我心乱如麻，想起老爷平日里跟些身怀异术的江湖人士也有往来，便让管家去寻，这才有了门口那几位。他们作法这几日，我让做事稳当的家丁轮番守在偏院门口，没有我的命令谁也不能进去打扰。可是……"

"可是作了大几天的法，肖老板还是……一半。难怪你要厚着脸皮来司府求救。"桃夭看着被子下的人，居然差点笑出来，真没见过被祸害成这样的倒霉鬼，再想到他当年对司家兄弟的所作所为，只能说三十年河东三十年河西吧，而且这还没有三十年呢。

听到桃夭的声音，肖老板抬头一瞅，竟怪叫一声，颤抖着指着她大喊："鬼！女鬼！红衣裳的女鬼要害我！"说罢又将被子一裹，再不肯露头。

肖夫人赶紧抱住他安慰："老爷没事的，你看岔了，那是跟着二少爷来帮忙的姑娘，不是女鬼。"

"红衣裳的女鬼！女鬼要害我！"被子底下依然一阵乱喊。

司狂澜笑看了桃夭一眼："对你的评价倒是中肯。"

"司狂澜！"桃夭一跺脚，"信不信我让你见识一下真正的恶鬼长什么样！"

"没大没小。"司狂澜起身环顾四周，问肖夫人，"另半张人脸，夫人可识得？"

肖夫人摇头："从未见过。"

"他怕光？"司狂澜再问。

"出事后，他见了镜子或者任何起倒影的东西便会发狂。外头的光线不知是他不能还是不愿见，只让我快将窗户封上，然后便整天披着被子躲在这里。面目变成这般，换谁都难以接受吧。"肖夫人越说越难过，"见他如此，我却无能为力。对外还不能说他出了这样的事，只说身体抱恙，得休养一段时日，店铺里的生意也暂时交给下头的人打理。"她望着司狂澜，突然就重重磕了一个头，"二少爷，我知老爷当年对司家的态度不那么厚道，如今却要找您来救命，我这张脸皮委实也厚了些……可二十多年夫妻，我没有办法了，实在不能眼睁睁看他这样下去。此番您能不计前嫌接了名帖，我感激不尽，肖府上下，但凡您看得入眼的，想要什么都可以！"

"报酬先不急，事成之后苗管家自会与您算清楚。"司狂澜的视线落回肖老板身上，"他虽已神志不清，但不会无缘无故喊着女鬼害他，还要特别说明是红衣裳的女鬼。肖夫人，你是否还有什么事情没有告诉我。"

一说到红衣裳，桃夭下意识地低头看了看自己的衣裳，哼了一声。

肖夫人犹豫片刻，说："其实……我也瞧见了。自打我搬来彻夜照顾他的那天起，每晚都有一个红衣女子自门外进来，站在老爷身旁，一句话都不讲。而我仿佛陷入梦魇中，看得见动不了，等到能动时，屋子里又哪有什么红衣女子。"

"这不算瞧见了吧。"桃夭道，"不过是夫人您的一场噩梦罢了。"

“可每夜都是相同的噩梦……”肖夫人欲言又止。

司狂澜笑笑：“既如此，那今夜我们只好留宿府中，不知能否与那‘女鬼’一遇。”

桃夭诧异道：“留宿？今天不回去了吗？”

“是非不解不归家。”司狂澜看着她，“你既跟来了，也别想回去。”

“不是我的床我会失眠的！”桃夭一脸拒绝，她还想准时赶回去吃晚饭呢。

“谁说有床给你睡的？”司狂澜直言，“身为杂役，当有自知之明。”

“啥？”桃夭踮起脚努力与他平视，“不让回家就算了，大冬天的还让我打地铺不成？你是不是人啊！”

“下个月工钱不想要了？”

“要……”

肖夫人被他俩的对话搞得有些糊涂，连她都不敢对司狂澜有半点不客气，这小杂役竟敢如此没上没下，而司狂澜居然也不计较，她忍不住多看桃夭一眼——年纪轻轻的小丫头，模样勉强称得上乖巧喜人，却与天姿国色无缘，以司二少的身份与眼光，对这样的丫头断不会生出那怜香惜玉又口是心非的念头吧……可这两人你来我往的架势，委实又不太对劲。她虽疑惑，却不敢多问，唯一能确定的，以司狂澜的行事风格，定不会带个没用的闲人来，这丫头说不定也是有大本事的，得罪不得，再说他们之间什么关系根本不重要，重要的是他们能不能解决肖府几十年来最大的灾难。

“二位莫担心，难得二少爷肯费心留下，二位有任何需要都只管对我讲，万不能委屈了你们。”肖夫人赶紧打圆场，又对桃夭道，“只要姑娘睡得安稳，高床暖枕，锦衾裘被，府中应有尽有。”

不等桃夭插话，司狂澜已道：“我来是解是非，不是添麻烦的。今夜我们就在偏院住下，不用添置任何东西，夫人无须操劳。我这里只得一个要求。”

肖夫人忙说：“二少爷但说无妨！”

“将肖老板出事前后发生过的一切，包括你们去过哪里见过谁，甚至吃过什么东西，详详细细列出来交与我，不要有任何遗漏，越快越好。”

“好好，我这就去准备。”肖夫人又转身对肖老板道，“老爷，你瞧见了，我们一定会救你的！你不要再糟蹋自己了，送来的饭菜你多少吃一点，不然身子哪里扛得住。”

肖老板却置若罔闻，只缩在被子里发抖。

肖夫人叹气，对他们道：“我们先出去吧。”

这时，肖老板却突然从被子里钻出脑袋来，眼珠子左右乱看着说：“都要杀掉，女鬼要杀……男鬼也要杀！小鬼也要杀！”

“老爷你……唉。”肖夫人又要掉下泪来，对他们道，“一天比一天疯癫，说些谁都不明白的话。”

“会明白的。”司狂澜道，“夫人只管按我说的去做即可。”

“好！”

三人出门前，桃夭回头看了看肖老板，不知动了什么心思，忽然折回去蹲在仍是疯言疯语的肖老板面前，仔细将他诡异的脸孔打量一番，最后将视线落在他的眼睛里，想了想，笑嘻嘻道：“我不是鬼。我能帮你杀鬼。”

“杀鬼？杀鬼好啊！杀鬼好啊！”肖老板竟高兴起来，一手指着自己的脸道，“杀掉！都杀掉！不能是他啊！怎么能是他呢！”

“但你得让我看看鬼在哪儿。”桃夭笑着哄他。

“在这儿！在这儿！”他的手指在脸上乱指。

桃夭趁势替他把了把脉，又掀开他的眼皮一看，眉头顿时皱起。门口的司狂澜往回看了一眼，并没有催她出来。

不多时，桃夭若有所思地出了房门。

司狂澜望着那些在院子里乱飞的黄纸，笑了笑：“不是治妖不治人吗？”

桃夭斜睨了他一眼，指了指屋子里头：“你现在把他放出去，看看有多少人管他叫妖怪。”

“也对，不算坏了你的规矩。”司狂澜举步往院门而去。

“等等！”桃夭突然喊住他，“我怎么觉得你这么爽快带我来，不像是为了给我一个把工钱找补回来的机会呢？”

司狂澜停下，回头一笑：“知人善用，是极好的习惯。”说罢，他径直出了院子。

“知人善用？”桃夭站在原地挠头，半天才恍然大悟。这家伙早就知道肖老板的半边脸换了人，绝非寻常疾病，事态之严重远非吵架斗殴丢东西可比，以司狂澜这种心机深沉，不出手便罢出手就不能失败的性子，他根本一开始就打算让她来解决肖老板的麻烦吧！可是……明明是他有求于她，却怎么搞得好像是她主动请缨，非要来挣表现似的？！

自己又被算计了。

桃夭气得一跺脚，可现在不是计较这个的时候，也幸好她跟来了，不然谁能看出肖老板的“病”才真是被妖怪算计了。

此番出手，倒真不坏她的规矩。桃都管束天下妖怪，小过罚之，大错杀之，这只妖怪把肖老板害成这副尊容，怕是轻饶不得了。

她想了想，走到那三个“高人”面前，笑眯眯地请教：“听说三位在这儿叽里咕噜念了好些天了，可找着肖老板的‘病根儿’了？”

见他们的仪式被个小丫头打断，三人当即面露不悦，执扇之人瞪了桃夭一眼：“速速退开，莫耽搁我们施法。”

"几位施的什么法？"桃夭继续问。

"说了你也不懂！再不让开，莫怪我等不客气！"

"此地冤魂作祟，若不是靠我们三人支撑至今，肖老板焉有命在！你这丫头再敢打扰，定不轻饶！"

"滚开！"

三人一通斥责，又闭上眼继续念咒。

冤魂作祟？桃夭差点笑出来，不知财大气粗的肖夫人付了他们多高的酬劳，才能让这三位跟长在地上一样不眠不休做足了样子……唉，怎的旁人赚大钱就如此容易，她想赚几个钱却难如登天。

她识趣地走开，边走边自言自语道："方才肖夫人好像说几位高人施法多日也未见成效，酬劳怕要砍一半添给我家少爷呢，我还当大户人家不在意金钱，原来也要精打细算啊。"

话音刚落，三个人顿时睁开眼，执铃之人立刻怒气上脸，将铃铛往地上一摔，冲那执扇者道："大哥，你不是同那婆娘说好的吗！二十根金条一根不少！"

"说好了的！！"

"那怎的又反悔了？他们带来的那个后生什么来路，竟敢来分我们的羹？"

一说到钱，几个人瞬间换了嘴脸，从地上弹起来，执扇者喊住桃夭："臭丫头，你家少爷是哪里来的玩意儿？"

桃夭无辜道："我家少爷说了，你们几个连他的名号都不配知道。他说的啊，不是我，我还是很尊重几位高人的。"

"年纪轻轻，好大的口气。"

"大哥，可不能纵了他的气焰！"

"不教训一番，龙虎门颜面何在！"

然后，桃夭就眼看着这三位高人气势汹汹地往院门外去了，她掩住嘴巴，坏笑不止。

很快，院墙之外传来那三人高声的质问，之后便是一阵异样的动静，再之后……没有动静了。

估摸着场面安全了，桃夭方才溜到院门前，探头朝外一看，三位高人四仰八叉地倒在地上，眼睛乌青，鼻子红肿，个个斜眉歪嘴好不狼狈，手里的法器也散了一地，其中还有两根被打断的烧火棍。

司狂澜毫发无伤地站在旁边，神情淡漠地拍了拍衣衫上的尘土。

守门的家丁们全都躲得远远的，其中两个被夺了棍子的，哆哆嗦嗦地对着司狂澜道："是他们硬来抢的，不关我们的事啊！公子你莫怪罪我们！"

桃夭憋住笑，高高兴兴摸到司狂澜身旁："哟，二少爷您没事吧？"

“我头上若挨一棍子，你更高兴吧。”司狂澜冲她微笑。

“这话说得，二少爷要是少一根头发我都难过呢，毕竟还得靠您吃饭呢。”桃夭朝地上的人努努嘴，“是他们认定你来抢生意，关我啥事。”

这时，闻声折回来的肖夫人一见眼前的场面，不禁目瞪口呆：“这……这是怎么了？二少爷，你是跟三位师父动了手了？”

“是他们与我动手。”司狂澜纠正她。

“几位这是何故啊？”肖夫人见他们三个爬起来都困难，忙唤家丁过来将他们扶起来。

“夫人是不信我们兄弟三人的本事？还要找别人来？”老大捂着腰愤愤道。

“不是这样的，师父你莫激动，我怎会不相信你们的本事，只是瞧你们来府中作法多日，消耗甚多，怕事情有个万一，这才请了二少爷过来，多个人多分力啊。”肖夫人脾气也是真不错，任何人都不想得罪，哪怕是几个根本没用的家伙。

“什么二少爷？肖老板的麻烦，非一般人可解，您可不要病急乱投医啊。”老二眨巴着被打青的眼睛，指着司狂澜，“夫人您可莫要被这油头粉面的小子骗了！”

桃夭终是扑哧一声笑出来，没挨着打，挨骂也行啊，油头粉面哈哈哈。

司狂澜摇摇头，一个字都不想与对方辩解。

“师父且消消气。”肖夫人无奈道，“这位乃司府二少爷，怕是不会做行骗之事。”

那三人愣了愣，脱口而出：“司府？清梦河司府？”

“正是。”肖夫人道，“几位与二少爷怕是有什么误会。”

几人面色一变，又打量司狂澜一番，低头嘀咕着商量了半晌，便见那老大脖子一梗，硬要保住自己的气势似的，大声道：“肖夫人既已另请高明，我们兄弟三人便无留下的必要，我们龙虎门作法最忌有旁人干扰，此番只能缘尽于此。至于酬劳，预收的那十根金条恕不退还，告辞！”说罢又有几分心虚地看向司狂澜，硬着头皮拱手道：“今日一见，司府小阎王名不虚传，我们龙虎门记下了。后会有期！”

说罢，三人也顾不得身上的伤痛，脚底抹油开溜了，任肖夫人在后头怎么挽留也不回头。

见他们三个转眼没了踪影，肖夫人叹气：“方才还好好的……”

“现在不是更好，夫人省了十根金条哪！”桃夭冲她吐了吐舌头。

“可是没有他们作法庇佑，我怕老爷他……”肖夫人仍是担忧。

“他们要做的，是先庇佑自己。”司狂澜看看天色，“夫人还是尽快将我交代的事办好吧。”

肖夫人见事已至此，也不好多说什么，点点头离开。

目送肖夫人离开，桃夭指了指院子里，对司狂澜道：“其实他们也不算完全的骗子吧，还是有些修为的。虽然完全没弄对根源，但烧的那些符纸确实能避游魂邪祟。”

“所以更加肯定，肖老板两口子见到的‘鬼’不过是另有蹊跷。”司狂澜看她一眼，“人家好好地念着咒，你却非要断人财路。”

“我也是知人善用嘛。”桃夭笑得露出牙来。

司狂澜转过脸去：“下次要借刀杀人，找身手好些的。”

“好的。”桃夭大大方方道，旋即又说，“这几个若真是正道中人，又岂会放下人命正事不理，为区区十根金条跟人大打出手。有多少本事便吃多少饭，得了十根金条已是大大便宜他们了。不过这龙虎门究竟是何来历？”

“什么来历不重要。”司狂澜看着这座麻烦缠身的院子，“重要的是今后江湖之中又多了一个记恨我的门派，拜你所赐。”

“没事，说不定有一天他们会对你因恨生爱呢。”桃夭一本正经道。

“带你来可能确实得不偿失。”

“是本小利大才对！”

雪不知何时停了，阳光隐隐透出云层，把两人针尖儿对麦芒似的神情照得一清二楚。

○ 6 ○

午后的阳光下，铺在坟上的雪已然融化不少，几只野鸟飞过，没见到可吃的，又叽喳着飞走了。

坟茔前，桃夭认真看着墓碑上的名字：“冯……八月？”

司狂澜道：“当年最出名的酿酒师，人称酒神冯八月。他生前收了两个弟子，其中一位便是肖元新。肖元新之所以能成为肖老板，大半要归功于冯八月的悉心传授。”他环顾四周，又道，“冯八月一生淡泊名利，喜游山玩水，晚年时定居于京城南郊的云外谷。”

桃夭顺着他望的方向看过去，一座简单的竹屋就在咫尺之遥的地方，围在竹篱中的院落，青石铺路，花木丰富，虽是万物凋零的冬天，却不见萧瑟之像，院门挂着的木匾上，随意地写着“云外谷”三字。

冯八月一定很喜欢他这个家，所以死了也要天天望着它。

这样的房子，她看着也喜欢，就是周遭太清静了，住久了是要无聊的。

司狂澜在坟边左右查看片刻，并没有发现什么异常，又径直往“云外谷”走去。

“肖夫人说他们曾来拜祭肖老板的师父，就是这里了？”桃夭跟上去，“咱们是要按她写下来的行程，把每个地方都去一趟？”

“曾经，我用了一个月去做这样的事。”司狂澜淡淡道，“再大的是非，总是由人开始的，他去过的地方，做过的事，说过的话，见过的人，起因总是藏在这里头。”

桃夭一笑：“我还当堂堂的司二少有什么不得了的法宝，能一眼洞穿问题的根源所在，原来还是要靠这般普通甚至有点笨的方式啊。”

“十年前，肖元新唯一的儿子因病夭折。”司狂澜并不辩解，只说，“他与原配夫人多年无所出，儿子乃侧室所生，幼子夭折后不久，肖家二夫人悲伤过度，投缳自尽，此后肖元新未再娶，与原配相守至今。”

桃夭挠挠头：“这不是肖夫人写给你的吧？”

司狂澜笑笑：“知是非方能解是非。多读书是好事，市井流言也可听一听，记住越多，用处越大。”

啥意思？难不成他除了读书之外，还经常搬个小板凳去街头巷尾听人说是非？这不是只有她桃夭才能干出来的事吗……还是他故意在卖关子，其实是他有不为人知的法子，在搜集他想知道的事？

“你该不是到处放了耳目替你收集消息吧？”桃夭问他，一个媲美“镇宅”的家伙，怎么看都没时间到处游荡。

司狂澜并不回答，只说：“今早入了肖府，有五个仆从的脸上露出过幸灾乐祸的神色；跟从于肖夫人的童儿小福，行走时有四次差点摔倒，仿佛瞌睡没醒走不稳路的样子；说到‘女鬼’时，肖夫人的眼神闪躲了三次，并不像完全不知其来历；守卫院门的家丁似乎并不喜一身红衣，我听见其中两人暗自抱怨说若真是二夫人来了，她平日最爱红衣，他们这一身按高人交代穿上的辟邪红衣万一不辟邪，反而惹恼她该怎么办。”

闻言，桃夭咋舌：“你居然看到这么多……”

“你就只看得到厨房里备了什么吃的。”司狂澜微笑。

“不用看，我闻一下就知道。”桃夭得意地扬起头，顾不得跟他置气，只说，“照你所言，情况都糟糕成这样了，肖夫人依然对二夫人的事只字不提，这便十分可疑了。”

“或许她有她的苦衷。”司狂澜道，“也或许有她的诡计。”

桃夭沉默片刻，说：“肖老板如此模样，乃被妖气所蚀。这只妖怪应该就在离他很近的地方，若离他太远，他所吃的苦头便要打折扣了。”

“你有头绪？”司狂澜问。

“不确定。”桃夭又道，“之前我在偏院内外逛了一圈，未见这妖怪的蛛丝马迹。只知它跟肖老板的梁子结得颇深。”

“此话怎讲？”

“肖老板眼中有三线之像。”桃夭皱眉，“凡人类眼底显出三条直立的血线，便说明他染上的不只是妖气，还是一只妖怪消耗性命也要将自己能造成的伤害永远留在他身上的‘绝命符’。一旦那三条血线贯穿眼底，妖怪必丧命，而肖老板，纵是我，或比我厉害的神仙，也无法再让他恢复原状。”

司狂澜皱眉：“拿自己的命来换……”

“没错，所以你说得有多大的梁子，才能让一只妖怪拿自己的性命把肖老板变成怪物，虽不伤他性命，可若终其一生都用这样一张脸活下去，不比死更难受？”桃夭的眉头锁得更紧，“我许久没有遇到这样的妖怪了。”

“杀？”他看她一眼，相处这么些时日，鲜少看她眉头皱成这样。

“找到再说。”

两人停在“云外谷”门前，司狂澜推门而入。

虽然这座房舍多年无人居住，但看样子还是有人在照顾这里，屋内屋外都甚是干净，小到一桌一凳也都摆放整齐，院子里的花木种类繁多，可见冯八月不但爱酒，对花木也很是痴迷。两人里外查看一圈，没有发现。

“并无不妥。”走到两腿酸痛的桃夭往院中的石桌前一坐，“我休息一会儿，午饭都没吃呢，累死了。”

司狂澜坐到她对面，变戏法一样掏出一个油纸包，扔给她。

桃夭打开，竟是个香喷喷的芝麻酥饼，高兴坏了，当即一口咬下去，边嚼边说：“你居然随身带着饼！”

“刚从老冯的坟头上拿的。”

桃夭呸一声把没咽下去的饼子吐了出来：“你！！！”

“集市上顺手买的。”司狂澜一笑，“老冯的坟头哪有吃食，你眼力着实差了些。”

若非不愿浪费粮食，她定把剩下的一半饼子砸他脸上去。

“慢点吃，不着急。”司狂澜站起身，走到一旁若无其事地观赏花木。

桃夭咽下最后一口饼，跳到司狂澜身边大声道：“你就非要惹我生气吗？你就这么看不惯我吗？你就不能像苗管家那样对我好一点吗？”

司狂澜嫌弃地看着她喷到自己身上的饼渣子：“你不能吃完了再说话？”

“不能！”桃夭愤愤道，正要继续骂他，却突然愣了愣，瞬间闭上了嘴。

片刻，没听到骂声的司狂澜觉得不对，转头看她，却见她凝固了一般斜着身子歪着头站在那儿，姿态很是奇怪。

“你这是……”

“嘘！”桃夭飞快地捂住他的嘴，“别说话！更别问问题！”而她却偏又大声问道：“二少爷你说我长得好看不好看？”

莫名其妙的问题。司狂澜皱皱眉头，由得她那只油乎乎的手停在自己嘴上，心想这丫头是不是又在变着法子报复他。

空气仿佛凝固下来，除了偶尔一阵风声，小院里只得他们两人轻微的呼吸声。

嘻嘻！

有人在笑。

两人默契地对视，同时以眼神问彼此："你听见了？"

桃夭放下捂住他嘴巴的手，示意他继续保持沉默，她自己则再次提高声音问："二少爷你说我们该怎么办哪？上哪儿才能抓到那只妖怪呀？"问完立刻闭嘴静待。

嘻嘻！

又是一声轻轻的，女子的笑。

二人听得一清二楚。

从冯八月的坟到这里，沿途一个人影都不见，小院里外除了他们两个，何来第三人？

司狂澜与桃夭同时找到了笑声的来向，两人齐齐往左边走了一步，目光落在一大盆只得绿叶的栀子花上，寒冬虽无花开，枝上叶片却还绿得新鲜光亮。

司狂澜无声地指了指这从貌不惊人的植物，桃夭会意地点点头。

两人围着栀子看了一圈，最后竟在层叠的叶片间发现一朵不起眼的小花——通身深绿，与栀子叶几乎同色，花开五瓣，大小如鹌鹑蛋。然而最神奇的是，花瓣中间却生了一张五官俱全的人脸，个头虽小，轮廓却十分清晰，竟似个眉清目秀的女子。

再一细看，此花全赖一条比丝线还细的花茎，以栀子花枝为支撑，埋根于泥下，有大片栀子叶为它掩护，若不刻意去找，常人实在很难发现它的存在。

桃夭看了司狂澜一眼，笑笑，凑近那朵花，又大声问了一句："二少爷是不是特别招人恨呀？"

嘻嘻！

那花上的人脸居然立刻张嘴笑出来。

司狂澜颇为诧异，他虽见识过无数奇人奇事，但长人脸还会笑的花，头回见。

桃夭一笑，心头顿时有了数。她将司狂澜拉到离花朵足够远的地方，小声问："肖老板两口子拜祭了老冯之后，可来云外谷落过脚？"

司狂澜道："拜祭完已是午后，肖老板夫妇带随从往云外谷歇了约大半个时辰，肖夫人还遣随从简单打扫了一番，肖老板则一直坐在院中石桌前饮茶，连屋子都没有进。"

"那天进云外谷的都有谁？"

"肖老板夫妇，两个家丁胡大牛与张胜，肖夫人的贴身婢女阿兰，童儿小福，管家老许。"司狂澜答得一字不差，都不需将肖夫人写给他的东西拿出来看看。

"七个人……"桃夭思忖着，自言自语，"以它的斤两，若要自由行动，怕是不能靠那几个……嗯，应该是那个。”

司狂澜听她嘀咕完了，问：“有眉目了？”

桃夭瞪他一眼：“你气我那么多回，也就这次有点价值。”

“何解？”司狂澜看看那朵花的方向，听不到他们的动静，它也分外安静，再没有发出任何声响。

“霍山以西有谷，常有人面栖于花叶间，开五瓣，皆女面，不解语，有问则笑，十年一开。小妖，无害。”桃夭也看着那头，“那便是一只人面。花开之时，它一听到有人提问便会笑出来。虽然我也不知有啥好笑的，但这种小妖怪就是这样。它们妖力微弱，极不起眼，方才若非你气得我连问你三个问题，我倒未必能发现它的存在。”

“人面？”司狂澜皱眉，“若你所言非虚，此妖无害才是。”

“兔子急了还咬人呢。”桃夭白他一眼，走回花盆前，俯身细看那妖怪，又拿指尖轻轻触了触它的额头，想了想，转身便朝院门走去，“回吧。”

“不管？”司狂澜没挪步子，“我当你要拿了这作恶的小妖。”

桃夭回头：“那只人面，如今只是个空壳罢了。傻笑不过是它的本能。”

司狂澜挑眉：“病了？”

“算吧。”桃夭笑道，“二少爷可还记得当初大少爷被人抬回来时，我说他眉间有个寻常人看不见的空洞？”

“你说无魂之躯便会生此空洞。”司狂澜当然记得。

“它也是。”桃夭笃定道，“人面这种微不足道的小妖，除非资质特别好修为特别高，大部分是终其一生连人形都化不了的，一辈子只能活在枝头叶间，平日里想出来，也顶多靠最初级的离魂之术，在不超过原身七丈开外的距离里溜达溜达。若想出远门，只能在十年一次的开花之期，自身妖力最强之时，靠寄身其他活物离开此地，超过十四天不回，魂化灰，身凋零，等于自尽。”

“靠寄身其他活物才能离开？”司狂澜微愕，“那日往云外谷来的七个人……”

“人面必在他们其中一人身上。”桃夭面色冷如寒天，“这只妖，怕是治不好了。”

尾

司狂澜略一思忖，并不往大门走，转身又往屋子里去了。

摆设就是那么些摆设，桌椅板凳柜子，丹青水墨挂在墙上，一个大藤柜里摆放着各种大小颜色的酒葫芦和酒杯，旁边还散放着一堆书册。

司狂澜随手取出一叠册子，翻开早已发黄的封面，发现不过是些与酿酒有关的记录——哪个时候封上，哪个时候开封，来自哪个泉哪条河的水，用的又是什么原料，都一一记录在其中，无甚稀奇。但看笔迹，应由两个人记录完成，一个潦草，一个工整。

他又抽出册子下的一叠纸，发现是类似试卷的玩意儿，必然是老冯出的题目，无非是有关酿酒的技巧，答题者也是两个，落下的名字都还清清楚楚，一个是肖元新，一个是方鹤羽。

"方鹤羽……"司狂澜看着这个名字，"两个都是老冯高徒，肖元新风光无限，另一位却销声匿迹。"

桃夭从他背后冒出来，盯着那试卷上的名字道："方鹤羽？老冯的另一个徒弟？"

"嗯。"司狂澜将试卷收好放回原处，关上柜门，忽然道，"肖元新做生意是一把好手，奈何为人唯利是图，非良善之辈。"他扭头看着窗外那盆栀子，"受人坑害还是自招恶果，未可知。"

"就因为不知，才要二少爷来解是非嘛。"桃夭一笑，听这家伙口气，好像根本没站在肖老板这边，肯定还记着小时候的一酒之仇呢。

司狂澜转回头，看着她，目光像在研究什么怪异的器物，半晌没有说话。

桃夭被他看得有点发毛，下意识地擦嘴擦鼻子："看着我做甚？我脸上又不脏！"

"此番，我需你帮手。"司狂澜忽然开口，伸出三根手指，"顺利解决此事，奖你三个月工钱。"

没听错吧？二少爷居然亲口向她求助？！还给钱！！

桃夭赶紧揉了揉耳朵："您说啥，天太冷我没听清！"

司狂澜面无表情地看着她，一个字也不重复。

"好吧好吧，说定了三个月工钱哈！"桃夭伸出小手指，"拉钩！谁反悔谁秃顶！"

司狂澜略一犹豫，还是伸出了手指。

幸好是在这四下无人之地，若被旁人看见堂堂的司二少跟个毛丫头钩手指……他不敢往下想了，光一想到司静渊苗管家柳公子那群人可能瞪掉的眼珠子以及各种胡言乱语，这世界便好不了了。

"回去吧。"司狂澜果断缩回手。

"好嘞！"

得了承诺，桃夭欢天喜地跑出门去，边跑还边算三个月工钱加起来是多少。

看着那个无聊又疯癫的背影，司狂澜却悄悄露出了一个带着温度的浅笑。

放她在身边，也不太坏。

阳光从窗外爬进来，落在他忽然有所期待的脸孔上。

伍 隐隐

楔子

它是妖怪里的侠客，是我一生里遇到的，最好的朋友。

○ 1 ○

“二少爷，您说什么？”

肖夫人难以置信地看着司狂澜，连一贯柔和的声调都高了几分，大厅里的仆从们也都面面相觑，气氛骤然紧张。

“贵府这桩是非，在下无能为力，还请夫人另寻高明。”司狂澜耐心地重复一遍后，转身便走。

桃夭赶紧跟上，还不忘给肖夫人一个同情又抱歉的笑容。

“二少爷！上午不是还说得好好的？”肖夫人自是不能放走他，也顾不得什么仪态，匆忙跑到他前头伸出两臂做阻挡状，急得红了眼睛，“您这一趟回来，怎的说走就走？”

司狂澜冷冷道："请夫人放行。"

"除了您，我上哪里去另寻高明？！"肖夫人扑通一声跪下，就差抱住司狂澜的腿了，"此番若连您都解决不了，我还有什么法子可想？不如一头碰死了干净。"

桃夭赶紧插嘴："夫人您可不能有寻短见的心哪，您要有什么纰漏，肖老板不是更凄惨了。"都不知她是在劝慰还是在火上浇油……

肖夫人的眼泪簌簌落下，带着哭腔道："二少爷，是否我们招待不周？或是哪里冒犯到您二位了？"

桃夭瞟了司狂澜一眼，面对如此可怜巴巴的哀求，这个家伙居然连一根眉毛都不动一下，果然是稳如老狗。

"夫人请起。"司狂澜依旧冷着脸，"跪着怎好说话。"

肖夫人听出一点松口的意思，丝毫不敢逆他的意，赶紧起身。

司狂澜终于笑了笑："夫人可知，大夫诊病最怕什么？"

最怕收不到报酬！桃夭心里举手抢答。

肖夫人一愣，生怕自己给的答案不能让他满意，好半天才道："误诊？"

司狂澜摇头："最怕病患不讲实话。"

肖夫人又是一愣。

司狂澜上前半步，对肖夫人附耳道："出现在夫人噩梦中的'红衣女鬼'，夫人当真不识？"

肖夫人愕然，微张着嘴，不知该如何应对。

司狂澜站直身子，对她拱了拱手："告辞。"说罢便绕开她往前而去。

"没办法了，我家少爷就这脾气，谁都不知什么时候什么事就惹他不高兴了，您多担待！"桃夭耸耸肩，小声建议，"您还是尽快另想他法，我看肖老板是撑不了多久了，哎哟，作孽哟。"

肖夫人无力地看着他们两个离开的背影，一直紧紧攥起的双手终是妥协地垂下来，她喊了一声："二少爷留步，可否再听我一言？"

司狂澜停下来。

肖夫人稍稍松了口气，上前道："请随我来。"

两人被她带到一处类似书房的房间，她遣退身边所有仆从，亲自锁好房门，确认房间内外再无其他耳目后，方才请他们坐下。

司狂澜端起茶吹了吹，静待对方开口。

桃夭只顾抓盘子里的糕点，做好准备要看一场好戏。

肖夫人在他们对面坐下，手指绞着自己的衣袖，面色十分难看，那番始终说不出口的话，如刀如刺地埋在心里，仿佛一说出来就会血流成河。

司狂澜喝了一口茶，桃夭的腮帮子已经塞得鼓起来，肖夫人还在绞袖子。

“时间不多，夫人斟酌。”司狂澜放下茶杯。

肖夫人深吸一口气，用比蚊子大不了多少的声音说：“肖府不是第一次发生这种怪事了。”

司狂澜略一抬手：“愿闻其详。”

桃夭连忙将口中糕点咽下去，生怕漏掉一个字。

“十年前……”肖夫人艰难说道，“才两岁的小安……就是老爷的独生子，一夜之间变了模样。”

桃夭脱口而出：“小少爷也是一半怪脸？”

“倒不是。”肖夫人摇头，“小安整张脸都变成了另一个孩子，仿佛有人将一张谁都不认识的脸硬安在了小安脸上。”肖夫人下意识地捂住心口，神情又难过又不解，“我至今记得那孩子的脸，甚是可爱，眉心还有一粒朱砂痣。可那根本不是小安的脸啊！”

“又是朱砂痣……”桃夭嘀咕。

“肖老板做何反应？”司狂澜问。

肖夫人眼神一变，犹豫了很久才咬牙道：“老爷一见小安成了这般模样，自然比任何人都惊愕，而且，素日里并不太乱发脾气的他，除了惊讶，还表现得特别愤怒，特别厌恶，像变了个人似的。我以为他至少要找人来替小安诊治一番，谁曾想……”她实在说不出口。

“如何？”桃夭追问，“再不想说您也得说呀！”

肖夫人下意识地揪紧心口，许久才鼓足勇气道，“小安出事后的第二天……便失踪了。没人知道他去了哪里。我问老爷，却被老爷狠狠地打了一巴掌，他说小安根本不是他的孩子，只是个妖孽，谁敢再问起说起，便是与他为敌，绝不轻饶。连我都不能例外……”她摸了摸自己的脸，仿佛那一巴掌的疼痛还在，“多年夫妻，他对我一句重话都不曾有过。”

“他不会把孩子扔了吧？”桃夭的半块点心都从嘴里掉了出来，“那不是他亲儿子吗！”

肖夫人抹了抹眼泪：“老爷如此反常如此决绝，我一个妇道人家，委实不敢再追问下去。但我的近身侍女悄悄同我讲，她曾在小安失踪的当天，无意中见着两个面生的仆从抬了一口箱子，偷偷摸摸出了府。”她叹了好几口气，才继续道，“府中几个知晓此事的，皆知老爷手段果决，是个说得出做得到的人，故无人敢逆他的意，谁都不敢再多嘴。之后，老爷对外宣称小安因病夭折，从此无人再提起这孩子，好像他从未来过这世上。”她顿了顿，双手合十，“唯有求老天爷开眼，留那孩子一条性命。”

一群有眼睛却只当没看见的人，有什么资格求老天爷开眼……桃夭自心底里冷笑出来，又扭头看了看司狂澜，一脸“这样的人我们还要出手帮忙吗”的疑问。

司狂澜却不动声色，仿佛只是听到谁说了昨天的晚饭吃过什么菜一样，平静道：“小少爷的生母呢？”

肖夫人似是被戳到了另一个痛处，说：“自小安出了事，阿绯……也就是小安的生母，就被老爷软禁起来，说早知就不收她入肖府，竟生了个妖孽。遭了这样的祸事，阿绯日日在房内哭喊，不吃不喝，人很快就变得疯疯癫癫，没多久便投缳自尽了。”她垂下头，“阿绯是个循规蹈矩的好女子，我与她平日间也相处甚好，对小安也视如己出，却不知造了什么孽，朝夕之间，他们都没了。”

“之后再无小少爷的消息了？”司狂澜问。

肖夫人摇摇头：“没有了。所有人都当小安因病夭折。往后十年间，老爷专心做生意，名声越来越大，赚的钱也越来越多。我曾劝过他再娶一房，总不能断了肖家的后，他却相当排斥我的提议，还说万一又生个妖孽该如何。我无奈，也就不再提了。万般皆是命，或许天注定只有我们夫妻二人相伴到老，也只能接受。谁知，老爷如今却也遭了这样的罪……我的心，真要碎成一块一块的了。”

这不是报应吗，桃夭又暗自冷笑一声，问她：“你噩梦中所见之‘女鬼’，可是二夫人？”

她无力地点点头：“确是阿绯，她肤白胜雪，能歌善舞，生前最喜着红衣，很是婀娜多姿，连老爷也曾夸她美丽灵动得像一尾红鱼。我不会认错的。”她抬起头，抱歉道：“之前没有告诉你们……是因为十年前那件往事，委实不敢轻易说出口。”

“所以你们一直以为是二夫人‘冤魂作祟’，要找你们报仇？”桃夭皱眉。

“除了这个，也想不出别的理由。”肖夫人如是道，“毕竟小安是她的亲儿子。”

桃夭从鼻子里哼了一声：“要报仇当年就报了，用得着等十年……”说着，她脑子里一个念头一闪而过，某些猜测更加确定了。

“好，我知道了。”司狂澜起身。

“二少爷……”肖夫人也紧张地站起来，“我知道的全都告诉您了，一点隐瞒都没有，您可不要再一走了之啊！”

司狂澜一笑。

○ 2 ○

肖府里的人，从未见过他们的夫人如此狼狈。

她真的是抱住了司家二少爷的腿，眼泪鼻涕地求他留下帮忙，可最终还是被司二少身旁的红衣小丫头硬拉开了。那丫头还劝她不要再浪费力气，她家少爷说了不插手那就是不插手，给多少报酬都不成，再纠缠下去，可就不太好看了。

最后，众人眼睁睁看着那两位将肖夫人抛在身后，毫不犹豫地离开了肖府，只留身后那一串绝望的哭声。

管家老许跟婢女兰儿赶忙上来搀扶，兰儿心疼地说："夫人，犯不着如此求他们，说不准他们也跟旁人一样，压根儿没有真本事。"

老许也道："正是，夫人先不要急，回头我再去寻些高人过来。"

两个家丁胡大牛与张胜也在后头愤愤不平，说从未见过如此狂妄之徒，恨不得将司狂澜跟桃夭打一顿，就怕打不过他们……

傍晚时分，天气更见寒冷，童儿小福拿了一件披风来，劝肖夫人无论如何要保重身体，染上风寒就麻烦了。

可肖夫人谁的劝解都听不进去，她拉开兰儿搀扶自己的手，不让他们任何一个跟从，只说自己要一个人去佛堂静一静，今晚谁都不要来打扰。

众人皆是一阵叹息。

天黑后，雪又下得大起来，整座肖府灯火凋零，死气沉沉。

守在偏院门前的家丁们冻得直搓手，心说几时才给送饭菜来，又冷又饿。

等了好一阵，终于有两人拎着饭菜远远地过来，正是兰儿与小福，这些日子都是她二人负责给守护此处的家丁送饭。

家丁们接过饭菜，边吃边问："听说夫人找来的人都跑了？"说着又朝院子里努努嘴，压低声音道，"那三个高人今儿一早就被打跑了，如今连打跑他们的人都跑了，可怎么办？"

兰儿皱眉嗔怪："吃你的饭，这事自有夫人定夺，你们只管守好院门便是。"

"不是……咱们跟这儿也心慌啊！又不是不知道老爷如今的模样……"

"还说！不管老爷是啥模样你们都得好好守在这里！"兰儿瞪他们，"还有，夫人说过不许私下提老爷的事，违者家法伺候，你们可仔细自己的皮！"

"这不就是跟你说说吗……"家丁委屈道，却还是管不住嘴，又小声道，"咱们老爷平日里也不是善茬，得罪了不少人，说不准是招惹到厉害角色下咒害他呢。"

"还说！！"兰儿抓起半个馒头塞到对方嘴里，自己又往黑黢黢的院子里看了一眼，叹了口气，不知说什么才好。

"兰儿姐，这饭还送吗？"小福缩着脖子，犹豫地看着自己手里的食盒，"老爷……还能吃饭吗？"

"自然要送的。"兰儿看着这个素来办事利索的孩子，"你是不是……害怕了？"

小福不吱声。

众人心中皆知，肖夫人平日里待他们不薄，是拿他们当真正的自己人看待。肖老板如今的模样，也就只有他们几人知晓，肖夫人命令肖府其他人一律不准接近偏院，对外只说肖老板染了重病，会传染的那种，故而出事后，这偏院里的往来琐事都由他们几个照应。可是，纵然肖夫人待他们再好，肖老板那副吓死人的模样也很难不让人害怕，何况还是小福这样胆小的孩子。搬来偏院后，肖老板就很惧怕见人，有时连肖夫人都近不得他的身，只有小福这孩子稍微不那么让他害怕，所以这些天都是他负责送饭给肖老板，开始几天他还能勉强吃一些，到后来，他神志越来越混乱，见了谁都说见了鬼，东西也不肯吃了，还把碗盘砸个稀烂。小福每次送饭出来，都是长吁短叹的。

"要不，我陪你进去？"兰儿说话的底气不是很足，她也很怕踏进那个幽暗的房间。

小福摇摇头："不用，这本就是我该做的分内事。"

说罢，他深吸了口气，踏进了院门。

耳畔只有呼呼的风声，吹到脸上像小刀割肉一般，肖老板的房间离他越来越近，每扇窗户都像一只看不见底的眼睛，诡异地盯着靠近的人。

小福停在房门前，风雪在他身后交织成一片混乱的线条，他冻得发红的脸上，渐渐没有了方才的犹豫与恐惧。

推门进去，他顺着那一点微弱的油灯光芒，熟练地找到了肖老板的位置。

"老爷，该吃饭了。"他蹲在肖老板面前，从食盒里把饭菜一样一样拿出来，"今天有你喜欢的糖醋鲤鱼呢。"

被子下的肖老板却依然把自己裹得严严实实，连个脑袋都不肯伸出来，从听到有人进来就在不断发抖。

"多少吃一些吧。"小福把盘子端到被子前，神情像个絮絮叨叨的老婆婆，"能吃饭多好啊，得珍惜。再过几天，只怕想吃都吃不成了。不过你放心，不吃也饿不死的，你还是得活着，以现在这般模样，永远活下去。"摇曳不止的微光里，他的脸越发不像个孩童，嘴角也泛起冷冷的微笑，"没有谁能让你回来。"

被子下的人，颤抖得更厉害了。

"真的不想吃？"他闻了闻那盘糖醋鲤鱼，放下，"可惜了啊。"

说罢，他更靠近了些，伸出左手，眉头皱了皱，但见一团灰雾自他眼中弥漫而出，藤蔓般缠绕在他的左臂上，飞快滑向他的食指，最后从指尖钻出来，汇成一根散着灰光的毒刺般的"针"。

他笑笑，旋即果断举起左手，以食指上那根毒刺对准肖老板的脑袋便狠扎下去。

说时迟那时快，一只小白手闪电般从被子里伸出来，在毒刺扎下来的瞬间死死扣住了他的手腕。

厚厚的被子滑下来，露出桃夭笑眯眯的脸："我不喜欢吃鱼。"

小福脸色骤变："你……"

就在他诧异张嘴的瞬间，一颗早就给他准备好的白色药丸精确地弹进他的嘴里，紧跟着桃夭伸手一托他的下巴给他闭了嘴，旋即一掌击在他的额头，喝了声："出来！"

一阵疾风从小福身上刮过，他整个人不由自主往后一仰，一道不起眼的灰影自他的后背掉落出来，却在瞬间踪迹全无。

不见了？桃夭眉头一皱。

小福已然昏了过去，房间里除了桃夭缓慢的呼吸声，再无任何动静。

突然，摆在柜子上的花瓶在并无外力的情况下倒在地上，随后门帘也摇动起来，紧闭的房门也被撞开一条缝，似有什么东西慌张地冲了出去。

"坏了……"桃夭心知不妥，赶紧追了出去。

孰料，刚冲出门口便撞到一个人的背上。

司狂澜稳得像个石雕一样立在台阶上，手中的血剑还没有回鞘，莹白的剑身还燃着赤色的光。

桃夭捂着撞痛的鼻子从他背后探出头来，只见斜对面的一棵矮树新落了满地的断枝碎叶，一朵生着人面的灰绿色小花，拖着被削断了一半的细细花茎，有气无力地躺在那里。离它不远的地方，虽不见有什么东西，那些断枝却像有东西压在上头似的，噼里啪啦地动着。

"你打前锋，我来善后。"司狂澜收剑入鞘，看了一眼桃夭，"幸而有我善后。"

桃夭上前一步，打量着差点从她手里逃脱的妖怪："这回是我稍微大意了一点点，就一点点。"说罢，她在布囊里翻翻找找一阵，摸出一颗青色的药丸，两指一捏，顿见那药丸碎成一片浮于她掌上的小星河，闪闪烁烁甚是好看。

司狂澜面不改色地看着她掌上的奇妙风景："如此好看，必是毒药吧。"

"我巴不得它是毒药呢。"桃夭哼了一声，手掌一扬，那片小星河飞快飘出去，像被撒出去的沙子一样，悉数落在那妖怪身旁的断枝上。

很快，一个仿佛生了手脚的鸡蛋状物体，背上还有两片鱼鳍似的翼，渐渐从那片星河中露出轮廓来，大概是受了伤，正躺在断枝上蠕动着身体。

竟还有第二只妖怪？！

桃夭蹲下来，眉头又皱起来，盯着那只靠药力才显出身形的妖怪好半天，方才一拍大腿："哎呀！竟是一只隐隐！！"

司狂澜镇定地问："又多一只？"

"可不是吗。"桃夭立刻跟他讲解道，"此妖名为隐隐，天地混沌时而生，不知来处，状似虚无，以巧计施之，可见其本相如卵生四肢，背见双翼，隐己亦能隐妖，甚难捕捉。”说罢，她挠挠头，“它们俩是如何缠在一起的……”

她将那人面花拈起来，放在手中仔细查看，嘀咕：“还好伤得不是太致命……还能撑几天。”说罢又抬头看着司狂澜，好奇道：“方才连我都没能寻到它们的位置，你却一击即中，你应该也看不见它们的。”

“我感到有异常的气流经过，也看见那树上的枝叶摆动得不寻常。有些东西虽然肉眼难见，但只要它们存在，便一定有痕迹。”司狂澜蹲到桃夭身边，看着她手里跟地上的两个妖怪，“一伙的？”

“若不是一伙的，人面岂能藏得如此隐秘。”桃夭撇撇嘴，“不过你的剑居然连妖怪都能伤到。就是下手太重了，你的剑气若再往上一点，这两只的头恐怕都被削掉了。”

司狂澜不以为意道：“不是专治妖怪的大夫吗，头掉了也能接回去吧。”

“接个鬼！你当是板凳腿啊。”桃夭把手里的人面花拿近了些，小东西缩在她手掌上，闭目咬牙，身子瑟瑟发抖，竟是十分的弱小可怜，实在难将它与一个穷凶极恶的妖孽联系在一起。她又将目光放到地上的隐隐身上，随手拿起一根树枝戳了戳它的身子，只听它蚊子似的哼哼了几声。

桃夭放下树枝，笑：“难怪天界的家伙最烦你们这些隐身派。你比孰湖还麻烦，它们起码在受伤跟临死时还能现个形，你是从生到死都没个模样，甚至连佛眼这种神器都照不出你……若非我这儿有星磷兽骨粉攒的丸子，专破隐身之术，怕是这辈子也见不到你呢。”

它起初还要挣扎两下，现在是彻底不动了，瘫在那儿，半晌才开口道：“莫杀它。”

桃夭挑眉：“刚刚跑那么快，现在不跑了？”

它稍微转了转身子，举起一只手——说是手，其实就是一根线上缝了个圆团的玩意儿——指向司狂澜：“他的剑太狠了，我全身的骨头好像都碎了。”

“你连个正常的形状都没有哪来的骨头？”桃夭白它一眼，“不过是吃了一点剑气罢了，就这点本事，还敢帮其他妖怪藏身匿迹，为虎作伥。”

“我早就劝过她了，肖府找来的江湖术士我们都可不理，但桃都的恶人来了，便只有走为上策。她若听了我的，你们今天哪有机会抓到我们。”它有点气愤，“这个见识少的蠢东西不认得你，我可是认得的。”

“知道我的厉害，也知我的来意，居然都不肯逃命去？”桃夭看着手中的人面，冷笑，“你既不识我，恐怕也不知我们桃都对你这种乱伤无辜的妖怪……历来是杀无赦。”

司狂澜听着他们的对话，仔细看着桃夭每一个变化的表情，白天她还是个贪玩好吃在马车里睡到流口水的憨丫头，此刻却像变了一个人。那双笑起来像月牙的眼睛，一旦失去了真正的笑容，便是一对毫无感情可言的，能轻易将敌人抽筋剔骨的利刃。

他从未见过这样的她，心下对她不禁又多了几分好奇。

“杀无赦”三字一出，隐隐慌乱地看着桃夭腕上的金铃，大声对人面道：“你出个声啊！你就求求她别杀你不行吗？金铃一响你便没有活路了！”

桃夭明显感到手中的妖怪颤抖得更厉害了，但还是不肯开口的样子。

微不足道的小妖，倒像是有点硬骨头。

“我治过许多妖怪，也杀过许多，你对肖老板做的事，按桃都律例，伤无辜人类者，极刑。”她面色一沉，“你既运气不好遇上了我，便认命吧。”

地上的家伙急了，挣扎着爬起来，大声吼道：“你就算要死，也不要死得这般窝囊好吧！”

“今日若要处我极刑，我无话可说。可就算你不动手，我也无几日好活。”人面缓缓睁开眼睛，它看着肖老板的房间，“那个人，不无辜。”

桃夭与司狂澜皆是一怔。

这时，远处的院门外传来一阵杂乱的脚步声，却是挑着灯笼进门来的管家，后头还跟着满面紧张的肖夫人。

见状，司狂澜起身朝他们走去，在半路上挡住他们：“请夫人暂且回避，我们处理好此事后，自当与你交代。”

肖夫人往他身后瞧了一眼，只勉强看见蹲在树下不知在干什么的桃夭，她不放心道：“白天您要我演一场戏，如今可成事了？”

司狂澜点点头。

肖夫人一阵狂喜：“那我家老爷可大好了？”

“起码一直在害他的凶手，没有继续的可能了。”司狂澜说话向来谨慎，他能以剑气伤妖，却未必有能力让肖老板复原，能不能“大好”，还看天意。

即便是这样的回答，肖夫人也宽心了许多。既然司狂澜不想被打扰，她只好道：“那一切就交给二少爷了，大恩大德，没齿难忘。”说罢，她一步三回头地带着人离开了偏院。

院子里又重新安静下来。

此刻的桃夭，盘腿坐在树下，人面仍然躺在她手中。身前的隐隐，在星磷兽骨粉的“标记”下，再没办法隐去身形，只得像个浑身闪光的鸡蛋，垂头丧气地坐着，时不时还要咳嗽两声，一副病入膏肓博同情的样子。

“听说隐隐帮妖怪藏身的报酬可不低呢。”桃夭盯着手里的人面，啧啧道，“可你横竖都不像个能给高报酬的家伙啊。”她一笑，“要不，你们一块儿跟我说说，你们是怎么狼狈为奸上的？”

隐隐又咳嗽几声，对桃夭的形容不满意又不敢明说。

“我不是狼，它也不是狈。”人面却一字一句道，“我只是一只普通的小妖怪而已。”

○ 3 ○

它其实从没想过，自己会“搬家”到老冯的院子里。

老冯的前半生在官办酒坊里酿酒，酒神之名跟了他半辈子，皇亲国戚无不推崇。隐退时，上头十分舍不得，特赐他“私酿无罪”之特权，希望今后还能喝到他的佳酿。从此，老冯成了四海为家的浪子，游山玩水，快意人生。他此生除了醉心酿酒，还钟情各色花木，每到一地都要寻些当地特有的品种，带回住地自己栽种。一个地方住够了，便将房子花草一并送人，潇潇洒洒又往下一个地方去。直到老冯六十岁那年，他才决定不跑了，回到家乡，选了这块地方盖了房舍，还起名为“云外谷”。

它是老冯唯一带回来的植物，反正老冯一直是拿它当植物看的。那是他前几年自远方一座不知名的野山上发现的，他本是寻那山中的一处泉水，却无意在泉边的树枝上发现一朵碧绿通透的花苞，那时并非它的花期，但分外合老冯的眼缘，老冯便顺着它的花茎，将它从土里取出带回住地。知它有攀附枝叶的特质，便与一丛栀子种在一起，还说此花奇特，对花木如此熟悉的他居然叫不出它的名字，于是特别期待它开花的样子，一直精心照顾，之后还千里迢迢带回云外谷。

可惜它就是不开花，一直保持着花苞的状态，低调地藏身在栀子叶间。

老冯想了许多办法，加水加肥，用尽各种偏方，甚至还跟它说尽好话，它却一点也不为所动。

每次听到老冯求它开花时，它都想笑话他无知。它是花，也是妖怪，人面开花，十年一回，他遇到它时，刚过花开之时，想再看它的全貌，老实等十年吧。

老冯自然不知自己带回的是一只妖怪，虽怎么都不开花，他仍视这小东西如珍如宝，觉得它不开花肯定是自己照顾得不够好，所以连收集清晨露水来浇花这种事他都干过。夜里月色清朗时，他还会特意把它转到可以晒到月光的方向，说奇花异草总要吸点日月灵气才长得好。

对，许多年来，老冯说话最多的对象，就是它。

什么都跟它说——自己又从古籍里找到了哪种酒的酿造方法，去市集时看到了谁跟谁吵架，哪里的荷花又开了，连胃疼拉肚子这种事都要说……

日子就这般不咸不淡地过去，虽然它靠自己也能活得不错，但老冯的照顾也挺舒服，露水确实比雨水好喝……而它也渐渐意识到，从它来到老冯身边起，老冯就一直是一个人，没有妻儿，也没有朋友，每天除了吃饭睡觉写酿酒心得，便是照顾院中花草，或者往外头散个步钓个鱼。来找他的人虽不少，可不是为了求酒便是求他收徒，他每次都客客气气把人送走，然后再偷偷跟它说那谁谁其实讨厌死了。

春夏秋冬，它看惯了老冯一个人离开，一个人回来，心想你就好好活着吧，十年其实不太长，应该能等到它开花的时候。

定居云外谷的第三个年头，老冯终于不是一个人了，不是娶亲，是收徒了。他收了两个徒弟，一个叫肖元新，一个叫方鹤羽。

它看着这两个少年向老冯磕头，敬茶，喊他师父，然后在云外谷住下来。

平淡的岁月忽然就热闹了许多。

每天它都能听到从窗户里传出的读书背诵的声音。少年们捧着老冯给的书册，一个字都不敢念错，老冯则拿着藤条坐在一旁，一听到不对，藤条便要不轻不重地落到他们身上。

他们念的背的，都是关于酿酒的东西，也是老冯拿大半生心血总结的精华。

悉心教授一段时间后，他让他们从最简单的酒开始，记录酝酿的每一步，再总结得失，直到把每一步都做到完美后，再向更复杂的目标下手。

那段时间，它从早到晚都在各种酒香里度过。

逢年过节时，方鹤羽的母亲也会带着自己做的食物或者新衣裳，来云外谷探望，但每次都不敢停留太久，生怕打扰到老冯，每次离开时她都千叮万嘱儿子要好好跟老冯学本事，说能拜他为师，是天大的好福气。

两个徒弟的进步都很快，不过两年时间，已学得老冯一半本事，甚至已有不少酒坊看中他们，想将其招入麾下。

但老冯却对那些酒坊放了话，说两个孩子还不够火候，婉拒了所有人的好意。

那时，在老冯睡着后，它看见肖元新拿着酒葫芦，拽着师弟走到院子里，微醺着说师父太自轻了，什么不够火候，以他们二人现在的本领，除了比不上师父，天下间还有谁酿的酒能胜过他们，还将酒坊开出的丰厚条件摆出来遗憾了半天。

身为师弟的方鹤羽，平日里便是个并不太爱讲话的少年，老冯怎么吩咐他便怎么做，一次没有做好就做第二次，直到师父满意为止。听了师兄的抱怨，他憨笑着劝他少喝点，还说师父做事自然有他的道理，他老人家酿了一生的酒，他们俩才多少年？离出师还差得远呢。再说能被师父收为徒弟，已是绝无仅有的机会，能跟师父一直学本事才求之不得呢。

肖元新听了，敲了敲师弟的脑袋："木头脑袋，跟你说你也不懂。"

方鹤羽只是摸着头憨笑。

在它看来，师兄弟的感情一直挺好，贪玩的肖元新每次从外头溜回来时，都不忘给方鹤羽带点好吃好玩的，两人也常一起跑到云外谷外捉鱼摸虾，躺在草地里晒太阳，顺便说说各自将来的理想。老冯每隔一段时间就要出题考他们，错多少题就跪几炷香，肖元新答不出来的时候，方鹤羽会偷偷扔个小纸团给他。

老冯曾在一个桂花飘香的夜里，一边喝酒一边跟它说他是机缘巧合下遇到这两个孩子，他俩都是苦出身，一个父母双亡靠亲戚接济，一个只剩寡居的母亲，若二人能借他之手成才，也算好事一件了。再说，他年纪越来越大了，万一哪天突然没了，谁来给你浇水施肥。

它当然是静静地听他唠叨。

“元新天资过人，可心性不稳，急功近利，不多加磨炼只怕难成大器。鹤羽虽不及师兄聪慧，好在为人敦厚踏实，对人对事都有一分真诚之心，但求勤能补拙，能接我衣钵，更能将云外谷照顾得妥妥当当……唉，你什么时候才能开花呀”——那夜醉过去前，老冯是这么跟它说的。

它心里说，再等三年吧，等到三年后你生辰那天，便是我的花开之日。

老冯如果知道自己的生辰跟它的“生辰”是同一天，应该会更高兴吧。所谓缘分，便是如此?

不久后的一天，它见到老冯将肖元新支去市集上买东西，然后将一卷皮封面的手札慎重地交给了方鹤羽，说这本手札中记录的是精华中的精华，能不能当上一个比他还厉害的酿酒师，就看他能否把这本手札吃透了。

方鹤羽有些诧异，问他，为何要挑师兄不在时将此物交给他。

老冯笑言，因为你笨啊，你师兄聪明，我看他将来自己也能琢磨出门道，你将此物收好就是。

哦……他小心地抱紧了这本手札。

好奇怪啊，身为师父，却更喜欢笨徒弟?

它想笑，但现在还笑不出来，等到它开花时，就行了。

可是，老冯没等过三年。在它来到云外谷的第八年冬天，老冯没了，那天还刚好是他的生辰。

喝了刚开封的果子酒，老冯打着酒嗝，满意地睡过去，再没醒过来，走得很安详。

身后事他老早就安排好了，说万一没了，就把他埋在云外谷对面的坡上，墓碑还得朝着这边，让他能看见自己的家。

老冯被抬走那天，它心里说不上难过不难过，只知道以后没有人喂它喝露水，也没有人再唠叨他平凡又有趣的一生了。它是个妖怪，生来就比人类的寿命长太多，跟老冯在一起的年月还是太短，短到来不及怀念。

此后，云外谷便只得他们师兄弟两人了。

方鹤羽还是跟老冯在时一样，每天准时早起，研读各种相关书籍与老冯留下的手札，认真记录酿酒时每一步的细节，平日里洗碗做饭是他，打扫院落照顾花木也是他，做得认真又妥当。每隔一些日子，他也会回自己家中看望母亲。没了老冯，肖元新就自由多了，除了偶尔在云外谷中翻翻书，大多数时间都不知去向，有时候好几天都不回来，每次回来时身上都是酒肉气，后来还有香腻的脂粉气。每每见到这样的师兄，方鹤羽都是叹气，把烂醉的他扶到床上睡下，第二天早上再给他熬一碗暖胃的粥。

从师兄弟俩的对话里，它知道肖元新已经决定接受一间酒坊的重金邀请，以“酒神传人”的名义出任酿酒师，可方鹤羽却并不太赞成。他说那间酒坊的主事人名声不佳，若师父在的话，也定是不许的。然肖元新却不以为然，还说他迂腐得很，总不能一辈子守着这座破房子，在背书浇花里平庸过一生吧。他之所以拜老冯为师，图的就是学到“酒神”的本事出人头地，彻底摆脱人下人的生活，如今他可以做到了，为何不去做?

方鹤羽总觉得哪里不对，但论起口齿伶俐，他远不及师兄，所以只能又是憨笑一下，不再多说什么。

之后，日子仿佛没有什么变化，方鹤羽仍是按部就班做他的事，肖元新回云外谷的时间更少了，有时一走就是好几个月，回来时，身上的穿戴也与平日里不同了，像个阔绰公子。然后，他会兴高采烈地向方鹤羽讲述他如今在外头是何等风光，他酿的酒有多受欢迎，也许不用多久，他就能像师父当年那样，得皇室贵胄青睐，从此青云直上。

方鹤羽只是静静听他说，偶尔嗯一下。他心头想的，却是师父虽得皇家青睐，但师父只爱青山，不爱青云。

看着这对已从少年到青年的师兄弟，它忽然觉得，老冯把手札交给方鹤羽也许是对的，因为只有他满心想的是如何酿一壶好酒，没有别的。

老冯不但想看它开花，其实也盼着那两个小子的将来如花盛放吧，它猜。

可是，并非每朵花开出来都是好看的。

记得那是那一年的春末，这个时候云外谷的院子是最好看的，方鹤羽把这里的一花一草都照顾得很不错。

年底，它就该开花了。

这天傍晚，很久没有回来的肖元新突然回来了，却不是往日那意气风发的模样。他走路一瘸一拐，嘴角乌青，进门便坐在院中的石凳上歇气，很是狼狈。

见师兄这般模样，方鹤羽诧异地问他怎么了。肖元新却摆摆手说没什么，不过是有人嫉妒他的本事，来找了些麻烦。他摆手时，一张带着浓郁香气的手帕却从袖口中掉出来，一看便是女子之物，肖元新见状赶紧将其捡起塞回袖口，脸色略微尴尬。

“师兄，到底怎么回事？”方鹤羽担忧地看着他，他是木讷了些，但不笨，“真是有人因妒生事？”

“真没事。”肖元新还是不想说实话。

方鹤羽没说话，起身去里屋给他找了一瓶跌打药，并倒了杯热茶过来，坐下又道：“师父曾说过，要我俩互相扶持，以亲兄弟之情相处，你不说实话，我心头也不踏实。”

肖元新皱皱眉头，沉默片刻，开口道：“是……寻芳楼的碧琴姑娘。”

“寻芳楼……”方鹤羽虽从未去过，但也曾听闻其大名，那是无数风流公子流连忘返之地。他看着师兄此刻的尊容，问：“与人争风吃醋了？”

“是金大江吃我的醋！”肖元新突然愤怒起来，一捶桌子，“我与碧琴两情相悦，我是要给她赎身的！那金大江却跳出来说碧琴只能伺候他。他算个什么东西！仗着有几个臭钱罢了，居然敢打我！”

方鹤羽皱眉，想了想道：“你说的金大江可是城中大金镖局的少主人？”

“你也知道他？”肖元新哼了一声，“不过是个只会动手的莽撞武夫。”

“可我听说金家家大业大，他父亲跟他都是好勇斗狠的角色，不好惹的。”方鹤羽劝他道，“师兄，还是不要再去那地方了，最近就安心留在云外谷吧，安全要紧。”

肖元新却咽不下这口气：“我偏要给碧琴赎身！”

“师兄……”

“你别管我。”

肖元新不耐烦地起身回房，将房门重重一关。

方鹤羽叹了口气。

它想，要是老冯在，今天也只能一声叹息吧，孩子大了，祸福由天，谁也管不住。

院子里，只剩下几声虫鸣，春天的夜晚略微有些寂寞。

本以为日子还会像往常那样，平静无波甚至有点无聊地继续下去，它却万万没想到，仅仅几天后，便见到了云外谷这么多年来最惨烈的一幕。

那天一早，肖元新便急匆匆出门了，带着他的全部积蓄。

等方鹤羽追出来时，对方早已不见踪影。他摇摇头，自言自语道，师兄你可莫干傻事。

可惜，他还真干了。

天刚黑时，肖元新火急火燎地往云外谷逃来，身后不远处，三个汉子气势汹汹地追来，其中一人手中还提着亮晃晃的刀。

肖元新跌跌撞撞冲进院子里，闻声出来的方鹤羽还没来得及问发生了什么，那三人已然冲了进来，揪住肖元新便是一顿暴打，痛得他哀号不止。

“你们不要打了！”方鹤羽赶紧上去拉开他们，可以他的力量实在难以阻止，反被其中一人一脚踢开，重重跌在地上，痛得他倒抽一口冷气。可眼见着肖元新就要被活活打死，他急中生智，飞快跑进厨房，将一大把花椒粉倒进盐罐中，然后抱着罐子冲出来，对准那几个对他毫无防备只管攻击肖元新的家伙狠狠一撒，正好又是顺风，那三人顿时被迷了眼睛，不得不停下拳脚。趁此机会，他赶紧从他们手下将抱着头缩成一团的肖元新扯起来，跑进房间砰一下关上房门和窗户，并及时吹灭了灯火。

没时间再问究竟发生什么事了，其实不用问也知道，一定还是因为那寻芳楼的姑娘。

趁那几人还忙着揉眼睛打喷嚏，方鹤羽忙将桌子椅子都拖过来挡住房门，又对肖元新连声说："暗道！师父的暗道！"

慌乱的肖元新一下子惊醒过来，赶忙冲到墙边，抓住挂在上头的一个黄色酒葫芦往下一拉。

墙角处的地板立时分开，露出个能供一人进出的方洞。

那是老冯特意准备的，倒不是他有什么仇人，只是总有人来拜访，他觉得烦，实在不想见人，又怕躲出门时撞个正着时，他便干脆往暗道里一跳，然后从房舍背后那半人高的野草堆里钻出来，溜之大吉，留下两个徒弟替他挡驾。

师兄弟两人顽皮时，也曾从这暗道偷跑出去过，好几次气得老冯说要把这暗道堵了，但最终还是没有堵。他说自己光挖它就挖了好多天，舍不得因为兔崽子毁了自己的心血。

幸好，老冯留下了这条救命的路。

暗道一开，肖元新赶紧跳了下去。

此刻，愤怒的砸门声已经响起来。

从暗道里探出半个头的肖元新，又惊又吓，脸色惨白，正要喊方鹤羽快过来，却见他神情突然一变，张开的嘴也没有再出声。

这头，方鹤羽当然知道这扇门加上这些家什根本挡不住多久，他一咬牙，赶紧往暗道那头跑去。

可一到那头，他却整个人呆住——暗道被人从里头关上了。

他额头渗出冷汗，正要起身去墙那边再拉一下开关，却不料一声巨响，房门被撞开，那三个家伙愤怒地冲了进来。

黑暗的房间里，或许再加上盐巴混花椒的效用还未完全散去，被愤怒冲昏头脑的家伙只隐约看见墙边站了个人，身形又与肖元新相似，为首的提刀男子竟没有半分犹豫地冲了过去，举刀便砍，嘴里还怒道："敢碰我的人就别想活！"

"住手！我……"

唰！！方鹤羽的声音跟刀锋落下来的声音撞在一起。

黑暗中，有热乎乎的东西喷涌出来，然后，是有人重重倒在地上的声音。

"大哥！"另两个人跑过来，其中一人摸索着点亮油灯，渐渐亮起的光线里，多了三张目瞪口呆的脸，其中一张还沾满鲜血。

地上，方鹤羽半闭着眼睛，无声无息地躺在那里，鲜血从脖子上深深的伤口里慢慢流出。

也许他在死去前的最后一刻，想的是连架都没有与人打过一次的自己，竟会死在别人的刀下，又或许，他想的是自己今天的书还没有读完，以及师兄有没有顺利逃出去……

谁知道呢？没人知道。

一个汉子蹲下去，探了探他的鼻息，旋即猛一缩手，对提刀男子摇摇头："大哥，不中用了！"

另一人也慌了："大哥……砍错人了！"

提刀男子自己也有些慌了，结巴道："我……我不知道是他啊！我都不认识他！"

另一人也结巴道："那……那大哥我们还要找那小子吗？"

"找……找个啥！快走！！"提刀男子转身便跑，跟班们赶紧跟上。

跳跃的灯火里，方鹤羽孤独地躺在地上，无人过问。

它静静地飘在半空，看着方鹤羽的脸。原来人类的性命真的很脆弱，一刀就没有了。

它落在他身上，自言自语道："我是一只人面，不太有用的妖怪，十年一开花，只在开花时，我才能有一些妖力，平日间我除了在栀子叶间睡觉，便是听你师父的唠叨。有时我也会魂魄离体，在你们的住处随便飘一飘，看一看，而即便这样也是有限制的，我只能在离原身七丈之内的范围飘。"它顿了顿，看着他毫无变化的脸孔，继续道，"你们人类当然是看不见这样的我也听不到我的话，但我还是要跟你说一说，万一你在下头遇到老冯了呢，你得跟他讲，我不是不想救你，是我着实没有这个能力。总之，我不想他骂我忘恩负义，吃了他辛苦集来的露水，却连他喜欢的徒弟都救不了。"

说罢，它飘回半空，出了门，落回原身之中。

它觉得自己不应该有任何情绪的，它只是老冯院子里的一个旁观者，一只妖怪，肖元新也好，方鹤羽也罢，跟它也没有什么交情。人类的死活并不关它的事，今晚睡去，明早仍是平静的一天。

它决定还是睡觉，当什么都没有发生过吧。

可这一夜，总是睡不踏实……

◦ 4 ◦

不久后，行凶者被官府抓了。

正是金大江无疑。

金家为了保其性命，使尽手段，却不料遇上个刚直不阿的官儿，金家越是跋扈嚣张，他越要为民除害，最终判了金大江死罪。

一桩血案，似是得了个最好的结局。

有罪的都没能逃脱，唯肖元新全身而退。

审案时，他给官府的证词，是金大江本就不满他与碧琴姑娘来往，那日见他要给碧琴姑娘赎身，更是怒不可遏，带了两个同伙一路追杀他。他躲回云外谷，与师弟一道对抗那三人的攻击，混乱中他拼死逃进房中，跳入暗道求生，他一直在喊师弟快快下来，可师弟却执意让他先走，说这里有他抵挡拖延，何况他们的目标并不是自己，不会真下狠手的。六神无主的他只好先从暗道逃了。之后他躲在野地里许久，始终放心不下师弟，便横下心回云外谷，刚好远远瞧见那三个人慌乱地跑出来，然后……就发现了惨死的师弟。

金大江跟班的证词与肖元新的出入不大，承认他们在破门而入后，气极到失去理智的金大江在黑暗中误把方鹤羽当作肖元新，一刀毙命。

公堂上，肖元新痛哭流涕，恨不得一头碰死在地上，用力捶着自己的心口骂自己回得太迟了，他就不该丢下师弟，他想不到金大江竟残忍至此，对一个手无寸铁的无辜者下手。越说越悲愤，还几度晕了过去。在场众人无不唏嘘。

只有它知道，肖元新说了谎话。

可是，没人知道它的存在。

在肖元新的操持下，方鹤羽被火化了，理由是师弟生前曾说过，万一有一天没了，不要放他入土，母亲腿脚不便，不能常走远路来看望，还是烧了最好，从此寄身方寸之间，也能常伴母亲左右。

悲痛欲绝的方母知道是儿子的心愿，也没有反对，觉得这的确是儿子的作风，毕竟他从来都善良敦厚，最是为她着想。

方鹤羽出事后，方母便住到了云外谷，天天守在儿子生前住过的房间里，仿佛他还活着一样，每天都给他收拾房间，看他生前读过的每一本书，写下的每一个字，忍不住了就痛哭一场，而大多数时候都是自言自语，神情呆滞，仿佛一个没有魂魄的人偶。

肖元新与方母商量方鹤羽的后事时，它就在外头听着。

在这里住了十年，看着他们师兄弟从少年走到此刻，它从未听过方鹤羽说过任何自己死了要如何的话，这个孩子每天光是读书钻研就忙不过来了，年纪轻轻的又哪里会想到自己的后事……

它看着肖元新拉着方母的手，情真意切的样子，突然觉得自己可能并不太熟悉这个人，哪怕在同个屋檐下住了那么久。

"鹤羽与我情同手足，他不在了，我还在，以后您就是我的娘亲，我一定代鹤羽好好照顾您！"

它清清楚楚听到肖元新这么说。

方母老泪纵横，握住他的手点头，却一个字都说不出口。

记得在方母同意火化时，肖元新分明是松了口气的样子。

一开始，它不太理解他这一刻的轻松，直到后来有个家伙告诉它肖元新为人迷信，认定必须将方鹤羽化成灰，才能彻底绝了对方回来找他算账的可能。也是这个家伙，将肖元新在公堂上的言行一字不差地转告于它，它才明白，也许方鹤羽拼了命救下的这个人……并不太值得。

但又能如何呢，死去的已经不能复活，活着的人生活还要继续，如果肖元新真能将方母当作自己的亲娘一样照顾，或许方鹤羽也不会怪他吧，毕竟他是个脾气那么好的孩子。

那就这样吧……人的事情终究只能交给人自己，妖怪就不要操心了，再不专心睡觉晒月亮，开花时会不好看吧。

这么想着，它终于沉沉睡过去。

这一年的年底，它开花了。

很遗憾，那时的云外谷里没有一个人。

方母已经带着儿子的骨灰离开了这里，是肖元新送她走的，说是已经给她重新安置了一间舒服的大房子，还有丫鬟伺候。

之后，他们再没有回来。

云外谷从未如此寂静过。

它的花，开在栀子叶之间，碧绿剔透，脸孔带笑。若老冯看见了，定会高兴得跳起来吧。

它突然有点想念老冯了。

"今晚的月色很不错吧？"

它正出神时，面前忽然响起一个细如孩童般的声音，却不见任何东西。

嘻嘻！

没办法，它完全不受控制地笑出来，天性如此。

"哈哈，你们这种妖怪真的好蠢啊，一听到人家发问就要笑出来。要捉到你们也太容易了。"那声音也笑起来。

"捉我们有何用，既不能吃又不能入药，更不能炼制什么厉害的武器。"它不悦道，"你们又好到哪里去，一辈子连个模样都没有，偷偷摸摸地活着。而且我怎么记得你说过你还在天界雷神的黑名单上呢，一个逃犯，还好意思来嘲笑我这正经的妖怪。"

"喀，好心当作驴肝肺。你十年一开花，也算妖生重要时刻，无人欣赏喝彩，我陪你庆祝，你还骂我。”声音故作难过。

“陪我？说得好听。”它不屑道，“谁不知你只是在此避难罢了！”

实话是，它做梦都没想过，云外谷的院子里还会有第二只妖怪。

那是云外谷最混乱的一段时间，方鹤羽出事后，官府的人在此出入多日，里里外外地查验，它听着各种嘈杂的声音，心头也忍不住烦躁起来。

好不容易等到他们撤离，而那一晚，它又失眠了。

素来整洁的院子比平日乱了不少，衙役们离开后，肖元新也不见人影，无人收拾。它只能看着，毕竟毫无妖力的它连个扫把都拿不起来。

这个时候，它才开始怀念方鹤羽，他在的时候，云外谷纹丝不乱，一尘不染。

它重重地叹了口气，随口说了声："家里可真乱啊。"说罢，又昏昏睡去。

半夜时，它忽然被一阵异样的动静惊醒。闲置已久的扫帚居然跟活了一样，自己在那儿慢吞吞地扫着地上的垃圾。

它看得诧异，扫把当然是不会活过来的，除非它成了精怪。但是，能有什么妖怪会无聊到半夜来扫院子呢?

“谁在那里！”它飘出来，壮起胆子问了一声。

扫把扫完最后一堆垃圾，乖乖地回到本来的地方，靠着墙再没有任何动静。

“再不说话我可就不客气了！”它努力让自己听起来凶恶一点。

“不是你说家里真乱吗，我帮你扫一扫，你不道谢还凶我，真是没道理。”面前有人回它，却只有声音没有身体，“我记得人面不是没脾气的小妖怪吗。”

它又一愣："你认识我？"

“我在这院子落脚一整天了。”声音又说道，“没想到这小小的人类居所，不但发生了命案，还藏着一只妖怪。”

“你到底是什么？”它追问，“我行动不便，没多少见识，你是好是坏给我句话！”

那声音扑哧笑出来："你倒老实。我知道你们人面除了开花的时候才有机会到处走走，没见识也确实不能怪你们。告诉你也无妨，我也是妖怪，旁人都称我们隐隐。”

“隐隐？”它头回听到这种妖怪，不禁好奇道，“因为别人看不见你们吗？”

“也可以这么说。”隐隐的声音离它近了些，“我们是妖怪之中最难被捕捉的一种，天生隐形。除非我们愿意暴露踪迹，否则就算天上的大神也休想找到我们。”

“这么厉害……”它不太相信，“可就算看不见，你们的妖气也是藏不住的，遇到厉害的角色，再浅淡的妖气也逃不过他们的神通。”

“我们天生没有妖气。”隐隐解释道，“除了做事时。”

“做事？连形状都没有的妖怪能做什么？”它突然觉得世上可能出现比它还不如的

妖怪了。

隐隐又笑出来："说你没见识，还真没见识。世上总有一些想躲起来不被发现的妖怪，比如跟别的妖怪有私怨的，比如欠了别的妖怪一只手一只脚什么的，或者上了天神黑名单的。它们就很需要我们的帮忙啊。只要有我们在，敌人在眼前也瞧不见它们的。我们就像一个万全的容器，将它们牢牢罩在里头，等危险过去再出来。不过也有些小风险，他们的妖气会连累我们，就仿佛在容器上开了个小口子，怎么也会泄漏一点点，但也不必太担心，那么细微的妖气，除非真是遇到你说的特别特别厉害的角色，其他人根本发觉不了。"它越说越来劲，顺口道，"这么多年我也只遇到过一个厉害角色而已，不然也不至于躲到这偏僻的破地方来。我……"说到这儿，隐隐突然住了口，后面这句好像不应该说啊……

"哦！！原来你是个逃犯！！"它立刻反应过来，"你做的事，不就是帮别的妖怪当逃犯吗？我听说过有些厉害的天神专门负责抓犯错的妖怪，你帮犯错的妖怪，那你也是犯错，难怪天神会抓你！"

"你个小妖怪懂啥。"隐隐不服气，"不是每个想躲起来的妖怪都是坏蛋。我也是行善积德呢。"

"你就瞎说吧。"它哼了一声，却又好奇道，"是谁要抓你？"

隐隐犹豫了片刻，说："告诉你也无妨。是天界的雷神。我老早就上了他的黑名册，他要抓我也不是一天两天了。不过没关系，他抓，我跑，且看看最后谁先放弃吧，嘿嘿。"

"雷神是非常厉害的天神吧？"它疑惑道，"你怎么一点都不害怕？"

"他又没抓到我，等抓到了再害怕吧。"隐隐大言不惭，"总是为还没有发生的事害怕，妖生就太累了。小妖怪，学着点儿吧。"

"我有什么好学的。我老老实实待在这里，什么错误都没犯，管他雷神雨神的，我都不怕。"它理直气壮得很，"我看不见你，也没本事撵你走，你要留就留下吧，只是不要打扰我，更不要连累我就行。"

"我不喜欢在同一个地方留太久，放心。"隐隐的声音落到另一个方向，"你对我友好些，说不定我能经常帮你扫扫院子。"

"我没有对你不友好。要不明天你继续扫吧，顺便把屋子里面也打扫一下。"

"……我困了，睡觉了。"

它以为，院子里只是多了一只还不算太讨厌的妖怪，却不知隐隐的到来，是它生命里最大的转折。

从那一夜开始，清冷的云外谷再不清冷了，它终于不用再单方面听别人的唠叨，而是真正有了一个可以互相交谈的对象。

隐隐问起命案的事，它也没有隐瞒，将自己在云外谷十年的生活悉数讲了出来，包括方鹤羽失去性命的真正原因。

知道这些后，隐隐沉默了一阵子，问它："你心里难过？"

它否认："我只是认识他们而已，谈不上难过不难过。"

"是吗。"隐隐笑了笑，"如果你不是困于此地，现在最想去哪里？"

"想去官府看看……"它脱口而出，但马上又掩饰道，"我只是有点好奇他们要怎么断案而已。"

"哦！"隐隐落到它身旁，说，"要不我替你去看看？"

"也行。"它立刻答应，但又有点担心，"你这么乱跑，不怕被抓去？"

"我现在又没做事，谁能抓到我。"隐隐颇有些得意，"雷神都拿我没办法。"

"那你小心。"

之后，关于这个案子的所有消息，它都知道了。每次它都只是静静地听，关于肖元新的每一个谎言，它最多只是"哦"一声。

隐隐曾问过它，对撒谎的肖元新，就让他这么过去？

它说，就算自己站在公堂上也没用的，谁会相信一个妖怪。就算它不是妖怪，那一夜只有它见到金大江破门前发生的一切，肖元新完全可以抵死不认，毕竟事实上下刀之人乃金大江，直接夺走方鹤羽性命的也是他，跟肖元新并无关系。他在公堂上杜撰方鹤羽是主动留下来抵挡，其实那就是当时他为何要关上暗道门的原因吧。他的确是要留方鹤羽下来拖延时间，好让自己跑得更远些，也许他也没有想到金大江会把方鹤羽当成自己，但……把方鹤羽推到金大江刀下的，永远都是他肖元新。

"所以，真的不要做些什么吗？"隐隐问它。

"你要拿个扫把去打他吗？"它反问。

"那倒不用，吓吓他还是可以的。"隐隐笑了笑。

"不要了。"它说，"吓吓他，你也是要动额外的妖力，若露了马脚，说不定就被抓到了。"

"哪有那么倒霉。"隐隐不以为然。

"真不用了。"

"你寄望他能照顾方鹤羽的娘？"

"谈不上寄望吧……我说过其实我跟方鹤羽并没有什么交情，我……"

"好啦，随便你吧，我跟他们就更没什么交情了。"

"你不是不在一个地方长留吗？"

"等你开花后，我再走吧。"

今天，它开花了，隐隐也的确说到做到，成了唯一一个庆祝它开花的家伙。

"你要走了？"银白的月色里，它看着半空中那个朝夕相伴了好些日子，却又从未见过面的家伙。

“嗯，说过等你开花后，我就走。”隐隐笑道，“我就是想看看人面是不是真那么傻，一问问题就会笑。”

“好了你可以走了！！”

“别太想我啊。”隐隐的声音远了一些，“等你下次开花时，我会回来看你的。”

“不用！不稀罕！”

“我就要回来！”

一场告别，结束在并不友好的气氛里。

其实，它会想念这个看不见的家伙的。

开花了，它有十四天的时间离开这里，不过说出来也稍微有些丢人，即便在它的开花之期，要离开这里，也只能是从原身中飘出来，就近找个可以控制住的活物，借他们的身体去远处。别嘲笑它了，人面是真的非常非常微小的妖怪。

这回，它“借”到一只落在院墙上的野鸟，毫不犹豫地飞去了城中。

它记得肖元新工作的酒坊的名字，花了好些时间终于找到了地方。

肖元新果然还在这里。

在剩下的十来天里，它时时刻刻都盯着他，看他在酒坊做事，看他放工之后回到一处还不错的民居里，方母确实也住在里头，也确实有个丫鬟在照应着她。

它心里好像踏实了不少。

再看肖元新，他似乎也跟从前不太一样了，少了自以为是的高傲，沉稳了不少，每天除了在酒坊做事，其余时间都关在家中仔细研读。它看见他手不释卷的，正是当初老冯交给方鹤羽的手札。

他认真的样子，仿佛是另一个方鹤羽。

第十四天的傍晚，它回到了云外谷，回到了属于自己的身体里，又变成了一朵含苞待放的，不起眼的小绿花。

它略略舒了一口气，疲倦地睡过去。

5

时间又过了八年。

云外谷几乎成了一座荒宅，无人打理。

老冯的花木大部分都死了，只有少部分命大的靠天时活下来，最健壮的只有栀子花，只要它还活着，栀子花就能沾光。

八年间，肖元新再未踏足云外谷，也没有第二只妖怪再出现过。

它每天除了睡觉晒月亮，基本无事可做，偶尔会想想下次开花时，隐隐是不是真会回来，但愿它现在还是自由身吧。

一天清晨，它突然被一阵杂乱的脚步声惊醒。

一大群人涌入了院子，为首的，竟是已然微微发胖的肖元新，跟在他身旁的是两位秀丽女子，其中一位的腹部还微微隆起。

今天，是老冯的忌日。

八年都没回来过，今天怎的回来了？

它不解地看着这群人。

跟在他后头的不止家丁随从，还有些士绅模样的家伙。

然后，他带领随从一道，将云外谷收拾得干干净净，连枯萎的花木也全部换掉。接着又浩浩荡荡开到老冯坟前，摆出丰厚的祭品，跪下来就给了自己两个耳光，说自己是孽徒，这些年忙于事业，竟没能顾得上来拜祭恩师，今天特带家人来向师父请罪，一字一句说得情真意切，感人肺腑。

一旁的士绅们见了，无不夸赞肖老板是个尊师重道知恩图报的好徒弟，冯八月能收到这样的徒弟，应该九泉无憾了。

拜祭完老冯，肖元新又将众人带回来，带他们参观“酒神故居”时，不忘向他们随口一说自己当年在这里是如何刻苦如何用心，还将留着自己名字的考题翻出来给他们参看，又引来一阵赞叹。

直到他们离开，它也完全不明白他将这些人带来的意义是什么。

也是从这件事之后，每隔一段时间就有人奉命来云外谷中打理一番。

第二年，肖元新又回来拜祭，然后回到院子里小坐片刻，跟与那些士绅在一起时完全不同，这时的他根本不怎么说话，打量四周的眼神也总是阴沉沉的。

原来，他已经是肖老板了。

第十年，它又开花了。

这次，它不靠野鸟离开了。

老冯的生辰死忌，它的开花之日。

这天，它早早地等着，希望在心头酝酿已久的一场“远行”，能一切顺利。

不多时，肖元新果然又带着人马往云外谷来了。

它挑了其中年纪最小的童儿，要借人类的躯体，以它的能力，只能选小孩子。

离开时，它默默跟在队伍中，在又一次经过老冯的坟墓时，肖元新突然停下来，转头看着老冯的墓碑，面无表情地说了一句：“以后，我每年都会在你的忌日回来的，为了让你看看，你的偏心，毫无意义。”

它心头一怔。

老冯的偏心？莫非是……那本手札？他心中一直在记恨着老冯？可老冯除了没有将手札交给他，其余时候对他又哪里不好了？

它看着肖元新冷冷的侧脸，突然觉得今天真是太冷了。

跟着队伍回到了他的家，它非常惊讶，肖元新的家……应该称作府邸了，豪华宽敞得像一座宫殿，看得它眼花缭乱。

十年时间，他便得到了他期待的一切，实力？运气？心机？可能都占齐了。

其实它并不关注他是如何发迹的，只想知道他承诺要照顾的人，是否依然安好。

它趁机在肖府中溜了一圈，又拐弯抹角向下人们打听肖老板带回来的老太太在哪里，可得到的答案都是：“小顺你发烧了？老爷自搬进这里起，哪里带回来过老太太，要带也是带好看的小丫头啊。”

它呆住了。

然后，它趁夜跑出肖府，去了十年前肖元新跟方母住过的地方，可那里早就换了主人，变成了一间裁缝铺。

它问裁缝铺的人可知曾在此处居住的中年妇人的下落。

对方说他是前几年才搬来的，屋舍的原主人也不是妇人，是个中年男人。

它撒谎说自己是妇人的侄孙，从老家来寻亲，还请他务必告知哪里能寻到那卖家，但对方却说老早就失了联系，实在帮不上忙。

那夜，它站在这房舍前，看着眼前走过的每个人，心下十分茫然。

不承想隔壁的隔壁一个中年妇人却招呼他过去，说听见他问那妇人的事，可是姓方的那位，它顿见了希望，忙说是她夫家姓方，又问她可知此人现在何处。

妇人却道它来晚了些，七八年前吧，她就病死了。

它一怔，旋即问她，方夫人最后的时日，过得可好？

妇人直摇头，说起初她儿子还会照顾一番，后头就没了踪影，连三餐都无人供给，都是她自己勉强出来买些便宜食物，妇人见她可怜，还送过衣裳跟馒头给她，问她儿子去哪里了。她却笑说自己没有儿孙福，孩子有孩子的事要忙碌，一把老骨头就不要连累后辈了。她却是想骂人的，哪有把生病的老娘往这儿一放就不管的，再忙也不能不顾亲娘啊，可她一个外人，哪管得了别人的家事。大概是那年的年底吧，她人就没了，被发现时倒在厨房里，锅里的粥早就烧干了，要不是煳味蹿出来被那妇人闻到，妇人不放心去看了看，还不知要躺几天呢。唉，当真是久病床前无孝子啊！她那倒霉儿子再没出现过，房子没隔两年就换了主人。妇人说到这忙问，你是她的侄孙子？你家里怎的不早点来寻她呢？

妇人的嘴巴还在吧嗒吧嗒地说，可之后的每个字它都听不太清楚了。

你说过要照顾她的……说好的事，就这么不作数了？它脑子里突然嗡嗡乱响，甚至没有向妇人道谢，一转身就跑了。

那晚特别冷，风雪交加。它身上一点都不冷，反有一股异样的燥热之气在身体里翻腾。

回到肖府，已是晚饭时刻，它在饭厅门外，默默看着肖元新抱着儿子嬉笑逗弄，身旁两位夫人忙着给他夹菜添酒，一家人其乐融融地围坐一桌，山珍海味热气腾腾。

如果方鹤羽没有死，他现在是不是也能有这样一家人？

席间，两位夫人还特意朝他举杯，说什么恭喜夫君又拿下一桩好生意，还说此番全赖庄老徐老他们鼎力相助，能拿下实属不易。

他喝光杯中酒，笑言若非自己给够了好处，那群人焉能站在自己这边。不过光给好处还不能稳赢，他们都是冯八月的拥趸，真拿他当神一样看，自己虽是他的徒弟，却还不够，所以以拜祭之名，带他们去云外谷朝个圣，再对先师真情流露一番，他们见了，对他自然更亲近。只是开了这个头，以后每年都得回云外谷了，做样子也要做到底的。

每个字，它都听得清楚。

这个徒弟，哪里还有半分对老冯的感激……连扫墓祭祀都只是为了博他人好感做做样子……而且，他还如此不加掩饰，恐怕是暴涨的自信心让他吃定了自己在家中绝对的地位，无论说什么做什么，都没有人敢说他肖元新是错的。

他非常享受他如今的成功，却把那些应该好好记住的故人，一个个踩在脚下。

他不是也读过圣贤书的吗？

它无声地走开，蹲在肖府一个无人的角落里，发了一夜的呆。

○ 6 ○

三天后的清晨，二夫人房中传来一声惊叫。

很快，肖元新与大夫人匆匆赶来。下人们全部被遣出门外，一个都不许靠近内室。

很快，肖元新的脸色就比窗外的雪地还要苍白了。他年幼的独生子，居然一夜之间变了模样……

他抱着儿子呆呆地端详了半晌，突然失了力气，手下一松，要不是二夫人手快接住，孩子已然跌在地上。

怎可能变成这样？他吓得连退几步。他的儿子，怎会变得那么像……那么像那个人！！

此刻的孩子，并非妖魔鬼怪般可怕，相反，那大眼睛双眼皮高鼻梁，还有眉间的一颗朱砂痣，却比他原来的模样还要可爱几分。但……怎么看都随了方鹤羽的模样！

肖元新脑子一片空白，他不知道为何自己的儿子会变了一张脸，还是那个他永远不愿跟人提起的人。

是他……回来报仇了？！不不，不可能的，他已经烧了他的身体，他不可能回来的。

妖孽，这孩子就是个妖孽！！

此时，它老老实实地站在不远处，观察着肖元新此刻的神情。

这是它想了一夜下的决定。如果肖元新忘记了什么，那它一定要让他记起来。

可惜它力量微小，只能在幼童身上略做文章，连化出来的那张脸，也只有六七分相似。若它有大妖怪的本事，一定要让肖元新自己亲身感受一下换一张脸的“惊喜”。

它一下子也解释不清为何自己要做这样一件事，它觉得自己并没有生气，只是有些委屈。

另外，虽然施在他儿子身上的妖法在它花期结束时就会解除，但出了这样的事，肖元新也总该有所悔悟了吧。

可惜，它又想得简单了。

那天深夜，它眼见着两个仆从抬着一口木箱，偷摸着出了肖府，上了早等在后门的马车，一溜烟地往城门而去。

它心生不安，遂一路跟从，发现马车直奔郊外的野山，到了山中，马车停下，除了下来的那两个家伙，肖元新竟也在里头。

之后在肖元新的授意下，那两人在山腰僻静之地挖了个深坑，然后便将那口箱子埋了进去，填好土之后，肖元新都没有多看一眼，决然离开。

待他们走远，它赶紧去到他们埋东西的地方，来不及多想，当即下手挖土，它气力不够，挖了好一阵才见到那口上了锁的箱子，又找来石头砸锁，砸不开，只得冒险一搏，用自己所剩不多的妖力硬掰断了铜锁。

它气喘吁吁地打开箱子，脑子又是嗡一声响。果然……是最不可能也是最坏的那个猜测。它下意识攥紧了拳头，浑身发抖。

那一夜，应该是它出生以来最混乱的一夜。

它知道自己没有多少力量再驾驭这个身体了，但它还是要尽量地跑，越快越好。只要够快，怀里的小家伙或许能活下来。

它尽力了，真的。

可是，从郎中家出来后，它突然失去了方向，不知自己该往哪里走。它只是想提醒肖元新罢了，却从未想到会害了一条性命。

怎么办，自己杀人了。妖怪害人性命，放到哪里都是死罪。

天亮前，它漫无目的地行走，来到一座土地庙前。在庙门口站了片刻，它终是走了进去。

它跪在土地像前，缓缓说，我乃妖怪人面，今日害人性命，还请土地爷代为通传，我愿受一切刑罚，绝不逃脱。

它听说，各方土地其实是天神们特意安排在人界的耳目，人界发生的种种，都能通过他们传达诸神，虽不知是否真实，它也愿一试。错了就要认罚，人，妖怪，都一样。

可是，它等到第二天傍晚，土地爷还是那个泥巴塑像，没有任何神迹显示有人来抓它。

它叹气，慢慢走回肖府，这个孩子的身体，总要好好地还回去。

只是没了依托，以它现在的状况，未必够力气回到云外谷，如果自己不能在花期结束时回到原身，那就不必等天神来抓它了……

从肖府出来后，它虚弱地飘荡在街头，就这么走吧，不再借用任何一个身体，能回就回，不能回就算了。

它记不得自己花了多少天才勉强飘到那片山坡，老冯的坟墓摇摇晃晃地摆在前头。实在没力气了……它落到地上，再也飘不动了，即便那熟悉的院子就在触手可及的地方。

它趴在冰凉的泥土上，静静等待最后的时刻。

迷迷糊糊中，它觉得自己好像又飞起来，轻松地向前飘着。

它猛一睁眼，发现不是幻觉，有个看不见的家伙托着它，安全地回到了云外谷的院子中，然后一脚把它踢进原身里。

“是……是你？”它缓过劲来，诧异问道，“你真回来看我了？”

“这不废话吗，要不是我回来看你，你刚才已经死在路上了。”熟悉的声音在它面前响起来，语气里尽是抱怨，“回来就没瞧见你，猜你定是借这机会跑出去玩儿了，我又不知你在哪儿，只得一直在这里等。”

它的鼻子突然就酸了，但它忍住了，没有哭。

许久之后，它突然说：“隐隐，我杀人了。”

“啊？！”隐隐大吃一惊，“不可能，你哪有这本事！”

“真的……”

它用一夜的时间，讲完了十年。

听完，隐隐很久都没有说话，以至于它以为对方已经不告而别了。

“你走了？”它试着问，又叹了口气，“走了也好，如果传闻是真的，我已经向土地公坦诚了一切，也许再过些时候，我就会被抓走了，你留下来是要被连累的。”

又过了好一阵子，隐隐开口道：“不，你一定还有下一个十年。”

它愣了愣："你……"

"我哪里都不去了。"隐隐认真说，"若真有谁来拿你，我保证他们找不到你。"

闻言，它沉默良久，说："我一直以为自己是个非常老实的妖怪，可这回我的确犯了错。你……"

"我不管。"隐隐打断它，"如果连这种人都能继续锦衣玉食的好日子，他们凭什么抓你。"

它好像被问住了。院子里，只剩下枝叶在北风中摇动的声音，它们谁都没有再说话。

这十年间的事累积在一起，太重了。

即便是一直说服自己置身事外的妖怪，也终是身不由己地被拉进他人的恩怨与生死。

一天，三天，一个月，三个月，冬去春来，没有人来找麻烦。

这段时间，它们好像都默契地不再谈起任何与肖元新有关的事，隐隐又像从前那样，时不时顽皮地逗弄一下它，或者津津有味地跟它讲自己这十年又遇到了什么有趣的事情。

有人陪伴，时间就过得快了许多。可一想到那个孩子的脸，它心里就像堵了石头一样闷。

转眼又是一年，肖元新又来了，照例带着家人仆从，以及丰厚的祭品。

它看着这个若无其事的男人，好像之前发生的任何一件事对他都没有丝毫影响，从方鹤羽开始，到方母，到他的孩子……他真的从没有为他们后悔过哪怕一刻吗？

应该是没有的。

闲不住的隐隐，也偶尔会带回肖元新的消息。

往后几年，他的生意越做越大，仰慕艳羡巴结他的人也越来越多，只是自从独子去世后，肖家再无所出，肖元新也未再娶第三房，似是打定主意不要后代。

他无悔意，但却害怕吧……它猜肖元新不肯再娶生子的唯一原因，就是害怕再见到那张令他恐惧的"脸"，他夺走了本属于那张脸的一切，性命、母亲、未来……不错，他应该害怕的，并且这种害怕应该更多，更久地陪着他，最好是一生。

一年，两年，五年……肖元新每年都准时回来拜祭老冯，每年它都期待能从他身上看到哪怕一丁点对自己过往的忏悔，可是，真的没有，他永远都春风得意，趾高气扬。

今年，在它的花期到来前的某夜，很少做梦的它做了一个梦，梦里老冯又拿着藤条教训两个徒弟，肖元新护着方鹤羽，嬉皮笑脸地让师弟快些逃，方鹤羽笑着跑出门去，大喊着说："我娘今天来看我，我去接她啦！"

这个梦里，没有风雪，只有茂盛的花草，还有一院子的好心情。

醒来时，它发了很久的呆，觉得自己早就平静许久的心，突然裂开了，碎得到处都是，它想去捡回来，却一块都捡不到。

不对的，世界不应该是这个样子。

“隐隐……”它忽然喊。

“啥？”

“我想做件事。”

◦ 7 ◦

“两个没用的加在一起，就变得有些用了。”桃夭看着手里的人面，又看看地上那垂头丧气的隐隐，“你花十年的时间守着它，不就是怕它被天神抓去处死？它决定用这种法子对付肖元新时，你就该知道这是没有回头路的。那一半方鹤羽的脸，是它的命，花期一过，肖元新会永远变成个怪物，它也会油尽灯枯，身灭神消。你都由着它？”

“一开始我是不肯的。”隐隐老实说道，“我说如果你到底放不下这件事，我可以帮忙，要拿肖元新的命，我努力一把也未必做不到。”它顿了顿，望着人面，“但它不肯，说这件事还是它自己来，它从来不想要肖元新的命，只想他能记住，永远记住他做过的事，记住那些不可以被他踩在脚下的人。”

桃夭没有说话，司狂澜也沉默。

“它只求我能在这些天里，保护它不被那些可能出现的厉害的人发觉。”隐隐继续说，“我们知道肖元新这个人非常迷信，也常与些江湖术士来往，他们也不都是骗子，其中也不乏大有修为的人，它怕自己一旦泄露了踪迹，计划便无法成功了。”它抬头看着桃夭，“我同意了。所以你们瞧见那三个龙虎门的师父在肖府折腾了那么些天，却完全察觉不到每天打他们眼皮子底下经过的小福身上藏着两只妖怪，而肖老板也在他们的眼皮子底下，不断被它的妖气侵蚀，情况一天比一天糟糕。反正我也还有力气，所以我很愿意再帮人面一把，有我们俩在，肖元新不仅要天天见到不想见的那张脸，我还能让那些别的他不想再见到的人，天天晚上回来见他。”

“对你们这种级别的妖怪来说，制造幻象相当于损耗自身。”桃夭摇摇头，“且你毫无身为逃犯的觉悟，这么做只会更容易暴露你的行踪，如果运气不好，这几日正好遇到雷神的耳目在附近……”

“我不怕。”它果断道，“真要遇上了，我倒要问问雷神，为何肖元新这种人没有被他的天雷劈死。”

“雷神”二字一出，司狂澜仿佛想起了什么，侧目看了看桃夭。

“好吧，连身子都没有，胆子还挺大。”桃夭又想了想，“如此看来，如果肖夫人没有厚着脸皮来司府请救兵，你们大业可成。”说着，她不禁笑了笑，喃喃：“如今我倒希望晚来几天了……”

司狂澜听到，面无表情地往房间那头看了一眼。小福进来前，他们早已把肖元新迷晕藏到了衣柜中，现在想来，桃夭说得倒也不错，若晚来几天，也未必是坏事。

“隐隐知道你们的厉害，劝我走，我不想走。”桃夭手中的人面忽然开了口，“没有做完这件事，我哪里都不想去。”

“你说过，你跟肖元新也好，方鹤羽也罢，并没有什么交情。”桃夭把它捧到自己眼前，“为没有交情的人拼命，说不通啊。”

“我们的生活从无交集，甚至都没有说过一句话，哪里来的交情呢。”它认真说道，“我们这群最不起眼的小妖怪，大多以能化人为最高理想，我们可以付出百年千年的时间苦苦修炼，就为了能成为这人间的一分子。”它看着桃夭的眼睛，“而我不明白的是，如果肖元新都可以幸福度日，那为何安分守己了一辈子的人却是那般不堪的结局？如果这就是人，这就是人间，那我们千百年的苦修，就真不知为何了。”

寒风吹过，桃夭手腕上的金铃摇摇晃晃，但始终没有发出任何声音。

“事已至此，你要如何处置我，我都无话可说，只是希望你放过隐隐。从头到尾，它只是想帮我罢了。”人面从她手中爬起来，费力地说，“你们都说它是逃犯，我却说它是妖怪里的侠客，是我一生里遇到的最好的朋友。”

隐隐愣了愣，急忙对桃夭道：“莫听它胡说，要杀就杀我，放过这没见识的玩意儿吧，它已经没了大半条命，能不能活下去都不知道！”

“谁说要杀你们了？”桃夭瞪了它一眼，“我都还没想好怎么处置你们两个麻烦精呢。”

闻言，两个妖怪都吃了一惊，异口同声道：“你不杀我们？”

桃夭眼皮一耷拉：“也不一定……”

两个妖怪心下一沉，完全被她搞糊涂了。

看她对付妖怪的模样，司狂澜似笑非笑，不过这不靠谱的丫头，倒是真没有骗他，她的确来自一个叫桃都的地方，而且确实是个大夫，还是个让妖怪又怕又恨，但说不定偶尔也会喜欢的大夫。

他看看天色，对桃夭说：“你若再闲聊下去，天都要亮了。”

桃夭也抬头看了看，赶紧拍拍屁股站起来，对两个妖怪道：“先跟我走，咱们的账以后再算。”说罢，她从布囊里摸出个拇指大小的透明药瓶子，用力往地上一扔，瓶子碎开的同时，她念了声：“收！”顿见那些碎片瞬间化为流光，将两只不知所措的小妖怪包裹其中，然后嗖一声缩成一团彩光回到桃夭掌上。再看，还是个完整无缺的瓶子，只是里头多了两只变小的家伙。

“唉，不划算……为这两只毫无用处的妖怪浪费我的宝贝。”桃夭嘟囔着将瓶子小心收进布囊里，然后转过头，满怀期待地看着司狂澜，“二少爷，可以收工了！该去拿报酬了！！”

司狂澜略一思忖，却转身回了房间。

桃夭赶紧跟进去。

把肖元新从衣柜里拖出来放回床上，司狂澜看看他的脸，又探了探他的鼻息，说：“似乎是好了。不用吃什么药了？”

桃夭看着那张已经恢复大半的脸，说：“要把他永远变成怪物，这十四天内，一天的妖气都不能断。如今人面的计划已经失败，之前侵入他体内的妖气，会在七天内自行散去。不用吃药。”

司狂澜点点头：“很好。”

“很好？”桃夭皱眉头，突然伸手掐住了肖元新的脖子。

“你要谋杀雇主？”司狂澜迅速扣住她的手腕，没用太大力气，怕弄痛了她。

“放心，我是觉得他该死，但我不会杀他。”桃夭突然笑出来，松开手，“我们桃都是有规矩的。再说，他死了，肖夫人可就不给钱了。”

“我知道你心里头在想什么。”司狂澜放开她。

桃夭不作声，闷闷走出了房间，站在屋檐下，深吸了一口冰凉的空气。

“方鹤羽一案已过去二十年，唯一的证人是只妖怪，要将肖元新送交官府法办，如今几乎是不可能的事。”司狂澜站到她身边，冷静道，“而他对独子所犯之罪，以他的行事作风，恐怕参与此事的人都早已不在人世，肖夫人虽然还在，可她心头虽知，却并未亲见，也难以指证其夫。”

“就算她有证据，也不会出来当证人的。”桃夭有些失望，“她但凡有这心肠，就不会替肖元新隐瞒十年恶行，如今还要拼命救他回来。唉，肖元新就是吃定了人间的律法不能拿他怎样。这要是在我们桃都，哪能让他活到现在。气人！”

“倒也不是完全没有法子。”司狂澜笑笑，“若官府不好处理，那便交给另一个地方吧。”

“另一个地方？”

“狴犴司。”

“啊？！”桃夭脱口而出，“你不是已经辞官离开那里了吗？”

“我走了，狴犴司就没人了吗？”司狂澜斜睨她一眼，“切勿小瞧我的前同僚们。”

“可是……要怎么做呢？需要去击鼓鸣冤什么的吗？”

“……不用。”

“那要怎么……”

“好了，此事你不必操心，我自有分寸。”

原来，他也没同意就这么算了。

桃夭的心情突然好了一些，笑着碰了碰司狂澜：“我懂了，还是二少爷精明，先把报酬收了，再把人送进去。”

司狂澜很是无奈：“为何一件好事经你嘴里过一遭，就变得相当不堪了呢？”

“我说的不是事实？”

“莫再废话，去把肖夫人喊来。”

“好。”桃夭正要走，又转身，忽然没头没脑地说道，“司狂澜，一会儿我们去吃集市上那家小赵汤菜吧！我想喝热的汤，里头还要有肉有菜。”

司狂澜微微一怔，旋即点点头：“好。”

真意外他没有拒绝，桃夭满意地跑出去。

其实她不怕冷，再冷的天都冻不死她，可这会儿她就是想吃热的东西，不然心里总是凉凉的。

走出院子，她回头看了一眼这个耗费她不少时间的地方。

如果这就是人，这就是人间，那我们千百年的苦修，就真不知为何了——人面的话，又在她耳边响起。

不，人间不能是这样。

虽然好像也不关她的事，但她桃夭就是不同意。

尾

“速去通知神君，发现了逃犯隐隐的踪迹！”

“在何处？”

“帝都肖府之中。”

“为何不直接将之擒来？”

“这……咯，桃都那恶婆娘桃夭也在，隐隐在她手中！上回去擒绛君时，她也来搅和，还出言威胁，我怕她说到做到……”

“桃夭？！这……还是先通知神君吧。”

楔子

小赵老板的铺子也好，司府的饭厅也好，她喜欢的地方，哪里都不能被破坏。

◦ 1 ◦

天亮，雪停，一缕阳光洒进阴暗多日的房间，以及那个苟延残喘了多日的躯体上。

在肖夫人喜极而泣的眼泪里，阴霾许久的肖府终于活了过来。

肖元新仍在昏睡中，但那张脸已大部分属于他自己。

床前，肖夫人紧握着这个男人回暖的手，生怕一撒手他就又变回那见不得人的怪物。

松了一口大气的仆从们小心翼翼围在外头，感恩上天救回自家老爷，保住了肖府的顶梁柱，阿弥陀佛。

司狂澜与桃夭坐在离人群最远的地方，漠然又耐心地等待他们抒发完“劫后余生”的情绪。从桃夭将肖夫人喊来到现在，她已经在床边又笑又哭了快两个时辰。

世上一门心思盼着肖元新好起来的人，可能只有她了。

桃夭又打了个呵欠，一夜未睡，黑眼圈怕是深得不能见人了，她到底还要哭到几时？

司狂澜就耐心得很，一壶茶已喝得淡如水了，他还能喝得下去。

这个时间里，桃夭心里的算盘打得哗哗响，事情解决到这儿，肖夫人能拿出多少酬劳她不知道，但司狂澜讲好的三个月工钱肯定不能赖的，三个月工钱哪！能买多少好吃好玩的！现下只有盘算起这些，心情才能稍微好一点。

终于在太阳又升高一点时，肖夫人总算想起了最该感谢的人。

她赶紧擦去眼泪鼻涕，红肿着眼睛走到他们面前，又扑通一声跪下了，紧跟着就是三个实实在在的响头。

司狂澜跟桃夭都没有去阻止她的意思，既然想磕，那就磕吧，替她找回了夫君，再大的谢意他们都受得起。

只可惜她最该磕头致谢的人，都已没有机会坐在她面前。

婢女们赶紧上来将几乎磕昏了头的肖夫人扶起来，待她确定能站稳了，才诚心诚意对司狂澜道："二少爷，除了磕头，我也不知还能用什么方式感谢您，若有失态，勿见怪才是。"

司狂澜站起身，笑笑："苗管家会将账单送往贵府，夫人既支付了酬劳，别的委实不必了。我应承的事已完成，告辞。"

"二少爷！"她忙叫住他，"老爷他真的平安无事了？"

司狂澜回头："他的脸不是已经回来了？"

"可是……我怕今后还不能安生……"她支支吾吾道，"不知将老爷害成这样的，究竟是何方妖孽？"

"夫人放心吧，没有妖孽了，以后也不会有的。"桃夭横在她跟司狂澜之间，眯眼一笑，"司府出手，是非可解，我们二少爷可不会砸自己的招牌。"说着她又偏头朝床那边看了一眼，"要想真正平安无事，这可不看妖怪，看人。"

肖夫人一怔，还想问个明白，桃夭却早已跟着司狂澜一道出了门。

正当肖夫人琢磨桃夭最后一句话的意思时，那红彤彤的人影居然又从门外跑了回来。

"桃姑娘你……"

肖夫人盯着突然折回的她，她也盯着肖夫人的脸。

"我有个问题实在想问。"桃夭道。

肖夫人诧异："请……请讲。"

桃夭指着床上的肖元新："那个真是你一生一世都不想离开的，你深深放在心里的，你人生中最要紧的人？"

桃夭回来得突然，问题也突然。

肖夫人微张着嘴，一时不知作何回答。

桃夭直视着她的眼睛："即便你知道世间尚有虎毒不食子这句话？"

肖夫人脸色瞬间煞白。

桃夭上前一步，在她耳边冷冷道："小安十年前就没了，你们欠他的。"

肖夫人脚一软，跌坐在椅子上。

"你……你……"她整个人微微发抖，一句完整的话都讲不出来，婢女们赶紧上来，却被她挥挥手示意离开。

桃夭看着这个一身富贵，却连站起来的力气都没有的女人，笑笑："想长相厮守，守的也得是个人才行啊。"

说罢，她眼中的温度降到极致，也许肖夫人并没有做任何错事，偌大的肖府之中，她只是一个出嫁从夫身不由己的附属品，她不曾作恶，只是一次又一次说服自己对恶视而不见罢了。这般将全世界放在一个男人身上的女子，一生便是一场豪赌，肖夫人是赢是输，桃夭懒得计算，她只是跨出门槛才想起生气，一定要回来一趟。

同为女子，苏胜雪蔡鲤鲤之流，何曾输给过这艰险的世界。

桃夭叹了口气，转身出了门。

权当人各有志吧，强求不得。

门外的阳光很亮，剖开凝结许久的寒气，温和地洒在桃夭身上。她以为回来能出一口气，可那口气好像还是堵着不肯出来。

司狂澜的身影停在不远处，他没回来也没走，无事闲人一样站在阳光最盛的地方，等着她。

"桃姑娘！"

肖夫人突然站到了门口，没有出来，两手紧紧抠住门框。

桃夭站定，没有回头。

"对不起……"她泪痕未干，却笑着说，"人人都尊我一声肖夫人，对我卑躬屈膝百般遵从，而我却很清楚，没有了他，我什么都不是。我有我的软弱与无奈，我太怕风雨飘摇一无所有的未来。若实在逃不出因果，我愿与他一道承担。"她顿了顿，望着桃夭在阳光下越发鲜艳明丽的背影，"我很羡慕你这样的姑娘，坦荡荡地站在光里，不依附任何人的样子真神气。可是，我的人生已经如此了，我不想，也不能挣扎。我知道你很不喜欢我，但也希望你莫要太恨我。"

缓缓移动的阳光照不到门槛后的她，就差一步。

桃夭始终背对着她，也没有回应她一个字，停顿片刻后便像彻底忘记了她这个人一样，大步向前，拍着肚子对司狂澜大声说：“好饿呀！我们吃东西去吧！！”

司狂澜也不多问她究竟跟肖夫人说了什么，只道：“好。”

两个人的背影很快消失在院门之外，肖府的种种就留在昨夜吧，今天天气这么好，噩梦般的东西就不要再跟上来了。

也请你记住今天说的话，欠人的，总要还回来。

○ 2 ○

当司狂澜跟桃夭站在“小赵汤菜”门口时，小店里的炉子都还没烧起来。

“客官，小店还没到做生意的时候。”老板为难地看着他们两个，朝案板那头努努嘴，“您二位也瞧见了，食材都还没准备起来，炉灶都是凉的。我这小店天天都是近午时才开始接待食客，要不您二位晚点再来？”

“午时……”桃夭用力地把口水咽下去，“为何非要到午时？”

老板指了指天上，说：“姑娘你也瞧见现在是什么时辰，我家的汤菜又浓郁又鲜美，并不适合大清早来吃，所以大家都习惯了午时再来，即便我现在烧火营业，做出来的菜也只能白白放着。且我家这汤菜啊，现煮现吃才最是可口，凉了再热，虽也能吃，但就不是那个味道了。”老板说着又指了指对面，“两位不妨去对面的粥铺喝几碗清粥，隔壁的蒸饼也很好，当朝食再合适不过。”

他不解释还好，说了一堆，桃夭却只听到“浓郁鲜美”这些字眼，肚子叫唤得更厉害了。

“老板，我们来都来了，不能破个例？我胃口好得很，别人一大早吃不下大鱼大肉的，我没问题啊！”桃夭不死心，“再说你赶走今天第一对儿来光顾的客人，是不是不太吉利呀？”

老板哭笑不得：“姑娘，我可没往吉利不吉利上想。小本生意，食材炭火都是本钱，炉子一开就不能熄，二位顶多吃上一两锅，我却要白白烧上几个时辰，不划算啊。”

桃夭心说这抠门鬼，转念一想人家好像说得也对，确实是辛苦，没道理做亏本生意。

“算了吧。”她有些失望地对司狂澜道，“喝粥也行，我要加许多肉末的那种！”

她话音未落，一整袋钱递到老板面前，钱袋后面是司狂澜微笑的脸：“午时前的生意，就只做我们两个吧。不知这些够不够老板的炭火钱？”

老板一愣，把钱袋接过来，只是掂了一下就立刻摆手，作势要把钱退回来：“太多了太多了！公子，这我可不能要。”

“能要。”司狂澜指了指桃夭，“给她准备最大的一锅吧。”说罢便自顾自地找了位置坐下来，一点都不拿自己当外人。

老板托着钱袋，跟桃夭面面相觑："姑娘，这钱……"

"钱太重？要不你分我一半？"桃夭把他的手一推，"拿着吧，说好了给我最大的一锅啊！不不，给我们俩都来最大的锅！"

老板这才由惊而喜，大声道："二位稍等，我这就烧火备菜！"

一大早的碰上财神爷，谁不惊喜！

司狂澜左右环顾，说："不过是间简陋小店，毫无出众之处。"又伸手指往桌面上蹭了一下，皱眉，"桌子都没擦干净。"

"我吃他家的菜，又不吃他家桌子。"桃夭坐到他对面，笑嘻嘻道，"二少爷锦衣玉食惯了，偶尔也该来尝尝民间美味。我跟老板说了，也给你最大的一锅。"

司狂澜淡淡道："我不饿。你自己吃两锅吧。"

"你就是个不信任别人厨艺的家伙。"桃夭哼了一声。

"柳公子之流的厨艺，你信？"

"我不信……但他跟小赵老板怎能混为一谈？"

"你如何知道这家小店？"

"苗管家带我们来吃过好几回呢！"

"他的口味倒是十分包容。"

"我就当你是夸他了。"

两人随意地在桌上闲聊开来，谁都没有再提起任何跟肖府有关的东西，一夜的沉重已经很够了，不宜再带到清晨的饭桌上。窗外路过的人也渐渐多起来，想必今天出门的人会多许多，毕竟是个难得的暖阳天。

小赵老板确实没有骗人，桌子虽擦得不太干净，但他端出来的汤菜真真是当得上浓郁鲜美四个字。名字虽然简单，食材种类与烹调功夫却是一点不简单，乳白浓郁的汤汁里，无论蔬菜还是肉食，熟得刚刚好，自豪地保持着它们本来的新鲜与甘美。而桃夭没有告诉司狂澜的是，柳公子曾尝试过自己在家做汤菜，明明用的食材汤料有过之无不及，但成品……都不能叫成品吧，一锅黑黢黢的糊糊而已，他自己吃了一勺就难过得差点现原形。自己做菜把自己难吃成这样的，他也算世间罕有的奇才，不，奇蛇了。话说他将来真要吃磨牙的话，还是生吃吧，别下厨房了，他真不是这块料……（正在司府用早餐的磨牙跟柳公子同时打了个喷嚏。）

桃夭的脸几乎都埋到了那个特制的陶锅里，感动得热泪盈眶，她边吃边抬头问司狂澜："好吃吧？"

司狂澜一手执筷一手握勺，斯斯文文地应付着锅里的食物，在热腾腾的香气里微微点点头："还可以。"

桃夭又呼哧呼哧喝了一大口汤："好吃就说好吃嘛，小赵老板的手艺，我敢说京城之中无人能及，也就当初在洛阳吃的金丝香肚面可以与之平分秋色！"说着她又拿筷子头戳了戳司狂澜的手："你总是这样，夸一下别人又不花钱。"

"你夸别人，却是我花的钱。"司狂澜抬眼看了看她大言不惭的脸，顺手抽出自己的手帕，很自然地伸到她脸上，淡淡道，"你是用嘴进食还是用脸的？"

桃夭一愣，突然觉得脖子有点僵硬，不敢乱动，由得他的手帕在自己脸上走了几圈。

这个家伙……还真是爱干净得很。鼻子上沾灰要擦，脸上沾了菜也要擦，可那是她的鼻子跟脸啊……他上辈子是块抹布吧？

刹那间，足够桃夭胡思乱想。

司狂澜收回手："脏就罢了，还吃那么快。可知烫食伤身。"

桃夭的脸红了红："喊，这菜就是要趁热才好吃。"

"你说什么好吃？"

"我说你小心鱼肉有刺！"

"锅里并无鱼肉。"

"食不言寝不语！"

"此话留给你自己。"

……

窗口落进来的阳光越来越暖，不止外头的霜雪在融化，一些暗藏在心底的坚如寒冰的东西大概也在融化吧。

集市上的喧嚣声越来越大，整座城市都在光线里活过来。那些行走奔跑的，讨价还价的，高谈阔论又或窃窃私语的人，组成了世间最有生命力的部分，可是，在阳光照不到的地方，也许是密林遮天的野地，也许是冰凉厚重的土下，也许是某一颗心的深处，却躺着永远没有机会再看见太阳的灵魂，他们委屈而悲伤地过完一生，从姓名到梦想都成为被人遗忘的尘埃，四季繁华、喜怒哀乐再与他们无关，连平平凡凡坐在路边小店里吃一碗饭的可能都没有了。

桃夭看着窗外的热闹景象，嘴里嚼着的食物却渐渐没有了之前的味道。她以为是自己吃饱了的缘故。此刻，她真的只想好好吃顿饭而已，可外头的人声越鼎沸，来往的男女笑得越开心，封在心里的某种情绪就越不安分，跟她吃了几锅汤菜一点关系都没有。

"那个……"她终是忍不住了，擦了擦嘴，问，"几时动手？"

司狂澜正舀了一勺汤，放在嘴边吹了吹才喝下去："吃饭不谈公事。"

桃夭却不管："你们那个狴犴司真能收得了肖元新？"

"若收不了呢？"司狂澜放下勺子，"你毒死他？"

“我想，但我不能。”桃夭皱眉，“我说过，我们那里有规矩。”

“那你只能麻烦我了。”司狂澜又舀了一勺汤，“只要那妖怪不死，便是人证。物证虽难寻些，但也非没有机会，狴犴司自有狴犴司的手段。”

“不会死的！”桃夭立刻道，“我拿好东西护着它们俩呢，只要它们在瓶子里再留上七天，人面的命就算捡回大半了，隐隐受的剑伤也可痊愈。”

“那就安心吃你的汤菜。”司狂澜又夹起一根青菜放到嘴里，“方鹤羽同肖元新的是非，我来解。”

桃夭沉默片刻，说：“也不好让你白忙，这次就当我是事主，回头补个名帖给你，你若真解了这场是非，酬劳我付。我向来不占人便宜。”

司狂澜摇头一笑：“你付我什么作酬劳？一锅汤菜？”

“如果你病得快死了，我可以破例救你一命。”桃夭斩钉截铁，“你要不稀罕，也可以换成我帮你找个命硬的媳妇儿！”

司狂澜差点被嘴里的菜呛到。

“就这么说定了！我做事从来都很公道。”她终于放下心来，很满意自己开出的条件。

“你说你不要那三个月的工钱可能显得更有诚意。”司狂澜看都不想看她。

桃夭眼睛一瞪：“那不行！”

“呵呵。”

“你呵啥？”

“呵呵。”

两人间的小火花刚要点起来，一阵微凉的风突然从窗外吹进来。

街头来往的人们瞬间被定格，连从手里掉下来的铜钱也定在了半空中。正在往炉灶里添柴火的小赵老板保持着那个动作，炉灶里的火焰保持着旺盛的姿态，甚至被司狂澜搅动的汤也停在倾斜的状态——整个世界的动作与声音都在此刻彻底消失。

桃夭只觉头顶一阵发麻，连呼吸都像被堵住了似的，好一阵才缓过来。

她腾一下站起来，此刻，全世界好像只有她能动弹。

桃夭心知不妥，警觉地朝门外看去，却见被定住的人群中有个人影正缓缓朝这边走来。也许是幻觉，她虽看不清对方的脸，却感觉天地间所有的光线，都迫不及待要落在对方身上，那由远而近的强悍气势，腿软些的怕是立刻就要跪下了。

来者是……

◦ 3 ◦

桃夭站在店门外，明明能动，却连眼珠子都不肯转一下，生怕少看对方一眼自己会吃亏似的。

几步之遥的距离，雷神面无表情地将她打量一番，目光锁定在她腰间的布囊上。

“雷神亲自出马，多大事儿呀？”桃夭笑眯眯地问，却下意识地将布囊往身后移了移。

“交出来。”雷神冷冷道。

“啥呀？”桃夭眼睛一瞪，低头看看自己，一摊手，“全身找不出一件值钱玩意儿，长年要饭，实在想不出有什么能让雷神大人惦记的。”

“包庇逃犯是重罪。”雷神直言，“你们桃都并非没有规矩的地方。你若一意孤行，恐怕都不需我出手，你家那位便要清理门户了。”

桃夭一笑：“我以为雷神这样的人物是不屑于告黑状这等小人行径的。”

“当初绛君一事，你便横加干预，光凭你出言威胁天界神侍这一条，我便可名正言顺拿了你。念你未铸大错，放你一马，如今你不但不知悔改，竟敢变本加厉阻挠本君缉拿逃犯，桃夭，你在桃都是否无法无天我不理，但天界之中，岂容你胡来！”雷神从不开玩笑，每个字都是最后的警告。

面对雷神的警告，大多数家伙最终的选择都是跪下认错求饶吧，但桃夭怎么可能是大部分里的一个呢。

“雷神言重了，上回我对您手下的态度明明好得很，哪有威胁，必是他们误会了。”她仍旧笑嘻嘻，旁人看了只怕要替她的不知死活捏一把汗，“再说，您素来铁面无私，我若真有罪过，您拿了我去便是，不用给我们桃都以及我们家那位面子，我自己也没意见。”

“放肆！”雷神皱眉，“当真以为我不敢拿你？”

“不不，肯定敢。”桃夭赶紧道，眼神却没有丝毫收敛，“不瞒您说，我吃过许多地方的饭菜，但雷神殿里的伙食还没试过，您要不怕我吃得多，尽管拿我上去！”她顿了顿，眼神中的戏谑忽然少了几分，“不过，现在不行，您得等我把手里这事儿了结了。那时我心甘情愿跟您回去领罪。”她居然对吃上雷神殿的牢饭还表现得很期待的样子……

“桃夭，知你素来是个不肯正经说话的，在我面前都敢胡言乱语。”雷神根本不把她的话放在心里，也不再多说，只伸出一只手，“交出来。”

这位大神的每根头发都在告诉她，这真的是最后的警告。

静止的世界里，气氛骤然收紧。

桃夭退后一步，面不改色地笑笑：“不交。反正我是不会拳脚功夫的，你要动手硬抢也行，但你一定得把我打死，不然我的就是我的，谁也拿不走。”

她明明就是在笑，但你就是不觉得她在开玩笑耍赖，说得出做得到的狠劲藏在她每一个轻松无比的表情里。

轰隆！

天空突然响起惊心动魄的雷声，雪亮犀利的闪电照亮了桃夭的眸子。

她一皱眉，及时跳闪开去，刚刚站过的地面骤然出现一个大坑，表面焦黑，余烟阵阵……位置还非常精准，绝不连累无辜。

她往这坑里瞟了一眼，笑："我身边的家伙总怕被我连累，说我早晚要被雷神劈死，幸好今天他们不在这儿。"

雷神伸出来的手没有收回去的意思，眼神里的杀气却是又重了一层。

她也知道自己的身手，一道天雷尚可避过，两道可能也行……但三四五六道就……

果然地上又多了两个冒烟的大坑。

桃夭微微喘气，一手护着腰间的布囊，好险哪，差一点点右腿就烧糊了。

嗐，真是白喜欢他一场了，不嫁他了！！

"你的自信能撑过几道天雷？"雷神的声音跟表情一样冷，"你桃都千万年来守正辟邪驱除恶妖，以护佑天地为己任，而你身为桃都中人，却为罪妖徇私，不以为耻？"

桃夭冷笑："雷神也说是'驱除恶妖'了，那不恶的妖，我又何来徇私，何以为耻？天下妖物本归我桃都管束，天界昆仑喜欢越界帮忙我们也并不太反对，但这回的妖怪，纵你降下千百道天雷，我也不能让你带走。"

"桃都竟会为保住罪妖不惜与天神为敌。"雷神失望地摇摇头，"桃夭，你是第一个干这种事的家伙。"

"不关桃都的事，完全是我个人意愿，账记我头上就行。"桃夭指了指自己，"我也从不拿你当敌人，我今天就是不服气罢了。"

"不服气……"雷神半眯起眼睛，"你可知你的不服气会给自己招来多大的祸事？"

桃夭一笑："我闯祸闯得多了，不在乎多这一遭。"

"桃夭大人！"布囊里突然传出微弱的声音，"不要再硬来了，你不是雷神的对手，把我交出去吧！再来几道天雷你就跑不掉了！你已经救过我们一回，足够了。"

"闭嘴！"桃夭拍了一下布囊，"好好待在里头，在你们的伤没有痊愈之前，谁都不能拿你们怎样。不让病患死在我手里，是我作为大夫的脸面。"

"桃夭大人……"

"冥顽不灵。"雷神叹气。

突然又是一声惊雷，桃夭只觉眼中涨满亮光，连雷神的脸都看不清楚了，天晓得这次又要落下几道闪电，她只能凭直觉判断危险的来向。一颗赤红的药已然夹在指间，她是不会打架，也承诺了那个人绝对不乱用自己的药，但雷神既敢劈她，那他也该试试她的手段。没有感情的家伙，甚至都不肯多问一句她一定要保住这两个妖怪的原因。

那便斗一场吧！

不过这次好像不太一样，她都还没躲开呢，那冲她而来的雷声闪电好像突然改了方向，落在离她远远的地方，混乱之中，她与雷神之间仿佛多了个人。

桃夭用力眨眨眼睛，待世界再次清晰之后，才发现司狂澜居然挡在她面前，执剑在手，毫无畏惧地看着雷神，仿佛那只是随便一个冒犯了他的路人……只是那血剑之上隐隐有白烟冒起，而他的右臂也因抵挡了极大力量的冲击而在不自觉地微微颤抖。

与他相识的时间不短了，但桃夭从未如此愕然。

不光是雷神的凝时之术居然对他这凡人无效，更吓人的是……他刚刚是以自己的血肉之躯拿着这把剑，硬生生挡开了雷神的天雷？！这不是见了鬼了吗！！

连雷神都微微一怔，旋即皱了皱眉，看着远处的几个坑说："居然还有个能动的。"

桃夭张着嘴，上上下下打量着司狂澜："你……活着哪？"

司狂澜放下剑，瞟她一眼："这便是你哭着喊着要嫁的家伙？"

桃夭的嘴巴立刻闭上，千算万算都算不到这个人居然会在这个场面里问这种问题……可他怎么知道雷神的事？一定是上回在洛阳分手时柳公子那个大嘴巴说话被他听到了！

她耷拉下眼皮："现在不想嫁了。"

"嗯，还有救。"司狂澜点点头。

"不是，现在是说这个的时候？"桃夭回过神来，"你疯了啊？那是你能拿剑去挡的东西吗？不要命了？！"

"本觉得像你如此嘴硬的家伙劈死也就罢了，可你跟我司府签下的杂役契约还未到期，总不好让你死在我面前，传出去也不好听。"司狂澜淡淡道，视线锁定在雷神脸上，剑尖指向雷神的心口，"今日我在这里，司府的杂役别人是不能动的。"

一介凡人，竟敢对自己以剑相向，雷神自己都想笑了。自他掌雷神之职以来，哪曾受过这般"厚待"，从天界到昆仑到人间，从神仙到人类到妖怪，哪个不是听到他的名号就要退让三分的。敢对他的要求说不的，只有桃夭，敢拿剑指他的，只有她身旁这个男人。

不服软不要命的奇葩，一个就够烦人了，一对……更头疼。

"能挣脱我凝时之术的凡人，你是头一个。"雷神冷看着司狂澜，"可知你此刻的行径乃大不敬？你能挡住天雷，不过侥幸。"

"世人敬畏神灵，无非以为他们能赏善罚恶，庇佑人间。"司狂澜笑笑，"我头回见到活的神，赏善罚恶未看到，是非不分倒是熟练。”

桃夭忙扯了扯他的袖子，压低声音道：“这是我跟他的恩怨，不关你的事！他不似你以前对付过的任何一桩‘是非’，他是连我们桃都都要给三分面子的神。你不要再理我的事，好好活着不行吗！”

“你若不是我司府中人，我自然不会理你。”司狂澜都懒得看她，“你手里那两只妖怪，与我解的是非密不可分，肖府之事尚未了结，我留它们还有用处，岂能让你弄丢了它们。”

“你……”桃夭气急，这不知天高地厚的家伙，没瞧见自己的剑都冒烟了吗，再来几道天雷，手不要了？脑袋不要了？

雷神微微皱眉：“方才不过小小惩戒，为了两只小妖，你们当真要违逆神旨？”

“两只小妖……”桃夭抬头，直视雷神眼睛，“雷神大人，你既是为了它们而来，想必也早就知道它们在肖府之中的所作所为。”

“那又如何？”雷神反问。

“那我代它们问一句，若肖元新这样的人都能幸福平安，那安分守己的人为何会有如此不堪的下场？”桃夭一字一句都说得清楚响亮，“你的天雷，到底是劈什么的？”

雷神沉默片刻，竟微微一笑：“这便是你的‘不服气’了？”

“是。”桃夭直言。

雷神看看四周，说：“你瞧这街上，每日有多少人经过，这些嬉笑怒骂的人类之中，有多少肖元新，又有多少方鹤羽，年年月月间，又有多少新仇旧恨，多少恩爱情谊？”

她当然没有数过有多少人经过，更不知他们每个人背后的故事，桃夭不吱声，揣测着他突然这么问的缘故。

“许是你们桃都独来独往惯了，而你这野人更是从不关注天界昆仑的种种，只顾着按自己的性子肆意生活，所以你定不知道，从许久前开始，人类的数量已经远远超过了天界昆仑的神仙们。”雷神看着她，平静道，“连妖怪的数量也要被人类超过了。”

“又如何呢？”桃夭只道，“神只要动一个手指，地上就能劈开一个大坑，山可平，水可竭，而凡人区区几十年寿数，连小小疾病都抵抗不住，所以数量再多有什么意义？”

“是啊，敌不过神的一个手指，区区几十年寿数，还有各种要命的疾病意外，委实脆弱。可即便脆弱成这样，人类依然绵延至今，不减反增。”雷神笑笑，“可见人类并没有你想的那么弱啊。”

桃夭愣了愣。

“神只是比人类稍微早一些出现在天地之间罢了。”雷神的语气很平和，“人从来不是神的附属品，若非要论一番关系，神似兄姐，而人似弟妹，如此罢了。弟妹尚幼时，兄姐多些庇护无可厚非，但小孩子总会长大，总要走到独当一面的一天，那时候，兄姐们再事事干预，便不再妥当了。这一点上，昆仑放手放得比天界更早，他们那边老早就表示过，对人界可适当帮手，但绝不过分干涉，除了因昆仑中人引起的矛盾与灾祸，其余一律不插手。如今连我们最多事的月老都不太干涉凡人姻缘了，自打被和合君呛了一番后，成日里也就在天上看看人间男女的热闹罢了。”他看向桃夭，笑，“你不是也有‘治妖不治人’的规矩？想来桃都也明白这道理，只是你还没有领悟到。”

桃夭沉默良久，说：“那样恶的人……也可以放手，可以视而不见吗？”

雷神想了想，忽然一扬手。一本闪着暗蓝幽光的黑色册子出现在他手边。

桃夭一惊，这便是传说中的雷神黑名册？把这玩意儿召出来做甚？

雷神打了个响指，那册子骤然展开，在空中一圈又一圈地绕开，似乎长得没有止境。

虽看得眼花，但也能勉强瞧见记在那册子上密密麻麻数之不尽的名字。要说记仇，谁能强得过雷神……你根本算不出他的名册上有多少倒霉鬼。

“不必跟我炫耀有多少妖怪在你手里遭了殃。”桃夭哼了一声。

“这名册上，不光是罪妖，还有罪仙，也曾有罪人。”雷神看着与自己形影不离的名册，那些闪着暗光的名字在他眸子里跳跃，“身为天界雷神，掌司刑罚，我要做的，是剔除所有危害天界与人间的罪犯。你只看见一个肖元新的存在，却看不见我们上天入地追捕步入邪道能徒手毁掉一座城池的堕仙，看不见我们在救人时被恶妖吞噬的神兵仙将，也看不见我们以神之元灵复活一片焦土，令一方人群不至死于饥荒，更看不见我们从不苛求人类为神做些什么。”他顿了顿，指着自己的名册，“许多人视这本名册为不祥之物，但无论旁人如何看待，这些名字就是我们为天地安危做过的每一件事。”

桃夭看着那些陌生的名字，没有作声。

司狂澜放下了手里的剑，好像已经没有打起来的必要了。

雷神微一挥手，名册合拢于他手中，转眼消失无形。

“你们一个常于人界厮混，一个本就是人类，看起来也都非愚笨之辈。”雷神看着他们俩，“难道你们还不明白，人心这个东西，纵是神明也难以干预。”

桃夭看了看司狂澜，他的剑已经回鞘。

“我们愿意为人类治疗一切‘外伤’，可内伤，只能靠人类自己治。”雷神继续道，“肖元新之辈，我若出手劈了他，世间不过是多一个‘运气不好被雷劈了’的人，第二个第三个第无数个肖元新又怎么办呢？都要我来劈吗？”

“无解吗？”桃夭问，她心中忽地没了怒气，只留一点无力的失望。她竟然从未深思到这一层，在人类的春夏秋冬里，并不止这一个肖元新啊。纵是神明，纵是生命漫长的她，也确实无法保证把每一个肖元新劈死在作恶之前，或之后。

“并非无解。”雷神似乎很愿意看到她求教的模样，“一恶必有一制，此乃天地定律。”

“若真如此，世上何来恶无恶报之人。”桃夭却不同意，“无人能制。”

“并非无人，不过是你说过的‘视而不见’罢了。”雷神看着街头这些男女，“因怯懦，因利益，因私欲，因怕麻烦，能制而不制者越多，恶无恶报者越甚。”

闻言，桃夭心下一动，好像雷神也不是个只晓得劈人的武夫……可她还是忍不住嘀咕：“那肖元新好好地活到了现在……”

“有肖元新这般的，就有他这般的。”雷神突然抬手指了指司狂澜，“方才我听你说你与肖府之是非尚未了结，留着那小妖有用处？”

“正是。”司狂澜答，“所以无论你使用暴力抑或长篇大论，我依然不能让你带走它们。”

雷神略略思忖一番，伸出一根手指：“一个月后，若敢再阻挠，便不是今日这般轻松了。”

他居然松口了？！

桃夭心头一块大石顿时落地，但马上又提起来，脱口而出：“不成！还是不能交给你，它们虽蠢了些，但罪不至死！”

“我几时说过它们是死罪了？”雷神都数不清自己今天皱了几次眉头了，他瞟了一眼桃夭腕上的金铃，“天界与桃都终是殊途同归，你的金铃都不曾响过，却来杜撰我的判断？”

“那是因为你在外的风评不怎样……杀妖如麻又不是我说的。”她撇撇嘴，小声嘀咕。

“你的名声不是更坏？对我都敢公然造次，还敢说没有威胁过我的手下？”雷神摇头，“下次见到你们家那位，今日之事我自会翔实相告于他。”

“好歹是天界大神，怎如此小气！”桃夭脸都要绿了，“你就算说了他也不会站在你那边的！你们又不是一家的！”

“试试看。”

雷神冷笑，转身正要离开时，却又想起了什么，回头走到桃夭面前。

司狂澜警惕地把桃夭拉到自己身后，面无表情道：“还有事？”

雷神从怀中取出一个小木盒，递到桃夭面前：“绛君托我带给你的东西。”

“他托你给我的？”桃夭一听，赶紧从司狂澜身后跳出来接过盒子，迫不及待打开来。里头躺着一根红丝编成的发绳，绳上还缀着一朵小小的玉桃花，白中透粉甚是可爱。

桃夭抬头看着雷神，狡黠一笑：“你到底还是把他抓回去了。不过我在洛阳的那几天都没听到打雷，可见是留下命来了。只是他身子也没剩多少了，如今怎样？被你吊起来毒打了吗？”

雷神瞪了她一眼：“他不过是逃命罢了，并非大恶之徒。我念他身已残缺，只罚入巧工坊内，以工抵过。”

“巧工坊？天界专门制造跟修补各种日常器具的地方？”

“他既善于粘贴，罚去此处岂不正好。且那里清静，又近仙果林，每天光是吸一吸仙果的灵气，也能留下一条命了。”

桃夭握着发圈，心下是难得的欢喜，活下来就好呀。

“多谢了。”她突然认真地朝雷神鞠了一躬。

雷神一挑眉：“今后也当如此恭敬才是。”

桃夭翻了个白眼：“一码归一码。我在桃都的地位不见得比你在天界的地位低，再说我为何要恭敬一个拿大雷劈我的家伙。”

“那是小雷。”雷神微笑，“真要了你的命，世间便少了个能帮忙的大夫，对我并无好处。”

“帮忙？”桃夭冷哼一声，“我治妖不治人，世间人类的破事我可不管。”说着她又赶紧解释：“那肖元新的事不算啊！我只是生气骂骂人罢了。再说我只是驱了他身上的妖气，连一句话都没同他讲过，他之后的生死我也不会管的！”

“嘴硬的死鸭子。”雷神摇头，又道一句，“你治的妖越多，好起来的人就越多。”

桃夭一愣，赶紧摇头摆手：“不不不，那是你的说法，我可是很守我们桃都规矩的。”

雷神不再理她，又看了看司狂澜：“凡人之中有你这样的异类，也是有趣。难怪你能跟那野丫头结成一派。回去让她给你的手用点药吧，徒手挡天雷不可能毫发无伤。”

面对来自神的夸赞与关心，且算是夸赞与关心吧，司狂澜也只是淡淡一笑：“多谢，无妨。”

见雷神要走，桃夭突然追上去一把拽住他的袖子：“等等！”

雷神盯着那双抓住自己的手：“大胆！”

桃夭赶紧扔掉他的袖子：“不是，我还有个问题想问雷神大人！”

雷神皱眉：“问。”

“十年前，人面曾在土地公像前向天界自首，你们没听见？”

“听见了。”雷神道，“又如何？”

桃夭一怔，旋即笑出来：“不如何。我就问问。”

雷神回过头去，正要离开，却又被桃夭抓住。

他拿出仅有的耐心看着她。

“还有一个问题！”

“说……”

“雷神大人可有婚约？”

“与你无关。”

"哎哎！雷神大人留步啊，你给我签几个名字再走啊！我带了纸的！！"

天上又一声雷响，桃夭赶紧闭了嘴，望着雷神消失的方向撇撇嘴，失望道："也不是我想要，谁让你在仙女圈里最受青睐，听说现在的行情是你一个签名能在昆仑换一筐蟠桃呢！再说也不单是我想问你的婚约，好多人都想知道嘛。喊，说走就走了。"

司狂澜扶额，若雷神再劈她，还是别替她挡了……

桃夭话音刚落，四周的光景便隐隐有了变化，那些被凝固的一切开始有了流动的迹象。

司狂澜小心注视着四周的动静，执剑的手下意识握紧了些，好像根本不记得还在自己右臂上作乱的疼痛。

很快，天空的云朵开始移动，四周喧嚣的声音也由小变大，眼中的街市又回到了最初的样子。那些被困在凝时术中的人，根本不知自己的时间曾缺了一段，只是地上突然多出来的几个坑让他们大惑不解。

蹲在灶前添柴火的小赵老板，见桃夭二人站在店门外，不禁奇怪地喊道："两位客官怎的跑到外头去了？可是我手艺不对胃口？"

桃夭赶紧转头对他笑道："怎么可能！好吃得不得了！奈何肚子已经太饱了，下回我们再来光顾。"

司狂澜斜睨她一眼："以为你会说再来一锅。"

"老板又不会跑，不着急这一时半刻的。"她忽然又走到老板跟前，管他要了两碗热茶，然后走回来，把茶递到司狂澜面前，"听他说了那么多话，怪渴的，喝吧。"

司狂澜皱眉。

"喝呀！"她把碗硬塞给他，"喝完！说着她自己也咕嘟咕嘟灌起来。

好像也真有点渴，司狂澜犹豫片刻，举起碗喝得一滴不剩。

见他喝完，桃夭才暗暗松了口气，然后突然表情夸张地翻了翻自己的布囊："哎呀，我那颗药去哪里了？一定是刚刚不小心掉出来落在哪里了……罪过罪过，止疼的药呢，材料可珍贵了。该不是掉茶水里了吧？不可能，一定是掉在路上了，得找找去。这万一被哪个人吃了可不能怪我！"说罢，她一脸焦急，把司狂澜扔在身后，一路东瞧西看地走开了。

说她无赖又不讲道理吧，可就算是做样子，也不肯坏了自己的规矩……治妖不治人？之前不是说要拿给他治病来当酬劳吗，那这颗止疼药算什么呢？定金？

司狂澜望着演技拙劣且毫不尴尬的她，稍微活动了一下右臂，好像的确没那么疼了。

◦ 4 ◦

两人前后脚回了司府，桃夭自是被柳公子磨牙抓过来刨根问底。除了关心肖府的是非解决得如何，他们更关心这一路上她跟二少爷之间有没有“和平共处”，更更关心同心协力且一夜未归的他们，关系有没有出现什么值得期待的“转机”，磨牙更是老早就把润喉的茶水给桃夭准备好，还贴心地装了一盘瓜子……

司狂澜则是刚一进门便叫上苗管家进了书房，饭都没有出来吃，天晓得他们在闭门商议什么重要事项。

对比书房里那一场密不透风的对话，桃夭的房间却在这一天里传出了有史以来最多的惊叹声。

“什么？这是人能干出来的事？”

“什么？还不能拿他怎样？要不我去吃了他吧……”

“什么？雷神亲自找来了？”

“什么什么？你还跟雷神打起来了？是我们耳朵出问题还是你疯了？”

“什么什么什么？二少爷去挡天雷？还挡住了？”

“这个……你确定跟你回来的不是二少爷的一缕幽魂或者是你的幻觉？”

咚！

磨牙的头上又被敲了一记，桃夭白他一眼：“死人活人都分不出还当什么大夫？还幻觉……你们也一起幻觉了吗！”她抱着茶杯喝了一口，皱眉，“莫说你们了，我都被吓了一跳。他简直是个怪物嘛！”

“但他的确只是个有血有肉的凡人。”一颗瓜子从柳公子手指间咔一声跳出来，“要么是他天赋异禀，要么是他手里的剑非同小可。”

桃夭点点头：“他的剑气连妖怪都逃不过，既是司府三宝之一，本事确实不小。可见人间也从不缺神兵利器啊。”她叹了口气，“当然更可能是无知者无畏吧，他哪知晓雷神的厉害，见还是头回见呢。”

“再是头回见，对面站的也是一位神啊，这他总知道吧。”磨牙心有余悸，“凡人见了神明，几个能撑住不下跪磕头的？不但不敬畏，还跟神动手……阿弥陀佛，二少爷能全身而退，定是平日里做了太多好事！”

“她也做了太多好事？”柳公子指着桃夭的脑袋，“是雷神根本就没想对付他们。天界之中能坐到那个位置上的神，光有劈人的本领可不够，智慧胸襟气魄一个都少不得，他对你们说的那些话，我看倒是诚心诚意的。”他又剥开一个外表光洁饱满的瓜子，刚吃进去却又吐出来，皱眉道，“烂的……”

“烂的……”桃夭若有所思地用手指在瓜子盘里划拉，雷神那本长到没有止境的名册，好像又在她眼前蔓延旋转起来，良久，她方自言自语道，“外伤好医，内伤难治。”

“哪里都是如此。”柳公子笑笑，旋即又碰碰她，话锋一转，“怎的，以后还哭着喊着要嫁雷神吗？”

桃夭顿时耷拉下眼皮：“他是真劈我啊！！”

磨牙赶紧道：“所以还是快快收了这份心思，比起情情爱爱，性命更要紧啊！”

桃夭瞥他一眼：“哼，你们就是怕被我连累而已。”

“是啊，我们怕啊！谁不怕啊？！”柳公子跟磨牙异口同声。

“还张嘴闭嘴都是好伙伴一家人……呸！”桃夭拉下脸，把吃剩的瓜子一股脑儿塞到柳公子怀里，“出去出去，我要睡觉了。”

被推出去的磨牙连忙道：“就睡了？不去看看二少爷？他可是豁出命替你挡了天雷啊，万一他身子有什么闪失……”

“能有什么闪失啊！我最值钱的止痛保命药都给他了……”桃夭脱口而出，却又立刻解释，“其实也不是我给的，是我没拿稳不小心掉到茶水里又刚好被他喝了。”

“哦……不小心。”柳公子跟磨牙心照不宣地点点头。

“去去，别烦我了，整宿没睡呢，困死了！”桃夭给了柳公子一拳，心虚地缩回房去。

一直到外头没有他俩的动静了，桃夭才又偷偷探出头来看看，然后蹑手蹑脚地溜出了马场。

说不担心好像还是有点担心……毕竟他挡的是雷神的天雷，再有天分他也是凡人之躯，哪怕雷神降的只是“小雷”，但万一落下隐患……算了算了，还是得去看看。

司狂澜房间外，她鬼鬼祟祟探看一阵，房里没灯火，也没人。

总不能还在书房里关着吧？她回头正要往书房那头去，却冷不丁瞧见司狂澜正悄无声息地站在她背后，沐在清冷月光里的那张脸略略有些疲惫。

她吓一跳，赶紧站直身子拍了拍心口：“大晚上的你走路不能给点声音？”

司狂澜看看她，又看看自己房间的窗口，冷冷道：“想偷什么？”

“我偷……偷你的窗户纸行了吧？你窗户纸可太值钱了！”桃夭叉腰瞪着他，就知道是这样，无论他们在外头经历了什么，只要一回到司府，他们两人的交集仿佛就会瞬间消失，司狂澜甚至连一个生动的表情都舍不得给她。

“我的窗户纸也不是想偷就能偷的。”司狂澜绕过她，“无事禀告的话，回去歇着吧。”

眼见他要走，桃夭也顾不得许多，上前一把撩起他的袖子，抓住他的手腕。

“你……”司狂澜皱眉，却没有把她的手甩开。

“别动，我把个脉就走。”桃夭的手指熟练地摁在他的脉门上。

司狂澜没动，虽是不太情愿的样子，却也任她的手指在自己腕上轻轻弹跳。

院子里比任何时候都安静，两个人都专心地站在一地月光里，能听到的只有对方轻微的呼吸与心跳。

终于，桃夭轻轻吁了口气，神情轻松不少，她收回手，又恢复那嬉皮笑脸的模样："您是给我发工钱的二少爷，横竖不能让你落下病根儿。雷神虽然手下留情，但瘦死的骆驼也比马大，你不当回事，我却是不行的。不过看样子你确实没啥事，就是血气稍微损耗了些，既已经误服了我的药，休息休息就没事了。"她把"误服"两个字说得特别清楚。

"多此一举。"司狂澜摇摇头，径直入了房去，关门前却又说一句，"那两只小妖你务必看管好，肖元新的事，还要靠它们助一臂之力。"

"它们本就是我的病人，不用你吩咐。只是你……"

桃夭话没说完，司狂澜的房门已经不客气地关了。

"这家伙……"她冲着他的房门扮了个鬼脸，心头却丝毫没有吃闭门羹的火气，明明该他做的事已经做好了，明明自己已经那么疲倦了，那些本不该他操心的事他却依然放在心里，这个人啊，好像总是说得少做得多，又任性又可靠的样子。

也许雷神说的没错，世间有肖元新这样的人，就会有司狂澜这样的人。

一恶必有一制，她姑且信了。

窗户上亮起了光，司狂澜的身影投在上头，是好看的轮廓。

桃夭打了个呵欠，转身离开。他有他要忙的事，她也有。

那一天之后，桃夭突然变勤快了。

柳公子跟磨牙都以为她被雷神劈出什么毛病了，向来懒散的她竟对治病这件事变得积极起来。除了喂马之外，早出晚归成了常事，有时连饭都没吃完人就跑了，有几回一走便是好几天，回来后第一件事就是大吃一顿，然后倒头便睡。问她，她只说烧纸的妖怪排成了长队，可烦死人了。再问，她便说多治几个妖怪，让人界多得几分安稳，一来证明她并不是来人界骗吃骗喝一事无成，二来若雷神真要跟那个人告状，她也能多一个逃过一劫的理由，起码功过相抵留条小命不是。

好像都说得过去，磨牙信了，还叮嘱她万事小心，必要时还是把他跟柳公子喊上比较好，起码有个照应，毕竟妖怪们性格各异，本事分高低，心性也有善恶，不是每个家伙都能对她客客气气。虽然他们好像早就习惯了在司府里当个普通人的生活，但他们终究不是普通人，他们三个从桃都一起出来，早晚还要一起回桃都去的，谁都不能出事。

"小和尚说得不错，你忙着挣表现不是不行，可也稍微悠着点儿吧，你也不是铁打的。排队的妖怪也不是今天才排上的，要怪也怪你从前太散漫，落下的旧账想在短时间内补上是不可能的。最近光是冒烟都冒好几回了吧？"柳公子凑上来瞧了瞧她的头顶，"啧啧，怎么觉得头顶稀疏了呢？”

“滚！”桃夭白他一眼，“你一条蛇，全身一根毛都没有的家伙，好意思说我顶上稀疏？”

“关心你都听不出来，伤心。”柳公子十分委屈，摸了摸自己的头发，“我头发明明又黑又亮又茂密，人形也是我的一部分啊！”

“你少说废话少做饭少作诗就是对我最大的关心。”桃夭哼了一声，“我的事我自有打算，需要你们的时候谁都跑不掉，不需要你们的时候，麻烦好好待在司府里享受普通人的生活吧。”

类似这样的吵闹，已经是他们生活里最常见的一部分。

磨牙没有觉察出有什么不对，反正他们三个不一直都是这样的生活吗，互相嫌弃又相依为命，吃亏挨骂最多的那个总是自己就对了。

但柳公子不一样，他觉得最近的桃夭跟从前不太一样，并不光是在勤快这件事上。

那一天傍晚，桃夭又风尘仆仆地回来，被坐在马场草地上的柳公子叫住了。

“啥事快说，我累死了。”隔着围栏，她不耐烦地说。

柳公子回头看着她，笑：“我不觉得你会怕雷神告状。”

“啊？”桃夭一时没回过神来。

柳公子转回头，一根野草在他手里转来转去：“你在偷偷做什么事情？”

桃夭一愣：“你说什么？”

“你的‘勤劳’来得莫名其妙。”柳公子一笑。

桃夭皱眉：“你这话也来得莫名其妙。咱们同一屋檐下住着，我昨晚吃了几碗饭你都知道。”

柳公子把手里的野草举高在斜阳里，看着它在风里摇摆的姿态：“小和尚说的，也是我想说的，咱们三个，谁都不能出事。你的不对劲他看不出来，瞒我却是不行的。”

桃夭怔了怔。

“总有个缘故吧。”柳公子又道，“跟司狂澜有关？你跟他现在走得那么近。”

“当然没有。”桃夭断然否认，旋即又挑眉道，“我跟他走得近，你们功不可没呀，你一个，苗管家一个，不是个个都把我往他那儿推嘛？苗管家就罢了，你凑什么热闹？也不知是谁提醒我，要我时刻记住自己是桃都的桃夭，喂马的小杂役只是人生过客。”

“啧啧，你看我才说了几个字，你就叽叽喳喳说了一大堆。不是恼羞成怒是什么。”柳公子笑出声来，“我提醒过你不假，那是我身为你桃都同乡的本分，但以我的性格来说，我并不爱干涉他人自由，反正会决定自己未来走向的，只有你自己，自己心头没有意愿，旁人说破嘴也是无用的。”他顿了顿，笑着晃了晃手里的野草，“以我这些日子的判断，司狂澜那样的人，是个可托付终身的好对象。就是凡人命短了些。”

桃夭脸一红，敲了围栏一下：“你没吃晚饭饿傻了吧？我的终身何须托付给他人？我自己就是最好的托付。”

“这个我信。”柳公子依然笑眯眯道，“但是我们桃都并没有天界那么多规矩，两情相悦什么都好说。无论如何，不要因为没有必要的压力，把自己搞得奇奇怪怪的。”

“你肯定喝多了。”桃夭盯着他的后脑勺，“坦白说，我的确不怕谁告黑状，但雷神那本名册至今在我眼前晃来晃去，那天我才突然意识到，天界那些傲慢的家伙们，也不光是过着高高在上的好日子。”

“所以呢？”

“所以，我对我过去的懒散有了那么一点点的愧疚。”桃夭特别强调“一点点”，“桃都的家伙，不应该输给天界，更不该输给人类。我也懒得管什么外伤内伤，我只做我该做的，只愿这天地之间，能少一分失望便是一分吧。如此，起码在人面这样微小的妖怪再问类似的问题时，我不至于哑口无言。”

“就这么简单？”柳公子笑问。

“要多复杂？”桃夭反问。

柳公子回过头，淡红的夕阳把桃夭的衣裳染出了柔和的光，他笑：“你长大了呀。”

桃夭哼了一声，转身就要走。

“桃夭。”柳公子又叫住了她，天边最后一线光在他眸子里闪烁流转，“我不光希望你没事，还希望你快乐。我们的生命太漫长了，所以想做什么就去做吧，又死不了人。烟花虽然短暂，但好看啊，看完还能记一辈子。”

桃夭愣了愣，柳公子的背影在她的视线里突然变得模糊起来。

“你再不回来吃饭，就跟这里的马一起吃草吧！”她用力揉了揉眼睛，在他没有回头前跑了。

不想让他看到自己现在的表情，也不想让他对自己说出这样的话来。她希望他们永远都跟自己吵吵闹闹互不相让，永远都以各种方式来讨她的嫌，永远以有利可图来定位彼此的关系，永远让她保有说走就走的潇洒，永远都不要让她的心产生任何羁绊……可现在看来，越来越难。

那么，先不去想那么遥远吧，起码这一回，一起从桃都出来的人，就要一起回桃都，毫发无伤，团团圆圆的。

同时她也很抱歉，对柳公子还是没有完全说实话。她这么勤快，不光是为了给桃都争气，她说过，她惹出来的祸事，她自己解决。

只是，还需要一些时间。

暮色中，她跑得很快，生怕跑慢了被柳公子追上，又被这条厨艺丢人但十分狡猾的蛇看出什么来。

○ 5 ○

初春的天气乍暖还寒，院子里的嫩芽纷纷倔强地冒出了头。

这个把月来，桃夭又跟不少妖怪盖好了章，而她并没有稍微休息一下的意思，仿佛已经习惯了随时出门的日子。

大约是应了“一年之计在于春”，过了年的司府每个人都很忙。磨牙除了打坐念经以及专心养鸡养狐狸之外，还在努力学习各种种植技术，像生怕吃不上素菜一样。滚滚则热衷于帮他刨土捉虫，配合得十分默契，柳公子则忙着研究各种古方菜谱，虽然对厨艺并没有多少帮助，好在苗管家体恤众人，年后的司府终于请来了新的大厨，算是开年的第一个好消息吧……

流连洛阳的司静渊也终于晓得捎封信回来，说自己还要晚些时候才回家，什么江山千里不可辜负，春光大好易得知己，反正一堆废话里表达的意思就是我坚决不会回来关禁闭抄八字，好不容易出来放风，那就得放个够，玩够了我自然晓得回来，勿挂念。

至于司狂澜，她都没机会跟他碰上几回面，不是他出府去了，便是她出诊去了。只是月中时，司狂澜来管她讨要那人面与隐隐，说至多带走三天便还回来。在她的药瓶里休养多日的两只妖怪早就恢复了健康，人面安全回到它的身体中，而桃夭也洗去了隐隐身上星磷兽的骨粉，还了它隐身的本事，并将它们安置在司府之中。司狂澜来讨，她也没有犹豫，将它们放进一个她亲手缝制的歪歪扭扭的布袋子里交给了司狂澜，还叮嘱他小心对待，三天后务必原妖奉还。

三天后，司狂澜准时把两只妖怪还了回来。

桃夭没有问他将它们带去了哪里，只问一句：“可帮上你的忙了？”

司狂澜点点头：“结果虽不能十分满意，但也得八分。”

“什么意思？”

“最晚，春暖花开时可见分晓。”

她知道他从不说没有把握的话，既是春暖花开时，那便再等一等吧。

这段时日，她又去了一趟云外谷，人面说在雷神来拿它们之前，想再去看看那个住了几十年的地方，再看看老冯。

那天，桃夭帮它给老冯烧了纸钱，还给他备了一壶好酒。

人面跟老冯说的最后一句话是：“抱歉，都没机会让你清清静静地看一回我开花的模样。”

老冯如果听到了，大概会摸着它的头说：“没事，其实你开不开花，我都高兴。”

一段缘分，总该有始有终。

云外谷的春风和酒香给它们送了行。

三天后，雷神的手下准时找到了她。又是那两个被她威胁过的家伙，见了她，一脸又怕又讨厌又惹不起的拧巴样。

她问他们雷神打算如何处置这两个妖怪，他们说雷神决定将这两只妖怪罚到仙果园去，说最近常有淘气小仙去偷果子，要它们戴罪立功，看守好果园，若能三年不犯错，便免它们二十仙棍的刑罚。

桃夭松了口气，看看自己辫梢上的桃花发绳，顿将雷神劈她的“旧仇”一分不少地放下了。雷神这家伙，她嫁是肯定不想嫁了，但敬意却是在的，不过肯定不会告诉他。于是，她一脸好脾气地对那两位拱手道：“多谢二位，还请代为转达我对雷神的谢意。之前多有得罪，还请两位不要记仇，也不要对旁人说什么我是桃都的恶婆娘这种难听话，我不恶，真的。”

“……那个，我们并没有说过这样的话。”

“对啊，我们怎会对桃夭大人如此无礼，绝对没有说过这样的话，都是诬陷。”

“哦……许是误会吧，二位慢走，不送了。”

她的脸色很好看，那两位却难看得很，回天界的路上还心有余悸，生怕桃夭在跟他们说话时就暗地里往他们身上用什么毒药。这个小心眼的女人，笑起来可比不笑吓人多了！

桃夭笑眯眯地摆手目送他们的身影消失在空中，然后伸出右手看了看，将沾在手指上的一丁点药粉吹开了去，拍拍手笑道：“骂我……回去痒上三天，包你们舒服到骨子里，嘻嘻。”

几只蜜蜂欢欢喜喜地从花间飞过，桃夭伸了个懒腰，深吸了一口带着甜味的春天的空气，心满意足地回司府去了。

被肖府搞坏的心情，终于好了许多。

不觉间，春暖花开的日子也真的到了，转眼已是四月天，午后的日光已经有了一丝灼热。

这天，她正在梅林里头晒太阳，苗管家忽然来寻她，说二少爷着他来说一声，要她明早随二少爷出去一趟。

“去哪儿？”桃夭奇怪得很，旋即高兴地瞪大眼睛，“该不是要邀我去踏青吧！”

苗管家为难地笑了笑：“踏青……以我对二少爷的了解，恐怕不是。”

“那我跟他去有什么好处？”

“二少爷说，你若这么问，也可以不去。”

“我去！”

“那便这么说定了。”

然后，桃夭抱着一颗快炸开的好奇心，心急火燎地度过了一夜。

第二天清晨，两匹马早早地候着了。

司狂澜从小厮手里接过缰绳，翻身上马，回头对还在磨磨蹭蹭的桃夭道：“去迟了可就赶不上了。”

还真是有什么好事？！桃夭赶紧跳上马。

在他的带领下，两人一路直奔东郊，最后停在一处位于山坡上的亭子前，那亭子上落了“望乡”二字，也不知是哪年哪月修的，很是老旧斑驳。

拴好马，司狂澜自顾自地往亭子里一坐，看着山坡下的某个方向。

今天天气不太好，此时已是微雨飘零。桃夭坐到他身旁，顺着他的视线往下看，除了一条空无一人的泥泞道路，不是什么都没有吗？总不能一大早地带她来看一条烂路吧？

不对，好像有人。

她仔细一瞧，路边的一棵大树下，撑了两把白伞，伞下看不清是什么人，只露出半截裙衫与绣鞋，应是两个女子。这附近并没有什么好风景，且天气还差，多半不是来踏青游玩的路人。

“二少爷喜欢在这光秃秃的地方赏雨？”桃夭又看了一圈，除了白伞下的人，再无其他值得多看一眼的地方。

司狂澜没答话，只专注地看着那一个方向。

桃夭讨了没趣，也懒得再问他，无聊地撑着栏杆托着下巴，等着看这场雨能带她赶上什么好事。

约莫半盏茶工夫，越来越大的雨水里，烂泥路的另一头远远挪过来几团人影，伴着一阵隐约的马蹄声。走得近了，才瞧清楚来的是两个戴斗笠披蓑衣的男子，骑着两匹黑马一前一后地缓行。两匹马儿也甚是规矩，行走中始终保持着相同的步调，令彼此间的距离始终不变，让那个在它们中间艰难行走的人不至于被马蹄踢到。

桃夭的眼睛顿时瞪大了一圈——走在两匹马中间的人，竟是个扛着枷锁的犯人，手脚上的镣铐在他走出的每一步里哗哗作响，成了四周最刺耳的动静。而那个踉跄而行的犯人，看得出犯事前过得不错，肥肥白白的，就是囚服脏了些。

即便隔着一个山坡的落差，她也认得出枷锁上那张颓丧的脸。

肖元新……完全恢复一张人脸的他，看起来还真有几分不习惯。

“怎会这样？”她看向司狂澜。

“里通外夷，走私行贿，滥行巫蛊之术。”司狂澜淡淡道，“三条大罪，肖元新流配沙门岛，永不赦，肖府财产悉数充公。”

桃夭诧异道：“谁判的？”

“狴犴司的案子，自然由狴犴司盘查审断，务必真相大白，判罚毫无偏颇，再请天子示下方告结案。”司狂澜看着雨水中的他们，眼中没有任何起伏的情绪，“官府不方便办理的‘奇案’，向来由狴犴司代劳。江山易改本性难移，肖元新这样的人物，能做出那些发指之事，必定还有其他错处，只要查下去，必有斩获。狴犴司虽存于朝堂之外，自成一脉，行事作风虽古怪些，却也是以守山河社稷，护百姓平安为己任，按律而为，不枉不纵。”说到这儿他不知是想起了什么，笑笑，“一恶必有一制，当要制得有证有据，有法有理，如此，你总算有脸面去回答那只妖怪了，虽迟了些，但不配过好日子的人，终会过上他该过的日子。”

她心中释然，却又道：“狴犴司对江山百姓怎样另说，当初冲霄塔上，他们对妖怪可一点不曾手软。连苗管家这么好脾气的人，似乎也并不太喜欢他们。而且你自己不也明里暗里跟他们对着干吗。”

“我几时同他们对着干了？”司狂澜不承认，“不过是各有各的立场罢了。”

桃夭哼了一声。

这时，山坡下突然传来撕心裂肺的哭喊声。

白伞被扔到一旁，泪水雨水混了一脸的肖夫人跪倒在夫君面前，死死抱着他的腿，风大雨大，虽听不太清她在说什么，但猜也能猜出来。

这个男人就是她的全部世界，这一走，生离死别，如今她一个犯人的家眷，一无所有的妇人，除了将篮子里的干粮与仅剩的钱财交给他，自己哭得再肝肠寸断，还能做得了什么呢。

桃夭完全不想去判断自己对这个女人是什么感觉，愤怒还是遗憾都不要紧了，此刻她只是在想，这场雨能下小些就好了，起码最后的一场告别不至于那么狼狈。

她也不想再去追问司狂澜究竟是如何在背后完成了这样一件事，狴犴司之于她，如桃都之于司狂澜，那是他们两人各自的世界，也许现在还不是互相了解清楚底细的时候。她只知道，肖府的是非，到此为止。她能做的，他能做的，都做完了，小妖怪与那些逝去的人们，那些沉在岁月与泪水里的，所有疑惑与委屈，总该在这场雨水里洗刷干净了。

哭声，铁链声，马蹄声，在这场密集的春雨里渐渐远去。

桃夭看了看晕倒在丫鬟怀里的肖夫人，转过身对司狂澜道：“回去吧。”

“没有问题了？”司狂澜看着她，“回去之后，可不能再烦我了。”

桃夭撇撇嘴："还以为能砍他的头呢，只是个流刑。"

"原本小安之死足以判他死罪，奈何只有人面一方证词，救治小安的郎中夫妻皆已去世，小安尸骨亦不知去向，我们虽心知肚明，然寻不到受害者，依法难定杀人之罪。不过……"司狂澜又回头看了看他们离开的方向，"你以为流刑能比死刑幸福？"

桃夭想了想："以他那养尊处优的身子，能不能活着走到目的地都是未知数，倒是一刀宰了才不受罪。你说得不错，是我狭隘了。"

"难得你能对自己做出正确评价。"司狂澜笑笑，走出亭子翻身上马。

桃夭冲他吐了吐舌头，今天她可以原谅他所有的尖酸刻薄。

雨渐渐小了，落在脸上痒痒的，带着些青草与野花的味道。

两匹马驮着那两个难得不互相攻击的家伙，轻松奔跑在回家的路上。

走着走着，桃夭突然喊了一声："司狂澜，我们再去吃汤菜吧！今天时间刚刚好，不用包场。我请客怎么样！"

"你出门竟会带钱？"

"我怎么就不会带钱了！"

"柳公子说的。"

"……"

天气越不好，越要去吃喜欢的食物，这样，一天里剩下的时间都会很快乐。

◦ 6 ◦

没想到……快乐说没有就没有了。

桃夭目瞪口呆地站在"小赵汤菜"的店门前，要不是眼前这一地的砖瓦石块上躺着"小赵汤菜"的店招，她一定以为自己找错了地方。

才一两个月没来，好好一家店怎的就成了一座勉强只剩下两面歪墙的危房？

打听一番，说是三天前的事儿了，天没亮时，只听轰隆一声响，小赵汤菜的墙就垮了，里头的家什全砸坏了，幸好是夜里，店里没人，不然非出人命不可。更吓人的是，不光小赵这边，隔壁街的玉器店跟裁缝铺，也都在一夜间遭了同样的难，万幸都没伤着人，只是玉器店的老板对着那些被砸坏的玉石珠宝，哭得比自己去了半条命还伤心。

桃夭也很伤心，这以后得多长时间才能再吃上她喜欢的汤菜？

路人在她身边摇头道："这条街的房子都很有些年头了，平日里也没见众人仔细维护过，谁承想就塌了呢！说是夜里风大，可四月间的风能大成什么样？哪能大到把墙都刮倒呢。"

司狂澜不顾路人阻拦，进去将这倒霉的地方上下察看了一番，最后盯着那两面幸存的危墙道："确实不是风，墙上的砖石都裂了，自然撑不住。"

桃夭从里头捡起一根孤零零的筷子，叹气道："既知道是老房子了，就该小心些，小裂缝不管，早晚成大伤口。"说着说着她又觉得哪里不对，嘀咕，"可再是老房子，也不至那么巧，三间老房子同在一夜间塌了吧……若是地龙翻身之祸，不可能只影响三间房子呀。"

司狂澜走到她身旁："你在嘀嘀咕咕些什么？"

"我……唉，没什么。"桃夭把筷子一扔，垂头丧气道，"只怪他们运气不好吧，这些房子肯定在修筑时就留下了隐患。如今却连累我吃不到好东西。"

"小赵老板既没事，店子早晚会重开。"司狂澜看着落在地上的店招，俯身将其拾起来，抖了抖灰，顺手挂到个干净地方，"回去吃自己家的饭吧。"

"嗯……"桃夭仍是失望得很。

"苗管家说，展师傅今天要做他拿手的莲花脆汁水晶肉，名字如此长，也不知是个什么味道。"司狂澜随意道。

展师傅便是司府新来的大厨，也是最近唯一一个只要一提起他的名字就能让桃夭立刻心情开朗的人。

她在心里真诚祝愿小赵老板早日东山再起，然后立刻毫不犹豫地跟着司狂澜回去了。路上想得最多的，是那道名字那么长的菜，够不够他们那么多人分……

紧赶慢赶总算是回了府。刚进门，便瞧见一群小厮抬着梯子到处走，另有一些仆役婢女们也忙着在各处墙面前仔细查看着，生怕漏掉什么重要东西似的。

"这是做什么？"司狂澜问。

一个小厮赶紧上前道："二少爷，这是苗管家吩咐的，说是咱们府里有的房间墙面有了裂痕，要我们立刻检查所有房间，及时封补加固，咱们这都忙一上午了。"

桃夭听了，顿生疑惑，问司狂澜："以前苗管家也这么兴师动众过？"

"从未。"司狂澜自己也有些不解，"司府一砖一瓦都甚是坚固，无论狂雷暴风抑或地龙翻身，都不曾有大损失，苗管家每年只会做些例行的检查与翻修而已，从未如此紧张过。"

这便更奇怪了，桃夭皱了皱眉。

众人一通忙碌下来，还好，除了苗管家在饭厅西面墙壁上发现的裂痕之外，府中其他地方都没有异常。

饭厅里，桃夭站在西墙前，仔细看着墙面上那道足有三尺长的裂痕，只见那裂痕自墙根而起，还特别深，像是被刀刻上去一般。

“幸而发现得早，不然早晚要出事的。”苗管家心有余悸，“我已找了最好的工匠来修补加固，大家不必担心。”

“啥时候裂的？今天？”桃夭问他。

“今天才发现。”苗管家道，“但看这裂痕的新旧程度，也就是这一两日的事儿吧，司府之前从未发生过类似的事，所以我才特别上心。”

柳公子上前将裂痕上下看了一遍，挠头：“谁偷偷拿锤子砸过墙？”

“谁会干这样的事……”苗管家哭笑不得。

“你梦游时当好吃的啃的吧？”柳公子盯着在脚边转来转去的滚滚，又提出一个假设。

磨牙当然第一个不同意，直言道：“滚滚每晚都跟我睡在一块儿，睡相比你好多了！怎不说是你自己为了抓你喜欢吃的东西才一头撞上去的！”

桃夭若有所思地盯着柳公子，蛇抓老鼠，老鼠总顺着墙边跑，这个推测居然很合理……

“你看着我做甚？”柳公子咬牙切齿在她耳边小声道，“我不吃家养的！”

“万一你想换口味呢？”桃夭耸耸肩。

“我专一得很！”

苗管家听得一头雾水。

司狂澜懒得理会他们，摸了摸那裂痕道：“此处结构从未改变，不存在突来的挤压之力，又无人为损坏，按理不该有如此深的伤口。”

桃夭不禁又想到集市上那三间倒塌的房子，都是这两三天发生的事，未免有些太巧了。她也上前摸了摸那道裂缝，指尖留下一团灰黑的痕迹，一丝微弱的气息从痕迹上散去，她嗅了嗅，没说话。

再怎么蹊跷，也不过是一道裂痕罢了，始终是上了年纪的宅子，偶然有点破损也说得过去，众人讨论几句便散了去，吃饭休息，很快便将白天这件事抛于脑后。

夜里，桃夭躺在床上，辗转反侧难以入睡，饭厅那道裂缝总在眼前晃来晃去。

躺平的她终于还是说了一句：“不成。”她果断跳下床，小心溜出房间，蹑手蹑脚地摸到了饭厅。

此刻已约莫二更天，饭厅里一片漆黑，只有走廊上灯笼的微光落在窗户上，透过虚掩的房门，勉强能看清里头的情形。

桃夭屏息静气地进了门，猫一样毫无声息地走到离那道裂缝最近的地方，蹲下来，也不知要等什么。

除了院子里偶尔簌簌而动的树叶和几声懒洋洋的虫鸣，饭厅里听不到任何别的动静。桃夭没有离开的意思，耐心保持着这个鬼鬼祟祟的动作。

又过了片刻，那裂缝中竟隐隐传出一些细如蚊蝇的声音。桃夭眼睛一亮，将脑袋贴得更近了些。

“你放开！”

“不能走啊！”

“大哥二哥都走了！”

“他们走了我们就要走吗！”

“不然如何？等着被恶物抓去杀掉吗？”

“不出去就不会的！”

“那大伯二伯和舅舅，他们三大家子人又是怎么回事！不还是被抓了吗！来了这样的恶物，再不走，我们的下场跟他们是一样的！”

“咱们这里跟他们的住处不一样，恶物恐怕根本没机会靠近！哥哥是太胆小了。再说，出去了，便是永远抛下这头家，别的地方我们也进不去，从此风吹日晒不说，谁都能将我们当作盘中餐！”

“出去了起码还能博个侥幸，留在这里才是死得更快！我是不信司府能挡住那家伙的！你要走便走，要留便留，不要阻我才是。”

吵架呢？！

桃夭完全屏住呼吸，生怕惊扰到裂缝里的家伙。

片刻之后，裂缝中竟挤出个寸把高的黑色小人儿来，勉强算个人形吧，像是拿乌黑的麦芽糖浇出来似的，软乎乎黏答答的样子，光秃秃的脑袋没有一根毛，两侧的耳朵却是大得离谱，像一对长错地方的大象耳朵，脸上只得三个圆孔，且算眼睛跟嘴？反正模样是十分滑稽的，紧跟在它后头从裂缝里探出半个身子的，是个跟它几乎一模一样的家伙，此刻后面的正紧紧抓住前面的，非不让对方离开，一番拉扯中，两个家伙一齐掉了出来，滚落在地上。

桃夭正好蹲在它们面前，终于笑嘻嘻地问了一声：“二位这是忙着去哪儿呀？”

两个家伙这才发现黑暗里居然蹲了一个她，吓得嗷一声叫唤，抱着脑袋就要逃。

“不想马上变成一摊血水就别跑，我不是恶物，不必害怕。”桃夭不慌不忙警告道。

两个小东西一激灵，靠着墙根不敢再跑，其中一个战战兢兢道：“你……你是司府中人？”

“可惜了两个大耳朵，年年月月蜗居于砖墙之内，却只听得见同类的声音。所以，不认识我也不怪你们。”桃夭一笑，“我乃桃都桃夭。”

两个小东西面面相觑了半天。

“可听过？”

“这……啊！好像很久前听太爷爷说起过，什么桃都鬼医什么的……”

“桃都？很厉害的地方？”

“太爷爷说它们那儿可是专门对付妖怪的！不听话的要关起来，还要杀掉呢！”

“啊？！”

桃夭听得想笑，真难为这两个毫无见识道听途说的家伙了。

“行了，你们只要知道桃都是专管妖怪的地方就行。”桃夭懒得跟它们多加解释，只拿手指敲了敲墙壁，“石固一族，有生之年皆在砖墙之中过日子，从不踏足其他地方，你们为何一副要弃家逃命的模样？”

“她认得我们啊。”

“好厉害的人。”

桃夭哭笑不得。

两个家伙嘀咕半天，一个终于鼓足勇气问道：“你真不会害我们？”

“你们犯了错，我才会收拾你们。”

“没有没有，我们没有犯错啊！”它们俩赶紧摆手，“是京城来了个恶物，专门抓我们族类，消息才刚传过来呢，我们便有好几家亲戚遭了难！我们的大哥二哥昨夜已经逃走了，等这消息完全散播出去，只怕京城之中所有同族都要被迫逃命去了。”

桃夭皱眉，问：“什么恶物？”

“不知。”它们摇头，“原本我们不离开家的话，谁都不能将我们怎样，可据说那恶物会发出一种可怕的声音，若恰好有同族在那声音范围内的，一旦听到，十之八九会迷失心性，不由自主从墙里出来，然后循着那声音过去，结果就……唉，我们好害怕呀，这些天生怕听到什么奇怪的声音！”

桃夭思忖片刻，疑惑道：“抓你们做什么呢……既不好吃，用处也有限。”

“我们也不知啊！”两个家伙委屈死了，“我们石固的数量虽然多一些，但历来安分守己，不但不害人，还帮人类护着房子，哪里就得罪到了这样的恶物！”

桃夭想了想，对它们俩道：“这样，趁现在还有机会回家，你们赶紧哪儿来哪儿回。恶物交给我来处理，你们万不要再动离家出走的心便是，我以桃都之名誉保证，有我管着，谁都伤不得你们。”

“当真？”两个家伙顿时转忧为喜，“你不骗我们？”

“你们财色皆无，有什么能让我骗的！”桃夭白它们一眼，又敲了敲墙壁，“赶紧滚回去！但凡司府里再多一条裂缝，都算你们头上，到时候都不用什么恶物出手，我纵是拆了司府也要把你们抓回去杀掉！”

“是……是……”两个妖怪吓得赶紧往裂缝里钻。

“等等！”桃夭又喊住它们。

“可不能反悔啊！”它们都要吓哭了。

“我知道你们石固有自己传递消息的方式，你将我方才说的话传给你在京城的所有亲戚，让他们先不要忙着逃命，不出七日，你们当不必再惧怕那恶物。但是，这七日之内有谁敢弃家跑路，害别人墙倒屋垮的，我一个都不轻饶！”

“是是！”

桃夭看着妖怪们的身影消失在裂缝里，心头却是轻松不起来了。

尾

“司府有石固？”被桃夭从睡梦中摇醒的柳公子，睡眼惺忪。

磨牙抱着还在梦中流口水的滚滚，也是一脸不解：“石固就是那种很小很小的，以人类建筑的墙壁作为自己巢穴，一辈子都不爱出门的……小妖怪？”

“嗯。”桃夭才不管他们两个睡醒没有，她的眉头从进来就没展开过，“石固，寸长，近人形，性温和，喜以墙为巢，择定则终生不出，屋得石固居，恒固之。中途离墙去者，墙裂之，三日后永不得返，亦无择新巢之能，无巢相护，则命不长也。”

柳公子揉了揉眼睛：“我知道啊，人界许多建筑里都有这种妖怪，它们也是无聊得很，天下那么多好地方，偏喜欢把一生都放在一面墙里，也不知那墙里是个什么花花世界。”

“但它们是好妖怪啊。”磨牙想了想，“虽说人界诸多建筑并不都依赖石固才能屹立千百年不倒，有虽然更好，没有也无大碍，若真遇到大的天灾人祸，石固的力量也是有限的。但寻常城镇之中，并非每间民居的修造都十分稳妥，若刚好有石固入住，便正好补上了这缺陷，住在里头的百姓也多得一分安全，不至于一阵狂风就给吹垮了。”

说罢，他俩睡意蒙眬的眼睛同时看定桃夭：“所以你这个时候把我们闹醒，就是要提醒我们世上有这种妖怪？”

两个人的耳朵同时被桃夭拧住：“清醒一点！要出事了！”

她这才将方才在饭厅里抓到两只石固的事详细说了一遍。

柳公子捂着耳朵，终于彻底清醒过来：“你意思是，饭厅里的裂缝是因为住在司府里的石固跑了几只？”

桃夭点头：“也幸好司府修得扎实，石固的作用便是锦上添花，所以跑了几只倒也无妨，不过是墙上出个裂缝，我估摸着就算跑完了，顶多是那面墙再多几道裂缝罢了。可小赵老板的铺子，还有街市上那些寻常屋宇民居就没这么轻松了，遇到修造时偷工减料根基不好的，全靠石固护着才能安稳，一旦失去石固，随便垮两面墙就是灭顶之灾，这回那三间房舍无人受伤，是运气。”她看着窗外漆黑的夜色，“那如果整个京城的石固在几天内全都跑了呢？”

磨牙顿时反应过来，脸色也变了：“那就不知有多少无辜百姓要遭殃了！随便垮一面墙也能压死人的！”

柳公子摇摇头：“恐怕不止老百姓，皇宫王府也多少要倒霉。石固数量甚多，根本来不及查明此地有多少房舍是它们的巢穴，无法预防。”

“石固天生懒惰，不到万不得已绝不会离开自己选的家，且只要它们待在墙里，外头的人想伤它们也是难的，哪怕雷神一个大雷下来把整间屋都掀了，只要还剩一块石渣，石固也能躲在那渣渣里保住性命，运气好的话，过些年又能被捡回去砌进新的墙里，又是崭新的一生。捡不回去也无妨，顶多是巢穴变小些罢了，反正它们傻乎乎的，也不会介意。”桃夭挠了挠鼻子，“但它们傻是傻，胆小也是真胆小，若真来了这么一个能将它们骗出巢穴施以加害的恶物，它们是真干得出离家保命的事的，大不了少活几年。”

柳公子掰着指头算了一下：“你答应它们七天内解决？”

“本来想说三天。”桃夭伸了个懒腰，“石固的心病，越早治好，麻烦越少。”

“可是，如今只知有个恶物，是雄是雌是方是圆都不知，如何下手？”柳公子觉得有些棘手。

桃夭耸耸肩：“找呗，能怎样。”

反正小赵老板的铺子也好，司府的饭厅也好，她喜欢的地方，哪里都不能被破坏。

且看看谁才是真正的“恶物”吧。

此刻，浓重的夜色下，一只大黑猫蹲在屋顶，冷冷看着脚下灯火稀疏的城池……

楔子

“我是妖怪。”她像从前一样，无所谓地笑了笑，“一条住在岸上的鱼。”

○1○

三个月前。

铁镜镇，令家。

笔墨纸砚在木案上排开，细白的纸上，笔尖缓慢移动，婉转圆滑的线条浸在午后的阳光里，无论最终走成什么形状，应该都是一场美好温柔的回想。眉目俊气的男子坐于案前，神色专注，执笔的手指上落着好几处早已愈合的旧伤口，他虽是聚精会神的模样，但在某个瞬间的迷离中，却不知他的思绪是在纸上，还是在那几道伤口上。

铁镜镇上的人，早已习惯将“令舒望”作为一个形容词来看待，但凡要提到一个“文武全才仪表堂堂名门世家出类拔萃”这样的人物，是一定要拿他出来当标准的。令家世代居于铁镜镇，以铸造铁器为祖业，匠心独具，手艺精湛，经令家之手而出的铁器，无论日常器物抑或刀剑兵器，因其过人的优质与精妙，渐渐成了江湖中人口中的“名器”，众人都以能得到一件“令家铁”为心愿。如今，令家的老当家已生退意，打算再操持个三五年，便将一门家业交给自己的独生子令舒望。无论是令家还是旁人，都以为这是顺理成章的最佳选择，毕竟令舒望如此优秀，虽出身名门，又是集万千宠爱的独生子，却无半分纨绔子弟之气，自幼习文练武，无视辛苦不畏寒暑，又有天分加持，一路下来自然长成个诗词书画信手拈来、刀枪剑戟无不擅长的青年才俊，难得他还有一颗路见不平的心，年少时便常干些锄强扶弱的事，赞他，他却不以为意，只说令家家训就是“锻坚固之铁，行侠义之事”。斯斯文文的外表下，倒真是一副铁打的硬骨头，不骄不躁，有勇有谋，众人都道老当家是上辈子做了大善事，这辈子才得了这般好的孩儿。

三年前，曾令不少姑娘家魂牵梦绕的令舒望成婚了，新娘是令家世交，指腹为婚，门当户对。

唯有这一桩婚事，多少是让人意外的。众人都以为令公子这样的人物，多半是要在行走江湖的日子里，寻得一位志同道合的红颜知己，两个人的相遇相爱应该是一个曲折动人的传奇，意外开始，圆满结尾，神仙眷侣。

可他偏偏选了最不曲折的那种。

也罢，谁说行走江湖就一定会遇到个红颜知己呢。

“爹爹！爹爹！”

走廊那头，跌跌撞撞跑来个一两岁的小人儿，手里攥着个糖膏，直奔他的怀中而来。

他从短暂的失神中回来，放下笔，转过身抱住儿子，微笑道：“说了不可跑太快，摔了又要哭鼻子了。”

“爹爹，吃糖糖！”小儿将糖膏往他嘴边送，他配合地咬了一小口，说好吃。

稚子慈父，一幅再温馨不过的画面。

这时，一个身型瘦弱模样清秀的女子朝父子二人而来，手里挽着一件披风，行走间却是右脚微跛着。

“虽是晴天，还是冷得很，你穿得太少了。”女子细心给他披上披风，口中虽在嗔怪，脸上却始终温温柔柔的。

“我这身板，想受风寒都难。”他笑着看她，“爹娘他们都出去了？”

“嗯，出去好一阵子了，说今天天气太好，要出去走走。”她伸手摸了摸他案上的茶壶，“凉了，我去给你换一壶。你又放小贵出去玩儿了？起码也留个替你换茶的人呀。”

“都说今日天气好了，那帮孩子哪坐得住，人在心不在的，不如放他们出去。”他不以为然，“凉茶也喝不死人的。”

“你呀，这群小厮都被惯出毛病来了。”她叹口气，“晚上想吃些什么？那天林伯母他们来，送了不少山珍，要不炖个汤？”

“汤？”他微微一怔，自言自语般道，“我昨儿夜里还梦见喝汤了。”

她掩口一笑：“可见是馋这一口了，我这便吩咐下去，让厨房给你做一锅暖身的好汤。”说着又摸了摸儿子的脑袋，说：“路儿，莫在此打扰你爹爹，跟娘亲去别处玩吧。”

孩子听话地爬起来，她一手牵他一手提起茶壶，转身离开。

她总是如此细心，照顾着他的起居，又小心翼翼地不打扰他，给他留出自己的时间。

“婉青，”他叫住她，“你不必如此操劳的，多休息些吧。”

她回头一笑：“照顾自己的相公谈何操劳，倒是你才要多注意休息，最近爹交给你的事情越来越多了，以后整个令家都要靠你撑住，我做这些小事算个什么。”

三年了，他居然还是不太习惯去应对这样的温柔体贴，只能回报一个笑容：“多谢了。”

“夫妻之间有什么谢不谢的。我去给你换茶。”她有点不好意思地转回身去，在背过去的时候，笑盈盈的脸上才稍微有一丝丝失落。

恐怕他们这对夫妻，最适合拿来解释何谓“相敬如宾”。

他们应该这辈子都吵不起架，可以到老都和和气气地坐在同一张饭桌前，躺在同一张床榻上，交换一些出于各自的角色所应该有的关心，波澜不惊地走完一生。

这是他选的未来。

谈不上后悔不后悔，毕竟他的人生还有更多的事要去完成，更多的责任需要承担。

他抬头，斜去的阳光还是有些刺眼。

众人都说今年的冬天定是最冷的，也许今日的暖阳是严寒来临前最后的奢侈了，她还是像从前那样，穿着薄薄的衣裳，敢大冬天地往河里游泳吗？还敢拿虫子熬汤喝吗？现在……有人帮她打开比石头还硬的凤尾果吗？

他的视线落下来，没有画完的纸上，是一张空白的脸，微卷的长发像鱼尾似的游动着，拂过他的记忆。

“我娶你如何？”

“我同意啊！”

“都不矜持一下……”

“令舒望，我真高兴。”

像一块石头砸进了死水，每泛起一圈涟漪，疼痛就增加一层。

他下意识地捂住了心口，眉头也皱起来。那不是臆想出来的疼痛，真的好似一把刀在心脏上旋转，从底部一点点往上，割肉裂骨之痛。

他痛苦地倒在地上，额头尽是冷汗，双手几乎要穿到自己的胸腔里。

茶壶落在地上摔得粉碎，然后是婉青的惊叫。

“相公！！”

◦ 2 ◦

哈啾！

柳公子又打了个喷嚏，双手拢在袖子里，顶着两个黑眼圈道：“这都第三天了，你就打算这么漫无目的地找下去？”

京城之中某片高高的屋顶上，桃夭缩着脖子打着呵欠：“别说话，仔细听。”

“说梦话的放屁的打嗝的，我都连着听三个晚上了！”柳公子不满地掏了掏耳朵，“还让我带着你在全城的屋顶上蹦来蹦去，你倒是轻巧，遭罪的都是我！”

“天天在司府好吃好喝地待着，你再不出来跳一跳，仔细变成个水桶腰的肥蛇。”桃夭眼珠一转，“不对，你那身形本来就是水桶腰了。”

幸好大半夜的，街头也没什么行人，就算桃夭被一脚踢下来，也砸不到无辜。

这三个晚上委实是苦了柳公子，桃夭为了治石固们的心病，更为了保住司府以及别人家的墙壁，已然拖着他在京城的房顶上蹿了三个通宵，就为了大海捞针般去寻找关于那“恶物”的蛛丝马迹。她说，运气好的话，兴许第一晚就能碰上再次出手的恶物，理论上对方不可能精确找到石固们藏身在具体哪间房子的墙壁里，而它既是用声音来捕捉石固，那么最好的法子便是找个最不影响声音扩散的位置，以求覆盖最多的房舍，撒大网捕鱼般碰运气。放眼京城，这个最佳的位置，只能是繁华之地的高处，所以这三个晚上，他们都在房舍最密集的区域里蹲守，恨不得把空气里每一个异常的声音都收入耳中。

但，他们的运气可能并不太好，三个晚上，除了柳公子说的那些声音，他们什么都没有听到，也没有在京城的夜里发现任何诡异的对象。

“也许那家伙已经抓够了，所以不出来了？”柳公子揉了揉眼睛，“要不我们随便拿个石头化成妖怪，回去跟那两个家伙说恶物已经被我们降服了？反正只要它们安下心不害怕了，就不会离家出走了，世界就安稳了。我真的好困啊……”

“呸！”桃夭敲了一下他的头，自己仍是不死心地睁着困倦的眼睛往四周查看，“你可以当一条诡计多端还脸皮厚的蛇，我却是不能做一个庸医的。若又垮塌几处房舍甚至闹出人命了，算谁头上？被那个人知道我们敷衍渎职，你替我下油锅还是我替你？”

柳公子半眯着眼睛，痛苦道：“我真的只是想睡觉……你应该让二少爷陪你蹲屋顶才是啊！”

“春天都来了你睡个啥！”桃夭一把掐在他的胳膊上，疼得他差点跳起来，睡意全无，甚是奏效。

让司狂澜陪她蹲守就免了吧，柳公子在旁边顶多是烦人罢了，起码还有个能聊天说闲话的对象,若换了他……算了,何必找这不痛快。再说他跟苗管家前天下午就出门去了,今天都还没回来，不知道又是哪里的是非要解决。反正自从那晚替他把脉之后，司狂澜都没有来找过她。不找更好,她现在也分不出时间给他。她都想好了,等治好石固的心病,再理直气壮找他邀功。别的不说，保住了司府的墙壁就是大功一件，奖励一年工钱也不过分吧！哎，不对……之前说好的三个月工钱他还没给吧？！

正分神时，街头传来打更的声音。

柳公子摇摇头："只怕今晚又白费了。以为你胸有成竹，结果找了个笨办法啊。"

桃夭也有几分丧气，若柳公子猜对了，那恶物已抓够了需要的石固，不再出现，想对付它就真的难了。

"你有什么聪明法子吗？"她的视线仍在不甘心地移动，不想放过深夜里任何一个异常，"怎么也要守到天亮。若七天都找不到它的踪迹，那就只能……"

"只能变个妖怪去交差对不对？我早说过我这法子能行！"

"就只能让你费点心，给咱们脚下的每座房舍，尤其是那些破烂老旧的，上一层固元咒，如此就算胆小的石固们都跑了，起码房子不会塌。"

"滚！固元咒是能这么用的吗！你就这么恨我，要我拿半条命去拼？你自己怎么不去！"

"咒法这块向来是你的长项啊，我的药又不能加固房屋……大不了回头替你熬一锅十全大补汤呗，放心，损耗的元气我一定给你补回来。"

"你认真的？"

"一个人拼命总好过咱们两个吃苦头吧。"

"你……"

"先别悲观，这才第三天，做蛇要有希望呀！"桃夭赶紧拍拍他的肩膀，说着又往司府的方向看了看。这一回，谁都没闲着，磨牙跟滚滚被她安排去监视司府里的石固了，她要他们务必盯紧，万不能让这些小家伙偷跑出来，万一有什么异常而他们俩又没回来，就立刻烧纸报信。

虽然法子是笨了些，虽然对结果也并无把握，但，就算是为了心爱的小赵汤菜和其他可能会有同样遭遇而她又喜欢的店子，一切且尽量去做吧。

至今为止，磨牙并没有消息传来，说明司府那头一切安好。他们这边，恐怕也要无功而返了。

这时，桃夭左右移动的视线突然停下来，她盯着左前方好一阵子，方拿手肘碰了碰柳公子："我怎么觉得又瞧见那只猫了？"

柳公子顺着她说的方向看过去——离他们大约两个房顶远的地方，不知几时卧上了一只体型以一抵二的大黑猫，一蓝一绿两只眼睛，在夜色中亮得像两盏小灯笼。

桃夭不提还罢，一提起来，柳公子才觉得这几晚好像的确在不同的屋顶上见过这只黑猫。一开始他也并不觉得奇怪，城中野猫何其多，趁夜上房爬墙不过寻常事，旁人都懒得多看一眼。

只是连着三晚都遇到同一只猫，未免也太凑巧……应该是同一只猫吧，那体型毛色与寻常野猫差别颇大，怕是很难找出第二只了。

桃夭皱眉想了想，盯着柳公子："你是不是吃了老鼠没刷牙？"

柳公子差点从房顶上滑下去："我几时吃过老鼠了！！"

桃夭低头嗅了嗅自己："我今天也没有吃鱼……"

他们在看猫，猫也在看他们，跟前两天偶然路过视而不见的模样截然不同，它此刻好像故意要他们知道，它也发现他们了，并且很乐意被他们注意到。

不待他们有什么动作，黑猫突然从房顶一跃而下，不见了踪迹。

"跟过去。"

桃夭抓住柳公子的胳膊，两人悄无声息地落到那只黑猫跳下的屋顶上，再俯身一看，脚下不远处一个院落的围墙上，那黑猫正站在墙头，嘴里却是多了个黑乎乎的还在扭动不止的小玩意儿。

老鼠？！

桃夭跟柳公子本能地以为，但再仔细一瞧，那露在外头挣扎不止的，并非老鼠尾巴，而是形似人类的四肢，以及一个圆滚滚的还长着一对大耳朵的脑袋……

石固？！

这只猫居然抓了一只石固？正当他们惊讶时，黑猫叼着石固从围墙上跳进了院子。

看来今晚应该不至于毫无收获了。两人紧跟着也跳进院子里，不过一座寻常民居，窗户半开，不见灯火，只隐隐听到里头传出阵阵呼噜声。

抓到猎物了，不是应该找个僻静处处理掉？怎的还往有人的地方跳？好奇的他们很快便在小院东边的墙角下发现了黑猫的踪迹。

此刻它正蹲在墙角处，似乎并不在意有没有人跟着它进来，将嘴一松，那石固便骨碌碌滚下地来，抱着脑袋贴在墙角瑟瑟发抖。

知道猫有玩弄过猎物再吃掉的习惯，莫非此番也是要先吓吓它再大快朵颐？这可不成，若被猫吃了，也不知哪面墙哪个宅子又要倒霉了。

两人正要上前阻止，却见那黑猫伸出爪子，拍了拍墙面："滚回去。"

咦？没听错吧，猫说话了？

那石固闻言，慌忙连滚带爬地钻进了墙上的裂缝里。

“再敢出来便吃了你。”

却是个姑娘的声音，清清脆脆，又带着些不容冒犯的冷硬。

“你听到了？”

“听到了。”

桃夭与柳公子互相证明自己的耳朵没出问题。

真的只是一只猫而已，没有别的诡异气息了。会说话……莫不是哪个高人拿法术化的？

黑猫转过身，一蓝一绿的眼睛平静地盯着他们俩：“我不是你们要找的目标。”

桃夭自暗处走出来，笑了笑：“你若是那恶物，怎会将石固引出来又费心放回去。”

“你是哪家的猫？报个名字。”柳公子警惕地打量着它，防备着一只能说话的猫可能带来的任何危险。

“本不想与你们有牵扯。”黑猫并不回答他，只说，“但看你们不眠不休在房顶上蹲了三个晚上，虽然笨拙，却是一片好意，故今夜才给你们一个同我说话的机会。”

好居高临下的猫啊，是不是体型大一点说话都比较有底气？！

天神与凡人之间的相遇，也不外是这种气氛了，这只猫竟比神还要神气。

桃夭与它对视了片刻，笑：“物种不同，无法沟通，你自便。”说罢，她拉着柳公子转身就走。

大概这是它万没有想到的，黑猫顿时慌了手脚，三两下跳到他们面前，一扫方才的高高在上，拦在他们面前道：“能沟通能沟通！！我好好说话不行吗！”

认错的速度快成这样也是他们没有想到的，桃夭哼了一声：“既知道要好好说话，那就好好说给我听。”

黑猫扭头看了看窗户那边，说：“换个地方吧，免得吵醒人类，我们也不方便。”

同意。

两人一猫翻出院墙，又回到了屋顶上，论清净无人，还得是这里方便。

“我是来帮忙，不是捣乱的。”黑猫昂着头，脖子上的长毛在夜风里飞扬，像头倔强的小狮子。

“帮忙？”桃夭盯着它骄傲的猫脸，“帮忙抓听到风声想跑路的石固吗？”

“我也是尽力而已，石固只能在夜里离巢，我的眼力在黑暗中比你们强出许多，这些日子也逼退了好些石固，但还是疏漏了小赵汤菜跟那两间店铺。”黑猫蹲在瓦片上，舔了舔爪子，“你们出来的第一晚，我便见到了你们，也大概听到你们在说石固的事，便知你们在做跟我一样的事情。”

“不一样。”桃夭摇头，“你虽厉害，却也不可能将所有想逃的石固都抓住。看你这骄傲自大的模样，不应该只是做这等治标不治本的笨差事哪。”她顿了顿，看向脚下这片沉睡的城池，“猫儿是为黑夜而生的兽，耳聪目明，行动敏捷，这城中大小动静都难逃它们的耳目，而你这只猫……姑且算你是一只猫吧，你既在我们之前便插手石固之祸，可见你知道的，远比我们更多。”

黑猫依然舔着它的爪子，没有说话。

“你不光是来帮忙的吧？”桃夭想了想，笑，“是不是考虑了三天才决定来跟我们正式见个面？”

黑猫停下来，放下爪子。

“石固之祸，说大不大，说小不小，想来你也知其中厉害，才不辞辛劳将逃命的石固逼退回去。”桃夭蹲下来，直视它漂亮的眼睛，“石固口中的恶物，你已知其来历？”

黑猫又沉默了片刻，终于迎上桃夭的视线，说：“桃夭大人，非要先烧纸，你才肯治病？”

桃夭一挑眉：“你知我身份？”

“金铃过处，片甲不留。”黑猫盯着她腕上金铃，“我与桃夭大人曾有一面之缘，你贵人事多，忘记了而已。只是这金铃红裳，连同你的古怪脾气，多年未变。”

桃夭挠了挠头，自己见过这只大黑猫吗？完全没印象。

“你说治病……”她又将黑猫打量一番，“有病的那个不是你吧？”

黑猫抬头看了看远处，答非所问：“本来我可以吃掉它。”

桃夭与柳公子对视一眼，它果然知道内情。

“我一直犹豫不决。”它突然深沉起来的目光在蓝绿的眸子里流转，“我不是大夫，不懂治病，能做的，只是吃掉我不喜欢的家伙。”

桃夭冲柳公子挤挤眼睛：“你俩该拜个把子，一个路数的。”

柳公子翻了个白眼。

“可你是不是忘了，我不光治妖怪，还杀妖怪。”桃夭看着黑猫，笑，“如果你是要请我替你的某个熟人治病，那便要做好它无药可救的准备。”

“我知道。”黑猫看着她，“所以我一直到今天才来找你们。我怕再拖下去，它真的无药可医。”

桃夭想了想，笑：“你倒是打得一手好算盘，明明自己就能动手，却要千方百计找个治病的借口，让我结果了它？如此，坏事都算我的，你还是菩萨心肠。”

“嘁！”黑猫不屑道，“桃夭大人多虑了，我杀生无数，与菩萨无缘，慈悲心肠于我本是累赘。”它又看了看灯火阑珊的远方，“若真无药可救，杀就杀了吧。”

夜风吹过，不知从哪里卷来一阵悲伤，刚好落进一对猫眼里，如滴水入深潭，转眼又无迹可寻。

柳公子将她往后拽了两步，低声道：“猫来得蹊跷，不先绑起来问明白底细？”

“一只小猫，还能吃了我不成。再说你还在呢，谁吃谁还不一定。”桃夭拍拍他的肩膀，“尽快解决石固的事是首要，且听听它怎么说，若真是胡说八道，再绑起来不迟。”

说罢，她上前一步，又从头到尾将黑猫打量个仔细，意味深长地啧啧道：“这身毛可太漂亮了，油光水滑的，一看就是吃得好的猫。”说罢又伸手去摸黑猫的脑袋，却被对方躲开。

“有事说事，我不喜欢被摸来摸去。”黑猫举起爪子，唰一下露出尖亮的指甲，“之前那些试图摸我的，都哭了。”

“小气。摸一下又不会秃。”桃夭撇撇嘴，“行吧，烧纸呢，本来是不能改的规矩，可我看你也不像是有纸可烧的样子，那就稍微变通一下。你只要答应我一件事，我便接了这病号。”

黑猫立即问：“什么事？”

“我治的虽不是你，但事成之后，你也得做我的药。”桃夭眨眨眼，晃了晃左手，“按规矩给我盖个章。”

黑猫思索片刻：“行。”

桃夭狡黠一笑：“爽快。你如此难得一见，将来我必猫尽其用。”

“那便说定了。”黑猫得了允诺，抬起猫爪往北方指了指，又犹豫了片刻，方道，“它在铁镜镇。”

◦ 3 ◦

夜，令家。

房中，老当家夫妇及少夫人紧张又满怀期待地看着那位从卧房中出来的白胡子老头，老当家迎上去，对老头拱手道：“何神医，犬子的病可有转圜？”

老头捋了捋胡子，又叹了口气。

众人顿时心下一沉。

令夫人眼见着就要站不住了，少夫人赶紧搀她坐下，又强忍住心中难过，安慰婆婆道：“大夫还没说什么哪，母亲不要着急。”

老当家攥了攥拳头，又问那大夫：“可断出是什么病了？”

大夫走到一旁，一脸愧疚地对老当家拱手道："老夫行医六十载，从未见过这般奇凶之症，实在束手无策，有负所托，还请老当家尽快另寻高明，不然……"他压低声音，"令公子情况堪忧哪。"

"您已然是京城之中数一数二的神医，高明过您的，即便有，短时间内也难寻觅。不如再想想法子？"老当家急得额头冒汗。

他直言道："并非老夫不愿想法子，是实在想不到法子。令公子这样的病情，百年难得一见，但凡有半分对策，老夫也不至于在这里惹大家失望了。"

老当家失望道："我们知您是能救必救绝不敷衍的名医，只是……连个药方都不用开吗？"

"开了也不过是浪费药钱啊。"大夫摇摇头。

"罢了，既如此，就不勉强了。"老当家做了个请的姿势，"您先去歇息，明早便送您回去。"

得了老当家的话，大夫总算松了口气，又跟众人施个礼后，忙不迭地拿起药箱，逃似的离开了这个陷入巨大绝望的房间。

令夫人看着大夫匆忙离开的背影，支撑着站起来，红着眼睛对老当家道："如今连这位神医都帮不上忙，望儿可怎么办哪？"

老当家强忍心痛，握住妻子的手道："这位大夫治不了，还有别的大夫。莫灰心！"说着，他又深吸一口气，身为令家的当家人，自然是不能哭的，他咬咬牙道，"若哪条路都走不通，便只能怪我令家时运不济，望儿他福浅命薄了。"

"不会有事的，相公一生行侠仗义，为人良善，上天也不会眼睁睁看他遭这份罪的。"少夫人紧紧握住两位老人的手，硬是不肯露出半分绝望的样子，"先将我从娘家带来的千年老参与白玉凝息丸都用上，虽未必对症，多少也有些益处。总有法子的！"

"婉青……苦了你了！"

令夫人搂住儿媳，眼泪簌簌而下，老少三人再也忍不住心中累积多日的痛苦，抱头痛哭。

此刻，令家最平静的应该只有令舒望自己了。

三个月前那一次突来的昏厥之后，他便再没有离开过自己的卧房。

起初那几天，心口总是日日夜夜地剧痛，当时请来的大夫诊断后说是心火太盛所致，开了些定心去火的药，他服了几日，确实疼痛降低了不少，正当他们全家都以为没事了之后，他却在一个清晨发现自己不对劲了，一股麻痹的感觉从心口扩散到四肢，竟连坐起来的力气都没有。再找大夫来瞧，却是开什么药方都不顶用了，情况一天不如一天，除了浑身无力，他的意识也越来越混乱，到后来竟连自己的爹娘妻儿都不认得了，终日躺在床上，似个无魂无魄的躯壳。

令家竭尽全力请来无数名医，令舒望的病情也全无好转，正当众人心急如焚时，令舒望的病又转向了更严重的境地。约莫四五天前，令舒望居然大半夜从床上爬起来，站到窗前，望着窗外景色发呆，妻子还以为他突然好转，惊喜地将老当家夫妇喊来，结果却差点要了老人家半条命——在他们叫他回去躺好的时候，才发现他的脚不对劲，好好的一双脚居然变成了灰黑色的石头，根本挪不动半步，最后还是靠他们将他硬搬回床上去。

更可怕的，他身体上的“石化”之症似有蔓延的迹象，前两天还只是双脚有事，今天，竟连小腿都受了牵连，也成了石头，照这样的速度下去，不出十日，好好的一个大活人岂不是要变成一尊石像了？！

他们哭喊着他的名字，他的眼睛却跟定住了一样，根本不对他们作出任何回应，只是嘴里偶尔会喃喃一些谁都听不明白的话。

今天来的大夫，算是令家最后的希望，他们费了好些力气才从京城请回来，却没想到是个连药方都开不了的结果。

今晚，注定又是个不眠之夜。

至少，一直在他身边照顾的少夫人是这么认为的。自令舒望病倒以来，她夜间从未睡过一个囫囵觉，困极了也只是稍微眯上片刻，转眼就能醒来，生怕错过了他的任何不妥。

今夜也当是如此度过。

燃着烛光的房间里，她坐在他身边，握着他的手，一遍又一遍地喊他的名字，一次又一次地跟他说今天又发生了什么事，路儿又来了多少次，喊了他多少声爹爹。

伉俪情深，不离不弃，便是这个模样了吧。

一阵不知来向的风，吹熄了只剩小半的蜡烛，也让困倦到极点的少夫人放弃了最后的坚持，趴在床边睡了过去。

一道幽蓝的光自窗外飘进来，落地时竟化成了个蓝衫女子，容貌秀美白净，身型娇小纤弱，一头微卷的黑色长发垂于腰际，除了脖子上挂着个用线绳拴住的黑色指环，全身上下再无其他饰物，素净得像一幅只勾了浅墨的画，只是那裙底之下，露出的却是一条蓝鳞微闪的鱼尾。

她默默站在他的床前，弯腰轻轻抚摸着他的脸。

三个月前，她也是在这样的月夜下，再次出现在他面前。

他以为她只是一场梦。他喊她的名字，她却只是笑，并不答话。他们坐在窗前，他说他很想念她。她仍是笑，不说话。

反正都是梦，他可以把藏起来的话都说出来。她静静地听，还像从前那样，用鼻子去蹭他的脸。她还是那么冷，柔软的鼻尖像冰一样，他突然觉得特别难过，这么多年了，她还是一个人吗？

她望着他，伸出手来，一滴眼泪状的清水在她手心里缓缓旋转，她拈起这滴水，送到他嘴边。

好香，像她从前给他熬过的汤。他想都没有多想，张嘴便将它咽了下去。果然是记忆里那个鲜美的味道啊。

她起身，拉着他走回床边，让他回到原位，躺回他妻子的旁边，这个连睡觉都躺得平平整整无比规矩的女子，此刻正沉在一场不会醒来的深梦里。

他想坐起来，却被她轻按回去，然后她俯身在他额头上轻轻落下一吻。

他觉得眼皮越来越沉，想喊她的名字都喊不出来，意识消失前，只看到她默默地退开，化回一道光，消失在窗外。

翌日，他回想起这场梦，却始终也记不起她在梦中的模样，提笔作画，怎么都画不出她的脸，只依稀记得齿颊间那一口汤的滋味，以及辗转心头的各种微妙的情愫。

一场梦罢了，活生生在面前的，还是自己的妻子与儿子啊。

可是，她从不是他的一场梦，她也是活生生地存在于他生命里的人啊。

三个月时间里，她用同样的方式喂他喝了三次"汤"，然后便是等……在她心里，区区三个月时间却慢得像镇子上那条快干涸的河水，流得蹒跚，惹人心急。

今夜，她又来瞧他，依然没有发出一丁点声音，只任由手指在他线条明晰的脸孔上游走，最后停在了他的嘴唇上。

月光如银，长梦深深。

少夫人一觉睡到了天明，醒来的第一件事便是查看夫君的情况，心头满是愧疚，只恨太不中用了，这样居然都能睡得着。

令舒望的病情意料之中的又严重了些，石化的部分依然快到膝盖。

那些灰黑而坚硬的部分，将整个令家笼进了最绝望的深渊。

谁能救救他？

谁能？！

◦ 4 ◦

春天的夜总是充满了各种温柔的味道，也埋伏着各种甜美的诱惑，连月色也变得分外娇媚。

铁镜镇上最高的一棵树，长在镇子南边的小河旁，从最高的树杈上看下去，整个镇子的景色一览无余。

可惜，无人敢爬这么高，白白错失了这般好的风景。

月亮好像变得特别近，仿佛挂在了枝头上一样，清亮柔和的光线里，女子背靠着树干，微仰着头，随风摇曳的裙摆下，一条蓝色的鱼尾摆在最高的枝丫间，悠闲地晃来晃去。

她喜欢这棵树，从来到铁镜镇那天起，便住在了这里。晚上可以看见最美的月色，白天可以看到令家的炊烟。

她垂下眼皮，默默地掰着指头，似在计算着什么，娟秀的脸上充满了希望与期待。

都说铁镜镇风光秀丽，景色宜人，可惜无人知道，铁镜镇最美的景色，却是此刻的她。

要不是赶时间，桃夭是真的愿意坐在离她最近的地方，带着一颗感恩的心，好好欣赏这条坐在树上晒月光的鱼。毕竟，不是谁都有这等的缘分与眼福，能亲眼看见世间最罕有也最美丽的妖怪之一——岸鱼。

连桃夭这般的人物，也只见过那么两三回罢了。

百妖谱上的记载是——岸鱼，鲛人之远亲，人身鱼尾，不居水而居岸，常以水边高树为巢，雌雄皆美，音色优，性温驯，善催眠造梦，能惑人心。然身强者少，寿不长，量渐稀。

现在这世间，能见到一条活生生的岸鱼，需要大运气。

可是，岸鱼跟石固……本是八竿子打不到一块儿的两个品种。

桃夭小心翼翼地站在低一些的树杈上，仰头看着那条安安静静的鱼。今夜月色如此之好，而岸鱼们最喜对月而歌，她曾有幸听过一回，什么声如琉璃、绕梁三日、大珠小珠落玉盘……人间任何一个词语，都不足以形容岸鱼歌声的美妙。反正，像她这种毫不风雅对音律也无甚兴趣的家伙，听过之后的最大感受，居然是想冲出去免费给它们开个保养喉咙的方子，然后抓住它们的手千叮万嘱，定要把这副嗓子当性命一样保护起来！

私心里她是想再听一回的……但这位怎的一点动静都没有呢？

心情不佳？她的神色看起来也没有不佳啊……

“听不到你唱歌，这月亮看起来也有点寂寞哪。”桃夭终于开口道。

她眉头微微一皱，朝桃夭这边瞟了一眼——树上突然多了个人，她却是半分惊讶都无，仅仅只看了这一眼，她的视线又回归原位，不是看月亮，就是看自己的手指，仿佛桃夭的出现还不及一片落叶的动静大。

“石固可不是能吃的玩意儿啊，无论你用哪种烹调方法。”桃夭仰着头，那条依然悠闲晃动的鱼尾巴跟它的主人一样，完全没有搭理她的意思。

坦白说，要不是她对岸鱼这种妖怪有天生的好感，树上这位姑娘现在应该是脸朝下趴在地上才对。

桃夭耐着性子道:“我方才去看过令公子了，再过些时日，他怕是要改名叫石公子了。你真不管？”

没有回应，她还是静静坐着。

“有合理的解释，你才是病人，没有，便是恶妖。”桃夭笑容渐冷，“你好歹选一个。莫要埋没他人来求我的一片心。”

她还是坐在那儿，掰着手指头，像听不见似的。

忍住，忍住，先别揍……

桃夭想了想，抬头一笑：“你那么想把令公子变作石头，别的大夫没法子，我这个大夫却是不同意的。他体内的石固之毒，不难清除。你的一番苦心怕要白费。”

闻言，她像从梦中惊醒，骤变了脸色，仿佛是突然被抢走了糖果的孩子，急怒上头。一声压抑又愤怒的嘶叫从她口中窜出，四周的树枝也随之抖动起来。

桃夭居然被吓了一跳，不是因为她突然的愤怒，而是她的声音……太太太难听了！那怎么可能是岸鱼的嗓子，破锣敲起来都比那好听，她差点就要拿手去堵耳朵了。

也在此时，那些抖动的树枝竟将她作为攻击目标，在某个愤怒力量的驱使下，齐齐朝她袭来，并在冲过来的瞬间，化作了红眼利齿的毒蛇，一股要将她撕成碎片的凶狠扑面而来。

这是真生气了？气性还挺大……

桃夭纵身一跃，“毒蛇”们扑了个空，在她刚刚站过的地方撞在一起，扭成了好笑的麻团。

桃夭来不及嘲笑出来，便觉脚下不妥，可能是光线不好，也可能是运气不佳，反正她这一跳，选了一根最差的树枝落脚……咔嚓一声，她心脏一坠，整个人便龇牙咧嘴地掉下树来。

幸而掉到半路，有人冲出来拎住了她的后衣领，虽然被拎小鸡的模样不太好看，但总算是平安落地。

“让你不要爬那么高，非要爬。”柳公子皱眉，“既知是这家伙，直接拿下不好？”

话音未落，那些“毒蛇”竟不死心地又扑过来，此刻整棵树都已变了模样，在月光下扭动成一个高大诡异的怪物，所有的枝干都迫不及待地化作要吃人的蛇，张牙舞爪地朝树下猛冲过来。而岸鱼，就冷冷地坐在这怪物的肩膀上，漂亮的鱼尾仍旧摇摇晃晃，看热闹似的等一个血流成河的结果。

它不该是如此凶恶的妖，果然是病了。

“你莫下死手！要留活的！！”桃夭喊道，生怕柳公子一个大嘴巴上去，那条鱼就没了……

柳公子冷哼一声，嘶一声露出口中尖锐的蛇牙，在他面前用毒蛇来攻击，无论这毒蛇是真还是假，不都是个大笑话吗。他飞速冲上去，都不用现出原形，不过三拳两脚下，便见断裂开的蛇头蛇身落雨般掉下来，一触地便化回了本来的模样，不过断枝残叶胡乱铺洒。

混乱之中，柳公子飞身直上，一把擒住岸鱼，连挣扎的机会都不给它，一掌劈在它的后脖子上，它哼都没哼一声便整个瘫软下来，滑到柳公子怀里。与此同时，诡变的大树随着它的昏迷，也回到了正常的模样，就是枝叶少了大半……

柳公子抱着岸鱼落回地上，只觉怀中这家伙轻得像一片随时会飘走的枯叶。

黑猫像个路过的看热闹的家伙，蹲在离他们不远的地方，时不时舔舔爪子，看似漫不经心，明亮的猫眼却又不时往这边关切地瞅一瞅。

柳公子将岸鱼小心放在满地落叶上，桃夭过来仔细检查一番后，她放下它冰凉的手，抬头对柳公子道："我知道它为何不唱歌了。"

柳公子皱眉："它那吓死人的叫声……"

"它声识已损，耳脉尚好，喉脉却无。"桃夭无比遗憾地看着这个以"音色优"而出名的妖怪，"除了难听的嘶吼，它发不出别的声音了。"

舔毛的黑猫突然凝固了片刻，然后继续它的动作。

"跟它捕捉石固有关？"柳公子眼珠一转，"石固说有怪声将它们引出，莫不是它喊得太厉害把喉咙喊哑了？"

"你当石固是我吗，只要喊一声吃饭了立刻就能钻出来？！"桃夭白他一眼，"这种笨妖怪常年活在砖墙中，只对同类的声音敏感。岸鱼的声音虽有催眠造梦惑人心的能力，对石固这种灵智不高的笨妖怪反而是没用的。"她回头，看着黑猫："舔脚的那个，你见过它捕捉石固的场面吧？可见它借用了什么工具？"

黑猫咂咂嘴："是远远地瞧见过，它只站在屋顶高处，手里并没有任何工具，只是像吹口哨那般鼓着嘴罢了，我却并没有听到任何声音发出来。""那便怪了。"桃夭埋下头，又将岸鱼从头到脚里里外外搜了一遍，最后将视线锁在它脖子上的黑石指环上。

她摘下这指环，借着月光细细一看，又放在手中捻了捻，然后一溜烟跑到河边，捧了一掌河水浇到指环上，只见那黑黢黢的玩意儿瞬间变得碧绿清透，待到桃夭把它沾上的水擦干，它又恢复成黑黑的一团。

"你做什么？"柳公子不解道。

桃夭将指环一握，皱眉："这指环是拿石固炼化而成，若将它含在口中，以气度出，旁人听不见动静，石固却是听得一清二楚。加上岸鱼本身就是个能惑人心的妖怪，配上这石固指环，它发出的声音便是让石固自动出来送命的催命曲。"

“它竟通晓这种法子？”柳公子不禁好奇，“虽只是个指环，但炼妖物为器，需要的修为可不低。我不认为它有这份能耐。以妖力迷惑我们的视觉，再低级地攻击一下，已是它的极限。再说，若它只能通过这个指环来诱捕石固，那么它没有这个指环时，又哪来的机会抓石固来炼指环？”

“所以我更奇怪了。”桃夭看着这个黑乎乎的小东西，若有所思，“谁给它的东西……谁教它的法子……还有，它的喉脉为何没有了？身体为何也变得这样轻？”

“问它呀！！”柳公子一撸袖子，“都不用你的药，我直接把它摇醒就是！”

“别！”桃夭打开他伸过来的手，瞪他一眼，“你明知它喉脉已无，就算醒了也说不出话来，何况它方才那模样，显然是心魔作祟，连神识都不清楚了，还指望它亲口告诉你？”

“那如何是好？”

“既是来治病的，自然能有法子，你莫吵，容我想想。”

这时，黑猫往前走了几步，看着一动不动的它，说：“它得的……真的是一场重病吧。”

“又哑又疯……算重病吧。”桃夭耸耸肩，侧目瞟了瞟黑猫，“倒也奇了，一只猫，却为一条鱼来求我。”

“是的。我也觉得很烦。”黑猫认真道，“如果当年一口吃了它，也不至于今天还要低声下气来求你了。”

桃夭盯着这张看似老实诚恳的猫脸：“从你来找我，到现在……从京城，到铁镜镇……你却连一丁点跟它的过往都不与我提起。它失了喉脉不能说话，难道你也失了？”

黑猫眨眨眼：“你也没有问我。”

“不是应该主动告知？”桃夭想揪它的胡子。

“我以为治病就是治病，尤其是你这般厉害的大夫，难道不是寻到病人给颗灵药就成了？”黑猫看着昏迷不醒的鱼，“那些不相干的细枝末节，说不说也不打紧的吧。”

“你当治病只是给颗药这么简单？”桃夭赏它一记白眼，“断病根必要知病因，否则治标难治本。”

“病因不就是它失心疯吗，千方百计抓石固给那男子吃下去，一害京城屋宇不稳，二害那男子活人变石像。”黑猫振振有词。

“失心疯？”桃夭冷哼一声，“我在这儿，轮得到你来编派病症？失心疯也要有个疯起来的缘故。不是张三不是李四，偏是那令家公子，不知它心结，我拿什么药来对症！猫啊，你提供的消息很不够。”

“我……”黑猫一跺脚，“我也不知它这不争气的玩意儿跟那姓令的有什么心结啊！几十年不见了，我也就比你们早半个月遇到它而已。”黑猫叹了口气，“那一夜，我与它重逢时，就冲它诱捕石固这个行为，一口吃了它，是天经地义，是尽忠职守，是我的功劳。可……终是下不去嘴。我远远瞧着她的模样，还是像当年那样柔弱清丽，可那双恶物般的眼睛，却是太陌生了。我一路跟它到铁镜镇，眼瞅着它将抓来的石固吃到自己腹中，然后从口中吐出一滴晶亮如水的玩意儿，我以为它是要修炼什么术法，却不承想它竟把这东西喂给那男子。我虽见过不少妖物，也大概知道它们的本事，但确实没有遇到过把石固化成水给人类服下这种事，我看那男人糟糕的模样，都不知它喂他吃了多少回了。我实在不知她这么做的目的，若是结了梁子想要人命，何必如此大费周章。可惜我不通医术，既治不了那男人的石化之症，也治不了它的失心疯。”黑猫抬头看着桃夭，认真道，“我曾试着从她看得见的地方经过，而它就像根本不认识我一样，看都不看我一眼。也许它真的忘了我，也许它真的疯了……除了跟那个男人纠缠，心里再没有别的。”

桃夭听罢，看看猫，又看看鱼，忽然说：“你是真的很喜欢它啊。”

猫脸一怔。

“喜不喜欢先不说吧。”柳公子像是想到了什么，插嘴道，“是不是失心疯也暂不讨论，我怎么觉得那令公子现在的状况更凶险些呢？你都说不知道他吃了多少石固了……”

“不管他的话，顶多再三四天吧，令公子就真成石公子了。”桃夭皱眉盘算起来，“我虽不治人，但岸鱼是我的患者，看情形，无论爱恨情仇哪一种，它的病八成由令公子而起，我治令公子其实是治它……嗯，这么算就合理了。”

她又考虑片刻，从布囊里拿了一颗橘色的药，塞进了岸鱼嘴里，对黑猫说道：“这是定心养魂的补药，先让它安心躺着，我们再去一趟令家，你反正也帮不上忙，留在此处照看吧。”

黑猫点头，无异议。

很快，桃夭与柳公子消失在夜色之中。来之前他们以为这是一场很容易完成的治疗，无非小妖怪罢了，但现在看来有些意料之外的麻烦。

刚刚躲进云层里的月亮又慢慢露出了完整的脸，夜风吹过，铁镜镇依然沉在宁静的梦里，没有被任何事情打扰到。

黑猫趴下来，在离它耳朵很近的地方，有些生气地自言自语道：“不是说过要好好过日子的……就过成这样了？”

树下的小世界，只得一猫一鱼，一地碎叶与月光。

○ 5 ○

窗外的天空，已隐隐见了光。

桃夭坐在令舒望的病床前，半晌没有说话。

少夫人趴在桌前，跟令家其他人一样，都睡得极深沉，扛出去卖了都不会醒的那种。

柳公子的深眠咒也就使了两分力，很够用。

“不好治？”柳公子看她脸色不对，“刚才不是还在岸鱼面前夸了海口，说治石固之毒容易得很？”

“我刚给他吃的祛除妖毒的药，没有起作用。”桃夭皱眉。

“一点作用都没有？”柳公子走上前，掀开被子的一角，发现令舒望的腰部以下依然是石头。

“不该是这样啊。”他有些诧异，“你桃夭的药，不可能连区区的石固之毒都对付不了。”

“我也觉得不该是这样。”桃夭掂了掂腰间的布囊，“这里头的每一颗药都是我亲手制成，不说药到病除，至少从没有毫无疗效的先例。”

“再诊诊？”柳公子将被子给他盖好，“许是什么地方你看漏了？”

“五脏六腑我都看穿了。”她看着令公子苍白的睡脸，“他不止被石固的妖毒所困，好似还有别的东西。”

“什么东西？”

“现在还不知。但他的脉相特别奇怪。”

“怎么个怪法？”

“像是有两个人的脉相。”

“……喜……喜脉？”

“你喜一个我看看？”

“我就随口一说……”

桃夭腾一下站起身，摇摇头：“这事还得要回到岸鱼身上，它不老实交代，事情会很难办。”

“它那个疯样子，能说清楚啥？”柳公子并不认为这是个好法子，揉了揉脑袋，“一个是对方的心结，一个是对方的解药，现在两个都神志不清，哎哟……这可真难办了。我们桃夭大夫终于遇到棘手的病例了。”

桃夭白他一眼：“我怎么觉得你挺兴奋的？”

“一直那么顺利的话，不利于提高修为。”柳公子笑笑，“多来点疑难杂症是好事。我对你有信心。”

“你在安慰我？”桃夭瞪他，心下盘算着对策。

柳公子摸摸她的头：“只是希望你越来越厉害而已。”

“我当然会越来越厉害！”桃夭打开他的手，“先别把深眠咒解了，让他们多睡一会儿。”说罢，又掏出一颗药给令舒望服下，说 ：“我需要一个不被外人打扰的地方。”

“你打算做什么？”柳公子瞧了瞧令舒望，那颗药下去，他的脸色似乎立竿见影地好了几分。

“这颗药能护住他的心脉，让石化之症不再加重，虽不能根治，若万一有什么……起码先留下半个身子吧。”说罢，她朝窗外看看，“你跑一趟吧，把它们带到这儿来。”

“真想到法子了？”柳公子怕她逞强，“其实……石固们的危险已经解除了，你大可不必再揽事上身，这人与人也好，人与妖也罢，都是他们各自的因缘，不是每次都要插手的。其中道理，我以为雷神已经劈醒你了。”他认真看着桃夭的脸，“你最近太忙太累了。”

“怕我出事？”桃夭笑笑，“打打杀杀的危险事向来都是你在做，我一个开方抓药的大夫能出什么事，不外乎治得好跟治不好。”

“也是，你比谁都贪生怕死。”柳公子撇撇嘴，收起那不经意间流露出的关切，只道，“我始终觉得这次的事来得蹊跷，这只岸鱼看起来不像你从前治过的任何一个妖怪。”

“我觉得你才蹊跷，方才不是还对我很有信心吗？”

“我对你有信心，跟我建议你不必插手，并不冲突。不过多个选择而已。”

“那我选择有信心地插手。快去！”

“你是不是又动了别的歪心思？非要治这条鱼？！”

“医者仁心被你说成歪心思？你再不去，岸鱼醒了又不知要发什么疯了。”

“你……哼！”

柳公子无奈离去。

拂晓时，他带着岸鱼跟黑猫回到令舒望的房间里。

桃夭已将少夫人送去别的房间，并将令舒望朝里头挪了挪，在床上给岸鱼空了个位置出来。

柳公子将岸鱼抱上去，然后一言不发站在一旁，看桃夭到底要怎么插手。

“你们俩要盼我点好呢，就好好替我守着。”她一屁股坐到床下的脚踏上，从布囊里取出一颗灰黑的小丸子，放到嘴边一吹，丸子顿时化成一条袅袅的烟线，听话地绕在她的指间。她手指轻动，将这烟线导向她跟岸鱼之间，然后将这烟线绕成了一个小小的圆环，接着便将岸鱼的头发捋了一丝过来，又从中分出一根来，放进了圆环之中，随后又拆了自己一条辫子，顺手拽了拽，找出长得最牢固的一根头发，小心捻出来。

柳公子突然抓住了她的手腕，脸色不怎么好看 ：“你做什么？”

“连心术呗。”桃夭老实道，“现下我能想到并能有效施展的疗法，只能是这个了。虽不一定能完全知道岸鱼的经历与心结，但运气好的话，几个片段也够了。”

“连心术？”蹲在桌子上的黑猫看着他们俩，质疑道，“一个烟圈就能让你‘连’上它的心？”

桃夭从柳公子身后歪出脑袋来瞪它："烟圈？这可是连理金翅兽的头骨炼化而成的秘药，化药成线，结发连命，可入心境！”

看起来不怎样，听起来却很不得了，于是黑猫不说话了。

柳公子却没有放手："哪里值得你用这法子？万一有什么闪失，你……”

“治病罢了，能用上的都要用，没什么值不值得的。”桃夭甩开他的手，笑着晃了晃手里的头发，“放心，顶多半盏茶的工夫，只要这根头发还长在我们的脑袋上没有断，谁都不会有事。而且我想，你不会讨厌我讨厌到要拔掉它吧？”

柳公子还是不放心："不成，这连心术需动你元神精魄，一根头发如此不牢靠，若有闪失，你便回不来了。”

“所以你跟猫才要把我看好啊。圆环消失前，可不能让人动我们的头发。”桃夭顺势将他推开，麻利地将自己那根头发放进了圆环之中，两根头发顿时像活了一般，自动缠绕在一起，在圆环中闪烁出斑斓的彩光。

桃夭坐直身子，闭上眼睛，老老实实地打起坐来，很快便如睡着般没了动静。

柳公子始终站在离她最近的地方，视线牢牢锁在那个连着两根头发的圆环中，心头只盼着半盏茶的时间快些过去。

“那个……”黑猫正要跳下来。

“你别动！”柳公子厉声阻止，“在她回来前，谁都不许接近。”

黑猫收回爪子，退回桌子上，说："你好护着她呀。”

柳公子冷脸道："我与她有契约，要为她做满一百件事，我没做完之前，她可不能死在我前头。”说罢，他又皱皱眉："我干啥跟你说这些……你个讨厌的猫，要不是你，她何须做这般危险的事。”

“要不是我，你们还在房顶上傻傻吹风呢。”黑猫也不生气，平静地看着床榻那边，“你们桃都的医术好古怪啊，得用头发才能连心，那要是遇到个光头该怎么办？”

柳公子想脱鞋子扔它……

“现在是你该考虑这个问题的时候吗？”柳公子咬牙切齿道，“你以为她是在睡觉？她现在是为了你的鱼在拼命呢！元神精魄是能随便乱动的吗！”

“可我看她运用得非常轻松啊。”黑猫不以为然，“而且，她是那种对自己的选择特别自信的家伙吧。真好啊，这样的性格。”

物种不同，真不能沟通。

柳公子冷哼一声，不想再跟这只猫说任何话，集中精神照看着桃夭的安全。

房间里安静得连一根针落地都能听到。

黑猫趴在桌上，居然打起了瞌睡。

柳公子则绷紧了弦，连窗外经过一只飞鸟都要心跳一下。

6

好像，许久没有看见过这般清净的傍晚了，天上夕阳渐淡，地上树影婆娑，或淡或浓的花香融在微热的空气里，连虫子的鸣叫都顺耳起来。

她坐在高高的树杈上，靠着树干，看着山下那片遥远的市镇，脑子里什么都不去想，空得像一片寸草不生的荒地。

如果时间永远停在这一刻就好了，这样便不用去想明天又要干什么，去哪里，又要遇到多少不高兴的事情。

咦，不对，就算时间继续走，她也不用想明天去哪里啊。

自己不是已经留在青崖寨一年多了吗，明天肯定还是留在这座藏于深山的寨子里呀，而且还有一堆事情等着她去做，比如教大当家的女儿弹琴唱歌，给寨子里的风水鱼添食换水，还要带福禄跟双全去它们喜欢的树下拉屎拉尿。哦，福禄双全是寨子里的两条看门狗，一黄一黑，脾气还可以，就是吃得多拉得多，精力过于旺盛，经常拖着她漫山遍野跑，与其说是她遛狗，不如说狗遛她。

她用这些日常琐碎的付出来换取在青崖寨中的安稳生活，虽有点忙碌，但日子过得还不错，很符合她想要的余生的样子——不期待，不失去，平静简单，像一条没有波澜的溪水，不吵不闹的，流到干涸为止。

不过呢，这青崖寨并非寻常村寨，而是在官府里挂了名的山贼窝，曾被围剿了好几回，却都被他们侥幸躲掉，最后藏进这座无名深山，选了个易守难攻的位置占山为王，却仍干着打家劫舍的事。

她就是被抢到寨子里的倒霉鬼之一。记得那天她只是漫无目的地走在山路上，无聊地数着过往的蝴蝶，一队商旅刚好与她擦肩而过，她的未来便改了方向……青崖寨的家伙们把她也当作战利品抢到寨子里，跟另两个被抢来的姑娘关在一起，要她们给各自的家人写信要赎金……不幸中之万幸，他们的大当家立了规矩，说绑人就绑人，要钱就要钱，就冲着谁都有娘有妻有姐妹有女儿这一点，敢对寨中女子行不轨的，一律乱棍打死，青崖寨里不容淫贼，下作。

大当家自己就有个女儿，掌上明珠似的养着。

同囚的两个姑娘，当然按他们的要求，又惊又吓地在勒索信上按了手印，又拿了自己贴身的饰物为凭证，让他们拿去找家人要赎金，好在都是家里人的心头宝，没几天就被赎回去了。只剩下她。

她老实跟他们讲，自己孑然一身，没有家也没有家人，赎金是肯定拿不出来的，关着她也只能白白给饭吃。她是无所谓的，就是怕他们吃亏。

那天，大当家亲自来看这个要钱不要命的姑娘，听说她跟守卫交谈时，一点都没有身为肉票的觉悟，不慌不忙不哭不闹的，胃口还挺好，给什么吃什么，好像自己来的不是说杀人就杀人的土匪窝，而是个免费管饭的客栈。

大当家见她不过一介弱质女流，没怎么梳洗打扮的前提下，模样也还娟秀明慧，横竖不像是个不知深浅乱说话的傻子，便问她，是否真没有家人。

她说，真没有，出生时就被扔了，后来被师父捡回去养，养大了又不争气，被赶出来了，然后就一直东游西荡的，至今没找到能留下的地方。

竟有人的命运比他们青崖寨的兄弟还坎坷……大当家都听得心酸起来，却警告她，若是撒谎博同情，被拆穿了可是要割掉舌头的！她说，白吃了你们好些天的饭，若还骗你们就太说不过去了。

所有人都觉得她跟普通姑娘不一样，但又说不上来哪里不同，许是她出人意料的镇定，又或是她时时刻刻透出的你们留不留我性命我其实无所谓的淡然，准确说，她仿佛有一种带着活力的沮丧，奇特又矛盾。

大当家问她有何擅长。她想了想说，唱歌还可以，弹琴也不错。

大当家当即要她唱一曲。

她就随便唱了一个小曲儿。

众人都呆了，活到现在，竟从没听过如此宛若天籁的声音，所有人都被她的歌喉迷住了。

大当家立刻拍板，行了，没赎金的话，就拿自己的歌喉来赎身吧，以后寨子里逢年过节大小宴席，再不用去外头找人来唱曲儿了，顺便让她把自己女儿的琴艺也教起来，若她同意，她从此之后就是青崖寨里的一分子。

她同意。

有个可以留下的地方，总好过没有目的地乱走，走了那么些年，她也有些累了，歇歇也很好。

大当家问她姓甚名谁，她想了想，说朋友管我叫鱼丸……

这个名字一出口，大家哄堂大笑。一个模样秀丽唱歌又好听的大姑娘，怎么会叫鱼丸啊哈哈哈。她一点都没有不好意思，任他们笑。

笑归笑，青崖寨很快就习惯多了一位鱼丸姑娘，从大当家到下头的喽啰们，对她都还不错，偶有调笑的，也是点到为止不敢造次。

这一年间，她只管唱曲教琴再做些杂事，大当家也从不让她参与到他们的“事业”中来，说她肩不能扛手不能提的，干不成什么大事，就安生待在寨子里当个小丫头好了。

说来，也是一段旁人不敢想象的奇遇了，一个姑娘居然在山贼窝里找到了岁月安好……她觉得，如果一直是这样的生活，她可以在青崖寨待一辈子，就怕大当家他们都老死了，她还是如今这副模样……毕竟人的寿命没法跟妖怪比。

看着夕阳里最后那一点颜色，她突然坐直身子，坏了，在这儿发了半天呆，竟忘记了要带福禄双全出去散步！那两个家伙，只怕要把寨门都拆了吧……

她慌忙跳下树。

还没走到青崖寨的门口，远远地便瞧见福禄双全围着一个人上蹿下跳的，一个皮球从那人手里扔出来，两只狗子便跟疯了一样争先恐后去追，然后又叼回去，再扔出来，再叼回去，玩得气喘吁吁不亦乐乎。

她走近，微微一怔，是他呀。

陪福禄双全玩耍的人，是大当家不久前请来的铁匠，让他给寨子里打些好用的铁器，所有来过青崖寨的工匠，大当家都说是“请来的”……只是所有人都心照不宣，这请来的哪个人不是被五花大绑还蒙着眼睛，哪个不是战战兢兢把该做的功夫做完，然后心有余悸地被送下山去……好在青崖寨对工匠们都还不错，提供的伙食比自家人吃的还好，该给的工钱也一分不少。

他却是不太一样的，从到寨子的那天开始，从没有惊慌失措，还仔细问清楚了大当家的要求，然后一丝不苟地开始工作。

从他来了之后，青崖寨里总能听见清脆的打铁声。

用来加固用的铁链铁架，锋利的刀剑，炒菜的铁锅，大大小小的铁器都在这段时间里从他手中源源不断地被制造出来，众人看了成品，赞不绝口，说没想到随便找的一个小铁匠，居然这般有本事。

他不但打铁了得，青崖寨里哪些布置有欠缺的，他也能一一指出并提出建议，除了把引水入寨的水渠调整到更合适的方向与角度，得闲时还给大家做了大风大雨都吹不灭的“长明灯”，顺便改造了风水鱼的鱼缸，让换水变得更方便。总之，他好像什么都懂，什么都愿意花心思去琢磨，总是不声不响就把事情办好了。

大当家太喜欢他了，说好一个月就放人，结果都两个月了，还是拿各种理由软磨硬泡地将他留下来，而且还给他加了一项工作，说他字写得好看，写勒索信之类的事也都交给他来办……铁匠也是哭笑不得。

铁匠第一次见到她时，她正在院子里教小姑娘弹琴，轻柔的琴声中，她专注又温婉的神情，点亮了四月间的春光，微风撩动她长而微卷的头发，带过若有若无的香气。小姑娘弹得很不错，她听着听着，便顺着琴音哼唱出来，一唱一和间，天衣无缝，委实动人。

他像是被粘住了一样，谁喊他都不行，他不想走，想一直听下去，想把对面那个衣着普通却无比明媚的人仔细记在心里。

可是，这样一个文绉绉的姑娘，怎么才刚教完琴，就忙不迭地跑去鱼缸那儿，挽起袖子一边洒鱼食一边喊着吃饭啦吃饭啦，都有吃的你们能不能不打架了？除了喂鱼，她还不止一次在给大当家心爱的花花草草浇水时掌握不好分量，把房间弄得像遭了水灾一样，然后在大当家的大呼小叫里赶紧拿了帕子去擦。遛狗时的她就更麻烦了，每次都像个疯子一样在狗屁股后头追，好不容易将它们撵回来，自己也成了个满头大汗满脸灰的土狗……跟弹琴唱歌时的她，简直判若两人。

可是每次见了她，无论她当时的模样是仙女还是土狗，他总是会情不自禁笑出来，不是嘴角，是从眼里笑出来。她觉得这个铁匠也是奇怪，无端端地怎么每次见了她都笑，被绑来当苦工还能这么高兴？！

这时，他发现了她，笑道："回来了？"

她迎着他的眼神走上去，低头摸了摸福禄的脑袋："嗯，回来了。你又帮我照应它们了……"

"我看它们着急出去玩耍，你又不在，就顺便陪它们玩了。"他笑道。

"你还帮我喂了鱼，换了水。"

"也是顺手，不然你教了琴又要忙忙慌慌了。"

"我那天不小心把大当家最喜欢的杯子摔了，他罚我抄五百遍《道德经》，你也帮我抄了……"

"我见你抄睡着了，我正好也没别的事，就当练练笔了。"

她看着他总是笑盈盈的眼睛，叹气："你把我该做的事都做了，让我去做什么呢？"

"放心，我不会唱歌也不会弹琴。"他笑得露出了一口整齐又白净的牙齿，"走，回去吃饭吧。"

他举着皮球往回走，福禄双全赶紧跟上去，高兴得又蹦又跳，尾巴都摇出了重影，这……她陪了它们那么久，都不见它们对自己有这般听话亲昵。

"那个……"她突然叫住他，作为青崖寨同病相怜的"外来者"，她好奇地问他，"我怎觉得你在这里过得……还不错？"

他停下来，夕阳把今天最后的光彩送给这个一脸笑意的男子，让他本就优秀而深刻的轮廓被光影修饰得更完美。他伸了个懒腰，挺拔修长的身形在慵懒里透出几分调皮："你好像也并不想逃走啊。"

她愣了愣，老实道："是的，我觉得这里没有什么不好，大多数时候都很清闲自在。"

他走回到她面前，看着这个比自己矮上一头的小女子，压低声音说："可这到底还是个山贼窝。"

她点点头："我知道。"

"始终是个危险且难长久的地方。"他下意识拈走粘在她头发上的一片碎叶，"你还是要有个长远的打算。"

"如果留不下了，走就是了。"她的眼神有片刻的放空，好像又沉到了那些不为人知的过去中，"真正危险的地方，并不在这里。"

"山贼窝还不危险？"他笑出来，"你这连狗子都撵不上的小丫头，口气还不小。"

"危险的话，你怎么不逃？"她回过神来，有些不服气，"我看你跟这里的人差不多是称兄道弟了。"

"称兄道弟也不妨碍替天行道。走吧，去晚了好吃的又没了。"他将皮球往前一扔，狗子们飞快地追了出去，场面好不热闹。

她不是很明白他的话，一个还十分年轻的铁匠而已，充其量长得好看些，个头高一些，能拿什么底气在山贼窝里替天行道？

之后的日子，铁匠除了自己的分内事，依然有意无意地帮她料理该她去完成的工作，一开始她觉得这个人奇怪，渐渐地，也习惯了有他存在的每一天，如果哪一天没有碰到这个见她就微笑的男子，她还觉得缺了点什么，毕竟在青崖寨里，好像只有跟他能聊得稍微多一些。他好像去过许多地方的样子，除了打铁还知道许多别的有意思的事，也乐意说给她听，还说在某座城的东边，有一块像镜子般的湖，四季的景色交替映照在里头，比画还好看，尤其那湖里还有一种花背鱼，随便一煮就是人间极品的美味。

她喜欢听这些令人轻松的描述，生命都在不知不觉间轻巧起来。

不知不觉，又到盛夏，整个青崖寨热得连生意都不想做了，上上下下都在寨子里躺平纳凉。最热的一天，她反倒是来了精神，拉着他去了山里一棵奇形怪状的矮树前。

他一边拍走嗡嗡叫的蚊子，一边问她大热天的来这里做什么。她却兴致勃勃地从矮树上摘下一个个两头尖尖的长着羽毛般纹路的青黑色果子，装满一篮子才罢休。

"这是我在这儿发现的最好吃的东西，我管它叫凤尾果。"她拉着他坐到当风的树荫下，拿出个果子，往身上擦了擦，然后放嘴里用力一咬，很快就苦着脸吐出来，对着完好无损的果壳叹口气，"就是壳太硬了……"说着，她捡起一个石头，把果子放地上用力一砸，只听喀拉一声，果壳只飞出一小块碎片，还是不肯露出果肉，再砸，还是不行，放嘴里咬也不行，气得她站起来对着果子一顿猛踩。

他觉得她气急败坏的样子好笑极了，拉她坐下来，拿了个果子捏在指间："真有那么好吃？"

“不然我怎会如此费劲也不肯放弃……”她擦掉额头上的汗，不甘心地又咬下去。

“别咬了，牙不要了？”他说罢，手指一用力，便听一声脆响，果子一分为二，藏在硬壳里的嫩黄果肉终于肯出来见面了。

她高兴道：“你力气这么大？”

“打铁打得多嘛。”他都不好说是她力气太小的缘故……

她挑出果肉，先送到他嘴边：“试试看。”

他吃下去，果然美味，又香又甜，不似之前吃过的任何一种果子的味道。

“很好吃吧？”她抱宝贝似的抱着竹篮，转眼却又愁眉苦脸起来，“今年能让你帮忙，若以后再得了这些果子，你不在的话，可怎么办呢？”她突然转过脸，认真看着他：“要不你替我打一把专门能开这种果子的工具吧？铁钳铁锤都行。”

他摇头一笑：“还是不要了，我怕你伤到手。这样吧……”他佯作认真地说，“我将我家住址留给你，若下回你得了果子而我又不在，你便将它们寄来，我替你开好了再寄回去，如何？”

她居然认真地考虑了片刻，然后才觉得不对：“你在消遣我？”

他扑哧一声笑出来。

她也不同他生气，只是看着这篮凤尾果，忽然问：“你还是要走的，是吧？”

他微怔，旋即笑了笑，没有说话。他确实是要走的，其实早就该走了，只是因为她在这儿，绊住了他的脚步。

应该被“请”到青崖寨的铁匠，其实并不该是他，他只是冒名顶替而已。他同人打了赌，说不出三个月他就能帮官府解决掉让他们头痛了好些年的青崖寨。

那时他年轻，喜欢四处游历，心头也装满了为民除害的意愿与勇气。

如今来到青崖寨已经超过三个月了，他算不算输了呢？

在他沉默的时候，她放下篮子：“其实我不吃东西也没有什么的。”

“嗯？”他回过神来。

她起身，看了看身后这棵大树，居然脱了鞋子，麻利地爬了上去，坐在一根枝丫上看着他。

“你这么调皮做什么？快下来，小心摔了！”他立刻起身，紧张地看着她。

她冲他一笑：“你走吧，山贼窝不是你该留下的地方。”

“你也不该留在这儿。”他皱眉，突然很坚定地说，“跟我一起走吧。”

她笑着摇头：“我们不是应该一起走的人。”

“为何？”他不解，“你舍不得这里？”

“我没有舍不得的地方。”

“那你……”

话音未落，她在他眼前轻轻晃动的双脚忽然变成了一条蓝色的鱼尾，阳光从层叠的树叶间穿过，鱼尾上细密的鳞片仿佛镀上了一层金，美过世间任何一块珠玉宝石。

按她的经验，接下来就是观赏树下的他落荒而逃的样子了。她太习惯这种分离了，反正都要分开，不如来得早一些，干脆些。

他一脸愕然，身子僵在原地。

可是，他没有跑。

不会是吓傻了跑不动了吧，她想。

“你……不是人类？”他好一阵子才缓过神来。

“我是妖怪。”她像从前一样，无所谓地笑了笑，“一条住在岸上的鱼。”

“所以你才叫鱼丸？”他居然问了个她完全没有想到的问题。

这个时候，他不是应该连人影都看不到了吗？

她看着这个没逃跑的男人，想了想，说：“我是家里第九个孩子，他们便叫我鱼九，只是后来我遇到一个朋友，她说我笨得很，像个没长手脚的丸子一样任人拨弄，别叫鱼九叫鱼丸吧，也不差那一点了。”

他居然听笑了：“妖怪不是都很厉害的吗，上天入地，呼风唤雨，你怎的混成了这样？”

“人类也不是个个都出类拔萃啊。”她晃着尾巴，“我不想混成什么样子，只想安全又安静地走完我的一生。”

他沉默片刻，抬头道：“留在这里，安全不了的。”

“你怎么还不走？”她奇怪道。

他也奇怪：“我为何要走？”

“你不怕？”她将鱼尾化回双脚，从树上跳下来，仰头看他，“我是妖怪啊。很多人都怕我的。”

“可能我是个铁匠吧，胆子比很多人都大。”他挠了挠头，“虽然打铁跟胆量好像也没有什么必然的联系……说实话，比起你，我更怕我爹，你又不会拿着棍子追着我打，他会。”

这回轮到她吃惊，微微张着嘴看了他好一会儿，好像她才是人类，他是妖怪。

“我脸脏了？”他摸了摸自己的脸。

她摇头。

“那你这副表情……”他皱眉，伸出手指把她下巴往上一抬，“真的很像个鱼丸。”

她闭上嘴，眨了眨眼睛，突然脸一红，忙退开一步，不知道说什么才好。

“回去吧，再不走就太便宜这里的蚊子了。”他替她拿起竹篮，很自然地牵起她的手往来路走去。

她由着他牵着自己，沉默着走出好一段路，她又开口："我真的是妖怪。"说着，她的手也在他手里挣扎起来。

"我看见了啊。"他头也不回，铁匠的手，谁能挣脱出来？反正她是不可能的。

"你是人类啊！"挣脱不开，她有点急了。

"你讨厌人类吗？"他终于停下来，转过脸认真看着她，"如果你真的讨厌，我会放开的。"

她愣了愣，为难地摇摇头："我不是讨厌人类，只是……"

"那我就不撒手了。"他居然哈哈笑出来，拉着她走得理直气壮，"这些凤尾果你也不用寄给我了，以后只要你想吃，我们就摘回来吃。我负责开壳，你负责吃。"

"你……"她的脸从未如此红过，素来平静无欲的心底也搅起了大大的波澜，她只知道，若是此刻不挣脱他的手，以后怕也难了。

她听别人说过，世间每一场相遇都是注定的，她就算什么都不做，他也会自己闯入她的世界。起初她是不信的，毕竟这么些年，她的世界就只有她自己，偶尔有人来敲门，也是在她开门前就离开了。这也没有什么，事实上，她并不期待任何相遇。

那……现在要怎么办？

行走中，他将她的手攥得更紧了些，玩笑般道："这般热的天，你的手都这么冷，是因为你是鱼吗？"

她居然老实地点了点头："我很难靠自己发热……"

"哦，那冬天就得多准备几个暖炉了。"

"我不怕冷。"

"湖边的冬天很冷的！"

"嗯？"

"哈哈哈。"

"你笑什么……"

自己明明有办法让他即刻陷入一场深睡，然后头也不回地走掉，此生再不相见。可是，她一直犹豫到他们走回青崖寨的大门前，也还是没有让自己成为他的一个梦。

为什么……灵魂最深处的地方，竟有了一些期待？你是疯了吗？！你不要你的平静跟安稳了？！她的心霎时乱作一团。

这时，他忽然停下来，回过头，再次认真而诚恳道："一起走吧。"

也许是这时落进他眼中的光线太好看，也许是篮子里的果实散发出了迷人的香气，也许是今天天气太热，热坏了脑子，她居然在最后一刻，鬼使神差地点了点头——

“好。”

尾

半盏茶的时间早过去了吧?

柳公子有些焦急地看着仍在打坐的桃夭，那两根头发纠缠在一起形成的小世界，仍在那圆环中反复闪烁。

他不敢喊她，更不敢碰她，生怕自己的一个小动作就动摇了她的安全。

岸鱼在昏睡，令舒望在昏睡，黑猫也在桌子上呼呼大睡，中途还换了好几个可笑的姿势。

桃夭没有任何醒来的迹象，只是嘴角时不时地微微扬起，仿佛遇到了什么好事情，笑得颇有几分慈祥。

见状，柳公子才稍微安心了一点，幸好不是竖眉斜眼狰狞无比的怪表情……莫不是见到了什么好东西?

如果是，那就拜托要一直好下去啊!

可是，能吗？!

时间在这个房间里，变得越来越慢……

楔子

所以，比起去吃桃子，我更愿意教训那头傻不拉叽的怪兽。

◦ 1 ◦

心情好真是能传染的。

即便笑得那么开心的人不是她，她还是会随着对方每个神采飞扬的表情而快乐起来，连身体都变得特别轻快，不需任何支撑就能身轻如燕地去到任何高度。

上回去到皇甫勤的过往之中，她是个旁观者，而在这条鱼的世界里，她是个参与者，被动且切身感受着她的每一场悲喜。两根头发不但连起两颗心，更让它们密切地重叠起来。

从那个初夏的傍晚开始，桃夭一直在她身边，像个不被发现的影子。她甚至知道凤尾果吃起来是个什么滋味，甜里带了一点酸，又有别样的香气。以及，令舒望年轻时，长得真是很好看，高挑英武，可能比司狂澜还要俊气些？

在他一手提着凤尾果一手拉着鱼丸往青崖寨去的时候，桃夭已然觉得这条鱼肯定是回不去了，那份害怕又期待的悸动，早在她还没有对他说出那个“好”字的时候，就已经决定了她的未来。

几天后，鱼丸真的跟他走了。

她没有跟青崖寨里的任何一个人告别，也没有收拾行李，本也没什么可收拾的，她只是将一本亲手抄完的琴谱偷偷放在小姑娘的窗台上。投胎这件事没得选择，虽然她亲爹是个山贼头子，但他好像并不想让女儿继承衣钵，总是暗暗在做一切力所能及的可以把女儿推离他所习惯的生活的事，比如要她好好读书，琴棋书画要跟上，拳脚也要学起来。且她听大当家说过，等女儿过了十二岁，就要送她下山去，让她在青崖寨之外的地方长大。

这是她虽然被抓进了山贼窝，却对大当家没有恶感的原因之一——他爱自己的女儿。

原因之二，大概是他们跟真正的亡命徒不一样，他们不要人性命，也不以折磨他人为乐趣，曾有一回他们在外头遭了对家伏击，一个手下受重伤，他们硬是把他背了回来，没有放他一个人在危险里等死。以大当家为首的他们，并没有“放弃”这个习惯，不放弃做一个尽职的父亲，不放弃受伤的兄弟，不放弃作为一个人的底线。

所以，当令舒望将自己的真实身份与来到青崖寨的真正目的告诉给她时，她的第一个念头是不能让他那样做。

青崖寨之所以能存活下来，大半要归功于那座大山给的天然庇护。茂密难辨方向的丛林、诡谲多变的天气、迷宫般的山路、各种他们设下的陷阱机关，没有一张精密的地图，想将青崖寨一网打尽，几乎是不可能的任务。

令舒望用了几个月的时间，绘制了一张足以让青崖寨全军覆没的图纸，细致到每个机关要如何破解。

一旦这张图纸到了官府手里……她突然不敢想象那个场面了。

她有些紧张，问他是否真的要把这个交出去。

他说，本来他对这件事义无反顾，毕竟在他之前的认知里，山贼土匪作恶多端，是人间之祸害，当除之而后快。但真上了青崖寨，他却有了一丝丝动摇，原因与她的看法不谋而合，这群山贼没有传说中的十恶不赦，他们打家劫舍不假，有时却又要偷偷往贫弱之家送些米粮衣裳，还从河里救起过溺水的孩子……想到这些，他也犹豫了。

图纸一旦交出去，他们应该活不成了——她看着他对窗而立的背影，明明有一肚子话想说，出口却只得这一句。

他沉默许久，说，他们确实不算发指的恶徒，但绑架打劫这些坏事也是实实在在地干了，官府里挂的名也不是假的。

她有些遗憾，但他说的也并非不对。

可是，她在青崖寨生活了一年多，那是她这几十年间在人界停留过最久的地方，寨子里的人对她并不坏，甚至是好的。大当家虽常罚她抄各种经，但每次出去也不忘给她买些好看好玩的东西，小姑娘更是拿她当亲姐姐一样看待，每次去教琴时，她总会拿出自己都舍不得吃的好东西跟她一起分享，最重要的，是他们对她和“小铁匠”，不知从几时开始就卸下了戒心，把“自己人”的标签牢牢贴在他们身上……也许这些在旁人眼里是不值一提的东西，她虽也不曾多么热烈地回应过这些平凡的爱护与信任，但没有回应不代表没有回忆……她甚至想过一直在青崖寨待下去，直到他们一个个离开自己再说。

她觉得自己没有舍不得，但不告而别后的这几天，夜夜都梦见自己还在福禄双全的屁股后头大喊大叫，最爱的凤尾果像下雨一样打在她的身上。

做什么梦无所谓，有所谓的，是他的回应。

他转过身，笑着摸了摸她的脑袋，让她放心，这件事他知道要怎么做。既如此，她不再多问。

三天之后，他一早便拿着地图去了官府。城中的客栈里，她忐忑坐在窗前，等他回来。

等到夕阳西下时，他回来了，手里还拿着给她添置的新衣裳，还有一个五颜六色的风车。当她从窗户望下去，看见他笑着朝自己招手的样子，心里莫名安稳下来。

他告诉她，三天前他抽空回了一趟青崖寨，把福禄叫出来带了份礼物回去——一个系在它身上的布袋子，里头放了一张复制的青崖寨地形图，还有给大当家的两句话：“地图已得，三日后当奉送官府。君非恶人，奈何做贼，自重。”

之后，他躲在远处，瞧见寨子里有人发现了福禄背上的东西，急匆匆跑去找当家之后，方才离开。

他笑，说还是福禄聪明，听到他的口哨声就跑出来，双全那个傻子就半分动静都没有，他还好奇大当家见了这礼物会是个什么场面，那张脸可能会气成个又绿又紫的茄子吧。

她信他，因为他总是个说到做到的人。

但还是担心，即便他们看到了这张图纸，以大当家的性格，万一他一怒之下要跟官府对抗到底又该怎么办，万一他们对抗不过又怎么办？她甚至动了要立刻赶去青崖寨看看的念头。

但最终还是忍住了。

跟很多连选择机会都没有的人相比，他们还是幸运的，只要肯选择让自己活下去，就能活下去，若实在要选另一条路，那也是他们自己挑拣的未来，就算拿到最糟的结果，起码了无遗憾。

他知道她此刻的心事，握住她的手说，他这么做，并非为了同别人赌一口气，也不是想炫耀自己多么少年英勇，更不想将青崖寨众人置于死地，也许只有这一个看似凶猛的法子，才能让大当家不仅仅只是让自己的女儿去过正常人的生活。

她看着他的眼睛，那只好希望他们不要误会你的本意。

他摇头一笑，真要误会了也没有办法，做山贼怎么都是错的，他不会为这件事内疚。

她没有反驳的理由。

我们可以离开了，他抚着她柔顺的头发。

她不解，去哪里？

他刮了一下她的鼻子，当然是去那个有好吃的花背鱼的湖边，我得证明我没有骗你。

她眼中露出掩饰不住的期待。

但是，按她的要求，他们还是在城中又多留了大半个月。

听说官府派了一大队人马去了山中剿匪。都说那个青崖寨是出了名的难对付，这回倒是找对了地方，可惜的是不知谁走漏了风声，等他们杀到时，青崖寨里连条狗都没有剩……偌大一座寨子，空空如也。

她终是放下了心，在盛夏的尾巴上，同他离开了这个让她舍得又舍不得的地方。

不知那湖水里的鱼，是不是真有那么美味？她是岸鱼也没关系，岸鱼也是吃鱼的，她从不挑食。以及，其实去哪个湖都可以，有他在身边，都一样。

她忽然意识到，自己的生命里竟出现了从没有过的颜色，不是赤橙黄绿青蓝紫的任何一种，只是一片说不出的明亮，喜悦，蓬勃，是一种与如影随形的晦暗完全割裂的可能。

○ 2 ○

这片湖水跟他描述的一样好，甚至还更好。

四季的景色投在湖水上，一年之中便得了四个各有千秋的世界。

湖岸边的木屋里，他们一住便是三年。他的确没有说谎，无论是此地的景色，还是湖里特有的花背鱼，都是这世上最好的东西，起码是她迄今为止的全部生命里，最好的东西。

他钓鱼是一把好手，熬鱼汤也是。她要帮忙，他总不要，说这种鱼虽好吃，但是刺却生得又多又嚣张，收拾起来要特别小心。从钓鱼到一碗鲜美的鱼汤端上来，她只负责坐在那里吃就好，鱼肉里的刺都被剔得干干净净，放心大胆享用便是。

不光钓鱼，生活里大小麻烦事他都主动去解决，留给她的，都是轻松又简单的家务。她喜欢看他专注做事的样子，哪怕只是认真去修一扇有问题的门。他还在屋后的空地上给她做了一个好玩的秋千，天气好的时候，她坐在上头，每一次荡漾都能去到蓝天白云里，从头发到衣裙到一颗心，都是喜悦之极的飞扬——她从没有想过自己还能有发自内心笑出来喊出来的一天。

她坐在秋千上，偶尔一回头，他笑容满满的脸就在身后，在忽远忽近的距离里保护着她的安全，她觉得哪怕下一刻她就从最高的地方摔下去，他也能及时接住她，不会让她发生任何头破血流的局面。

虽然这样的生活她很喜欢，但她并不愿意完全把自己活成一个“废物”。冬天湖面结冰时，他通常是钓不到鱼的，而她却敢毫不犹豫纵身入水，轻轻松松从水下抓到躲起来的花背鱼，无论他怎么阻止，她都只是甩甩头上身上的水，然后把鱼塞给他，说她又不怕冷，甚至还要故意在湖里多游几圈。夏天，她偶尔也要给他露一手厨艺，从附近的山上搞来五颜六色的植物与奇怪的虫子，然后兴致勃勃地给他炒成几个菜再熬一锅汤……而他居然也敢吃下去，还赞味道又好又独特，即便之后连拉三天肚子……对于这样的事，她很抱歉地说，不知道他不能吃这些，毕竟以前她一个人在山里的时候，都是这么吃过来的，若遇到荒芜之地，虫子果子都没有，就只能嚼树叶，有一回好不容易抓到一条肥美的，却被一只狐狸抢了，就白白饿了一天。

她说这些的时候很自然，一点埋怨都没有。

他听了，心里却难过起来，把她揽在怀里，说以后都喝鱼汤吧，我做。

他很少问起她的从前，似乎总是刻意忽略她是一只妖怪的事实，她就是她，一个他偶然遇到却视如珍宝的女子。曾经也有不少姑娘对他有倾慕之意，甚至好几年前来提亲的媒人就踏破了他家的门槛，但是那些出现在他面前的每个姑娘，仅仅就是个姑娘，他对她们每一个都彬彬有礼，对每一个都不动心。

他从没有仔细想过要怎样一个人才能“动”他的心，只是觉得，如果是那个人的话，他一眼就能认出来——这便是一个年轻人对于“相爱”的定义。简单到没有什么具体的理由，不过是把一切都交给那颗尚还自由纯粹的心而已。

只是他们都还不曾意识到，时间会过去，青春也会。

在湖边生活的这些年，他每隔些时候便要回铁镜镇去，说父母虽不反对他常年在外游历，但总归还是要回去看看的，每次回去，短则十来天，长则个把月，但他总是精确地估算着时间，在跟她说好的日子之前回来。有一年秋天，他还带着她一道回了铁镜镇，告诉她自己的家就在那里，只是现在暂时还没有到带她回家的时机，容他安排妥当后，再正大光明带她回去。

她远远看着那座陌生的宅子，奇怪地问，为何要带她回去？

这下轮到他惊讶了，难道你不想跟我回去？

她眨了眨眼睛，那是你的家啊。

他哭笑不得，习惯性地刮了一下她的鼻子，那以后也是你的家。

她不解。

他认真看了她好一阵子，问道："我娶你如何？"

秋天的河岸上，一阵悠悠的凉风吹过，一只鸟擦着微澜的水面飞过去，几片金黄的叶子从树梢上飘下来，在空中留下舞蹈般美妙的痕迹。

她看着那双在黑夜白天里看过无数次的眼睛，确定它还是一如既往的诚恳。

"我同意啊！"

他一愣，笑着拉起她的手："都不矜持一下……"

她仰头看着他映在秋阳里的笑脸："令舒望，我真高兴。"

这句话就是她此刻全部的心情，她想说出来，一个字都不差地说出来。

他用力抱住她。

在他用尽全力的怀里，她忍不住又问："真的是我？"

"不然还是谁？"他笑，"我怀里还能有别人？"

"我是妖怪。"她的脸贴着他的心口，"我从未见过哪个人类娶妖怪为妻。而且，我的寿命跟你的寿命不一样，你老了，我还年轻，你死了，我还在。"

他听着她的絮叨，笑出声来："所以你现在就嫌弃我了？"

"那倒没有。"她直起身子，轻抚着他的脸，一本正经道，"也没关系，我会有法子让自己看起来跟你一样老的。这样，以后我们一起出去，别人就不会以为我是你的女儿和孙女了。"

哈哈哈，他笑得心口发颤，多有远见又多傻气的计划啊。

可是，这不就是一只妖怪交出了自己未来的样子吗，追随岁月，白头到老。

"我尽量活得久一些。"他摸摸她的头，"不是说有来世吗？下辈子我还来找你，反正你一直在的。"

她点头，把脸更深地埋在他怀里。

谁说秋天只有渐凉的萧瑟，万物成熟结果，不都在这个季节吗。命运，终于在这个季节向她微笑了一下。

不久后，他们又回到了湖边。

他说，等到他给她安排好一个合适的身份，有家有父母有来历，让爹娘放了心，一切便水到渠成，铁镜镇上的令家便是她幸福的归宿。

她说好，不着急。

他说，我急。

时间眨眼又过去了两年。她从不问他一切安排得怎么样，她知道他是个稳妥人，该做的事心里永远是有数的。

只是从一年前开始，他留在湖边的时间越来越短了，每次回来也总是一身淡淡的疲态。好些个深夜里，她瞧见他一个人坐在院子里，心事重重地看着外头晶亮的湖水，偶尔还会叹一口气。

想了又想，她还是问他了，在他又一次说要离开一段时间的时候。

“只是家里的生意繁忙了些。”他轻轻摸了摸她的头，“没事的，我能应付过来。”

她还是望着他的眼睛，不笑不怒，也不肯移开视线。

他无奈，每次面对她这样的表情，他就无法不说实话：“家里的生意出了点问题，我爹一时间难以应付，所以这些日子我得多留在家中，你知道我是独子，他们除了我，没有可依靠的人了。令家的声望不能垮，身为令家的儿子，我要尽全力过这一关。你放心，不用多久就能解决。”

她轻轻叹了口气，抱着他说：“有什么我可以做的，你都告诉我。”

他笑道：“你好好留在这里，少熬些虫子汤，就是为我好了。”

她捶他一拳：“我从去年就没有熬过汤了。”

这一夜，他们坐在湖边，她斜靠在他身上，对着安谧的湖水轻轻哼唱着她喜欢的曲子。她的声音落在湖面的星光里，足以包容一切不安。

以前听到她的歌声，他总是会陶醉到闭上眼。但今晚，他始终睁着眼睛，深沉的目光越过整片湖水，不知落到了哪一块不见明亮的地方。

又是几个月过去。她等他已经等成了一种习惯。

屋子后的秋千该换绳子了，旧绳子毛毛糙糙的样子，怕是坐不了几回就要断掉，还有那扇门又坏了，总是吱吱呀呀地乱响，关也关不上。

她想自己修一修，可又觉得这么做了，说不定他就回得更晚了，有它们一起等着，这个湖边的“家”，好像才不是她一个人在孤军奋守。

直到冬天第一场雪落下来，他终于回来了。

人好像瘦了，让她想到那些经过一场激斗后的鸟兽，明明输了，又生性好强，一边虚弱着，一边又强打着精神向旁人证明我很好。

他还是习惯对她微笑，习惯摸摸她的头，只是话少了许多，而不经意间的叹息多了不少。

她亲耳听见，他在熬鱼汤时，自言自语说了一句：“怎么办……”

这太不像他该说的话了，他是如此自信如此周到的一个人，他明明拥有能解决一切难题的能力与魄力。她站在厨房外，没有作声，也没有进去问他什么。

当熟悉的鱼汤端上桌时，她像从前一样，拿起勺子，一碗给他，一碗给自己。

“你喝吧。我今日没什么胃口。”他笑着把自己那碗推到她面前。

她没说话，咕嘟咕嘟喝光了两碗汤，奇怪……怎么没什么滋味呢，喝了五年喝倦了吗？

她擦了擦嘴，看着他的眼睛，想从里头找找答案。他避开了她的目光。她心里好像有什么东西掉在地上，稍微慌了一下。

又一段长时间的沉默后，她笑笑：“生意好些了吗？”

他迟疑片刻，深吸了一口气，说：“对不起。”

“为何道歉？”她的笑容有些僵硬，一种她以为已经不会再出现的恐惧，慢慢从心底重新爬起来。

他低下头，又强迫自己抬起来，不能连看着她都不敢。

“我下个月要成亲了。”

她的嘴巴抿成一条线，一言不发，只是给自己又舀了一碗鱼汤，慢慢地喝下去。

“不久前才知道，我身上有指腹为婚之约。”他缓缓道，“没有告诉你，是因为我觉得我有法子推掉，我甚至都想好了要怎么跟爹娘交代，怎么跟对方的爹娘交代。”

她放下碗，视线始终落在剩下的半碗鱼汤里，轻声问：“她能帮你的忙？”

他揉了揉额头，说：“不是帮我，是能帮我爹。我家不但生意出了问题，我爹还惹上了个麻烦的人物，她家恰恰能解决一切。而且，她的腿不是很方便，我娘说那是我们俩幼年玩耍时，我诓她爬树时摔的，可笑我竟一点都不记得了。”他苦笑。

好了，明白了。她笑：“所以你还是选择了她。”然后，她喝光了鱼汤，擦擦嘴，起身便要离开。

他一把拉住她的手，脸上从未有过如此矛盾又混乱的神情：“不是你想的那样。只是我不能眼看着父亲，看着令家陷入万劫不复的境地。我现在的心，比刀割还难受。”

“哦。”她点点头，又用力拉下他的手，“秋千的绳子快断了，房门又关不上了，我想修，可又觉得我是修不好的。算了，就这样吧。”

她对他笑笑，绕开他出了门。

他仍然留在原地，房间里还弥漫着鱼汤的香味，以及她发丝间熟悉的气息。他觉得自己脸上应该挨上几个狠狠的巴掌，甚至被捅一刀也可以，但最不要是现在这个样子，什么都发生了，却又像什么都没发生过一样，一切戛然而止。

他算个什么东西呢？往昔对她说过的每句话，给出的所有承诺，轻贱得连碗里的残渣都不如。

旁人和自己眼中都一贯优秀的令舒望，原来你也不过如此。

一切，又落入了俗套。

他愣了好一阵，才突然回过神来，猛然追出门去。

可是，飞雪之中，只有那一片结冰的湖水，哪里还有她的踪影。她的出现与消失，都是他的一场猝不及防。

他跪在湖边，呆呆地看着前方，没有喊她的名字，也没有捶胸顿足地痛骂自己，只是沉寂得像一具仍有呼吸的尸体，任由雪花在自己身上堆积，似乎是迫不及待地要将某些东西掩盖起来，或者彻底冻死。

五年的时光，还是不作数啊。她坐在秋千上，目送着他拖着僵硬的身体，一步步离开了她的世界。

秋千绳子已经气若游丝，但凡她的重量再多一点点，就会狼狈地垮掉吧。

她现出身形，蓝色的尾巴在夜雪之中显得尤为美丽。

桃夭忍不住想提醒她下来，不然一会儿掉下来的样子会很不好看。可是，她还没有开口，夜空没有了，雪也没有了，湖水木屋全部消失。她觉得自己一脚踏进了一片虚无之中，耳边听到的，也只是一些碎裂的声音……

○ 3 ○

缭绕云雾中，一片广阔的树海刚刚露出顶来。

时不时地，有人身鱼尾的家伙从茂密的枝叶间跃出，转眼又消失在树海之下。那便是她最初的家了，云中树海，生岸鱼。

但她对这里的记忆并不深。因为，岸鱼的习性，是只选择最强壮的孩子养大。

她都不太记得父母的脸，只记得母亲温柔的歌声，以及某一天，她在一阵隐隐的哭泣声中，从树海的顶端落到不知名的荒野。

她还有一个妹妹的，但被放弃的那个，是她。

那天，她从刺痛中醒来。原来自己落进了一片长满荆棘的丛林中，这里除了能将她细嫩的身体划出血的尖刺，还有隐藏在黑暗中的，各种不怀好意的窥视与嚎叫。

那时她还幼小，对危险与恶意没有什么充分的认识，她只有来自本能的恐惧。

她都顾不上哭，试着挪动身体，想找个不那么疼的地方。但是，每动一下，身上就多出几道口子，疼得她倒抽冷气。

她不敢再试下去，可心里身上都觉得难受，她试着去想一切能令自己轻松下来的东西，最后只想到了母亲哼过的曲子。

在回忆里重组了许久，她终于把那首曲子唱了出来，也许是错觉，唱歌的时候，疼痛好像就没有那么厉害了。

可是，一条贪吃的巨蟒，可能已经快要成精了，额头上生出了小小的角，一双血红的眼睛比普通的蟒蛇精明狡猾了许多，在黑暗里无声地朝她靠近。不一定是肚子饿了，吃妖怪，是一些急于求成的妖精们提升进阶能力的小捷径。

一条幼年的岸鱼，虽不能增长太多修为，但聊胜于无。

在她必死无疑的当口，一只白脸老猿从蟒口前惊险地抢走了她。风声簌簌而过，她被老猿拽着手，在密林中以接近飞翔的姿态与速度，彻底将巨蟒抛在远处。

直到进了一个隐蔽的山洞，老猿才放开她。

山洞里明亮干燥，每个角落里都摆放着圆月般的珠子，流转着温和不刺眼的光线，粗大的藤蔓从石壁上垂下，鬼斧神工地在最显眼的位置结成一把座椅的模样，老猿爬上去坐下，居高临下地打量她。

石壁上那些洞口里，也探出不同的脑袋，有狐狸，有飞鸟，有蜥蜴，有豹子，有长了手脚的奇怪植物——都是山精妖怪。

她坐在地上，怯怯地看着这个陌生的地方。

老猿指了指天上："从那里被扔下来的？"

她点点头。

老猿哼了一声："本就没剩下多少了，还扔……一群蠢鱼。"

她当时自然是听不太明白的，长大后才知岸鱼一族确实数量稀少。它们虽是温柔的妖怪，心气儿却是高高的，优越又要强，宁可扔掉不合格的后代，也要保证整个族群的完美，哪怕这个"完美"在别人看来实在毫无意义，再怎么挑拣，岸鱼一族还是逃不掉身弱短寿的宿命，能活上个三五百年已属出色。

至于她是为何被认定为"不合格"的孩子，继而被毫不留情地放弃，其中缘故她也不是太明白，也不太愿意去追究了，只依稀记得那时她吃得比妹妹少，父母带回的食物，大半都被妹妹抢去……就这？她就从那么高的地方摔下来了。

不过从那么高掉下来，也不一定会死啊……

"以后，就留在此地吧。"

老猿救了她，留她在山洞，做了她的师父，同时她还有了八个师兄师姐，也有了名字。老猿说它的弟子都按先后顺序起名字，大师兄豹一，二师姐狐二……到了她这儿，便是鱼九。

鱼九……她是无所谓自己叫什么的，从不可能里捡回一条命的妖怪，身体里大概没有"计较"这种功能。

山洞里的生活还算好，各位师兄师姐们也并不太嫌弃她，虽然比起它们飞檐走壁吞风御火的本事，她擅长的那些东西实在不太拿得出手。

老猿对她虽总是冷冷淡淡，但该教她的东西也从不吝啬，只是她资质平庸，教上多少回也弄不明白其中窍门，经常气得老猿青筋暴起，最后又只能无奈地叹气离开，抛下她一个人在原地尴尬。转眼四十多个寒暑过去，她还是一条只有个好嗓子的岸鱼，唯一的进步是现在认真唱一曲，能暂时治好师兄师姐们的失眠症——虽然他们每个都很厉害，但师父太严厉，每天要学习的东西又那么多，身体跟头脑都在不断地消耗，夜里睡不踏实也属寻常。其实她也睡不好，即便在这里生活了几十年，她还是常常在睡梦中梦到蟒蛇的血盆大口，更多的时候，是她一次又一次从云端坠下，在落地的瞬间惊醒过来，心跳如擂鼓，再想睡过去便很难了。而她的歌声，对自己却没有什么作用。

若非要从她身上找出一个大的进步……便只有饭量了，从一开始的吃不下，到逼自己吃，到喜欢吃，她大概把自己所有的天分都用在这个过程里了。她平日里最大的爱好，就是把山洞附近有哪些好吃的东西摸得一清二楚，也经常带回一些她认为的美味回来，给师兄师姐们分享，尽管大部分不合他们的胃口……

师姐们曾笑她，说以后他们若要与别的同道一决高下，有拼吃饭这一项的话，就让小鱼九去好了，稳赢。

她总是不好意思地笑笑，说不会有拼吃饭这一项的。

一开始，她以为自己的师父只是一只比较厉害的大妖怪，毕竟都能收徒弟了。后来才慢慢从同门的口中知晓，老猿并非妖怪，早在许久之前，它已有“昆仑半仙”之身。所谓半仙，只差一步就能正式入昆仑正仙籍。昆仑向来对妖怪中的杰出者青眼有加，不但不歧视，还愿意给它们晋升为仙的机会。被选入昆仑的妖怪，只要保持优秀出色，遵守昆仑规矩，守正辟邪，护卫天地生灵，假以时日，从妖侍到妖仙，再到半仙，再至正仙，甚至入神籍，总之按功德大小，皆有一条光明坦途，再不必背负着妖怪邪物之名苟活于世。故而妖怪中有许多家伙将进昆仑视为命运的转折点，一生都在为这一个目标而努力。

而昆仑“不拘一格降人才”的作风，也就交给了昆仑里的一部分“半仙”去落实，他们作为离正仙只差一步的存在，最重要的任务就是负责在人界替昆仑挑选最适合的“妖才”，参加每两百年一次的“昆仑试”。只要顺利通过这场考试的妖怪，皆有资格成昆仑妖侍，奖励便是延寿五百年，若之后还能顺利晋升，到了正仙之位，不但有为他人所尊崇的地位，还有以万岁计的寿数。老猿这样的“送考半仙”，升上正仙的唯一考量，便是他选中了多少能通过昆仑试的妖怪，给昆仑贡献了多少有用之才。

师兄们告诉她，师父已经在人界努力了八百年，如今只要能再送一名弟子过昆仑试，他便算功德圆满，可成正仙，所以，他们可不能丢师父的脸，更不能毁自己的前程，一定要努力，一定要通过即将到来的昆仑试。

原来师父不是妖怪也不是猴子……是个仙啊！她觉得好厉害。

可是，她还是不太懂，问师兄："师父的弟子们都要去考昆仑试吗？"

"那是自然。"师兄们笑她，"难道师父教授我们这么多年，只是为了让我们去找哪种果子好吃吗。"

她指着自己："我也要去？"

"你不是师父的弟子？"师姐笑着敲了敲她的脑袋，"你真是运气好，要知道不少小妖怪根本活不过两百岁，想去参加昆仑试都没有机会。你年纪尚轻，却刚好赶上了昆仑试的时间。还有啊，师父每回都收九名弟子，因为昆仑试有九道考题，咱们得一人挑一个。你是跑不掉的。"

"啊？"这是她从没有想到过的事，她一直以为师父只是看她孤苦可怜，才勉强给了她徒弟的名分，让她在山洞中有个安稳的生活，原来她也要去考试？！

她又问师姐："那是什么考题呢？容易过吗？"

"怎么可能容易，那是昆仑试呢，多少妖怪梦寐以求的成仙捷径。"三师兄道，"莫说修成正仙，哪怕就是当个小小的昆仑妖侍，也很不得了啦，五百年寿数呢，但凡能踏进昆仑的门槛，只要自己不懈怠，勤加修炼，升个妖仙半仙的，不是难事啊。"

看着师兄师姐们神采飞扬的样子，她却有些为难："我什么都不会啊……总不能去吃饭唱歌吧？"山洞里一片哄笑。

她并不怕什么考试，只是觉得丢师父的脸就不好了……不过既然只要有一个能过关，师父就能成正仙，以师兄师姐们的本事，全部过关都可能吧？！这么一想，既然她连给师父丢脸的机会都没有，她的心也就踏实了。

这时，师父从外头回来，还是那副冷漠甚至凶巴巴的表情，一瞧见他们在说笑打闹，便厉声道："还在胡闹？是不知道再过半年就是你们的大日子了？"

大家立刻乖乖站好，大气都不敢出一口。

"上回教你们的咒法，可都用熟了？"师父瞪着他们。

除了她，所有人都点头。那些咒语太长了，她背破了头也背不全，用出来更是乱七八糟，实在不能见人。

师父看着她，习惯性地摇摇头，又对大家道："这回你们务必尽全力。"

"是！"

"下去练习。"

"是！"

她赶紧跟着大家离开。

"鱼九！"师父却突然叫住她。

她背脊一凉，僵硬地转过身，怕是又逃不过一场训斥了。

师父走到她面前，沉默片刻，说："能学多少是多少吧，别逼坏了自己，也别太懒了。"

没有斥责，没有嫌弃，师父从没有像此刻这么和蔼过。

原来师父也不是如她想象中那般讨厌自己啊。她觉得心里好像开出了一朵花来，高兴地用力点点头："知道了，师父。"

接下来的半年，她确实也努力了，只是收获甚微，反正也没有什么压力，就这样顺其自然吧。

这段时间，除了吃得特别好，师父还给他们寻来各种增强体力的灵药，也有她一份，味道很不错。

只是每到夜深人静时，那些不敢问出来的问题便在她心中来回摇晃——昆仑试之后，必然落选的她，是不是就没有师父，也没有师兄师姐了……如果可以的话，能不能让她继续住在这里呢？如果可以的话，她想继续留在这个家里。

直到昆仑试的前一天，她还是没有问出来。

师父告诉他们，昆仑试的内容其实很简单，考场中设有九面镜子，每个镜子便是一道考题，所谓考题也并非一个问题，而是每面镜子里都藏有一个别样的世界，千变万化，各有玄机，每个考生都要进入镜中，然后在规定时间内找到出口出来，如此便是胜出，可为昆仑妖侍。只是要如何出来，便要看平日里自己积攒的本事了。镜中世界每回都不一样，有妖怪曾连考三回都过不了，希望他们不要让自己失望。

大家听得心中又激动又忐忑。

只有她最平静，她肯定是做不到的，平日里在山林间都经常迷路，哪敢指望突破昆仑神仙们设下的考题……反正师父让参加就好好参加吧，凑个人数也可以。

到了考试当天，师父一大早的，亲自给他们做了一餐早饭。师父没有任何长篇大论，只说尽力而为。

没有任何期待的她最轻松，一路上只管给师兄师姐们加油，希望他们每个都顺利过关，以后成为昆仑之中最厉害的家伙。

师父带着他们九个踏云而去，直到远远看见一座仙气缭绕的山脉，才按下云头，落在一片喧哗的草地之上。

在他们之前，已有不少来参加昆仑试的家伙在等候了，阵容都差不多，一个师父九个徒弟……听说每次昆仑试都是如此，散布于四方的送考半仙们，带着各自悉心教导的九名弟子，一人一题分胜负，简单又粗暴的样子。而在这个每两百年才出现一次的大日子上，聚集的便是天下最有本事也最有上进心的妖怪了吧。

她还是有点激动，不是因为考试，而是因为她从没有见过这么多五花八门的妖怪，紫气缭绕的草地上并不见绿意，生出来的草都是透明的，似冰雕而成，又冷漠又美丽，妖怪们或窃窃私语，或闭目打坐，有的居然还在现场比试起来，光是那些咒法发出的各色炫光就够吓人了。还有那几十尺长的蛟龙与巨大的青雀，只一个眼神便坐稳了王者的位置，一看就是能成仙的气势，对比她自己……哈哈，还是早点考完回去吃饭吧。

不过，对这场考试并不太在意的家伙，除了她，那边好像还有一个。

那是一只老狐狸带的队伍，九个弟子里，八个都在摩拳擦掌，只有一个趴在队伍最后，睡觉。

那是一只猫？宝石一样亮的蓝绿眼睛，黑缎似的长毛，真是漂亮的猫，如果昂首挺胸的话，可能会像一只神气的小狮子？

比起自家师父的严肃，那只老狐狸好像温和多了，看着徒弟睡大觉，不但不生气，还好言好语地在它身边说着什么，看姿态还颇有乞求之势。她看得好笑，换作她睡大觉，师父早就把她扔出去了。

东瞧西看间，等候的队伍却是越来越短了。

队伍的尽头她看了，只有两个微笑的仙官站在那里，两人身后飘浮着九块半人高的雕花水晶镜，每面镜子上还从一到九各有标注，皆是异光斑斓，自带几分神秘。

面对排到的考生，一个仙官拿着笔，往他们手背上画一道红色的线，微笑道："出时红线仍在，胜。"之后，另一个仙官带其到镜前，也微笑道："考题自选，安危自负。祝平安。"言罢便请对方自选一块镜子，并以手触之，旋即就见那考生没了踪迹，彻底消失在镜子前。

她突然想，万一自己不能在规定时间里出来，甚至她根本找不到出路，那该怎么办呢？是被镜子踢出来还是被仙官们抓出来呢，总不能让师父亲自进来接自己出去吧，那可真是太不好意思了……

胡思乱想间，眼看着就快到她了，师父忽然将她拉到一旁，低声道："你选第九块镜子吧。"

"啊？"她一愣。

师父皱眉道："每回最简单的题目都在第九，难的题留给你师兄师姐们便是。"

她突然感动了，原来即便到了最后的关键时刻，师父也没有放弃她。

"好！"她点头。

是不是……她的命运也有资格到转折点了？入昆仑是她想都没有想过的事，不敢想，根本实现不了的目标嘛。

可万一哪个主宰命运的神一时心软或者眼瞎，放过了她，让她侥幸胜了，有朝一日遇到父母，他们会不会稍微对当年的选择，有一点点后悔……她不敢再想下去，赶紧收敛心神，既然师父给了她这样的机会，那么现在便是全力以赴的时候了。

很快便到她了，昆仑试的规矩，每组九名考生中，年资最小的那个拥有首选权。她自然是信心满满地选了第九块镜子。

仙官看了她一眼，眼神中稍微掠过一丝诧异和遗憾，很快仍微笑着对她做了个请的姿势。

在碰到那块镜子之前，她回头看了看排在身后的师兄师姐，以及面色凝重的师父，一手握拳道：“你们一定要赢！我也会努力的！”

师父的眉头微微颤了一下。

眨眼间，镜子前已没了她的身影。

4

一堆黑色的巨石之后，她缩着身子捂着嘴，不敢发出一点声音。

平生照过那么多回镜子，今天才知镜子里头的世界竟是如此广阔又恐怖。

考题很简单是真的，从镜子里进去，再找到出口出来，被画下的那条红线为计时之用，只要在它消失前出来，便不再是山野之间无足轻重的小妖怪，而是在昆仑有一席之地的成员。那是昆仑啊……与天界齐名的仙山，威风凛凛，举足轻重。

只要抓紧时间出去就是胜利。而她预想的困难，不过是镜子中的世界如迷宫般错综复杂，她得从变化万千的道路中找到正确的出口，顶多就是多试几个方向，多花一些时间。若实在出不去，也就罢了……丢脸也就这一回。

可眼前这个世界哪里是迷宫这么温柔，她所要承担的失败的后果，怕也不仅仅是丢脸这么轻松。

她从未见过这个颜色的天空，黑色与红色交织缠绕，沉重诡异地压在头顶。一座几乎被夷为平地的城池，无限地扩散到没有尽头的远方，倒塌的屋宇间却又穿插着一片片没有规则的丛林，那里头的每一棵树都被包围在熊熊烈火中，树干树叶保持着已然碳化的灰黑色，无数巨大的怪石仿佛是从天上砸下来的，狠狠地压住各种苟延残喘的建筑物。整个场面无比混乱，莫说找个出口，光是从处处可见的嚣张火焰中绕过去，再辨别清楚东南西北，便要用尽一生的时间了……

而且，这些都还不是最糟糕的。

古怪庞大的废墟之中，充斥着各种妖怪发出的嘶吼与哀号。那些在她之前之后进来的考生们，在忙着寻找出路的同时，还得顾着自己的性命，毕竟那里还有一头她从未见过的怪兽，蛇头豹身，紫目血齿，坚硬且发着红光的鳞甲让它看起来没有任何弱点，生了锯齿边的黑翼无论收起还是展开，都像两把遮天蔽日的刀，不肯给任何人活路的样子。而且它还有一个巨大的身躯，大到她无论从哪个角度看它都必须仰着头。

怪兽的嘴里，刚刚才吞下去一只惊慌失措的鹰怪，那鹰怪本想从怪兽身旁偷偷绕过去，它以为太庞大的对手通常速度会跟不上，哪只怪兽的反应大大超出它的估算，转眼间，鹰怪便只剩下几根羽毛，从怪兽嘴边无力地飘下来。

会飞的有危险，不会飞的更危险，怪兽的脚下早已尸横遍野，那些死去的跟快要死去的妖怪们，活活地在她面前描绘出一幅地狱像。

她突然觉得，这个世界，这头怪兽，并非只是做做样子吓唬考生的幻术，她甚至能闻到怪兽身上飘过来的，带着热度的血腥之气，还有它脚下那一大片切实的绝望，也毫不作假地刺进她的身体里。

如果这个地狱是真的，如果怪兽是真的，那些死去的妖怪……岂不是真的死了？

这……是九道考题中最简单的？！她的心又慌又乱，低头看了看手背上的红线，好像比来时短了一截……

到底是怎么回事？

这时，身旁一阵窸窸窣窣的动静将她从昏蒙中拉回来。她警觉地看过去，却是一只矮矮小小兔头人身的妖怪，大概是一个有些修为但还不能完全化成人形的兔妖。它一只眼蒙着眼罩，身上全副武装，挂着各种奇怪的刀具与瓶子，小心翼翼地躲在她身旁的大石头后面。

兔妖打量了她一眼，没说话，只顾着调匀自己的呼吸，准备下一轮尝试。

“那个……我问一下……”她朝兔妖那边稍微靠了靠。

“嘘！小声些！”兔妖赶紧做了个噤声的动作，又压低声音道，“不要命了你？那大家伙的耳朵灵得很！”

她赶紧捂住嘴点点头，又小心挪到兔妖身旁，以耳语的程度问它：“这位师兄，这真的是九道考题里最简单的一道？我怎么觉得不对劲啊？”

兔妖看傻子一样看着她：“谁告诉你的？这可是今年最难的一题啊！”

“啊？”她一愣。

兔妖又探头看了看那怪兽的动静，见它往稍远处去了，方才放了点心，缩回来告诉她：“昆仑试的九道试题里，每次都有一道是最难最凶险的，可谓九死一生，但只要能胜出，一出去便是半仙之身，连跨两级，比起那些老老实实修上来的半仙，能得昆仑重用的机会也大许多。如今昆仑诸位大神之中，好些个都是从这九死一生之路里杀出来的。你怎会觉得这是最简单的一道……”

听了兔妖的话，她突觉好像有什么地方不太对劲。

“难道每次昆仑试哪道题最难，是早就告知过的？”她按住心口，从来没有这么紧张过，从没有哪个答案会让她既害怕听到又想听到，心都要跳出来似的。

“这不废话吗。”兔妖笃定地点头，“哪道题最难提前三天就会告诉所有送考的半仙们。毕竟是玩儿命的事，可昆仑试的规定又是千万年不变，只要确定参加考试，半仙们每次必须送满九个弟子，一人一题，所以横竖都有一个要走这条路，因此半仙们在很早前就会在弟子中挑一个自愿挑战最难试题的，着重培养起来。”它又将她上下打量一番，“看你这样子……你是岸鱼吧？除了会唱歌好像没听到你们有啥大本事，你师父怎会选你来做这一题？”

“我……”她的额头上渗出冷汗，手都把心口按疼了。

是啊，为何师父要选她？

兔妖一转眼睛：“不过也有些半仙会选最不成才的弟子，毕竟这道题太难，就算是最出色的弟子也有马失前蹄的可能，还不如退而求其次，反让最厉害的徒弟去做另外八道更容易的题，如此虽不能一举成半仙，助他自己得个大功德，但只要弟子里有胜出的，哪怕就做个妖侍，他的修仙簿上也能记上一笔。一些只差几个名额就能晋升的送考半仙，可能会选择这个最稳妥的办法。”

她沉默片刻，竟笑了出来：“师兄师姐们都比我厉害……师父同我说，这道题最简单。”

“那便是了。”兔妖掰着指头算了算，“如果你是最差的那个，就算是其他八道题你也一定胜不了，那么最好的情况便是你的师兄师姐们全部胜出，你师父赢到八个名额，若让你去另八题，你师兄师姐们便有一个要来这里，大概率会输，那么你师父就只得七个名额……再细算一下，万一你的师兄师姐发挥失常，起码最厉害的那一位也应该能通过的，毕竟那些题目远不及这里难。把最差的马扔到最烂的跑道，把最好的跑道留给最好的马，万无一失。啧啧，可见你师父一丁点风险都不想冒啊。唉，毕竟送考半仙们就靠这个晋升嘛。他是不是还差几个名额便能升为正仙了呀？”

她越来越听不清对方在说什么，双手无力地垂下来，整个人好像被抽去了魂魄，呆呆地靠在石头上。

原来，师父一开始就选择放弃她了。

原来，命运是会重复的啊。她笑出声来。

兔妖吓坏了，赶紧捂住她的嘴：“疯了吗你，笑那么大声！”

她拉开它的手，问：“如果我出不去，会怎样？”

兔妖耸耸肩：“出不去的后果你不是已经看见了吗。在这里，我们都是猎物。”它又小心探出脑袋，朝前头努努嘴：“那怪兽的身后便是出路，若能绕得开它，你便闷头直跑，直到见到一团彩光，那就是出口。”它又转过来看看她，摇摇头，“不过你肯定是过不去了。”

她笑笑：“你来过？还是别人告诉你的？”

兔妖指了指自己坏掉的那只眼睛：“两百年前我便来过了，可惜慢了一步。出去时我的红线已经没有了。”

“今年还来？”她不解。

兔妖白她一眼：“两百年前我就只差一步了，两百年后我还会差吗？”它又戳了戳自己身上的各种法宝：“今年我还有它们帮忙。”

“你真是一只厉害的兔子。”她由衷地称赞，“祝你成功。”

兔妖点点头，又看了看怪兽的位置跟动静，小心地站起来：“我走了。”

她冲它摆摆手。

可兔妖刚要离开，又转回来，从身上解了个瓶子给她：“看你那么惨，这个给你吧，万一躲不过，对着怪兽的眼睛洒，说不定能得个机会。”

她却不接，笑：“这么好的东西你留着自己用吧，莫浪费在我身上了。”

兔妖叹口气，收回瓶子：“那你保重。”

她不需要任何武器来延长一个必死无疑的结局。赚回来的四十年性命，可以还回去了。

如果从云海中掉落时她就没了，或者掉下来后被蟒蛇吃了，好像都没有现在这般难受。不是愤怒也不是悲痛，更没有害怕，就是心里像被挖走了一块，一个空洞越来越大，反过来将她包裹在内，成了个越发透不过气来的厚茧。

耳边的各种声音此起彼伏，后来的那些家伙里，差不多都是一个结局，在怪兽趾高气扬又毫无破绽的攻击下，要么成为食物，要么成为一堆残骸。

以前她以为昆仑里的神都是高贵又和蔼的存在，他们保护着这个世界，也愿意给妖怪们更好的机会，事实也差不多是这样，但唯独在这件事上，神也是严苛且不给怜悯的吧。也许他们坚信只有用这个方法挑选出来的家伙，才能与昆仑的实力相匹配，才能担当起更多的责任，这一点上，他们从不降低一丁点要求。

其实她并不怕进到这一道最难的题目里，她也相信那些前赴后继要走这条路的妖怪们也是不怕的，毕竟那是它们自己心甘情愿的选择。它们会因为死亡与伤痛尖叫哀号，但真正倒下的那一刻，它们多半是没有遗憾的吧，非凡的目标，必然需要非凡的牺牲，它们拼过了，只是没有争到那千万分之一的概率罢了，自己挑的，怨不得人。

但，她却只是个被选择的家伙。

她转过头，从石头缝里看了看怪兽的动静，此刻它正在追一只跑得飞快的兔妖。她赶紧缩回脑袋，不敢再看。

接下来做什么呢，是就留在这里等着被怪兽发现，还是拿出此生最快的速度，试试看能不能在四分五裂前绕出一条活路？

正混乱计算时，她的目光落在斜对面的巨石上，那石头压着一层早已垮塌的房顶，一只大黑猫趴在石头顶端，闭着眼，睡得呼呼有声。

是进来前看到的那只“小狮子”？

她竟然不知它是几时出现在附近的，看样子已经在那儿待了好一阵了。她呆呆地看着它，心想这么好看的猫，如果被怪兽吃了该多可惜。

其实又何必一定要冒这个险呢，从妖侍慢慢修到半仙又能吃多少亏呢？

也罢，也许跟那些热爱赌博的人类一样，明明可以老实赚钱攒钱，可还是无法抵抗一夜暴富的诱惑，总想着万一就赢了呢。

好疲倦啊，从心到身体。

她靠在那里，微微闭上眼，要不就现在吧，让怪兽一口吃了自己，又快又方便，从此归于虚空，不要拯救，不要来世，就让她像微尘一样消失在了无牵挂的心情里。

黑猫睁开眼，站起来伸了个懒腰，看了她一眼，慢吞吞地从石头上跳下来。

她察觉到它的动静，却没有睁眼，保持着那个懒洋洋的姿势，只开口道：“我觉得你一定能出去的。我都能想象到你成为昆仑半仙的模样了，好神气。”

为何要对它说这些，她也不知道，只是觉得命到尽头反而更想说些好听的话，在祝福里走完一生，没有那么狼狈。

如果她的命运就是这样，那就这样吧。

黑猫舔了舔爪子，一跃而起，仿佛什么都没有听到，甚至都没有看到她一样，一句话都没同她讲，便消失在前方的废墟里。

不知过去了多久，她睁开眼，觉得四周的温度越来越高，进来拼一把的妖怪仍在继续，每一个都是义无反顾的样子，它们从她身边快速经过，所有注意力都只在那只怪兽身上。

刺耳的尖叫与痛苦的哀号也越来越多，越来越响亮。天空的颜色变得更深沉更诡异，仿佛那些死去的妖怪的血是往上头流去了。

她深吸一口气，毅然从石头后面站出来，大步朝前走去。

断了气的，还差一口断气的，所有没有从怪兽口中幸免于难的妖怪们差不多堆成了一座破败的小山。

这时她才知道，世间竟有那么多妖怪想踏上这条一路凶险而终点荣光的路，它们是不是真的直到最后一刻都没有遗憾呢？有没有想过，也许留在高山湖海之中，当一个会吓到人类又被神仙嫌弃的小妖怪，可能更好一些？

她在这座“小山”里艰难行走，然后在一个角落里，看见了奄奄一息的兔妖。

兔妖也看见了她，咧着嘴勉强地笑了笑：“还是慢了一步……它比两百年前厉害了。”

她跪在它面前，看着它身上的累累伤痕，难过地问：“疼吧？”

兔妖垮下脸：“疼死啦。”

她想了想，毅然道："我来帮你。"

"你能帮到啥？别说这些没头没脑的话了，我快不行了。"兔妖摇头，拼着最后的力气道，"你赶紧走，趁冲上去的妖怪最多的时候，看看能不能得个机会冲过去……没时间了，去吧！"

她看了看手上的线，只剩下短短一截。

"我不走了。"

她站起身，看着四周那地狱般的场景，听着将死者们痛苦的呻吟，她突然找到了自己想做的事。

在血腥与死气之中，她爬到最高的一块石头上，理直气壮地站在那里，好像她从出生到现在，都从没有以如此笔挺而勇敢的姿势站立过，她从最高的地方坠落下来，再坠落到更深的深渊——地狱之所以可怕，在于你怕掉进去，真进来了，也就如此了。

她闭上眼，仰起头，这一刻再没有血一样的天空，也没有贪得无厌的怪兽，天地之间只有她。她从未如现在这般，灵魂仿佛燃烧起来，要用身体里每一寸还活着的部分，竭尽全力将心头的歌唱出来。

没有恐惧，没有迟疑，她独一无二的天赋从清亮明透的音调里一层一层飞扬起来，温柔坚忍的力量，誓要穿过天地尽头。

如果她也有抵抗，那就是现在。

兔妖从最初的惊讶里很快地平复下来，眼中渐渐露出了平静甚至幸福的光，撕裂般的疼痛好像在这一刻烟消云散。它仿佛从没有受过伤，只是来到了一块绵软的草地上，像小时候那样，舒服地躺在上头，等一场美梦的到来。

它满足地闭上了眼。

她站在她创造的世界里纵声歌唱，像个要把美好的际遇分给所有人的神。脚下的世界安静下来，痛苦的妖怪们专注地听着从天而降的歌声，在无比的安稳与舒适中，沉沉入梦，永不醒来。

她能做的，愿意做的，就是留下来，陪伴每一条即将消失的生命，让它们的离去不至于太痛。别的，她不管了。

哪怕怪兽已经循着她的歌声来到了咫尺之外。

她不怕，死就死，连眼睛都懒得睁开。

带着腥臭味的怪风扑面而来，她知道那一定是怪兽的血盆大口。可她还是要唱，唱到最后一刻，唱到灰飞烟灭。

结果，她没得到这个机会。一股强悍的力量将她撞到一旁，怪兽扑了一个空。

她这才睁开眼，却见到那只早就消失的黑猫，正懒洋洋地站在她与怪兽之间的石头上。它怎么回来了？！

怪兽恼羞成怒，脖子一伸，口中喷出一道赤红烈火。

黑猫轻松避开，居然不怕死地落到离它更近的地方，站在那些被它撕碎的躯体上，挑衅般看着它。

一声怒吼，怪兽的双翼骤然张开，血红的嘴里露出尖利如刀的牙齿，一口朝黑猫的脑袋咬下来。

黑猫往上一跃，玄光闪起，空中顿时现出一只身有九首的巨猫，真如一头威风凛凛的狮子一般，轻巧落在怪兽的背上，只是哧哧几爪下去，怪兽的翅膀便断了一只，紫色的血喷溅而出。

痛极的怪兽本能地回头，还不等它张嘴，巨猫的九个脑袋已然对准它的脑袋狠狠咬下去。大概是骨头碎裂的声音……还有怪兽撕心裂肺的哀号。

它疯了般胡跑乱甩起来，巨猫跳下来落到一旁，等着它来报仇。可是它居然选择了逃跑……在这个它称王称霸惯了的世界里，输得一塌糊涂。

巨猫哼了一声，晃了晃九个脑袋，转眼便恢复到最初的模样，还是那只神气的黑猫。

她看得傻了。

“跟我出去吧。”黑猫走到她面前，竟是个姑娘的声音。

“你……”她惊讶得说不出话来。

黑猫摇摇头：“一会儿等那傻大个想明白了，又折回来，我可不管你了。”说罢便向前走去。

她拍了拍突突直跳的心口，赶紧起来跟上去。

可是……她突然看到手上的线已经彻底消失了。她想到了什么，忙走快几步，一把将黑猫抱起来，里里外外地翻看起来。

黑猫在她怀里不高兴地扭动：“瞅啥呢瞅？线没了！咱们都超时了。”

她果然没有在它身上看到红线的痕迹。她怔怔地放开它，说：“你有这般大的本事……应该早就能出去了……”

“是啊，我都快到出口了。”黑猫不悦道，“我就想看看是哪个傻子在那种地方唱歌，所以又折回来了。”

她愣了愣，苦笑：“你不必为了我这样的妖怪，折掉自己的前程。”

“你管我回不回来！”黑猫更不悦了，翻个白眼道，“腿在我身上，我想回就回！”

“可是昆仑半仙啊！你不要了？”她无奈道，“你看看我们身后，那些把命留在那里的家伙们，它们都是为了这个啊。”

“不要就不要。”黑猫不屑道，“我不过是受了那老狐狸的拜托，来替它凑个数，算是还它个人情。老狐狸也是笨，那么多年连九个徒弟都收不齐，还巴巴地想升正仙。”

“啊？”她诧异道，“你来这么危险的地方，只是为了还人情？”

“我不爱欠别人人情，当然要还。”黑猫不耐烦地说，“你走是不走？”

竟有那么一瞬间，她不想出去。她是被放弃在这里的那一个，出去做什么呢？

然而她犹豫片刻，还是点了点头。她想象过自己各种死去的样子，唯独没有想到她会在一只猫的带领下，走进那片无数妖怪梦寐以求的彩光之中。

真的是哪个神突然心软了吗……

◦ 5 ◦

昆仑试或许成了她的一个噩梦。

她不想回忆这场经历的任何细节。

但无论她如何淡定，依然记得那天走出镜子时，师父那张惊诧的老脸，还有她的八位师兄师姐，全部顺利通关，每个都兴奋得手舞足蹈。他们这一组是这一年昆仑试中成绩最优秀的，在场的其他送考半仙与监考仙官们，无不向她师父道贺，不光为他教出了这么优秀的弟子，还为他唾手可得的正仙之位，要知道每九个弟子之中能过关三四个已是厉害，能过八个的，目前好像只有他做到了。

最失望的还是老狐狸，它围着黑猫叽叽咕咕捶胸顿足地不知说了些什么，那两位监考仙官在看到黑猫身上已无红线时，竟也露出了深深的遗憾之色，仿佛错失了什么珍贵无比的宝贝。

黑猫根本不在意自己的失败，只冲老狐狸说了一句：“欠你的情还了，以后莫来烦我。”

“你这家伙……”老狐狸又气又急，跺着脚对着它的背影道，“这么好的机会啊！这么好的机会啊！！你当我只是为了我自己吗！不也是为了你！”黑猫连头都不回，摆着尾巴径直往前走去。

她走到师父跟同门面前，说了一声：“恭喜。”

然后，都不给他们回应的时间，便头也不回地朝黑猫离开的方向走去，任凭师兄师姐们在身后怎么叫她，她都没停下。

就在这里告别吧，以后，都不要再见。

没想到，无论是输还是赢，她都回不了家了。

她追上黑猫，没有说话，就安安静静地跟着它一道并行向前，紫气缭绕的草原慢慢被它们抛在身后，眼前出现了正常的花草与山路。

“我叫……鱼九。”她终于开口，“谢谢你救了我。”

“可别跟人说这事，我一只猫，救一条鱼，说出去不对劲。”黑猫哼了一声。

她笑：“好，我不说。只是我能知道你为何那么厉害吗？你好像不是普通的猫妖。”

“你管我是什么。”黑猫往路边的石头上一坐，“我就是我，想去哪儿去哪儿，想怎么玩儿怎么玩儿，你跟着我做什么？”

“好吧，我不问就是了。”她也无奈地坐下来，“可我也不是跟着你，只是我不知道要去哪儿，正好就与你同路吧。”

黑猫打量她一眼：“我要去人类居住的地方，你也跟我同路？”

“人类居住的地方……”她微微皱起眉头，“我只去过一两回，跟师姐他们去的，师父不让我们经常下山，还说人类对妖怪来说是危险的存在。”

黑猫哧哧一笑，顺口道：“再危险还能有那老猴子危险吗，人类起码不会让你去那样的地方。”

她心里一紧，隐隐的疼痛又渗出来。

黑猫大概也觉得自己好像说了不该说的话，便转了转眼珠，盯着她的尾巴道：“尾巴能变成脚吗？”

她立刻点头：“能！跟师姐他们出去时，我总是化成脚的，不能让人类看出来啊。”

“行，那以后都用脚吧。”黑猫看着那条好看的鱼尾，舔舔嘴巴，“可惜了，救了你便不好再吃掉你了。”

她一愣，笑出来。

命运的转折是不是总这么出人意料，她的余生，是不是就要跟这只猫在一起了？

可惜，她跟这只猫的缘分也只有十年。

离开深山的这十年，她跟着猫住过一座又一座大城小镇，猫教了她许多在人间生活的技能与经验，最后她发现自己学习各种乐器是最容易上手的，各种乐谱她只要看一眼就能全部背下来，并且靠着弹琴卖唱赚到了钱，活得越发像个人类的姑娘了。只是赚来的钱大多给猫买了好吃的，各种鱼干肉干从不吝啬，有时候还亲自下水给它抓鲜鱼吃，这是她能表达谢意的唯一方式了。

她本以为自己会永远沉在深渊里，可现在看来，除了时不时做些噩梦之外，其他都还好。离开了山洞，没有师父没有同门的生活，倒也还能过得下去。最重要的是，她有猫。

虽然猫从不透露自己的底细，但她已经将它视为自己的好朋友。下一程要去哪里，让它来选；今天想吃什么，让它来选；去集市买衣裳，让它帮自己选，甚至连在野外采花，她都要问它喜欢什么颜色。

猫总是很不耐烦，但又会帮她做出选择。

那年元宵节的夜里，她在她们居住的小屋子里忙碌了一天，准备元宵时，她又习惯性地问它，吃甜的还是咸的？

猫蹲在窗户前，看着零星落下的雪，说："鱼丸，你为何总是要我来选呢？"

很早之前，猫就不叫她鱼九而叫她鱼丸了，它总说她笨得很，像个不长手脚的丸子一样，别人往哪里拨弄她便往哪里滚，干脆就别叫鱼九叫鱼丸好了。

她居然一点都不生气，还哈哈笑出来，鱼丸就鱼丸，她无所谓。

"我想，你选的一定是你喜欢的。"她一边揉着糯米粉一边说，"你是我最好的朋友，我想你开心些。"

"谁跟你是好朋友。"猫一翻白眼，"那你喜欢的怎么办？"

她想了想，笑："现在的每一天，我都喜欢。"

猫不说话了。

经历过地狱的人，无论是出自侥幸脱逃后的感恩，还是心死大半后的麻木，可能都会显得特别容易满足。

猫从来不跟她讨论这些触及灵魂深处的问题。它是一只干净利落自由自在的猫，从不肯被任何一种所谓的关系绑住脚步，对所有伤春悲秋的小情绪也都没兴趣，既然她说喜欢，那就当她是真的喜欢吧，自己的心情本来就该自己收拾好。

那天，她们吃了一顿甜滋滋的元宵。

而这个元宵节，也是她们在一起度过的最后一个节日。

几天后的深夜，猫跟人打架了。

一个穿着黑袍的男人主动找上门来，猫大概是顾忌着什么，没有像对付怪兽那般凶悍，只随便应付了几招，便带着她快速逃了。

野地里，猫舔着爪子，淡淡道："今后不能在一起了。"

她还在喘着大气："什……什么？"

"对头都杀上门来了，没看见？"猫瞪她一眼，"你留在我身边，只会拖累我。"

她愣了愣，不安道："你是做了什么吓人的事吗？"

她们在一起的时候，猫总是想走就走，去哪里做什么也不会告诉她，偶尔还会夜不归宿，实在是一只很有脾气的猫。不过以它的实力，也确实撑得起这样的脾气。

"我本来就是个吓人的猫。"猫故意哈了一口气，露出雪白的尖牙，"看不顺眼的，我都会一口咬掉它的脑袋。"

她知道它厉害，但还是担心："对方也厉害吗？会伤到你吗？"

"嘁，要不是我不能随便吃人，这些家伙哪有机会来找我麻烦。"黑猫冷哼一声，"反正，今后你得自己过日子了。我说走便要走的。"

她沉默了许久，点点头："好。"

猫转过身，又回头："自己的未来自己选，别总麻烦别人。"

她没有说话。

"听见了没有！"猫加重了语气。

"听见了。"她站在寒凉的夜色里，略局促地揉着自己的衣角，然后抬起脸，笑道，"我会好好过日子的。你也是。"

猫撇撇嘴，转头跳进了深密的野草中。

她在原地站到了天亮，当晨光落在她身上时，她才确定，猫真的不回来了。

她的相遇跟分别，好像间隔的时间越来越短了。

四十年，十年……下一次会不会更短呢？

那天，她盯着野草上挂着的白霜，突然觉得那种被空洞包裹的感觉又回来了。

没有师父，没有同门，没有猫，现在的她，又该去哪里呢？

她花了快二十年想这个问题，还是没得到答案。

所以她总是居无定所，没有猫在身边，她发现自己越来越不爱留在人多的地方。多数时候都是在深山野林里找一棵足够结实茂密的树，一待就是许久，肚子特别饿的时候才去找些果子虫子来吃，然后在一个人的岁月里无限期地恍惚下去。直到有一天，她突然想，其实去哪里都无所谓，有所谓的，是自己想要一个怎样的余生。她起码还有几百年的寿数吧，全留在树上是不是也不太对？

她从树上下来，随意游走，想看看能在哪个地方找到自己想要的日子，不过她始终不热衷于结交朋友，无论是人类还是妖怪，好朋友的位置还是得留给猫，如果它还愿意回来的话。

她也不盼望再遇到多少欢欣雀跃的开心事，只要没有令她难受的东西，或许只是少做几场噩梦，就够了。

无悲无喜，余生安稳。

她觉得自己得到了答案，也相信这个答案，偶尔会焦灼茫然的心终于平静下来。她仿佛真的在缓缓而过的岁月里，活成了一只无欲无求、也没有什么存在感的妖怪。

其实，只要不相遇就好了。

不相遇，不停留，像猫一样潇洒，或许就能避开余生的大半苦难。

但为什么又要遇到呢？

好笑得很，上天绑也要把她绑到那个人面前。

雪越下越大，她坐在快要断掉的秋千上，憋了很久的眼泪，终于掉出来。

这一次，是五年。

离开这片承载了太多情绪与回忆的湖水，她又回到了找不到答案的岁月里。

之后的几年，她一直留在离他很远很远的地方，几乎不再踏足人间，只在最偏僻的山林里，找一棵并不属于自己的树，然后留在上头，看日出日落，荒废时光。

有人说，眼不见为净，不看到便会很快放下的。

但，在她从又一场与他有关的梦里醒来时，她突然想见见他，哪怕远远的一眼都好，她实在拗不过自己这个念头，终于从树上下来了。

她还记得他家在哪里。

深秋的铁镜镇，还是像画一样漂亮。

她隐去身形，走到他家门外。

恰好大门打开，他走出来，还是姿容出众，神采奕奕，只是眉宇之间少了几分明朗果敢的少年气。

令家的宅子看起来很好，他的模样也很好，她想，可见当年的风波是圆满解决了。

她舍不得走，还想多看他几眼。

可是，一个微微跛脚的女人跟出来，手中还牵着一个白嫩嫩的小儿。

“爹爹不走！”小儿哭唧唧地朝他伸出手去。

女人无奈道：“瞧见你要出门，这孩子不知怎的，非要跟出来。”

他笑着抱起小儿，点了点他的鼻子：“爹爹很快回来，回来给你买糖人儿好不好？”

小儿抹着眼泪点头。

他又亲了他一下，将孩子交给女人，又嘱咐道：“我最多两日后便回来，你不要忘记按时服药。大夫说了，你的身子弱，这方子对你大有裨益，万万断不得。”

女人笑道：“知道了，你安心出去，莫挂心家里。”

“好。”他轻轻握了握她的手，“我走了。”

“路上小心，早去早回。”

“好。”

房门关上，故人走远。

他一如既往的温柔与笑容，都与她无关了。

她还站在原地，心里像是被什么东西翳住了一般，呼吸明明是顺畅的，却总觉得吸进来的每口气都填不满自己的身体，越来越窒息。

她终于逃似的离开了他的家。

河边那棵大树依然在秋色中延展出美妙姿态，黄叶在树下铺起一层迷人的金色。

她站在树下，当年他们说过的话，好像还寄存在这些沙沙作响的枝叶间。

命运的微笑，终究不是给她的。

她低头一笑，转身离开。

○ 6 ○

从没有这么轻松过，身体似挖空了一般，好像随时都能飞起来。

她随便走了一个方向，不知道自己走了多久，不记得日月在头顶更替了几回，只觉得身边的声音越来越多，擦肩而过的人也越来越多。

她不想控制自己的身体了，随便它想去哪里就去哪里吧，也许它喜欢热闹，所以才来到这座无比繁华的大城市。听说皇帝也住在这里，那片威严华丽的宫殿就是他的家。真大啊，一个人怎么住得完那么多房子……百姓们的家也很好，无论房舍是大是小，富贵或简陋，都热闹得很，炊烟饭香，欢声笑语，无论多晚回去，窗口都亮着灯火。

她喜欢坐在高高的房顶上，从最广阔的角度俯瞰这座跟她完全没有关系的城池。无论白天黑夜，她都忍不住要去数一数今天又看见了多少对夫妻，多少父子母子，多少笑闹着经过的好朋友。

记不得有多久没睡觉了，她知道自己在做一件毫无意义的无聊事，但她就是想去数，空荡荡的脑子被每天都在变化的数字占满了。

可是，怎么脑子越满，心口却越疼呢。

起初她没有在意，那点疼痛算什么呢。

但，当她终于支撑不住从房顶上掉下来时，心口那一层一层被撕开又揉回去的感觉，渐渐让她喘不过气来。

她觉得自己可能病了。

可病了又如何呢，城中如此多医馆，哪家会治一只妖怪。

听说遥远的桃都里有一位厉害的大夫，可桃都在哪里她都不知道。

她挣扎着站起来，在夜幕中的街市中缓缓前行。

前方的道路有点晃，她几乎分不出是直路还是弯道，屋檐门廊下的灯火明明灭灭的，像不同情绪的眼睛，有的在同情她，有的在耻笑她，有的只是冷冷看着。

旁边好像有人经过，年轻男女情意绵绵。

“等我回来，便娶你过门。”

“可是你爹娘他们……”

“天王老子来了，我也要选择跟你在一起！”

天王老子来了，我也要选择跟你在一起——她看不清他们的脸，这句话却像着了魔似的在她心里反复来回。

甜蜜的人渐渐远去，他们只念着属于自己的美好未来，全然不知刚刚与一只病重的妖怪擦肩而过。

她的身体越来越空，脚下却越来越重，上下两个部分即将各奔东西的感觉狠狠割裂着她。

这条路可能走不完了。

她捂住心口，又坚持着趔趄了几步，终是倒在了地上。

天上的月光像掉进了池塘里，不安地摇晃，四周的房舍也融化在无边无际的虚无中，没有人经过，无人会发现她，也无人会靠近她。

时间已失去了意义，她一动不动地趴在冰凉的地上，没有恐惧，也没有期望。

可是，翅膀的扑棱声打扰了她的安静。

一只巴掌大的白色纸鹤落在她面前。

“病啦？”纸鹤灵活地低下头看着她苍白的脸，声音像个分不出性别的小孩子。

妖怪？

她都没兴趣问它是什么，只梦呓般道：“疼得很……”

“那便是病了呀，我早知道了。”纸鹤说着，又绕着她走了一圈，“起来吧，我看你还能走，带你去瞧大夫。”

是病入膏肓时的梦吧……

“起来，起来，快起来！”纸鹤催促。

尖细重复的声音像个咒语，她听了，吸了口气，慢慢爬起来，确实还能走，因为痛的是心口不是腿。

纸鹤慢悠悠地飞起来，在前头带路，让她跟上。

她看着夜色中那一团明亮的白色，竟毫无拒绝的意愿，甚至想主动跟上去。也许这是她最后的一点求生欲。

四周的景色始终不曾清晰起来，这条路比她预想中还要长，她偶一回头，走过的部分竟都消失在了灰黑的混沌中。

再走，一顶白色的轿子等在前头，轿前挂着一盏写着“医”字的白灯笼，幽幽白光在黑暗里太显眼，反衬得这顶轿子有几分高高在上的阴森，竟不像是应该出现在这个世界的东西。

一阵风拂过，淡淡的药草气息迎面而来。

纸鹤飞上去，落在轿杆上，说：“使君，病妖带到了。”

她停在离轿子十步开外的地方，呆呆地看着这个出现得莫名其妙的玩意儿，有气无力道：“你们是大夫？”

这时，不知从哪里又飞出来几只纸鹤，仆人般从外头将轿帘稍稍掀起一些。

她抬眼朝里头一看，从有限的角度里只见到轿中人的小半张脸，那可能还不是脸，只是一张木头面具，面具上露出的一只眼睛，却比那灯笼发出的光还要亮，有洞穿一切的精明与自信。

很快，轿帘被放下，里头的人消失在一片雪白之后。

她有些不知所措，到底是梦还是真的？

轿子里传出个轻轻淡淡的声音："既遇到了，便说说哪里不适吧。"这声音，比男声少了几分刚毅，又比女声多了几分低沉，虽然难分雄雌，倒是颇为悦耳。

她呆看着对面，似乎很久都没有谁问过她冷不冷，饿不饿，有哪里不舒服……

虽然听不出任何情绪，这个声音却让她感受到一丝久违的关切，不由自主地就想把自己所有的难过都说出来。

"心口疼，很疼。"她说。

一条白色的细丝从轿中飞出来，轻轻缠在她的左手腕上，凉凉地蠕动着，仿佛下一刻就要融到她的皮肉里。

片刻之后，细丝飞回去。

"倒是死不了。"轿中人道，"无非心病还须心药医。"

她愣了愣。

"明明满心怨愤不甘，非要强颜欢笑，以麻木当作无欲无求，实则千万思绪不得疏解，堵在心口哪能不疼。"轿中人似在轻笑，"你一直知道自己最想要的是什么，知道却不去要，自然会生病。"

闻言，她心下一坠，身子不禁晃了晃，无力地坐在地上。

知道却不去要……

她知道吗？不不，她还能去要什么？在他的家族前程与她之间，他还是没有选她。他娶了另一个女子，还与她生下了孩子，他是喜欢他们的，对他们展露出的温柔与关怀没有半分虚假。也许在那之前，她从他眼里读到过的所有真诚也是真的，但那又如何呢，从今以后，他的世界里不会再有任何与她有关的留存，那些他们一起度过的春夏秋冬，他给过的每一个承诺，都会像灰烬一样散去。

她哭了。

不想还罢，一想起便如波涛翻涌，无法遏制。

"我以为他是人类中的另类……我以为，他会选一个有我的余生。"她擦去泪水，又笑出来，"可他的心，最终还是没有那么坚定。"

"这便是治你的药了。"轿中人又笑，"那就给他一颗坚定如石的心，让他重新选一次吧。"

她苦笑："不可能的……他是个做了决定就不会更改的人。一切都来不及了。"

"取活石固三只，吞服，以命珠之力炼为药汤一滴，喂服于凡人，三十日一滴，三滴之后，凡心必坚，余生只念施药之人，外力不可分，可达君之愿也。"轿中人缓缓道，"我开与你的药方，可记住了？"

余生只念施药之人，外力不可分……可达君之愿。

他对她展露过的每一次笑脸，做过的每一件让她心动的事，排山倒海般涌上心头，仅有的理智眼看着便要破碎。

她一直都不愿承认，她有多想念他，那些属于他们的欢欣岁月如果能回来该多好。

不是说过要娶她的吗，怎么可以不娶呢！怎么可以呢！！

她长长地吐出一口气，站起来，对轿子里的人说了声："多谢。"旋即她又想到了什么，有些为难："可是……要上哪里去找活的石固？我只是听过这种妖怪而已，它们似乎很难被找到。"

这时，一张白纸从轿子里递出来，纸鹤赶紧叼起来放到她面前。

白纸上空无一字，只在左下角画了一株形似药草的植物。

"这是……"她不解。

"石固倒是不难找。"轿中人道，"你若愿付我诊金，我自会将捕获它们的法子交给你。"

她低头看看自己，说："可我身上并无财物，连一件值钱的首饰都没有……"

"我的诊金并非银钱。"轿中人笑道，"你们身上最出色的地方，便是我要的诊金。"

"最出色的地方？"她不太明白。

"尔乃岸鱼，最出色的自然是嗓音。"轿中人轻笑，"你若同意将嗓音付我，便在那纸上按下掌印。若不同意，咱们便当作从未见过，你大可靠自己去捕获石固，只是我要提醒你，你妖力不强，年资仍浅，若为捕获石固耗损太多元气，导致命珠不济，即便抓到石固，你也无力炼化它们，自然也无法成为那凡人的施药者，拖得越久，凡人性命有限，而你的病，也只会愈发严重。"

她听得心头一阵慌乱，不由自主地摸到自己的喉咙，把自己的嗓音当作诊金付出去？！那自己岂不是再也不能唱歌，甚至都不能说话了？

见她愣在原地，很久都做不出决定，轿中人又道："若永远失去他，你的歌又唱与谁听，你想说的话，又说与谁听？"

她眉头一皱。

"我只是一名大夫，虽要收取诊金，却从无强人所难的习惯。你若舍不得，也罢。"轿中人似有去意，轿子居然从地上飘浮起来。

"不，我愿意！"她突然喊出来。

说的没错，这嗓子长在身上这么些年，有什么用呢。唱歌唱得美妙有什么用，既不能让自己不从云海上掉下来，也没有让师父把自己送到另外的镜子里，猫也不爱听。他爱听，可听了又如何，还不是选了另一个世界……

如果不要这嗓子，就能让她的命运被重新选择一次，那就不要吧！

她不等轿中人回应，深吸了口气，毅然将左手掌按在了那张白纸上。

那一瞬间，白纸化作了一道光，从她的手掌里融进了身体。

她突然紧张地捂住了喉咙，那里好像爬上来一只虫子，又麻又痒，然后便是一阵钻心的疼痛，那无形的虫子似从喉咙里割走了什么，嗖一下从她手掌里飞出来，落进了轿子里。

疼痛只是那一刹那，随之而来的，是彻底的麻木与无力。

“拿去吧。怎么用，都写在里头了。”

一个锦囊递出来，纸鹤又赶紧放到她面前。

她忙打开锦囊，里头是个黑色的指环。

“预祝早日康复。”

抛下这句话，那轿子转眼便消失在她面前。

四周的景色也在这一刻逐渐恢复正常，还是那片夜空，还是那条街，一两个赶夜路的人匆匆而过。

她捏着锦囊，试着发出一点声音，却发现自己只能断断续续发出一丝难听的怪声。

她愣了许久，笑了，原来真的不是梦。

她转过身，看着铁镜镇的方向，手里的锦囊隐隐散着诡异的光。

好了，猫不是说过自己的未来自己挑吗，她终于挑了。

不过，猫是什么颜色的呢，好像是白色的吧，不不，是黄色？！怎的突然模糊起来，咦，为什么突然要去想猫呢？跟猫有什么关系……算了，不想了。现在只有石固是最重要的东西，抓到它们，他就会重新拥有一颗真正坚定的心，他会毫不犹豫地选择自己，她的病也就能好了。所以，赶紧去吧，别的都不重要了。

她把那锦囊紧紧贴在心口，一路小跑起来。

她越跑越快，却没有发现从她的身体里竟掉落出了另一个自己。这个她面目憔悴，双眼无神，如行尸走肉般留在了原地，眼睁睁地看着那个捧着“灵丹妙药”的自己飞快地跑远。

她想叫回那个自己，却发不出声音，只能眼巴巴地看着那个她消失在夜色的尽头。

四周的房舍又不见了，成了一团团浮动的颜色。

她无力地站在那里，一丛丛蚕丝般的东西慢慢从她的心口钻出来，它们围着她的身体一圈一圈地绕，直到将她整个人包裹起来，成了一个大大的茧子，她曾经无数次在心头有过的感觉，终于变成了现实。

一声叹息。

桃夭从她的身后走出来，神色深沉地看着这个毫无动静的茧子。

“原来你在这里。”

她想了想，伸出手去，敲门般敲了几下茧子。

“鱼九？鱼丸？”她大声道，“开开门，咱们得回去了。”

茧子没有动静。

“你那只猫已经回来了，它在等你回去。”她继续道，“还有，你再躲在这儿，令舒望就要死了。你得的药方是错的，那个治不了你的病，更给不了令舒望一颗坚定的心，只能给他一具跟石头一样硬的尸体。”她无奈道，“你被坏心肠的庸医坑啦！听见了没有？还不出来！”

茧子突然摇摆了两下。

她赶紧又道：“现在回去，或许还有转机。你真要看着令舒望变成一块石头？要不你看在我一路跟着你跑了这么多地方的分上，就当同情我一下，起码出来跟我见个面，打个招呼行不行？”

茧子上的丝有了松动的迹象，一层一层地垮下去。

很快，她的身体露了出来，先是疑惑地看着桃夭的脸，继而便露出忧心忡忡的神色。

“走吧。”桃夭向她伸出手去，“我找你好久了。”

她犹豫片刻，终是迟疑地伸出手来。

桃夭一笑，紧紧握住了那只早就没有任何温度可言的，孤独了太久的手。

◦ 7 ◦

今日又是晴天。

清晨的春光裹着花草的香气从窗外跑进来。

即便如此，还是无法化解房间里略为紧张的气氛。

岸鱼坐在床边，静静地看着依然昏迷的令舒望，好像几百年几千年没见过这个男人。

桃夭坐在一旁，看着自己好不容易找回来的，神思正常的病人。猫蹲在她身旁的椅子上，以一种刻意的懒洋洋的姿态，时不时地往岸鱼身上扫两眼。柳公子坐得最远，一副下一秒便要现出原形，把这些个不知死活胡乱冒险的家伙全吞下去的愤愤之情。

反正他是不会告诉桃夭，在他看见她毫发无伤地张开眼睛的那一刹那，他差点哭出来，这辈子最美妙的感觉，就是他差点绷断的那根弦终于保住了……他可太怕她死在一根头发上了，这说出去多窝囊啊，唉。

“你当初拿到的那个锦囊，不是好东西。”桃夭开口道，“那不露脸的家伙定是往里头放了污糟玩意儿，你当时本就神思混乱，再被它一沾染，自然神魂分裂理智全无，活活成了个不记前事只抱执念的疯子。我以连心术治你，不只是要看你的病根，还要把你丢掉的那部分带回来。”

柳公子一听到连心术三个字就浑身不舒服，狠狠瞪了桃夭一眼。

岸鱼没有回头，只是垂下脑袋，不知如何面对的模样。

“你的好好生活便是这样？说了又做不到，还不如不要让我遇回你。”猫冷哼了一声，一点好语气都没有。

她的头埋得更低。

“不会说话总会写字吧！”猫跳到桌上，敲了敲上头的砚台，“你缩在那儿算个啥？你是鱼又不是乌龟！”

桃夭瞟了猫一眼，心想这家伙竟比她还要暴躁几分，所谓口硬心软，当之无愧了。

岸鱼慢吞吞地挪过来，眼里已是一片泪光，小心翼翼坐到桌前，提笔写了三个字——对不起。

猫一脚把纸踢开，恨不得打她一顿：“你没对不起我，你对不起你自己，嗓子是能随便给别人的吗？自己的东西就那么不珍惜吗！”

她又写：“无用之物。”

猫唰唰把这张纸撕得稀烂，气得一句话都不想说了。

她又写：“见你安好如故，很高兴。”

猫瞟了一眼，赶紧扭过头去，不理她。

她放下笔，起身突然跪在桃夭面前，抓住她的手，用力地握。

“令舒望是中了石固的妖毒，轿子里的家伙倒是没完全骗你，吃了石固，他的心能不坚定如石吗，整个人都是石头了。”桃夭自然明白她的意思，把她拉起来，又看了看床上的令舒望，“你以命珠炼化石固，也难怪他身上会出现两个人的脉象，你是拿命在给他下毒啊。”

她紧紧攥着双手，眼泪终是落了下来。

“我虽不喜这样出尔反尔的人，但看他也算是遭了大罪，你就勉强救他一命吧。”猫昂着头，不太情愿地对桃夭说。

她眼里顿时亮起了光，赶紧也对桃夭猛点头。

救他……

桃夭沉默片刻，说：“救是能救。他身上的妖毒乃命珠之力炼化，故而能解妖毒之药……”她的目光落在岸鱼脸上，坦白道，“唯有取你命珠喂他服下。”

一个杯子掉在地上，摔得粉碎。

猫的尾巴可能没有管好。

“你不是桃都最厉害的大夫？”猫有点急了，“就只能想到这种破法子？”

桃夭耸耸肩，让开一步：“要不您来？”

柳公子起身，走到她们俩中间，对猫叹了口气道：“你也知道她是最厉害的大夫了，还是一个敢豁出命去用一根头发救人的大夫，若还有别的法子，她能不用？”

猫的胡子都抖起来：“可是……命珠是她的命啊！给别人吃了，她不就……”

它话没说完，岸鱼的手已经轻轻按在了它的脑袋上。

这么多年了，它的毛还是这么柔软，依然像一匹昂贵的缎子。

她的手指小心地在它的头顶上移动，好多年前她就想这么干了，但猫很高傲，总是不准她摸。

这一次，猫没有拒绝。

她说不出话，但手指的每一次触碰，都是她想表达的意愿。

别生气，别着急，我不怕，我愿意……

它觉得自己听得清清楚楚。

几十年不见，就得了这么一个窝窝囊囊的重逢。

一股无奈与些许的恼怒终是蹿上脑门，它突然歪头躲开她的手，一跃落到窗台上，又回头看着她微愕的脸，冷冷道：“把你从镜子里带出来，不是让你为一个男人要死要活的。”

说罢，猫跳出窗去，眨眼没了踪影，只有一丛花草在轻轻摇动。

她沉默，来自唯一的朋友的否定与失望，像另一把刀插进了早就四分五裂的心里。

自己怎的将一生过得如此糟糕……

桃夭往窗外瞅了几眼，好像远远的围墙上蹲着一团黑色的玩意儿——猫真的很生气，但没走。

桃夭笑笑，回头道：“你是不是也曾经对它有过芥蒂，因为它也离开了你。”

她抿紧嘴唇，终是轻轻点了点头。

“这个家伙的脾气是天生的坏，它果断离开你，却不是怕被你拖累，是不想拖累你。”桃夭侧过脸去，气呼呼却还是不肯走远的猫，可能正在围墙上骂骂咧咧吧。

闻言，她露出不解的神情。

“觉得它本事那么大，怎会被你连累？”桃夭笑笑，拿起笔在纸上随意画起来，“我都说了它的脾气太坏，脾气坏通常代表仇家多。你一直不知道它是什么对吧。”

她指了指自己，它跟她一样是妖怪吧。

桃夭用拙劣的画技在纸上堆出了一个潦草的图案，一只大概像猫的玩意儿，顶着九个脑袋，不吓人，反而十分滑稽。

“它是猫馗。”桃夭拿起纸，在她面前晃了晃，“世间兽类，无论猫犬牛羊，遇大凶极阴之时，又生于绝死之境中者，成馗。其性凶煞，善恶不定，生九首，天赐怪力，无不能克者，得九十九年寿，千年未必一遇，奇妖也。”

她看着桃夭的画愣了许久，脑中当是想起了当初在镜中九死一生时它现出的本相。

“无论是猫馗犬馗还是别的馗，这些家伙生来便是妖怪中的怪物。”桃夭看着自己的“大作”，“它们本是不可能活着出生的家伙，但有时候就是很奇怪，那些冥冥之中的力量，愿意给特别艰难的家伙们一个机会，死中得生的契机，成就了它们非凡的本事。能让你们这些小妖怪尸横遍野的怪兽，在它眼里就跟一张纸那么脆弱。”她把画纸撕成两半，笑，“昆仑对馗是特别偏爱的，天生的强壮，天生的威势。那些想上昆仑的妖怪都是千方百计要拜在送考半仙们的门下，只有馗，是半仙们恨不得跪下来求它们成自己的弟子，因为他们知道只有馗可以轻而易举完成最难的试题，能得一馗为弟子，意味着他们的功德可以数倍计。以及，馗一旦上了昆仑，通常会被当作未来的大神而教导培养，没办法，毕竟要生为一只馗，条件太苛刻，非外力可促成。”她顿了顿，又道，“它们几乎没有弱点，除了寿数短些，九十九年，比人类长不了多少。大约这就是天地造物时的公道吧，绝不给十全十美。”

她仔细听着桃夭说的每个字，突然想到了什么重要的东西，竟一下子紧张起来，下意识地掰着手指头数起什么来。

“不用数了。它因为回来救你，失去了上昆仑的机会。它只有九十九年好活，而昆仑试两百年才举办一回。”桃夭看着她表情逐渐僵硬的脸，直言，“它没有机会再参加了。以它现在的身份，无论继续修炼到多厉害的程度，都不能改变命定的寿数。”

她只觉得脑子里轰一声响，眼前的一切都摇晃起来。

她瘫坐在地上，眼泪汹涌而出，喉咙里发出难过的咕咕声，双手也胡乱比画起来。

桃夭蹲下来，抓住她的手，平静地说：“告诉你这些，只是希望你不要再计较它的离开。无论它是不愿将你扯进它带来的危险，还是它本就是个独来独往的怪物，它的离开，都不是你以为的抛弃。”

她哭得浑身发抖。

柳公子叹了口气，走过来，拍拍桃夭的肩膀：“我去看看令家其他人，昏睡咒我最多只能施到明晨。那个人等不了太久了，你们看着办吧。”

桃夭点点头。

又过了好一阵子，她终于平静下来，起身走到桌前，写下了："能否让我与他单独待一会儿，就一会儿。"

"好。"

桃夭走出房间，给他们关上了房门。

岸鱼的病算是治好了，可以开开心心地找那只猫收取报酬了，而且她应该特别开心才是，能让一只猫馗往她手里盖个章，那真是事半功倍的收获。可是，为何她一点都不兴奋呢？心里像是堵上了一块石头，不舒服。

◦ 8 ◦

桃夭一直坐在门口，哪里都没去。

不知什么时候，身旁多了个毛茸茸的东西跟她一起坐着。

桃夭瞟了它一眼，笑笑没说话。

"我是想起还要按规矩给你盖个章才回来的。"猫主动开口。

"就真的一点都不后悔？"桃夭托着下巴，"几乎是送到你手里的昆仑半仙之位，千年寿数，青云大道，没准儿用不了多久，你就是可以列席王母蟠桃宴的诸神正仙之一了。"她回忆着在岸鱼那里看到的那一幕，"只要不回头，都是你的。"

猫舔了舔爪子："没有昆仑试的时候，也有我们，不一样爽爽快快地活下去了。再说了，我又不喜欢吃桃子，我只爱吃妖怪的肉。"

桃夭好奇道："你跟她那会儿才是头回见吧？我偷偷想过，若我是你，得是多厉害的理由才能让我放弃唾手可得的荣光，为一个对我而言毫无用处的小妖怪回头。"

猫咂咂嘴，说："我听到她跟兔妖的交谈。"

"所以同情一个被师父坑了的孩子？"

"同情个屁。"猫翻了个白眼，"自己有多少斤两都不知道，被坑了不是活该吗，不是那老猴子也会是别人。"

"这点你跟我倒是挺像的，是只明白猫。"桃夭笑出来，"所以，为什么呢？"

猫沉默了片刻，一蓝一绿两只眸子像两个深邃而遥远的世界。

"我听到了歌声。"它说，"我对音律没有兴趣，也分不出什么好听不好听。但是，在一个血流成河的绝境里，一个必死无疑的妖怪，居然敢站在最高的地方，用自己仅有的那一丁点本事去安抚濒死之灵魂。我回头看见她的那一瞬间，这个一无是处的妖怪，神态竟那么自如又坚毅，那不是从喉咙里发出来的声音，是从她的性命里冲出来的光，缭绕在每个将死的痛苦身躯上。"它顿了顿，眼里突然有了少见的温和，"就是那一瞬间，我觉得她是这个地狱里唯一的神，是世上的一件好东西，不应该被撕碎，更不应该被毁在一场平庸的阴谋里。所以，比起去吃桃子，我更愿意教训一下那头傻不拉叽的怪兽。”

桃夭微愣，然后循着它的话想下去，从它的视角里回了一次头……明白了。

“很多喜欢都是一时的头脑发热，原来你也一样。”她转过头，笑看着若无其事的它，“我都说你很喜欢她了。”

“可她不争气。”猫哼了一声，抬起爪子指着房门，语气激动起来，“就为了那么一个男人。很英俊吗？很厉害吗？我看不过如此嘛……连能吃掉自己的怪兽都不怕，却怕跟区区一个人类分开？早知如此，还不如被吃了呢！”

“你平静一下好吧。”桃夭拍了拍它的脑袋，“你又不是她，你们在一起的那十年之外的岁月，你也没参加过。”

“那又如何！”猫不悦道，“我不参加也知道她干了多少蠢事！”

“你干的蠢事未必少过她，不然也不会跟她做十年朋友了。”

“胡说！我怎么可能……”

话音未落，房间里突然传来咚一声响。

桃夭跟猫同时弹起来，一把推开了房门。

岸鱼倒在地上，所有裸露在外的皮肤都变成了近乎透明的白，连尾巴都没有例外。

一颗蓝光莹莹的珠子，安静地躺在令舒望的心口上。

桃夭皱了皱眉，上去将她扶起来靠在自己怀里。

猫站在离她最近的地方，尾巴不安地摇来摇去。

虽然知道这是必然的结果，可一旦真的到了这一刻，再有置身事外的本领，也免不得心中怅然。

她缓缓睁开眼睛，见到桃夭的脸，笑了笑，张嘴说了两个字，虽无声，但从口型上看，是多谢。

随后，她用尽余力抬起手，轻轻落在猫的身上，手指却在那闪亮的皮毛间缓慢移动，猫突然意识到，她在写字。

猫屏住呼吸，一动不敢动，生怕错过了任何一笔。

房间里安静异常，只有交织在强壮与虚弱之间的心跳声。

写完，她又摸了摸猫的头，然后，往令舒望身上投去最后一瞥，没有怨恨，没有不甘，只有一点点遗憾。

桃夭把她抱得更紧了些，也许多给她一点温度，她离开时会舒服一些。

可是她太凉了，比冬天结了冰的湖水还要凉。

终于，她的手，从猫头上滑下来。

午后的暖风从外头悠闲地钻进来，扫过窗下的桌面——一张写了字的纸顺势飘下来，晃晃悠悠地落在桃夭面前。

桃夭拾起来，是她的字——

“那夜我在京城的房顶上，看着脚下的一片繁华，万家灯火，甚是美好。可我也在那一刻突然意识到，那万家灯火中，无一盏为我而亮，处处炊烟里，无一人在等我归来。从生到此，我竟从未被坚定地选择过，哪怕一次。”

短短几句话，空气中好像有什么脆弱的东西碎掉了。

纸在桃夭手里被攥成了团。

猫伸出爪子，放到那只永远也不会再抬起的手上。

她所经历的，并不是一个女人与男人相爱又背叛的俗套故事，彻底击垮她的，也从来不是区区一个令舒望。

桃夭历来不喜欢把自己活成备选项的家伙，总认为把命运交给别人来选择是一件特别蠢且吃亏的事。在她的规则里，没有谁放弃谁这样的事，不过是缘分尽头的各奔东西罢了，当时的难过就留在当时，绝不影响未来。

她一直觉得自己看不起被所谓的“抛弃”砸到地上爬不起来的家伙，不过是自己把选择的机会扔掉的可怜虫罢了。

可是对岸鱼，她责怪不起来。

毕竟从云上的树海里落下来的不是桃夭，在镜子里独面死亡与绝望的不是桃夭，在快要断掉的秋千上看着那个男人走远的人，也不是她桃夭。

她明明已经什么都不想要了，可是当她鼓起所有勇气与力量，以为可以得到一些不敢想的美好时，一个冷冰冰的声音却突然又告诉她，抱歉，这些不是你的。

妖怪裂开的心，也不是每回都能拼凑回来的。

还能怪她什么呢?

越来越多的碎光从岸鱼的身体里飘出，在她与令舒望之间漂浮成一场无声的告别。

只是在某一天认识了你，然后在某一天离开了你，无谓对错，不过缘浅。

猫抬起头，怔怔地看着那些在飞舞中渐渐消失的光。

它带出来的家伙，终究还是不肯留在镜子外的世界。

但是，它真的不后悔。

起码它给了她一次回来的机会。

现在，它脑子里反复出现的，只有她站在高高的石头上，在歌声里发光的模样。

明明在哪里都有你可以站上去的地方，可你不去。

好可惜啊。

“她在你身上写了什么？”桃夭问。

“最好的十年。”猫别过头去，拿爪子偷偷揉了揉眼睛。

桃夭拍拍它，起身走到床边，轻轻拿起了那颗仍在令舒望心口上闪烁着的珠子。

尾

傍晚的河边，桃夭背靠着那棵听了太多故事的树，望着河对面的晚霞。

“令家人都醒了。”柳公子走到她旁边，“令舒望也醒了，不用变石公子了。”

桃夭笑笑：“药效来得挺快。”

“真的什么都不跟那家伙说吗？”柳公子问。

桃夭摇摇头：“有什么好说的？”

“可是……总觉得……”柳公子皱眉。

“觉得他不该如此轻松地落个安然无恙的结局？”桃夭挠了挠鼻子，“虽然我也相当不喜欢这个出尔反尔的人，但说到底也不过是一段男女之情，硬要说他罪大恶极，也只是对那条鱼，能管他讨回来的，也只能是她，不是我们。”

柳公子摇摇头：“还讨什么呀，鱼都没了。”

“也不算完全没了。”桃夭狡黠一笑，“毕竟他吞的是她的命珠，我在救他的命时，顺便加了点别的药。”

“不是什么醒来之后不穿衣服乱跑的药吧？”柳公子挑眉。

“小看我。”桃夭哼了一声，又转过头去欣赏夕阳，“今后，他的每一场梦里，都有她。”

“哦？”

“无论他是想忘记还是不想忘记，我要他到死的那一天，哪怕连他自己的名字都忘记了，也要记得自己曾经爱上过一只妖怪。”一片金红落在桃夭的眸子里，“要记得那个叫鱼丸的孩子，记得她爱吃的果子叫凤尾果，记得他就在这棵树下亲口说过，要娶她为妻，要给她一个未来。”

柳公子沉默片刻，点点头：“也好。”

猫从树背后走出来，蹲到桃夭面前，伸出爪子：“盖吧。”

桃夭嘴角一扬，伸出手说：“虽是早说好了的，但我还是要再提醒你一遍，盖了章，便是你心甘情愿同意做我的药，今后无论我要你身体的哪个部分，你都要毫不犹豫地给出来。”

啪！

猫已然跳起来，一爪拍在她的手掌上。

“啰唆。”猫落下地来，昂首道，“我素来言而有信。”

桃夭无比满意地摸着自己的手掌，笑得像吃到了最喜欢的食物。

“事已完结，就此别过。”猫转身就要走。

“这么急着走？我还想请你吃个饭呢，油炸小鱼干儿怎么样？”桃夭喊住它，“来之前咱们可说好了的，你的底细还没交代清楚呢。”

猫回头：“你不是已经看得一清二楚了？”

桃夭撇撇嘴：“我早就知道你是猫馗，但昨天夜里，就在这棵树下，我亲耳听到你说‘吃了它是尽忠职守’……这不对吧，一只把自由看得比命还重又自大的猫馗，不该说出这种话吧。”她眯眼一笑：“你在尽谁的忠？守什么职？”

猫愣了愣：“我说过吗？”

“我也听见了。”柳公子举手。

“哦……那就当我说了吧。我呢，现在确实有公务在身。”猫慢吞吞地说着，又挠了挠耳朵。就在桃夭等下文的时候，它突然发力，一跃而起，居然直接从河上飞了过去，然后扔下一句：“反正大家都长居京城，下回还能碰到的话再聊。”

桃夭没防着这一招，眼见着它逃得没了踪影，气得直跺脚：“你个死猫！”

“你好像对这只猫特别上心。”柳公子撇撇嘴，“回去可别告诉滚滚你在外头有猫了，我怕它难过。”

“那是猫馗啊！发起疯来可能连你都打不过！你说我要是能把它诓回桃都去，献给那个人，他会不会对我好一点？”桃夭摸着下巴，很认真的样子。

“你喝多了吧，我会打不过一只猫？”柳公子冷笑，“你有这歪门邪道的心思，还不如好好想想几时才能把百妖谱找回来，不然你给十只猫出去，那个人也不会放过你。”

“哎呀，我心里有数。”桃夭立刻跳开这个话题，“不过现在有件事也很值得我关注。”

柳公子脱口而出：“给岸鱼开方子的轿中人？”

桃夭横抱起双臂，看着缓缓流动的河水：“竟有人敢抢我的生意，这不是太过分了吗？”

“此事的确诡异，放任不管的话，只怕今后你要治的妖怪会越来越多。”柳公子皱眉道，“那轿中人分明是在害妖，哪是治妖。”

桃夭冷笑：“岸鱼虽不在了，但她被骗出去的东西，我早晚要替她讨回来。”

“此事得慢慢查，你不要心急。”柳公子看看天色，“回去吧，磨牙肯定急坏了。”

“嗯。还是先去找点东西吃吧，两天没吃饭了。”

“咦，你看见没有！草丛里有田鼠！！！”

“我不想吃饭了……回吧。”

今夜的月色特别好，铁镜镇上的一切都被镀上了梦一般的银辉。最高兴的还是令家，房间里，众人围着好转过来的令舒望，都顾不得去追究他是怎么突然好起来的，只当是老天有眼，神仙出手，无不喜极而泣。

令舒望坐在床上，还有些虚弱的他安慰着泣不成声的妻子，儿子一头扎在他怀里，抱住他就不撒手，年幼如他，也好像知道自己差点就失去了父亲。

“没事了，没事了。”他微笑。

可是，真的没事了吗?

他怎么觉得她来过了呢?熟悉的声音，熟悉的气息，她就在他身旁，说她很想念他。

心头一阵刺痛。

眼泪从眼角滑出来，他偷偷擦掉，然后把妻儿抱得更紧了些。

还是河边那棵大树，月光从树梢落下，高高的树杈上，好像坐了一个长着鱼尾巴的姑娘，对着月亮哼唱着美妙的歌。

树枝上，挂着一盏漂亮的琉璃灯。

美中不足的是，灯罩上沾着几根黑色的猫毛。

世间灯火，还是有一盏是为你而亮的。

楔子

缓缓是乌龟的名字，孩子给起的，没别的意思，就是看它爬得慢，不过后来才发现它吃包子挺快的。

◦ 1 ◦

炎夏里的光，无论是哪一种，都晃得人睁不开眼睛。

午后的太阳和男人手里的刀，都很要命。

一番打斗后的农舍里满地狼藉，翻倒的菜干与晾晒的衣服，在地上铺成乱七八糟的形状与颜色。

五六十岁的老汉倒在杂乱的景象里，一边擦着嘴角的血一边笑：“我知道这把身子骨是打不过你的，但你也要知道，这一刀下来，取的可是一条人命，你真当这世道没有王法了吗！你以为官府里每年处决的杀人犯都是假的吗？”他越笑越猖狂，“杀了我，你也不好过的。”

男人也笑了，脸上好几道新新旧旧的伤疤随着笑声而颤动。雪亮的刀锋里，照着他无悲无喜的眼神，身上的灰黑衣衫在酷热的天气里纹丝不动，沉重得像一块没有温度的铁。

“不觉得你们的一生太悲哀了吗？”老汉见他没有动作，以为事有转机，继续道，“因为一个姓氏，不得不守着一个地方一辈子，干着杀人的勾当，活得像见不得光的老鼠。”老汉勉强坐起来，“你可以不过这种日子，其实本就同你没有关系，你只要视而不见，一切就会很好。不要再回那里了，去任何一个你想去的地方吧，看这大好江山，美景美人美食，热闹欢愉处处可见，只要愿意放下毫无意义的责任，这些好处便都是你的。真不要吗？”

屋子里，传出惊恐的呜呜声。

里屋的床上，一对年轻夫妇与六七岁的小儿，被麻绳捆得结结实实，嘴里塞着布条，眼睛也被蒙住，躺在床上做无用挣扎。

十岁上下的男孩冷静站在床边，头发剃得只剩小半寸，像个刺猬趴在头上，一身粗布衣裳上满是灰土，两只鞋上沾满污泥，一只皮制的背囊破破烂烂地吊在腰间，一只拳头大小的白色乌龟从开了一半的口子里爬出来，看热闹似的扭动脑袋，可还没看上几眼便被他摁了回去。

背囊是阿爹亲手做给他的，什么都能装，方便耐用；乌龟是他养的，几年前从一个渔人手里买下来，品种不明，能吃不长个，还爱看热闹；床上的人是他绑的，他用绳子比用刀厉害得多。

他探头看了看窗外的情况，外头还在对峙中，他不敢多言，只又退回去，小心看守着屋子里的人。

离他不远的角落里，躺着一根光滑的竹竿，竹竿上挑着一块都看不出本来颜色的旧幡布，上头随便写着“知天知地，铁口直断”八个字，歪歪扭扭的，怎么看都像是个不长进的相士拿来混饭吃的家什。

他看着床上那三个人，想出言安慰一下，但还是忍住了。

窗外，男人的刀缓缓移动着位置，反射出来的光刺得老汉不得不转过头去。

“你把往后的日子说得这般好，我差点就心动了。”男人嘴角微微扬起，“可是，除非我改了姓，不然这日子我过不上啊。”

老汉抬手挡住光，说：“不改了你的姓，你便还得当一辈子杀人犯。”

男人半眯着眼睛看着手里那片犀利的刀锋，笑：“杀了人才能叫杀人犯，你都不是人，这么急着往脸上贴金？”

老汉也笑出来：“我哪里不是人了？与你一样是血肉之躯。”

他的笑容渐渐淡去：“从那里出来后，你便不是了。”

手起刀落，又狠又准。

男孩在屋子里听见熟悉的动静，他不敢看，紧张地松了口气，结束了。

当一声响，大刀回鞘，像什么都没发生过一样靠在他坚实的背脊上。

男人转身离开，经过窗前时，屈指敲了敲窗框。

男孩立刻会意，过去将那男子手上的麻绳扯松了些，如此他再挣扎个一时半刻的，自能松绑。然后他扛起那根竹竿，一溜烟蹿出了房去。

大约一个时辰后，农舍里爆发出一阵号哭，男人女人小孩子的哭声交织在一起——

“爹啊！！”

“爷爷！！呜呜！”

“快……快去报官！我记得那两个人的模样！一定要抓住他们！”

骄阳似火，蝉声焦躁，农舍里的动静，他们自然是听不到了。

抓他们？哪里又那么容易呢，毕竟查案最重要的是动机，想抓一个跟“受害者”毫无瓜葛，甚至在今天之前连面都没见过的“凶手”，比大海捞针还难百倍。

快要干涸的小河边，一大一小坐在树荫下歇息，男人把水壶递给男孩，男孩喝了一口，又倒了些在手心，把乌龟放出来，小东西闻了闻便转头爬回了他的背囊里，男孩拍拍手，由它去了。

“其实你不必捂住他们的眼睛。”男人盖上水壶，“我们的长相，他们老早便记下了。”

男孩擦了擦额头上的汗，说：“如果你被人砍掉脑袋，我也不想看见的。”

男人一笑：“你倒是慈悲为怀，会替旁人着想了。”

“他们只知那是自己的父亲。”男孩举起手往脖子上扇风，“跟你看见的不一样啊。”

男人笑笑，伸手敲了敲身旁的刀，那古旧到仿佛在土里埋了几百年的皮制刀鞘，一边破旧着，一边又从岁月里炼出了沉着的光，包裹着一团不为人知的执着的杀气。

“这把刀，早晚也要给你的。”他瞟了孩子一眼，“你再不多吃些东西，仔细将来连刀都拿不起来。”

“我一顿已经能吃五个包子了。”孩子有些不服气。

“你的缓缓就吃了三个。”男人靠在树上，长长吐出一口气，“照这个架势，我当初还不如收它当儿子呢。”

缓缓是乌龟的名字，孩子给起的，没别的意思，就是看它爬得慢，不过后来才发现它吃包子挺快的。

“你可不能收它当儿子。”孩子也靠在树上，看着火红的天边，“那不成龟儿子了……

不是骂人的话吗。你平时可是不许我骂人的。”

男人笑出来，用力往孩子脑袋上摸了两把：“你小子别的不行，说个话倒能气死人。”

“阿爹……”孩子在他的手掌下摇摇晃晃，“除了出来杀他们，我们真的哪里都不能去吗？到死都不可以？”

男人的手停在那个微微扎手的小脑袋上。

“是的，不可以。”男人收回手，眼中倒映着盛夏的傍晚，“凡生，既做了我们家的孩子，就只能走我们家的路。”

孩子沉默片刻，若有所思地点点头：“知道了。”

“这里离集市不远，去买几件新衣裳，再买些好玩的？”男人征求他的意见，语气里有几分补偿的意思，“要不你再给火牛也买个礼物？你不是说他想要一把桃木剑吗？”

李火牛是孩子在老家的好朋友，精瘦得像个黑黢黢的猴子，辜负了爹娘给的好名字。

孩子犹豫了一下：“可是……说不定现在官府已经在张贴我们的画像了……”

“你把脸洗一下呗。”男人不以为然，“我也洗一下。”

孩子不信任地瞪了他一眼。

“我认真的。”男人顺势擦了擦脸，“这么些年你也该习惯了不是。再说通缉令上的那些画像，有几回是真像咱们的……你这小子咋这么胆小呢。”

孩子想了想，终是经不住集市上五花八门的好东西的诱惑，起身道:“那咱们走吧！”

两个时辰后，拎着大包小包的他们，踏着月色回到河岸边。

孩子很高兴，又有些遗憾，嘀咕着说：“下回再出来也不知是什么时候了……”说着又觉得好像不太对，摇摇头道：“不出来才好呢。”

男人听了，又拍了拍他的脑袋，笑:“你还知道不出来才好呢？那你要是一直不出来，又上哪里讨媳妇去？”

“为何要讨媳妇？”孩子不解。

“咱们家得一直有人做事呀。”男人掰着指头跟他算起来，“你看啊，咱们家一千年前就在老家待着了，到你这儿，血脉可延续了十几代，你要是不成亲，哪来的孩子？”

孩子想了想，反问：“阿爹，你不是也没成亲吗？”

“我……”男人一时语塞，瞪了他一眼，“成亲这种事要讲缘分的，又不能从天上给你掉个阿娘下来。唉，算了不说这个了，先回去吧。”

孩子从小就知道，自己不是阿爹的亲儿子，是他捡回来养大的，阿爹也从不瞒他，说要骗他是亲生的话，长大后不好解释为啥爷俩长得一点都不一样，爹爹这么好看，孩子这么丑……

孩子看着夹着大包小包走在前头的男人，叹了口气。阿爹长得好不好看不好说，反正从没有哪个姑娘对他多看两眼，谁会喜欢一个脏兮兮的胡子拉碴的中年男人，尤其他还没有拿得出手的事业。在老家各位乡民们的眼里，他不过是个拿算命打卦来骗钱的混吃等死的角色。

如无意外，他将来不但要继承阿爹的刀，还得继承阿爹那根挂着幡布的竹竿，成为青垣县里新一代的神棍。当初阿爹肯花钱把缓缓买下来，除了他的恳求之外，还因为阿爹觉得万一缓缓一不留神仙游之后，它那个罕见的白色龟壳拿来摇卦倒是极好的，搞得他一度非常紧张，生怕阿爹对缓缓做出什么“一不留神”的事来。

从他有记忆开始，阿爹拿刀跟不拿刀的时候，是两个人。一个可杀敌于千里之外，冷酷决绝，一刀毙命从不拖沓；一个每天在固定的地方摆摊算命，边说瞎话边打量路过的漂亮姑娘，还经常为几文钱跟客人大吵大闹……

除了有今天这样的“事”要做，阿爹跟他绝对不会离开青垣县一步。

十岁的他，至少有九年半都是在青垣县的日出日落中度过。

他家姓应，他叫应凡生，阿爹为这个名字自豪了许久，说是查了许多史书才挑了这个名字，可让他说个典故出处，他又说不出……不过在这座到处都是来福翠花大壮的小县城里，凡生倒算个雅气的名字了，想想他的好朋友李火牛……

上回离开老家，是去年的盛夏，阿爹带着他追到了千里外的一个县衙前，当着众人的面结果了那个年轻的书生，又一次荣登通缉令。

今年没有追那么远，但那老汉的家也在五六百里开外的地方。

明年的盛夏，可能也不会有什么改观……

一阵带着热气的夜风吹过来，阿爹站在月色中，摸出一枚铜钱，口中默念了几句咒语，旋即将铜钱往前一扔，空气中便有如撕开了一道一人高的口子，透着微微的紫光。

“走吧！”阿爹招呼他一声。

他走快几步，那道发着光的口子是他再熟悉不过的，回家的路。

走进去总会头晕一下子，眼前也是光影混乱，但很快就能结束，等到脑子清醒过来时，他已经在家中的院子里了。

如果别人知道阿爹其实是一个厉害的术师，应该就不会总朝他翻白眼了。

应家的祖辈们都是如此，以凡人之躯修术法观天象，不求成仙，但守祖训。

而应家的祖训……是守着一个洞。

他从小就知道老家院子里的那口井，其实并不是一口井。

只是被伪装成一口井的洞。这口井一直没有盖子，如果从井口往下看，自然是没有水的，只能看到深不见底的黑暗。

阿爹警告他，盛夏那几日最好不要靠近它，其他时间，看可以，但绝对不能让自己掉下去。

他小时候很怕这口井，都不愿意靠近，现在却不怎么怕了，甚至会很坦然地走到它面前，低头凝视着洞口，总觉得在那块近在咫尺却又无边无际的黑暗里，有什么在吸引着他……

○ 2 ○

即便是最热的夏天，狴犴司里的每个角落也永远凉飕飕的。

常年在地下，自然是不会热的。

众人皆知京城相国寺得天子厚爱，香火鼎盛，往来朝拜之人络绎不绝。不过大家虽见神佛罗汉在上，却不见这相国寺之下，还暗设一处名为“止行监”的大牢，里头关押的正是各桩奇案之中的犯人。而与止行监前后相邻，行监察镇守之职的，便是狴犴司，正正应了自己的天职——狴犴，专司刑讼之事，形似虎，有威仪，立狱门之外，守正除奸，不枉不纵。

这日，前来宣密旨的家伙刚走，邱晚来便将圣旨往桌上一扔，又斜躺回长椅上吃起葡萄来，边吃边说：“年年都要咱们‘暗中庇护，以策万全’……你们说那些个天下首富与名流士绅们是不是个个都闲得慌，好日子过无聊了，非得年年都搞一出‘百杰夜宴’。”她不满地吐出个葡萄核，“又不是什么百鬼百妖夜宴，明明已经派有禁军护卫了，还犯得着让咱们跑一趟？是不知道咱们司里待查的案卷都堆成山了吗！”

坐在另一头擦拭着佛眼的罗先说道：“你也知是百杰夜宴了，牵头举办的是那几位首富巨贾，能得夜宴请柬的，也是当世各行各业最杰出之人士，万一有个闪失，江山怕要损半壁气数。若有人祸，禁军当可护卫，非人之祸呢？既然都是公务，倒也不必抱怨。”

邱晚来一个葡萄皮扔到他身上：“上头加了你多少俸禄？你还指责我抱怨？”

“我不是指责你。”罗先立刻解释，“是你本来就在抱怨啊。”

也幸好桃夭不在，不然肯定要被这个直肠子气死，就这样还想讨美人欢心……当真是个注孤生的命。

“就算我抱怨又怎样？”邱晚来坐起来，环顾四周，愤愤道，“你睁大眼睛瞅瞅，狴犴司三首六星，总共就只有九个职位，老大公务繁重还得时刻御前行走，常见不着人，这狴犴司里他的座位都落上灰了。上任破军殉职后，此位一直空缺，既没补充新人，也没见要从咱们几个里头提拔。这些本都不算什么，起码咱们还有贪狼大人，可如今连他也辞官了，狴犴司里日常就靠咱们六个忙碌，本就无暇分身，还要额外添事情，还当是分内事从不给奖赏，牛马还得吃草呢，咱们比它们都不如！”

罗先完全不能理解她的不满，认真道："狴犴司天职就是保我江山百姓安全，不为妖魔邪祟所害，那夜宴之上的人哪个不是大宋百姓呢，咱们去一趟是分内事。再说这百杰夜宴不过从去年才开始，且你去年做的事不也就是在宴会上吃喝一圈，然后平安归来。如此轻松的差事，为何要愤愤不平？"

去年的确如此，狴犴司里前往夜宴现场的各位，全部公务就是扮作宾客，全程围观了一场大宋最杰出人物们的觥筹交错与一场盛大的欢歌妙舞，有吃有喝还不做事，其实算个美差才对。

"你个呆子，懒得跟你讲。"邱晚来哼了一声，"去年不是在洛阳办的吗，怎的今年改在那青垣县了？离京师千里之外，一个名不见经传的小地方，来去也不方便。牵头的几个老家伙也不怕马车把他们骨头颠散了。"

"青垣县……"罗先想了想，目光转到另一方，"贺白，是你的老家？"

装饰得像一扇窗户的墙面前，银发白衫的年轻男子坐在自己的书案前，手里拿着一把剪刀，专注地剪着黄色的符纸，桌上已经躺了一堆各种形状的"作品"，根本没留意另两个家伙在说什么。

"贺白！"罗先又喊一声，见对方仍不回应，加大音量又喊，"天空大人！"

男子总算微微侧目，淡淡道："青垣县景色秀丽，有山环绕，山色四季青翠，如玉带蜿蜒，故得名青垣。气候温润，无寒冬炎夏，历来有不少富贵之人往那里修建华宅别墅。正是我老家。"

此刻，邱晚来也看着那男子，微微皱眉："你是从不回老家的。"

"若是公务，去哪里都一样。"他手一顿，可能是剪坏了一点。

罗先皱了皱眉，说："你的父母……"

话没说完，邱晚来隔空掷来的几颗葡萄便准确地堵住了他的嘴，然后她狠狠剜他一眼，岔开了话题："你家贺春花还没回来？每晚都跑出去巡城，也够难为它的了。"

话音刚落，身后便传来一个声音："我回来了，难得你今天这么关心我。"

一只大黑猫，无声无息地从入口跳下来，优雅地走过来，又跳到贺白书案旁一个铺着猫窝的木架上，懒懒地看着邱晚来。

邱晚来一笑："今天可又吃到了好东西？"

猫舔了舔爪子，说："石固安稳之后，京城尚算太平，没什么可吃的。"

"那你岂不是要饿肚子了？"她撇撇嘴，赶紧把剩下的葡萄抱在怀里。

"你这女人真是记性不好。"猫冷冷道，"我吃妖怪的原因是我不喜欢，不是我饿了。说多少次了你都记不住。"说着它又朝罗先努努嘴，"只有他手里那个只会照妖怪的大傻子才拿妖怪果腹。"

罗先将佛眼往地上用力一杵："它亦是狴犴司一员，功劳无数，你说话注意点。"

猫哼了一声。

"反正你别偷吃我的葡萄就是。今年的葡萄特别甜，我还要留着来炼毒呢。"邱晚来看宝贝似的看着手里的葡萄，也许不用多久，被她的毒箭射中的目标，就能死在甜甜的葡萄味里了。

这时，猫瞧见桌上的圣旨，跳过去翻开来看了一遍，问："十天后去青垣县？"

"圣旨都下了，当然要去。"罗先看了看两位同僚，"只是十天之后，不晓得那三个家伙能不能赶得回来。若他们未能返回，便只有咱们三个去了，反正圣旨上也没说一定要全员到齐。"

贺白头也不抬道："只我们三人，也足够。"他的剪刀在纸上缓慢游走，"何况还有春花在。"

都说狴犴司里个个怪胎了，若桃夭知道这只给她找了不少麻烦的猫尴，居然是狴犴司天空大人的"手下"，大名贺春花，她可能要笑到明年过年吧……

邱晚来笑笑："好好，你有猫你了不起。反正今年我还是负责吃喝玩乐，你俩带着你们的眼睛跟猫多上点心。"

"好。"罗先自是认真应承下来，看着她巧笑倩兮的娇美脸庞，他不禁有些呆了。其实他们每回一起出去办差事，无论她开不开口，他都恨不得把一切劳累麻烦的事都揽到自己身上，只可惜她好像从来都不领情，对他为她做过的每件事都视而不见，根本不放在心上。不过他也是无所谓的，只要她脸上能挂着笑容便好，虽然狴犴司深藏地下，终年不见阳光与暖意，但只要她一笑，便是花开千里。

罗先对邱晚来的心思，他以为自己藏得深，却被狴犴司里每个人都看在眼里，除了少言寡语的贺白从不打趣他，另外几个怪胎没少在背后笑话他，说要是罗先这种不解风情不懂丝毫甜言蜜语的家伙，能讨到狴犴司第一美人的欢心，他们甘愿献出三年俸禄当贺礼，绝不食言。然而都过去这么些年了，他们的俸禄还是在自家口袋里。你看，罗先但凡能把练功的心思挪一点点到别处，但凡他的思维方式能稍微拐拐弯，他们这群优秀又体贴的同僚也不至于想送钱都送不出去了，唉，愁人。

圣旨依然歪歪地躺在桌上，邱晚来看着它，像是想到了什么要紧的事，忽然坐直身子："贪狼大人……不是，二少爷去年也是收到了夜宴请柬的，他没去，今年若再请他，他还是不会来吗？"

罗先直言："大人他最不喜凑热闹，想来今年也是不会去的。"

"也是。这些场合，谁能请得动他。"邱晚来有几分失望。

"能让大人亲自出马的，也只能是肖元新那样的案子了。"罗先感慨道，"前些时候他亲自来狴犴司，将肖元新一案的所有卷宗提交给我们，并全程协助我们断案，我见他面带疲倦眼有血丝，俨然是为这案子费尽了心力。可见他虽辞了官，却还是放不下自己的责任。”他认真道，“我一直希望大人能回来。”

所有人都知道邱晚来对司狂澜的倾慕，罗先再不解风情，也是知道的，虽有些许的难过，但心中全无妒忌，因为他不可能去妒忌一个连自己都发自内心欣赏的男人，何况司狂澜还有恩于他。若有朝一日邱晚来真与司狂澜成良配佳偶，他会替她高兴的。

听了他的话，邱晚来却有些黯然：“他不会回来的。他以后都只是司府的二少爷，不会再是我们的贪狼大人。”

猫对他们的对话并无兴趣，跳回到贺白的书案上，问：“还是跟去年一样，不用额外准备什么？”

贺白摇摇头：“不必。”

“可是……”

贺白抬起头，那张清秀斯文的脸上本生得一对顾盼神飞的好眼睛，如今却偏有一只是灰色的，像是冬天荒地里的傍晚，没有任何活泛的颜色。

他没有跟任何人说起为何自己有一只眼睛是瞎的。

只有猫知道。

“你也婆妈起来？”他看了猫一眼，低下头继续剪纸，“没什么的，早晚都要回去。”

罗先的追问，邱晚来的打岔，包括猫的担忧，皆因贺白的父母在他幼年时，双双惨死于青垣县，之后他被亲戚带到外地抚养，再未回过老家。

贺白入职狴犴司时，连行李都没有一件，身边只有这只叫贺春花的大黑猫。

他在狴犴司“六星”之中年纪最小，却最老成寡言，除了完成上头交代的各种任务，便是留在狴犴司中翻看各种已解决和没有解决的案件卷宗，几乎从不跟着同僚们去地上的世界吃喝玩乐，活得比出家人还要清心寡欲，所以也真是应了他的名字，头发白，皮肤白，性格也苍白。再加上常年不晒太阳，他的身上总带着几分病态的虚弱，不知情者顶多当他是个身体不佳华发早生的病书生，哪能想到他会是狴犴司的天空大人。

他从不跟众人谈及自己的过去，所谓的“秘密”，还是狡猾的邱晚来发现的，她从他翻看卷宗的记录里发现了端倪，被他几乎翻烂了的卷宗，是十五年前发生在青垣县的一桩奇案——一对夫妻在没有接触任何火源的前提下，竟生生化成了灰烬。根据目击者的证言，被发现时，夫妻俩还保持着生前的姿势，但一碰之下便成了四散的飞灰，场面无比诡异，官府调查多时未有进展，不得不转到狴犴司，但即便狴犴司接手，此案也多年未破，凶手根本没有留下任何蛛丝马迹。

面对邱晚来他们的好奇，贺白也没有隐瞒，坦承自己便是那对夫妻的独生子。父母化成飞灰时，年仅四岁的他就在他们面前。离开青垣县后，他至今没有再回去。

有如此惨痛的童年，换作任何人，恐怕都不愿再踏入那块伤心地吧。

如今，连猫都有点担心这件事了。

天下之大，好山好水比比皆是，就算不选帝都洛阳之类的大城，也还有无数个选择，但这个在他们眼中无比无聊的“百杰夜宴”偏偏要在青垣县举行，似是冥冥中非要将贺白拉回那个不堪回首的地方。

看着专心剪纸的贺白，猫不再说什么，趴下来眯起了眼睛。

他说得也不错，早晚都是要回去的。

何况，他现在又不是孤身一人，怕什么。

○ 3 ○

唰唰！

一张纸又被揉成了团，越过桃夭的肩膀落到地上。

暑热难耐，窗外蝉声不断，甚是扰人，而她居然能老老实实坐在桌前，一副气定神闲的样子，手中的毛笔在纸上时走时停，偶尔还要露出几笔龙飞凤舞的“流畅”，只是她身后的地上，已然铺满一大堆纸团子。

磨牙擦了擦额头上的汗，看着把纸团当玩具薅来薅去的滚滚，小声说：“还是让她别练了吧……多浪费纸啊。”

柳公子斜靠在椅子上，边喝凉茶边呼呼扇着蒲扇：“你不觉得她练字的时候才是咱们的好日子吗，世界清静了。”

“可是纸也不便宜啊，要是省下来也能换不少钱了。”磨牙有些心痛，捡起一个纸团展开来，递给柳公子，“你瞧瞧，划拉的都是些什么乱七八糟的？”

柳公子接过来一看，眉头顿时拧成麻花，费力念道：“桃都……什么什么邪……什么什么是非……什么什么人心……这都什么什么呀！”柳公子把纸团往地上一扔，“十个字里八个都认不出来。”

磨牙叹气：“我觉得每个人还是应该把时间精力用在自己擅长的事上，我没有看轻她的意思，只是她写得也太丑了……”

“你每天看上一百遍，再丑也习惯了。”柳公子闭目养神，在练字这件事上，已经没有挽救她的必要了，开心就好。

“她以前不是这样的啊。练字怎么可能是她能干出来的事。”磨牙还是很不解，“不是还差点把二少爷送她的大红包扔出去吗，怎的从铁镜镇回来之后就转了性子？”

桃夭手中的笔突然停下来，她伸个懒腰，头也不回地说："万一哪天轮到我留遗言，起码也能好看点。"说着说着她突然不服气起来，一拍桌子，"连一条鱼写的字都比我的好看！这怎么忍！"

柳公子嘴里的茶喷出来，咳嗽不止。

磨牙赶紧拍拍柳公子的背："也不是头天认识她了，她的思路本就与常人不同，淡定些。"

柳公子瞪着桃夭的背影道："这事都过去好几个月了，你放不下的点居然是人家的字？"

桃夭耸耸肩："除了字，那个抢我生意的家伙我也放不下啊。"

"坐在轿子里的大夫？"磨牙脱口而出。

"什么大夫，不知哪里来的害人玩意儿。"桃夭冷哼一声，侧目问柳公子，"你那儿没有什么消息？"

柳公子摇头："你不也没查到什么吗。那个家伙既敢吃你的饭，可见也不是省油的灯，若对方刻意隐藏行迹，只怕短时间内是捉不到他的。不过我已经给各位熟人打过招呼，要他们留意这件事。"

"嗯。"桃夭又拿起笔，专心写起来，"那条鱼肯定不是他的第一个病人，也不会是最后一个。稍微带点脑子也该想到，哪有正经大夫会连哄带骗甚至威胁病人交出自己最珍贵的东西当诊金的。"

柳公子跟磨牙当即异口同声："你啰！"

桃夭的笔一下子划出了界，她愤愤回头，张牙舞爪："我什么时候干过这种事了！我的病人都是心甘情愿盖章的，我可是老老实实把后果都跟它们讲清楚了的，童叟无欺，绝无隐瞒。再说，不过是拿它们一个承诺，我连一根头发都没动它们的！"

磨牙小声道："可你早晚会拿它们做药的吧，每次都说要人家的胳膊腿眼珠子什么的……"

一个纸团砸到磨牙的脑袋上。

"治病救命之恩，回报我不是应该的吗！"桃夭叉腰道，"就算取了它们的胳膊腿眼珠子，那也是为了制药救更多人！"

"就算是制药救人，也不能随便拿人的胳膊腿眼珠子……"磨牙小声嘀咕。

"大夏天的非要惹我……"桃夭把袖子一撸，"我看你的舌头挺活泼，拿来炼药说不定能治好失语之症，这么好的原料就别浪费了。"

磨牙赶紧闭上嘴，躲到柳公子背后。

"好啦，这么热的天闹什么闹。"柳公子把蒲扇盖到脸上，"好好练你的字吧，不然真是连一条鱼都不如了。想想你生命里最后一段话被人看到的样子，比如二少爷看到吧，光辨认你的鬼画符就用尽了力气，哪还顾得上伤心怀念，啧啧，造孽哟。”

“呸！你就不能说点吉利的！”

好几个纸团砸到柳公子身上。

柳公子拿蒲扇挡开：“是你自己先说遗言的！”

“我的重点是遗言吗？”

“不是吗？”

“我明明是在感慨生命的无常！”

“没听出来……”

纸团飞舞中，有人端着东西从门外进来。

“又在闹什么呀！”苗管家躲开两个纸团，“厨房现做的冰晶果羹，解暑润肺的，你们吃是不吃？！”

“吃！”

纸团战场瞬间消失，下一秒便是三人一狐相亲相爱坐在桌前大口吃着香甜冰润果羹的珍贵场面。

“你们这群猴子啊……”苗管家哭笑不得，坐下来对他们道，“还有个事情。”

“啥事？”桃夭抬头，嘴角还挂着果肉，“你跟二少爷又要出去搞事业了？”

“那倒不是，最近挺清闲，没人送名帖。大约是天气太热，大家懒得惹是生非了。”苗管家笑道，“是这样的，十天之后，在青垣县有一场‘百杰夜宴’，是由当世的首富名流牵头举办的盛会，虽是民间活动，却连皇上都很重视，被邀请的贵宾都是各行业的翘楚。去年是第一届，在洛阳举行，今年换在青垣县。去年二少爷没有参加，今年他们又送来请柬，二少爷说再拒绝怕是不太好了，所以让我来问问，你们是否愿意一同去青垣县参加这场盛会，权当是出去游玩一番。”

“好啊好啊！”

柳公子跟磨牙点头如捣蒜，恨不得马上出发。

桃夭却一脸怀疑：“他会主动带我们出去玩耍？苗管家，你可不能帮他坑我们。那什么青垣县里是不是又有他解决不了的‘是非’，又要知人善用了？”

“我怎会帮他坑你们。”苗管家笑出来，“这回他真是好意。你们是知道他的，哪里爱凑这种热闹，莫说两次邀请了，十次他也不会理的。这些日子，你们帮了司府的大忙，无论是肖元新还是石固妖怪的事，二少爷虽不挂在嘴上，心里却是记得的。”他笑看着桃夭，“承诺给你三个月工钱的奖励不是一分不少给你了吗。可二少爷觉得不光是你要得奖励，柳公子小磨牙也是出了力的，也应当有所表示。青垣县虽是个普通地方，比不得别处繁华热闹，却是个气候宜人四季常青的避暑胜地，如今正是去那里的好时候。且那夜宴必是好吃好喝取之不尽，听闻还有好看的歌舞，简直是盛夏酷暑里的福地啊。”

听完苗管家的话，桃夭自然无比心动，但还是不放心：“他当真只是良心发现了？”

“喀，我保证，最近真没有收到任何求我们出手的名帖。”苗管家认真道，“二少爷真的是一片好意。”

桃夭听罢，撇撇嘴：“这样啊，那就勉强陪他去一趟呗，免得他到了那样的场面一个人太孤独。”

“那便说定了。”苗管家满意地站起身，“我这就去回二少爷。若确定要去，青垣县路程遥远，咱家的马再快，最晚也得后天一早出发。你们准备准备。”说着，他的目光落在桃夭的那堆“墨宝”上，顿生兴趣，过去抽出一张细看起来，“桃都镇妖邪……司府解是非……都言精怪惑人心，哪知人心……本精怪。”

柳公子惊讶道：“您老居然认得出她的字？”

“怎会认不出？”苗管家笑道，“虽然乱了些。”他又问桃夭：“桃丫头，是你写的？我意思是这几句话。”

“不是我是谁。”桃夭又摆摆手，“随便乱写的，比不过那些才高八斗的家伙。”

“写得很好啊，值得收藏。”苗管家顺手将她的作品折起来放进自己袖中，笑，“二少爷的红包总算没有白费。”说罢，心满意足地走了出去。

柳公子看着苗管家的背影，吃了一口果羹，感动道：“苗管家真是个大善人……包容度太高了！”

“是啊，为了不伤桃夭的心，竟能体贴到这般程度。”磨牙也很感动。

“你俩够了啊！”桃夭左右踢了他们一脚，“我的潜质只有苗管家这样的高人才看得到，你们两个毫无鉴赏能力的睁眼瞎能瞧出啥！”

“啊，果羹真好吃！”

“对啊，一会儿再去厨房要两碗吧！”

“你们俩五行欠打对吧？”

“先别打，你要不要再来一碗？”

“要……”

一天很快过去，才吃罢晚饭，柳公子跟磨牙已然开始热烈讨论要带什么零食在路上吃了。连滚滚都兴奋得很，把自己晚上睡觉用的枕头都拖了出来，示意磨牙给它打包带走。大家已经提前沉浸在这场盛会带来的欢乐里。

桃夭坐在窗前，看着外头火烧似的晚霞，却是反常地没有加入他们的热闹中去，只是掰着手指头，不知在数着什么东西。

对这场即将到来的旅行，她本应该比柳公子磨牙他们更兴奋，但是，当心里挂着另一件事时，便没有多余的空隙来为闲事开心了。

她的确是个贪玩的人，但偶尔还是要干些真正的正事的。

○ 4 ○

深夜，桃夭睁开眼，听着从柳公子他们房间传出的鼾声，悄悄起床，蹑手蹑脚出了房间。

酷热的天气并没有因为深夜而减缓几分，除了没有太阳的炙烤，四周还是热得像个蒸笼。

她轻松绕开巡夜的家丁，一路摸到司府后门，溜出去，又小跑到司府前头的竹林之中，直至来到竹林最深处的一片空地上才停下。

吝啬的夜风从竹叶间穿过，周围只得一片清冷的沙沙声。身在这样空无一人之地，眼前所见只有无数于夜色中微微摇摆的竹枝，虽是暑热难耐，却也难免生出几分凉意，换个胆小的，只怕一刻都不能多待。

桃夭又往四周看了看，确定只有她一人后才放下心来。

她盘腿坐到地上，看了看头顶那轮还不错的月亮，深吸一口气，闭上眼睛，将左手平叠于右手上置于心口处，嘴里低声念道："天地日月，四方可证，一诺千金，与吾成契。"

一团浅浅的白光从她左手掌上缓缓浮起，比鸽子蛋大不了多少。

随着她念咒的次数越来越多，鸽子蛋也越来越大，发出的光也不再是寡淡的白光，各种颜色像是发芽般从里头蔓延出来，在她掌中生成了一个缓缓旋转的小世界。

她依然闭着眼，聚精会神地念着咒语，一滴汗从她额间落下来，想必她现在做的这件事并没有看起来那么轻松。

茂密的竹林中，一双眼睛冷冷看着不远处的她，没有发出任何会惊扰到她的动静。

约莫一炷香时间，她手中那团已经长到跟她脑袋差不多大的彩光，缓缓飞离了她的手掌，飘浮在半空中，她睁开眼，看着逐渐停止旋转的它，双手捏诀，呵了一声："出！"

顿时一阵疾风蹿起，一团厉光炸裂开来，竹林在这瞬间被照亮大半，像是落了无数闪电在里头，晃得人根本睁不开眼，连夜宿在林间的飞鸟都被惊醒，扑啦啦飞走了一片。

好在一切只是眨眼的工夫，疾风消散厉光无踪之后，留在桃夭面前的，只有一个不过两寸高的小人儿，红衣黑发，眼如弯月，两条乱乱的辫子搭在胸前，怎么看怎么眼熟……

桃夭伸出手去，这小人儿便听话地落在她的手掌上。她凑近一瞧，小人儿脑袋上却是一对鹿角，屁股上还有一条狐狸尾巴，两只手也不能算手，不过猫爪罢了，脚也不是脚，却是一段鱼尾，背上还生了一对翅膀，反正怎么看怎么像是拿各种毫无关联的零件拼凑出来的怪东西。

但是，再瞎的人也看得出来，这小怪物的脸蛋装束，却是与桃夭一模一样，整个看来就像是有人拿她的模样造了个缩小版的她，但又不太成功，长出了各种奇怪的部分。

"居然是这模样……"桃夭诧异地盯着这个小东西，"不应该是跟那家伙差不多的吗……"

掌中的小东西歪着脑袋，好奇地盯着桃夭，嘴里发出模糊的叽叽喳喳的声音。

桃夭摇摇头："算了，这样也凑合，等你完整了，肯定就是另一个好看的我了。"她笑笑，又往旁边瞟了一眼："出来吧，都闻到你身上的烧鸡味儿了。"

竹林里传出脚步声，柳公子面无表情地走到她面前，盯着她掌中的"另一个自己"，问："你在做什么？"

"你不都看见了？"桃夭笑道，"不就是最普通的结契之术吗。"她将左手抬得更高了些，"这里盖了那么多的章，我只是想试试看能结出个什么玩意儿。"

"玩意儿？"柳公子皱眉，"你知不知道以你的本事行结契之术，等同于置身于悬崖边上，稍有闪失便会粉身碎骨？！"

"任何术法都有失败的可能，我能接受。"桃夭撇撇嘴，不以为然道，"反正我要是找不回百妖谱，最后不还是跟站在悬崖边上没两样。"

"可你这么做……"柳公子被她气得脸发绿，但旋即又反应过来，看着她手中奇怪的"成果"，愕然道，"等等……你该不是想用它来……"

"你以为我最近这么勤快仅仅是因为我医者仁心吗。"桃夭坦白道，"我需要更多妖怪心甘情愿跟我盖章。承诺是最大的力量，我累积得越多，就越有可能得到与百妖谱一脉相承的成果。"她托起掌中的小家伙，笑，"那个人提过，百妖谱本为百妖结契而成之物，我手里这个也一样嘛。只是没想到它出来是这个怪模样，同是百妖结契，百妖谱出世却是规规矩矩的一个卷轴，我以为它也会差不多呢。"

柳公子蹲下来，看怪物一样看她："你真是不知道你刚刚做了多危险的一件事？！"

"如果任由'糖儿'在世间胡来，那会是更危险的一件事。"桃夭拍拍他的肩膀，"我说过，我弄丢的东西，我负责找回来。百妖谱聪明得很，在人界又能千变万化，靠我们大海捞针，难。即便像上回那样走大运撞上了，在没有任何准备的前提下，你跟我加起来都未必是它的对手，何况它的力量还会不断增加。所以，我需要一个它的同类。"她又笑道，问他："还记得我们从前在桃都常玩的游戏吗？你总是藏得最隐蔽，谁都找不着你，我们每次都输，后来你却怎么也赢不了了，可记得为什么？"

柳公子想了想："你抓了另一个蛇妖过来，让它来寻找我的踪迹，然后再偷偷告诉你。

我还骂你作弊。”

桃夭扑哧一笑："对啊，要抓一条狡猾的蛇，最有胜算的方法，不就是找一个最了解它习性的同类上场吗。虽然未必百分百能赢，起码赢面增加了许多。要知道，天性是一种神奇的存在。”

“所以……你居然用你病人给你的承诺，造出另一个‘百妖谱’？”柳公子坐在地上，额头上的冷汗比桃夭还多，“你到底长了个什么脑瓜子啊？你怎么能确定这条小蛇一定能抓到大蛇？”

“起码我有一半的胜算，不，可能是一大半。”桃夭把手里的小东西凑到他眼前，“你看看，是我的样子欸，一看就是个厉害角色啊，你有点信心嘛！”

柳公子看着她掌中怪模怪样的“小桃夭”，叹气："我看它不像很成功的样子……”

“它如今本就不完整。”桃夭轻轻摸了摸小东西的脑袋，它歪了歪头，打了个呵欠，一副恹恹欲睡的模样，“之前一直没有到这一步，是因为跟我盖章的妖怪都太弱了，我怕积攒的那点力量根本结不成契。直到我遇见猫馗。”她脸上露出几分庆幸，“猫馗盖个章，能抵千百小妖怪。若能再给我几个别的馗或者差不多级别的大妖怪，我的小桃夭肯定就不是现在这个怪模样了。最近天气酷热，日月皆盛，是个结契的好时候，所以我今晚就来这里试试看，没想到还真结成了，虽还是个不太完美的雏形，但再花点时间多盖几个章，自然大功告成。”

柳公子听着她一本正经的描述，又将她从头到脚打量一番，一丝深沉的疑色从他眼中一闪而过。

桃夭的注意力只在手里的小家伙上头，见它已蜷在自己掌上打起来呼噜，不禁笑出来："你看，连睡觉都这么可爱，简直跟我一模一样！”

柳公子思忖片刻，皱眉道："行结契之术，你的目的与妖怪们给的承诺自当一致，若结契成功，所成之物便要以这个目的为唯一使命，完成之后，你解契还它们自由。虽然它们给你盖了章，然而这个章只是同意做你的药，这跟你找百妖谱似乎搭不上吧？”

“看你平时挺聪明的，怎的跟小和尚一样是个死脑筋。”桃夭弹了一下他的脑门，又狡黠笑道，“我结契的目的就是要它们做治我心病的药呀，我的心病不就是找回百妖谱，所以这个小东西自然是为这个目的出世的。怎么就搭不上了？”

柳公子捂着脑门，左思右想一番，眉头总算稍微舒展开了一点："似乎有点道理……”

“早跟你们说过，做事要多思考多动脑子，光下苦力气是不够的。”桃夭又摸了摸睡着的小东西，自言自语道，“现在还是太虚弱了，睡吧，多睡觉才能长得快。”说罢，她双手轻轻合上，默念几句咒语后，再摊开，掌上的小东西已然没入她的左手之中，没有留下任何痕迹。

"回去吧。"她拍拍手站起来，却在这一刹那觉得眼前一黑，幸好很快就恢复了正常。

柳公子觉察到她的不妥，及时扶住她："怎么了？"

"可能起太快了，头晕了一下子。"她晃了晃脑袋。

"你几个月前才用过连心术，今天又在这儿干结契这样的大事，两个都是耗损心神元气的术法，你真当自己是铁打的身子？"柳公子叹气，"下次你要做什么危险的事，能不能提前说一声？"

"说了你也帮不了我。"桃夭原地蹦了几下，又转了几个圈儿，"瞧，能跑能跳，什么事儿都没有。"

柳公子无奈道："回去吧……"然后又想到了什么，说："要不你也弄点千年人参什么的吃吃看吧，补一补总没坏处。反正司府里多的是好东西，苗管家又疼你。"

"得了吧，我又不是产后体虚，补什么补。"桃夭笑嘻嘻地挽住他的胳膊，"我知道你也很疼我的。"

"滚！"柳公子打她的手，"我只是怕你还没找到百妖谱就没了，回去没法跟那个人交代。"

"放心，这样的法子都被我想出来，还怕找不到百妖谱？"桃夭自信地扬起嘴角，"不过有件事我一直没弄明白。"

"什么事？"

"百妖谱既是结契之物，那当年谁是结契人？结契之物的力量也分大小高低，我结的'小桃夭'，虽然也蛮厉害了吧，但毕竟也只是单个妖怪的承诺。在不解契的情况下，若它不肯卖力替我治好心病，我自然可以反过来威胁它们，不尽力就'抹掉'。若我真下手抹掉一条蛇妖，消失的也只是它自己，不会牵连全族，而百妖谱的百妖，可不是区区一百只妖怪，而是上百个妖族。能取得一整个族类的承诺，结出百妖谱这种厉害东西的，定不是寻常角色。"桃夭说出了自己心里的疑问，她看着柳公子，"还有最重要的一点，我结契是为了找百妖谱，那百妖谱被结契出来，是为了什么？总不能只是为了威胁众妖族吧？若为了这个目的，妖怪们又不傻，谁肯给出这么要命的承诺。"

柳公子想了想，摇摇头："百妖谱出现的时间太早了，根本没几个人知道它的底细。"

"除了那个人。"桃夭撇撇嘴，"可他从来都不跟我们细说。"

"知道太多也未必是好事。"柳公子耸耸肩，"咱们又不是天界昆仑里那些动不动就要护佑天地三界的大神，赶紧把百妖谱找回来塞回桃都的老地方，从那个人手里活下来，你好我好大家好，其他事就不用咱们操心了吧。"

"我只是顺便好奇一下罢了。"

"你的小桃夭现在看起来比滚滚还没用，你估计还要盖多少章才能让它帮你干活？"

“不好说，得看我给什么妖怪治病了。”

“那你倒是勤快点啊！你看看你，从铁镜镇回来后就没出过几回诊！”

“你以为我的病人是田里的老鼠，随看随有？不是最近都没怎么给我烧纸吗，好不容易来几个，也都是微不足道的小妖怪。”

“要不你把烧纸这个环节取消了吧……我去帮你放个风，就说你挥泪酬宾，免费诊病，到时候肯定客似云来。”

“我的精力跟药都是有限的，你把一大帮妖怪引来，却又治不了它们的病，什么后果你想过吗？”

“原来你还知道自己精力是有限的啊？”

“……”

“刚才的事，先别跟小和尚说，不然他又要大惊小怪好几天，出去玩都玩不清净。”

“不用你提醒。还有，你是不是又偷偷把没吃完的烧鸡带回房间了？”

“对啊……”

“以后跟踪人前先洗个澡吧。”

“哦……”

一红一青两个身影说着不相干的闲话，在月色与竹叶的摇晃中离去，仿佛刚才什么都没有发生过。

○ 5 ○

尚算清凉的早晨，一辆马车自司府离开，不多时便转入满处葱翠的山路之中，朝着青垣县方向疾驰而去。

司狂澜仍是捧着他百看不厌的兵书，在摇晃的马车里给自己划出另一个世界。

另一边，却是说不完的闲话吃不完的零食，随便经过一个景色还不错的地方甚至飞过一只模样奇特的鸟都会惹来一阵没见过世面的惊叹，还有一只兴奋不已到处打滚的狐狸。

马车里从没这么热闹过。

司狂澜可能已经有一点点后悔带他们出来了……

“大！”

“嘿嘿，小！你又输了！”

“再来再来！”

哗哗的动静里，脸上贴满纸条的桃夭一边摇骰子一边问：“二少爷，一起来玩儿呀！”

司狂澜目不斜视："旅途消遣也就罢了，回去了还玩，司府的规矩你们是知道的。"

桃夭撇撇嘴："又没有赌钱，猜个大小而已，到青垣县不是要七八天吗，摇摇晃晃还看书，仔细眼睛出问题！"

"二少爷，这丫头说得不错啊，她别的废话你可以不听，关乎身体康健的建议你还是听下吧。"柳公子拉着桃夭往旁边挪了挪，"过来一起玩儿吧，你看小和尚都玩得这么开心。"

磨牙抬眼看了看从头顶垂下来的一大把纸条，哭丧着脸："我哪开心了，头上都跟长草了一样。"

司狂澜似是被他们烦到了，合上书，深吸一口气，看着他们几个："我来玩的话，怕你们的脸不够用。"

"那不一定啊二少爷，玩骰子看的是运气，可不是看谁读的书多。"

"就是就是，谁的脸不够用还不好说呢。"

"是吗，呵呵。"

半个时辰后，已经看不见脸的桃夭伸出双手，盲人一样在空中乱摸："我看不见啦！谁把骰子递给我！！"

"这儿呢，给你。"柳公子的脸同样埋在密集的纸条里，恐怕再找不出一丁点多余的地方继续贴下去了。

磨牙不得不用手撩开遮住眼睛的纸条，无奈地对他俩道："认输吧，二少爷太厉害了，一把都没输过。"

司狂澜悠然地摇着折扇，微笑。

桃夭两下把脸上的纸条扯下来，左右端详司狂澜，皱眉道："你一定是作弊了吧！哪能把把都猜中！"

"输不起的人总是诸多理由。"司狂澜摇摇头。

柳公子扯掉脸上的纸条，笑着跟桃夭说："有些人的听觉天生灵敏，你作为一个曾经的十赌九输的家伙，又不是不知道真有厉害的家伙能靠听觉来辨识骰子的点数。"说罢又对司狂澜一拱手，"二少爷就是二少爷，什么都不落人下，佩服佩服！"

司狂澜淡淡道："我父亲在时，经常让我们蒙上眼睛，只凭声音去辨别各种东西的位置，大到一个人脚步的走向，小到一片羽毛落下时的动静，错了就要扎马步顶完三炷香的水盆。"

"司老爷对你们还真是一点都不手软。"桃夭感慨道，眼前不禁浮出年幼的他扎着马步举着大水盆受罚的模样，光是想一下都怪可怜的，天晓得他们兄弟俩当年是吃了多少苦头，才换来今日的"天资过人"。

“江湖险恶，务必耳聪目明。”司狂澜脸上没有丝毫对过去的埋怨，甚至都不觉得那些是苦头，“他只是要尽最大的可能让我跟哥哥活得久一些。”

桃夭愣了愣，笑：“很少听你叫大少爷哥哥呀。”

“他有身为兄长的样子吗？”司狂澜叹了口气。

“确实不像哥哥的样子。那么，说到你家静静……”桃夭算了一下，“年前到现在，大半年过去了，他还不打算回来？我也没听苗管家提到他最近有什么新消息，你就任他在外头乱跑？”

“半个月前他捎了信回来，说还在跟挚友聚会中。”司狂澜将折扇一收，“既然他觉得哪里都比家好，等这次回来，随便找个名目送他去坐个牢好了，狴犴司里的单间应该还可以。”

看他的样子一点都不像是开玩笑，这个明明一直在担心兄长安危却半分不肯表露于面的家伙，说不定真会拿这个狠招来惩罚不懂事的司静渊。

“桃夭……”磨牙偷偷扯了扯她的衣角，小声道，“我看还是想法子给大少爷送个信吧，让他快些回来给二少爷认个错，不然我们可能真要去送牢饭了。”

“我也不知他现在在哪儿呀！大不了以后牢饭给他吃好点呗。”

“这……要不柳公子你想个法子？”

“他又没死，我上哪儿查他老底去。”

“阿弥陀佛，大少爷这回麻烦了。”

“没事，坐牢又不是砍头，总有放出来的时候。”

坐回去继续看书的司狂澜自然是听到了他们的话，嘴角却是轻轻一扬，那几个半路掉进来的，其实跟司家半分关系都没有的家伙，居然这么自然地开始担心起司静渊的安危……这么多年来，好像除了苗管家，再没有人这样了。

他不动声色地瞟了他们一眼，看着那几个总是打打闹闹、没有一点正经样子的“杂役”，又觉得这回带他们出来，也不是什么后悔的事了。

人多就是热闹，再枯燥漫长的旅程也变得快起来，不觉间，他们已在往青垣县的路上走了七天，按计划，明天傍晚前差不多就该到目的地了。

也难怪青垣县四季常青无冬无夏了，它身处高地，气候本就与平原地区有别，越朝它靠近，山路就越崎岖，两旁的野山植被也越发厚密，分明是个难得的天然屏障，把最安全舒适的环境都给了这个近乎世外桃源的地方。

离青垣县还有一天的路程，暑热已然消减了不少，沿途吹来的风都带着别样的清香，令人心情大好，众人更加迫不及待想去到这个即将迎来一场天下盛会的灵秀之地。

这时，马车的速度突然慢下来，又过一阵子，干脆停了。

司狂澜撩开帘子，问驾车的小厮："怎的停了？"

小厮抹了抹额头上的汗，脸色也不太对劲："二……二少爷，好像不太对劲。"

"嗯？"

小厮结巴着说："二少爷……我们已经在这条路上兜好几个圈了，我明明……明明是按照正确路线前进的，不知怎的，总是回到原路上。"小厮抖着手指着路边草丛里的一尊无头石像，"我都第三次看见它了……一模一样，肯定不是沿途摆放了三座。"

桃夭从帘子后钻出来，看了看那石像，问："你真的都回来三次了？"

小厮猛点头："别的我不敢夸口，认路是从不出错的！"他越肯定就越害怕，哆嗦着问司狂澜："二少爷，咱们别是遇到什么不干净的东西了吧？"

司狂澜看了看天，平静道："日上三竿，蓝天白云，你觉得哪里会不干净？"

"可是……二少爷，真的太奇怪了！"小厮都要哭出来了，"而且你看四周一个人都没有，荒山野岭的……"

桃夭笑了笑："我下去看看。"说罢便从马车上跳下来，站在那石像前左右环顾。

司狂澜也下了车，站在马车另一头观察四周情况。

柳公子跟磨牙也赶紧跳下来，走到桃夭身边问："发现什么不对头了？"

桃夭吸了吸鼻子："空气清新，鸟语花香。"说罢又扭头问那边的司狂澜："二少爷，你那边有什么发现吗？"

司狂澜摇头。

并没有什么诡异的迹象。

"我来驾车。"司狂澜对小厮道。

"我坐你旁边好了。"桃夭跳上车，笑嘻嘻道，"车里坐久了太闷，出来清醒一下。"

司狂澜没有理她，也没有赶她进去。

一行人重新上路。

路还是那条路，虽狭窄崎岖，但司府的马儿向来争气，这样的路况上依然如履平地，跑得四平八稳。

坐在外头更能饱览山野中的风景，绿树青草，野花灿烂，沿途都是夏季最好的风光。

司狂澜专注驾车，桃夭偷偷打量他专注的侧脸，啧啧，真不错。

"看路，别看我。"他突然开口。

吓得桃夭赶紧把目光移开，哼了一声："有什么好看的，这里就这一条路，一个岔口都没有。"

话音刚落，她却微微一怔，司狂澜也是同样表情。

又是那个断头的石像，确实一模一样。

小厮从车里探出头来，激动地喊：“看吧看吧，我没说谎吧！又回来了！”

司狂澜跳下车，看看那个石像，又对跟来的桃夭道：“怎么看？”

桃夭四下环顾，笑言：“荒山深林的，有个把调皮捣蛋的山精妖魅也不出奇。”

“莫非遇到专门戏弄来往客商的无聊家伙了？”柳公子走过来，深吸了几口气，“真是空气清新鸟语花香，没觉得有什么妖气呀，可能只是低等的山精吧。”

“那你倒是给我找出来呀。”桃夭白他一眼，“你看看这里有多大，总不能让我一寸一寸地翻吧。”

“应该只是恶作剧的家伙。”磨牙抱着滚滚过来，“你们先别恼，不如我来念一段经文，相信它们听到后会自行离开的。”

桃夭柳公子异口同声道：“等你念完经都到明天早上了！”

磨牙委屈道：“那怎么办嘛，总不能放把火把这条路烧了吧。”

柳公子摸摸下巴：“倒也是个法子。”

磨牙冷汗滴下来，正要开口，怀中的滚滚却跳下来，一溜小跑地往那石像前去，腿一翘，撒了一大泡尿，估计是在车上憋久了……

空气里再没有鸟语花香，只有一股臊味，众人不约而同捂上了鼻子。

同时，一团半透明的白色玩意儿逃命似的从石像里蹿了出来，眨眼间便消失在半空中。

此刻，空气中才飘过一丝淡淡的妖气。

磨牙大叫：“是那个吗！”

“可能是吧，都没看清楚就没了。”柳公子又往草丛里看了几眼，“应该只是某个捣乱的小妖怪施放出来的一股妖力。”

桃夭忍住笑，摸了摸滚滚的头：“好狐狸，尿得正是时候。”

司狂澜皱了皱眉，不太相信地看着桃夭。

桃夭拍拍他的胳膊：“上车吧二少爷，看看咱们还会不会回来。”

果然，马车这回一路往前，不多时便到了全新的路段。

最觉得不可思议的还是小厮，看桃夭他们的眼神都不一样了。

马车里，滚滚得到了这几天最大的一块糖糕，高兴得呜呜直叫。

磨牙非常骄傲，觉得滚滚又给自己长脸了，谁说他养的狐狸是废物，这不是不费吹灰之力就解决了一个大问题吗。

只有柳公子语重心长地跟磨牙说：“你平时还是要让它多吃些清热去火的蔬菜，你瞧瞧这尿都臭成什么样了。”

磨牙耷拉着眼皮：“尿有香的吗？”

“它特别臭啊！”

“你心里不觉得臭，自然就不臭。”

“……”

另一边，司狂澜时不时看看窗外的情况。

“没什么可担心的。”桃夭看他面色严肃，笑嘻嘻道，“荒山野岭里常有无聊精怪捉弄人，赶走了便是。”

司狂澜仍没有松懈之意：“此地怕没有想象中太平，都小心些。”

“放心，有我们在，无论如何都不能扫了二少爷的雅兴。”桃夭塞了一块糖糕在嘴里，“幸好滚滚尿急，没有耽搁我们的时间，不然赶不上夜宴我才要难过死呢。”

司狂澜放下帘子，皱着眉自言自语：“位置偏远，山路难行，明明不是个举办盛会的好地方……”

“且去且安心，真要有什么，不过是给二少爷带生意来嘛。”桃夭一笑，“你想想，能去这场夜宴的人，非富则贵，他们要有什么事……”正说着，她突然住了口，整个人愣了愣，眼神放空起来，连嘴里的糖糕都忘记嚼了。

“他们要有事又如何？”司狂澜转过头去，见桃夭此时的模样，奇怪道，“怎么了？”

桃夭闭上眼，深吸一口气才恢复过来，忙对他笑着摆摆手：“没怎么啊……那个糖糕有点噎人。”

司狂澜又打量她一番，没再多问。

马车又前行一段，桃夭突然问：“咱们今晚是歇哪儿呀？”

司狂澜答：“烟霞林驿馆。”

“这么好？”桃夭脱口而出。

“哪里好了？”司狂澜不解，“寻常驿馆罢了。”

“呃……我意思是那里离青垣县已经很近了吧，那还不好吗！”桃夭搪塞过去。

没人知道，此刻她心里却是乐开了花……

6

烟霞林的深夜有些凉，四周的密林里隐隐飘着雾气，白纱一样在葱郁的树木间缭绕。

林子前头的驿馆勉强能住，条件简陋了些，但好歹收拾得干净，只是因气候地势的缘故，床榻上多少有些潮气。

他们抵达时，驿馆前已然停了两辆别家的马车，一辆泥浆满身十分狼狈，一辆车轮坏了，小厮正忙着修理。两辆车都装饰考究，非普通百姓之座驾，想来乘车人应是从别处来赴宴的贵宾，只是看他们糟糕的车况，这一路来得也甚是艰辛。

下车安排好一切后已近半夜，众人随便吃了些干粮便回房歇息。

“此地荒凉，你安分些。”司狂澜回房前，看了一眼身后的桃夭，“不相干的人，不必搭理。”

“啊？”桃夭手里还拿着半块没有吃完的饼子，话还没问完，司狂澜已经关上了房门。

“喊，我一路上有不安分过吗？”她用力咬了一口饼子，“还不相干的人……大半夜的我想搭理也得有人呀。”事实也是如此，从他们下车到进房，除了门口修车的小厮跟管理驿馆的老头，并没有再见到其他人，想必早就会周公去了。

“二少爷说得不错，小心些总是好的。”磨牙抱着滚滚四下环顾，“你忘了白天遇到的事了？我到现在心里都不踏实。”

“跟着我们你有什么不踏实的。除了我，还有谁够胆吃你不成！”柳公子瞪他一眼，伸手推开房门，“赶紧睡了，明天还得早起呢。”

进得客房，是个有三张床位的房间，窗户半开着，月光落在老旧的地板上，几只蚊子嗡嗡地从朦胧的光线里飘过去。

倦极了的滚滚从磨牙手里叼过自己的枕头，迅速跳上床去，很快便蜷着尾巴睡着了。

磨牙跟过去和衣躺下，才躺下却又坐起来，看着窗外摇曳的树影，说：“咱们还是警醒些，天晓得会不会再遇到别的怪东西。”

“放心睡吧……全天下最怪的东西都在这个房间以及隔壁房间里了。”桃夭走到窗前，扇开不识相的蚊子，看着外头浓重的夜色。

“知道你为啥不长个儿吗？就是因为睡得不够。”柳公子不耐烦地把磨牙摁回去，顺便扯过被子盖住他的脑袋。

磨牙从被子里钻出来，攥着被角说：“我还是觉得……”

“再不睡我就把你绑到外头喂蚊子。”桃夭仍瞧着窗外，毫无睡意，眼神反比白天任何时候都精亮。

磨牙立刻缩回被子里。

柳公子在桌前坐下，倒了一杯水给自己喝，并没有去睡觉的意思。

始终站在窗前的桃夭一直不作声，不肯收回的目光似在认真寻找什么。

时间一分一秒过去，撑不住的只有磨牙，房间里很快就响起他和狐狸此起彼伏的呼噜声。

仿佛长了绒毛的月牙在空中缓缓转移着位置，桃夭似在默默计算着时间。

片刻之后，她走回来，瞧了瞧磨牙，确定他已经睡得不省人事。

“还坐着？”她坐到柳公子对面，也给自己倒了一杯水，“蛇在夏天不用睡觉吗？”

“床榻又潮又脏，我可睡不下去。”柳公子嫌弃道。

“那你在这儿杵着吧，我睡去了。”桃夭伸了个懒腰，起身正要往床那边去，却又突然一皱眉，捂着肚子道，“不行……先去上个茅厕。”

还没迈腿，柳公子一把抓住了她的手腕。

“干啥呀！”她甩手，“我肚子不舒服！”

柳公子冷冷直视她的眼睛，却一句话都不说。

僵持片刻，桃夭叹了口气：“好吧不骗你了，我肚子没事，要不你跟我一块儿出去？”

柳公子哼了一声，一脸早就看穿她的得意。

两人轻手轻脚出了房门，下楼梯直奔驿馆大门。

还没到门前，便瞧见外头的石阶上坐了两个人，叽叽喳喳地聊着天。出去一看，却是另两驾马车的小厮。

见他们两人出来，其中一个小厮竟主动问他们：“你们也睡不着吧？”

桃夭跟柳公子对视一眼，笑道：“蚊子多，吵得烦人，出来透透气。”

“你们定也是来参加夜宴的吧？”另一个小厮问道，“我瞧见你们家公子爷了，一看就是有来头的。”

“哈哈，能收到夜宴请柬的人，都不是没来头的。”桃夭并无兴趣打听他们的主家是什么来头，但看着他们两人脸色不妥，似有惊恐之意，遂顺口问道，“二位是从哪条路过来的？我见你们的马车又是泥浆又是破损的，这是遭了大雨还是掉坑里了？”

这么一问，那两人的脸色更不好看了。其中一人压低声音问：“你们来时可遇到什么怪事了？”

柳公子皱了皱眉，蹲下来：“你们也遇见了？”

两个家伙顿时像遇见了知音人，一个迫不及待道：“白天离这烟霞林还有半日车程时，我们的马车不知怎地掉进一个泥坑里。那坑倒也不深，以为让马儿加把劲就能出来，结果根本动不了，我让老爷的侍卫驾马，我自己下到泥坑里去推，哪知道……”他凑近了些，脸上的表情越发夸张起来，“哪知道那泥坑里居然有两只怪手，死死攥着车轮呀！当时可把我吓得魂飞魄散。跟老爷说了，他们却不信，说我眼花，我说没有，可再看，又瞧不见那怪手了，反正车子是怎么都动不了，最后是侍卫拿着刀在泥坑里乱砍了一阵，才脱了困。”

“我们也好不到哪儿去，也差不多是离这里半天路时，本好好地在山路上走着，却被一大截枯木拦住了路，好不容易搬开了，没走上多久，又被一截枯木拦住，再搬走，前头又遇见……如此循环往复，差点累死我们！我跟咱们夫人说了，出门若遇到这样的怪事，便是老天爷提醒不该往前了。可我家夫人偏不信邪，非要继续前进，起码搬了九根木头才到了这烟霞林，搬最后一根木头时还不小心把车轮伤到了，太不容易了。”另一个小断愁眉苦脸道，“我想着白天的事，还是心惊肉跳的，实在睡不着，出来透气时正好瞧见这位小哥也在这儿发愁，一问才知道，大家都是遭了同样的难处。你们呢？遇到什么事了？”

“我们呀……”桃夭挠挠头，笑，“我们就是来时迷了一会儿路，但很快就找着方向了。”

“你看你看，肯定有鬼啊！”

“可不是，怎么看怎么邪门！偏我家夫人一点都不在意，不肯转头回去，非要赴宴。”

“我们家老爷也是一样的不信邪。可我信啊！我现在怕死了，天晓得后面还会出什么怪事！我恨不得现在就跑了。”两个小断一下子激动起来，又埋怨又害怕的。

“既来之则安之吧。”桃夭笑笑，“兴许真的只是意外，青垣县身处偏远之地，道路崎岖些也是正常。晚上凉，二位还是早去歇息吧。”说罢便快步朝前头的林子走去。

“对，别自己吓自己了，世上哪有那么多鬼。”柳公子好心地拍拍他们的肩膀，“休息好身体，身体好了，自然就碰不到那么多怪事了。告辞！”

两个胆小鬼见他们大半夜还往林子里去，面面相觑，之前只觉得他家公子不是个好惹的角色，没想到底下的随从也如此胆大，两人又嘀咕一阵，灰溜溜地回了房。

没了他们，驿馆周遭的最后一点动静都消失了。

月亮躲入了云层，夜里的凉意越来越重。

尾

杂乱的林间小路上，桃夭走得很慢，小心地辨着方向。

树林里也安静得可怕，连虫子的鸣叫都没有。

柳公子跟在她身后，皱眉道：“你说白天有家伙烧纸给你？”

“对啊，就约在烟霞林东边的残碑前，不然白天我怎会那么高兴，这不顺路的事儿吗。”桃夭淡定道，但又稍微有点不自信，“咱们现在是在往东走吧？”

“是。”柳公子警惕地打量四周，“什么妖怪赶在这个时候找你？”

“算是个大家伙了！”桃夭有点兴奋，搓着手道，“一只赑屃。”

“赑屃？”柳公子想了想，“就是那些生来就大个子，啥事都不会只会傻傻给人驮碑的大乌龟？”

“嗯。”桃夭点点头，“不过人家也只是长得像乌龟而已，你当驮碑是件傻事，却不知对它们这种大妖怪来说，碑可不是白驮的，尤其是为有大功绩的名人或流芳千古的事驮碑，年限一到，修为圆满，它们便可化身为龙，直上天界。百妖谱上说‘赑屃生自灵土之下，似龟而身巨，力壮，寿长，驮碑则成石，久则化龙’，你看，还有哪个妖怪能这么轻松，找块碑驮上就能去天界当龙了。”

柳公子撇撇嘴：“当龙有什么好的……天界的龙不是给各路神仙拉车，就是被派去协助打雷下雨，充其量算个神兽，比妖怪又好到哪里去。再说，驮碑就罢了，还得变成石头，一动不动地过上千万年，这不是遭了大罪吗。”

“又狭隘了吧。”桃夭边探路边说，“龙一开始是神兽，但以龙身来修炼，相比其他种类，成仙成神会容易许多。你看天界昆仑，有不少大神的原身就是龙呀。除了天上，水域之中还有四海龙族，那些也不是好惹的角色。不过我理解你的心态，蛇嘛，千万年来永远被龙压着一头，你酸它们也属正常。”

一团泥巴砸到桃夭身上。

“哎呀！我说错了吗！”桃夭反手拍着背上的泥巴，转身对黑着脸的柳公子道，“其实你们蛇族也有不少修成龙的，体形越大越容易，你努把力也是可以的！”

“呸！谁稀罕当龙，我偏要当蛇，自由自在无拘无束，既能上天更能入地，它们龙去不了的地方我都能去！”柳公子不服气道。

“好好，随你高兴。”桃夭嘻嘻一笑，“不过你要真变成龙了，我还舍不得呢。”

正说着，她突然停下脚步，指着前方问道：“前面是不是一块残碑？”

柳公子仔细一看，昏暗的月色中，确实站着一块约一人高的残碑，两旁的荒草纠结在一起，长成张牙舞爪的形状。

“是的。”柳公子左右张望，“不是个大家伙约的你吗，哪儿呢？你来早了？”

桃夭也东张西望：“没有啊，我按时来的呀。”

但附近确实没有符合她想象的妖怪。

正奇怪时，一个细细的声音从前头传来：“桃夭大人，您来晚了。”

桃夭一惊，立刻循声找去，最后竟在那残碑顶上的凹陷处里找到了声音的来源——一只拳头大小的，通体雪白的小乌龟。

柳公子凑过来，指着这个比他手掌还小的东西：“这叫‘身巨’吗？”

桃夭自己也很茫然，不太确定地问它：“是你烧纸给我的？”

“自然。”乌龟镇定地看着面前那两张愕然的脸。

“你是……赑屃？”桃夭拿手比画了一下它的大小，“你确定你是你父母亲生的？”

“赑屃都是自灵土之下而生，无父无母。”它无奈道，“我只是比我的同族们略小一点罢了。呃，颜色也稍微不同，它们通常是灰白色，我更白一些。”说着它又有点恼了，“就算是同一个爹妈生下来的孩子，也不能长得一模一样吧！你们不能因为这个就不相信我是赑屃呀！”

桃夭扑哧一笑："我姑且相信吧。"她伸手把乌龟托在手里，旋即皱眉，"虽然你本身就不是个热乎玩意儿，但未免也太凉了，跟冰坨子似的，你都干什么好事了，把自己的妖力耗损成这样？"

乌龟眨眨眼睛，慢吞吞道："没事的，只要见到桃夭大人，纵是下一刻就死了，我也没有遗憾了。"

桃夭挑眉道："你不觉得你烧给我的纸有问题吗？"

乌龟沉默片刻，说："我只怕您不肯来。"

桃夭把它从手里拎起来，笑笑："你是第一个烧纸给我，却不是求我来治病的妖怪。"

"什么？它都成这样了，烧纸给你却不是为治病？"柳公子不解，"那它烧纸给你做什么？"

桃夭看着虚弱的乌龟，说："它求我来杀一只妖怪。"

柳公子一愣。

乌龟还是用它缓慢的语速说："桃夭大人除了治妖，不也要杀妖吗。我也不算强人所难吧……"

桃夭想了想："杀妖倒是不难。但你凭什么觉得我会为一只毫无交情的妖怪去杀另一只妖怪？你不会天真到以为我跟世上那些给钱办事的杀手一样任人驱遣吧？"她又扫了它一眼，"再说你还没钱给我。"

乌龟深吸了一口气，说："从数天前开始，我就想尽了办法，阻止那些赴宴的人进入青垣县。可是我的力量太弱了，使出来的法子根本不能让那些人回头。所以，我只能用我最后的努力，孤注一掷，烧了纸给您。"

"白天的'鬼打墙'是你干的？"桃夭与柳公子以为自己听错了。

"是我。"乌龟坦承，"还有驿馆里那两驾马车遇到的事，也是我干的。"

"为何不要他们到青垣县去？"柳公子不解，"可是那夜宴出了什么问题？"

乌龟叹息："这些宾客都是当世的名流栋梁，我怕他们来得回不得。"

四周的温度好像突然变得更低了。

桃夭略一思忖，麻利地摸出一颗药来，然后也不管乌龟同意不同意，掰开它的嘴就塞了进去。

乌龟一阵咳嗽。

"不是救你的命，只是保证你在把事情跟我说清楚前不至于断气。"桃夭嫌托着它手冷，将它放回残碑上，问，"你要杀哪只妖怪？"

乌龟缓缓抬起头，说："应凡生。"

楔子

我活了太长的时间，已经数不清我身上驮着多少这样的光了。

○ 1 ○

应凡生第一次亲手“处理”掉的，是个与他一般大的少年。

准确说，那曾经是个少年。

对方已经倒下许久，他握刀的手依然不肯松开，刀柄像长在了他手里一样，还是阿爹过来掰开他的手指，将这把暂借给他用的刀拿了下来。

傍晚的荒野闷热异常，头顶上干巴巴的枝叶窒息地挤在一起，不给人任何喘息的机会。

少年躺在温热的烂泥地上，眼睛不甘心地睁着。

他早上明明吃了三大碗饭，可现在却一丁点力气都没有了，只能靠在粗糙的老树身上，慢慢滑坐下去。

乌龟从他的背囊里探出脑袋来，看了看，又事不关己地缩了回去。

“习惯了就好。”阿爹用力拍了拍他的肩膀，又过去合上了少年的眼睛，“我第一次做这件事的时候，比你狼狈多了，差点让对方逃了，幸好还有我爹善后，然后他给了我一记大耳刮子，骂我没出息。”

他抬头看着阿爹：“以后，每年夏天都是这样了吗？”

别人的夏天，是纳凉闲聊，游泳戏水，是冰镇的瓜果与嘹亮的蝉声。他的夏天，却只能是一个死去的少年，将来还会是别人……

阿爹沉默片刻，坐到他身旁，小心擦拭着刀锋上的痕迹，笑：“还有春天冬天秋天可以愉快地过嘛。”

“阿爹，我们家真的从千年前就只做这一件事吗？”他垂下头，不想再看面前那个失去了生命的躯体，“为何不让别人来呢？我不信只有我们一家能做这件事。”

阿爹往刀上呵了一口气，问：“落刀的瞬间，你难受吗？”

他点点头。

即便知道真相，可看着他们倒在刀下的模样，依然是有血有肉的人，如果他能好受，现在就不是这副模样了。

“那便是了。”阿爹收刀入鞘，“既已知道这滋味，何必再让旁人来承担。”

他不说话了。

“不是张三不是李四，千年前偏是我们家发现了端倪，天命也好巧合也罢，就算是咱们家老祖宗多管闲事吧，这管都管了，就不好撒手了。”阿爹站起身，朝他伸出手，“起来吧，把他葬了。他孤身一人，这儿又是荒山野岭，只怕等不到人来发现他了。”

那些当他们是杀人凶手的家伙，应该还没有谁发现，他们埋葬的亲人会在死后四十九天时，化作一堆黑色的散沙——如果他们挖坟开棺的话，一定会在极度的诧异中再哭一次。

被那个洞盯上的人，便再不是人了。

那个在他家后院里的，被伪装成一口井的洞，是一只不怀好意的眼睛，更是一个处心积虑的怪物。

阿爹说，千年前，应家的祖辈偶然在一片野地中发现了一个洞，那时它不过一个人头大小，很不显眼地躺在一片高高的杂草中。地上有洞算什么奇事吗？当然不算。可身为术师的应家人还是发现了不妥的地方——这个洞，就像生在地上的一道伤口，用什么法子都无法使其愈合，无论往里头填多少土，无论铸造多坚固多重的盖子，都无用，所有施加在它身上，希望能掩盖遮挡的器物都会在短时间内消失，他们曾以千斤重的铁块压于其上，可第二天这铁块便不翼而飞，四周连个渣都找不到。诧异之余，他们确定这个洞在有力地对抗任何试图消灭它的方法。而历来擅天文星象的应家人也意识到这看似不起眼的洞是个暗藏于天地间的隐患，虽暂时看不到什么祸害，然应家世代相传的手札秘籍中有云——“地有残，则天必缺”，意思是若地上有这样不可愈合的“伤口”，说明天上也有一块对应的残缺。一旦有个万一，必有天下苍生不可承受之灾，至于具体是什么灾祸，倒没有更多的描述。于是，应家祖辈决定留在附近，看守观察，若它安分守己就罢了，一旦有任何不对劲的变化，他们也能及时筹谋对策。然后，这便作为应家的秘密，祖祖辈辈守了下来。其实他们也曾对一些同道中人提过这件事，可对方都笑他们小题大做，有这时间守着一个小洞，还不如想想如何能在术师界闯出更大的名堂来，而不是终日抱着祖上留下的旧书，空有一身观天测地的本领却不用在正道上。瞧瞧那些出名的同行，哪个不是被帝王贵胄们重用，名利双收，流芳百世，再看看你们应家的人，只靠给人算卦占卜赚点小钱，连一间好房子，甚至贵点的衣裳都置办不上。清贫也就罢了，整天把精力花在琢磨天地星象上却又不努力入庙堂建功立业，还真不如修个降妖除魔的大本事，哪怕不为钱，得一个为民除害的威名也不算浪费生命了。但，应家的人好像代代都是气人的死心眼儿，别人的“好言相劝”是怎么都听不进去的，钱随缘，名也无所谓，一千多年哪，居然真的就跟这个洞杠上了，哪里都不去。任沧海桑田人世变迁，他们就跟长在这里了一样，眼看着一片荒地变成村落，又在兴旺与战火中反复更替，然后慢慢走到现在，成为青垣县里一座普通的民居。

无数变化中，不变的只有守在这里的应家人。

甚至，连那个洞都变了。

约从两百年前起，它渐渐扩大，从一个人头大小长到了两个那么大，并且还有了别的异状。

那时负责看守的应家先辈发现一到盛夏最热的几日，天上露出“伏火连星”之象时，便有老鼠跑到洞口周围。院子里有老鼠本算不得稀奇事，但那些跑到洞口的老鼠却纷纷毫不犹豫地朝洞口跳下去。千百年来，他们想了许多法子填上洞口都不奏效，再是小心看守，也难免有路过的小动物小虫子之类落入洞中，但落下去便落下去了，并无异常。然而如今的老鼠却大不一样，它们踩下洞口却并没有落下去，那黑黢黢的洞中似有一只无形的手托住它们，令它们以一种诡异的姿态飘浮在洞口上空。

应家人看到这一幕，只觉十分惊奇，又隐有担忧，一时间也不知要如何应对。在飘浮的老鼠们被放回地面时，他们抓住其中几只仔细研究，却没发现它们身上有任何异常，只好暂时将它们关进笼子里。几天后，他们依然没有从这些老鼠身上发现什么端倪，为了更方便对比确认，他们又抓来一些普通的老鼠跟它们关在一起，谁知这么一来，它们竟立刻攻击新来的同类。最不可思议的，是它们虽是动嘴咬到对方，对方却不是被咬死，而是瞬间化作一团还保持着死前形状的灰烬，最后在一个轻微的外力作用下飞散开来。

诧异之下，他们又反复做了多次测试，结果都是一样。他们又放了别的活物进去，但老鼠却并不攻击它们，即便咬下去也都是正常的伤口，并不会令对方化为灰烬。于是他们确定，那几只在洞口飘浮过的老鼠，变成了可以轻易置同类于死地的怪物。好在伏火连星之象只持续三五日，消失后，那个洞似乎失去了召唤老鼠的兴趣，又像往常一样，没有任何存在感地躺在原地。

最后，他们处死了那几只危险的老鼠，几个时辰后，死去的老鼠竟化成一堆黑色散沙。目睹了这样的场面，他们心头的不安越发强烈。

第二年的盛夏，同样的事又发生了，这次不光是他们宅子中的老鼠，连外头的一些飞鸟也被“吸引”了进来。早有防备的他们，及时捕获了这些在洞口飘浮过的活物，发现它们也跟老鼠一样具备了伤害同类的能力。

他们意识到这是一件极度危险的事，开始尽力寻找解决的方法，奈何花去数年时间也无法阻止那个暗藏在洞中的力量，只能在每年盛夏的伏火连星之象到来之前，通宵达旦寸步不离地守在洞口附近，一旦有活物靠近便立刻驱离。

从此以后，夏天成了应家人最紧张也最辛苦的季节。

可任他们再是谨慎，最担心的事还是发生了。

那年的夏天特别热，他们照例是悬着一颗心，避免让任何活物靠近洞口。可就在那天的后半夜，倦极的他们不过是稍微分了点神，院墙外便“飞”进来一个人。说是飞，倒不如说是被一只手硬拽进来的……然后他便像曾经的老鼠与飞鸟一样，毫无意识地飘浮在洞口之上——这从天而降的人，是刚好从外头经过的更夫。

他们的心在这一瞬间抽紧了。

当更夫落回地上时，他们比任何时候都矛盾。

清醒过来的更夫表示非常奇怪，又没有喝醉更不是梦游，明明还认真打着更呢，怎么会莫名其妙跑到人家的后院里来了。

他们问更夫可觉得有什么不妥，更夫更是莫名其妙，说自己哪儿都没有不妥。

一番犹豫下，他们还是让更夫离开了。

之后三天，更夫确实如他所说，并没有任何异常，回家，逛街，打更，再正常不过。但三天一过，还是大大的不妥了——那天，更夫独自在家，邻居来串门，两人聊了几句却是话不投机，那更夫便莫名暴躁起来，好好的一双眼睛突然被黑色的东西胀满，抓住邻居的胳膊便咬了下去，一直在旁监视的他们来不及阻止，眼见着那无辜之人瞬间化成了灰。

见他们出现，更夫一点都不害怕，反而笑着对他们说，你们来了也无用。

他们让他老实跟自己回去，不要再做出任何可怕的行为。他却是带着一脸嘲讽之情朝他们扑来，不置他们于死地不罢休。

无奈，他们只得忍痛挥刀。论身手，他还是差了太多。

之后，为免生枝节，他们暂时将更夫的尸体带回应家的密室中安放，本想着能否以秘术之力还更夫一条命，奈何寻遍祖上传下的每本秘籍，都没有一条能让死者复生的记载。

那个夏天，是他们这一生中最黑暗的时段。

沮丧，慌张，前所未有的自我怀疑。

应家付出了近千年的时间，那个洞依然是一道无法愈合的伤口，是一只无论如何都不肯闭上的邪恶之眼。他们尽了一切力量，最终却只落得个杀人的结果。

四十九天后，更夫的遗体化作了一摊散沙。

痛定思痛，既然这个洞已经不老实了，他们也就不能只像从前那样被动了，哪怕要付出巨大的代价，也得试一试。

他们虽没有起死回生的本事，但是以自己一半寿数铸起的封印，虽不能阻断它“捕猎”的能力，起码能让那些猎物无法掉进它的魔爪。

从那之后，应家的后院便筑起了一口永远加不上盖子的井，砌井的青砖以秘法烧制，内藏应家先辈以命结成的咒念，将整个后院笼于封印之中。从此以后，就算它能将猎物诱拐回来，也无法落到它手里。这是他们能想到的唯一办法，虽然代价巨大，起码能暂且保一个平安。

但可惜的是，这个平安也只延续了百年。

这把刀，是阿爹的父亲亲自打造，沉重而锋利，削铁如泥，砍头就更利索了。老人家说应家最终还是需要一把好刀的。

先辈们用命结成的封印虽然还在，那个洞的力量却从没有因为它的存在而有任何削减，并且这道神秘又恶毒的伤口还一直在“成长”，与百年前相比，它又有了新的本事。

伏火连星之期，夏季最危险的几天，他们发现井口上竟毫无征兆地飘浮起了一个陌生的姑娘，但仔细看，那姑娘又并不是一个真实的人，更像是趋于半透明的一种魂魄状态。情急之下，他们试着以梦魂丝拴住那姑娘的手腕，待她从洞口消失后，再凭梦魂丝得知对方的位置。

居然是千里外的一个小镇。

他们很快找到了那个姑娘，对于她身体里的某一部分曾离开过她这件事，她根本毫无察觉，没办法，谁让睡梦中的人类最是脆弱也最没有防备呢。

他们的心情只能以愕然来形容，这个洞竟在短短百年的时间内，学会了另一种捕猎的方式，让应家的封印形同虚设。

当眼睛变了样的姑娘凶狠扑向她的家人时，还能怎样呢？

为保无辜，只能拿刀。

爷爷把刀传给阿爹，阿爹将来也会传给他。

这些年来毙命于刀下的家伙，也越来越讨厌了，不但会反抗，还会像一个仇视他们的老熟人一样，对他们说些莫名其妙的话，主要还是耻笑他们应家“悲凉又毫无建树”的一生。

他问过阿爹，既然这个洞已如此危险，为何不求助他人？

阿爹说，求助很容易，可人心太难测，千年来只有应家知道这个洞的秘密，见识过它诡异而强大的力量，若被旁人知晓，反过来利用这道伤口做些不可预估的事，那才是更大的危险。

对阿爹的回答，他好像明白，又多少有些不明白。

总之，应家就这样走到了现在。

不幸中之万幸，是这道致命伤口只在每年夏季最热的几天作恶，他们已经习惯了早早推算出伏火连星之期，小心观察防备着，但每年也总有两三个运气不好的人被它抓到。这个数目，他们父子俩勉强还能忙得过来。只不过，哪怕过完了夏季，他们的日子也依然单调枯燥，他们守着应家的规矩，不踏出青垣县一步，永远不让那个洞脱离他们的看守范围。

所以，尚还年轻的他许多时候都很矛盾，既不想被困于方寸之地，又不想因为那个特定的原因才得到离家外出的机会。午夜梦回时，想到那老头对阿爹说过的话，就更睡不着了，他小小的脑瓜子里，装了太多不该这个年纪思考的东西。

可是，想再多也无用，该做的事，还得做下去。

葬了那少年，半弯月亮已挂在树梢，阿爹往新坟前插了三支香，父子俩按惯例拜了拜，这次的任务算是彻底结束。

回去的路上，父子俩在一座小庙门口稍做休息。他嚼着干粮，指着不远处的一座石碑问阿爹，这玩意儿能有什么用，到处都看得见，好多还拿石龟驮着。说罢，他还特意跑过去看了一遍，依稀瞧出上头记载的是某位前朝将军的生平事迹。

阿爹说：“当一个人足够有名足够厉害时，总得想个法子让活着的人尽可能记住他们。”

“那没名不厉害的人，就不用被记住了吗？”他反问。

阿爹笑笑：“你记住多吃饭多睡觉才能长出一副好身体就成了。”

他看着那块矗立在黑夜里，甚至有些趾高气扬的石头，又问阿爹："那我们家的人，有在这些碑上留下过名字吗？"

阿爹玩笑般道："咱家的墓碑上有每个人的名字。"

他有些不服气，说："我们家的人未必没有那位将军厉害，那将军能坚持千年守着一个地方吗？能用梦魂丝找到那些危险的人物吗？能扛着杀人犯的误会保护其他生灵不成飞灰吗？"

如果没有应家人近乎不可思议的执着，天晓得那个洞现在都"吃"掉多少无辜了。他们的名字才应该深深地刻在这些石头上，让所有人都记得他们为这个世界付出过怎样的代价。

阿爹敲了敲他的脑袋，笑言就算把名字在碑上刻一百遍，也改变不了什么，该走的还是会走，会遗忘的还是会遗忘。"不要去纠结这些小事了，好好吃你的饼子。"

他闷头又吃了几口，还是闭不了嘴，又问阿爹，为何石碑都要驮在乌龟背上？

阿爹说那不是乌龟，是赑屃，长得像乌龟罢了，其实是一种寿命特别长的妖怪，加上力气大站得稳，所以世人都喜欢用它们的模样雕成石像驮碑，一来求稳当，二来希望借它们的长寿让碑上所记之人与事万古流芳。然后，阿爹还煞有介事地跟他讲了一个小秘密，说世上驮碑的赑屃并非都是石像，还有一些是真正的赑屃所化，它们以舍弃千万年的自由来换取修为圆满飞升为龙。

"所以你看到的那些驮碑石龟，很可能有不少都是正在苦修中的赑屃。"

他想了半天，不解地问："只要驮千万年的碑就能修为圆满？那其他妖怪的修炼之路未免太艰难了。"

阿爹笑道，据说立碑的匠人中有个不成文的规矩，为尊贵之人立的碑，刻好之后拿红布盖上三天三夜，若三天之后碑下出现赑屃，便要祭天酬神，因为他们认定能得赑屃驮碑之人，必登天成仙。反过来，赑屃为了自身修为，也只会选择为这等名声旺盛的人物驮碑，协助他们贤名远播，泽被苍生。不过这也只是他从祖辈那儿听来的传说罢了，反正他至今没有遇到过一只真正的赑屃，世上常见的也只是些石头雕的玩意儿。应家擅天地星象之术，对妖怪并不在行，说不定他听来的也只是祖辈们的道听途说，当个趣事听听便好。

他听完，却撇撇嘴说原来连乌龟驮碑都要挑有名的来驮，然后就把缓缓拿出来，对着它的脸说，你将来可不能去驮别人的碑。

缓缓冲他翻了个白眼。

阿爹差点笑死，说这么个小玩意儿，连个碗都驮不住。他瞪了阿爹一眼，说也许它以后会长大的！

阿爹看着缓缓，道:“那你要它跟我们一样，一生都无缘自由，守着一个地方到死？”

他愣了愣，随口一说罢了，自己哪里想到这一层。

阿爹抬头看着夜空说 :“若吃尽苦头能换来飞升还好，可你想啊，飞升为龙哪有那么容易。千万年时间变数太多,如果在修为还未够圆满的情况下,它背负的石碑倒了塌了，那它便是功亏一篑，从此只能成为一块无人问津的破石头，被迫留在同一个地方，生生世世孤独下去。就像我们应家守着这个洞一样，我们根本不知道以我们的能力还能守住它多久，也不知道我们家最终的结局是什么。也许我们会输，也许我们终有一天能找到赢它的办法，而现在唯一确定的，是我们也必须舍弃自己的自由，去争取一个不确定能否达成的‘功德圆满’。从另一个角度来看，我们跟赑屃差不多，那个洞就是我们世世代代驮在背上的碑，只是这块碑太坏，我们千年来想的都是怎么把它从背上甩下来，砸个粉碎。”

阿爹很少跟他说这么长的话，他似懂非懂，反而是缓缓听得很专心，一对小眼睛都在发光似的。

一阵风吹来，汗湿的身子微微发凉，他无意中瞧见阿爹仰起的侧脸，这个被青垣县所有人当成吊儿郎当的骗子的男人，在这个月夜下微微红了眼睛。

他忽然想，应家的缩地之术，能在瞬间跨千里之遥，旁人应该特别羡慕，可也许阿爹想的，却是有朝一日可以不用那么匆忙来回，步行，骑马，坐船，用各种漫长的方式，无牵无挂走过天地四季。悠闲地回到家后，第一件事是擦干净脸上的尘土，拈走沾在衣裳上的野草或者花瓣，再沏一壶好茶，而不是带着永不卸下的戒心，去后院查看那口不会给人带来任何好心情的“井”。

“回去吧。”阿爹站起来，脸上又是他熟悉的神情，淡定，轻松，像骗子得手了一样笑眯眯的。

熟悉的光在眼前闪烁开来。

今年，他们的夏天在这里结束了。

◦ 2 ◦

从白天到现在，他终于做了决定。

深夜，他偷偷溜出家门。

今年的冬天非常冷，非要冻死几个人一样，连历来温暖的青垣县都逃不过去，甚至还下了一场雪。

此刻，稀疏的雪在地上被人踩成薄冰，他选了一身最暗的衣裳，在夜色中也要挑最不起眼的角落行走。目的地是南街上的“贺氏百草”，青垣县里最大的药铺。

这么晚去买药？当然不是，去偷药。

白天他去买过的，可人家不卖他。

入冬之后，阿爹病了，擅天地星象之术又如何，能以梦魂丝千里除恶又如何，凡胎肉身，该生病还得生。先是咳嗽，然后发烧，再然后连躺下去都难，总是喘不过气，吃饭也吃得越来越少。

他有些害怕，阿爹好像从没有跟吃药有关的经历，他总说药补不如食补，平日里有些什么小毛病，他做些奇怪的汤水喝了，竟也真的没事了。

现在看来，只是巧合。

大夫说情况不太好，然后讲了一堆他听不太懂的术语，总之就是想要断病根，只能试试看千年老参熬制的补气救命汤，还说尽快找来为好，越拖越严重。

他虽不通医理，却也知道千年老参的珍贵。他拿了家中所有的钱，一大早便跑去“贺氏百草”，想在青垣县里得到这个东西，只能寄望这里。

药铺的老板自然是认识他们父子的，但他跟别的乡民一样，对他们并没有太多的好感，他们是起早贪黑赚辛苦钱的人，最不喜他们这种游手好闲靠一张嘴诓骗他人赚钱的家伙。

他很着急，一去就把所有钱推到老板面前，说不够的话他再想法子，只要能买到千年老参，多少钱他都给。

老板虽不喜他们父子，但毕竟是等药救人的顾客，总不能拒之千里，而且他带来的钱，也并没有差多远。

他喊来自己的妻子，让她去库房中查看一下。

妻子回来说，今年进了三支老参，已经卖出两支，现下剩的一支，也被钱员外预订了，说是三日后来取。

老板对他摊手：“你听见了。”

他说他愿意加钱，两倍三倍都行，绝不食言，只求今天能把老参给他。

老板夫妇一口拒绝，说先来后到的规矩不能坏。

他急了，脱口而出，钱员外他昨天才见过，红光满面根本没有生病，我爹是真的病了！

老板夫妇虽有些尴尬，但还是咬死规矩就是规矩，谁先给的定钱，东西就得给谁留着。

他知道钱员外是青垣县里数一数二的名流，家中富裕自不必讲，据说他的儿子还在京中为官，可算是青垣县的脸面了。

他给老板夫妇跪下，他从没跪过谁，阿爹不让，说好结果都不是跪来的，别委屈了膝盖。应家只有他跟阿爹了，就算他身上没有应家的血脉，他也是阿爹的儿子。

老板夫妇还是摇头，让他另想办法。

他皱眉，站起身，出门前又回头问一句——如果今天来找你们的，是比钱员外一家厉害得多的人，你们依然会守规矩吗?

老板夫妇愣了愣，不等他们回答，他已然出了药铺，消失在寒冷的空气里。

阿爹问他一大早去哪儿了，他如实说去了药铺，但没买到药。

阿爹说买那玩意儿做甚，浪费钱，莫听那庸医的话，不过小病一场，等天暖些自然就好了，还说药铺老板没什么错，先来后到本就是规矩。

他没有说话，只是把屋子里的炭火烧得更旺了一些。

他不会等天暖的。

药铺的后半间便是库房，不算大，药材却多，空气里弥漫着混乱的气味，他举着一个火折子，紧张而迅速地翻找。

先治好阿爹的病，回头就算被他打一顿也无妨，只希望念他头回做贼，不要打死他便是。

然而，都还没瞧见老参在哪里，便被老板抓个正着。

该当他运气不好，老板也不知动了什么心思，半夜在楼上睡得好好的，偏又想着库房里有几味药好像入库数目不对，非要过来清点了才能安心。

他背靠着柜子，唯一庆幸的是自己脸上蒙着面巾。

可一条面巾又哪里能阻碍老板迅速认出他呢。

愕然，愤怒，老板厉声质问。

他的心差点从嘴巴里跳出来，只反复说自己是救人，不是故意来偷药，他还把装着钱的袋子放到地上，请求老板把老参给他。

听到动静的老板妻子也跟了过来，见自家店里进了贼，自然也是气不打一处来。见来者是他，更气，两口子顿时将各种平日里忍住不说的重话一股脑儿地砸了出来。

小小年纪便不学好，可见平日里是缺管教的。

你爹就是个不务正业的东西，也难怪你半夜当贼，有样学样罢了。

做不做你的生意我们说了算，哪能不卖就来偷的?

就算钱员外拿老参来泡酒，那也得卖给他!你当他们跟你爹一样游手好闲吗，你今天踩过的路都是钱员外他们掏钱修的!要我说，那老参泡在钱员外的酒瓶里，也强过吃进你爹的肚子里!

也许真的只是夫妻俩不经脑子的气话，但年少的他听来，却是字字如刀，扎得他鲜血淋漓。

你们只瞧见有人修路，却瞧不见有人拿一辈子的时间去保护不相干人的性命……就算你们不知道，阿爹平日里又做错了什么事呢，他只是没有做到被你们当作“脸面”，你们看不起他罢了。

一道火焰从他瞬间愤怒的心里点燃，迅速烧遍他全身血脉，一种从未有过的，陌生而强大的力量像是从密封太久的牢狱中狂奔而出，踩碎了他所有的清醒与理智，也攫住了他平静善良的灵魂。

“你们没资格这样说他！”

他冲上去，一手一个，狠狠掐住了老板夫妇的脖子，那双总是清亮的眼睛里瞬间弥漫出墨汁般的黑雾，眼睛再不是眼睛，而是两个漆黑的，想要吞噬一切的洞。

从胳膊到手指，好像晒在盛夏最热的光线里，由他而起却并不由他控制的力量，将老板夫妇化成了两团尚来不及散去的灰烬，他们的脸上还保持着惊愕的神情。

此刻他不知道自己在做什么，甚至都不知道自己在哪里，只知道要给心中的愤怒找一个出口。

砰一声响。

他被人一脚踢开了去，重重撞在柜子上。

现在好像能看清东西了，他眨了眨恢复正常的眼睛，第一眼瞧见的便是脸如死灰的阿爹。

他都不知阿爹是什么时候从哪里闯进来的。

外头传来急促的脚步声，是药铺的小伙计在喊谁在那里，其中还夹杂着小孩子吵着要爹娘的声音。

阿爹来不及多想，朝空气中划出一道光，一把拽着昏昏沉沉的他跳了进去。

应家的缩地之术，从没有被用得如此狼狈过。

◦ 3 ◦

不知名的密林中，他木然地站在一棵大树下，对面，阿爹握着刀，看他的眼神跟看那些丧命在他手中的恶人几乎一样。

他的身子微微发抖，嗫嚅着说：“我只是想拿那支老参……我带了钱去的。我没有想过要杀他们，真的没有！我只是生气他们讲那样的话……我只是想让他们不要再说下去了……”

从见到他到现在，阿爹一句话都没有说，病容加上复杂的情绪，让他看起来比任何时候都可怕。

“阿爹，你别生气了，身子本就不好。”他咬咬牙，硬是不让自己倒下去，反而扬起头，“我不知道自己是怎么了，但既然他们因我而死，你杀了我偿命，我愿意，我不躲。”他闭上眼，扭过头去，既犯了弥天大错，交出性命也是应该的。

嗖的一声，一道冷冽锋利的气流擦着他的耳朵飞了过去，然后便是当一声响。

阿爹的刀，深深插进树干里，力气太大，树叶如下雨般飞落。

那头，阿爹突然蹲下来，两只手插在头发里一阵乱抓，又狠狠捶了几拳，咬牙道：“我的错……都是我的错……”

他扑过去拉住阿爹的手，惊慌道：“阿爹你莫这样，我错了，你杀了我便是！我不配做你的儿子。”

阿爹拼命摇头，拉下他的手，一双血红的眼睛死死盯着他：“听好了，不是你的错。是我当年的一念之差！”说着，他猛烈地咳嗽起来。

“阿爹！”他赶紧轻拍阿爹的背，“你现在要是不想看见我，我可以找个地方躲一会儿。”

阿爹却拽住他不肯松手，等自己平复下来，才喘着大气坐下。他不敢多说话，更不敢掰开阿爹的手，只能跟着一起坐下来。

漆黑的林子里，有路过的野兽发出不安的声响。

他连呼吸都不敢大声。

不知过去多久，阿爹松开了他，背靠着冰凉坚硬的树干，缓缓道：“十五年前，我去清理一个恶人，那是个孕妇。我找到她时，她阵痛发作即将分娩，她没有像别的恶人那样嘲笑我，只是问我，是不是连她肚子里的孩子也不放过。”他的目光看向对面树干上的刀，“我没有回答她，举起的刀也没有放下。”

他看着阿爹沉入回忆中的脸，短短几句话，他好像已经明白了什么。

“阿爹，你是不是……做了错误的选择？”他的心开始不停地下沉，下沉。

“我没有选，我只是赌了一把。”阿爹苦笑，转过头看着他，“千年了，我们应家的人一代比一代少，能传承到我这里还没散掉，已算奇迹。我一直让自己相信，我们应家承担的，是保护无辜者免遭厄运的使命，我们做的每件事都是对的。可我从来没有跟你说过，我也动摇过。”

他皱眉，既想听下去，又怕听下去。

阿爹叹了口气：“被他们化成灰烬的人很可怜，很无辜，我应该毫不留情地举起刀，并为我除掉的每个危险而高兴，甚至自豪。”他望着密林深处，视线却找不到任何可以落下的地方，“可是，那些人……在那一刻之前，他们也是街市上随处可见的普通人。我的刀每次落下去的时候，我一点都高兴不起来。我厌恶‘杀人犯’这三个字，我觉得我不是，可我又真的是。梦里那些化作黑沙的家伙，总是重新聚拢起来，像什么事都没发生过一样，笑着跟我说，你明明可以不管的，众生安危又不是你们一家的责任，你们扛不动却非要扛。图什么呢？谁知道你们？谁在意你们？孤军奋战，一世孤独，还有永远摆脱不了的误会。”一口气说到这里，他笑了，眼角的泪也落下来。

“阿爹……”他呆呆地看着这个男人，今年他十五岁了，眼前这个男人养育了自己十五年，教他各种应家人擅长的本领，把应家多年来背负的东西尽可能以一种轻松的方式让他明白、理解。无论经历过多么艰难的时刻，他脸上都没有如此矛盾又悲伤的落寞，像一棵终于被雷电击中的参天大树，要断不断，摇摇摆摆。

阿爹抹了抹眼睛，抬手捏住了他的肩膀："我一直以为你没事的。"

没事？今天之前他也一直以为自己是没事的，虽然他不是阿爹的亲生孩子，但起码还是人，正常人。

“那天，我自私地想，也许我能用你的性命，挽回我的余生。”阿爹的手有些发抖，“你的母亲被毁了，但你还有机会，哪怕只有一半。如果连你都杀了，我怕有一天，我会厌恶这把刀，甚至……厌恶我的姓氏。”

“抱歉。”他攥紧拳头，心脏像裂开了一样，咯吱咯吱乱响，“让你失望了。我终是没有摆脱你最忌惮的东西。”

说罢，他起身走到对面，用尽全力拔出树上的刀，看着那道寒光闪烁取过无数性命的刀锋，突然倒转刀尖，眼见着便要往自己的身上戳下去。

看到老板夫妇变成那个样子，他也痛苦至极，不光因为夺去了两条人命，自己从人变成一个怪物的事实更让他绝望。

一块石头及时飞过来，击在他的手上，一阵酸麻中他不得不松开手，刀尖擦着他的衣服滑落下去，当啷一声落在地上。

阿爹红着眼睛走到他面前，死死盯着他："这些年来，我不止一次提醒自己，只要你有任何异常，便不能留你。"

他闭上眼，以为阿爹要亲自动手。但是，阿爹的手却轻轻落在他的脑袋上。

“可我总是忘不了给你洗过那么多尿布，一晚上起来四五次给你喂羊奶，听你哇哇地哭，嘎嘎地笑，看你摇摇晃晃朝我扑过来，喊我阿爹。”他的鼻子似乎堵住了，说话瓮声瓮气，听起来有点好笑，“你是我的孩子，是一个活生生的人。”

他终是哭了出来，跪在他面前："阿爹，我很怕……"

“你跟那些真正的恶人不一样，你不是怪物，所以你会内疚痛苦。”阿爹把他拉起来，“我一定会找到法子，让你安稳度过余生。但你也要答应我，从此修身养性，切勿与人计较，不躁不怒，定心方能安神。”

他用力点头："我会的。"

只要不再变成怪物，只要不让阿爹这么难过，什么他都愿意做。

夜色越来越重，像一双巨大的翅膀，将父子俩的眼泪与心事统统包裹起来。

他那从不离身的背囊里，有个家伙轻轻叹了口气，只是动静太小，谁都没有听见。

○ 4 ○

“贺氏百草”发生的命案，终是成了一桩悬案，官府查了许久也没有眉目，各种奇怪的猜测在坊间传了几年，便再也没有什么声息。贺家的小少爷早就被亲戚领去了外地，之后药铺被拆掉，重建成了一个铁器铺，说是找高人瞧过，铁器辟邪，能镇得住。

这几年，他总是绕开那条街，买了需要的东西便速速回家，绝不逗留。

从那个冬天开始，阿爹的身体便落下了病根，即便天气转暖，也并没有太大的起色，他却总是说自己没事，撑得住，有时还会单独用缩地术去别处，不是带回一些书籍便是一些药材，然后在家里默默研究，一会儿熬汤，一会儿炼丹。最近两年，到了盛夏那几天，阿爹已然是退休之势，追人拿刀这种事，已经全部交由他来完成。

阿爹说，对老板夫妇的愧疚，就从每年的夏天补回来吧，补上一辈子，然后到你寿终正寝的时候，再下去跟老板夫妇磕头赔罪。

这样想，他的心里能稍微好受些，但他知道无论自己清理掉多少危险救回多少人命，已经逝去的却永远不可能再回来。

当时间走到他二十岁这年的秋天时，阿爹去世了。

他给阿爹换衣裳时，觉得阿爹其实还很年轻，如果把胡子刮干净，头发梳整齐，一定会有姑娘喜欢他的。

守着阿爹的那一晚，他以为自己会号啕大哭，结果没有，他只是坐在跳跃的烛火里，一遍又一遍回忆阿爹喜欢吃什么玩什么，跟他说过什么有趣的话，以及他们父子一起去过的那些范围有限的地方和看过的每一次日出日落。

他终于成为应家最新的继承人，陪着他的，有这个束缚了应家上千年的地方，一把刀，还有一只几乎没有存在感的乌龟——缓缓趴在桌子上，安静地看着父子二人，偶尔眨眨眼睛，总是一副没有悲喜爱恨的样子，把日子过得四平八稳。

他竟有点羡慕缓缓。

“以后，你不用担心被阿爹取龟壳去摇卦了。”他对缓缓笑了笑，“他活不过你。”

缓缓打了个呵欠。

离天亮还早，他的目光落到自己的左手臂上，那里落了三个鲜红的字——应凡生。

去年阿爹亲手给他文上去的，说这就是他能找到的，让他余生安稳的最好方法。阿爹说这颜料可不简单，有厉害的符咒，有定心守魂的药草，还有应家祖祖辈辈的心念，有他们对他的祝福。

“应家有儿初长成，凡心凡人守众生。”这是阿爹生前跟他说的最后一句话。

原来他给自己取名字，是真的用了心的。只要他永远记得自己的名字，他就不会变成怪物。他握住阿爹冰冷的手，直到天亮也没有松开。

青垣县里没有谁注意到应家的卦摊已经很久没有摆出来了，更不知道那个算卦的家伙已经不在了。不过就算知道，也不过是“哦”一声罢了。有什么稀奇的吗，青垣县里又不是没死过人，何况只是个连全名都不知道的算卦佬，有他无他，青垣县不还是那个青垣县。

全程给他帮忙处理丧事的只有李火牛，这个家伙跟他当了那么多年的兄弟，无论旁人怎么看不上他们父子俩，李火牛始终都是李火牛，从不认为他们父子有什么不好，反倒是有孩子讥笑他是没出息的小算卦佬时，李火牛总是第一个冲上去要揍他们。虽然他生得瘦，生气时的蛮力却大得很，常把那些孩子吓得哇哇乱逃。他们曾有好几年在一起念书，李火牛总是想着法子逃课，功课也总是完不成，他模仿李火牛的字迹替他写功课，却被老先生一眼看穿，难兄难弟一起被罚站打手心。每次被罚，李火牛都会在下学后带着委屈兮兮的他去河里摸鱼，烤熟后两人吃到心满意足才回家，回家后李火牛还要向他的阿爹解释，是自己连累了他，不是他念书不专心，希望应叔不要再罚他了。而之后李火牛真的为了不连累他，慢慢改掉了逃课的坏习惯，再不愿意写功课也是自己来写了。其实从小到大无论他做过什么调皮捣蛋的事，阿爹也从没有罚过他，还跟他说李火牛是个值得交往的小家伙，要珍惜。

在很长的时间里，他都觉得李火牛像自己的哥哥，但是，自从完全了解了自家后院的秘密之后，他就找尽了一切理由，不让李火牛再上自己家里来了。他不能把唯一的朋友置身于不可知的危险。

他曾问过阿爹，为何那个洞从不对近在咫尺的应家人下手。阿爹说，它只敢对没有防备的人出手，我们应家防了它一千年，那份豁出去的心念它可吃不消，或者说，我们是它注定的克星，在彻底收拾了它之前，我们不会有事。所以你也不要太沮丧，一物降一物，错不了的。

不论阿爹给出的理由是不是真的，他都信了，也更坚定了不能把任何没有防备的人拉进危险的决定。

不过这并不影响他跟李火牛的友情，得了空闲，他们还是会在一起吃吃喝喝，在集市上找各种有趣的玩意儿。有一回，他们在小饭馆里大快朵颐时，李火牛随口问他，以后想做什么？

他愣了愣，以后？他的以后不是跟每个应家人一样吗，用一生的时间看守那个危险的秘密。但是他不能跟李火牛说实话，只能支吾着说以后再看吧，也许就跟阿爹一样，摆摊算卦。那你呢，你以后想做什么？去考状元不成？

李火牛哈哈一笑，说他要是能考上状元，他爹不得欢天喜地从坟里跳出来。

他也觉得自己问了个傻问题："那你想做啥？"

李火牛认真说，他准备年龄一到就去考潜火兵，说他家在还没搬来青垣县时，曾遭过一次火灾，他跟他娘是被几个潜火兵救出来的。他觉得潜火兵很厉害，那么大的火都能对付。他还记得他娘缓过来后，对着救命恩人又哭又磕头的样子，那种发自肺腑的感恩，应该是别的行当很难感受到的吧。

他笑："你想当潜火兵就是为了让人感谢你？"

李火牛摇头："倒也不是，就是觉得这事做起来比别的带劲，你看我这身板儿这力气，不做这行可惜了啊！"现在的李火牛，倒是越来越像他的名字，在不知不觉间长成了一个壮实的青年。

他却不太赞成，说当潜火兵太危险了。李火牛摇头："我不怕，走在路上还可能被落下来的花盆砸死呢。"

好吧，年少时的雄心壮志总是没有什么理由的，起码李火牛还知道自己想做什么，不像他，都说不出自己的未来。

后来，李火牛真的成了一个潜火兵。

他替李火牛高兴。

应家的祖坟在青垣县东面的山上，那里其实没有墓碑，只有一块天生立在那里的大青石，上头刻着长眠地下的应家先辈的名字。而且照应家的祖训，深埋即可，不堆坟，不拜祭，连死了都不显眼。

埋葬了阿爹，他抚摸着青石上留下的新名字，许久没有说话。

消耗一生，杀人救人，最终的结局也只是一块荒草蔓延的葬身地。

李火牛拍了拍他的肩膀，拿出带来的一瓶好酒，倒在地上，对着那块刚刚埋好的新土磕了三个头，说："应叔，我跟凡生都长大了，以后的日子不会坏的，你放心。知道你们家不让人来拜，今天就请您老喝个够，在天上也要保佑凡生平平安安的。"

酒香四溢，他觉得鼻子有点酸。

傍晚，他跟李火牛踏着金红的夕阳下了山，阿爹有祖先们陪伴，应该不会孤独了。

只是他没发现，缓缓并没有跟他们一起走。白色的小乌龟不知几时从背囊里爬了出来，趴在那片新土上，昂着头，嘴里发出了奇怪的声音，像人在说话，又像是咒语。

不多时，一团鸡蛋大小的白光，形状像朵蒲公英似的，从土下冒出来，在半空中缓慢盘旋着，一对可能算是眼睛的小孔渐渐从白光上显现出来，茫然地眨巴着。

“应琴之，我记下你了。”乌龟对着白光说了一声。

白光像是听懂了它的话，转身看着它，仿佛离家已久的人突然看见了家的方向，然后迅速朝它飞了过来，撞在它的身上便没了踪迹。

而乌龟的背上，突然浮起一片仙气缭绕的五色彩光，光华之中闪着“应琴之”三个字，但瞬间便消失不见。

此时，乌龟扭头看了看大青石，打了个嗝儿，又伸了伸脖子，这才慢吞吞地朝山下爬去。

金色的光线下，青石上最后一个名字，是他刚刚刻上去的，阿爹的名字——应琴之。

5

算一算，他已经当了五年的算命先生。

他拿起阿爹留下的幡布，在青垣县的老地方摆起摊子，做着半死不活的生意。其实他根本不懂算卦，阿爹只告诉他，随便摇一摇卦，说好话不说坏话便是，人生大多艰难，很多人其实只想要个安慰。

永远都说好话，也难怪阿爹被人说是没真本事的算卦佬了，到了他这儿，也没能赚回多少好名声，青垣县不过是又多了一个混吃混喝的家伙。

李火牛是他的常客，变着法子给他送钱，还说花点钱就能听到这么多顺耳的话，值啊！

他让李火牛不要乱花钱，虽说当潜火兵薪俸还不错，但总该要存点钱成家立业的。

李火牛从不听他的，总是扔下钱就走，走一半还回过头跟他扮鬼脸，说我来你这里是听好话不是听唠叨的！

他无奈。

后来他学着做各种护身符，招财招桃花保平安什么的，他总是把保平安的符留给李火牛，要他好好带在身上。比起平安符，李火牛更相信自己的好身体与积累下来的经验，但怕他唠叨，还是好好收着了。

自从阿爹去世之后，他的心就好像沉到了深海之中，没有多少起伏，无论旁人跟他说什么，好话还是难听话，他都会本能地将这些话挡在心口之外。只要心够稳，不怒不喜，他就还是应凡生，不会是别的。

盛夏之外的时间，他永远在摆摊收摊与留在后院看着那个洞这三件事中度过，伏火连星的那几天，他也越来越应付自如，阿爹教他的缩地术早已烂熟于心，梦魂丝的使用也非常熟练。在学习术法这方面，他似乎有着优秀的天赋，只是在拿刀这件事上，他总会在最后一刻有所犹豫，有一次差点让对方逃脱。而他也渐渐理解他犯下大错的那晚，阿爹为什么会那么难过。

真正的人，永远不会喜欢拿走别人的性命。

看着手臂上那个依然鲜艳的名字，他心里有些窃喜，也许从今以后，他真的只是他了。阿爹知道的话，应该很高兴。

他的推测本来应该是对的，如果没有发生那些事的话。

那年除夕夜，钱员外家一场大火，三个潜火兵殉职，其中一个是李火牛。

原本他是可以活着出来的，因为被救出来的人哭喊说孩子还在里屋，已经精疲力竭的他毫不犹豫地折返回去，结果在只差一步的地方被垮塌的横梁压倒，他撑着最后一口气，把护在怀里的孩子交给来接应的同伴。

大火烧了一夜，天亮时才终于彻底扑灭，钱员外家的宅子几乎成了一片废墟，好在家里人都活着出来了。

当面目全非的三人从灰烬中被抬出来时，李火牛的娘哭得昏死过去。

站在李火牛的坟前，他还是一滴眼泪都没有，只是抱歉地说："我的平安符原来真的一点用都没有，下辈子你不要再带了。"

那天风特别大，吹到脸上像刀割一样，又干又疼。

原来年纪越大，身边人真的会越来越少，本来就只有两个，如今一个都没有了。沉在深海的心，有一丝丝隐痛。

听说为了嘉奖潜火队这次的英勇表现，镇上要给李火牛他们立个功绩碑。他觉得这是应该的，拿命去救人的家伙，名字当然要刻在石头上，世世代代被记住。

可是，半年过去了，一年过去了，三年过去了……那块碑还是没有出现。

他从旁人那里听来的消息是，处理这些杂事的人手不够，加上立碑的款项也一直没有拨下来，本来说好了由钱员外出钱，可他忙着重建家宅，也是焦头烂额，各种原因之下这事就被耽搁了。再说这也不是一件必须要做的事，时间一长，就更无人操心了。

每每想到这里，明明不冷的天气总是让他情不自禁地拉紧一下衣襟。李火牛做过的一切，在他们眼里只是一件可以随便放下的无关紧要的事，立不立碑没关系，能被多少人记住也没关系。甚至当初那些被救出来的人，可能连李火牛的全名都不知道。

他觉得自己并没有生气，即便是李火牛自己知道了，肯定也不会生气的，以他那大大咧咧的性子，一个碑而已，真的没什么要紧的。

可是，应凡生只有李火牛这一个朋友啊。

那段时间，他刻意不去理会身体里那些起起伏伏的念头，依然像往常一样坐在卦摊前，微笑着应对每一个来光顾的客人，依然在盛夏的酷热中，带着刀与乌龟，马不停蹄地追到每一个遥远而陌生的地方。

每天临睡前，他都要看看他的手臂，然后默念着自己的名字睡过去。

偶尔他会想，若有一天他真的被当作杀人犯抓到了，他们肯定会按律砍掉他的头，到了那一刻，他是默不作声，还是怒斥他们是一群忘恩负义的东西呢？

但胡思乱想总会很快过去，他知道只要自己不愿意，就永远不会被抓住。应家教给他的本事，会长长久久护着他的平安，保证他能牢牢背负住隐秘而沉重的命运。

这两年，他其实也筹划过自己的未来，那个叫雪玉的姑娘，偷偷往他手里送了好几个香包好几双鞋垫了，跟他说不上几句话脸蛋就红得像喝醉了酒。她不是美人，但很可爱，他不讨厌她，也不喜欢她，也许是他的心在海里沉了太久，已经不太习惯浮出水面了。但是，时间说不定会带来惊喜，也许未来的某一天，他会突然想跟一个人白首偕老生儿育女。可是，他又怕有这一天。无论是他的子女，还是像阿爹一样养大一个没有血缘的孩子，他都无法确定自己是不是也能跟阿爹一样，在苦中作乐里将应家承担了一千年的责任交到从一开始就没有选择权的人手里。

他还是疏远了雪玉，在他没有弄明白自己的心意之前。

他以为自己需要更多一点时间，却不曾想过他会这么快做出决定。

那天，东山上的那块地被铲平了，一群人拿着图纸，在埋着应家祖先的地方商量着要怎么修一座舒适的避暑山庄。

他闻讯赶过去的时候，地上已经一片狼藉，白骨隐隐可见，连刻着应家人名字的石头都被清理到一旁。

那天的阳光并不强烈，却刺得他眼前发黑。

“啧啧，这么多骨头，是墓地吗？”

“不知道呀，没碑没坟的，莫不是哪个时候的乱葬岗吧。”

“来时不是说这只是一片空置多年的荒地吗。”

“对啊，秦大人就是这么跟我说的，让我们清理完毕直接开工就是。”

他勉强听清楚了为首两人的对话。

“你们在做什么？”他强压住乱窜的情绪，尽量平静地站到那两人面前。

一人打量他一番，说：“奉人之命，往这里修避暑山庄。”

“这里是我家祖辈的长眠之所，动不得。”他甚至都没有兴趣问是奉谁的命。

“啊？”那两人面面相觑，“这……连个坟头都没有。而且你确定这是你家的地？”

他咬咬牙：“我家祖辈千百年来都葬在此处。”

“不对吧。”其中一人道，“我们接活儿之前可是核过地契的，这块地明明是秦家所有，你姓秦？”

这时他旁边一个随从忙说：“他可不姓秦，他姓应，是咱们这儿西街上摆摊算卦的小子。”

“哦……算卦的呀。”那两人仿佛松了口气，又将他上下打量一番，“小伙子，这便是你不守规矩了，不管你们家往这块地葬了多少人，但这块地已经被秦家买下来，便是人家的地方了。”

他从未想过这块被应家人躺了上千年的地方，会涉及买卖这种事，这难道不是一片从来无人问津的荒地吗？

“我不管谁买了。”他咬牙道，“你们不能动这里一块土。”

“小伙子，不是我们能不能动土的问题，是这块地与你无关哪，你这么说便是不讲道理了。”一人笑了笑，笑声里有一丝轻蔑，“要我们不动这里，除非你让秦大人改主意，换个地方修山庄。”

秦大人……哪里来的秦大人，他都不认识这号人物。

“为何非要是这里？”他问。

“说是找了高人看好的，只有修在这里，才能旺秦家家运。”另一人拍拍他的肩膀，“小伙子，这事你到哪里说都没用，哪怕告到官府，也是你理亏。地确实是人家买的。”

他退开两步，摇头：“我在这里，你们谁都别想动。”

“怎么说不通呢。”一人也是犯了愁，对同伴道，“要不你去跟秦大人请示一下，看看这事怎么弄？”

那人想了想，说行，便火速骑马离开了。

他走过去，把翻倒在一旁的大青石用力地扶起来，拿袖口擦去沾在那些名字上的污泥。

太阳快落山时，离开的人终于回来，跟来的还有一位衣着讲究的中年男子。

“这是秦大人的管家。”那人跟他介绍，“他直接来跟你说比较合适。”

中年男子下了马，走到他面前。

“你们不能在这里修房子。”他赶在对方开口前坚决说道，“这里埋葬的是应家的人。”

“可如今买下这块地的人是我们啊。”中年人笑笑，然后拿出一袋钱来，“我家大人交代了，让我们不要为难你，这些钱足够你迁坟安葬你的先人。”

他当然不接，冷冷道：“我不信你们买地前，对这块地的情况一无所知。虽然这里没有坟没有碑，但青垣县里至少一半人都知道应家的人祖祖辈辈都留在这里。”

中年人依然微笑：“这块地对我家大人很重要，他既选中了这里，那便是无论如何都不会更改的。”他把钱袋硬塞到他手里，“孩子，把钱收了吧。这事你做不得主。”说罢，他又对那两个人道："你们帮着一点，尽快把这里清理出来，万不要耽搁大人的正事。"

两人点头哈腰，连忙称是。

尽快把这里"清理"出来?

清理？垃圾才需要被清理。

他看着手里那个沉甸甸的袋子，忽然笑出来，问："如果这里头埋的，是张大人李大人王将军许将军，甚至是王爷是皇帝……你们也要'清理'吗？"

众人愣了愣，没说话。中年人冷笑着摇摇头，都不屑于再跟他多说一句话，上马离开。

马蹄声都消失许久了，他还木然地站在原地。

一人拍了拍他的肩膀，似是劝慰："大人物，你没办法的。"

他没有回应。

十几把铁铲开始上下挥舞，泥土不断翻飞，他居然没有阻止，更没有冲上去掐住他们脖子的冲动。

他像石像一样，一动不动地看着他们的每个动作，而他的灵魂，却一直在深海里捞自己的心，它好像快要沉到更深的地方去了，他怕再也找不回来。

深夜，万籁俱寂时。

应家的后院里，堆起了一大片白骨。他们雇了好几辆板车才拉回来的，按他的要求。

他坐在白骨面前，猜测着哪一部分是阿爹的。

许久后，他笑了，说，就算是不被在乎的小人物，也不能被这么欺负啊。

阿爹，我想明白了，我知道我的未来应该是什么样子了。

那双平静了许多年的眼睛里又弥漫出了久违的黑色，他伸出手，放在那片冰冷的骨头上。

瞬间，白骨成灰。

而此刻，远处的东山上，熬夜赶工的工匠们正热火朝天地挥动工具，崭新庞大的屋宇即日便可建成。

6

青垣县从没有这么热闹过。

城门的红漆都重新刷了一遍，红得耀眼，城中所有房舍早就收拾得干干净净，任何破旧的地方能修便修，实在修不了的也想法子遮掩了起来。从城门到东街上的"迎宾馆"，连沿途路边的树上都扎上了五色的彩带，连同那些新栽种的鲜艳花草，也在灼人的阳光里摇摆出一片繁华到夸张的颜色。

这是青垣县对这场夜宴的重视，他们早在半年前便开始准备一切，生怕有一丝怠慢。他们做梦都没想到，小小的青垣县竟有这等福分，能迎来一群当今拔尖儿的人物，尤其是连皇上都对这场盛会甚是关注，若办得妥当，直上青云怕也是可能的。

威风凛凛的军士早已驻扎于迎宾馆四周，抵达的宾客们先下榻于此，届时再去往夜宴举行地——位于青垣县东边山上的“琳琅居”。路过的百姓无不感慨这辈子都没见过这么大的场面。

迎宾馆是本地面积最大设施最好的酒楼，老早就腾出来为远客们作住宿之用。

最先到达的，是两位宴会的牵头人，可算是南北两位首富，皆是六十出头的年纪，一称梁翁，一称胡翁，此刻二人却是心事重重地坐在馆中的茶室里，对着两杯早已冷掉的茶，沉默地交换着彼此忐忑的心情。

在仆从换了两次茶之后，胡翁看了看楼上，终于开口道：“来了有七八位了吧？”

“啊？”梁翁回过神来，“是，金玉楼的陈老板上午到的，加上前几天抵达的蒋门主孟先生他们，共八位宾客。”

胡翁点点头，眉头却皱得厉害：“今年的名单上，还有三十七位没到。”

“三十七位……唉。”梁翁的脸色怪异得紧，明明是他们牵头举办的盛会，此时却好像一点都不期待这些嘉宾的到来。

“梁兄……这……这可怎么是好啊！”胡翁看看四周，压低声音，“他们若真来了……要出大事啊。”

梁翁听了，发抖的手差点把茶杯打翻。

又是一阵长时间的沉默，梁翁煞白着脸，咬牙道：“他们不来，你我便要出大事，无人继后了。”

半年前，当这两位开始筹办今年的盛宴时，他们的儿子被绑架了，好巧不巧的，两位虽富甲天下，却是儿女缘薄，都只得一个独子，如珠如宝地养育成人，如今生死未卜，谁不心痛惶恐。而古怪的是，这绑匪不要钱不要权，只一个要求，要他们将今年的夜宴放到青垣县里那座“琳琅居”内举办，时间也要照他给出的来安排，不能早也不能晚。一开始他们自然不从，都是见过大场面的人，也不是头回遇到这类事，当即便带了自家的亲信高手去救人。然而，人没有救回来，倒是经历了一场生平仅见的诡异惨剧，那个黑布蒙面不肯露脸的绑匪，单枪匹马，手无寸铁，却在眨眼间将他们派去的人变成了灰烬……绑匪在满天灰烬中大笑着出来，冲着他们晃了晃自己的手，说，如果不想自己的儿子也这样随风散去，就照他说的办，只要肯乖乖配合，夜宴之后，定还他们活生生的好儿子。

按说以他们的年纪与见识，这辈子经历过的凶险也不是一回两回，甚至年轻时刀头舔血的日子也是有的，没跪过，没怕过。但这次，他们是真的吓到了，不光因为被绑的是自己唯一的亲儿子，活到这把岁数，若不是亲眼所见，他们永远不会相信有人用一双手就能把另一群活生生的人变成灰烬。当时的场面他们一辈子都忘不了，他们要面对的还能称之为一个人吗？从骨子里钻出来的恐惧，毒蛇一样盘在他们的心里，稍不留神便要咬断心脉。

他们不敢再轻举妄动，无奈之下，只能按对方的意思，宣布今年的夜宴之地选在青垣县内。

"可是……梁兄你想过没有，这场夜宴我们是牵头人。"胡翁的额头上渗出了豆大的汗珠，"若真出了事，连累到场众人有个三长两短……他们可都不是寻常百姓，连皇上都视他们为栋梁之材，若我们的事泄露出去，我怕就算咱们的孩子能平安回来，皇上也不会放过我们的。"他越说越难受，一跺脚，"早知就不搞这劳什子的夜宴了！"

"嘘！"梁翁赶紧让他闭嘴，横下一条心道，"只要孩子能回来，就算这里出了事，也未必能扯到我们身上。毕竟我们什么坏事都没干，不过是照正常程序在筹备宴会罢了。事已至此，咱们唯有咬死不说。"

"可是……"

"莫再可是了，三天后便是夜宴之期，我们只要按部就班做我们的事即可。"

"也只能如此了。"

这时，有人来报，说馆外又来了三辆马车。

他们两人心中又咯噔一下。去年，他们巴不得赏脸的嘉宾越多越好，今年却是发自内心地盼着不要再来人了，来的人越少，兴许祸事就越少，他们的负罪感也能稍微轻一些。

两人无奈，赶紧擦去额上脸上的汗，整理一下衣冠，拿出主事人的派头，强打精神朝外头走去。

此刻已是下午，嚣张了一天的太阳挪到了云后，但没有风，依然略为闷热。

三辆马车一字排开，劳累已久的马儿烦躁地晃着脑袋。

司狂澜微笑着递上那张华丽的烫金请柬。

梁翁接过来一瞧，顿做惊喜状："原来是司府二少爷，闻名不如见面，真风姿过人一表人才啊！"

司狂澜礼貌拱手道："梁翁言重，劳您亲自迎接，折煞晚辈了。"

"客气了客气了。本就是我与胡翁做东，迎接贵客的事自然由我们亲自来。"梁翁又朝他身后看了看，发现只有那驾马车的小厮，不禁问道，"二少爷只身前来？大少爷不得空？"那请柬上也有司静渊的名字。

司狂澜笑道："家兄有事远行，盛情心领。"

“这样啊……可惜了。”梁翁捋了捋胡子，心头却是一阵窃喜，又对司狂澜道，“早听说二少爷甚少出席热闹场面，去年与二少爷失之交臂，今年您总算肯赏我这个脸了。”

“主要是天热，不爱到处走动。”

“呃……哈哈哈，来人，带二少爷去楼上休息。二少爷里面请。”

一个小厮赶紧过来带路，司狂澜却没有动，回头看了看身后。

那胡翁面前，站着一位瘦瘦小小、唇红齿白的年轻公子，衣饰华丽贵气逼人，奈何好像尺寸稍大了一些，显得他更娇小玲珑……

“您是……星龙镖局的乔近安乔总镖头？”胡翁拿着请柬，上下打量着眼前人，一脸疑惑，感觉下一秒就要喊人来抓他了。

“我是……”这小公子仰头一笑，“乔总镖头的儿子。”

“啊？”胡翁一愣，“乔总镖头有这么大的儿子？”

“可不，我爹就是太过于保护我，平日里都不让我出来见人。”小公子又从怀里掏出一枚玉扳指，“这回若不是他临走前拉肚子拉得只剩半条命，也不会派我来参加你们的宴会。还说怕你们不认我，让我把咱们镖局的龙玉扳指带来以做凭证。”

胡翁接过扳指一看，脸上疑色顿消，确实是乔家的信物。

“乔公子收好，方才是老朽唐突了。”胡翁赶紧将扳指还给他，关切道，“乔总镖头没事吧？”

“没事没事，躺个十天半月就好了。”小公子摆摆手，白皙的手腕上，红绳拴着的金铃铛晃来晃去。

见前头的司狂澜一直看着自己，他……不，她乐呵呵地冲他挤了挤眼。

“不好意思，借过。”一个十分刻意的尖细女声从小公子身后冒出来，涂着红指甲的手拿着请柬，不客气地塞到胡翁手里。

众人转头，但见一位身量高大的华服美妇人，手中摇着一把绢扇，高耸的云鬓之间，步摇花簪，明珠翠玉，你能想到的世上最精致繁华的首饰，都在她的头上了，处处闪闪发光，照得人不敢直视。虽有些过犹不及的俗气，但那张脸还是不错的，眉如柳叶唇似樱桃，除了脸上的香粉敷得厚了些，还是勉强能称得上美人。一个包着头巾的小厮跟在她后头，怀中还抱着一只不知是狗还是啥的半白半灰的动物。

“明月山庄的……上官夫人？”胡翁又是一愣，看看请柬，没问题，确实是他亲手写下的，再看看面前这位夫人，有些为难道，“虽是头回相见……但据我所知，上官夫人已经年过五旬……”

“哎哟，人家只是保养得宜嘛。何况我明月山庄包揽天下大半胭脂水粉，我身为山庄主人，自然要当好这生招牌不是。”这妇人拿绢扇遮住半张脸，扭捏笑道，“不过你们这些男人真是不懂事，怎好当众说一个女子的年纪！”

此刻，旁边的小公子想笑不能笑，憋得特别辛苦。

胡翁还是在犹豫，毕竟这位上官夫人是头回赴宴，之前他也没有见过本人，生性谨慎的他又想让她更确实地证明自己的身份，又怕她真是上官夫人而冒犯了对方。其实他倒希望是个冒牌货，直接赶走最好，反正这是一场早已被挟持的夜宴，来宾越少越好。

忽然，有人从馆中走出来，径直来到众人面前，先是对着司狂澜拱了拱手，恭敬道：“见过二少爷。”然后瞟了小公子一眼，又来到这位“上官夫人”面前，亦拱手道：“见过上官夫人。”

来人却是贺白。

小公子与上官夫人偷偷对视一眼，似乎他们并不认识这个文质彬彬的年轻人。

胡翁见贺白突然出来，忙将他拉到一旁，小声问：“天空大人，您确定这位是上官夫人？”

贺白笑笑：“你是在质疑我的眼神不好？”

胡翁赶紧摆手：“老朽怎敢，既然大人确定了，那自然是没有问题的。”说罢赶紧回到上官夫人面前，“夫人请，方才是老朽怠慢了，还请不要怪罪。”

“哼！”上官夫人赏了他一记白眼，摇着扇子扭着腰肢从他面前走过去，沿途留下一串浓郁的香粉味，身后的小厮跟小厮怀里的家伙都忍不住打了个喷嚏。

小公子用力掩住嘴巴，坚持着不让自己笑出来，也跟上去往馆里走，从司狂澜面前经过时，特意朝他眨了眨眼睛，表示——尽管看起来像一个馊主意但实际上一切顺利。

司狂澜当作没看见，转过头去问梁翁：“三日后便是宴会之期，不知宾客到了多少？”

梁翁脸上滑过一丝不安，但很快又笑道：“加上二少爷跟乔公子上官夫人，目前已到了十一位。”

“还差多少？”

“三十四位。”

司狂澜一笑：“天气闷热，两位还是到馆中多歇息为好。”

反正也不会有人再来了，他们就是最后一批抵达的嘉宾。今年不是百杰夜宴，姑且算十杰夜宴吧。

那些正赶往青垣县的嘉宾，起码要在来路上反复绕上七八天吧，真要拿“鬼打墙”这样的伎俩阻止他人前进，还得是他们出手，乌龟不行。

“多谢二少爷关心，老朽还撑得住，倒是您风尘仆仆赶来，快去客房休息才是。”梁翁赶紧做个请的姿势，“还望二少爷不嫌弃住地简陋，怪老朽疏于照顾才是。”

“客气了。”司狂澜也不再多言，随带路小厮进了馆。

贺白跟在他身后，保持着两步距离，没有说话。

司狂澜上楼前，稍做停顿，说了一声："多谢。"

正好与他擦身而过的贺白自然心领神会，微一颔首，然后两人就像完全不认识一样，各走各路。

司狂澜笑笑，上了楼，环顾四周，偌大的一所宅院里，并没有因为多住了十几号人而热闹起来。

毕竟在这里等待他们的，大概率不会是一件好事。

他下意识地握了握手中的剑。

每次出远门，苗管家一定会提醒他带上剑。

毕竟，江湖险恶，人心难测。

◦ 7 ◦

是夜，凉意渐起，说好的青垣县四季如春总算在这时候有所体现了。

应该是特别适合睡觉的好温度，大多数宾客的房间已经熄灯没了动静。但也有个别的夜猫子舍不得睡觉，非要出来搞点什么事情。

狭长的走廊上，摸出来一个鬼鬼祟祟的人影，蹲到某间客房的窗下，屏息探听。

此刻，屋里正隐隐传出睡得不太踏实的翻身的动静。人影伸出手，将窗户纸抠出个小洞，一根细竹管伸进去，喷出淡淡的白烟。很快，屋子里的主仆几人都彻底睡踏实了……

又等了一阵子，确定里头没有任何动静了，人影回过头笨拙地吹了几声一点都不响的口哨，便见走廊拐弯处又出来一个人，悄无声息地过来，熟练地挑开门闩。

屋内灯火俱灭，两人一前一后，小心避开障碍物，唯恐弄出什么动静。

他们的目标，是已然昏死在床上的人。眼见离目标不过几步距离，头顶上却传来一声冷冷的猫叫。

二人抬头，但见梁上投来一蓝一绿两道利光。

几乎在同时，一人将另一人用力推开，黑暗中，一个杀气腾腾的小玩意儿擦着他们的身子飞出去，铿一声扎进某个硬物之中。

紧跟着，他们身后似乎又有利器凌空而下，一个人心知不妙，赶紧抱头闪到一旁，另一人则在侧身避开的瞬间，反手一掌准确击在一只胳膊上，令对方连退两步，差点连自己的武器都脱了手。

屋子里居然不声不响多了好几个人……

在这场突如其来的混乱还没有造成更严重的后果前，有人点亮了桌上的油灯。

“大人？！”

“二少爷？！”

“咦？居然是你这只死猫？！”

邱晚来一手捂着嘴，不可思议地盯着司狂澜。罗先握着他的佛眼，赶紧为自己刚才的偷袭向司狂澜道歉。另一头，穿着男装的桃夭跟从房梁上跳下来的猫大眼瞪小眼。她很惊讶，猫很平静，一副并不想见到她的样子。站在桌边的贺白放下油灯，镇定地看着这一屋子的家伙。

床上的人依然在深睡之中，完全不知自己房中居然这么热闹。

桃夭起身，盯着插进墙上的散着甜香的短箭，回头对邱晚来啧啧道：“不至于一出手就拿毒箭伤人吧？就算我们是来偷东西的，也罪不至死啊。”

“是你？！”邱晚来这才看清了桃夭的脸，又想起那夜冲霄塔前司家人处处维护这个小丫头的情景，扭头问司狂澜，“二少爷，你们这是做什么？这房间里住的是百物斋的孟先生，不过是个鉴赏古玩的斯文人，莫非跟二少爷有过节？”

“肯定不是。”罗先抢先道，“大人要与人算账，历来光明正大，何须这般偷鸡摸狗。”

“偷鸡摸狗……”司狂澜笑笑，有苦难言的视线移到桃夭身上。

“你别瞪我呀。”桃夭一摊手，“这也没法不偷鸡摸狗啊。用迷药好过打他们的头吧？再说我配的迷药不但药效佳，味道也好，醒了不但不会头痛还会回味无穷呢。”说着她又看向猫：“你为什么在这里？”

“春花，你认识……这个女的？”贺白打量着桃夭，初步确定了她的性别。

“春花？！”桃夭一愣，然后差点笑死在现场，“哈哈哈难怪你不肯说你的名字。”

猫翻了个白眼，对贺白道：“这女的便是在石固之祸中帮过我的家伙。”

贺白点点头，又看了看桃夭，没有多说话。

桃夭却打量着贺白：“没见过你呀，高姓大名？”

“贺白，狴犴司任职天空。”贺白礼貌回她。

“猫是你养的？”桃夭十分好奇。

“它自己养自己。”

“你们怎么认识的？”

“与阁下无关。”

“不不，这太奇怪了，它居然愿意跟你这个人类在一起，还愿意被你取这么难听的名字……”

“你今夜是为猫来的？”

“那倒不是。”

司狂澜替贺白头痛，问罗先："你们三个来执行公务？"

"是。去年的夜宴，狴犴司也受命前往宴会现场，以防万一。"罗先说道，"上头怕出一些旁人应付不了的事，毕竟来赴宴的人身份显赫。"他又朝床上看了一眼，"大人，你明明是来赴宴的，怎会……"

"我本也只想单纯地赴个宴，谁知硬被人拖进这偷鸡摸狗之事。"司狂澜笑看着桃夭，"我没说错吧，乔公子？"

"我没想拖你进来啊。"桃夭却不认，"你明明可以视而不见一走了之的。"

昨晚，他们刚从烟霞林回去，迎头便遇见大晚上坐在驿站大堂喝茶的司狂澜。

怎么编呢？总不能说她怕鬼不敢一个人上茅厕所以拉上柳公子壮胆吧……司狂澜的心眼儿比蜂窝眼还多，与其浪费时间撒谎不如说实话。

而说实话的结果，便是真正的乔总镖头跟上官夫人现在还被迷晕了绑在驿馆房间里，司狂澜还帮忙从乔总镖头的行李中挑了相对最合身的一件扔给桃夭，甚至连柳公子脸上的妆容都是他画的……真是人才啊。

乌龟说虽不知应凡生究竟想做什么，但这些来赴宴的家伙们一定会倒大霉，说不定还有性命之虞。好在应凡生一直没有发现它的真实身份，还当它是那只从小到大陪伴在自己身边的小乌龟，即便后来他渐渐变成了另一个模样，也还是让它寸步不离地留在身边，偶尔还要跟它聊聊无关紧要的天儿。但是，自打他去见过梁胡两个老头后，便连它也不带在身边了。那天他回来之后，将它从住了将近二十年的背囊里拿出来，放到了青垣县的河边，说今后他要做的事太多了，应该无暇再照顾它，不如放了生，各自安好吧。它觉得要出大事，奈何自己一时间又找不到解决之法。它偷偷去了他关押人质的地方，但那两位身世显赫的公子已经不见踪迹，也许是他换了更隐秘的地方，也许……两人是否尚在人间都是未知数。可是再往深处一想，即便它救出了人质，以应凡生如今的心性与能力，他也会找出新的完成他"愿望"的方式，无论如何，他都会让这些为世人所瞩目的人物，来到他规定的地方，至于最终的结果，它都不敢多想。

但它很清楚，最一劳永逸的方法，只有一个。

那一晚，桃夭说夜宴一定要如期举行，宾客也一定要赏脸，一切都要按他这个"幕后功臣"的期望一步一步走下去。只是，不是什么宾客都是他能"招待"得起的。

它从桃夭的眼神里看到了希望，看到了解决问题的终极方法，内心却高兴不起来。

从驿馆出发前，它看着桃夭他们为了它的请求而各种忙碌的样子，心里却空得难受，明明做了一件对的事，怎么好像又有些底气不足。

"你不想送他上绝路。"司狂澜看着趴在窗上的它，忽然说道。

所有人都听见了。桃夭跟柳公子还有磨牙，都停下了手中的事，看着这只白到发光的“乌龟”。

乌龟沉默许久，说：“我曾经想的是，等这个孩子成婚生子，或者再遇到一个或者几个李火牛，从此不再孤单地守着昼夜四季的时候，便能离开他去过我的日子了。我一直记得当年他把我从渔人手里救下来的眼神，又清澈又善良。虽然我并不需要他救我。但既然遇到了，留一段时间也无妨。”它绿豆大的眼睛里有一些怀念，更多的是矛盾，“我活了这么多年，从未取过任何人的性命。想都没有想过。我的生活跟杀人一点关系都没有。”

司狂澜却道：“你留在他们父子身边这么多年，应该习惯了才是。”

“永远不会习惯的。”它看了司狂澜一眼。

“你后悔了？”桃夭走过来，“可就算你现在求我不要杀他，我也不能答应你了。这件事太过凶险。”

“你杀应凡生我一定会后悔。”它看着渐亮的天色，“但应凡生已经不在了。在他将应家先辈遗骨化成灰烬的那一晚，应凡生便杀掉了自己。”

众人皆沉默。

这样一件事，谁又能视而不见，置之度外呢。

司狂澜当然不会放桃夭他们独自处理，且算他自找来的是非吧……

此刻，床上的孟老先生居然打起了呼噜。司狂澜回过神来，对罗先几人道：“你们既在这里，倒也算一件好事。若不怕麻烦，或可助我一臂之力。然此事颇有蹊跷，连我都没有十足把握处理妥当，你们虽有职责保护无辜，但也没有必要为我这闲人犯险，不必勉强。”

“不光助他，是助我们，我们！”桃夭赶紧指着自己，又瞪着罗先，“你呀，上回我帮你料理了段青竹的事，你还吃了我的咸鼠，怎么也该还个人情吧！”

罗先皱眉：“那妖怪不是还你了吗？”

“人情没还呀！”桃夭又指着猫说，“还有春花你，不要以为只是盖个章就完事了，我可是拿了命去帮你的鱼的。”

猫半眯着眼睛道：“你就这么没有自信？非要拉着我们才能壮胆？”

“果然猫不会说人话。”桃夭嘴角一扬，“保证夜宴宾客们的安全，本就是你们猚犴司的公务，不然你们来这里做什么？看风景吗？”

猫哼了一声，不理她了。

“二少爷，你开口，我们自是愿意鼎力相助的。”邱晚来当然不会拒绝，只是问道，“但你好歹要同我们交代明白啊。”

“是啊大人，我们现在一头雾水，你……”

罗先话没说完，朝南的窗户突然发出一声响，一个小石子儿打到窗框上。

“哎呀，他们还在呢。”桃夭一拍脑袋，忙跑到窗边朝下一看。

窗口下头是迎宾馆的后巷，一辆马车停在那里，驾车的可能是磨牙……仍着女装的柳公子冲着楼上压低声音吼：“还在磨蹭什么？人呢！”

邱晚来他们过来往下一看，皱眉：“这又是谁？”

当司狂澜说这位“上官夫人”和抱着狐狸的小子也是司府的杂役时，另三人面面相觑，邱晚来忍不住道：“二少爷似乎对司府中人的要求低了许多啊……”说罢她又瞟了桃夭一眼。

桃夭不客气地瞪回去：“你是说你家前大人眼光不好喽？那你还如此崇拜他，你要求也很低啊。”

“我几时说过大人……二少爷他眼光不好了？我说的是你们，一个个都怪里怪气的样子！”

“能有拿糖水做毒箭乱射一通的人怪？”

“好大的胆子，一介草民竟敢对本大人无礼！”

“生气啦？有本事抓我回去坐个牢啊！”

她们两个你来我往不亦乐乎，其他人十分无奈，这哪像要办正事的样子？

柳公子挤到她俩中间，指着自己：“牺牲最大的人都没有发牢骚，你们吵个什么劲？”

两人这才偃旗息鼓，看着被迫扮俏的柳公子，桃夭忍不住又大笑出来，说：“想不到你扮上也是个绝色。”

“这件事给我记上。”柳公子白她一眼，“让你扮你不扮，我能有什么法子！”

“好事都得留给你呀。”桃夭吐舌头。

磨牙深深叹了口气，躲在他背后布囊里的乌龟也叹了口气，心头难免有点所托非人的不安。

司狂澜看了看床上，对邱晚来道：“当务之急，是先将这八位宾客秘密送出青垣县去，可先安置在烟霞林驿馆，派几个信得过的人守着，待事情解决之后再放他们返家。”他想了想，看向他们三人，“你们须知，除了我们几人，无人会再去赴宴。”

邱晚来不解：“如此大费周章，夜宴有危险？”

“也许会有。”司狂澜又转身对贺白道，“另一件事还得劳你完成。”

贺白笑笑：“不能真的只有几个人去赴宴，对吧。”

司狂澜点点头：“辛苦了。”他又思忖片刻，对贺白道：“还有一事，你多年来的心结，我这里大概有了些眉目。”

贺白一怔。

司狂澜出了房间，贺白跟了过去，两人不知在走廊上低语些什么。

“这么一来，夜宴不是砸锅了？若是判断失误……只怕上头要治我们一个渎职大罪。”罗先直言道。

“二少爷还是大人的时候，你可见他有哪一回是‘判断失误’的？”邱晚来反问。

“那倒是。”罗先皱眉，转眼竟有几分高兴，“许久不曾与大人共事，他还真是一点都没变。”

桃夭心想，也只有罗先这种脑子不转弯的人才能把跟司狂澜共事当作一种荣幸……

说完，司狂澜与贺白走了回来，贺白的脸色不是很好看。

面对罗先与邱晚来亟待解惑的神情，司狂澜对桃夭道:“你说吧，毕竟乌龟找的是你。”

桃夭撇撇嘴：“行。”

窗外夜风一阵急过一阵，树叶沙沙作响，掩盖了四周所有轻微的动静，只有客房里的灯火跳动不止，在众人或急或缓的呼吸里，见证着一个可能带来巨大危险的秘密。

此刻，远在东山上的“琳琅居”，一如既往的别致华丽，月色映照下，如仙宫入世，美不胜收，作为晚宴的举办之地，它恐怕要迎来一生中最盛大的经历。

宅子中设宴的大厅早已布置完毕，处处精致考究，四周雕花的白玉立柱间轻纱曼妙，将室外的繁花碧草隔在一片朦胧的颜色中，暗香浮动，如梦如幻。

月光自一侧斜下，刚好落在主位之上。

有人坐在那里，看着眼前尚空荡荡的座位，往杯子里倒了一杯酒，然后手一倾，尽数洒在地上。

◦ 8 ◦

夜宴之日，连老天都给面子，月明星稀，凉风习习。

傍晚时分，琳琅居前已是车马如流，门口的侍卫认真确认每位赴宴嘉宾的身份，逐一放行，确保每一步都是按计划进行，不出任何纰漏。

桃夭依然是乔公子，进门时她还刻意与司狂澜与柳公子保持距离，若无其事地向侍卫递出一块精致的描金麒麟方牌。那是之前从梁翁手里领的，作为进入宴会现场的最终凭证。

四十五位宾客悉数到场，个个精神饱满，华服加身，生怕怠慢了这场盛会。

就是大家都太过安静，从抵达到进入会场，一路上除了桃夭他们几个故做久别重逢状，时不时大声说话大声笑，顺便夸一下这宅子真是金碧辉煌人间少见之外，其他人，包括最早进来的梁胡二翁，都没怎么开口说过话，彼此好像并不太熟的样子，顶多拱手问个好，笑一笑，便再无交流。若没有桃夭他们几人在里头活跃气氛，这几十人怕要让人误会是扮成人的木头。

不多时，众人于位置上坐定。意外的是，桌上并没有摆满珍馐佳肴，甚至连个当前菜的瓜果小食都没有，虽有杯盏，却空空如也。

梁翁胡翁端坐在主位上，冲大家微笑颔首，然后就没有然后了。

“顶多两个时辰。”坐在司狂澜后头，换了一身富贵绸衫的贺白，一边摇扇子，一边轻声说了一句，“我已尽力。”

“知道了。”司狂澜笑笑。

闻言，贺白旁边的柳公子拿绢扇遮住嘴，斜过身子从牙缝里挤出话来：“看不出来你还有些本事……”

“职责所在。”贺白轻轻咳嗽两声，也不看他，只专心打量四周。

斜对面的桃夭就没这么安分了，她故意拍了拍桌子，大声道：“这是你们招待贵客的样子？外头看着挺富贵，怎的连杯茶都不给？”说着她又故意回头对后面的人道：“田帮主，你说是不是？”

换了装束，嘴上还贴了一撇胡子的罗先，看着桃夭死盯着自己的眼睛，不得不粗声粗气附和道：“乔……乔公子说得有理，也不看看我们是何等身份，怎能如此失礼！”

其他人仍是不作声，只是你看我我看你，连梁翁胡翁也还是保持微笑，一句解释都没有。

但也的确不能怪他们，毕竟真正的梁翁胡翁现在正跟那八个嘉宾，加上真正的乔近安上官夫人，一起被关在烟霞林驿馆，由罗先他们的人看守着，没有命令绝对不能乱跑一步。

只能补救到这个地步了，没来的再不准过来，已经来了的先放到一旁，反正只要保证他们不靠近琳琅居即可。

至于眼前的“高朋满座”之景，如贺白所言，顶多维持两个时辰。

而桃夭跟司狂澜一致认为，不过配合一场戏，两个时辰足够诚意了，有人应该比他们更着急看到那个筹谋已久的结果。

又过片刻，天色已黑尽，几朵不识趣的乌云飘过来，遮住了好好的月光，凉风里多了几分寒气，被撩动的轻纱顿时也缺了曼妙，不知不觉地萧条阴森起来。

“久等了，各位。”一个作寻常书生打扮的年轻人，悄无声息地从外头走进来，怀里抱着厚厚一摞纸册。他将纸册放在主位的桌上，跟梁翁胡翁笑了笑：“你们办事还算妥当。”说罢又从袖口里拿了一张纸放到他们面前，“我乃守信之人，拿了地址去接儿子吧。”

见状，贺白皱了皱眉，放在案下的手暗自捏了个诀，便见两个老头子赶紧拿起那张纸，一声不吭地赶紧小跑出了大厅。

桃夭捂着嘴，埋头小声问："他？"

她袖口里有声音轻轻回应："是。"

果然是个迫不及待的家伙啊，桃夭满意地放下手，这哪需要两个时辰，若不是想看他究竟有何意图，她现在就可以动手了。

送走两个老头子，书生又抱起纸册，看着下头那些面面相觑的宾客们，礼貌地冲他们笑道："各位，今晚的夜宴，改由在下来主持。"

他不慌不忙地走下来，将手中的纸册一一分发到众人的桌上，边走边说："今次夜宴，无菜无酒，也无歌舞助兴，唯有这一份礼物招待各位。"

桃夭稍微松了口气，这家伙虽危险，但毕竟少点江湖经验，不但没有意识到这一堂"宾客"有问题，更想不到坐在下头看他表演的，是桃都、司府、狴犴司的人。

打开那本黑色的纸册，桃夭几人皆愣了愣，那上头没有别的，只有一串名字，全部姓应……最末一个，是应凡生。

书生走回主位前，淡淡道："各位贵客定然没有听说这些名字，与你们相比，他们从生到死都只是青垣县里一个不起眼的人，守着一间老宅子，摆着卦摊挣几个糊口的钱，还常被人说是游手好闲不求上进。这些不起眼的家伙，用上千年的时间去守着一个洞，为了这个洞，他们不在乎在别人眼里是什么样子，放弃最宝贵的自由，后来还得年复一年地当一个杀人犯。听起来特别蠢对不对？"他自己都笑了，用脚点了点地，"他们死了以后，就埋在这儿，就在你们坐的地方。但是为了这座华丽的宅子，他们连躺在这里都不被允许。我只好把他们带回家，烧成灰。"

堂下自是鸦雀无声。

"别多心，我只是想告诉你们，纸上那些姓应的干过什么事。"他笑着走下来，走到最前头的一张桌子旁，看着那个衣着考究的中年男人，问他，"这位贵宾，我有个问题，你愿不愿意花上一千年时间去守一个洞？"

贺白手指一动，中年男人摇了摇头。

"是啊，没人会愿意。连你们这些当今最杰出的人都是这样的选择。"他还是笑，"如果没有那个洞就好了。你们不知道，应家的人用了一千年也补不上它，他们甚至用了自己的命去造封印，却还是不行。"

中年男人沉默地看着他。

"所以，我劳梁翁他们将各位请到这里来，只是希望各位能帮我一个忙。"他拍拍中年男人的肩膀，又看着在场的所有人，"希望大家能帮我补好那个洞。"

这个要求倒是出乎意料。

“这位公子，我们不知你在说什么。”司狂澜开口，故意露出不耐烦的神情，“我们千里迢迢过来，是来赴宴，不是来听你胡说八道的。我们又不是工匠，哪能帮你补什么洞！”

桃夭也赶紧配合，皱眉指责道：“你这莫名其妙的小子，你当这场宴会是你家的晚饭吗，想胡闹就胡闹？你瞧不见整个琳琅居外重兵把守吗？识相点的，现在就跟我们赔礼道歉，本公子还能留你个全尸！”

罗先也重重一拍桌子：“太不像话了！当我们是什么人！”

他见自己犯了众怒，却依然面不改色，只笑着说：“没关系的，试一试吧。不过，若你们的命也补不好那个洞，那你们这群贵人跟应家这些草芥又有何区别？”

桃夭心下一紧，这家伙，果然还是绕回到人命上头。

“你究竟想如何？”贺白冷冷问。

“我讨厌那个洞，想补好它。”他认真回答道，“我猜，也许你们是对的，应家的人，无论活着还是死了，都太轻了，所以他们的封印压不住它。但你们不一样，你们是声名远播的大人物，走到哪里都被人仰视着，所以我想把你们的命加到封印之中，也许这样，应家人千年的夙愿就可以达成了。”

话音刚落，他落在中年男人肩头的手稍稍一捏。

眨眼间，一团灰烬在他手下腾起，中年男人再无踪迹。

桃夭觉得袖子里的乌龟颤了一下。

“啊！妖怪啊！！杀人啦！！”“上官夫人”十分入戏，尖叫着朝大厅外跑去。

可是，一道微光闪过，他又原路冲了回来。

“咦？！”他左右看看，“怎的又回来了？”

“好不容易来了，就别走了。”书生拍掉手上的灰烬，“应家的缩地之术，稍微变通一下便能留下贵客。外头人再多，也打扰不到我们。”

桃夭背上出了一层冷汗，好险哪，这是早做好了瓮中捉鳖的准备啊，若那些家伙真来赴宴，怕是一个都不能活着离开了。

司狂澜看了“上官夫人”一眼：“你跑什么？”

柳公子撇撇嘴：“宾客的正常反应啊，我配合一下你们的表演嘛。”

“不用配合了。”司狂澜看了桃夭一眼，“你说呢？”

桃夭皱眉：“既确定了他的目的，还演什么演。”

袖口里，一声叹息。

司狂澜朝贺白摇摇头，贺白即刻会意，深吸一口气，双手捏诀，又朝两旁一分，呵了声：“散！”

几十个黄纸剪成的纸人顿时从座位上弹起来，晃晃悠悠地落到地上。偌大的厅堂上，只剩下他和这几个素未谋面的“大人物”。

一直觉得占尽上风的他，看着一地黄纸，愣住了。

“看出你很有天分了，无论是造结界还是取人性命。”桃夭看着他，遗憾地说，“可惜就是少了点江湖经验。你以为绑了两个老头的儿子就万事大吉不用操心了猎物自会送上门来。我要是你，可不会这么自信，起码也要找个眼线贴身监视那些猎物，以防万一才是，毕竟人算不如天算嘛。”说罢，她又想起了什么，“哦，差点忘了，你只有一个人，要忙着在琳琅居布置，自然没工夫监视我们，不像我们这边人多，办起事来方便。”

他抬起头，看着他们，硬挤出来的笑容非常不自然：“你们是谁？”

罗先上前一步，青铜棍往地上用力一杵：“狴犴司奉命保护夜宴众人安全，蓄意破坏者，一律以犯上作乱之罪治之！”

“狴犴司……没听过啊。”他笑笑。

“没听过也不打紧。”柳公子边拔掉头上的簪花边说，“你莫再胡闹下去了，光是数数我们有几个人，你也该认输了。”

“认输？”他大概听到了最好笑的两个字，笑出了声。

“停下来吧。”乌龟从桃夭袖口里爬出来，落到桌子上，抬头看着他，慢吞吞地说，“是我请他们来的。”

他皱眉：“你？”

乌龟眨了眨眼睛：“你知道就算把夜宴上所有人都杀了，封印也不会变强，那个洞还是补不好。”

他攥了攥拳头。

“即便你选在这里动手，应家的祖辈也不会觉得有任何安慰。”乌龟叹了口气，“你当着他们的面，做了他们最讨厌的事。”

月儿依然不肯露面，一阵风吹来，烛火摇摇晃晃。

“不对。”他深呼吸了一口，脸上浮现出十分坦然的笑容，“应家的人已经不在了，连葬身之处都没有，一把灰烬而已，安慰还是忤逆，他们都感受不到了。我也的确不是为了封印才做这件事，我只是想在这座踩着应家人尸骨建起来的宅子里，去证明那些在你们眼中闪闪发光的大人物，在我手中也不过是草芥罢了。”他的目光落在烛光上，“那块碑还是没有立。现在，已经没有人再提起李火牛了。他好像跟着那场火一起熄灭了。但你无论何时在青垣县里走一遭，还是随时能听到有人说这条路是员外修的，那座宅子是大人修的，谁又衣锦还乡了，谁又考上状元了，永远不变的称赞与惦记。”

“应凡生……”乌龟像是被什么堵住了喉咙，一堆话说不出来。

他的一生，它看尽大半，他说的话，又错，又不错。

说是求她杀应凡生，这乌龟又何尝真正动过杀心。

桃夭没有说话，铃铛也一直沉默。

“你给我听清楚，”贺白突然开口，眸子像蒙了一层冰，“随我们回狴犴司去。如今大错尚未铸成，不至于回头无路。”

司狂澜看了看贺白，眼中有一丝难得的欣慰。

他却笑着摇头：“我只是想不明白。”

“我也想不明白。”贺白上前一步，“想不明白为何我好端端的爹娘会化成灰烬，想不明白我小小年纪就要离乡背井，想不明白为何他人都能阖家欢乐衣食无忧，而我要吃尽苦头才能活下来。”

他一愣，涣散的目光突然聚拢在贺白脸上：“你……你是……”

“我姓贺。”贺白平静道，“我曾无数次梦见我找到了凶手，用各种方法置他于死地。我也以为我刚才就应该拿起刀砍下你的头，呵呵，但我居然只是跟你说……不至于回头无路。”

他的视线从贺白脸上滑落，手也无力垂下。

“不是每个吃过苦头的家伙都要变成怪物。”贺白指着他的手臂，“我听说，你阿爹给你留了一个法宝，你不要它了吗？”

他像是被什么戳中了，身子一晃，慢慢卷起袖子，突然笑出声来，抬起手臂对众人道：“是它不要我了。”

本该刻着名字的位置，被一块大大的伤疤取代。

他割掉了它？！

众人心下一惊。

他呆呆看着那块伤疤：“它不该留在我身上，那本就不是我的名字。我应该丧命在应家的刀下，而不是成为他们的孩子。”他歪起头，一层黑色如打翻的墨汁一样在他眼中蔓延开来，“从小我就对那个洞充满了好奇，总想靠近它，后来我才明白，那不是好奇，是亲切，是想念……是血脉里的牵引。”

一阵怪风席卷而来，以他为中心，吹散了他的头发，苍白了他的面色，也击溃了他最后一点与应家相连的心念，只剩下那一双装不下任何情感的，漆黑如深渊的眼睛。

桃夭皱眉，顺手抓起乌龟退开一步，对众人道：“不成，可能拽不回来了。他身上有别的东西在作怪。”

闻言，罗先当即祭出佛眼，白光金眼一出。只见应凡生大半身子都被包裹在一团火焰状的黑气之中，似火非火，熊熊燃烧，而那黑气的末端又拧成一条麻绳似的形状，长长地延伸出去，穿过大厅不知去向，此刻场面就如一只手臂无限长的怪手，从远处一个不起眼的地方伸出来，紧紧攫住了应凡生。

佛眼能照妖魅邪祟，可桃夭确定应凡生身上的东西并非妖魅，它没有妖气，只有凌厉彻骨的杀气，是她从未见过的古怪玩意儿。

既然不是妖魅，那便只能是邪祟了。

罗先的青铜棍已然照他的头顶击下，却被他退开一步徒手接住。

罗先只觉一股异常的冷气从棍子内部蹿出来，连累他的手掌都一阵刺痛。

“不要碰到他！”司狂澜举剑而出，一把挑开罗先的青铜棍，旋即一剑扫出，剑气如虹，直冲应凡生而去。

应凡生居然自信到不闪躲，然而转眼间他的身体便四分五裂开去，破烂的棉絮一样落得到处都是。

“这么不经打……”罗先揉着手，“大人的血剑一如既往的霸道。”

“他跟寻常对手不同，若方才他抓到的是你的手，我怕你都没机会跟他打下去。”司狂澜看了看罗先的手，“亏得你有佛眼在手。而即便是佛眼这样的神器，都不能完全抵挡它的力量。”

柳公子对桃夭道：“这么容易就收拾了？”

桃夭摸出两颗黑中泛银的药，晃了晃：“不管是什么，这个一下去就真的尸骨无存了。贵得要死！”

贺白一直警惕地看着地上那堆不见血的“破烂”，从腰带上抽出一条雪亮的细丝，将两头的环扣戴在拇指上。

“你们都让开。”桃夭走上前，“我善后。”

话音未落，又一阵怪风袭来，地上的碎絮居然得了神力一般，骤然聚拢，眨眼间又是个好端端的应凡生，挺身立起的同时，一把大刀竟从主位的桌底飞出，得了指令似的，凶煞地朝桃夭心口刺来。

一切发生得太快，桃夭连退数步，幸而被司狂澜一把拽开，那大刀擦着她的耳际飞了过去。然而不等他们站稳，那刀就跟中邪了似的急速掉头，直冲着司狂澜的背脊而来，来不及多想的桃夭竟把身子一斜，硬生生地拿自己的小臂挡开了刀锋，紧跟着才轮到罗先的棍子将大刀挑开。贺白一跃而起，手中细丝自刀身中间一割而下，只听当啷一阵响，那把跟了应家几百年的刀一分为二，颇有些窝囊地结束了自己的一生。

“畜生！”桃夭怒极，也不管自己受伤没有，反手便将两粒药弹出去，只见此药一挨到应凡生，便立时化作一片尘雾，将他包裹其中。嘶嘶声中，他的身躯开始剧烈抽搐，而后越来越“垮”，很快便如坍塌的沙堆一样在地上摊成一片黑色的碎块。

柳公子冲过来抓她的手："你疯啦？拿自己去挡刀？"

"知道危险你都没及时赶上来救我！"桃夭哼了一声，甩开他的手，迅速把袖子拉下来，"普通的刀罢了。我没事，就是手有点麻。"

"我离你最远哪来得及！"

"别狡辩，你咒过我多少回早晚被刀劈？"

"我没有！我说的是被雷劈！"

"……"

他们的对话，司狂澜一个字都没听进去，他看着若无其事的桃夭，只问了一声："真没事？"

"你挡天雷都没事，我挡个刀而已。"桃夭一吐舌头，"多发半年工钱，我就更没事了。"她还特意晃了晃手臂，"连衣裳都没伤到，一点血都没见，放心吧。"

司狂澜半信半疑，脑中闪现的还是刚才她不顾一切给自己挡刀的模样。

柳公子说得不错，这女人是疯了……

明明刀子没有挨到自己分毫，可司狂澜依然觉得像是被什么东西扎了一下，不痛，却震荡到心底最深处。

这回总该结束了吧，都化成渣子了。

罗先惊讶于桃夭扔出去的药，心想早知道这丫头与众不同，倒是不知道出手这么狠。

他站在离那堆残渣几步开外的地方，正要拿棍子去碰一碰，却不料地上突然一阵旋风，那应凡生居然又出现在旋风之中，就是状态比上回差点，破破烂烂的，似乎没有拼完整。一脸冷笑的他看了他们一眼，便随着那怪风冲出了大厅。

"呸！没完没了啦这是！"桃夭一跺脚，毫不犹豫地跟了出去。

"我知道他要去哪里！"袖口里的乌龟喊道。

"不用你说我也知道。好好待着别出来！"桃夭大概是真的生气了，出来闯荡江湖这么久，被对手这样反复羞辱还是头一回。但，心里的不安却是一直在的，从没有哪一场对峙，让她感觉这么差，应凡生身上的东西，那股毫无怜悯的野火摧城般的破坏力，顽强得让她讨厌。

她顾不得身后的情况，以疾行术在夜色中穿梭。

但愿另一边的家伙们还扛得住……

9

青垣县可能从来没有起过这么大的风，到处都是盘旋的力量，最先遭罪的是花草树木，它们这辈子都想不到，自己会在夏季最茂盛的时候支离破碎，空中到处是残缺的花瓣和树叶，以及被连根拔起的青草等，此情此景，比得上天气最恶劣的塞外荒漠，哪里还有半点山清水秀世外桃源的影子。

各处屋舍全部关门闭户，街头不见一个人影，所有人都在抱怨怎的突然变了天。

应家老宅的后院里，长发翻飞的邱晚来站在那口井前，半眯着眼睛，几枚毒性未知的短箭夹在指间，镇定地看着冲进来的应凡生。

贺春花稳稳地蹲在她身旁，黑色的长毛迎风摆动，不怒而威。

磨牙和滚滚稍微狼狈一点，滚滚死命抱着磨牙的腿，磨牙用力抱着旁边凉棚的柱子，这才稍微稳住了身子，不至于被这阵巨大的怪风吹翻过去。

兵分两路，夜宴需要人去，应家的“井”也得照顾着，尤其这几天还是它犯病的时候，更加疏忽不得。出发前，桃夭还特别跟贺春花说，放你在这里，就是要你断他的后路，虽然我们都不知这个洞到底是什么底细，但起码能肯定他身上所有力量的来源都在这里。万一我们在夜宴上有纰漏，被他逃掉的话，无论是为了保命还是报复，他一定会想法子让自己变得更强悍，所以你得守在这里，万一有什么变化，以你的能力，至少能抵挡一时半刻吧。

面对她的安排，贺春花却是懒懒道：“十个我在这里又如何，你们都说那个洞谁都补不上，只要它还在，不是应凡生也会是别人。收拾应凡生不算什么，把这个洞收拾了才是正事。”

谁不知道这才是正事呢，可应家花了一千年都做不到的事，就算换了他们也难以在三两天找出对策啊。所以桃夭只拍了拍它的猫头，笑道：“实在不行，你现个原形，然后一屁股坐上去，说不定就给它封上了。”

贺春花翻了个白眼。

不管怎样，有猫尴与铃星大人在，稍可放心。至于拿不动刀扛不起剑的磨牙和滚滚……他们照顾好自己就算帮大忙了，万一中的万一，他们谁都收拾不了应凡生，就让他念经烦死他吧，说不定也是个解决的思路。

此刻，应凡生打量着这几个挡在他面前的不速之客，一句话也没有说，只迈步朝那已是黑气翻腾的井口走去。

他离井口越近，那黑气便翻涌得更厉害，并发出一阵咔咔的声音，肉眼可见的裂纹，从堆砌了几百年的青砖上慢慢爬出。

嗖！

一支短箭扎到他的膝盖上。

应凡生身子一歪，单膝跪在地上。

“剧毒。”邱晚来冷看着他，“你束手就擒，我还能给你解药。”

应凡生的脸色更难看了，白中透出惨淡的青黑，毕竟还是凡胎肉身，毒药似乎依然会起作用。

“你还没有罪大恶极，现在停下来还能活命！”桃夭从门口冲进来，大声道，“你一个一百多斤的大人，甘心被这些连重量都没有的龌龊玩意儿玩弄吗？”

慢她一步进来的司狂澜，看着眼前情景，冷冷对他道：“应凡生，错在邪物不在你，何至于要同我们拼命？你应家的本事是用在这上头的吗！”他特意在他的名字上加重了语气。

应凡生歪了歪脑袋，一直没有表情的他却在这瞬间皱了皱眉头。

柳公子低声道：“小心些，我怕你们叫不回他。”

罗先与贺白没有作声，只做好了随时出手的准备。

应凡生慢慢起身，在原地呆站了片刻，拔掉毒箭，抬起了脚，一瘸一拐地往前走去。

桃夭心下一沉。

又一支毒箭扎在他另一个膝盖上，这次他跌得更重，爬起来也更快，并没有要停止的意思。而诡异的是，随着他前进的心越来越坚定，毒箭在他膝盖上留下的伤口竟消失得无影无踪。

邱晚来心下一怒，解下挂在腰间那细细的乌金铁链冲了上去。以她的本事，不出片刻就能将他绑成个粽子，臭小子，竟连毒药都不怕。

“你是人！别让他碰到你！”桃夭大喊。

但还是迟了一步，在邱晚来拿铁链锁他时，他趁势抓住了她的手。

一股带着寒意的灼痛从她手下传出，正吃惊时，对方却突然松开了手——一只九首巨猫及时咬住了他的半边身子，一甩头，一半的他上了半空，留在猫嘴里的另一半被不屑地吐出来。

知道猫馗的力气大，可也没想到一口就咬成了两截……

“这样的实力，你们五个人都收拾不了？”贺春花瞟了他们一眼。

话音未落，一分为二的应凡生竟又在怪风中合为一体，仿佛刚才那一击对他只是个笑话。

贺春花吃了一惊。

“分成多少块儿，扎多少毒箭都没用。”桃夭看着他继续向前的背影，“因为我们对付的一直不是他，是霸占他身体的玩意儿。那个洞应该早就不想只当一个被限制了自由的狩猎者了。”她看着那口井，皱眉道，“它需要一个真正‘出来’的方法。”

“不能让他再靠近那个地方！”司狂澜拿过邱晚来手中的铁链，快步上前，准确套住了应凡生的脖子，用力往后一拉。

应凡生仰倒在地。

柳公子一个箭步冲上去，捏诀使出一个定身咒，一道弧光从应凡生头顶闪到脚下，令他动弹不得。

而就在众人稍许松一口气时，只听到应凡生一阵怪笑，脖子上的铁链瞬间碎成了铁粉，柳公子的咒也失了作用。他轻轻松松地站了起来，如胜利者一般朝井口走去。

他不是妖怪，却比妖怪难对付一万倍，桃夭的脑子飞快地想着还有什么法子可以用。

“应家有儿初长成，凡心凡人守众生。”

一道白光从桃夭袖口里落下，乌龟趴在地上，慢吞吞地朝他爬过去。

他停住了。

“应凡生，你家不在那里啊。”乌龟看着他的脸，语气一如既往地平静，“你阿爹给你洗澡的地方，教你走路说话的地方，都不在那里呀。”

他看着爬过来的乌龟，双手微微有些颤抖。

后院里的白光越来越亮，而乌龟每往前爬一截，身体就大一圈，无数蒲公英状的光团从它的背上飞出来，在半空中盘旋成了一个又一个半透明的人形，男女老少，面容清晰。

如此场面，所有人都吃了一惊。

两个人形轻轻飘落到应凡生面前，一个是胡子拉碴的中年男人，一个是体态健硕的年轻男子。

应凡生愣愣地看着他们，黑如深渊的眼睛里似有奇怪的光闪过。

他们面带笑容，却没有说话，只是伸出手，一个温和地摸了摸他的头，一个鼓励般地拍了拍他的肩膀。

明明不可能有任何感觉的，连实体都没有的家伙。

他眼睛里的黑暗渐渐缩小，露出了久违的正常的眸子。

“阿爹……火牛……”他伸手去抓他们，眼泪夺眶而出，“你们好久没回来了，我做梦都在想你们！”

他们依然微笑着看他，然后渐渐淡去，又化回小小的光团，回到了乌龟的背上。

他踉跄着去追，没站稳，跌倒在地。

“既还记得他们的脸，为何还要往那深渊去？”乌龟问他，“别去了，你姓应，你一生都与它为敌，怎能输在这里？”

他抬起头，怔怔看着它，摇头：“我不想输，我只是想找一个答案。”

“什么答案？”它问。

“我们为陌生人献出一切的意义。”他看着他们每一个人，“我尽力了，但我找不到。”

他慢慢站起来，眼中满是失望。

他一步一步地倒退，眼中的黑色又开始蠢蠢欲动。

“你阿爹把你捡回来时，你也是他的陌生人。”桃夭看着他的眼睛，“应凡生，因为有像你们家这样的人存在，这个世界才没有变得更糟糕。”

他愣住，双手紧紧攥成了拳头，额头上渗出豆大的汗珠，身体也剧烈颤抖起来，但是，他终还是怪笑起来：“我要回去了。”

可转眼间他又皱起眉头，痛苦道：“我已经被困住了，它一定会带我走的。”

“该走了，该走了！”

“不……等等。”

“走！走！走！”

“不行……不行……”

“你是我的啊！”

“不对！我不是你的……我是应凡生，不是你的！”

一时间，各种矛盾的表情在他脸上轮番出现，被撕裂的灵魂在语无伦次的对话里做着最后的博弈。

最后，他用力抠住井口，回过头，用仅剩的一丝理智对他们大吼：“把我带回来！快！！”

带回来……所有人都知道只有一个办法才能真正把他带回来。

在场的，都是见惯生死的人，杀伐决断从不拖泥带水，然而只在这一刻，机不可失的理智与微妙纠结的情感，在每个人心里对撞。

然而，一切都只有刹那的暂停。

一柄利剑剖开夜色，红色的光在它身后落成一道耀眼的轨迹，正中应凡生心口。

司狂澜的剑，快过桃夭的药。

她侧目看了看司狂澜，他比任何时候都沉静，好像只是做了一件很随手的事。

她默默将手里的药放回了布囊。

另一边，应凡生靠着井口滑坐下来，脸上竟是如释重负的模样。他费力地抬起手臂，拿手指在那块伤疤上，一笔一笔写着字……可惜，还是没有力气写完。

他看了乌龟一眼，说：“我救你，是因为你被困在网里。我也是。”

乌龟迎着他最后的视线，看见的，却是多年前，那个急吼吼地要把他从网里放出来的小孩子。

应凡生慢慢垂下头，吐出了最后一口气。

一片灰烬扬起，如乱雪纷飞，地上再无他的踪迹。

司狂澜收剑回鞘，众人皆面色凝重。

保住了几十条性命的安危，十几年悬案亦真相大白，犯人伏法……明明是个好结局。但，为何心头还是拧作一团，不得舒展。

磨牙叹了口气，双手合十，念了声阿弥陀佛。

然而，还来不及念出下文，后院里便是一声巨响，只见那井上青砖突然炸开，火焰般的黑气从露出来的洞中愤怒冲出，带着一种绝望咆哮的姿态。

滚滚一声叫唤，居然整个身子都离了地，被无形之力拽着朝洞口而去，幸而被磨牙一把抱住。而他自己也好不到哪里去，一只手抱着狐狸，一只手抱着桃夭，整个人几乎被扯着横飞了起来。

骤然加剧的怪风，似要将所有人卷起来，吞进它冲破了封印的嘴里。地面也在此刻异常地摇晃起来，仿佛有一个藏在下头的大家伙在蓄力乱拱，只等时机一到便冲破束缚，为所欲为。

怪风中的力量太过强悍，桃夭一手拽着磨牙，司狂澜及时拖住她的手，柳公子又使出全身力气拖住司狂澜，这才勉强立住。另一头，贺春花将狴犴司那三人护在身后，猫爪死死抠在地上，都还是被那股怪力拖着往前挪了好几步。

更麻烦的是，受影响的好像不光是他们。

院墙外头隐隐传来尖叫，几个小孩子像狂风里的树叶一样从墙上被“吹”了进来。

然后是两只猫，三只狗，还有一群咯咯乱叫的鸡，也被卷在半空中飞了进来。

外头的动静越来越大，看样子这个失去了应凡生的洞，已经愤怒到要把整个青垣县的活物都拽进来。

司狂澜抱住一个孩子，桃夭抢过一个，贺春花的尾巴卷住一个，磨牙抱住两条狗，滚滚抓住一只鸡，其他人也是尽量护住这些无辜的家伙。可这样下去，又能保住多少，等全青垣县的活物都涌过来时，他们自己恐怕都危险了。

现在他们终于能完全理解，为何应家花了一千年的时间都补不上这个洞了。它的力量超过了他们任何一个人的认知。

柳公子皱眉，对司狂澜和桃夭喊：“我要放手了，你们自己先稳住！”

“你要做什么？”桃夭警觉道。

“你我什么身份，怎能被这鬼东西玩得团团转？”柳公子咬牙道，“我下去看看。”

“不行！你忘了那些被它拽过来的活物最后都变成什么样了？”桃夭厉声道，“现在根本不知它的底细，如果你也无法对抗那种力量呢？你要变成比应凡生还可怕的存在吗？”

“可再这么下去，我们早晚要被拖进去！”

“还是我去吧。”司狂澜将桃夭交到柳公子手里，提起插在地上的剑，“有它在，那个洞或许奈何不了我。”

桃夭一把拽住他：“那不是你能去的地方！”

危急时刻，一团巨大的白光腾空而起，好像完全不受怪力的影响，不疾不徐地朝洞口飞去。

众人一愣，那空中之物不是乌龟是谁？只是它现在的身量好像又变大了，连模样都跟之前不同了，虎眼鳄口，额头上还生出了一对龙角，四肢上的鳞片虹光闪烁，看上去虽十分古怪丑陋，却自带几分威严尊贵，只是它驮在背上的那些光团依旧闪亮，数量还越来越多的样子。

轰一声巨响。

乌龟落地，刚好趴在洞口之上，将它盖得严严实实。

怪风骤停，失了牵扯之力的众人顿时跌在地上，孩子吓得哇哇大哭，猫狗挣脱出去，转眼跑得无影无踪。

桃夭抬头，只见乌龟的背上长出了一个半透明的长方形玩意儿，白光耀眼之间，又有无数人形在其中闪动。

“我的同族喜驮盛名之人事，只求早日化龙登天。”乌龟冲桃夭咧嘴一笑，“我因生来样貌特殊，自小不被族群青睐，也没有什么化龙的奢望，故而多年来孤身游走四方，逍遥山水。可是身为赑屃，还是本性难移，我们生来的意义，就是尽可能长久地‘记住’，而我的天性，偏就是只爱记那草芥之名。”

桃夭呸掉嘴里的土，爬起来打量着它：“草芥之名？”

“嗯。戍守边关半生的军士，为救溺水小童而亡的樵夫，默默在乡野贫苦之地悬壶济世一生的大夫，寒来暑往挑着担子往各处叫卖的小贩，盯着毒日头修屋建桥的工匠，葬身火海的潜火兵，用千年时间守一个洞的术士……那些所有尽力活完了自己的一生，但既没有金山银山也没有蟒袍加身，甚至都不会被多少人知道并记住的，草芥之辈。”它如是道，“我发现，每当我在这些逝去的凡人坟前喊出他们的名字时，我的身上就会多一团光，很小，但很亮。我活了太长的时间，已经数不清我身上驮着多少这样的光了。其实我并不知道它们究竟是什么，也许只是我的力量让他们的名字以这种方式留了下来，也许跟我都没有什么关系，那只是他们留在世上的一点惦念，或是曾经来过这世间的一点痕迹。”它眨了眨眼睛，“我管它们叫芥灵。”

“芥灵……你好像创造了一种连我都没听过的妖怪。”桃夭的视线落在它的四肢上，皱眉，“你的脚……”

它的脚，开始有了石化之像。

“哦，刚才那个情况，我好像也没有别的选择了。”它轻松道，“虽然我一直很贪恋自由自在的日子，没想过要那么快变回本相，毕竟一旦做了这个选择，我就再也不能到处跑了，不能听，不能看，不能说，日复一日地驮着我的碑，停留在漫长的时间里。”

众人面面相觑，一时不知该说什么才好。

司狂澜仍是最理智的一个，问它：“你确定你能封住它？”

“现在不是封住了吗？”它笑了一声，“我也是试试，毕竟我真实的体重真的很吓人，而且，我觉得我身上还有额外的重量。说不定正是因为有它们，才镇住了这个不老实的破洞。”

他们抬头，它背上的“碑”依然光华耀眼，因为它的存在，那些曾活在不同时间里的人们，他们的脸孔、笑容、眼泪，还有对这个世界的爱与牵挂，都永远留在了这只妖怪的背上。哪怕世间所有人都忘记了他们的名字，它还记得。

桃夭蹲到它面前：“不后悔？”

“多给我点时间去选择，我可能会后悔的。”乌龟认真道，“可你们都要被吞了，我哪还有多余的时间。”

桃夭不禁摇头一笑：“我做梦都没想过，有朝一日居然会被有求于我的妖怪救下来。这下好了，我的面子又没有了。”

“我不会说出去的。也没有机会说出去。”它耷眼看了看，自己的四条腿已经成了四根粗壮无比的石柱，“不过还是要提醒你们，我现在只觉得身子下面依然有一股不甘心的力量在乱窜，我能镇住它多久，不好说。”

“放心，既然我知道了，自然不会放过它。”桃夭伸出手，往它的前脚上拍了一下，“但规矩还是规矩。”

“那是自然，我从不赖账。”它又笑笑，“只是你以后要小心，拿我做药可别崩了病人的牙。”

桃夭笑着拍拍它的脑袋，又问一句：“叫了你这么久的乌龟，你有自己的名字吗？”

它想了想，说：“既然他叫我缓缓，那我就叫缓缓吧。”

“那就多谢了，缓缓。”

“不客气。”

“以后我得了闲，会来看你。”

“别空手，带点包子来。”

“行……”

院子里，渐渐亮如白昼。

◦ 10 ◦

今日，晴。

清晨的阳光已是金亮一片。

应家的后院里，多了一座高高的石碑，白色的，如玉光滑，石碑之下，伏着一只巨大的白石赑屃，很是沉着威武的模样。

碑上的碑文也是与众不同，没有别的内容，密密麻麻全是人名——

张石头、牛二妹、许青青、方长安、林觉……应琴之、李火牛……应凡生。都是青史不留名的小人物。

而最后一排名字上，有一个硬挤进去的，新刻上的名字——缓缓。

字很丑，但真诚。

此刻，青垣县的街头还是满地狼藉。昨夜的飓风来得太凶猛，众人担惊受怕了一夜，直到天明日出才小心翼翼地开门探头，一见到同病相怜的邻居，便纷纷把昨夜各自的遭遇添油加醋交流起来，不消半天，真真假假的消息满天飞，什么谁家的牛马飞上了天，谁家的房顶都没了，谁家的孩子被吹到了别人家里。太吓人了啊，难不成是他们有谁做错了事招惹了哪一方的神灵，可明明他们都很安分守己啊。

踩着满地的碎叶断枝与砖头瓦片，桃夭站在还来不及收拾好的街道上，抬头看了看越发刺眼的阳光，竟觉得有几分少有的眩晕感，昨夜明明也没费什么大力气，但就是觉得疲倦，好像身体里被抽走了几根骨头似的，缺了一点支撑。

她深吸一口气，脸上很快又是万事大吉笑嘻嘻的轻松神情。

“还说是带我们来消夏玩耍，又被坑了。”她伸了个懒腰，然后又一巴掌拍到滚滚的屁股上，“都要回去了，你还抓着人家的鸡做什么！”

滚滚哼哼了几声，不甘心地松了口，放开了那只惊慌失措的小鸡雏。

她一转头，正好瞧见磨牙那张心事重重的脸，忍不住拍了拍他的头：“风停了，洞也封上了，能不能高兴一点？无精打采的，还以为昨晚你遭什么大罪了呢，最轻松的不就是你吗？”

磨牙还是高兴不起来，抬头道：“桃夭，如果昨夜没有赑屃，你不觉得我们差点就束手无策了吗？”他叹气，“咱们一路来制服过那么多敌人，解决过那么多危险，从没有哪回像昨夜那样，不是输赢的问题……是无力感。在我们每个人于狂风中勉强坚持时，我就觉得不可思议，我们是谁啊？是桃都的桃夭柳公子，是司府的小阎王，是狴犴司的高手……我不知道要怎么表达我这种感受，虽然那个洞已经封了，但我心头还是很不安。”

桃夭一怔，是了，小和尚说得不错，就是无力感……昨夜，她对付的是一个看得见又看不见的敌人，原来在毫无准备的前提下，桃夭也不是一个每次都能赢的人。虽然看起来还是他们赢了，但她心里很清楚，这一仗，她却是输了的，她不服气，不舒坦，但事实就是事实。

“别扯那么多，你就是胆小而已。”她弹了一下他光亮的脑门，笑道，“吃鱼吃多了卡一回鱼刺，不丢人。下回注意吧。哦，忘了，你不吃鱼的。”

磨牙看着她一如既往没心没肺的笑脸，无奈地摇头。

“若卡一回鱼刺就卡死了，便是另一个故事了。”柳公子揉着挂上黑眼圈的眼睛，故意破坏气氛，“你总是这样，做什么都只依着自己的性子，半分不肯跟人商量。”

桃夭瞪他：“我哪里没有同你商量了？去见赑屃的时候不也叫上你了吗？所有计划里你都在啊。”

“那是被我发现了，你不得不算上我。”柳公子瞪回去。

“好好！”桃夭举手投降，“以后我哪怕去上茅厕也预先通知你一声，行了？”

“好啊，你敢通知我就敢去。”柳公子掐了她一把。

“哎呀别闹！”桃夭嬉笑着逃开他的手。

她改不了的，她就是习惯了嬉皮笑脸，习惯了将所有不妥的情绪放在他们看不见的地方。抱歉，不是不同你们商量，只是想尽可能不让你们沾染到真正的危险。

“可有一件事，你想过没有。”柳公子突然严肃起来，“如果世上不止这一个‘洞’，该如何？”

桃夭皱眉，旋即又舒展开：“能如何，要么期待它们还没睡醒，不能对活物下手，要么期待有人跟应家一样执着啰。”

柳公子想了想，没再说话，心头却是默默地打算起来。

街上行人渐多，不少人拿着工具开始清理各处的杂乱，在飞扬的尘土里一边庆幸一边抱怨。

司狂澜在他们后头，与贺白他们交代着什么，目光却时不时地落到桃夭身上。

贺春花打着呵欠，懒懒地蹲在一旁的屋檐下。桃夭悄悄摸到它身旁，拿胳膊碰了碰它。

它往旁边缩了缩：“困得很，不想说话。”

“可我真的很好奇，你怎会甘心留在他身边？”她朝贺白努努嘴，“说说呗！”

它不说。

“说说吧！”她挠它下巴，“不说我可不走了，留下来烦死你。”

它已经烦得不行了，趴下来，咂咂嘴，说：“他拿一只眼睛换了我。”

“哦？”桃夭吃了一惊。

正要继续问下去，头顶上的光却被一个人遮住了。司狂澜站在她面前，面无表情道：

“通宵未眠，精神还这么好？”

贺春花得了这救星，赶紧跳开，回到贺白身边。

“喂！”桃夭跳起来指着它，“你躲不过去的，这回不说下回你也跑不了的！”

谁知司狂澜却趁势抓住了她的胳膊，将她的袖子往上一拉——并非她所说的一点事都没有，一道刀伤清晰可见。意外的是，没有一点血肉模糊的迹象，只是一道稍微豁开的口子，像切在任何没有生命的物体上一样。

桃夭飞快地抽回手，放下袖子，心头微微一阵慌乱。

司狂澜皱了皱眉，只说：“身为大夫，自己的伤口也不包扎一下？”

桃夭一笑：“没事，我不流血的。”说罢，她便跟个没事人一样，跑开去跟柳公子他们勾肩搭背叽叽喳喳了。

是不是天塌下来，她也是这副无所谓的模样？

落在身上的阳光越来越灼热，司狂澜看着前头那个蹦蹦跳跳的身影，第一次有了想真正去靠近、去了解一个人的念头。

她身上，到底有多少他想不到的秘密？！

“走吧。”他跟她擦肩而过。

狴犴司那几个人，拱手相送。桃夭冲他们挥挥手，赶紧跟上去。

“后面的事，他们会处理的对吧？”除了遭殃的平民百姓，她还想到一塌糊涂的琳琅居，还有那些在青垣县外头绕了几天的家伙，以及那几位被关在驿馆里的大人物……她甚至都能想到他们此刻愤怒到要杀人的脸了。

司狂澜一笑：“怕被人追杀吗？”

桃夭白了他一眼：“他们能奈我何？我是体谅青垣县的无辜百姓，大半夜差点被吹上天，住了一辈子的地方还突然多出一个看起来奇奇怪怪的碑……总得给人家一个解释不是。”

“狴犴司自会安排。”司狂澜看着街道两旁忙碌的人们，“也不会有人来追杀你这个无名小人物的，我会替你保密。”

桃夭哈哈一笑：“那我多谢二少爷了。不过嘛……”她看着那些普通的路人们，“如果没有我们这些草芥般的小人物，大人物们的世界也好不了的。不然，我想不出为何缓缓的那块碑会那么重，重到可以压制住那么大的恶意。”

此言一出，两人不约而同地回头，往应家老宅的方向看过去。

隐约还能见到那块碑，在光线里呈现出温润干净的颜色。

“说到做到，得空会回来陪你说说话的，带着包子。”

桃夭在心里对大乌龟说道。

尾

马车在往京城的路上疾驰。

想到再过几天就能吃到展师傅的好手艺，大家的情绪终于好了不少。

几天前，当他们的马车从青垣县的东山脚下路过时，桃夭特意伸出脑袋去看了眼山上的琳琅居，它还是完好无损地留在老地方，一群人正紧张地进进出出。她想，可能它的主人正为搞砸了的宴会而懊恼遗憾，本以为借出这方“宝地”不但能结识各方贵人，说不定还能得天子赏识青云直上，结果却是这么个乱七八糟的收场。

桃夭想了想，觉得就这么走了好像不太对。她叫停了马车，又对柳公子耳语几句。

柳公子挑了挑眉毛，说了句：“行。”然后他下了车，径直往琳琅居而去。

磨牙不解：“柳公子去干啥？”

“给那位秦大人的豪宅送个礼。”桃夭狡黠一笑。

司狂澜看她一眼，没说话，继续读他的书。

片刻之后，柳公子回到马车上：“行了，走吧。”

磨牙自是要刨根问底：“你送了什么礼物？”

“这个啊……”柳公子挠挠鼻子，“就是用了点我的小手段，让他们这个宅子吧，以后大半夜的一不小心就能碰见可能是应家的人坐在大厅里吃饭，或者从墙上穿过去，又或者站在床头听你说梦话。”

磨牙倒吸了一口冷气，抱紧滚滚：“虽然我不是很赞成吓唬人，但我觉得你们这个礼物……也不是不可以。”

“咦，我家磨牙今天居然转性子了？”桃夭笑出来，看着窗外那渐渐落在远处的宅子，“那秦大人花钱买地，本也没毛病，我只是不欣赏他们轻贱他人的样子。”

马车转了个弯，东山上的一切彻底消失。桃夭放下帘子，嘻嘻一笑：“都是一块地上的邻居，培养培养感情也是好的。”

“这件事记下来啊！”柳公子提醒，“我说，是不是早就超过一百件事了？”

磨牙一哆嗦：“没有没有，肯定没有！”

“没到，也不远了。”柳公子冲他舔了舔舌头。

滚滚不知感受到了什么恶意，挥着爪子冲柳公子龇牙咧嘴。

“敢凶我？”柳公子拧着它的耳朵，“嘿嘿，你也跑不掉的！红烧狐狸！”

“你不要动它！”

“又吐我口水！你怎么教它的！”

“你自己讨人嫌还怪别人！”

“你们两人一狐能不能稍微安静一点？我通宵没睡。”

“不能！我们也没睡啊！他老是拿狐狸来恶心我！”

“唧唧唧唧！”

“你看，它还骂我！”

车厢里又闹腾起来，三个家伙一如既往为了各种无聊的事吵得不可开交。但是，挺好的，起码都活着。

司狂澜又翻了几页书，一张叠好的纸夹在书页之间。那是他顺手夹在里头的。出发来青垣县之前，苗管家除了给他们备好行李，还老怀安慰地给了他这张纸，嘱咐他一定要收好。

那是桃夭练字的珍贵成果，他那个枕头大的红包，总算没有浪费。

“桃都镇妖邪，司府解是非。都言精怪惑人心，哪知人心本精怪。”——字虽然进步不大，话却说得还不错。

他的手指从纸上滑过，又不动声色地翻过书去。

旁边的吵闹丝毫没有要停下的意思，他侧目瞟了瞟那个突然闯进他生命里的不速之客，嘴角微微扬起。

马车穿过午后的阳光，再崎岖的山路也没有阻碍到它回家的速度，当然也不会阻碍到马车里那些嬉笑怒骂的家伙们。

前路虽充满未知与危险，但只要他们还是他们，定可平安喜乐。

《百妖谱．肆》全文完

后记

看了一下百妖三的后记，完成时间是 2020 年 5 月。

从去年夏天开始，写到冬天，今年的春天，百妖四终于写完了。

比我预计的完成时间晚了一些。

可能是因为百妖四的故事比前三本长，也可能是这一两年间的心情比前些年复杂些，想表达的东西也更多一些。

当这本书的进度条到了后半截时，闭了很久的关。这是我历来的习惯。不让手机进书房，不登录社交账号，几乎足不出户，大多数时间都在书房里，专心地构建那个纸上的世界，代入角色们的喜怒哀乐，一步一步，从开始走到结局。

以前我说过，有时候觉得写故事这件事吧，并不是我在刻意铺排，笔下的角色们好像有自己的打算，总在不知不觉间就主动走出了自己的轨迹，很微妙的体验。也许这就是写作的乐趣所在。

但辛苦也是真的辛苦，在许多个深夜里，盯着离完成尚遥遥无期的稿子，需要反复跟自己和解。平静，从容，放松，尽可能把自己的状态调整在这些良性的框架之中。写稿的间隙，想得最多的就是完稿那一天，我要怎么庆祝，要休多长的假期，假期里我要做多少之前没时间做的事，比如读书，比如刷剧，比如摆弄各种喜欢的文具，比如把吃灰太久的积木都拼起来，比如给狗子认真修一个新发型……这些看似很寻常很容易完成的事，却是我在闭关期间最向往的享受。

没有完成正事，就无法心安理得地躺平休息，完成了，当然就该尽情放飞自我，去做任何让自己愉悦开心的闲事，应得的。

所以我现在可以放飞自我了，哈哈哈。

这几年大家都过得不太轻松，无数的计划和愿望都被疫情打乱，工作学习的压力也变得更大，生活上大概也会遇到从未有过的坎坷。但，我始终相信糟糕的时段总会过去的，越艰难，越要支棱起来，从身体到精神都要照顾好自己，做能力范围之内的事，哪怕慢一点。想到我们家的桃夭，在这一本里过得好像也不是那么轻松，但好在她能扛得住，毕竟能吃能睡心态好。虽然她是活在另一个次元的人，但我们这个世界的气息，总是会照进他们的故事。

那么，借用这一本收尾的那句话——前路虽充满未知与危险，但只要他们还是他们，定可平安喜乐。

平日里我最喜欢写平安喜乐这四个字了，这是我对桃夭对二少爷对柳公子磨牙小滚滚的祝福，也是对我们所有人的。

只要我们还是我们，一切也定会好起来，加油！

写到这里的时候，窗外已经下了一天的雨，春雨贵如油，很好。

Ps. 休息够了再开百妖五，莫急，莫催，比心。

裟椤双树

2022.4 成都

图书在版编目(CIP)数据

百妖谱.4/裟椤双树 著.
—武汉:长江出版社,2022.7
ISBN 978-7-5492-8337-8
Ⅰ.①百… Ⅱ.①裟… Ⅲ.①长篇小说-中国-当代
Ⅳ.①I247.5
中国版本图书馆CIP数据核字(2022)第084218号

百妖谱.4 / 裟椤双树 著

出　　版　长江出版社
（武汉市解放大道1863号　邮政编码：430010）
选题策划　漫娱图书
市场发行　长江出版社发行部
网　　址　http://www.cjpress.com.cn
责任编辑　江　南
特约编辑　颜　燕
总 策 划　罗晓琴
装帧设计　殷　悦　徐　蓉
印　　刷　深圳市精彩印联合印务有限公司
版　　次　2022年7月第1版
印　　次　2025年9月第15次印刷
开　　本　710mm×1120mm　1/16
印　　张　21.25
字　　数　460千字
书　　号　ISBN 978-7-5492-8337-8
定　　价　49.80元

电话:027-82926557(总编室)　027-82926806(市场营销部)